媒体北理工 2013

北京理工大学党委宣传部 编

北京理工大学出版社
BEIJING INSTITUTE OF TECHNOLOGY PRESS

图书在版编目（CIP）数据

媒体北理工．2013／北京理工大学党委宣传部编．—北京：北京理工大学出版社，2014.9

ISBN 978－7－5640－9454－6

Ⅰ.①媒…　Ⅱ.①北…　Ⅲ.①新闻报道－作品集－中国－当代　Ⅳ.①I253.4

中国版本图书馆 CIP 数据核字（2014）第 144396 号

出版发行／北京理工大学出版社有限责任公司

社　　址／北京市海淀区中关村南大街 5 号

邮　　编／100081

电　　话／（010）68914775（总编室）

　　　　　82562903（教材售后服务热线）

　　　　　68948351（其他图书服务热线）

网　　址／http：//www.bitpress.com.cn

经　　销／全国各地新华书店

印　　刷／保定市中画美凯印刷有限公司

开　　本／787 毫米×1092 毫米　1/16

印　　张／39.5　　　　　　　　　　　　　　　　　　　责任编辑／王俊洁

字　　数／763 千字　　　　　　　　　　　　　　　　　文案编辑／王俊洁

版　　次／2014 年 9 月第 1 版　2014 年 9 月第 1 次印刷　责任校对／周瑞红

定　　价／126.00 元　　　　　　　　　　　　　　　　　责任印制／王美丽

序
Forward

2004年，北京理工大学党委宣传部策划了"媒体北理工"系列书籍编辑工作，沿袭至今，已经进入第11年。在教育兴国的大背景下，高校新闻越来越受到社会和媒体的关注，说明社会希望了解高校发展情况，而随着高等教育开放性和国际化的发展，高校也迫切需要借助媒体宣传学校办学特色和成就，树立学校品牌，从而提升学校的声望和名誉。

在过去的多年间，北京理工大学异彩纷呈的校园新貌、感人至深的师生故事、鼓舞士气的科研成就、牵动人心的改革发展、饮水思源的校友动态被媒体宣传和报道，而"媒体北理工"系列书籍分年度地汇集整理了这些报道，并将之编辑成册。这一系列书籍就像一面镜子，让我们超越高校工作者的视野，"跳出北理看北理"，以识庐山全面目，体悟报道的角度与报道的精神。

"媒体北理工"系列报道在过去的一段时间中取得了显著效果，并在校内外产生了良好的反响。为了更好地发扬"德以明理、学以精工"的校训，进一步让社会了解北理、感知北理、熟悉北理，我们继续编写了"媒体北理工"系列书籍。

走过70余年光辉岁月，承前启后，继往开来，使命艰巨，责任重大。2013年，学校根据第十三次党代会确立的"6+1"发展战略和"十二五"教育事业发展规划，积极推进工作，各项事业取得了显著成绩，学校综合实力跃上新台阶，进入了亚洲大学百强和世界大学五百强。这是全校师生员工团结一心、扎实工作的结果，也凝聚了离退休老同志和校友们的智慧和辛劳。

2013年，党委宣传部以弘扬社会主义核心价值观为主线，精心谋划外宣布局，重点策划了一系列对教师、学生和基层的深度报道，并借助舆情监测工作形成有效反馈，与社会媒体建立了更为深入有效的沟通，外宣报道数量和质量得到大幅度提升，有力提升了我校的社会声誉。

本册由259篇稿件组成，分为六章。相关稿件来源于《人民日报》《光明日报》《中国教育报》、新华网、凤凰网等相关媒体，具有一定的权威性和专业性。

在本书编写过程中，得到了学校相关领导的关心和指导，在此一并表示感谢。

《媒体北理工2013》编辑组

2013年12月

目录
Contents

第二章　科研创新开拓局面捷报频传，斩金夺魁争相向前鼓乐喧天　　　077

第三章　携手八方凝心聚力共发展，团结内外承前启后挂云帆　　　273

第四章　百花齐放青春潮头舞动，万象欣欣创意激情飞腾　329

第五章　四海功业立彰北理工情意，绿茵凯歌起显学生军豪气　　451

媒体2013
北理工

第一章　党风作风学风风均正气，德育智育体育育必给力

【凤凰卫视】《腾飞中国——延安自然科学院》

2013年4月26日凤凰卫视《腾飞中国——延安自然科学院》（上）

主持人（何亮亮）：在中国的高等院校当中，北京理工大学的历史相当特殊，其前身是北京工业学院。它的名头虽然比不上北大、清华、南开、同济等老牌院校，但是"京工"绝对是20世纪50年代知识青年们所向往的，因为他是向国防工业输送人才的重镇。当然并非所有学习成绩出色的年轻人都有资格进入北京工业学院，因为这所学校培养的是"红色工程师"。其中，不少专业保密程度相当高，出身不好的青年和这所高校是绝缘的。"京工"的历史并非始于1949年，它的前身是1940年在延安成立的自然科学院。延安自然科学院是中国共产党在延安创建的一所进行科学教育和科学研究的高等院校。在当时，自然科学院是中共控制地区进行自然科学教学的最高学府，又是自然科学学术活动的中心。可以说，自然科学院在创建之初，规模还是相当可观的。学校的校址选在了延安城南门外的杜甫川，有50余个窑洞，30余间平房。自然科学院下设大学部、大学预科和初中部。本科相当于大学，预科相当于高中，补习班就是初中。其中，大学部注重精研学理与实际技术相配合。最初只设化学工程科、土木工程科、农业科和林木科，在校人数曾经多达300多人。学校选用了当时国内著名大学使用的中英文版教材和参考书，有的课程由教师自编教材。在当时条件下，延安自然科学院的师资力量可以说是相当了得。教师大部分是革命知识分子，有些人来延安之前就已经是地下党员了。第一任校长是李富春，第二任校长就是赫赫有名的"延安五老"之一的徐特立。与此同时，自然科学院还建立了物理、化学、生物、地质等实验室，办起了机械、化工实习工厂，与边区的主要农场、工厂有密切联系。当然，自然科学院对于科学的系统研究并不是太多，更多的还是注重实际功用性。比如，科学院成功研制了用西北的野生马兰草造纸，用沙滩筑盐田的方法制盐，制造了"丰足牌"火柴、玻璃、肥皂和几百万枚军装用的铜纽扣，指导炼铁厂，或药厂的生产等，甚至设计了杨家岭"七大"会议的大礼堂。虽然自然科学院的规格很高，也受到了各方面的关注，但是在建院之初，围绕着到底要不要办这样一所学院，办成一所什么样的学院，延安还是存在着不小的争论。虽然有各方面的关注，当时的条件却是非常艰苦的，没有书桌和椅子，坐下以后屈起大腿当桌子；教材讲义学生自己动手刻印，笔记本用草纸订，钢笔水用颜料自己泡；生活上8~10个人住一个窑洞，吃的是小米，还常常断炊，要用其他东西补充；菜主要是盐水煮马铃薯，有油就滴几滴，没有油就白水煮。

2013年4月26日凤凰卫视《腾飞中国——延安自然科学院》（下）

主持人（何亮亮）：延安自然科学院的前身是1939年创办的自然科学研究院。1940年年初，中共中央决定，将自然科学研究院扩大，并改为工、农、科性质的教育机关——自然科学院，并由李富春兼任院长。李富春担任院长的时间并不长，继任者是有着"革命教育家"之称的徐特立。徐特立对兴办自然科学高等教育，提出了许多具有远见卓识的思想，比如，他提出科学院要实行教育、科研、经济"三位一体"的办学思想，这也是今天高校"产学研一体化"思路的肇始。不过，自然科学院在创立时就有"要不要办"和"如何办"的争论，一种意见认为，现在是抗战时期，不宜办学制较长的正规大学；另一种意见认为，自然科学院要么不办，要办就像当时国统区的大学那样，办成正规大学。到了1942年，已经运行了两年的自然科学院，再次面临着"要不要"以及"如何办"的问题，而这一次已经不再是简单的办学方针的探讨，随之而来的是一场政治风暴。1942年，因延安整风的开始，整风转入审干之后，自然科学院的审干、反奸、"抢救"运动由中共西北局直接领导。由于科学院许多师生是从国统区前来延安的青年党员和知识分子，运动一起，马上受到了严重的冲击。自然科学院也就成为"抢救运动"的重灾区。此时徐特立已经被调回了中宣部，负责干部的教育教材的撰写工作。徐特立为人宽厚慈祥，在延安有着"革命的好外婆"之称。显然，由徐特立这样心慈的老人来领导审干肯定不合适，故有将徐特立调走之举。运动高潮阶段，保卫机关不断地到院里抓人。此时，徐特立已经调回中宣部，虽然没有正式免去他的自然科学院院长一职，但是已经不许他过问自然科学院的运动。然而他仍几乎天天步行几十里去自然科学院。有一天，徐特立在前往自然科学院的路上，正巧遇上保卫机关一帮人将一个怀孕的年轻女同志捆绑走。徐特立将自己的上衣脱了下来，披在那个女同志身上，什么话也没说。事后，徐特立被指责为"同情反革命"。"抢救运动"并没有持续太久，然而在此期间，延安自然科学院共审查了97人，其中，有87人坦白，5个人送保安处，5个人送行政学院。对只有百十号人的科学院来说，这个比例实在是高得惊人。1943年11月，延安自然科学院完成了它的历史使命，从杜甫川旧址搬到了桥儿湾，正式并入了延安大学。

【人民日报】郭大成：大学应培养"大写"的人

来源：人民日报　日期：2013年11月28日

原文链接：http://paper.people.com.cn/rmrb/html/2013-11/28/nw.D110000renmrb_20131128_2-18.htm

十八届三中全会《决定》提到的"立德树人""爱学习、爱劳动、爱祖国""社会责任感、创新精神、实践能力"以及"身心健康、体魄健康""审美和人文素养"，是在启发我们思考培养什么人以及怎样培养人的问题。在高等教育范畴内，大学教育的本质就是培养全面和谐发展的人，教人如何做一个"大写"的人。而能否培养这样的人，与大学精神有关。

大学之所以成为大学，不仅在于硬件建设，更在于它独具的精神气质。名牌大学之所以集纳各种人才，不是因待遇、条件，而是源自于一种精神的呼唤。不同大学对价值的认识各具特色，从而产生了个性化的大学精神，但无论它们的差异有多大，其主要特征都相同，即独立与自由的思想、批判与创新的精神和为社会追求真理的使命感。

纵览各个大学的精神，我们发现，大学精神恪守的以人为本的价值，就是始终把教育和人的幸福、自由、尊严、终极价值联系起来，尊重老师的个性，尊重学生的个性，使教育真正成为面对人的教育。大学精神展现人文精神与科学精神的统一，其目的是培养一个全面发展的人，科学精神讲求的"求真"、人文精神追寻的"求善"，都是人全面发展的具体表现。大学精神也展现个人发展与国家进步的统一，展现学业有成与强健体魄的统一，其目标指向都是培养一个全面发展的人。

大学的办学目标之一，就是将大学精神传授给学生，从而使学生成为大学所希望的理想人才。但遗憾的是，由于市场价值取向的冲击和学术功利主义的泛滥，一段时间以来，"重功利，轻正义；重物质，轻精神"的现象日益彰显，大学深受实用主义和功利主义的冲击，使得教学方式重使用、轻长远，理想信念方面的教育弱化；同时，由于浮躁与功利的侵蚀，使得学术精神缺失与薄弱，严重影响了学生的学术信仰。还有一些大学强调知识传授而忽视能力培养，重视人力资源开发而忽视学生个性发展，导致科学与人文、知识与素质、物质与精神、理性与情感之间的分裂，从而培养了一大批"工具的人"，而非"大写"的人。

那么，究竟如何以大学精神为指引，培养"大写"的人呢？

首先，应该以爱国精神为主线，完善价值观教育，引导学生成为具有高远的理想、富有社会责任感的人。要在课堂教学中浸润爱国精神，增加生命伦理教育、公民教育、生命教育的环节，使学生养成以天下为己任的责任精神，诚实无欺、言行一致的诚信精神，引领潮流、引导未来的创新精神。真正使学生成为一个和谐发展、人格独立，具有责任意识、道德意识和法治意识的合格现代公民。

同时，要以创新精神为主线，加强课外实践，引导学生成为敢于创新、富有创造能力的人。大学要将研究型课堂教学、创新型自主学习和课外科技实践结合起来，鼓励学生积极争取，参加教师的科研项目，鼓励学生自主学习、自主管理、自主实践。推进大学教育和社会教育相结合，推进校企共建协同创新基地和实践实验基地，让学生在实习实践中提高解决实际问题的能力。充分利用现代教育科技手段，激发学生的参与意识和创造热情，推动以"教师为中心"的教学模式向以"学生为中心"的教学模式转化。不断深化教学方法改革和教学考核评价体系改革，让大学教师不再满足于上课满堂灌，只讲规律定论，不谈原理来源。鼓励教师采用创造性的教学方法，引导学生树立大胆质疑、敢于求真的精神，不迷信权威，并敢于向权威挑战。

最重要的是要以"以人为本"的精神为主线，引导学生成为身心健康、全面发展的人。十八届三中全会《决定》强调了体育和美育的重要性。要探索改革高校体育教学模式，将教学的重点放在激发兴趣和培养体育锻炼习惯上。在促进大学生心理健康养成上，要加强对大学生心理健康的教育和引导，培养其正确的世界观、人生观和价值观，提升其承受和应对各种挫折的能力。

一所大学只有拒绝诱惑、固守品格、坚守阵地，才能秉持自己的独立精神，而只有秉持独立精神的大学，方能真正培养出符合时代要求的"大写"的人。

（作者：北京理工大学党委书记　郭大成）

【中国经济网】郭大成委员：培养孩子良好的学习习惯很关键

来源：中国经济网　　日期：2013年3月15日

原文链接：http://www.ce.cn/xwzx/gnsz/zg/201303/12/t20130312_24190996.shtml

中国经济网北京3月12日讯（记者姜帆）谈到择校热，全国政协委员、北京理工大学党委书记郭大成说，他很理解家长为了使孩子能有好的学习环境费尽心思择校的心情，他也是当家长这样过来的。但是，他认为，在义务教育阶段，对孩子影响最大的不是学校本身的条件，而是孩子学习习惯的培养过程。无论在哪个学校，只要家长和学校将孩子养成好的学习习惯作为培养重点，我们的教育就是成功的。如果在这个过程中，孩子还能有时间玩，过得很快乐，那就更好了。

全国政协委员、北京理工大学党委书记郭大成（中国经济网记者姜帆/摄）

他说，好的学习环境的确很重要，古代也有"孟母三迁"的事例，但这不是绝对的，好与不好也是可以探讨一下的。例如，他了解到有一所重点学校的校长曾经说过，"小孩子懂什么分析理解，就是要死记硬背。"他认为这样的教学理念对孩子的成长并没有积极的意义。所以，家长不要一味地迷信重点学校，盲目地去从众择校。家长要把重点放在自身对孩子的影响上，多和孩子沟通，在孩子形成好的学习习惯上多下功夫，用自身良好的行为规范去影响和教育孩子。

委员小资料：

郭大成，男，1951年2月出生于黑龙江省齐齐哈尔市，1970年3月加入中国共产党，1976年毕业于哈尔滨工程大学计算机专业（本科）和东北师范大学教育管理专业（硕士），现任北京理工大学党委书记。

（作者：北京理工大学党委书记 郭大成）

【中国科学报】胡海云：教育是一片海，一片云

来源：中国科学报　　日期：2013年8月2日

原文链接：http://news.sciencenet.cn/sbhtmlnews/2013/8/276088.shtm

　　30年前，学生时代的胡海云就在北京理工大学的校园里学习和成长；30年后的今天，已经成为北京理工大学物理学院教授的胡海云，又在同样的校园里培养了一批又一批优秀学生，目送他们毕业，走向新的人生征途。而她也因为教学成绩突出，荣获了北京市教学名师奖的殊荣。

　　在胡海云看来，教育正如她的名字一样，是一片海，一片云——从海那里，能够体会到广阔、平静、忍耐和爱护；从云那里，能够看到随缘、无争、变化和简淡。

"如果学生问我，我该怎么回答"

　　第一次上讲台的情景，长久地印在胡海云的记忆里。那时她还是一名助教，帮导师上一

节习题课，为同学们解析基础物理题。题目虽然很简单，但是胡海云却丝毫没有松懈，她不断地问自己："如果学生问了我一些难题，我该怎么回答？"为此她下了很大功夫。试题讲解结束后，学生报以热烈的掌声。那一天，她不仅看到了学生对知识的渴望，更体验到了教育工作的神圣意义。

1994年是胡海云人生中的一个转折点，那年11月，她获得了"中英友好奖学金计划"项目支持，前往英国谢菲尔德大学结构完整性研究所攻读博士学位。学成回国后，胡海云把在英国学到的知识与同事、学生分享。1999年，她率先在学校进行多媒体教学，并获得了学校本科教学授课质量优秀奖、电子课件评比一等奖。

在教学实践中，胡海云不断更新教学理念，把新理念内化到教育教学的行为之中。一分耕耘，一分收获。2007年，她在北理"我爱我师"活动中被学生评为学校我最喜爱的十佳教师之一；2008年，由她作为主讲人之一的"大学物理"被评为北京市精品课程；2009年，她荣获校T-more优秀教师BIT奖、北京市高等教育教学成果奖二等奖；2011年，她被评为北京市教育先锋先进个人。

一辈子都在备一堂课

在北京理工大学的讲台上，胡海云主讲过大学物理、固体物理、现代材料物理、传感器等本科生课程以及金属物理学、专业英语、断裂与损伤、断裂物理基础等研究生课程。执教20多年，她兢兢业业地上好每一堂课，在三尺讲台上挥洒着自己的青春与激情。

李丹曾经是胡海云的助教，在她的眼里，胡海云在治学方面非常严谨。做助教时，胡海云要求李丹每周五前必须把学生作业的批改结果反馈给她，便于她周末时能抽空翻看每个学生的作业情况，详细了解学生存在的问题。然后，她会根据这些问题进一步改进下周的教学计划。这个小细节说起来简单，但是能够长期坚持下来却很不容易。

有人曾经劝胡海云："你都讲了这么久的课了，应该已经很熟练了，为什么还要这么辛苦，为什么每个学期都还要花大把的时间去备课呢？"对此，胡海云认为，每堂课其实都在变，都有提高的空间。因此，每当产生一个想法时，她都要花很多时间去准备。

"讲课是一种艺术，每堂课也可以说是一场舞台剧，你要把你的所有才华表现出来。教育不是重复，而是一种创造，要用心研究和琢磨。我觉得，我一辈子都在备一堂课。"胡海云说。

金奖银奖比不上学生的夸奖

在教学生涯中，胡海云拿过很多奖，可她最看重的还是在北理"我爱我师"活动中获得的"最喜爱的十佳教师"这个奖项，因为这是学生们用一票一票投出来的。在她看来，金奖银奖都比不上学生们的夸奖。

胡海云有个学生的家庭经济条件不是很好。一次组会时，胡海云发现这个学生一直闷闷不乐。原来他放假回校时，手机不小心被偷了。胡海云从自己的钱包里拿出500元递了过去。

"买一个便宜的手机先用着，这样我联系你也方便。"她说。

值得一提的是，每当学生找工作时，胡海云都会热心地帮助学生分析利弊，引导他们发现自己的特长和兴趣。李丹毕业前在为读博和工作犹豫不决，就跑来向胡海云求教。那天胡海云虽然很忙，但还是和李丹细细探讨。最后，她真诚地告诉李丹："不要因为想进高校或其他原因就冲动地选择读博。"谈及这段往事时，李丹心存感激。

胡海云对学生的关爱和付出是不求回报的。师生间的亲密无间是她作为一名教师的最大骄傲。她唯一的愿望就是希望学生毕业以后能多回来看看老师、母校，她说："学生毕业后的一个电话、一条短信都会让我很欢喜。"

（作者：北京理工大学　杨扬　赵莹）

【人民日报】北京理工大学"一所大学与一个创新梦"

来源：人民日报　　日期：2013年12月2日

原文链接：http://edu.people.com.cn/n/2013/1128/c1053-23680806.html

原标题：北京理工大学推进产学研用试点，培养拔尖创新人才——"一所大学与一个创新梦"

近年来，高校科研成果对经济社会发展的贡献度越来越高。但也存在科研创新成果与实际需求脱节，或科技成果使用效率和效益不高等现象，突出的表现是科技成果转化率比较低。

为了改变这一状况，2010年，教育部正式批准北京理工大学成为承担国家教育体制改革试点任务的部属高校之一，具体承担"高等学校推进产学研用结合改革试点"项目。在此项目的推动下，学校启动了一系列围绕产学研合作，促进学校科技成果转化的科技体制创新工作，从人才培养、机制创新等多方面锐意改革，取得了可喜成效。本版今日聚焦北京理工大学的经验做法，希望引发关注。

——编　者

这是一所在我国科技创新的历史上，书写过浓重笔墨的大学。

我国第一辆自行设计制造的轻型坦克诞生在这里，我国第一套电视发射接收设备诞生在这里，我国第一部低空测高雷达诞生在这里，我国第一个以武器系统终端毁伤技术为特征的学科群也诞生在这里，为我国"两弹一星"事业做出了重要贡献的我国第一个飞行器设计专业同样诞生在这里。

这就是创建于70年前，中华民族挽救危亡的关键时刻的北京理工大学。70余年来，北京理工大学在我国自主研发、科技创新的历史上，作出了突出的贡献。从2010年开始，北京理工大学作为国家"高等学校推进产学研用结合改革试点"，更是肩负起了做我国高水平研究型大学、推进"产学研用"结合先行者的重任。

走进这所大学，你会发现，在这里，每个人的心底都蕴藏着一个强烈的"创新梦"。

理念——让"金娃娃"从实验室走到市场

在北理工，有这样一个人人皆知的故事，一个有关打破思想束缚、激发生命活力的故事。

故事的主人公是北京理工大学雷达所。雷达所在我国雷达研究领域一直处于领先地位。毛二可院士领衔的团队自主研发了多种新体制雷达、导航终端接收机与芯片等系列产品。

尽管北理工雷达所每年都产生一大批优秀的科研成果，但由于体制机制、利益主体、思想观念等诸多因素的制约，一些成果在评审与发表论文后，往往被锁进保险柜束之高阁。高校科技创新成果产业化一直不能尽如人意，教师们想要成果转化更是徒有一腔热情。

2008年，雷达所的发展更是面临"两个等待"的生死考验。一是等钱干活，搞科研需要申请项目经费，很多创新思想因为缺乏经费的支持而胎死腹中；二是等人干活，因为没有编制，需要的人才招不来。

2009年3月，国务院批复北京市建设中关村国家自主创新示范区，体制机制改革与先行先试的政策犹如"一夜春风"吹暖了北理工。雷达所抓住机遇，组建北京理工雷科电子信息技术有限公司，走上利用学科性公司探索高校自主转化科技成果的新道路。这是北理工依据新政策成立的第一个学科性公司。2010年，作为教育部批准的"高等学校推进产学研用结合改革试点"项目，学校又启动了一系列围绕产学研合作，促进学校科技成果转化的科技体制创新工作，为飞速成长壮大的雷科公司构建了更加宽松与和谐的发展环境。

雷科公司的经历给学校很大的启发。"要鼓励引导教师将已有的创新成果转化到产业中，不要把'金娃娃'抱在怀里不放手，要让'金娃娃'跑到市场上造'金砖'。"北京理工大学党委书记郭大成强调，一方面，高校科研在选题上瞄准世界科技前沿，就人类社会面临的重大问题作出思考，瞄准高新技术产业和战略新兴产业；另一方面，学校也要主动将教师送到企业去传经送宝，推广研究成果，加快成果转化，并主动将企业富有技术经验和创新能力的人员请进学校，开展协同创新研究。

在这样的理念指引下，一项项科技成果从实验室走向市场，甚至走向国际。今年年初，学校与波兰著名电网公司TAURON集团、华沙理工大学正式签订项目合作协议，标志着曾在2008年北京奥运会上大放异彩的零排放电动大客车技术即将走出国门，远赴波兰。

人才——将创新创业人才培养纳入人才培养体系

2007年冬天的一个上午，北京市海淀区北清路的一片荒地上，田刚印、满意把自己"捣鼓"出的电子控制盒装进一架大航模里，两位年轻人的第一架无人机颤巍巍地飞了起来……当时，走出北理工校园仅2年的两个大男孩谁也没想到，几个月后，这个"盒子"卖出的近30万元，成了他们人生中的"第一桶金"，而6年之后，他们更是在无人直升机领域成了领军人物。

2012年年底，两位年轻人创办的北京中航智科技公司研发出了世界上首架电控共轴无人直升机。还在试飞阶段的飞机已经收获了第一笔千万元订单。

从在学校内热爱科技创新的大学生，成长为无人机研究领域"响当当"的人物，田刚印和满意的经历代表了北理工一大批具有创新意识与能力的青年人成长的轨迹。

一直以来，北理工以培养学生具有"高远的理想、精深的学术、强健的体魄、恬美的心境"为目标，加强人才培养工作的顶层设计，建立资源倾向优秀生源、优秀生源汇聚优秀导师的机制，激活教师和学生两个主体，努力培养"基础理论扎实，专业知识宽厚，学术思想活跃，勇于实践创新"的高水平拔尖创新人才。学校还专门实施"明精计划"，推进拔尖创新人才培养。

课程建设、学科建设、科研项目、政策支持给创新人才培养以倾斜，北理工努力让学生了解创新创业的基本规律，开展创新实践活动，让学生及早加入科研团队，在实践中接受锻炼。

在北理工的领导团队心中，一个理念十分清楚：创新创业型人才是科技创新持续发展、产学研合作深度发展的原动力。放眼国际，硅谷60%~70%的企业都是由大学师生创办的，微软、雅虎、谷歌等最初都是由在校大学生创办的。

因此，必须坚持"一切从提高教学质量出发，一切从培养学生全面发展出发，一切从奉献伟大祖国出发""走以质量提升为核心的内涵式发展道路，瞄准世界科技前沿，瞄准国家重大战略需求，提高人才培养质量，努力造就拔尖创新人才。"校长胡海岩院士如此强调。

机制——到经济建设主战场中攻坚克难

通过制度引导科技创新、鼓励产学研用相结合，需要顶层设计、系统规划，更需要用完善的机制来提供土壤、保驾护航。对此，北京理工大学做了多方面的探索与尝试。

一方面，学校转变科研评价机制，改变单纯依据经费多少、论文数量、获奖层次来鉴定科研成果的评价体系和教师评聘办法，把科研成果的质量和转化利用情况、所产生的经济和社会效益情况作为评价教师科研能力的重要指标，建立多层次分类评价体系，鼓励教师到经济建设主战场中寻找课题、攻坚克难。

同时，学校注重完善科研立项制度，在课题立项上，以教师个人的研究兴趣和专长为中心向以国家重大需求为中心转变，更多地支持与国家和社会需要密切结合的科研课题，支持能产出相关技术的组群项目。完善激励约束机制，在教学评估、重点学科和学位点申报、人才计划、人事分配制度改革等方面形成有效促进产学研用相结合的激励约束机制，对于在产学研合作初期不具备实力的教师采取"放水养鱼"政策，给予资金政策支持。

经过多年的探索，尤其是试点改革项目实施以来，北理工立足国防重大需求，发挥国防学科优势，更加注重军用技术和民用技术的共同研发，创新军产学研合作模式，实现了以校促军产学研协同创新格局，在提升参与国家高端重大科研项目能力、促进"军转民"科技成果和"民转军"科技成果转化等方面都取得了重大发展。在提升参与国家高端重大科研项目能力方面，通过以校促军产学研协同创新模式的探索，在与军工企业合作的关键攻关技术研发过程中，培养了一大批科研能力强、专业素质高、攻关势头猛的创新团队和领军人才，如杨树兴团队、陈杰团队、付梦印团队、陈家斌团队等，为我国国防科技、国防工业发展和国家强军强国作出了突出的贡献。

在民用科技方面，北理工在绿色能源、新型材料、电动车辆、生物技术、弹药技术等领域形成了科研优势，如孙逢春团队、赵家玉团队等在军用技术应用于民用产品方面承担了国家级重大战略任务。在"民转军"科技成果转化方面，杨荣杰团队等也积极地将重大关键技术进行军用和民用的产业化转化，为企业盘活、产业振兴作出突出贡献。

"在北理工，每个人心中都装着一个梦，一个创新的梦，一个创新的中国梦。为了这个梦的实现，我们愿意以改革者之姿，做更多的探索和更大的努力。"郭大成说。

（作者：赵婀娜）

【人民日报—两会行走】"钱学森之问"，
不能只问学校

来源：人民日报　日期：2013年3月8日

原文链接：http://www.chinadaily.com.cn/hqgj/jryw/2013-03-05/content_8408635.html

"教育是民生问题，大家都关心。但不能总是指责教育，说教育这也不行、那也不行。我想这个问题，我们也该说点话。"3月4日下午，在全国政协教育界别的分组讨论会上，全国政协委员、北京理工大学党委书记郭大成希望"给教育一点空间"。

在进一步解释自己的观点时，他说到了著名的"钱学森之问"。这个话题出来的那段时间，矛头多对准学校，认为是学校没办法，培养不出人才。但一个人才的成长，学校是基础，还需要家庭、社会等方方面面的支持，也包括学生自己的努力这个因素。在发言结束时，郭大成强调了一句："不能太急。"

全国政协委员、北京师范大学教授黄元河表示赞同："要培养大师，单靠着急是不行的，越着急越不行，需要安下心来踏踏实实做一些事情。"

"刚才郭委员的这个观点您怎么看？"话题延伸到了会议室的楼道里，几位记者围住了全国政协委员、复旦大学图书馆馆长葛剑雄。他语速极快地回应："'钱学森之问'，可以问，但是不能只问学校。"

葛剑雄认为，就拿钱学森的成功来说，也并非仅由一所学校造就，而是整个社会的产物。"所以说，教育问题，不是简单的学校的问题，而是个社会问题，需要全社会来努力。"

（作者：赵晓霞）

【光明日报】全国政协郭大成委员：
城镇化要为教育"谋篇布局"

来源：光明日报　　日期：2013年3月12日

原文链接：http://www.chinadaily.com.cn/hqgj/jryw/2013-03-05/content_8408635.html

作为全国政协委员中的新人，北京理工大学党委书记郭大成委员非常关注城镇化进程中的教育问题。

今年的政府工作报告提出，要遵循城镇化的客观规律，积极稳妥地推动城镇化健康发展，坚持科学规划、合理布局、城乡统筹、节约用地、因地制宜、提高质量。郭大成委员认为，在推进城镇化建设的过程中，各地莫忘了在布局、规划、政策、投入等方面把教育纳入进来，并优先考虑。在他看来，在顶层设计层面，从中央到地方，都要把教育体系设计进去，并从城镇化发展的战略高度来考虑教育问题。在政策环境层面，要对从幼儿园、小学、中学到大学各层面的学校建设给予政策支持。他表示，在教学投入方面的支持也必不可少，比如师资配备、校舍建设、教学硬软件设备投入等，"要做到要人有人，要物有物"。

（作者：方莉）

【中国教育频道】《两会进行时——我的教育梦》之访谈北京理工大学党委书记郭大成

来源：中国教育频道 日期：2013年3月18

导引：哪些教育话题最让代表委员关注？破解教育热点难点，代表委员提出了哪些建议？教育梦，强国梦，代表委员和百姓共同的心愿。敬请关注《两会进行时——我的教育梦》系列访谈，直面教育那些事儿。

主持人（荆慕瑶）：您好，欢迎收看两会进行时——我的教育梦。每年3月召开的两会都是中国人政治生活中的一件大事，那么今年的两会已经接近尾声，但是老百姓对于两会的关注始终是热度不减。尤其是一些有关教育方面的提案议案更是吸引了全社会关注的目光。那今天我们一起来聊一聊有关两会当中的教育那些事儿。来认识一下我们请到的三位嘉宾。

旁白：顾海良，全国人大代表，教育部党组成员，国家教育行政学院院长；郭大成，全国政协委员，北京理工大学党委书记；袁振国，中国教育科学研究院院长。

主持人（荆慕瑶）：非常欢迎三位的到来。首先问一下大家，今年两会的确是有些不一样的地方，比如说大家知道是换届，换届之年，同时，今年两会给我们的印象也非常深刻。问问各位吧，你们觉得今年两会，除了换届，除了各种新风，给你们印象最深的，或者特别不一样的地方在哪儿？

嘉宾（顾海良）：因为是换届，所以增加了很多新的代表。我是第三届、第十届、第十一届、第十二届、第十三届人大代表。有这样的体会，同样谈教育问题，我觉得，他们预先的调查研究、对问题了解的程度以及对问题的表达深度，特别是对解决这些问题的思路，比以往都有了很大的提高。所以，我们作为教育工作来看，觉得听了以后，更加感到亲切，也觉得代表们关于教育问题的谈话更负责任，而且能做好工作，也颇有成效。

主持人（荆慕瑶）：有这能力，有所提高。我们来问问这个委员，您感受到的，比如在政协那块的，跟往年有不一样的地方吗？

嘉宾（郭大成）：我和顾校长正好相反，我是今年的新委员。我觉得参加政协的，无论是新委员还是老委员，都非常认真。这种责任感、使命感非常强，讨论非常热烈。提的提案和讨论的问题，从量上来讲，我觉得也是很多的。今年，日前公示的有5 000多个提案。那么政协实际上是2 200多人，相当于平均一个人有两个提案，实际所谈的问题不仅局限于这方面。我觉得从这方面来看，我也很受感染。作为新委员，我觉得自己身上的使命和责任更大，应该说要不辜负这样的一个责任。争取在今后政协委员这样一个身份方面多发挥作用。

主持人（荆慕瑶）：那袁院长也是全程关注两会。作为这件中国人政治生活的一件大事，您觉得今年开两会和往年的感受有什么不一样？

嘉宾（袁振国）：刚才两位代表从回忆的内部情况给我们讲了很多、很好、很重要的信息。（主持人：切身的体会。）我没有在会场上，但从我们的媒体上，从我们局外的、会外的这些观察来看，我的感受最深的就是，这次两会更进一步地聚焦于民生。在这个民生问题上，你看大家讨论最多的，像环境的问题啊，劳动保养的问题啊，特别是很多很多人关注弱势群体的问题，这个我想在教育上也会有很好的体现。你看这次的主要任务虽然是人事的任命，但这是对前一届和下一届工作的顺利连续，让我们感觉到非常踏实。

主持人（荆慕瑶）：嗯，没错。咱们大家把总体的印象说了，那下面我们就聚焦，聚焦到教育上。比如说我们看一看老百姓是怎么说的，教育上有哪些重点、难点问题特别需要解决？

旁白：两会教育热点多，网友有话说。热点一，孩子太累了。孩子没休息，周六跑奥数，周日跑英语，作业写到夜里十一点。都说课业负担减负减负，怎么越减越重；都说青少年体质加强加强，怎么越加越差。热点二，校园不再安全了。衣食住行，黑手都伸向了校园的孩子们。校园本来应该是最坚固的墙，校车本来应该是最坚固的车。家里都是把最好的留给孩子，何况一个国家。热点三，留守儿童谁来管。农村空巢，就剩老人和孩子。老人文化低，没精力，孩子的生活和教育没人管，安全问题更是多。都是祖国的花朵，阳光啥时照进来。热点四，随迁子女到哪儿上学。和爸爸妈妈进城去打工，城市大，人口多，何处能有我的一张书桌。好不容易上了学，考试还要回家乡，啥时我能真正融入这个城市。热点五，高校毕业生成水军。毕业就失业，高校毕业生就业难，所学专业和社会需求不对口，四年做了无用功，创新人才难培养，钱学森之问谁来答。

主持人（荆慕瑶）：刚才的小片很有意思啊，是社会上对于教育之中难点热点的一个总结，同时也是两会很多代表委员关心的内容。我们问一下郭委员，我们做了一个统计，您刚才提到，大概两会上委员的提案是5 000多件，涉及教育的就近500件，将近1/10的这个内容。那么据您的了解，委员们针对现在这个提案，特别关注的是哪一些教育的热点、难点问题。

嘉宾（郭大成）：我参加的那个组，高校比较多。但是我觉得从高校的这些委员来讲，实际上他不仅局限于高校本身的发展。（主持人：不光关注高校的内容。）是，就是说从中小学的义务教育到高等教育以及职业教育。大家更倾向于支持义务教育和老少边穷地区教育的投入问题，这是我感觉大家说得比较多的一个方面。因为就高等教育来讲，大家也有一些想法。

主持人（荆慕瑶）：刚才我们短片当中有一条专门针对大学生，说高校毕业生成水军，就是毕业就失业了。大学生就业难的问题，可能你们学校说这个问题不一定很严重，或者说不存在这个问题，可是我们看到很多普通的院校，或者说地方院校，这个问题的确是挺严峻的。我不知道我们委员在两会上有什么样的建议没有？

嘉宾（郭大成）：这个应该说也是高校关注的。从我们来讲，就是学校里不光要把学生培养好，而且让他们能够走向社会之后，发挥他们的作用。也就是说，就业问题也是高校目前非常重视，而且着力推进的一项工作。那么除了这种情况，我觉得从宏观上来讲，从学生的就业观念、从家长社会的就业观念，这个也应该思考。我们就感觉到，实际上缺人的地方很多。但有一些毕业的同学，他选择地点，选择自己理想的方向，甚至抛开自己所学的专业去找这些工作，也不是没有的。甚至有一些毕业之后，可能还是所谓的北上广。甚至有些省会城市都不愿意去。我觉得这个从就业观念来讲还是要改变，包括家庭的理解、社会的接纳。同时对于一些紧缺的专业，或者是一些条件弱的专业应给予更好的待遇，政策导向也会吸引一部分人去。我想完全可以解决这个问题。

主持人（荆慕瑶）：都是一些综合性的问题。因为我们现在在提教育综合改革，袁院长，这一直是你们在研究。记得去年十八大提出这个教育综合改革，那今年两会上政府工作报告仍然是提综合改革，大家知道改革进入深水区。刚才我们提到很多热点难点问题，现在我们也看到，很多时候恐怕不是教育当中的某一个部门，或者单纯是教育部门就能够解决的。您觉得接下来这个综合改革该如何推进？

嘉宾（袁振国）：你这个问题提得非常有针对性。（主持人：很宏观啊。）现在就是，我们看了一下，这么多的几乎所有的教育上大家关注的问题，没有一个问题是属于单项型的，是可以通过单项的措施解决的。你看上学难、上学贵的问题，现在缓解了，但是课业负担重的问题并没有降低。（主持人：对，刚才就在提学生体质的问题。）奥数的问题、人才培养的问题，包括我们留守儿童教育的问题、随迁子女受教育的问题。这些问题跟整个的社会发展水平，跟社会的户口制度、教育制度，跟社会的管理水平，跟文化观念、家庭观念，跟人民在社会当中发展的诉求等各种问题，都是纠缠在一起的。所以要解决这些问题。只头疼医头，脚疼医脚，是不能解决问题的，因此，必须采取综合改革的办法。那么怎么来推进教育的综合改革呢？可能我们大家也注意到了，教育部从今年开始，而且以后每年，却按照教育部的一号文件办理。每年的一号文件，就是推进教育改革的。我们今年的第一号文件，就是深化教育领域的综合改革。我理解这个综合改革，就是首先从中央层面上要总体设计，要把教育问题和整个社会发展问题综合起来加以考虑。（主持人：和社会发展问题综合考量。）第二个，我觉得特别重要的，这是我们在规划纲要制定当中的一个成功经验，就是各相关部门要紧密协调，要形成一个好的工作机制。如果你靠任何一方面单独考虑，都是捉襟见肘。只有把各个部门的力量、智慧和政策汇集到一起来，这些问题才能够比较有效地解决。这次人大搞大部制改革，一个很重要的原因就是把这个捉襟见肘的问题能够统筹解决。第三个，我觉得就是从地方层面上来讲，要加强省级政府的统筹。就是我们以前的教育层面在县城，甚至在乡镇，要慢慢慢慢往上提升。现在我们觉得，就是各级各类教育，不管是义务教育的均衡发展也好，职业教育的布局也好，高等教育的资源的更加合理的配置也好，都需要强化省级政府的统筹。（主持人：那意味着改革越来越往前推进了，我们现在到省级统筹了。）它只有在更大的范围内、更有力地协调各个方面的资源，才能把这些问题整体地加以解决。

导引：哪些教育话题最让代表委员关注？破解教育热点难点，代表委员提出了哪些建议？教育梦、强国梦，代表委员和百姓共同的心愿。敬请关注《两会进行时——我的教育梦》系列访谈，直面教育那些事儿。

嘉宾（顾海良）：刚才短片概括的问题也跟两会上代表们谈的问题所涉及的面差不多，无非就是概括的程度不一样，基本上反映了现在人民群众对教育的一种期盼。像前几年，在义务教育阶段，农民工子弟可以随迁在那儿就读中小学，九年义务教育都可以就地读了。那么现在九年义务教育读完了，就有一个高中阶段，高中阶段后有一个高考的问题，这问题就是一个综合改革的问题，它不是教育部门一家能够解决的。你像现在大家都说教育部门不出台这个措施，因为按我们历来的习惯，就是学籍和户籍完全统一。那么按教育发展的这个程度，农民工移动，但户籍的制度没有相应的改变，那就出现学籍和户籍的矛盾。现在怎么办，沿着这个综合改革大家一步一步走，各个省市自治区出台一些现在可行的一些措施，在现在这个情况下，能改进到什么程度，然后再通过其他方方面面的改革，使大家越来越满意，就是这样一个过程。刚才振国讲得非常对，一个是顶层设计很重要，还有一个可能也是一个渐进的过程，需要大家方方面面地协调。现在反映出的现象，我觉得基本上，应该说把脉把得还非常准。（主持人：问题就放在那儿，已经形成共识了，关键是怎么解决。）现在对孩子的教育单靠学校教育很难达到我们培养的目标，令人民群众满意。全社会，包括地方政府、包括家庭，要共同来培养好我们的下一代。这个观念我觉得大家有了，有这个观念了。所以我觉得通过这次两会，大家把问题摆出来。在参加这次两会时我讲了，大家求实，讲实际问题。你这个短片是大家采访，随机讲的。我看有的代表做了很详细的调研，比方说教育公平问题，现在差距还有多大，列出数据，它有横向的，还有纵向的。历史地比较，我这个地区，这几年政府对教育的投入不断上升。但是做到这一步，和其他地区相比还存在多大的差距？那么这我觉得这就非常求实。另外也非常理性，关于解决这个问题出路何在，也提出了一些解决问题可行的办法，短期的、中期的、长期的。这我觉得对教育问题更求实，也更理性，所以解决问题的出路和方法我觉得也越来越可行了。（主持人：越来越清晰了。）越来越可行了。

主持人（荆慕瑶）：没错。像嘉宾讲的两会真的是一方面提出问题，同时寻求解决之道，各方达成共识的一个过程。那在今年两会上，教育部部长袁贵仁就对大家反映比较多的很多热点难点问题进行了正面回应，我们来回顾一下。

（字幕：关于义务教育均衡）

旁白：在与委员交流时，袁贵仁指出，广为大家诟病的择校收费、学生负担过重等问题，关键都在于义务教育发展的不均衡。

教育部部长（袁贵仁）：我们普及了（义务教育），现在能上学了，但是我们还是低水平的。比如说择校收费问题，他为什么择校，就是不均衡；比如说学生课业负担过重问题，老师可以减作业，家长不干；家长可以请家教，家长说你不布置作业，你轻松了，我孩子怎么办，那还是学校教育不均衡。

（字幕：关于上海毒校服事件）

旁白：袁贵仁介绍，目前，上海方面检测了100多个品种，其中，有两种校服的饰品有一定有毒物质，已彻底叫停生产。对于孩子的吃穿住行，都要把安全放在第一位。袁贵仁透露，目前教育部已在全国范围内排查校服安全。教育部要求全国校服的使用要征求家长的意见，并联合质监部门提前介入。对于记者提出的关于有许多校服厂是教育部门自己办的问题，袁部长回应称，教育部门绝不可能自己造校服，校服都应该是服装公司造的。如果一个教育厅自己办制校服工厂，肯定折本。

（字幕：关于异地高考）

旁白：袁贵仁表示，国务院去年8月份刚转发了四部委关于异地高考的意见，现在还不到半年时间。这件事情总体工作进展比较顺利，各省市区政府积极响应，因地制宜地制定了实施方案，工作有了良好的开局。现在已经有26个省份解决了中考问题，有9个省份今年解决了高考问题，全国已经有3 000多名考生报名，其余省市区会在2014年解决。袁贵仁说，异地高考方案不会使本地学生的考试利益受到损失，教育部会积极地服务各地，统筹协调，解决本地和外来考生的考试权益问题。

（字幕：关于扼制奥数）

记者：袁部长，请您谈谈奥数的问题好吗？

教育部部长（袁贵仁）：奥数我们已经明确表态了，坚决拒绝和考试挂钩。

主持人（荆慕瑶）：刚才我们看到的是教育部部长袁贵仁在今年两会上对于一些教育热点问题和难点问题的回应。郭委员，我记得有一些袁部长的回应应该是在你们政协委员的会上，应该是这个教育界别的委员联组会上，他发表的。（郭大成：对。）对。当时您应该也在现场。（郭大成：我在现场。）大家的反应如何？

嘉宾（郭大成）：对袁部长的讲话，我觉得反应非常好，我本人也非常赞成。确实是针对一些实际问题，提出了很有针对性的一些想法，也包括教育部采取的一些措施，让代表们真正了解了国家政府，包括教育部在这方面采取的一些对策，也感觉到有一些已经开始实现了，已经开始做了，应该说是一个好头。我想今后在政府，特别是教育部门直接的推动下，我们各级各类学校，全力以赴地去实现，我想会有很大的改变。（主持人：委员们现场满意吗？）我想，作为我本身，我很满意，我觉得反应还是很好。

主持人（荆慕瑶）：反应很好的。顾代表，袁部长是在政协教育界别的联组会上做出了很多回应。当时那个现场的画面我想您都已经看了，我不知道您对于袁部长的这些回应，您的看法怎样？

嘉宾（顾海良）：这些问题直接问部长，我想大家感觉到了这些问题的尖锐性和敏感性。否则的话，代表们，比如无论是政协还是人大这边，都有很多教育界的同志，互相之间一解答就行了。这些问题呢，可能更加敏感，也更加尖锐，可能大家认为更涉及教育部这个层次的问题。大家仔细想想，我听了袁部长对这些问题的回答，他还是从两个方面做出解答。一个是教育是整体问题，教育部门，包括学校，也包括社会，也包括家长，大家共同来解决一些教育上的难点问题。另外，对教育发展中的局部问题和发展中的一些政治改革问题，能够做一些正面的回应和理解，我觉得这个非常重要。像刚才提到的减负问题。减负，老师给他减负，你家长给他加负了也不行啊。有的孩子以前是愿意过星期六、星期天，现在孩子看到星期六、星期天就发怵啊，因为在星期六、星期天，家长带着他们跑七八个甚至八九个补习班，他都搞得头昏脑涨。（主持人：筋疲力尽。）他还不如上学快活一点，乐趣大一点。学校减负，家长加负，等于还是没真正地减负。所以它是一个大家一起来解决的问题，我觉得袁部长对这个问题非常坦诚，也非常直率地把问题解释清楚了，这种沟通是有利于教育事业今后健康发展的，所以我也非常赞赏。大家都共同面对民众来回答这个问题，来共同探讨如何解决教育发展中的难点问题，来寻求大家的支持。

主持人（荆慕瑶）：对，您提到这个特别好啊，我们把问题摆出来，而且是一个寻求大家理解和支持的过程，特别有益。我们知道，其实像袁贵仁部长，我记得每一年开两会的时候，他都会到这个政协教育界别，起码这些年都是如此啊，到政协教育界别来直接听取委员们这个联组讨论，而且直接发表自己的意见。像刚才顾代表说的，其实最近这两年，包括我们教育部门很多级别的官员，都出来直面问题，这实际上是一个特别有益的一个尝试。（袁振国：那是当然了。）因为大家对教育界的关注都太高了。

嘉宾（袁振国）：从教育主管的真正部门来说，首先是它的职责，（主持人：职责所在。）它有这个义务来回答代表们的问题、担忧、希望。两位代表代表着的不是这么几千个人，他代表着各个方面的意见和声音，所以通过他们来传达这个关切，并回应这些关切，这是一个责任。第二个，从袁部长的回答以及我们现在相关职能部门的回答来看，我觉得有的印象是很深刻的。作为教育部以及其他方面来说，对解决问题的思路是清晰的。问题是客观存在的，对怎么解决这些问题，思路是清晰的，态度是明确的。没有什么问题是需要我们再研究研究，再商量商量的，所有的问题都是很清晰的，解决问题的措施和步骤是明确的，这点是（很好的）。（包括刚才提到的异地高考问题，因为说还普遍存在一些争议，但是我们的思路已经很清晰了。）这个国务院文件都已经做了，一条一条都已经做了很明确的安排。第三个，我觉得教育的问题需要大家共同的理解和关注，就是全社会支持教育问题的解决。很多事情不能说是哪一个人，或者哪一个部门单独就能解决这个问题，这是不太可能的。对教育部来说也好，对教育的其他的各级各类的行政部门来说，都有不可推卸的责任。你不能说，这个问题很复杂，我们也无能为力，这是不可以的。你必须有明确的立场和态度。有时候，要发扬一点中国传统文化的精神，要知其不可为而为之。（主持人：要知其不可为而为之，勇于担当。）有些问题，比如这个奥数问题太复杂了，这个课业负担的问题太复杂了，教育部门不能说：这是课外补课的事情，我也管不了，这个不可以。作为教育系统的一员，要积极地去协调方方面面的问题，要协调这个家庭和社会，要协调我们的媒体。这样一个过程能获得大家的理解和支持。

主持人（荆慕瑶）：最后，我再问一下各位的教育梦，因为我们知道，袁贵仁部长在政协这次的教育界别联组讨论会上，提到他的教育梦，那就是十六个字：有教无类，因材施教，终生学习，人人成才。我们做了很多的报道，十六个字说得感动人心。首先问一下郭委员，您现场也听了袁贵仁部长的教育梦，那么您个人的教育梦是怎么样的？

嘉宾（郭大成）：我想袁部长讲得非常好，我很赞成。如果让我说的话，我想更简单一点，让学生们快乐地学习、健康地成长。

主持人（荆慕瑶）：快乐学习，健康成长，很简单啊。您说的这个学生，是从小学生，到大学生？（郭大成：是的。）那顾代表，您呢？

嘉宾（顾海良）：我一直在教育战线工作，从当知识青年，就是从当民办教师开始，也当过小学校长，当过大学校长。（主持人：经历非常丰富。）所以我想呢，我的教育梦就是我们培养更多的为中华民族振兴的人才，培养更多的为世界文明进步的人才。

主持人（荆慕瑶）：非常感谢。袁院长，您呢？

嘉宾（袁振国）：我是有教育梦想的，是有教育期待。我觉得我的第一个梦想就是什么呢，就是在中华人民共和国的国土上要让那些破烂的学校、失学的儿童，还有那些，在那种特别让人揪心的学习环境下刻苦学习的孩子的状况得到根本性的改变，要让那些我觉得不应该有的现象消失。第二个梦想，我觉得现在我们这个教育资金，这个教育经费能达到4%很不容易，确实我们尽了很大的努力。但是我觉得还不巩固，一整套的政治措施，还不到位，一旦松懈，很有可能继续滑下去。所以，我的第二个梦想就是要建立一个稳定的制度，要保证这个4%不下滑，而且要逐步增长。我想说，同时在经费问题上，我觉得光靠国家财政还不够，要动员我们全社会的经费，能纳入我们教育系统。要注意研究一下，我们的财政经费在增长，但是我们的社会投入在下降。所以，教育领域里面不能够出现"国进民退"的现象。我们企业要防止这种现象，教育也同样要防止，两种资源要共同增长。第三个梦想，我想就是很多人关注的，我们的基础创新人才要能够找到好的办法，使他可以脱颖而出。

主持人（荆慕瑶）：好，非常感谢三位，其实三位的教育梦都是强国梦。最后，我希望我们今天谈了这么多，老百姓和代表委员都非常关注的教育热点难点问题能够早一点解决，恐怕这也是我们大家共同的教育梦。感谢收看本期节目，让我们下期节目再见。

【中国科学报】科教并举：共同绘就"美丽中国"

来源：中国科学报　日期：2013年3月12日

原文链接：http://www.cas.cn/xw/cmsm/201303/t20130312_3790260.shtml

两会期间，习近平总书记在参加十二届全国人大一次会议上海代表团审议时强调，要突破自身发展瓶颈、解决深层次矛盾和问题，根本出路就在于创新，关键要靠科技力量。

对于如何建设美丽中国，全国政协委员李铖锋认为，治理环境污染，建设生态文明，也要靠创新，包括科技创新、模式创新，要靠科技力量，靠技术集成。

"'美丽中国'是中国梦的一个重要组成部分。我们科教界有责任、有义务为建设美丽中国贡献自己的力量。"全国政协委员、中科院院士郭华东说。

像郭华东一样关注环境问题的科教界委员并不在少数。他们打算为实现"美丽中国梦"

作出哪些努力？带着这一问题，《中国科学报》记者采访了相关人士。

用"科学的眼睛"看中国

近年来，一些地方盲目追求GDP发展，致使土地退化、植被破坏、水体污染、空气质量下降等事件频频曝光。而当地政府一些虚报瞒报、试图掩盖真相的做法，也激起了社会的不满。

不过，这些都逃不过科学的眼睛。在郭华东所在的中科院遥感与数字地球研究所，科学家们能借助卫星技术，看到地球的沧海桑田。

"大家都希望国家山川秀美，有蓝天白云，自己的生活环境干净宜居。"郭华东说，"利用遥感技术这种宏观、快速、直观的观测手段，从太空就能客观、动态地监测地表环境所发生的变化。"

现在的遥感技术，已能够精确地对沙漠化、植被变化、水质情况，甚至城市垃圾等进行观察。科研人员可以记录一段时间内某个区域的环境变化情况，并作为建议提供给政府部门，以供其制定相应对策。而对那些没有做好环保工作的地方，也可以及时进行提醒。

1998年，我国南方发生大洪灾时，各省粮食局上报受灾耕地面积，称共有3亿亩耕地将因洪水绝收，占全国耕地面积的1/6。但郭华东等人利用遥感手段发现，实际上这个数字只有3 000万亩。后来证明，当年的粮食不但没减产，还实现了增收。

除了看到正在发生的事情，最近兴起的数字地球技术还能通过计算机虚拟手段，对未来10年、20年可能发生的变化进行展望。

"地球本身是一个自然的球体，人类到来之后，如何与地球和谐相处？"郭华东说，"遥感和数字地球作为客观的科学工具，相信能帮助人类更加有效地管理地球。"

国防科技构建和谐

近年来，由于环境污染而形成的"癌症村"正在中国蔓延。据不完全统计，全国"癌症村"数量高达247个，遍布全国27个省份。

"我们一直把脱贫致富放在第一位，但发展要与环境保护相平衡，绝对不能再走西方国家'先污染后治理'的老路。"在全国政协委员、海军信息化专家委员会主任尹卓看来，美丽中国的一个关键词就是"和谐"。

尹卓认为，当前我国环境状况不容乐观。如江苏等地最近肝癌发病率大大提高，这与当地电镀等小化工行业对地下水的污染有关。"现在还有一种将这些企业向中西部转移的趋势，一定不要将污染也转移过去。"

除了内部的和谐，还要关注对外的和谐。"对军队来说，保护美丽中国是我们的义务，尤其是要保证中国的核心利益不能受到损害。"尹卓说，"我们现在努力发展国防科技，为军队提供优良的作战手段，形成震慑力，就是军事科技工作者对建设美丽中国的贡献。"

素质提升任重道远

"孩子是祖国的未来，但我们的'未来'不能等到未来再去抓。"全国人大代表、著名教育专家周洪宇认为，建设美丽中国，首先应该通过多种措施培养塑造青少年的美丽心灵。

作为一名大学老师，全国政协委员、北京理工大学教授王涌天深有同感。他说，"建设美丽中国，提高人的素质尤为关键。"

"现在网上有很多报道，说中国人到了国外，一些不文明的行为引起了外国人的反感，也损害了中国的形象。"王涌天说。

王涌天所在的北京理工大学光电技术与信息系统实验室，虽然研究的都是复杂光电系统设计研制、虚拟现实与增强现实等"高精尖"的科学技术，但也一直十分重视基础科学教育和科学普及工作。

作为北京市青少年创新基地，实验室每年都会与当地中小学合作，让孩子们到实验室里亲自动手进行科学实验。

而在本科教育阶段，实验室也为有兴趣的本科生提供机会，参与真正的科研项目。"科研人才的培养是一个长期过程，我们在本科生阶段就让一些好苗子介入进来，之后他们就能驾轻就熟了。"王涌天说，在他们的实验室，学生"逃离科研"的现象并不多见。

网友热议

Jananmao2012：小时候喜欢看科幻电影，是因为未来科技带来的便利会很刺激。从"小时候"到现在也不过几年光景，科技迅猛发展，我们都切身感受到科技带来的巨大变化。同时，我们也看到一些如《2012》等以地球毁灭为题材的电影，真心希望那样的世界离我们人类还很遥远。保护环境从我做起！让我们共同守护"美丽中国"。

微太原：2013年，中国已成为世界第二大经济体，但万元GDP能耗比发达国家高出4倍，工业排污更是发达国家的10倍以上。沉重的环境代价，也可以说是高昂的代价，给本届政府提出了一个科学发展的重大课题。"美丽中国"呼唤科学发展。

湖言大山：让人们有个更优美的环境，就必须依法治理环境，依法驱散雾霾，在问题面前急不得，用生活的淡定去面对这些问题。就经济社会发展的重大问题和涉及群众切身利益的实际问题进行广泛协商、广纳群言，运用科技支撑，有法治力量的给力推动，美丽中国就在我们身边。

胡泽民：十年树木，百年树人。建设美丽中国，全民素质教育至关重要。

李东生：生存环境成问题，挣再多的钱，生活也无法幸福。珍惜自然资源，多发展高科技领域产业是未来的出路。

（作者：丁佳　甘晓）

【工信部】北理工："改作风、走基层、提效能" 全面提升服务水平

来源：工信部　日期：2013年5月21日

原文链接：http://www.miit.gov.cn/n11293472/n11293877/n15329799/15329846/15418709.html

为了进一步转变和改进工作作风，在工业和信息化部的统一部署下，北京理工大学按照要求，结合校情实际，制定了"改进作风年"活动方案，动员和激励全校教职工开拓进取、敬业奉献，全面践行"三服务"理念，坚定理念自信、目标自信和战略自信，稳步扎实推进"特色鲜明、理工为主"的世界一流大学建设进程。

一、改作风、抓学习，着力提升思想认识

在学校党委的统一部署下，全校各基层党委、党总支、党支部分别展开了学习中央关于改进工作作风、密切联系群众的八项规定，习近平总书记关于厉行勤俭节约、反对铺张浪费的重要批示精神以及工业和信息化部相关文件的精神。学校党委要求各级党组织要高度重视此项活动，提升思想认识，不折不扣地执行上级和学校"改进作风"的相关文件精神，切实转变作风、文风、会风，努力为师生办实事办好事，把师生的满意度作为衡量工作成效的重要标准。

自今年，学校按照年初的工作会议精神，将全面推进"十二五"发展规划，重点抓好"一提三优"二期建设。要求机关干部要主动思考，勇于担当，按照学校的发展战略，提前谋划、整合资源、抓住机遇，努力为学校的教学培养、学科建设、科学研究等提供高质高效的发展建设平台。一线教师要主动攻关，勇于创新。要结合国家重大战略需求和世界科技发展前沿，主动拓展学术视野，走出校门，走进国防科技研究和国民经济建设主战场，争取资源，协同创新，全面提升学校的教学和科研水平。

二、走基层、察民情，切实解决实际问题

自今年4月下旬开始，学校各机关部处组成七个调研组，到各个基层学院开展调研活动，主要调研各学院对机关各单位作风建设的意见和建议，并结合"十二五"规划中期检查工作，对机关各单位下一步如何做好工作提出意见和建议。调研主要通过深入学院召开座谈会、个别访谈的方式进行。在调研过程中，调研组虚心听取来自学院师生的意见和建议，对于学院师生对机关工作提出的问题和意见，能够马上答复和解决的，与会的职能部门负责人现场进行了沟通解答，并立即着手解决；对于需要协调解决的，各调研组也将把

问题汇总，对于需要答复的，将协调有关部门提出方案予以答复；对于工作建议，也通告给各职能部门，作为改进工作作风的有效建议。参与本次调研的机关部（处）29个，干部达300余人次。

三、提效能、重服务，确保取得实际效果

结合下半年即将开展的"为民、务实、清廉"为主要内容的党的群众路线教育实践活动，以服务型党组织建设为载体，继续在全校推行创先争优、机关工作示范岗等实践活动，全面落实干部为教师服务、教师为学生服务，全校为人才培养服务的"三服务"理念，在全校形成改作风要着重效能，重服务要强化考核的良好氛围。

学校今年将重点加快"一站式"办公平台建设，进一步提高行政办公效率；积极推进党务、校务公开建设，进一步推进学校民主管理；着力提升办学水平，进一步推动两校区办学的科学发展等一系列着眼于"服务"的重点工作。目前，全校教职员工，尤其是党员干部，以身作则、率先示范，坚决把改进工作作风、提升工作效率落到实处；深入教学科研一线，把学生培养和教师工作的难点作为自己工作的重点，把解决教学科研工作中的问题作为管理工作的主要内容，真抓实干、为民务实；在日常工作中落实"起身迎送、把话听完、意见明确、抓紧办理、必有回音"的二十字方针，严格落实限时办理制度，提高办事效率，推行首问负责制，规范运行体制，健全信息收集反馈机制，及时处理广大师生的迫切需求。

【中国电子报】全国政协王涌天委员：设立应用资金购买国内科研成果

来源：中国电子报　日期：2013年3月8日

原文链接：http://epaper.cena.com.cn/shtml/zgdzb/20130308/45467.shtml

"我国在科研成果转化上虽已有一定进展，但部分成果没有得到应用，因为成果转化的途径不太通畅。"

党的十八大报告明确指出要深化科技体制改革，推动科技和经济紧密结合，加快建设国家创新体系，着力构建以企业为主体、市场为导向、产学研相结合的技术创新体系。虽然我国科技成果转化有了一定的进展，但在创新链条上，依然有很多脱节和矛盾。因此，一直关注中国科研成果转化的全国政协委员、北京理工大学信息与电子学部主任王涌天向《中国电子报》记者提出了自己的想法。

用基金搭建成果转化平台

为企业搭建一个成果转化平台，促使研、用相结合。

"近几年，我国在科研成果转化上有一定进展，但只是在部分项目上，多数项目做完后，成果还是没有得到应用而束之高阁；还有一些人是为了完成项目指标而申请专利，专利内容没有实质的创新内容。"王涌天表示，"关键是成果转化的途径不太通畅。"

"从科研人员的角度看，国家通过各种科研计划或基金为高校或研究院提供科研经费，但是这些经费往往不包括给科研人员的那一项，所以如果是守法做科研的话，该项研究是没有报酬的，除非研究成果有了买家，或者自己将成果产业化。可是从企业的角度看，绝大多数企业不愿意出钱购买研究单位的成果。研究人员自己做产业化又不专业，导致成果浪费，也不利于调动科研人员的积极性。"王涌天告诉《中国电子报》记者。

因此，王涌天建议，设立一笔应用资金给企业用于购买国内科研成果。当然，对于这笔资金的使用，包括购买和产业化应用过程都应该有评审和监督程序，以保证购买本身符合双方需求，成果可以真正产品化。如果没有产品化，企业就无法拿到原定额度的经费。"这相当于搭建了一个成果转化的平台，促使研、用结合。"王涌天表示。

"863"可与地方组建联合项目

"863"计划更适合以产业化为目标与地方政府联合推进。

此外，作为科技部"863"信息技术领域主题专家组成员，王涌天说，"'863'计划是我国科学技术发展的一面旗帜，然而，随着'973'计划、国家科技支撑计划、国家科技重大专项、国家自然科学基金重大项目等多个大投入的国家级科技计划的启动和实施，如何继续高举'863'旗帜、保持其应有的影响力，成为一个难以回避的课题。""扩大'863'计划的支持范围、增加项目数量、加大经费支持力度，无疑是解决上述问题的捷径。"王涌天表示，"在中央财政投入难以在短期内大幅度提高的情况下，国家自然科学基金的模式值得参考。"

据介绍，近年来，国家自然科学基金委与广东、云南等省份合作，设立省市联合基金，吸引全国的科学家，帮助解决相关省份及周边区域经济发展中具有共性的重大科学问题和关键技术问题；与宝钢、神华集团、中国石油天然气集团公司等企业合作，分别设立钢铁、煤炭、石油化工联合基金，结合行业发展面临的重大技术难题开展研究，促进院所与企业的协同创新；与中科院、中国工程物理研究院等单位合作，设立相关联合基金，开展天文、民用航空、大科学装置应用等方面的基础研究。通过这些联合基金，补充国家财政投入，提高了基金申请项目的资助率，加大了资助力度。

"'863'计划更偏重应用研究，强调成果的推广应用和产业化，因此更加适合设立区域、企业联合项目。"王涌天向记者表示，"如果和地方合作，申请单位不能限定只能来自该地方，应该是全国的优势单位都可以申请。通过这种强强联合，经费有了一定保证，成果可以适时推出。国内优势研究单位可以帮助地方政府解决科研问题，这也正是'863'计划想要做的事情。"

（作者：连晓东）

【央视《新闻联播》】报道北理工优秀校友王小谟

来源：央视《新闻联播》 日期：2013年1月18日

主持人（康辉）：各位观众，晚上好。

主持人（李修平）：晚上好。

主持人（康辉）：今天是1月18日，星期五，农历十二月初七。欢迎收看新闻联播节目。

主持人（李修平）：首先向您介绍这次节目的主要内容。

主持人（康辉）：中共中央、国务院隆重举行国家科学技术奖励大会。胡锦涛、习近平、温家宝、李克强、刘云山出席大会，并为获奖代表颁奖。习近平主持大会，温家宝讲话，李克强宣读奖励决定。郑哲敏、王小谟两位院士获得2012年度国家最高科学技术奖。

主持人（康辉）：中共中央、国务院今天上午在人民大会堂隆重举行国家科学技术奖励大会。胡锦涛、习近平、温家宝、李克强、刘云山出席大会，并为获奖代表颁奖。习近平主持大会，温家宝代表党中央国务院在大会上讲话，李克强宣读奖励决定。

旁白：上午十时，中共中央总书记、中共中央军委主席习近平宣布大会开始。国家主席胡锦涛向获得2012年度国家最高科学技术奖的中国科学院院士、中国工程院院士、中国科学院力学研究所研究员郑哲敏，中国工程院院士、中国电子科技集团公司电子科学研究院研究员王小谟颁发奖励证书。随后，胡锦涛、习近平等向获得国家自然科学奖、国家技术发明奖、国家科学技术进步奖和中华人民共和国国际科学技术合作奖的代表颁奖。2012年度国家科学技术奖共授奖330个项目和7位科技专家。习近平在主持大会时指出，党中央、国务院隆重奖励在我国科学技术事业发展中做出杰出贡献的科技工作者，充分体现了党和国家对我国科学技术事业发展的高度重视和对广大科技工作者的亲切关怀。他希望广大科技工作者以获奖者为榜样，继续发扬求真务实、勇于创新的精神，始终把祖国和人民放在心中，努力做出无愧于时代、无愧于人民的创新成果。习近平强调，要高举中国特色社会主义伟大旗帜，全面贯彻落实党的十八大精神，以邓小平理论、"三个代表"重要思想、科学发展观为指导，加快创新型国家建设，努力实现创新驱动发展，为全面建成小康社会而奋斗，共同创造中国人民和中华民族更加幸福美好的未来。国务院总理温家宝在讲话中指出，实现党的十八大提出的到2020年全面建成小康社会的宏伟目标，必须实施科教兴国战略，把科技创新摆在国家发展全局的核心位置。温家宝强调，要深化科技体制改革，坚持把科研的重点放在产业发展的前沿，以企业为主导，深化产学研结合，下大力气攻克核心技术和关键技术，争取在高技术产品研发和市场开拓上取得重大突破。要瞄准关系全局和长远发展的战略必争领域，加强基础研究，前沿先导技术研究，为经济社会发展提供新的动力源泉。要努力营造各类创新主体平等竞争的政策环境，形成崇尚科学、遵循规律、尊重知识、尊重人才的良好风尚。中共中央政治局常委、国务院副总理李克强在会上宣读了"国务院关于2012年度国家科学技术奖励的决定"。王小谟代表全体获奖人员发言。出席大会的领导同志还有马凯、回良玉、刘延东、刘奇葆、范长龙、赵乐际等。

主持人（康辉）：获得2012年度国家最高科学技术奖的两位大家已经知道了。一位是爆炸力学的开拓者之一郑哲敏先生，另一位是中国预警机的奠基人王小谟先生。那接下来让我们走进他们的科学人生。

旁白：（导引：率先通过天安门广场上空的是多机编队的领队梯队，带队长机是空警2000预警机。蓝天骄子携雷霆之势，展空中雄姿。）这是2009年10月1日新中国成立60周年阅兵式上，机群飞过天安门广场的壮观场景。领航机型是我国自主研发的预警机空警2000和空警200，这也是中国预警机第一次在全球观众面前公开亮相。

2012年度国家最高科学技术奖得主（王小谟）：我在最中间那个观礼台上，那个红观礼台上。结果（预警机）一来以后，我忍不住第一句话就跟旁边几个人说，那是我们搞的。他们说，好啊。我这眼泪就掉下来了。我们这口气真是在那个时候就争上来了，让全世界看到我们的预警机飞过去。

中国电科集团公司总经理（熊群力）：应该说这个预警机的诞生，使我们国家的武器装备建设，尤其是国防力量建设，进入了一个新的领域、新的时代。

记者（田云华）：您看到的这个机身上方所驮的这个大蘑菇呢，就是它的雷达罩。这个雷达罩是采取了三面阵的这样一个结构，每一面的检测角度是120°，那么三面就是360°，形成了一个全方位的检测。这是由王小谟院士在世界上首次提出来的。

旁白：雷达系统是预警机的千里眼。预警机不仅仅是插着天线的空中雷达站，它还肩负着通信和指挥三军协力作战的任务，是名副其实的空中移动指挥部。

2012年度国家最高科学技术奖得主（王小谟）：（记者：曾经有一位军事界的专家说，如果有了预警机，敌方没有预警机，哪怕我们的飞机是他们一半的数量，我们也能打赢这场战争。）对，是这样的。为什么呢？就是说我们知道你的部署，我能看到，你看不到我的部署，你不是打瞎子吗，瞎子打仗吗？

旁白：王小谟是我国研制预警机的奠基人和总设计师。20年前，我们曾经希望通过对外合作的方式研制预警机，遭到外方阻挠，王小谟和他的团队就憋足了一口气，下决心一定要做出中国人自己的预警机。现在，我们自主研制的预警机已经达到世界一流水平。虽然年过古稀，王小谟还有更多新的想法，他想带着这帮年轻人在预警机的研制领域引领世界潮流。

2012年度国家最高科学技术奖得主（王小谟）：我的目标是干到80岁，脑袋要糊涂了，就别干了，现在还没糊涂。因此，还想在预警机和雷达事业上，能够为我们赶上国际先进水平，做到国际领先再贡献一些力量。

【人民网】王小谟："中国预警机之父"

来源：人民网　日期：2013年1月21日

原文链接：http://www.bit.edu.cn/xwwold/mtlg/83528.htm

雷达、预警机、中国电科……自从20世纪50年代走上国防科研这条路，这些神秘的词汇就和王小谟紧密相连。

18日上午，在北京人民大会堂的主席台中央，胡锦涛主席把大红的2012年度国家最高科技奖的获奖证书交到王小谟手中。

台下掌声雷动。人们用最热烈的掌声表达对中华人民共和国"预警机之父"的崇高敬意。

"中国一定要有自己的预警机"

20世纪80年代，王小谟主动策划，与十几位老专家深入酝酿，希望自主研制预警机。

自主研制预警机，谈何容易？王小谟不顾各方质疑，详细整合十几年的研究基础，综合分析国内各方面的科研力量，最终在国家的大力支持下，开启了一边国际合作、一边自主研制预警机的漫漫航程。"中国一定得有自己的预警机！"王小谟说。

合作研制期间，王小谟受命担任预警机工程中方总设计师，提出采用大圆盘、背负式、三面有源相控阵新型预警机方案，这是世界首创。同时，他坚决主张并且部署安排了国内同步研制，并做出了样机。当外方迫于国际压力单方面中止合同时，他部署安排的国内同步研制工作，也取得了重大进展，并做出了预警机样机。自力更生，属于中国人自己的预警机呈现了雏形。我国的预警机成为世界上看得最远、功能最多、系统集成最复杂的机载信息化武器装备之一。美国政府智囊团"詹姆斯敦基金会"发表评论：中国采用相控阵雷达的预警机，比美国的E-3C整整领先一代。

"预警机之父"的"雷达人生"

2009年10月1日，北京，天安门广场。国庆60周年阅兵式上，具有世界先进水平的两型预警机带领的空中梯队以及地面雷达方阵首次公开亮相，令全世界雷达领域的同行为之惊叹。

看台上的王小谟流泪了。因为在这些成就与惊叹的背后，有他在雷达界半个世纪的付出与心血。

作为我国预警机事业的奠基人和开拓者，50年来，王小谟始终坚持自力更生、自主创新，主持研制出多部世界先进的地面雷达，并引领我国实现了从地面雷达向空中预警指挥机的飞越，为推动我国国土防空网的建设做出了重大贡献。

2010年，他主导研制的预警机项目荣获国家科学技术进步奖特等奖。同时，他亲任出口型预警机总设计师，首次提出运八平台背负圆盘形天线罩的设想，实现了"小平台、大预警"。

随后，国产首架出口型预警机顺利交付，这一事件再次引起了国际社会的广泛关注。

然而很少有人知道，74岁的王小谟在研制预警机的过程中曾在零上40℃和零下30℃的机舱熬过数月。在预警机研制的关键时期，他遭遇车祸，腿骨严重骨折。雪上加霜的是，王小谟又被诊断出患有淋巴癌。

所有人都焦虑了，然而，病床上的王小谟却镇静从容，一边输液、一边和设计师探讨交流研制问题，病情稍有好转，他又像往常一样出现在试验现场。

精彩"票友"生活

游泳、登山、唱京剧、拉胡琴……枯燥严谨的工作之外，王小谟是一个懂得享受生命的人。繁重的工作之余，他常常去体验生活带给他的精彩。

王小谟坦言，最喜欢梅兰芳的戏，尤其喜欢《宇宙锋》。大学时，他就是校京剧团团长，也是摩托队成员。多年的沉淀与积累，他把那京腔京韵唱得悠扬婉转，胡琴拉得如泣如诉。一曲《苏三起解》《杨门女将》，曲牌正宗、演奏老到，在那时而委婉悠扬、时而快板激昂的演奏中，我们再也找不到平日里奔波忙碌的王小谟，似乎坐在你面前的是一位艺术家。

然而，这样的时刻并不多。他说："我曾经有一个愿望，到70岁以后不再参与工作，找一帮喜欢京剧的人一起练练。看来只能80岁以后了！"

他还在谋划祖国预警机未来发展的蓝图，还在为预警机事业发掘更多的"千里马"。因为他清醒地知道："预警机的路还很长。搞装备的，国家的需求就是目标。"

【中国科技网】王小谟：领航人生

来源：中国科技网　日期：2013年1月18日

原文链接：http://css.stdaily.com/special/content/2013-01/18/content_563843_2.htm

2013年1月18日，国家科技奖励大会上，这位一辈子投身中国雷达事业、被誉为中国预警机事业奠基人和开拓者的老军工，从国家主席胡锦涛手中接过国家最高科学技术奖证书。

出口雷达"先有广告，后有产品"

因为名字里有个"谟"，与"魔"同音，再加上点子多，王小谟在同事中得了个"魔鬼"的称号，听到记者提起，他哈哈大笑着解释："可不是因为我厉害啊。"

1988年，38所获得走出大山的机会，这是国务院三线办批准向外搬迁的第一个科研院所。研究所身处深山，人员流失严重，看着高水平的研究者"招不来，留不住"，王小谟忧心忡忡，要保存住这支国防科研力量，一定要搬出大山。把几千人的大所搬出大山谈何容易。但王小谟的决心很大，"不搬出大山，这支国防科研力量就可能流失。"国家财政支持2 000万元，王小谟则下决心举全所之力自筹5 000万元。

5 000万元从何而来？王小谟想到了出口雷达，而这款出口型雷达还是"先有广告，后有产品"。

1986年5月，德国青年鲁斯特驾驶轻型飞机长驱直入，低空飞行数千公里①，突破当时世

---

① 1公里 =1 千米。

界上最强大的苏联地面雷达防空网，成功着陆红场，令世界震惊。低空雷达防御迅速成为各国关注的焦点。王小谟带领38所的科研人员也开始了这一领域的探索。

不久后的一次国际防务展上，王小谟打出了一个很有"卖点"的广告——中低空兼顾雷达，而此时这款雷达还根本没有样机。低空防御正是热点，一款能做到中低空兼顾的雷达自然马上引来关注，有国家提出购买。

王小谟带着订单回国，立即组织团队投入研制，一年后研制成功。在与美国、俄国等国的产品比拼中，取得了电子对抗性能第一、综合性能第二的好成绩，顺利将雷达卖到了国外。

事后有人问他，没有样机，怎么敢冒险打广告？王小谟笑着说，"当总设计师，水平就体现在这儿啊。"他还跟记者说起了乔布斯，"他是个好的企业家，眼光独到，别人想不到的东西他能想到，这是因为有技术支撑。他知道有哪些技术可以集成在一起，所以做出一个'苹果'。"

不守成规，相信自己，这是王小谟身上的鲜明特色。虽然没做出样机，但38所此前一直在做低空雷达方面的研究，预演做了很多，各种技术他都了然于心，"有现成的技术，只需要把它们凑到一起就行。"

靠着这个冒险的广告，王小谟给38所搬出大山赚到了"搬家费"，更重要的是赢得了新型中低空兼顾雷达的研制机会。这个"出口转内销"的项目再次为王小谟赢得国家科技进步奖一等奖。

"人是第一战斗力"

王小谟的超前意识让吴曼青印象深刻。

1988年，在安徽合肥新建的38所职工宿舍就有热水、有暖气。我国长江以南的建筑装暖气设备是不合规定的。但王小谟有自己的看法，在贵州山沟里待了多年，一到冬天，办公室和宿舍没有取暖设施，科研人员只能在家"冬眠"三四个月，"这是多大的浪费呀，为什么不能把条件创造得好一些，让科研人员看看书做做研究呢？"他坚信这个效益会远远大于暖气费。

为了这个超标的暖气，王小谟做了不少检讨，"后来干脆写好多份放在抽屉里，谁来了就给一份。"刚刚从大山里搬出的38所却因此收获了副产品，"招人才呀。很多人都说，去38所吧，有暖气！哈哈！"王小谟禁不住又笑了起来。

其实，他这种"以人为本"的思想在预警机的研制中也能看到。

我国预警机设计之初，王小谟就坚持预警机上一定要有空调、有厕所、要降噪。起初他的超前想法引来质疑声一片，"预警机是用来打仗的，装什么厕所，这不符合我军装备规范，由此带来的技术问题如何解决？"

"人是第一战斗力。"王小谟坚定并坚持着。"就是因为预警机是用来打仗的，不是上天转一圈就下来了，才一定要加厕所、降噪音。"王小谟始终坚持，努力说服各方提高人机环境，并想方设法在技术上组织攻关，让他的想法能够得以实现。

总设计师的"荣誉观"

在老同事眼里，生活中的王小谟是个和大家打成一片的老朋友，工作中则是"靠得住的主心骨"。

从贵州山沟里一同走出来的老同事还记得，在贵州，他会拿个推子给大家推头，"开始两个推不好，后来就越推越好了"。谁家也没有电视的时候，鬼点子多的王小谟会自己琢磨着做个电视机，然后得意地把同事们请去看屏幕上晃动的人影。但让同事们更多记住的是"他是个好的领导者，组织能力强，能实干。跟他一起工作总是能成功"。

接受采访时，王小谟评价自己"不是科学家，是个好的工程师"，对于工程管理和团队引领，他自有一套。王小谟给几十年的经历总结了两条经验：一要有说服别人按你的想法做事的水平，二要谦虚不争功。

都是高水平的研究者，一个大的科学工程中，要让别人信服，只能靠真本事，"我有这样一个思路，我告诉别人为什么这样做，要说得让人信服，他说做不到，我告诉他怎么能做到，最后证明我是对的。"王小谟靠着扎实的专业能力和敏锐眼光确立了自己在所参与的各型雷达预警机研究团队中的领航地位。

每到报奖时，大工程中的某一项目是王小谟出的主意，但他不报奖，总让别人报。

"不觉得吃亏吗？"记者问。

"不吃亏呀，你看他们都没得这个大奖，我得了。呵呵……"又是爽朗的笑声。

"大家都做好了，总的肯定是好的。"他特有的"总设计师荣誉观"让他在团队中的领航地位更加稳固。

40万元买人才

"我是王院士花钱买来的。"年轻的陆军笑着和记者们讲起他进入中国电子科技集团公司第38所工作的故事。

1986年，正是38所准备从贵州深山迁往合肥的困难时期，缺资金、缺人才。就在这时，所长王小谟决定花40万元从中国科技大学"买"7名研究生。这7名学生都是定向培养专业，毕业后服从学校分配。陆军就是这7个人中的一个。

3年研究生期间，陆军记得王小谟一到合肥出差就到学校去看他们，有时王小谟忙完在合肥的公事已经晚上八九点钟了，他也会赶到学校去看看7个年轻人，跟他们讲讲38所的情况。每次几个年轻人都会被王小谟描绘的大山里热火朝天的雷达科研工作所吸引，也会问问这位未来的领导"我们能干些什么呀？"王小谟总是笑着回答："你们现在的任务就是好好学习，将来进了所里，有的是工作让你们干。"

果真刚进所不到一年，王小谟就把一个重要的雷达项目交给了陆军，让他做总设计师。他把陆军带到北京，和军方代表一见面，对方就质疑王小谟，"怎么让一个孩子当总设计师？"面对质疑，王小谟倒很坦然自信，他说："第一，方案是我做的；第二，这个人聪明能干，一定能完成任务。"结果，不到一年时间，当初质疑的人都纷纷称赞起陆军。

王小谟大胆使用人才的魄力始终如一。1990年，25岁的吴曼青从国防科技大学毕业进入38所，一年以后，王小谟就让他担任一型雷达的总设计师，3年后，这项工作荣获国家科技进步二等奖。吴曼青说，"王院士给我们年轻人很大的信任，信任是一种最好的鼓励。"

对人才有信心，敢于给他们重任，再推一把，这就是王小谟培养人才的"绝招"。为什么能有这么大魄力？王小谟坦言，对年轻人"不能不管，也不能全管"，放手让年轻人干的同时，他也亲自参加各种会议，对年轻人尊重观点，肯定成绩。因为对可能出现的问题有准确预判，在年轻总设计师们需要帮助时，王小谟总能提出有效建议，给予正确引导。

正因为他的信任与放手，由他培养的年轻人进步很快。几十年来，王小谟先后培养了14位博士生，并先后培养出18位我国预警机系统或雷达系统总设计师。

当记者问起500万元的奖金计划怎么用时，王小谟的想法是建个基金，奖励雷达、预警机研究领域成绩突出的年轻人，"再钓些鱼出来"。

对目前我国预警机的领先水平，王小谟非常理性。他这样打比方："美国的现役预警机都是20世纪70年代研制的。这好比人家十年前买了一辆车，一直没换，而我们是刚买车，当然会好一些。可如果他们再买新车，可以比我们的更好。"王小谟说，"因此，我们讲的国际先进水平只是装备好，不意味着整体技术实力超过了美国。我们不能满足于现有水平，我们的目标是预警机技术全面国际领先，不是在某某领域'戴帽子'的领先。"

他希望中国的预警机研究团队更加强大。如何在未来复杂的环境下发挥预警机的威力，如何实现设计技术从国际先进向国际领先的跨越，王小谟从来没有停止过思考。他希望有更多的后来人加入这支英雄的军工团队，把自己的人生事业与祖国安危紧紧相连。

（作者：刘莉）

【中国科学报】国家最高科技奖获得者王小谟：预警机是我们搞的

——记中国工程院院士、国家最高科技奖获得者王小谟

来源：中国科学报　日期：2013年1月21日

原文链接：http://www.bit.edu.cn/xww/mtlg/83527.htm

他的名字，与我国国防科技发展史上的多个第一紧密相连：我国第一部自动化三坐标

雷达、我国第一部中低空兼顾雷达、我国第一代机载预警系统……他，就是著名雷达专家、中国预警机事业的开拓者和奠基人王小谟。

2013年1月18日，王小谟登上北京人民大会堂主席台，从国家主席胡锦涛手中接过2012年度国家最高科学技术奖。

在50多年的科研生涯中，王小谟为我国国土防空网的建设完善作出了重大贡献，引领实现了国产预警机事业的跨越式和系列化发展，使我国实现了从国土防空型向攻防兼备型的跃升。

圆雷达强国梦

王小谟是新中国培养的第一代雷达专家。"做出中国人自己的雷达是我们这代人追求的目标。"

20世纪60年代初，刚参加工作的王小谟就担起了重任：担任我国第一部三坐标引导雷达的副主持设计师。他大胆地突破了传统设计的模式，创造性地提出了脉内扫频的方法，简化了复杂的雷达高频系统，解决了三坐标雷达的技术难关威力、精度、时间的矛盾。

70年代初，王小谟支援三线，在偏远的贵州山区继续三坐标雷达的研制，并担任主持设计师。他大胆创新，采用了多项新技术，十三年磨一剑，成功研制出我国第一部自动化三坐标雷达。

如今回想起来，王小谟的那份使命感和荣誉感溢于言表，"一定要给国家争气，所以无论遇到困难还是压力，始终保持旺盛的精力"。

在三坐标雷达研制成功之后，王小谟开始对地面雷达的低空防御技术着力开展攻关。他带领团队，以超常规的速度成功研制出我国第一部中低空兼顾的微波雷达，使我国在低空雷达方面赶上了世界先进水平。

造民族争气机

2009年10月1日，国庆60周年阅兵式上，由王小谟主导研制的预警机作为领航机型，引领机群，分秒不差地飞过天安门广场。

拥有预警机是中国几代人的期望，在这一刻，终于实现了。坐在观礼台上的王小谟激动地欢呼："这是我们搞的！"两行热泪随即落了下来。

预警机因技术高度密集，系统十分复杂，世界上只有美、俄、以色列等少数国家具备研制能力。

20世纪80年代，在雷达科研一线摸爬滚打了几十年的王小谟，义无反顾地投身到我国预警机研制事业中，规划实施了机载预警雷达的关键技术攻关，并逐步突破了机载雷达关键技术。

为了加快预警机研制，我国开展预警机对外合作。作为项目中方技术总负责人，王小谟坚决要求中方主导研制方案，并在国内同步研制，为自主研制打下了坚实的基础。

"唯有掌握核心技术，拥有自主知识产权，才能将祖国发展与国家安全的命运牢牢掌握在自己手中。"王小谟坚定地说。

就在合作方单方面撕毁合同、中国预警机事业就要被扼杀在摇篮里时，王小谟积极向中央领导和有关部门建议，自主研制国产预警机，"一定要争口气"。

空警2000预警机立项后，王小谟又提出利用国产飞机实现预警机出口的设想，并担任原型机总设计师。他不顾年老体弱，在条件简陋、紧张忙碌的外场试验现场，顶着40多摄氏度的高温和机上90多分贝的噪声，坚持奋战在一线，经常加班到凌晨，连着一干就是两个多月。

在工程最为关键的时刻，王小谟在外场遭遇车祸，腿骨严重骨折。一个月后，又一无情打击接踵而至，王小谟被诊断出身患淋巴癌。

"这一消息无异于晴天霹雳，令每一个人焦急万分。"王小谟的学生、中国电子科技集团公司电子科学研究院副院长陆军回忆："躺在病床上的老师依然带着镇静平和的笑容，心怀对预警机事业的牵挂。病情稍有好转，他就拖着虚弱的身体赶到试验现场。"

正是由于这种勇于奉献、顽强拼搏的精神，使得我国成为继美国、瑞典、以色列之后第四个能够出口预警机的国家。

引未来创新路

在陆军眼中，王小谟既是实践家，又是战略家。

早在预警机事业之初，王小谟就意识到，除了装备大型预警机外，还应形成中国自己的预警机装备系列，他开始在心中描绘我国预警机体系化发展的谱系蓝图。

继空警2000、空警200国产两型预警机创造了世界预警机发展史上的9个第一之后，王小谟提出了基于国产平台开发预警机的方案，摆脱了我国预警机对国外飞机平台的依赖，加速了我国多型预警机的研制进程。

在王小谟的辛勤耕耘下，我国国产预警机家族不断发展壮大，与此同时，一支技术过硬、作风良好的人才队伍也成长了起来。

"工程不是一个人干起来的，而是一个团队去完成的。"王小谟不止一次提到，站在他背后的，是整个中国电子科技集团公司，是预警机工程的担纲抓总单位。作为预警机工程的总顾问，王小谟主动推荐优秀年轻专家担任总设计师，并亲自担任"幕后总师"，倾心指导年轻的总设计师们确定总体技术方案，开展技术攻关、系统集成和试验试飞方案等重大工程研制事项。

就这样，王小谟将整个预警机研制团队"捏"在了一起，在空前的挑战下创造出了空前的成绩。

"我们的目标是真正的国际领先，其他国家都以我们的预警机为追赶目标。"王小谟还在谋划祖国预警机未来发展的蓝图，还在为预警机事业发掘更多的"千里马"。

（作者：陆琦）

【中国青年报】王小谟：75岁不失棱角

来源：中国青年报　日期：2013年1月21日

原文链接：http://zqb.cyol.com/html/2013-01/19/nw.D110000zgqnb_20130119_1-03.htm

一位是中国爆炸力学的奠基人和开拓者，一位是中国预警机之父，毕生都在为国家做事的郑哲敏院士和王小谟院士，最终也获得了国家给予他们的最高荣誉——2012年度国家最高科学技术奖。

翻看两位科学家的人生履历和科研成就，我们发现，他们的事业始终都是着眼国家需求，服务国家战略，谋求国家利益。郑哲敏院士开拓的爆炸力学，就是为了国家需求而设立的学科，是"两弹一星"的基础理论支撑。王小谟院士从事的预警机研发，事关国家主权的捍卫，为了在战争条件下不被外国人卡脖子，他坚持认为"中国一定要有自己的预警机"。

这种精神正是最值得如今的年轻人珍视的——选择专业、职业、人生道路时，如果更多是着眼于自身和现实的利益，甚至让逃离基础研究、逃离工科成为一种社会潮流，没有理想的支撑，人生和工作中一旦遇到挫折，就很容易一蹶不振，最终一事无成。

以爱国的心情为科研的唯一动机，以富国强民为科研的根本目的，正是因为有了这种纯粹的不带任何功利色彩的理想和情怀，郑哲敏和王小谟两位科学家才能在各自并不平坦的人生和科研道路上披荆斩棘，既为国家作出了突出贡献，最终也成就了自我。

今天，当王小谟走向中国科学技术的最高领奖台时，不少人猜想，他那份拉胡琴、唱京剧的儿时记忆应该模糊了吧。

毕竟，自王小谟听了家人那句"读国防建设吧"，到他踏上科研道路，至今已经56年了。

在人民大会堂的颁奖大会上，当无数闪光灯照亮王小谟的那一刻，属于他半个世纪以来的科技成绩更是被人们反复传诵——提出中国预警机技术发展路线图、主持研制出中国第一代机载预警系统，还有媒体赋予他的诸多头衔——"中国预警机之父"、著名雷达专家，等等。

然而，王小谟一开嗓，那份带着扎实戏剧功底的"播音腔"就蹦了出来，人们为之骚动："这是一个75岁老人的声音吗？"

是的，对京剧的迷恋，王老从未"舍弃"。

回忆小时候学戏的场景，王小谟清晰地记得，在那个待了多年的大杂院里，票友们"咿咿呀呀"的唱腔此起彼伏。中学时，一家昆曲戏院要挑一批年轻人，王小谟被选中了。

不过，在艺术和科技之间的选择上，王小谟谁也没"得罪"，一个是他的终身爱好，一个是他的终身职业。

　　然而，近些年来，王小谟倒是经常放出些"得罪人"的话，甚至会因为"有个性""直爽"惹来一些"争议"。

　　8年前，在十届全国人大三次会议的北京代表团中，时任中国电子科技集团科技委副主任的王小谟作为全国人大代表，就建议要克服在科学研究上的浮躁情绪，切勿追求短期效应。

　　值得一提的是，王小谟当时话锋直指科技体制，称"要从体制与机制的改革和完善入手，才能推动科研健康发展。"

　　在两院院士中，就是国家科技最高奖获得者中也不乏被选为全国人大代表的，但王小谟的履职方式却颇具个性。

　　至少，与绝大多数科学家只在科技领域谏言不同，这位"学问最高"的代表群体中的一员，还会从一个普通公民的角度看待社会问题，并颇有"个性"地提出自己的想法。

　　在10年前的一次两会上，王小谟揪住"两院"报告就是一连串的问责，他称报告里面列举出很多数字，说明"两院"做了很多工作，具有说服力，但是，"要做的工作不能仅限于此"。

　　王小谟发言道，对于人民关注的大案要案，要加大审理透明度和报道力度，让更多的人了解实情并受到警示教育。

　　当然，这样的"敢言"和"个性"，也让王小谟尝到了舆论的苦头。

　　20世纪90年代初，海湾战争让人们看到了国家装备预警机的紧迫性，预警机研制又一次提上了日程。

　　王小谟主动请缨，与十几位老专家联名上书，要求自主研制预警机。令他没有想到的是，这一想法一经提出，迎来的不是技术上的挑战，而是受到了一些质疑。

　　"我们当然可以从国外买，省时省力，但是一旦战争真的爆发，国外只要卡住几个配件，我们买回来的预警机就用不了！"王小谟据理力争。

　　这句话后，王小谟不再发声，了解他的人都知道，他"干活儿"去了。

　　再一次公开露面，已到了2009年。在10月1日的国庆60周年阅兵式上，由王小谟主导研制的预警机作为领航机型，引领机群，米秒不差飞过天安门广场。有人看到，看台上的王小谟"流泪了"。

　　王小谟选择的逻辑很简单，他只想要属于科学的答案，却从不愿意随波逐流。

　　1986年5月，当德国青年鲁斯特驾驶轻型飞机直入苏联，突破当时世界上最强大之一的地面雷达防空网后，苏联被吓到了，中国同样被震惊了。

　　低空防御雷达成了一个必须拿下的科技。

　　那时，已是中国电子科技集团公司38所所长的王小谟跃跃欲试。然而，国家并没有把低空雷达的研制任务交给38所。

　　王小谟没有就此放弃。"不让我们做，我们针对国外出口行不行？"

　　看似不合组织口味的这一招，却用成果打败了美国、俄罗斯的雷达，并以国际价格卖给了不少对技术要求很"刁"的国家。王小谟和团队也因此收获了国家科技进步奖一等奖。

今天，他领了一个更大的奖。在人民大会堂里，面对前来采访的年轻记者，他不顾工作人员的阻拦，微笑着握手。

王小谟总是对年轻人青眼有加。这位曾经的中国预警机系统总设计师，先后培养出18位中国预警机系统或雷达系统总设计师，中国在这一重要领域的事业传承有望！

梅派票友王小谟是幸运的，他从中国科技界那里得到一个最高奖励，而他留给中国科技界的则是一批可以创造未来最高科技成果的后备军。

（作者：邱晨辉）

【中央电视台】王小谟：喜欢京剧梅派
大学时演过《三不愿意》

来源：中央电视台　　日期：2013年1月21日

1月18日《新闻直播间》节目播出"国家最高科技奖得主——王小谟"，以下为文字实录：

解说：气势磅礴的空中梯队呼啸而至，受阅的12个梯队共151架飞机，率先飞过天安门广场上空的是多机编队的领队梯队，带队长机是"空警2000预警机"，蓝天骄子，携雷霆之势，展空中雄姿。

主持人：这段画面估计看了以后很多人都会带来一种回忆，而且是很激动的回忆，现在继续我们的特别直播，刚才看到的这段录像是2009年，我们新中国成立60周年阅兵仪式当中，我国自主研发的预警机飞过天安门广场时候的场景，可以说真的是非常令人振奋，当时它在空中梯队里，预警机是第一个出发，从这个出场顺序，其实我们就可以看出预警机在防空军事装备当中的重要性了，今天获得国家最高科技奖的另外一位院士，王小谟院士就被业内称为"预警机之父"，这预警机到底是什么，它被称为"空中帅府"，是名副其实的空中移动指挥部，它可以在几百公里外的空中直接来指挥三军协同作战，这正应了那句话，运筹帷幄之中，决胜千里之外。

记者：在我身旁的这个庞然大物，就是我们国家自主研制的预警机，空警2000的模拟试验平台，它主要分为两个部分：一个是载机，目前采用的是俄制的伊尔76，第二个部分就是任务电子系统，也主要是由它来完成作战任务的，而其中的核心部分就是电子雷达系统，您看到的机身上方所驮的这个大蘑菇，就是它的雷达罩，这个雷达罩采取的是三面震这样一个结构，是由王小谟院士在世界上首次提出来的，三面震每一面监测的角度是120度，那么三面就是360度，形成了一个全方位的监测。

解说：预警机是现代信息化战争的核心装备，有了它，就像是给我们的各个作战单位都安上了千里眼和顺风耳，那么为什么把雷达装到飞机上就能发挥这么大的作用呢？

王小谟：飞得高才得看得远，因为地球是圆的，因此它能看到三四百公里以外的很低的飞机，这样的话，等于整个很大一个半径的东西我们都能掌握它们的空行，飞机有非常高的机动性，特别是我们国家现在要保卫边疆，保卫这个领域，那么需要在那个地方指挥的话，就需要非常机动的指挥所，像美国人的话，几场局部战争都是把预警机飞到了上空，在现场指挥的。

解说：无论战场在哪个区域，预警机就像是空中移动的眼睛和耳朵，在几百公里的范围内，能同时监测一百个目标，他不仅仅是背着天线的飞行雷达站，还肩负着指挥海陆空三军协同作战的指挥任务，是名副其实的空中移动指挥部。

王小谟：曾经有一个美国飞行员讲过这么一句话，没有预警机上天，我绝不去飞行作战，因为飞机飞到天空以后，他不知道敌人在什么地方，这么大一个空间，要导航，要导航就必须知道敌人在什么位置、我们在什么位置、我们应该怎么去打击（对方），这些东西都是我们预警机要做的一些事情。

记者：现在可以说，我就和预警机零距离接触了，因为技术保密的原因，我也只能走到这里，在机舱里面其实它就像一个很大的房间，里面有很多的操作平台，我们的预警机监测到的各种战场态势信息会及时汇总到这些平台上，让我们的指挥员和引导员根据这些信息向作战单元发出指令，完成作战任务，为了让大家有一个更好更舒适的工作环境，这里也采取了一些环控措施，就是让温度、湿度还有噪音都在一个可控的范围内，大家可以有更好的一个工作环境，那么同时我们的预警机其实就是相当于把地面的指挥部搬到了空中，用他们自己的话说，这里就叫做空中帅府。

王小谟：现在的话，一个是在我们本土，本土这个应急指挥，还有一个，目前对我们国家，比如说南海、钓鱼岛，你跑那么远去，你怎么指挥？你没有预警机，你行吗？现在肯定能够发挥非常大的作用。

记者：曾经有一位军事界的专家说，如果有了预警机，敌方没有预警机，哪怕我们的飞机是他们一半的数量，我们也能打赢这场战争。

王小谟：对，是这样的，那为什么呢？就是说我们知道你的部署，我能看到，你看不到我的部署，你不是打瞎子吗？瞎子打仗吗？

解说：在现代信息化战争中，通信问题也是决定胜败的重要因素，预警机就像是空中的信息收发室，让空中、地面、海上各个作战单位耳聪目明，对于来自预警机的指挥命令或信息，他们还起了一个好听的名字，叫做空中短信。

王小谟：我们在地面上打移动电话非常方便，它是有光缆，我要上去以后，看的很多东西我怎么给军舰、飞机去协同呢，那么这些东西都是直线距离的，我要有一个东西把它都串起来，天上得有一个东西，那么这个东西就是预警机，所以它能够实现各种武器平台的协同，它也是一个通信枢纽。

记者：我们国家自主研发的预警机，主要分为两类：一类就是您在我身边看到的这个空警2000，它续航能力更强，性能更加优越，还有另外一种轻型的预警机，叫做空警200，在外观上也非常好识别，他机身上方的雷达罩，外观就像一个平衡木，那么它最大的特点就是从载机到任务电子系统，所有的这些环节都是由我们国内自主研制生产的，那么预警机系列化发展的主动权已经牢牢掌握在了我们自己的手里。

主持人：这个段落我们还是从打开证书开始，国家最高科学技术奖证书王小谟荣获国家最高科学技术奖，特颁发此证书，中华人民共和国主席胡锦涛2013年1月18号，此刻王院士就坐在我们的演播室中，王院士欢迎您，也祝贺您，很快乐的一天，拿着这个沉甸甸的证书，特别开心吧。

王小谟：是的。

主持人：您今天刚刚听说自己得了奖以后，做的第一件事是什么？

王小谟：做的第一件事是告诉我们的同事，我们这个项目国家非常肯定，我作为代表能够评上这个奖。

主持人：您首先是跟同事分享的这个消息，没有跟家里人通报一声？

王小谟：没有，我正好出差在外边。

主持人：当时得到这个消息的时候，人是在外地的？

王小谟：在外地的。

主持人：特别开心吧？

王小谟：特别开心，很激动，不仅是开心，还比较激动。

主持人：您今年是75岁。

王小谟：74.5岁。

主持人：还没到75呢，我给说快了，74.5岁，这在所有的获得这个奖项的获奖者里，您是最年轻的了吧？

王小谟：获奖的时候不是最年轻的，可能是王选，他可能比我还小。

主持人：比您小。

王小谟：但现在在整个当中我可能年纪是最小的。

主持人：您现在是最年轻的，所以我不能叫您王老师，我叫您王院士。

王小谟：行，叫什么都行。

主持人：王老师您看，我们知道预警机因为当时在60周年国庆阅兵式上的时候，您是在看台上，看到咱们的预警机，这个是2000，这是200，因为当时这两架预警机亮相了以后，我们还特别做了一期节目，当时我记得我在直播里说这两个区别特明显：一个身上背了个蘑菇，一个身上背了个平衡木，您当时在看台上激动得落泪了。

王小谟：是的。

主持人：那时候落泪，我觉得也不仅仅是一种激动，可能特别复杂，就是自己的心血突然有一天你觉得是一种成就。

王小谟：是这样，就是经过了这么多艰难困苦，最后做出来了，又飞过了天安门，所以觉得特别高兴、激动。

主持人：其实对很多我们这些普通的老百姓来讲，2009年阅兵式上才知道我们自己有预警机，之前其实是大家没有想到的，这个预警机对我们来讲是一个很新鲜的概念，我们知道咱们国家预警机的这种研制经历了40年，这40年当中我听到你们有一个说法，把预警机叫做"中国的争气机"，这个"争气"不是说"蒸汽火车"那个"蒸汽"，是"争口气"那个"争气"，为什么叫做"争气机"？

王小谟：因为预警机的技术是比较复杂的，国外的人都认为我们搞不出来，特别是给我们设了种种条件，看不起我们中国人，特别是我们在对外合作当中，别人还说不能跟中国人做。

主持人：您指的对外合作是什么？是共同研制开发？

王小谟：对。

主持人：还是买卖呢？

王小谟：是共同研制开发，但是也有掌握核心的一部分，我们作为另外一部分，他们认为不是核心的部分，他们认为对我们一卡，我们就做不出来了。

主持人：当时实际上我听说是我们已经签了合同了，就是我们跟合作方两个国家已经签署了合同。

王小谟：签署了合同，而且已经做到一定程度了，后来一个强国就知道这个事了，说到这个事就施加压力，就说不能让中国人有预警机，这是他们最重要的一个，应该说是战略，也认为他们跟我们一卡以后，中国人从此就不会有预警机了，起码要推迟很多年。

主持人：所以当时干涉了以后，跟我们合作的那个国家最后是做出什么样的反应呢？

王小谟：做出什么反应呢，跟我们应该讲赔礼道歉，这是第一个，第二个是给我们做了赔偿。

主持人：道歉归道歉，赔偿归赔偿，但是合作不再合作了。

王小谟：不再合作了。

主持人：也就说我们的研制工作戛然而止了。

王小谟：在这个时间，我们有一些自力更生的精神。

主持人：所以必须自力更生，不自力更生也没有办法了，所以在2000年的时候，在外方单方面撕毁合同，中国的预警机事业又面临停滞的困境之际，王小谟就向上级建议，说我们要立足自主研制国产预警机，而不久，国产预警机由此也正式立项成为举国之力推进的重点工程。

解说：为了培养国产预警机事业的后续力量，在接下研制国产预警机的重任后，王小谟坚决要求选用年轻人担任总设计师，而自己担任预警机研制工程总顾问，全面指导和帮助总师系统对型号技术方案的确定和工程设计，预警机研制团队实行711工作制，也就是每周工作7天，每天工作11个小时以上，很多人连续几年都没有在家过过一个春节，在这样的高强度工作下，国产预警机研制成功用了不到十年时间，走过了西方几十年的道路，在众多关键技术指标上，超过了世界上最先进的预警机主流机型——美国的E3C，在国际上产生了巨大影响，在我国历次重大军事演习以及奥运、世博、亚运、安保等重大活动中，空警2000均以优异的性能出色完成任务。

空警2000、空警200国产两型预警机，创造了世界预警机发展史上的9个第一，突破了一百余项关键技术，累计获得重大专利近30项，是世界上看得最远、功能最多、系统集成最复杂的机载信息化武器装备之一。现在，我国已经成为世界上继美国、瑞典、以色列之后的第四个能够出口预警机的国家。

主持人：现在说起来这些成就，了解了之前的历史就会觉得特别的激动，因为我知道，王院士，咱们国家其实预警机是我们几代人的期望和梦想，所以今天取得这样的成就，我们就会格外地由衷地自豪，但您在当初，比如说经历了我们合作方外方撕毁合同，然后项目一下面临没有可往前走的路，然后要自己摸索出一条路，肯定特别难，经历最难的时候是什么时候？

王小谟：最难的时候……

主持人：我听说甚至项目都有可能被下马了，团队也可能要解散了，真有这样的事吗？

王小谟：这个事倒还没那么严重，就说我们还是有种种的困难，比如说我们都想得很好，第一次飞上天，我也上了预警机看，就傻了，因为我是做雷达的，我们在地面雷达都是往天上看的，天上比较干净，结果我们从预警机、从天上往地下一看，全是东西，一片模糊，虽然我们已经做了很多准备，说怎么这个提取什么，但是思想准备是不足的，在这个情况下到底怎么办……我们也是有很多技术人员的团队……

主持人：那时候你们团队有多少人？

王小谟：我们做这个预警机，我们自己上了工程以后，加起来有100多个单位，1 000多个技术人员。

主持人：那个时候就有1 000多技术人员。

王小谟：有了。

主持人：当时是您在统管吗？老大、老板，您说了算，是吗？

王小谟：在后期我已经交给年轻人去当总设计师了。

主持人：但那个时候，您还是引领这个研究的方向。

王小谟：对，我是总顾问。

主持人：总顾问实际上就是掌握核心发展方向，应该说您是属于决策人，那个时候就像您说的描述的，面临那么困难的境界，这怎么办，就没有想到这该怎么往下发展，那怎么办呢？

王小谟：首先是国家的支持，国家需要，就是国家需要我们争口气，第二，国家部队确实急需这样的装备，我们必须在规定的时间内把这个拿出来，那么国家给我们各种各样的条件，给我们创造的非常好，我们如果不把这些东西弄出来，很对不起国家。

主持人：那怎么坚持？怎么克服？

王小谟：另外的话，我们是电子科技集团，这么多单位一起来协同作战，对于专门的问题，主要就是我认为也是暂时的，因为我们以前没有搞过，第一次搞，第一次总是有想不到的问题，你想得很好，都很完美，一上去以后肯定就不完美了，这种事我们碰到很多，比如说我们的软件，几百个软件、几百台计算机，一连起来就不行了，这些问题，经过努力可以克服，但说说容易，要做起来找一个毛病也是非常难的，但肯定最后就能出来。

主持人：其实今天看您笑着讲这些，似乎这个过程经历也挺容易，但实际上是特别的不容易。

王小谟：是不容易的，就是为了最后我们搞预警机，我们年轻人的团队，5年期间，一个春节都没有休息过，礼拜天也都干，就是一直这么干下去的。

主持人：特别的辛苦。

王小谟：又辛苦，责任又重大，又需要解决很多难题。

主持人：而且希望自己步子能迈得快一点。

王小谟：对。

主持人：其实，今天我们要分享的是我们获奖的院士的科学人生，说到人生，王院士也是遇到了很大的坎，就在预警机研制项目慢慢地接近尾声的时候，突然传来了噩耗，说王小谟先生突然遭遇到了车祸，而且还检查出患了癌症。

解说：2006年，预警机刚刚完成第一次试飞，王小谟突然遭遇车祸，腿部粉碎性骨折，住进医院，又被检查出淋巴癌。

王小谟：我得了癌症以后，第一个概念就是我要死了，以后我就想跟家里人讲，我说这得安排安排后事，他们说别着急、别着急。

解说：这一连串的噩耗令王小谟的同事们焦急万分，但王小谟自己却十分坦然，王小谟的学生曹晨去医院看望他，在病房外犹豫了半天，不知如何安慰，却听见病床上的王小谟陶醉地拉着胡琴，完全让人联想不到他是一个连遭不幸的老人。

王小谟：因为我也没有什么感觉，几次化疗做完了以后，我做的效率也很好，这是一个；第二个，我想，人生嘛，总有死的那一天，所以当时听到这个（消息），第一反应是我要死了；第二个反应是，死了也不太遗憾，该做的事也做了不少了，反正早一点晚一点也没什么了不得的。

解说：但同事们来看望他的时候，谈得最多的还是预警机试飞的情况，他同项目组研究试飞数据、主持对外演示方案商讨谈判策略。

王小谟：我当时也是跟他们说，我生病就是吊吊水，吊吊水也很难受的，在那儿一躺就躺八个小时，动也不能动，我说你们来跟我说一说，还缓解我的精神压力。

解说：在病床上，王小谟和他的团队一起制定了下一代预警机作战体系的研制方向，他的这种勤奋、坚韧和豁达的精神，深深感染着大家，病情稍有好转，王小谟就又返回热火朝天的试验现场，忙碌中惊喜传来，主治医生打来电话，告诉他已经完全康复了。

王小谟：我的目标是干到80岁，脑袋要糊涂了，就别干了，现在还没糊涂，因此，还想在预警机和雷达事业上能够为我们赶上国际先进水平，做到国际领先再贡献一些力量。

主持人：在癌症治愈之后，王小谟院士又马上回到了自己的工作岗位上，其实同事们对于他的这种魄力坚持可以说一点都不意外，在同事眼中，王小谟就是这样一个自强、敬业、不向困难低头的实干家。

匡永胜：我觉得他有这个胆子，不是说一点把握都没有，就是敢干而且实干，那个时候，他就是亲自跟我们一起加班加点，晚上都是搞到一两点钟，他能出点子的，有很多东西都是在实验的过程当中他提出来的一些东西。

解说：中国电科38所原副所长张德骞，大概是跟王小谟共事时间最长的同事了，从认识到接触，再到一起工作，有近40年，在他看来，只要跟王院士合作，总能成功。

张德骞：我跟他从38所研制第一个产品、第二个产品到第三个产品，每一个产品最后都是成功的，所以以后到北京，我们信心就比较足了，只要有他在，我们一般都比较放心、安心，和他在一起合作共事，不论中途怎么样，是成功还是受挫折，最后都能成功，所以有一种眷恋感，就是和他在一起做事情总是能成功。

主持人：刚才我们在这个片子当中也看到，在2006年的时候，其实是在王院士生病住院的两个星期之前，预警机就已经试飞了，当时试飞的结果怎么样？因为我听说美国智库当时有一个评价特别高，说已经超出了他们的E2C和E3C的预警机的水平，那就代表着是最先进的了。

王小谟：对，应该是这样，就是包括我们获奖的时候评价也是这样的，我们认为，我们这个装备比他们现在的，也是世界主流的装备——E3A要好，全面地比它好，但是我们没有敢讲我们是整个技术水平领先，我们讲装备比他领先，因为他搞的比我们早，我们搞的晚一些。

主持人：对于您来讲，当时看到美国智库的评价，是不是有一种扬眉吐气的感觉？您看当时有人卡着我们的脖子呀。

王小谟：是。

主持人：那么看不起人。

王小谟：是这样，我们当时搞的时候也是争这口气，你不是说我们搞不出来吗？我们就搞出来看看，我估计他们鼻子都气歪了，他们认为我们这个不行、那个也不行，包括我们跟某些国家合作的时候，他们也认为我们好多东西做不了，其实很多东西我们自己也能做。

主持人：当时知道这个评价以后，对于你们来讲，肯定是一种非常大的肯定，知道我们的确是有这个能力的，而且我们的确能做出来，这是一种特别让你们振奋的东西，当时那种兴奋或者说你们更期待得到一种什么样的认可，对于你们来说是最重要的？因为您刚才也提到了，项目在研制的初期是与国家的支持、政策的支持是分不开的，那发展到这个阶段呢？

王小谟：发展到这个阶段就是，如果我们的使用部队说我们好，那我们是最高兴的，美国人说好说坏跟我们关系不大，就是我们拿到部队，部队说你这个好，那我们就高兴了。

主持人：您现在下一步的工作方向是不是也有一些又推进新的方向出现了？

王小谟：这是肯定的，因为我们是搞电子的，我们电子发展得非常快，就是每一个电子两三年就换一个周期，另外，我们是跟敌人在对抗的，叫"道高一尺魔高一丈"，那么我们做出这个最先进的，他可能要想出很多办法来对付我们。

主持人：没错。

王小谟：我们现在就不能掉以轻心，我们做这个好的东西就行了，我们会想后边他会采取什么招，我用什么招对付他，这样，在这个斗争中我们希望走在前面，我们就掌握主动了。

主持人：所以说现在的战争就是一种电子战争，就是一个信息化战争，你们必须在这个方向上继续往前走。

王小谟：是这样的。

主持人：我们今天说到科学人生，我还想特别问一些您平常的业余生活，因为我从您的面部表情揣测，您是一个特别快乐的人，我不知道您平常，因为我们知道科研工作都是一个很寂寞甚至很枯燥的这样一个过程，在整个工作过程里头，您是靠什么东西来调剂自己的？我听到一个消息，我不知道是真是假，我听说王院士在大学的时候加入过京剧社。

王小谟：对。

主持人：还入过摩托队。

王小谟：对。

主持人：您现在还骑摩托吗？

王小谟：我现在开车，不骑摩托。

主持人：那个时候骑的是什么摩托？

王小谟：加瓦车。

主持人：您看我都不知道加瓦车，什么是加瓦车？

王小谟：就是捷克的那种。

主持人：一种老式的摩托。

王小谟：还比较新式的。

主持人：您到多大的时候就不再骑摩托了？

王小谟：那就是参加工作，就没条件了，在学校他有摩托队，有几辆车给我们学生去练，参加工作就不行了。

主持人：参加工作。

王小谟：参加工作对我还是有用，我们搞雷达有很多车辆，当时找不着司机，就自己偷偷摸摸开一开，那会也没驾照，现在就正规了。

主持人：反正有点技术，自己也是大着胆子可以去尝试一下，这是受工作的影响，可能会有一些限制，但是京剧的爱好不用受限制？

王小谟：京剧是不受限制的，看京剧，现在来说时间少了，在工作最紧张的时候就没时间去调剂，稍微空闲一些还是喜欢看。

主持人：您喜欢哪个派？

王小谟：喜欢梅派。

主持人：您喜欢梅派。

王小谟：对。

主持人：我最熟悉的其实也是梅派，您可以算到票友级别吗？

王小谟：算不到。

主持人：我听到您的嗓音特别好听，您现在是不是也经常还会调两嗓子唱一唱？

王小谟：不会，我早就不太唱了，早期的时候，小孩嗓子好，所以可以唱，现在年纪大了，以后，我就改成拉胡琴了。

主持人：还会拉胡琴。

王小谟：拉胡琴。

主持人：您这嗓子当时在大学的时候，唱什么？唱哪种角？

王小谟：我们演过《三不愿意》。

主持人：我还真不知道，《三不愿意》，还有什么？比如说我们耳熟能详的曲目，您演过吗？比如说《贵妃醉酒》。

王小谟：没有，那是京剧里面难度比较大的水平了。

主持人：您愿意给我们唱两嗓子，让我们感受一下科学家的业余生活吗？

王小谟：现在这个嗓子已经五音不全了。

主持人：我想一定是您客气，因为我们在科学家身上感受到了这样一种共性，就是干什么都特别认真，而且干什么都很优秀，今天我们从王院士身上也学到了很多，分享到了很多，特别要感谢您今天能够来，因为我知道，这个时候一定是媒体最集中地对您进行采访的时候，能在这个时候来到我们的演播室一起来分享，同时也要祝贺您，非常由衷地祝贺您获得这样一个奖项，也知道您一定会有更大的动力继续投入您接下来的科研工作当中，期待着您有更好的成绩，谢谢！

王小谟：谢谢！

【中国新闻网】北理工校友"中国预警机之父"
王小谟：青年学生最需两个素质

来源：中国新闻网　日期：2013年4月3日

原文链接：http://www.chinanews.com/edu/2013/04-02/4699261.shtml

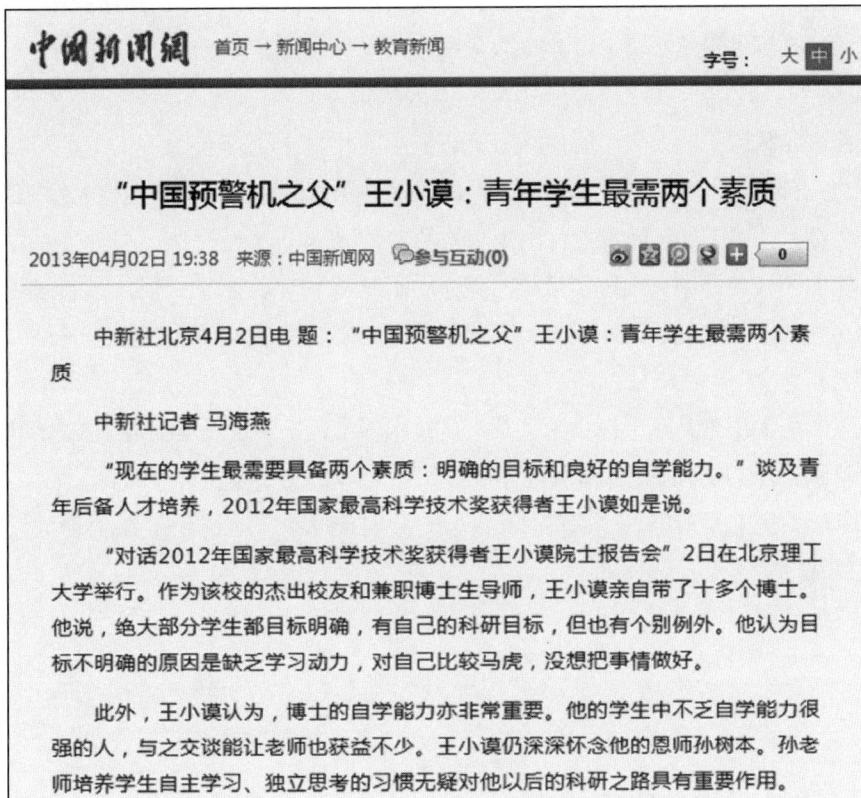

中国新闻网　首页 → 新闻中心 → 教育新闻　　　　字号：大 中 小

"中国预警机之父" 王小谟：青年学生最需两个素质

2013年04月02日 19:38　来源：中国新闻网　参与互动(0)　　　　0

中新社北京4月2日电 题："中国预警机之父" 王小谟：青年学生最需两个素质

中新社记者 马海燕

"现在的学生最需要具备两个素质：明确的目标和良好的自学能力。" 谈及青年后备人才培养，2012年国家最高科学技术奖获得者王小谟如是说。

"对话2012年国家最高科学技术奖获得者王小谟院士报告会" 2日在北京理工大学举行。作为该校的杰出校友和兼职博士生导师，王小谟亲自带了十多个博士。他说，绝大部分学生都目标明确，有自己的科研目标，但也有个别例外。他认为目标不明确的原因是缺乏学习动力，对自己比较马虎，没想把事情做好。

此外，王小谟认为，博士的自学能力亦非常重要。他的学生中不乏自学能力很强的人，与之交谈能让老师也获益不少。王小谟仍深深怀念他的恩师孙树本。孙老师培养学生自主学习、独立思考的习惯无疑对他以后的科研之路具有重要作用。

"现在的学生最需要具备两个素质：明确的目标和良好的自学能力。" 谈及青年后备人才培养，2012年国家最高科学技术奖获得者王小谟如是说。

"对话2012年国家最高科学技术奖获得者王小谟院士报告会" 4月2日在北京理工大学举行。作为该校的杰出校友和兼职博士生导师，王小谟亲自带了十多个博士。他说，绝大部分学生都目标明确，有自己的科研目标，但也有个别例外。他认为目标不明确的原因是缺乏学习动力，对自己比较马虎，没想把事情做好。

此外，王小谟认为，博士的自学能力也非常重要。他的学生中不乏自学能力很强的人，与之交谈能让老师也获益不少。王小谟仍深深怀念他的恩师孙树本。孙老师培养学生自主学习、独立思考的习惯，这无疑对他以后的科研之路具有重要的影响。

1956年，王小谟进入北京理工大学无线电专业学习。那是他"记忆中最美好的岁月，一辈子也忘不了"。同学们一起上晚自习，有一年的时间专门做实验，还有这所"红色国防工程师的摇篮"浓浓的为国奉献的氛围，都对他日后矢志不渝地献身国防产生了重要影响。

王小谟说："当时的理想就是为国防工业添砖加瓦，并没有想到出名获利。""现在得了个大奖，国家给了我很高的荣誉，我想，这是对我们全体国防科技工作者的肯定，是对我们军工电子人和中国电科人的肯定，我只是代表大家领了这个奖。"

王小谟的大学毕业设计做的是天线设计，创造性地解决了当时的雷达研究相关问题，所有答辩老师一致同意并给了满分。指导教师高本庆说，他的答辩表现已经超越了一般毕业生的答辩水平，年纪轻轻，却已流露出过人的创新精神。

20世纪60年代，王小谟大学时代结束，正值中国开始建设国防工业的"三线"，包括他在内的相当一部分毕业生被分配到西南、西北等条件艰苦的地方工作。他们无怨无悔地放弃大城市的生活，为中国的国防事业付出毕生的精力。

在50年的科技生涯中，王小谟带领团队先后研制了中国第一部三坐标雷达、中国第一代机载预警系统，引领实现了国产预警机事业的跨越式发展并进入国际先进水平行列，被誉为"中国预警机之父"。

谈及人生所遇困难，王小谟认为，第一是技术困难，第二是环境困难。技术困难可以解决，但在环境困难的情况下，心态如何非常重要。75岁的王小谟告诉"90后"学生：人生有起伏，"起"时不忘乎所以，"伏"时不悲观，只有锲而不舍地朝着自己的目标前进，才能获得事业的成功。

（作者：马海燕）

【中国科学报】周立伟：什么样的聪明最可贵

来源：中国科学报—科学网　日期：2013年4月24日

"败坏性的聪明"不知不觉侵蚀着人和科学共同体，并使社会公共道德的底线一步一步下降。

中国人和犹太人是被世界上公认为最聪明的民族。公元3世纪到16世纪，中国的科技遥遥领先于世界；而20世纪最伟大的科学家爱因斯坦正是犹太人，诺贝尔奖获得者中犹太人独占鳌头。

在对科学问题的整体把握上，中国科学家丝毫不逊于西方科学家。但有位哲人说过这样的话："中国人太聪明，太善于综合，是'天生的辩证法家'，因而不肯像希腊人那样去做建立文法学、逻辑学、几何学之类的笨功夫，对事事物物分门别类，深钻细研，因而发展不出现代科学来。"

新中国成立前后，我在上海读中学，那时，同学间谈论的"聪明"是指"脑筋急转弯快，做什么事不吃亏，读书不花气力可老得高分"的那类人。几十年下来，我慢慢地明白了，什么才是真正的聪明：做学问舍得下苦功夫、笨功夫。我曾为我们民族的聪明而自豪，但当今国人的聪明是否像俄罗斯谚语所说的那样："够狡猾的了，像中国人一样？"

十几年前，美籍华裔科学家杨振宸教授来华讲学，与他相识后，经常通信闲聊，我们讨论起"聪明"的问题，当然是针对科教界的人和事了。

他对我说，聪明的人有两种：一种是建设性的聪明；另一种是败坏性的聪明。我把他的意见抄在下面：

周立伟

建设性聪明是聪明　　败坏性聪明不是聪明

什么叫建设性聪明？　　　　　　什么叫败坏性聪明？
　心胸宽广　　　　　　　　　　　心胸狭隘

　互相信任　　　　　　　　　　　不信任别人
　互相合作　　　　　　　　　　　不合作
　互相帮助　　　　　　　　　　　不愿意帮助别人
　富于同情心　　　　　　　　　　没有同情心
　等等　　　　　　　　　　　　　狡猾
　自私
　等等

我们主要是从道德和价值观的层面而不是从智力的角度来评论聪明。我们深深感到，在人的性格中，支配其行为的情感、意志等以情绪为特征的非智力因素以及由此所表现的"聪明"，往往会决定一个人的成败。在一个科研团队中，宽容大度、善于合作、富有团队精神的人往往更能够充分体现个人的价值；而见利忘义，只想个人争利、不善于与人合作的人，总想多占些便宜的人，在科学的道路上不会走得太远。

从道德层面上来看，某些业务能力强通常被称为聪明的人，仅为有利于自己而玩弄的种种聪明，属于杨振宸先生所说的"败坏性聪明"。

学生中有一些议论我听了很寒心："不要太傻了，千万别（在学习上）帮助别人，他

（她）若成功，就是使自己多了一个竞争对手。""吃亏的事、无利的事一定不干。""千万不要那么犯傻，去做公益事情，服务了别人，影响了自己。""不要相信任何人，人都是自私的。"……这样的人，无论他（她）多么聪明，能被人民和社会接受吗？能真正为国家作贡献吗？但愿他们能早点醒悟。

我认为，杨振宁先生所列举的"败坏性聪明"的一些表现，仅是利己而没有达到害人的地步，主要是在认识上或人品上的一些缺陷，或者说，是在道德和价值观层面上出了一些问题。但如果不觉悟、不加以控制，为了利己而去牺牲别人，甚至触犯社会公共道德的底线，"败坏性聪明"是很容易走向"毁灭性聪明"的。请看今日学界，一些人利欲熏心，把自己所谓"聪明"的手段用到邪门歪道上。实际上，这样的"聪明"已经突破了传统观念和道德框架，甚至破坏了社会公共道德底线，变成阴谋诡计，以至于触犯法律、危害社会，最后"毁灭"了自己。

杨振宁先生和我都一生献身于教育和科学事业，在我们看来，从事科学研究的人或以科学为职业的人，最主要的品质是诚实和正直以及专注于学术，聪明并不是最主要的。诚实和正直是保障知识可靠性的前提和基础。科学需要绝对的诚实和格外的正直，科学不能容忍任何不诚实和不正直的行为；科学追求的是客观真理。诚实和正直是一种高贵的品行，这样的人，心地是纯洁的、沉静的，人格是高尚的、无私的；诚实和正直的人最接近科学和大自然的真实。其次，对科学人来说，专注于学术是获得科学成就最重要的一个前提。只有专心致志、如痴如醉地投入研究，一旦确立了自己的志向就终生追求无悔的人才能有所成就。

我深深感到，当今我国的青年学人并非缺乏创新的才能、聪明和智慧，也并非缺少科学研究的条件，当前主要的问题是，潜心学术的专注程度不够。我们天天大呼创新和创造，却不问创新和创造从何而来。其实，人的创造能力和创新才能是研究学问非常专注、非常投入而积累的一种效益。只有把思维强烈聚焦到所研究的事物上，才有可能激发出创新的火花。

让我们再看看犹太人。从1900年到2006年，270位诺贝尔奖获得者中有121名犹太科学家，这绝不是偶然的。犹太人的诚实和正直以及他们的专心致志为世人所不及。犹太传统文化鼓励争辩、发表看法与冒险挑战，但性格上"温恭谦退"，专注学术，孜孜追求，悉心钻研，淡泊名利。我深深感到，在做学问方面，我们和犹太人之间最大的差距是，他们把聪明用到做学问上，心地单纯；我们把聪明用到人际关系和谋取私利上，心地复杂。

当前中国社会高度竞争，人们施展的各种各样所谓"聪明"的手段已不是杨振宁先生和我这一代人所能想象和理解的了。看看现在的高等学校和科研院所，无论教学科研单位还是个人的前程，都有各种各样的利益在诱惑着、驱动着。利益驱动的动力，使本来公平的竞赛和竞争也不按游戏规则出牌了，学术不端乃至学术腐败的各种现象出现了。"败坏性聪明"不知不觉在侵蚀着人和科学共同体，并使社会公共道德的底线一步一步下降。于是，在学术界，极有可能使一些遵守道德与规则的人，具有"建设性聪明"的人，往往吃亏和失败，从而失去社会竞争力。在一个讲究和谐社会的环境中，公共道德与公平竞争如果沦落到这个地步，那真是非常可怕。

不过，我还是相信，到头来，这种王熙凤式的"聪明"——"败坏性聪明"和"毁灭性聪明"兼而有之的人，大都是"机关算尽太聪明，反误了卿卿性命"。正如培根在《谈利己之聪明》一文中所说："为利己而玩弄的诸多聪明，说到底是一种败坏的聪明。它是老鼠的聪明，因大屋将倾，鼠必先逃之；它是狐狸的聪明，因獾掘洞穴，狐占而居之；它是鳄鱼的聪明，因其欲食之，必先哭之。但值得指出的是，那些（如西塞罗笔下之庞培）除自己之外谁也不爱的人，到头来往往都可叹可悲；尽管他们总是为自己而牺牲他人，并自以为已用其聪明缚住了命运的翅翼，但他们终归也会变成无常命运的祭品。"

几十年来，我见到不少所谓的"聪明人"，他们玩弄所谓的"聪明"，总是为利己而不惜牺牲他人，尽管有时一时得逞，但其结局总不是那么美妙。而那些被认为"不那么聪明的老实人"，或被所谓的"聪明人"看成是"傻子"的人，他们踏踏实实，坦荡真诚，埋头苦干，一丝不苟地努力学习和工作着，尽管便宜似乎被所谓的"聪明人"捷足先占了，但成功者的行列最终不乏他们的身影。

（作者：周立伟）

【人民政协报】中国教育需要"好声音"

——对话全国政协委员、北京理工大学党委书记郭大成

来源：人民政协报—人民政协网　日期：2013年6月5日
原文链接：http://www.rmzxb.com.cn/2014qglh/jdft/300624.shtml

长久以来，中国教育体制和教育模式为国人所诟病。郭大成认为，中国的高等教育远不像人们想象的那么遭。正视当下中国的教育问题和教育发展现状，需要客观的视角和对人才评价的多元标准。不管是培养高水平人才，还是建设世界一流大学，欲速则不达。

——编　者

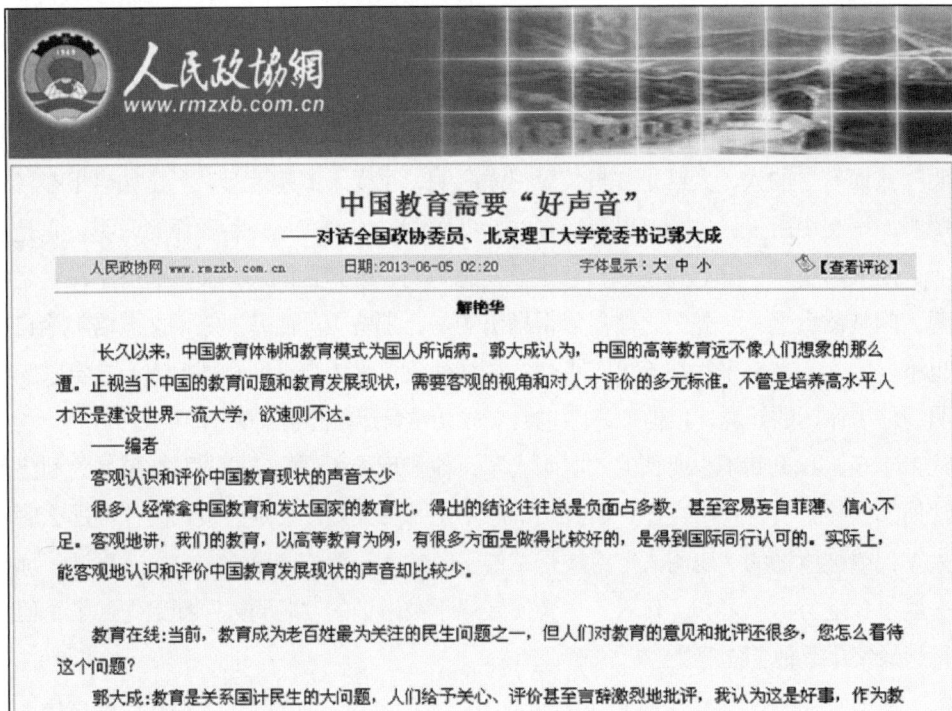

中国教育需要"好声音"
——对话全国政协委员、北京理工大学党委书记郭大成

人民政协网 www.rmzxb.com.cn　日期:2013-06-05 02:20　字体显示:大 中 小　【查看评论】

解艳华

　　长久以来,中国教育体制和教育模式为国人所诟病。郭大成认为,中国的高等教育远不像人们想象的那么糟。正视当下中国的教育问题和教育发展现状,需要客观的视角和对人才评价的多元标准。不管是培养高水平人才还是建设世界一流大学,欲速则不达。

——编者

客观认识和评价中国教育现状的声音太少

　　很多人经常拿中国教育和发达国家的教育比,得出的结论往往总是负面占多数,甚至容易妄自菲薄、信心不足。客观地讲,我们的教育,以高等教育为例,有很多方面是做得比较好的,是得到国际同行认可的。实际上,能客观地认识和评价中国教育发展现状的声音却比较少。

　　教育在线:当前,教育成为老百姓最为关注的民生问题之一,但人们对教育的意见和批评还很多,您怎么看待这个问题?

　　郭大成:教育是关系国计民生的大问题,人们给予关心、评价甚至言辞激烈地批评,我认为这是好事,作为教

客观认识和评价中国教育现状的声音太少

　　很多人经常拿中国教育和发达国家的教育比,得出的结论往往总是负面占多数,甚至容易妄自菲薄、信心不足。客观地讲,我们的教育,以高等教育为例,有很多方面是做得比较好的,是得到国际同行认可的。实际上,能客观地认识和评价中国教育发展现状的声音却比较少。

　　教育在线:当前,教育成为老百姓最为关注的民生问题之一,但人们对教育的意见和批评还很多,您怎么看待这个问题?

　　郭大成:教育是关系国计民生的大问题,人们给予关心、评价甚至言辞激烈地批评,我认为这是好事,作为教育工作者应该表示欢迎。特别是,随着经济社会的发展和人民生活水平的提高,人们对教育的需求越来越高,对教育的关注度也越来越高,人们对改善当前教育的现状充满期待。我们作为教育工作者很理解,也很支持。要回答这个问题,我认为首先要对当前我国教育现状有一个基本估计。我认为,尽管我国教育发展水平与发达国家相比存在一定差距,但总体来看,我国教育发展与本国经济社会发展水平是基本相适应的,这是我的一个基本看法。改革开放30多年来,我国经济飞速发展,取得了举世瞩目的成就,很大程度上是由于有强大的人才资源做支撑,而教育则为人力资源的储备提供了源源不断的动力。

　　当然,同时我们也应该正视我国教育存在的问题和不足,并积极努力地去调整、去改革,努力办成"让人民满意的教育"以满足人们的需求。

　　教育在线:从横向来比,您认为应如何看待中国教育在世界教育领域的发展水平?

郭大成：很多人经常拿中国教育和发达国家的教育比，得出的结论往往总是负面占多数，甚至容易妄自菲薄、信心不足。实际上，我认为客观地认识和评价中国教育发展现状的声音还是比较少。客观地讲，我们的教育，以高等教育为例，有很多方面是做得比较好的，是得到国际同行认可的。比如，近年来，美国的一些专家学者开始关注和研究中国的高等工程教育，认为中国的高等工程教育办得还是比较成功的，我们培养的高等工程技术人才，适应了当前中国"世界工厂"地位的需要，很多世界500强企业在中国扎根，并向全世界提供一流的产品，足以说明中国高等工程教育为此提供了大量高质量的高等技术人才。再比如，我们的素质教育、思想政治教育对培养人才也起到了很多效果。我曾看过一本名为《印度理工学院的精英们》的书，这本书里面讲到，印度精英大学的毕业生，一般都能进入华尔街、硅谷或者其他世界上有名的大公司，享受着丰厚的薪金，但是他们一旦出去，几乎很少回国，即使有人回国也很少久留。究其原因，源于印度教育对于爱国教育内容的缺失。而随着中国经济的飞速发展，我们可以看到越来越多的留学人才回流，这不能不说是我国从基础教育就开始重视对人才进行爱国主义教育、民族情怀教育产生效应的例证。另外，我们培养的学生的适应能力、实干精神和开拓精神也越来越被国内外同行认可。

改革是一个渐进过程，急不得

学校教育只是成才的一个环节。很多人成才除了通过学校教育之外，还要通过自己在实践中的努力，加上家庭教育、社会教育。如果全社会都能树立这种观念，就会给教育"松绑"，否则教育会不堪重负，受教育者也会承受很大压力。

教育在线：社会各界包括家长对学校寄予很大希望，希望能把孩子培养"成才"，学校、家庭都备受压力，您认为我们需要有一种什么样的人才观？

郭大成：很多家长都望子成才、望子成龙，但什么是"才"？需要我们辩证地去分析。其实，家长"望子成龙"是好事不是坏事，我很理解。但"龙生九子，各有所长"，"龙"不应只是"家"——科学家、政治家、企业家，也可以是"匠"——高级技能人才也是人才，也就是我们通常说的"三百六十行，行行出状元"。如果只按照一种"龙"的标准培养人才，教育会走向极端，经济社会发展也会出问题。另外，我认为学校教育只是成才的一个环节，是打基础的阶段，不是成才的全部。很多人成才除了通过学校教育之外，还要通过自己在实践中的努力，加上家庭教育、社会教育，最终成为某方面的人才。这可以称为"大人才观"。如果全社会都能树立这种观念，就会给教育"松绑"，否则教育会不堪重负，受教育者也会承受很大压力。因此，社会各界要转变人才观，给孩子和教育营造一个宽松的环境，并和学校一起努力培养孩子成人成才。

教育在线：钱学森之问曾掀起了社会各界对教育的大讨论，您如何看待这个问题？

郭大成：首先，我们要肯定，钱老提出的问题是非常重要的，确实应当引起教育界人士的警醒和深入思考。我认为，对这个问题也要实事求是地看，不能说我们没有培养出高水平的人才。但要正视，我们培养的高水平人才确实还比较少，这也需要一个比较长的过程。中国改革开放才短短30多年，真正意义上的现代大学发展才100年左右，发展教育不能太着急。把回答"钱学森之问"作为未来教育发展的一个目标，我们才会有发展教育的动力。教育界人士既要只争朝夕，又不能太急，否则不利于出好成果；外界也不要太急，否则教育界压力太大，没有发展空间，欲速则不达。

教育在线：从人才培养的角度看，您认为当前应当在哪些方面进行改革？

郭大成：就高等教育来说，一方面，大学应该着眼于挖掘学生成才的潜质，最重要的是调动学生的"内因"，想方设法让学生学会自我学习、自我激励、自我管理、自我服务。这就需要大学从内部机制上进行改革，保证所有工作都要为培养人才服务，让学生成为学校的"主人"，从而激发学生的内因。另一方面，就像刚才提到的，人才是多样化的，人才培养的任务不可能完全由大学来完成，大学应该打开校门办学，和家长、用人单位、科研机构各个方面建立联系，和社会各方面联合，共同培养人才。在这方面，我们北京理工大学正在尝试建立学校与社会各界合作培养孩子成才的渠道，从去年开始，我们创建了学校与家长的网上交流平台，叫"家校彩虹"——学校把孩子在校学习生活的信息通过平台与家长共享，共同探讨培养孩子的问题。另外，我们还与100多个中学建立联系，探讨大学教育与中学教育衔接的问题。特别是我们与北京理工附中共同举办中学科技实验班，我校的知名教授到中学去开科技讲座课，使孩子们在中学阶段就感受科技和学术的魅力，效果很好。

教育在线：近些年来，中国教育综合改革正在稳步推进，您认为如何才能真正取得改革成效？

郭大成：就像刚才所说，首先社会要树立一种全新的育人观、教育观，然后是制度设计，最后是操作层面，教育和人才培养才能走向良性循环。当然，在改革过程中，要允许有条件的学校进行试点，也要允许一些学校根据实践提出试点内容进行试点，然后逐步放开推行。教育改革要着眼于整个教育体系，不能就某一领域单兵突进，而且改革是一个渐进的过程，要给其足够时间，不能急躁。

（作者：解艳华）

【工信部】北京理工大学举办机关党支部书记暨部（处）长论坛

来源：工信部　日期：2014年6月20日

原文链接：http://www.miit.gov.cn/n11293472/n11293877/n15329799/n15329846/15461139.html

为深入学习贯彻党的十八大精神，教育机关干部坚定理想信念，引导干部立足部门实际、立足岗位，坚定追求卓越、开拓创新、服务奉献的价值取向，以改革创新精神推动共同的事业发展，6月15日，举办以"管理、服务与效能"为主题的机关党支部书记暨部（处）长论坛。机关党支部书记、部（处）长代表参加了本次活动。

共有6位党支部书记、部（处）长在本次论坛上发言。校长助理、督办室主任兼党支部书记李燕月做了题为《认识与行动的统一》的发言，学校办公室主任兼党支部书记郝志强做了题为《围绕中心、服务全局、提升效能，创建首善机关》的发言，人事处处长兼党支部书记韩宝玲做了题为《以人才队伍建设为核心，推进务实、高效、和谐的人事工作》的发言，招生就业工作处处长兼党支部书记李振键做了题为《服务型党支部建设促进作风转变与效能提升》的发言，发展规划处处长兼党支部书记李镇做了题为《调研、服务与统筹》的发言，科学技术研究院科技合作部部长王伟做了题为《主动策划、创新服务》的发言，分别围绕学习贯彻党的十八大精神，从部门工作实际出发，就机关管理、服务与效能的内涵、关系及我校机关管理、服务与效能现状发表了观点，提出了进一步开展工作的建议。包丽颖与参会同志就机关开展转变工作作风、增强服务意识、提高管理效能等方面工作的思路和做法交流了看法，针对目前机关作风建设实际，建议在加强教育引导工作人员进一步增强服务意识的前提下，将机关作风建设的着力点放在科学管理、提高效能上来。

此次论坛凝聚了共识，大家普遍认识到：在加强机关作风建设的工作中，应始终宣传并贯彻学校党委提出的"干部要为教师服务、教师要为学生服务、一切工作要为人才培养服务"的要求，力图使"服务、效率、责任"的意识自觉地融入机关各部门的日常工作中，成为每个机关工作人员的文化自觉、行为习惯和价值追求。

此次论坛活动创新了机关干部学习交流的形式，为干部交流思想、共享心得、增进了解提供了平台，促进了"学习共同提高，工作共同参与，成果共同分享"良好氛围的形成。

【北京青年报】大学校长致辞　鼓励学生追梦

来源：北京青年报——北青网　日期：2013年7月2日

原文链接：http://bjyouth.ynet.com/3.1/1306/30/8106762.html

朴实自然的毕业致辞让今年北京各高校毕业典礼不再刻板，人大校长以"爱"为题与学生互动，北理工校长借用《中国合伙人》对比"北理工合伙人"鼓励学生勇敢追梦……这些各具特色的校长致辞让莘莘学子在对校园的最后告别中留下了温暖的记忆。

本报讯　在今年6月的毕业季，各大院校的校长一改往日官方用语，各种朴实自然不作秀的毕业致辞让毕业典礼不再刻板。

人大校长：抛出四个问题与学生互动

人民大学2013届毕业生晚会的门票引发了网友热议。门票设计成了一张"高铁票"，终点印有"请填写梦想的下一站"的字样。在6月26日的晚会上，陈雨露校长称，学校送每位同学一张"毕业高铁票"，2013次列车的最终驾驶方向由同学们来填写。今年是中国人民大学校长陈雨露上任以来的第二次毕业典礼致辞，与去年的"严肃"不同，今年他提出了四个问题，请学生来回答互动。

"你们爱人大吗？"——"爱。"

"如果你们还没毕业，想在你们宿舍装空调吗？"——"想。"

"想让食堂饭菜更便宜、更好吃吗？"——"想，非常想，我们会回来蹭饭的。"

"你们想到中央电视台工作吗？"——"想，您真的会安排吗？"

面对校长首先提出的几个问题，在场的毕业生用最响亮的声音给出了最肯定的答案。还有同学打趣道，"校长，我不毕业了，继续留在人大。"随后，陈雨露表示，作为人民大学的"爸爸"，他也想让自己的孩子更好，但是作为人大校长，让他欣慰的是看到学校的变化越来越好。

北航校长：幽默语言细数学生校园生活

6月22日，在北京航空航天大学的毕业典礼上，校长怀进鹏用智慧幽默的语言细数了2009级学生入校后的种种第一。

"4年前，你们作为首届'90后'唱主角的本科生，开始了专属北航的生活记忆，也幸运地进入了男女生3.5：1的年代；你们是以'3'开头学号的最后守护者，曾为了学弟学妹志愿去体验沙河校区的运行；你们迎来了祖国60周年华诞和北航甲子之年，曾在'甲流'的冲击考验中，完成了最短的军训，结束了令人揪心的'躺枪'时光；你们征战'冯如杯'，看到了北航的前进方向，在毕业晚会上展现了你们'高端、大气、上档次'的宣言。"

农大校长：饭碗一定不是问题

6月22日上午，中国农业大学校长柯炳生在毕业典礼上说："只要你能够为解决中国人民的饭碗问题做出贡献，你自己的饭碗就一定不是问题。"

"同入校之初相比较，你们收获了很多无形的东西。首先就是使命感和责任感。你们现在更加深切地认识到我国的农业和农村发展之重要，所面临的挑战和困难之艰巨；你们现在更加深刻地认识到了我校在应对这些挑战方面，所应该担负的使命和责任之重大；你们现在更加清醒地认识到作为中国农大的学子，所面临的机遇和选择之丰富。你们变得更加坚定，更加自信。"

北理工校长：鼓励学生勇敢追梦

6月27日，北京理工大学毕业典礼在中心教学楼报告厅举行，校长胡海岩借用《中国合伙人》对比"北理工合伙人"鼓励学生勇敢追梦。

"最近，《北京日报》有一篇关于北理工毕业生创业的报道，我把它起名为'北理工合伙人'。2007年，我校毕业生田刚印和满意历尽艰辛研制的第一架无人机终于颤颤巍巍地飞了起来。当时，这两位走出校园刚两年的男孩儿谁也没想到，几个月后，这个'盒子'卖出的近30万元成了他们人生中的'第一桶金'，而6年之后他们会成为我国无人直升机技术领域响当当的人物。田刚印和满意一直有着一个自己造无人机的梦想。毕业后这个梦想一直在他俩的内心徘徊，最终他们坚定了自己的信念，开始了追梦的过程。成就梦想不能靠想象和等待，只有坚定地追寻和实践，才能成就梦想。希望同学们在追梦的过程中，无论遇到任何艰难险阻，都要记得出发时的目标。一旦坚定了信念，就要自信无畏地执着追梦。"

（作者：董鑫）

【北京晚报】毕业典礼上，那些校长的"致青春"

来源：北京晚报　日期：2013年7月16日

原文链接：http://bjwb.bjd.com.cn/html/2013-07/16/content_90261.htm

　　"你们即将告别抢座位的日子，告别没有空调的宿舍，告别你怎么都不相信没赚你们一分钱的食堂；告别教室里的乏味，告别图书馆中的寻觅，告别社团中的忘我；告别留下你浪漫、青涩的林间小道和石凳，告别你至今还未看懂、读懂的华中科技大学……"

　　这是华中科技大学校长李培根在今年本科生毕业典礼上的致辞。三年前，他的致辞《记忆》引发全国热议，打破刻板讲话传统的"根叔体"甚至成为不少大学校长毕业典礼致辞的模板。三年过去了，大学校长的毕业致辞已经日趋个性化，千篇一律的老生常谈已成过去，他们或青春激昂，或冷静内敛，或温情脉脉。尽管还有励志说辞，还有典型说教，但至少我们看到了"爱生活、看食堂"的校长，看到了"看电影、听杰克逊"的校长，看到了会"致青春"的校长。

朴素务实型：问吃住谈就业，依依惜别情
代表：中国人民大学校长陈雨露、厦门大学校长朱崇实。

"你们爱人大吗？"——"爱！"

"如果你们还没毕业，想在你们宿舍装空调吗？"——"想！"

"想让食堂饭菜更便宜、更好吃吗？"——"想，非常想，我们会回来蹭饭的！"……

记者了解到，陈雨露之所以在毕业典礼上提出贴近学生生活的"装空调"和"食堂饭菜"话题，其实是对前一天学位授予仪式上一段毕业生感言的回应。在那天的学位授予仪式上，某学院的一名男生在校领导拨穗中场休息时，自告奋勇地作了一段临时的毕业感言。这位男生说自己在人大待了七年，对人大有很深的感情，但是也有两个遗憾：一是食堂饭菜又贵又难吃，二是宿舍一直没有装空调。

该男生的发言引起了全场的掌声。而陈雨露第二天在毕业典礼上就对这件事情做出了回应，也被人大学生们评价为"很及时""很机智"。

毕业典礼结束两星期后的7月12日，人民大学后勤集团在其微博"温馨人大"表示："近期学校领导和学校职能部门已经开始到周边高校调研学生宿舍安装空调的事宜……后勤集团会按照学校的要求和工作安排，全力配合完成空调安装、管理工作。"

人大校长从学生的吃住入手，抓住了学生之间最关注和热议的话题。而厦门大学校长朱崇实以就业为切入口，话语间表达出了对于学生前途的关注，被毕业生们赞为"最暖心的校长"。

"毫无疑问，在同学们毕业离校之际，我跟你们的家长们一样，最关心的事情之一就是你们在厦大苦读数年，最后得到了社会的承认没有，找到自己满意的工作没有。"朱崇实在毕业致辞中提到，自己5月份看到一份调查数据，得知今年是有史以来大学毕业生就业最困难的一年。看到这个报道后的第二天，就找学校负责学生工作的老师了解厦门大学毕业生的就业情况。并且对于应届生就业情况的关注，一直持续到毕业典礼之前。

"昨天，我又问了一下有关同志目前的最新情况，他告诉我，截至昨天，87.5%的本科生、94.5%的硕士生、94.1%的博士生已找到了就业岗位，或者已拿到了境内外高校和科研机构的录取通知书。可以说，在这充满挑战的困难时刻，在座的各位经受了社会的选择，得到了社会的承认，厦大的毕业生不愧为最具社会竞争力的大学生群体之一。"

朱崇实还特别提到自己在前几个星期看到的一篇报道，报道中提到，一位今年毕业的厦大优秀学生，为了找到自己喜欢的工作，不愿意屈就不喜欢的岗位，求职季总共送出两份求职简历。"我不知道他现在找到自己满意的工作没有，他的这份从容、淡定和自信令我欣赏，但我更希望他能多投几份求职简历，免得老师、家长和同学都为他着急。当然，我最希

望他现在已经找到了自己认为喜欢的工作。"

该校物理机电学院的硕士毕业生小刘告诉记者："朱校长的话特别朴实,听了觉得特别温暖,尤其他在最后说'以后你们在人生旅途中走累了的时候,就回来歇歇脚、喘喘气,养好精神再上路'的时候,我一个大男生都觉得要哭了。"

浪漫文艺型:侃电影颂诗歌,温馨送一程

代表:北京大学校长王恩哥、西南政法大学校长付子堂、北京理工大学校长胡海岩。

"前段时间有一部很受欢迎的电影——《致我们终将逝去的青春》,里面有这样一段独白:'青春是一场远行,回不去了。青春是一场相逢,忘不掉了。青春是一场伤痛,来不及了。'"

北大新任校长王恩哥在2013年的毕业典礼致辞的一开场,就引用在年轻人当中引发热潮的电影台词,并向同学们表露了"青春不会远去"的信念,"只要同学们永远怀有梦想,永远坚定追求,永远相信成长,那么无论你们身在何方,青春都不会远去。因为青春的力量永远与你们同在,激励着你们为了梦想而执着前行。"

无独有偶,西南政法大学校长付子堂也在2013年的毕业典礼致辞中,提到了"另外一所高校的另外一位毕业研究生的毕业作品",将"青春"和"责任"作为送给毕业生们的关键词。在电影的基础上,付校长进一步用诗意的语言表达了自己对青春的感悟:"青春终将逝去,正如同学们终将毕业。但请相信,青春是人生最绚烂、最唯美的风景。"

而关于梦想,北京理工大学的校长胡海岩在2013年的毕业致辞中,则直接借用了另外一部热映的电影《中国合伙人》来向毕业生们阐述寻梦、追梦和筑梦的人生。在提到媒体上关于北理工毕业生创业的报道时,胡海岩说自己借用前一阵子上映的优秀电影《中国合伙人》,将其起名为"北理工合伙人"。鼓励同学们,不忘国家民族的使命,去寻梦;忠于内心的理想和激情,去追梦;勇敢地走进基层实践磨炼,去筑梦。

除了电影之外,歌曲也为多位校长引用,使得毕业典礼更显温情。广州医科大学校长王新华在学校更名后首批学生的毕业典礼上,就引用迈克尔·杰克逊《Heal the world》中的歌词 "Heal the world, make it a better place, for you and for me and the entire human race(拯救这世界,让它变得更好,为你、为我、为了全人类)",来激励未来的准医生们。四川大学校长谢和平也在2013年的毕业致辞最后,改编歌曲《最浪漫的事》中的歌词:"我一生最大的幸福和梦想,就是在培养学生中慢慢变老。"引得不少学生泪洒现场。

叙事说理型:树榜样立教训,难忘又一课

代表:山东大学校长徐显明、北京航空航天大学校长怀进鹏、南开大学校长龚克。

山东大学校长徐显明由于在2009级新生的开学典礼上,为新生讲述山大故事而被学生称

为"讲故事的人"。在同一届学生的毕业典礼上，徐校长延续了讲故事的风格，分别讲述了身残志坚的检察官校友马俊欣，将勤奋视为第一品格、最年轻的中科院院士之一薛其坤，拥有强烈社会责任感的企业家领袖宁高宁以及信念坚定、不畏迷信的"中国雷达之父"束星北的故事，告诫毕业生们要做一个有"德性"的人，并希望毕业生们为自己提供第五个故事的素材，成为自己下一个故事的主人公。

不少毕业生表示，听完徐显明的故事，自己有种"热血沸腾"的感觉，前面有那么优秀的前辈，既有压力，也觉得很有动力。

除了山大之外，北京大学、北京航空航天大学等多所大学的校长也在自己的毕业致辞中引用校友故事。北大校长王恩哥在讲述梦想的力量时，不仅引用为破解世纪难题"孪生素数猜想"做出里程碑式贡献的张益唐校友的故事，告诫毕业生们"梦想就是那种让你感到坚持就是幸福的东西，是最宝贵的力量所在"，而且现身说法，向学生们讲述了自己"711（早上7点到办公室，晚上11点下班离开）"的"搬砖"生涯，引发有同感的理工科毕业生们一阵阵掌声。

北航校长怀进鹏通过与学生一起分享"中国帆船环球航行第一人"郭川、航母舰载机研制现场总指挥罗阳以及北京打工子弟学校校长燕兆时三位校友的故事，共同分享担当、成长和自信。北航的毕业生在微博上写道，校长的毕业演讲没有文科院校的高调与哗众，多了理工人的质朴与踏实，听起来更像是前辈对后来人的谆谆教诲，真挚感人。

校友的故事不仅被大学校长用来当作榜样激励毕业生，也被用来作为警示教训。南开大学校长龚克在今年研究生毕业典礼上说，最近有一名我国金融界颇被看好的年轻领军人物，因为触犯了法律遭到了处分。多年前他正是在南开获得了硕士学位。毫无疑问，他的问题不是专业能力不足，而是价值观上出了问题。龚克借此告诫同学：学位证不是保险带，要使自己的人生不脱轨翻车，最最要紧的是坚持一个"公"字。坚守"公"的价值追求，就是以国家利益为重的价值观，就是以公众利益为重的价值观。他希望毕业生们为学的要守"学德"，经商的要守"商德"，从政的要守"政德"，要守住关乎身家性命的"底线"。

风格迥异的毕业致辞，是毕业生们在学校的最后一课，也是他们从学校迈向社会的重要驿站和转折点。或许，几千字的演讲，在多年以后，被记住的只有那么一两句话，可是对他们来说，这已足够。

专家观点"做"比"说"更重要

2010年，华中科技大学校长李培根的一篇名为《记忆》的毕业演讲，让大家突然发现高高在上的大学校长，竟然也可以如此亲和与幽默。自此，"说段子"成为众多校长毕业典礼致辞的"必做功课"。对于校长的亲和，不少学者都表示了肯定。然而也有学者担心，语录化的毕业致辞正有演化为校长"作秀"的嫌疑。

中央民族大学社会学教授兰林友告诉记者，大学校长在自己的毕业致辞中，一改往日高高在上的刻板严肃形象，加入生活化的元素，拉近与学生的距离，与学生进行互动，这种态度是很值得鼓励的。尤其很多学校的校长，在典礼上扮演起了生活化的家长角色，确实很亲民。这种"卖萌"或者是引入电影台词的举动，虽然不至于影响高校的严肃性，但社会观察和评价一所高校，并不是看校长在一个典礼上说了什么，而是要看校长和这所学校为学生做了什么。

兰林友说，毕业典礼上校长的态度虽然很重要，但更重要的还是对于典礼背后的追问。毕竟在典礼上喊个口号还是很容易的，口号之外还需要看到校长能多大程度地为学生进行亲民化的服务。比如说，学校的硬件设施怎么样，与学生最贴近的专业设计、课程与社会的关联度等，这些都远比在一个仪式上喊一些口号更重要。如果说，校长在毕业典礼上做了各种表态，但是对比平时却感受不到这种表态的贯彻执行，那就是非常讽刺的。

而在教育学博士侯正方看来，如今的大学校长讲话正在往"作秀"的趋向发展，"校长不用点儿最新大片儿的对白，不来点儿歌词，不替学生骂一骂学校，似乎就不像是毕业典礼。至于掌声过后，学校还是原来的学校，如此一年年往复。"侯正方建议，学校的学生会等学生自治机构应该切实发挥起监督作用，对校长在毕业典礼上所做承诺的落实进行监督，"不能让每年的煽情彻底沦为空落落的一出戏。"

经典语录："记忆从此变得鲜活"

今天，我很荣幸站在这里，第一次以校长身份，向你们致以由衷的祝贺与祝福。相识之日却是分别之时，求是园满满的离愁别绪，也有我的一丝淡淡遗憾情怀。庆幸的是我们拥有共同的荣耀，此生，浙大血脉已将你我紧紧地联系在一起。岁月渐行渐远，记忆却从此变得鲜活，你们青春自信的生命如此灿烂，求是创新的血脉永远澎湃着浙大人的心海，让我们坚信未来！

——浙江大学校长林建华

我曾经有一个很好的身体，轻易就能连续自由泳2 000米。但由于过度透支自己的身体，同时也没有拿出足够的时间来补充，所以，一场大病让我失去了能够通宵达旦工作的资本，不能再像过去一样双肩同时挑起学术、管理两副重担。这也是我向主管部门提出不再连任北邮校长职务的原因。没有一个健壮的身体，我只有放下一副担子。而你们都有着长远的未来，有着家庭、事业、孝敬父母等多副担子，所以一定要爱惜自己的身体，一辈子都要健健康康的！

——北京邮电大学校长方滨兴

真正的青春，从来都不是对美好年华的礼赞，也不是对未来虚无缥缈的空想，而是以脚踏实地的坚定足印，以昂扬向上的正能量，去面对困难与挫折。在我们这个时代，缺乏的不是成功的光鲜，而是专注自我之外的对于他人的关怀和对于理想的坚持。

——中国人民大学校长陈雨露

"理想很丰满，现实很骨感"。或许，你暂时还没有找到十分满意的工作；或许，曾经的爱情、理想可能会被社会现实击得粉碎；或许，在前行的路上，有着更加浓重的黑色，还有着更多的失望甚至绝望……但是，千万不可妄自菲薄，更不必羡慕嫉妒恨他人"高富帅"的际遇；而一定要有自信：我能，我行！只要追梦，就能圆梦；也只有追梦，才能圆梦。

——西南政法大学校长付子堂

在构筑梦想的时候，要仰望星空，超脱功利；在实现梦想的时候，又要脚踏实地，步步进取。

——北京理工大学校长胡海岩

告别某些风气或习俗也很艰难。尽管如今有拼爹的现象，但毕竟不是成功之道。有一个"好爸爸"，不妨告别对你爸爸的依赖；没一个"好爸爸"，那就告别羡慕嫉妒恨。过几年你们可能面临谈婚论嫁。要结婚，是否一定要有自己产权的房子？有些年轻人为此而不惜"啃老"。华中大的小伙子们、姑娘们，千万告别"啃老"，告别"俗气"。

——华中科技大学校长李培根

（作者：张航 牛伟坤）

【光明网】教育名家南方论剑共绘教育现代化蓝图

来源：光明网　日期：2013年7月23日

原文链接：http://difang.gmw.cn/gd/2013-07/23/content_8366219.htm

在全球化背景下，教育现代化路在何方

党的十八大明确要求，到2020年，"全民受教育程度和创新人才培养水平明显提高，进入人才强国和人力资源强国行列，教育现代化基本实现"。当前，我国正处于加快转变经济发展方式和增强自主创新能力的攻坚阶段，如何尽快在教育领域实现现代化，应对经济全球化和第三次工业革命的挑战？近日，首届南方教育高峰年会在广州召开。中国教育科学研究院院长袁振国，广东省教育厅厅长罗伟其、副厅长魏中林，省教育研究院院长汤贞敏，清华大学副校长谢维和，北京理工大学党委书记郭大成，南方科技大学校长朱清时，澳门大学校长赵伟，中国科学院中国现代化研究中心研究员何传启等来自全国各地的近300位政府官员、知名学者、高校领导、教育实践精英云集论剑，探讨在全球化背景下区域教育现代化暨中国南方教育高地建设理论与实践问题，为新时期教育改革发展和现代化建设把脉切诊、同绘蓝图，积极为解决区域教育现代化面临的现实难题提出富有启发性的设想和方案，为实现教育现代化梦想研讨方法和途径。

教育现代化之梦，我们还有多远

与会专家学者从不同领域、不同层面、不同视角，对教育现代化的基础理论和政策实践进行了深入研讨，展示了对教育现代化的最新探索，深入研讨了新时期教育现代化过程中的公平与质量、竞争与合作、国际化与本土化、传承与创新等问题。

"教育现代化，这个概念非常具有中国特点。"中国教育科学研究院院长袁振国在主题演讲中说，"它会成为由中国推动的国际概念。"他将教育现代化的目标概括为四个方面：公平、质量、制度和体系。他透露，当前教育部正在制定国家教育现代化的指标体系，我国不少地方都在积极探索、推进教育现代化的路径和办法。"规划纲要提出到2020年基本实行教育现代化。这个是教育发展的旗帜，也是教育梦的具体内容和重要载体。"他强调，教育现代化固然要增加投入、加大发展力度，但更重要的是深化改革，通过改革推动教育的发展，建成一个更加具有活力的现代化教育。

广东省教育厅厅长罗伟其认为，要把实现教育现代化作为实现社会主义现代化的题中之义，这既是全面建成小康社会的重要标志，也是全面建成小康社会的重要支撑和保障。他在主旨演讲中表示，教育"创强争先建高地"，是广东今后一个时期教育改革发展的总目标。通过创建教育强省，争当教育现代化先进区，努力把广东打造成为深化教育体制机制改革的先行先试高地、前沿教育思想理论的形成与实践高地、高素质人才的集聚培养高地、先进文化的创新引领高地、高新科技的创造运用高地、科学发展的人才支持与智力保障高地。力争到2018年，全省总体上在全国率先基本实现教育现代化。

广东省教育研究院院长汤贞敏认为，教育现代化是一个历史的、动态的进程，站在全球化的视角研究世界和国内教育现代化的起源、过程和阶段性特征，研究教育现代化对民

族国家、经济社会、民生福祉的战略意义和价值，是认识和研究区域教育现代化的若干重要立足点。

区域教育现代化如何实现？广东省教育研究院副院长黄崴为广东送上了涵盖"六个转变"的"智囊"：从普及基础教育向普及终身教育转变、从教育机会均等到教育全面公平转变、从关注集体优质教育到重视个体优质教育转变、从知识教育向创造教育转变、从运用信息技术推进具体教学创新到运用信息技术引领教育系统变革转变、以政府为主体的传统教育体制向以学校为主体的现代教育体制转变。

中国科学院中国现代化研究中心研究员何传启认为，一般而言，教育现代化包括从传统教育向现代教育、从学位教育向终生学习的两次转变、教育效率和质量的提高、教育思想和观念的变化、教育普及率和国民素质的提高、教育公平、学生素质和国际教育地位的变化。会上还有学者提出，教育现代化动力系统是"能动型"的内在化需求和"受动型"的外在化推动以及"社会补充"中间地带三者的博弈过程，只有三者合理归位，才能促进教育现代化的发展。

基础教育：重在公平与质量

基础教育作为国民教育的重要组成部分，事关每一位学生的成长成才与人生幸福，是实现教育现代化的基础工程，也是实施科教兴国战略和人才强国战略的奠基工程。峰会对区域基础教育现代化建设的理念、政策、实践等问题进行了深入探讨。

北京师范大学副校级干部、新疆师范大学副校长周作宇从教育哲学的深度，提出培养中小学生自我领导力的教育才是面向未来的、进步的、解放的教育，是一种教育理念的现代化。首都师范大学特聘教授、首都教育政策与法律研究院院长劳凯声则认为，"人民群众对于教育的利益需求在教育发展中将会起越来越重要的作用，一个反映不同利益群体教育要求的、多样化的教育发展新阶段正在到来"，这一新阶段对于寻常百姓而言，就是要关注和解决民众最关心、最直接、最现实的教育问题；而对于政府而言，就是用最公正的方式给予最大多数人以最大的关怀。

在政策与实践层面，来自广东、江西、广西、湖南、海南、云南教育科学研究院（所）等单位的代表介绍了各自省（区）推进教育现代化的经验。专家们大多围绕素质教育的"以人为本"展开，呼吁促进教育公平与提高教育质量。通过改善办学条件，促进基础教育均衡化发展，推进义务教育学校规范化、标准化建设，提高基础教育办学质量。通过深化基础教育教学综合改革，深入推进素质教育的理念、方法。通过构建有利于学生身心发展的科学的考试和评价制度，促进学校多样化发展。通过加强师资队伍建设，提高教师整体素质，使学生能接受到先进的教育理念、教育方法。通过实现教育信息化，来推进教育教学的改革，将教育引向均衡化、现代化。

袁振国强调："义务教育的均衡发展是国家战略，是不能动摇的。也是在所有教育改革项目当中，推进最艰难的。但是在我看来，唯其艰难，才更有意义。在这个问题上，我们一定要坚定不移，要让所有人享受到同样的义务教育。"

高等教育：与经济社会发展紧密相连

高等教育作为教育体系顶层，承担着培养人才、创新科技、服务社会、传承创新文化的重要职能，在教育现代化中起着引领作用。与会专家学者就高等教育协同发展、创新发展、内涵发展、国际化发展等现代化发展领域的问题进行了广泛而深入的探讨。

清华大学副校长谢维和认为，高等教育在区域经济社会发展中应发挥重要的支撑作用。区域高等教育已经成为中国高等教育的主体，扮演着越来越重要的角色，区域高等教育质量将直接关系和影响高等教育强国的建设。区域高等教育现代化有两个理论基础：一是教育均衡发展，"如果教育不能均衡发展，谈它的现代化，这是一个奢望"；二是教育要与经济社会发展相融合，"传统教育，往往是自己做自己的，把自己束之高阁，阳春白雪。但是现代化教育是和社会经济发展、老百姓需求紧密结合在一起的"。

北京理工大学党委书记郭大成提出，推动经济转型升级和建设中国南方教育高地，很大程度上依赖于建设高水平大学，加强省校合作是高等学校履行服务国家和地方经济社会发展的重要途径。他表示："对于未来区域经济的发展，除了依靠资金、土地资源投入之外，越来越多地依赖于科技的创新和高素质人才的培养，使先进科学技术和高水平人才进入区域经济发展的主战场。"

与会专家提出，创新人才培养是高等教育最基本的功能，同时也是高等教育现代化的核心内容。南方科技大学校长、中国科学院院士朱清时认为，创新的核心和灵魂是新思想，并非知识和技能的多少；产生创新思想的过程和五个要素，即批判思维能力、想象力、洞察力、记忆力和注意力；培养创新能力需要实践与研究相结合；在当前要培养拔尖创新人才，必须进行教育改革，尤其是评价模式的改革，从注重知识的多少向注重知识的创新能力与运用转移，建立以高考为基础的综合评价模式，在高考中加入测试学生创新素质和能力的内容。

在为期2天的峰会期间，百余位知名专家学者围绕教育现代化与中国南方教育高地建设的历史定位与发展进程、理论假设与现实要求、全球化背景与未来图景、方向与策略，区域基础教育、高等教育现代化实践路径等论题，作了主题演讲与深入研讨。与会专家学者认为，全面推进经济社会转型升级，加快经济社会现代化建设进程，基础在加快推进教育现代化。我国正处于加快转变经济发展方式和增强自主创新能力的攻坚阶段，迫切需要在教育领域实现现代化，应对经济全球化和第三次工业革命的挑战。当前，广东正在着力实施"加快转型升级、建设幸福广东"战略，教育现代化建设既为加快产业结构调整和经济发展方式转变提供智力支持、人才保障和科技支撑，也为率先全面建成小康社会、率先基本实现社会主义现代化提供坚实的基础和强大的动力。教育要担当"科学发展，人民满意"的战略任务，要提高全体人民素质，培养创新人才，推动经济建设、政治建设、文化建设、社会建设、生态文明建设全面发展。

（作者：吴春燕　刘慧婵）

【光明日报】不断推进高校人事管理科学化

来源：光明日报　日期：2013年8月9日

原文链接：http://epaper.gmw.cn/gmrb/html/2013-08/08/nw.

D110000gmrb_20130808_3-15.htm?div=-1

　　人事管理工作关系大局，常牵一发而动全身，因此，我们要以深入贯彻落实科学发展观为契机，把科学管理提上高校人事管理部门的重要议事日程，切实解决影响和制约科学管理的思想观念和体制机制问题，在坚持科学发展中推进科学管理，在推进科学管理中促进科学发展，在新的起点上全面提升高校人事管理工作科学化水平。

树立科学管理理念，是实现科学管理的思想基础

　　以科学发展观为指导，树立科学的管理理念，是转型期管理工作的需要。科学管理理念解决的是"为谁管理，怎样管理"的认识问题。为谁管理是管理前提，也是管理目的，是坚

持以人为本的价值取向，解决我们管理价值主体的问题。怎样管理主要揭示客观规律，是建立适应科学发展的机制问题。当前，社会利益格局和分配格局发生了重大变化，统筹协调各方面利益关系难度加大。人事部门必须进一步提升管理理念，夯实科学管理的思想基础：一是要破除以管理者自居、"管"字当头、作风粗暴的强势管理思想，树立人力资源管理、关注员工福祉、兼顾平衡的和谐管理理念；二是要破除不分管教轻重、不讲程序先后、不顾服务优劣的机械管理思想，树立分类管理、适度管理、刚柔相济的人性化管理理念；三是要破除惯性思维、缺乏激励、凭经验办事的随意管理思想，树立严格规范、公平公正、清正廉洁的管理理念。要用正确的管理理念指导，建立依法履行管理职能和注重服务、培训指导并重的人事管理模式，积极运用人事管理和培育指导两个手段，将人事工作贯穿于管理服务的各个环节。

建立完善管理机制体系，是实现科学管理的基本条件

没有完善的体系和健全的制度机制，就谈不上科学的管理。管理体系主要包括作为执行武器的奖惩体系、支撑管理的理念体系、职能实践的领域体系、管理方式方法的制度体系等。要在管理体系的架构下，坚持"对制度负责、对学校负责与对教职员工负责"相统一。突出建立完善四大管理机制：一是建立规范化的人才培育机制，严格把好人才进入和培育关口。二是建立科学化的用人机制，想方设法为教师创造条件、搭建平台，让教师施展才华、实现梦想。同时通过人事管理的各方面去影响广大教师，增强教师对学校的凝聚力和向心力，真正做到环境留人、事业留人、情感留人。三是建立透明化的职称评定机制，通过充满生机和活力的教师职务聘任制度，实行动态管理，真正做到能上能下。四是建立公平化的分配机制，将职工的工资收入与岗位职责、工作任务、实际贡献等挂钩，以充分调动教职工的积极性。

提高管理科技水平，是实现科学管理的有效途径

要运用先进的管理手段，降低管理成本，提高办事效率，使先进的管理技术成果更好地服务和惠及教职工，努力实现好、保证好、发展好广大教职工的根本利益。一是要建立学校人事工作电子公共管理服务平台。实行网上管理、网上服务，开辟"绿色服务"通道，实行办事标准公开，办事流程公开，办事结果公开。为教职员工提供预约服务、现场服务和上门服务。二是要建立教职工"微博"和"QQ群"，及时了解并解决教职工在工作、学习、生活中遇到的困难和发生的问题。三是要建立编制规划、招聘配置、培训发展、绩效考核、薪酬福利、员工关系等管理专栏，并及时更新内容，让教职工自主选择，自主约束，要广泛征求教职工对学校人事管理工作的意见与建议。促使人事干部增强事业心与责任感，让教职工成为学校管理的主人。

规范管理行为，是实现科学管理的必由之路

实践证明，越是加快发展，越要强化管理，要正确认识和处理加大改革力度和规范管

理行为的关系。只有通过加强管理，才能切实解决发展过程中出现的新情况、新问题，才能真正维持公平、公正的竞争秩序，为发展提供最适宜的外部环境。人事部门的职责，就在于通过优质的服务，严格的管理，维护广大教职工的合法权益，维护学校正常运转的管理秩序。同样，越是强化管理，越要规范管理行为。只有坚持依法管理，才能保障管理的合法性和科学性。我们既要坚决制止以强化管理为由，人为设置障碍、故意刁难教职工的行为，又要切实防止在具体工作中随意突破法律、政策规定，放松或削弱管理。离开服务空谈管理，是"管理缺位"，而离开规范高谈管理，是"管理失控"；离开管理空谈服务，是"服务错位"，而离开管理大谈规范，是"无为服务"。

提高队伍综合素质，是实现科学管理的有力保障

人是实现科学管理的决定因素。一名优秀的人事干部，除了要具备高尚的职业道德素质、高度的责任心和崇高的敬业精神以外，还要具备过硬的文字处理能力、语言沟通能力、计算机应用能力和学习能力。人事干部是学校管理制度的制定者，是管理体制的规划者，也是相应制度的执行者。所以要不断提升高校人事干部的履职能力，做到在政治上把准方向，信念坚定；事业上勤政敬业，争创一流；纪律上恪守岗位，尽职尽责；作风上勇挑重担，求真务实。要树立科学的人才观，全面提高整个队伍的综合素质，着力解决人事干部年龄、专业、知识等结构不合理的问题；着力解决由"以事为本"型干部向"以人为本"型干部转变的问题，提高干部科学管理能力；着力解决干部职业综合素质缺乏问题，建立人事管理专业化队伍；着力解决机构、编制、人员配置不协调问题，科学配置人力资源，不断适应建立现代大学制度的需要。要进一步确定人事干部在学校管理中的核心地位，关注干部的个性特点和价值，研究建立人事管理部门和个人科学的绩效考核考评体系，使他们的创造愿望得到尊重，创造活动得到支持，创造才能得到发挥，创造成果得到肯定，职业人才得到重视和发展。要切实抓好人事干部的党风廉政和作风建设，始终保证整个队伍的健康肌体，坚持做到权为民所用，情为民所系，利为民所谋。

不断改革创新，是实现科学管理的强大动力

创新创造活力，创新推动发展。我们要适应工作转型的要求，以全新的视角全面审视大学人力资源管理结构的完善和改革，从思维方式、精神状态、工作方法等方面进行全方位的调整适应。在管理理念上，要牢固树立以人为本的责任观念和服务观念，形成依法管理、民主管理的思维方式和行为模式。在管理方式方法上，要创新和完善人性化管理制度，始终做到坚持原则性，讲求艺术性，增强服务性和提高亲和力的有机结合，不断推动科学管理。

（作者：北理工人事处 圣洁）

【工信部】北京理工大学召开教育
实践活动学习交流会

来源：工信部　日期：2013年9月11日

原文链接：http://www.miit.gov.cn/n11293472/n11293877/n15329799/
n15329846/15619814.html

9月6日下午，北京理工大学党委召开群众路线教育实践活动学习交流会，全体校领导、全体正处级干部、党外人士代表、部分教工党支部书记与教师代表参加，会议由党委书记郭大成主持。

校长胡海岩在交流发言中回顾了近期开展学习和座谈调研的情况，并围绕"为谁办大学""依靠谁办大学"和"如何做好校长"这三个问题，做了深入思考，畅谈学习体会，在发言中胡校长指出：要坚持党的群众路线，办人民满意的大学；要坚持党的群众路线，依靠师生员工办学；要坚持党的群众路线，做师生满意的校长。并对接下来的活动提出了三点自我要求，即：一是认真参加学习教育、听取意见，进一步提高"为人民服务"的宗旨意识、强化群众观点。二是要认真查摆问题、开展批评，切实找准自己和直接分管的干部在"四风"方面存在的问题，深刻认识其危害，主动纠正错误。三是要认真进行整改落实、建章立制，进一步改进自己和直接分管的干部的工作作风，并且使密切联系群众得以常态化、长效化。

副校长赵平在发言中围绕"什么是党的群众路线？如何认识和理解党的群众路线？为什么要开展群众路线教育实践活动？如何搞好群众路线教育实践活动？"这四个问题谈了自己的学习体会。党委副书记、副校长李和章以"敬、学、和、真"四个字为主题，主要谈了敬畏真理、坚定信仰的问题；对知识和真理持续追求的问题；对群众路线认识的问题；求真务实、真抓实干的问题。校长助理、科研院常务副院长陈杰，机电学院院长焦清介，光电学院党委书记郝群，后勤集团总经理李晋平等四名同志也结合自己的工作，深入交流了学习体会。

党委书记郭大成对学习交流会做了总结，回顾了学校开展实践活动以来的情况，并指出，学校领导班子成员和处级干部都按照中央要求和部署扎实开展了活动，在征求意见环节，我们按照"自己找、群众提、上级点、互相帮"的原则，认真广泛地征求了上级领导部门、督导组和广大教职工对校处两级领导班子及领导干部的意见和建议。通过走访调研、召开座谈会、书面形式等方式收集各类意见建议800多条，下一步，学校党委将对这些问题进行认真的梳理分析，主要聚焦在推动学校内涵式发展、促进提高质量措施不力、学风教风浮躁、联系和服务基层师生不够、不能坚持勤俭办学等方面。对"四风"方面存在的突出问题深挖思想根源，紧密结合工作实际，认真整改。

【群众路线网】北理工召开群众路线教育实践活动学习交流会

来源：群众路线网　日期：2013年9月10日

原文链接：http://qzlx.people.com.cn/n/2013/0910/c365008-22872125.html

9月6日下午，学校党委召开群众路线教育实践活动学习交流会，全体校领导、全体正处级干部、党外人士代表、部分教工党支部书记与教师代表参加，会议由党委书记郭大成同志主持。

校长胡海岩在交流发言中回顾了近期开展学习和座谈调研的情况，并围绕"为谁办大学""依靠谁办大学"和"如何做好校长"这三个问题，做了深入思考，畅谈学习体会，在发言中胡校长指出：要坚持党的群众路线，办人民满意的大学；要坚持党的群众路线，依靠师生员工办学；要坚持党的群众路线，做师生满意的校长。并对接下来的活动提出了三点自我要求，即：一是认真参加学习教育、听取意见，进一步提高"为人民服务"的宗旨意识、强化群众观点。二是要认真查摆问题、开展批评，切实找准自己和直接分管的干部在"四风"方面存在的问题，深刻认识其危害，主动纠正错误。三是要认真进行整改落实、建章立制，进一步改进自己和直接分管的干部的工作作风，并且使密切联系群众得以常态化、长效化。

副校长赵平在发言中围绕"什么是党的群众路线？如何认识和理解党的群众路线？为什么要开展群众路线教育实践活动？如何搞好群众路线教育实践活动？"这四个问题谈了自己的学习体会。

党委副书记、副校长李和章以"敬、学、和、真"四个字为主题，主要谈了敬畏真理、坚定信仰的问题；对知识和真理持续追求的问题；对群众路线认识的问题；求真务实、真抓实干的问题。

校长助理、科研院常务副院长陈杰，机电学院院长焦清介，光电学院党委书记郝群，后勤集团总经理李晋平等四名同志也结合自己的工作，深入交流了学习体会。

最后，党委书记郭大成对学习交流会做了总结，回顾了学校开展实践活动以来的情况，并指出，学校领导班子成员和处级干部都按照中央要求和部署扎实开展了活动，在征求意见环节，我们按照"自己找、群众提、上级点、互相帮"的原则，认真广泛地征求了上级领导部门、督导组和广大教职工对校处两级领导班子及领导干部的意见和建议。通过走访调研、召开座谈会、书面形式等方式收集各类意见建议800多条，下一步，学校党委将对这些问题进行认真的梳理分析，主要聚焦在推动学校内涵式发展、促进提高质量措施不力、学风教风浮躁、联系和服务基层师生不够、不能坚持勤俭办学等方面。对"四风"方面存在的突出问题深挖思想根源，紧密结合工作实际，认真整改。

【中国青年报】大学生自强之星标兵
共话"中国梦"

来源：中国青年报　日期：2013年9月11日

原文链接：http://zqb.cyol.com/html/2013-09/12/nw.D110000zgqnb_20130912_10-02.htm

（记者王怡波）"每天叫醒我的不是闹钟，是我的梦想"，在今天举行的"中国大学生自强之星颁奖分享会暨2013年度寻访中国大学生自强之星"活动启动仪式上，2012年度大学生自强之星标兵郭艳琼的一句话引发现场大学生的强烈共鸣。与郭艳琼一起，另外9名2012年度中国大学生自强之星标兵在活动现场与领导、师生共话对"中国梦"和自强精神的心得。

"只有我们每个人为了自己的梦想不懈努力，每个人都自强不息，才能实现中国梦这个伟大的梦想。"来自西安建筑科技大学的自强之星标兵吴书强说出了标兵们的共同心声。他们分别用感人至深的自身故事，向在场师生展现了自强与梦想的完美结合。

团中央书记处书记傅振邦出席活动并讲话。傅振邦和同学们分享了对"中国梦"和新时代自强不息精神的理解。"中国梦离我们并不遥远，就在我们每个人的心中和手中，在我们的脚下。五千年的中华文明，能够一以贯之，至今巍然屹立，靠的就是自强不息。"傅振邦指出，新时期要弘扬自强不息的精神，凝聚实现"中国梦"的磅礴青春力量。在新时代，自强不息的精神应该有四个方面的内容：一是坚定信念，理想信念就是人们精神上的钙，缺理想信念，就是缺钙，就会得软骨病，就会站不起、走不远；二是要拥有梦想，每个人心中必须有自己的追求，有自己的期待，有自己的梦想；三是要担当责任，一代人有一代人的责任，只有明确自己的责任，才能坚持着前进；四是要坚守执着，选择目标后，就要以滴水穿石的韧劲儿去坚守，去迈开自己坚实的脚步。

作为自强之星寻访活动的协办单位，新东方教育科技集团于2007年出资5 000万元，设立"中国大学生新东方自强奖学金"。每年500万元，由每年获得自强之星标兵、自强之星、自强之星提名奖的大学生分享。"企业家最重要的是把企业做好，而且企业做的事情要于国于民、于你公司的雇员和客户都有利。"

笑称自己也是"自强之星标兵"的新东方教育科技集团总裁俞敏洪说，帮助自强的大学生，"让我觉得辛苦是值得的，这是一件让自己特别骄傲的事情。"

"坚持""希望""天道酬勤"……在现场，10名2012年度自强之星标兵各用一个"梦寄语"来表达自己对当代大学生的愿望。他们还将亲手写下的五颜六色的"梦寄语"贴上展板，这意味着2013年度寻访大学生自强之星活动正式启动。新一轮的自强之星寻访，将从当天开始，一直持续到2014年年初。

此次活动由共青团中央和全国学联主办，中国青年报社、中国高校传媒联盟和北京理工大学承办。团中央学校部副部长、全国学联副秘书长杜汇良，中国青年报社常务副社长张坤，团北京市委副书记熊卓，北京理工大学党委副书记、副校长李和章等出席活动。

（作者：王怡波）

媒体2013
北理工

第二章　科研创新开拓局面捷报频传，斩金夺魁争相向前鼓乐喧天

第一节　院所高科惠及四方

【北京商报】市人大代表孙逢春：加大基础设施建造推广新能源车

来源：北京商报　日期：2013年1月28日

原文链接：http://www.bjbusiness.com.cn/site1/bjsb/html/2013-01/28/content_202522.htm?div=-1

（记者　姜子谦）京城连日不断的雾霾天气，让环境成为一个亟待治理的课题。作为治理环境问题的有效渠道，新能源车的发展备受关注。而对新能源车来说，电池动力问题是其发展的核心所在。对此，市人大代表、电动车辆国家工程实验室主任、北京理工大学副校长孙逢春昨日表示，新能源车电池动力技术在五年后会迎来重大突破。

孙逢春认为，新能源汽车对于净化城市空气有极大好处，但是其电池的蓄电能力一直制约着新能源汽车的推广。如果严格按照科学标准，电池本身的重量应占电动车的15%左右，太重或太轻都不利于其发展，所以不能靠增加重量来增加电池的蓄电能力。"现在一块电池可以让汽车行驶100~120公里，未来仍将会继续提升，预计五年之后电池的蓄电能力将有一个质的飞跃。"

孙逢春建议，如果想推进新能源汽车的使用，现在更应该做的是基础设施的建造。以欧洲新能源汽车使用条件成熟的城市为例，在一定范围之内，不出10分钟的路程就会出现一个充电站。这些也应是目前作为新能源车推广试点的北京需要解决的问题之一，建议新能源车的使用最起码应该做到五环以内公交车的"全电动化"。

（作者：姜子谦）

【光明日报】雾霾天关注北理工电动车

来源：光明日报　日期：2013年1月30日

原文链接：http://epaper.gmw.cn/gmrb/html/2013-01/30/nw.D110000gmrb_20130130_2-14.htm

编者：今年冬天，持续的雾霾天气多日笼罩我国北方大部分城市，令人心有余悸。由于汽车尾气污染是环境污染很重要的一方面，行业分析人士认为，节能环保已经成为我国今后的重点发展领域，在限制普通机动车方面来防治污染的同时，新能源汽车或将借此迎来新的发展机遇。那么我国新能源汽车的人才培养和科学研究处于什么样的状态之中？《教育服务》本期特别对我国新能源汽车科研重镇——北京理工大学电动车辆国家工程实验室作一简单介绍。

在雾霾笼罩下，也许会有人想起北京奥运会期间行驶在奥运村零排放区的50辆"绿色"电动大客车，没有发动机的轰鸣，没有尾气。那是国际上第一次大规模使用锂离子电池电动客车。

锂离子电池电动客车由北京理工大学电动车辆国家工程实验室自主研发。之后，在2010年上海世博会和广州亚运会上，来自北理工的电动大客车都是亮丽的风景线。还有2011年北京大规模示范运行的系列电动环卫车。

北理工电动车辆国家工程实验室由国家发改委于2008年授权，在北京理工大学电动车辆工程技术中心的基础上成立，是国内最早从事电动车辆研究的单位。早在20世纪50年代末，该实验室就开始引进苏联制造的电传动军用车辆进行电传动研究工作。从1992年开始参加原国防科工委组织的电动车辆研究开发工作。自国家"八五"计划以来，一直是科技部、工信部、总装备部和北京市政府的重点支持对象。在电动车辆科研、产业化和示范运行方面积累了丰富的研究成果。同时，实验室在电驱动技术方面有着深厚的研究基础，是国家"863"计划驱动电机及控制器授权检测基地。成功研制了纯电动旅游客车、纯电动低地板公交客车、混合动力电动旅游客车、燃料电池汽车、纯电动轿车等共20余种电动车辆整车，其中10种整车产品列入我国国家汽车产品公告。开发了车用续流增磁电机及控制器、永磁同步电机驱动系统、一体化电驱动机械式自动变速（AMT）系统、支持快速更换的标准化电池系统等具有自主知识产权的电动汽车关键零部件产品。

奥运纯电动客车成果如今已进入全面商业化推广与应用阶段。该纯电动客车动力系统平台已在上海世博会、广州亚运会以及"十城千辆"项目中得到批量应用。同时，实验室主持开发了北京121路公交车充电站，技术支持建造了国际上第一座具备电池更换功能的奥运公交车充电站以及规模更大、功能更为完善的上海世博电动公交车充电站和广州亚运会充电站等。

电动车辆是现代车辆技术的重要发展方向，也是我国实现交通领域节能减排和可持续发展的重要途径。电动车辆国家工程实验室是加快科技成果工程化和产业化的重要桥梁，对提升我国自主研究水平具有重要意义。北京理工大学电动车辆研究团队经过20年的自主创新和发展壮大，已成为我国乃至世界电动车辆领域的重要研究力量。

"占领以城市公交车、各种各样的工业用车、环卫和物流车辆为主的城市用车市场将是未来电动车发展的重要目标。"之前，北京理工大学副校长、电动车辆国家工程实验室主任孙逢春在接受媒体记者采访时说。孙逢春是国家"863"计划"电动汽车重大专项"和"节能与新能源汽车重大项目"总体专家组专家、北京市新能源汽车专家组首席专家。长期致力于电动车辆整车集成与驱动理论研究、关键技术开发和工程应用工作。至今，作为第一完成人，他获国家技术发明奖二等奖2项、国家科技进步奖二等奖1项。

"十二五"以来，这一团队主持国家"863"课题"纯电动商用车动力系统平台技术攻关""电机系统关键共性技术与评价体系研究""电池组快速更换系统集成技术研究与装备开发"等3项课题及北京市科技项目等其他省部级项目6项，并承担了大批企业委托科技项目。

2010年，在电动车辆国家工程实验室老师的指导下，北理工机械与车辆学院的学生在中国大学生方程式汽车大赛中获得总冠军，并夺得8项大奖。2011年，该学生赛车队在日本大学生方程式汽车大赛（共75支亚洲地区大学生队伍参加）中获得动态比赛单项冠军。

"在未来5~10年，我们将建设成为国际一流的电动车辆技术创新性研究及成果工程化转化基地，国际知名的电动汽车创新人才培养基地以及具有多学科交叉融合、高层次创新人才汇聚、管理高效开放、资源充分共享的电动车辆国家工程实验室。"孙逢春说。

【北京日报】零排放电动车5年内驶入家庭

来源：北京日报　日期：2013年2月1日

原文链接：http://bjrb.bjd.com.cn/html/2013-02/01/content_45354.htm

连续的雾霾天气，让不少车主感到十分纠结：开车会加重城市空气污染，而不开车出行又的确不便利。"科技奥运"电动汽车重大专项首席科学家、北京理工大学副校长孙逢春告诉记者，按照目前的科研进度，5年内，电动车单次充电续驶里程将达300公里，实用性堪比汽车，而其百公里运行成本仅为汽油车的1/6。更重要的是，电动车不会产生尾气排放，更有利于环保。

电池"短板"5年内"补齐"

"业界预计，电池技术5年内将有重大突破。"孙逢春并不讳言电动车的电池短板，但他表示，电池技术研发周期相对规律，下一次突破应在2018年前后。到那时，轿车电池单次充满电后，可连续行驶300公里以上。届时，电动车将以其安静、环保、实用、低价等优势，大规模进入家庭用车市场。

孙逢春十分清楚目前电动车推广艰难的原因所在。他告诉记者，电动车电池重量占总车质量的15%左右较为合适，以现有的电池储电性能计算，120公里将是电动车的行驶里程上限。"这样的续驶里程，比较适合北京市的郊区和中小城市。"

电动车研发领域正在加紧进行电池储电性能升级，预计单次充电续驶里程5年内将提高到300公里。"完全可以满足北京等大城市的行驶需要。"孙逢春说，电池研发时，已充分考虑了车载空调等用电需求。

孙逢春还告诉记者，国外已研发出碳纳米管电池，充满电后续驶里程可达700公里，超过了普通家用小汽车。孙逢春认为，电动车能源转化率最高，而且无需燃烧，PM2.5等排放为零，是最环保的选择。

电动车有望降价4成

解决了性能问题，价格是否会成为"拦路虎"？面对记者的提问，孙逢春笑着摆摆手说："汽车产业有明显的规模效益特点，产量越大，成本越低。"他算了笔账，"如果单条生产线电动车产量突破1万辆，除电池外，车身整体成本将下降40%，而电池成本下降幅度更是高达50%。"

据乐观预计，最长8年时间，电动车产业即可摆脱目前依赖国家政策扶持和补贴的困境，达到或迈过盈亏平衡点。

除车价外，电动车的运行成本也有明显的优势。以普通家用型电动车为例，行驶300公里耗能约为20~30千瓦时，按动力电价计费也仅为30元左右。而一辆家用小轿车，300公里油耗约为24升，按每升7.5元计算，行驶成本高达180元，是电动车的6倍。

充电问题有望3年内解决

续驶里程短是电动车的短板，但问题也并非无解。孙逢春表示，电动车可精确显示剩余行驶里程，驾驶人可提前采取措施。而对目前市民抱怨的充电桩数量少、分布密度差的问题，专家表示最快3年内即可解决。

"快速充电不是最佳解决办法。"孙逢春说，现在的技术可以做到15分钟内充满电池，但对充电设备、线路有较高要求。"快速充电需要大电流强度，对电网冲击很大。"他认为，最佳的办法还是开一天车回家后充一晚上电。

记者了解到，北理工提出的电动车新设计方案已将充电设备"装"进车内，充电时只需找到普通民用电插座插入即可。今后，只需在遍布全市的停车场准备充足的电源插座，即可解决充电难题。

据孙逢春透露，未来电动车研发还将强化电池管理，通过正确的使用来延长电池寿命。此前，在北理工的帮助下，本市103路电车就通过优化电池管理，将电池使用寿命从3个月延长到了30个月。科研人员还将专门开发电空调、电动转向助力和电制动能量回收等技术应用，为电动车配齐专用设备。

（作者：王东亮）

【科技日报】电动汽车续驶里程五年或达300公里

来源：科技日报　日期：2013年2月18日

原文链接：http://digitalpaper.stdaily.com/http_www.kjrb.com/kjrb/html/2013−02/18/content_191299.htm?div=−1

"科技奥运"电动汽车重大专项首席科学家、北京理工大学副校长孙逢春近日表示，按照目前的科研进度，5年内，电动车单次充电续驶里程将达300公里，实用性堪比汽车，而其百公里运行成本仅为汽油车的1/6。更重要的是，电动车不会产生尾气排放，更有利于环保。

电池"短板"5年内"补齐"

"业界预计，电池技术5年内将有重大突破。"孙逢春并不讳言电动车的电池短板，但他表示，电池技术研发周期相对规律，下一次突破应在2018年前后。到那时，轿车电池单次充满电后，可连续行驶300公里以上。届时，电动车将以其安静、环保、实用、低价等优势，大规模进入家庭用车市场。

孙逢春十分清楚目前电动车推广艰难的原因所在。他表示，电动车电池重量占总车质量的15%左右较为合适，以现有的电池储电性能计算，120公里将是电动车的行驶里程上限。"这样的续驶里程，比较适合北京市的郊区和中小城市。"

电动车研发领域正在加紧进行电池储电性能升级，预计单次充电续驶里程5年内将提高到300公里。"完全可以满足北京等大城市的行驶需要。"孙逢春说，电池研发时，已充分考虑了车载空调等用电需求。孙逢春还告诉记者，国外已研发出碳纳米管电池，充满电后续驶里程可达700公里，超过了普通家用小汽车。孙逢春认为，电动车能源转化率最高，而且无需燃烧，PM2.5等排放为零，是最环保的选择。

电动车有望降价4成

解决了性能问题，价格是否会成为"拦路虎"？孙逢春说："汽车产业有明显的规模效益特点，产量越大，成本越低。"他算了笔账，"如果单条生产线电动车产量突破1万辆，除电池外，车身整体成本将下降40%，而电池成本下降幅度更是高达50%。"

据乐观预计，最长8年时间，电动车产业即可摆脱目前依赖国家政策扶持和补贴的困境，达到或迈过盈亏平衡点。除车价外，电动车的运行成本也有明显的优势。以普通家用型电动车为例，行驶300公里耗能为20~30千瓦时，按动力电价计费也仅为30元左右。而一辆家用小轿车，300公里油耗约为24升，按每升7.5元计算，行驶成本高达180元，是电动车的6倍。

充电问题有望3年内解决

续驶里程短是电动车的短板，但问题也并非无解。孙逢春表示，电动车可精确显示剩余行驶里程，驾驶人可提前采取措施。而对目前市民抱怨的充电桩数量少、分布密度差的问题，专家表示最快3年内即可解决。

"快速充电不是最佳解决办法。"孙逢春说，现在的技术可以做到15分钟内充满电池，但对充电设备、线路有较高要求。"快速充电需要大电流强度，对电网冲击很大。"他认为，最佳的办法还是开一天车回家后充一晚上电。

据了解，北理工提出的电动车新设计方案已将充电设备"装"进车内，充电时只需找到普通民用电插座插入即可。今后，只需在遍布全市的停车场准备充足的电源插座，即可解决充电难题。

据孙逢春透露，未来电动车研发还将强化电池管理，通过正确的使用，可延长电池寿命。此前，在北理工的帮助下，北京市103路电车就通过优化电池管理，将电池使用寿命从3个月延长到了30个月。科研人员还将专门开发电空调、电动转向助力和电制动能量回收等技术应用，为电动车配齐专用设备。

（作者：柯宗）

【北京日报】京产电动大客车将"开进"波兰

来源：北京日报　日期：2013年3月6日

原文链接：http://bjrb.bjd.com.cn/html/2013-03/06/content_53576.htm

时速80公里　充一次电能跑130公里

（记者　刘欢）时速80公里、8分钟完成换电、充一次电能跑130公里……曾在2008年北京奥运会上大放异彩的零排放电动大客车技术即将远赴波兰。日前，北京理工大学与波兰著名电网公司TAURON集团、华沙理工大学正式在京签订了中波e-Bus项目合作协议，这标志着由科技部和北京市科委支持的京产电动大客车技术首度走出国门，将在波兰的弗罗茨瓦夫示范运营。

从1994年北理工研发出国内第一台电动公交车，到2000年两台电动公交车开上本市街头，再到北京奥运会、上海世博会、广州亚运会以及"十城千辆"城市运营……京产电动大客车技术迄今已累计安全运行达数千万公里。

"事实上，我国在纯电动汽车方面真正的优势就是商用车。"北京理工大学电动车辆与工程专家林程表示，这项技术整整做了近20年，从电机、电车、整车控制到充电模式，稳扎稳打，拥有了一套完整的系统。

几年前，在一次与北理工的学术互访中，波兰华沙理工大学的安东尼教授一眼相中了北理工原创的电动大客车技术，并积极向波兰政府推荐，希望能引进整套体系，在波兰开展纯电动大客车示范运行。在他的引荐下，波兰几大电网公司的老总相继慕名而来。"由于能将电网的储能需求与电动公交车的运行需求完美结合，我们的机器人快速换电模式令这些'洋老总'们非常感兴趣。"林程说。

今年2月，波兰政府代表团与北理工正式签订合作协议。"首先要支持波兰在弗罗茨瓦夫建一条示范线，其中，包含6辆公交车和一个快速充换电站。"林程告诉记者，波兰将从我国引进京产电动大客车整车、动力电池快换机器人系统、电池充/换电站和应急服务系统等，并在波兰主要城市开展为期两年的示范运营工作。此后，将实现波兰电动大客车技术的本地化。

我国科研人员还将以波兰为出发点，逐步将京产电动大客车技术推广至欧盟。

"与个别国内企业的单车出口不同，我们出口的是一整套专利成果的授权和标准体系，只有如此，才有生命力。"林程信心满满地说，"这个项目一旦完成，将会成为国内对外绿色合作的一个成功案例。"

（作者：刘欢）

【第一电动网】北理工教授黄若：混合动力是最好解决方案

来源：第一电动网　日期：2013年4月12日

原文链接：http://www.d1ev.com/18875.html

（记者 罗新雨）北京理工大学机械与车辆工程学院教授黄若认为，在新能源汽车方面，混合动力技术是当前最好的解决方案。

黄若是在4月12日"FOURIN世界汽车研究会"第7次例会上发表上述观点的。此例会由北京富欧睿汽车咨询有限公司组织发起，在北京万通中心举行。

黄若发表了主题为汽车涡轮增压器技术对传统内燃机汽车的影响的演讲。关于混合动力技术，黄若认为它是当前最好的解决方案。而对于电动车的发展，黄若则表示，如果电池能达到目前内燃机车的能量密度，会带来一场革命。

　　展望远期未来，黄若还特别提到了美国趋势经济学家杰里米·里夫金（Jeremy Rifkin）最近的一本新书《第三次工业革命》给他带来的启示。他认为，个人涡轮PT（Personal Turbine，即个人涡轮发电）如果能在未来普及，将会使电动车的供能功能有效发挥。同时，黄若也坚定地相信涡轮增压技术会一直伴随着气体和液体的化石燃料存在下去，并将在可预见的未来中让内燃机汽车继续成为汽车市场的主流。

　　北京富欧睿汽车咨询有限公司首次例会于2011年5月20日在北京市举办，此后每年举办4次，每季度1次，至今已举办7次。"世界汽车产业论坛"FOURIN的第八次例会将于2013年7月举行，其中国内部分演讲将由清华大学汽车工程系电化学动力源研究室张剑波教授发表，主题关于中国和日本的新能源车的发展。

　　日本独资的北京富欧睿汽车咨询有限公司是一家专业从事出版发行中国及世界汽车产业调研报告的调研公司，总公司FOURIN（株式会社フォーイン，FOURIN，Inc.）位于日本名古屋，自1980年创业以来，已经发展成为一家拥有30年从业经验和丰硕研究成果的专业调研公司，作为世界汽车产业专业的调查、研究、报告出版公司，近年来受到日本汽车产业界的广泛关注。

（作者：罗新雨）

【第一电动网】新能源汽车新政策初探

来源：第一电动网　日期：2013年8月21日

原文链接：http://www.d1ev.com/news-21043/

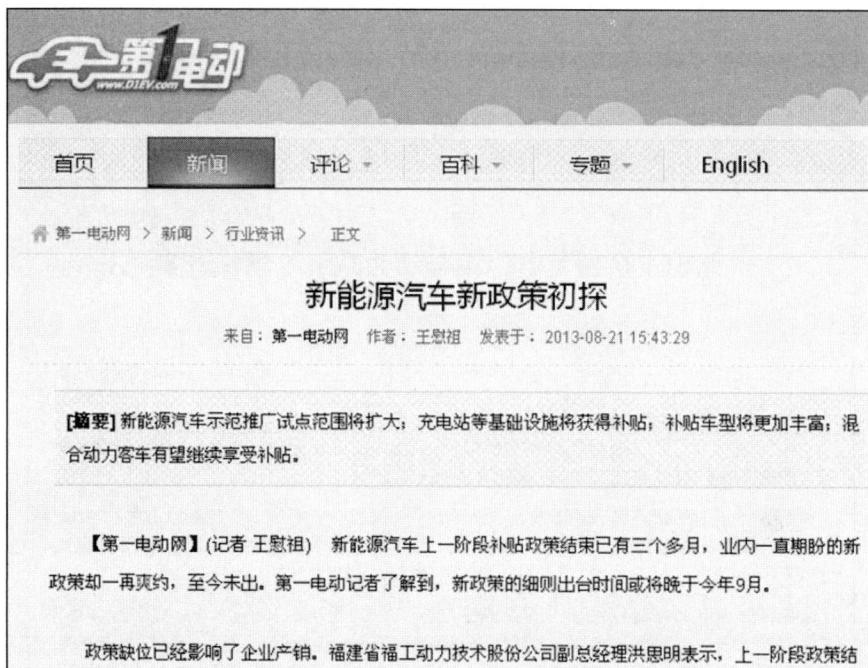

【摘要】新能源汽车示范推广试点范围将扩大；充电站等基础设施将获得补贴；补贴车型将更加丰富；混合动力客车有望继续享受补贴。

【第一电动网】（记者　王慰祖）距新能源汽车上一阶段补贴政策结束已有三个多月，业内一直期盼的新政策却一再爽约，至今未出。第一电动网的记者了解到，新政策的细则出台时间或将晚于今年9月。

政策缺位已经影响了企业产销。福建省福工动力技术股份公司副总经理洪思明表示，上一阶段政策结束后，基本没有来自客车企业混合动力系统的订单了。"很多此前计划更换混合动力客车的公交公司，由于没有了补贴，基本都更换传统客车。对我们企业来说，这段时间可以苦练内功，提高产品性能，但也需要销量作为支撑。"福工动力是国内排名前列的混合动力客车系统生产企业。

企业的反馈和数据统计一致。2013年5月是全国示范推广混合动力客车的最后一月。当月，车企的混合动力客车出货量达到高峰，共生产1 282辆油电混合动力客车和1 503辆气电混合客车，相当于过去大半年的产量。而6月，全国只生产了214辆油电混合动力客车和292辆气电混合客车。7月，混合动力客车产量在此基础上进一步降低。混动客车市场可以说兴也补贴，衰也补贴。纯电动客车和乘用车虽然没有经历大幅下降，但是销量一直在低位徘徊。

抱怨的不止企业负责人，多位业内专家接受记者采访时也表示不解。对于这样一个高度依赖政策的行业，补贴政策停止，相当于给新能源汽车企业"断了奶水"。"新能源汽车是战略性新兴产业，但政策上却没有延续性，这对于新能源汽车行业的发展极为不利。"一位不愿具名的业内专家表示。

不过，新能源汽车主管部门对政策主体内容已有共识，尚需审批和执行细节的落实。记者遍访中央政府相关部委工作人员，了解到新政策主要有以下几方面的调整：新能源汽车示范推广试点将分为试点城市和试点区域，范围将扩大；充电站等基础设施将获得中央补贴；补贴车型将更加丰富，物流车等中型车辆有望纳入补贴范围；混合动力客车有望继续享受补贴，但补贴额度将降低。这些调整如若落实，影响几何？

政策细节待定

"9月能出台已经谢天谢地了。"上海高瞻新能源汽车销售服务有限公司首席财务官徐维翰谈及补贴出台的时间时，言辞中充满了无奈，"我们已经不抱希望，补贴能在8月初出台了？"

半个月前徐维翰曾表示，在新一轮新能源汽车补贴政策出台前，高瞻暂时只接受客户预定，不进行实际销售。这样的日子对高瞻来说无疑是煎熬。令徐维翰松一口气的是，这种只能预定不能卖车的日子已经结束了，上汽等车企愿意对补贴进行垫付。"以上汽E50为例，每售出一辆，上汽垫付10万元补贴。"

上汽愿意垫付的原因，据徐维翰分析："如果新政策9月之前出台，垫付的时间不算太长，垫付的资金总额对上汽来说也不算太大。"但由于没有任何政策规定，补贴空档期内车企垫付的补贴如何索要，因此，其他规模较小的车企难以承担垫付的风险。

新能源汽车新政策的出台时间，自今年"两会"期间就开始被广泛关注。而主管部门负责人对外透露的时间表也从4月一直后延。7月下旬，有新能源汽车主管部门负责人表示，补贴政策几天内将出台。但有知情人士表示，目前框架性的政策已经基本确定，如果近期出台，也只是出台框架性的政策。但定量的政策，例如补贴额度、补贴对象等实施层面的细节政策还需讨论。

如此看来，即使新政策近日出台，从文件到执行细则又需一段时间，9月政策出台已是较为乐观的估计了。

试点区域和试点城市并举

此前，新能源汽车示范推广试点城市为25个实施"十城千辆"工程的城市。据一位参与新能源补贴政策执行的人士透露，新政策中试点范围有望扩大，并将引入试点区域的概念。试点区域或将以原来的某一试点城市为核心，辐射周边城市，形成新能源汽车示范推广的区域。在试点区域内，新能源汽车有望获得中央和地方的双重补贴。

奇瑞新能源总经理刘心文接受记者采访时表示，如果奇瑞总部所在的芜湖能成为试点城市，那对奇瑞来说是极大的利好消息。"之前芜湖不是试点城市，在芜湖推广新能源汽车拿不到补贴，去其他城市又遇到地方保护的问题。"

除了芜湖外，刘心文还希望山东地区能成为试点区域。"奇瑞已经在山东设有数十家经销商，如果能拿到中央补贴，奇瑞即将上市的新款电动汽车将有较好的销量。"此前奇瑞在销售配备铅酸电池的QQ3电动汽车的过程中，发展了一些经销商，如果这些经销商所在的城市地区能够享受补贴，奇瑞将借助这些渠道销售配备锂电池的电动汽车。

柳州五菱新能源汽车事业部副总经理杨俊接受记者采访时表示："目前最盼望的是取消试点城市，或者扩大试点范围。"去年10月，柳州五菱第一款纯电动物流车登上了工信部的推荐目录。但在推荐目录中，为这款车设定了一个适用区域，即该车只能在广西区域内推广。"推荐目录限定了这款车的使用范围，而广西壮族自治区一个试点城市都没有。这样我们怎么推广？"

但更大的问题在于，当五菱带着这款纯电动物流车前往试点城市寻求合作机会时，试点城市政府常常提出，与当地企业进行合作或者合资的要求。这也让杨俊苦恼不已。"汽车是一个规模化产业，如果我们跟一家电池厂结成战略合作伙伴，使用一家电池厂生产的电池，成本能够更快地降低。但现在这种被逼跟不同电池厂合作的方式，很难降低成本。"

另外，如果更换电池供应商，五菱又需要重新申请公告和目录。杨俊说："这给我们增加了很大一部分成本。同类汽油车，上公告的费用在10万~20万元，但电动汽车的花费超过50万元。包括各种实验、检测和公告费用。但就公告费用一项，也比汽油车高很多。"

因此，杨俊表示，只要广西任何一个城市能够成为试点城市，对五菱来说都是极大的利好消息。

基础设施可能获得中央补贴

新政策中除了试点城市上的变化外，充换电基础设施也有望获得补贴。

近日，中国北方车辆研究所国家动力电池测试中心主任王子冬接受记者采访时透露了这一消息。"即将出台的新政策可能分别对车辆和基础设施两部分予以补贴。这将带动基础设施运营商的积极性。"

上一阶段的新能源汽车补贴政策中，中央财政并未对投资规模较大的充换电基础设施提供补贴。部分试点城市现有的充电基础设施数量较少，难以满足电动汽车的充电需求。

目前，合肥、上海等地方政府已有较为明确的基础设施补贴政策，但由于中央没有补贴，地方补贴资金有限，难以起到明显的推动作用。但如果中央补贴出台，地方出台配套补贴政策的积极性也会高很多。深圳发改委重大项目协调处处长陆象桢接受第一电动网记者采访时表示，发展新能源汽车基础设施，需要投入较大的资金，如果中央财政给予补贴，深圳地方财政也愿意提供补贴。

不过，基础设施建设缓慢，无法满足电动汽车充电需求还不仅仅是补贴的问题。一位国家电网内部人士对记者表示："目前电动汽车基础设施最大的问题，在于车企和充电设施建设运营单位在角色分配上未达成一致。其实基础设施建了很多，但能够用的却很少，因为不是按照电动汽车使用需求建设的。"

上述人士坦言："除了少数几个城市，大部分城市充电基础设施由当地电力公司建设，仅仅是安装了一些充电桩，也没有人去运营。在无人维护、使用的状况下，这些投资往往都浪费了。"

因此，他认为新的政策中如果没有针对这一症结的解决方案，基础设施的发展仍然难以加速。

另外，关于充换电模式的选择、充换电运营的市场能否开放的问题，也是业内极为关注的。以杭州为例，杭州主要推广换电模式，因此，充电模式的电动汽车难以进入出租和租赁领域。而国内主流车企的电动汽车均采用充电模式。充换电运营市场此前一直由国家电网、南方电网以及普天等国企占据，诸多希望进入此领域的企业难以获得机会。对此，仅仅加大对基础设置的补贴支持力度，并不能解决问题。

丰富受惠车型

以往新能源汽车补贴政策主要面向客车和乘用车，新一轮的补贴政策覆盖的车型将有所扩展。记者采访获悉，最可能加入补贴的新能源车型包括物流车、中巴车。

陆象桢告诉记者："深圳目前有几十万辆物流车，如果新的补贴政策能对新能源物流车给予补贴，深圳将陆续对其进行更换。"同样，合肥等城市也在考虑在下一阶段大规模推广电动物流车。"从使用的层面考虑，电动物流车更易推广。"

"柳州五菱已经有三款电动物流车进入了公告目录。但此前国家对于电动物流车并未出台明确的支持政策。"杨俊说，"在对广西市场进行深入了解后，我们发现城市内和城市间的物流车替换为电动车的可能性很大。另外，我们现在也在开发一款产品，针对城市最后一公里的物流。"

此前不享受政策支持的电动中巴也有望在新的补贴范围中出现。对于电动中巴市场，陆象桢表示："深圳目前地铁线路覆盖较广，大型电动客车市场空间有限。但如果电动中巴能纳入补贴范围，这个市场将成为深圳下一阶段发展的重点。"

电动环卫车的补贴支持力度也可能加强。北京理工大学电动汽车国家工程实验室副主任林程对记者说："小型环卫车非常适合电动化，这些环卫车工作时间和线路都较为固定，使用区域较窄。"但他也坦言，此前很多城市采购电动环卫车主要是为了做出一些样本，或者增加新能源汽车保有量，没有从市场的角度去考虑，因此成本居高不下。"

据林程介绍，北京理工大学技术成果转换单位北京理工华创电动车技术有限公司已为北京市提供了1 060辆电动环卫车的动力系统及关键零部件。除了北京，理工华创也希望能与其他城市的政府企业合作，以加速电动环卫车的发展。

此外，有消息称混合动力客车将继续享受补贴，但补贴额度将有所降低。混合动力客车的推广试点去年年底开始由试点城市铺开到全国，但这一政策已于今年5月底截止。短短5个月的时间，国内混合动力客车就增加了近5 000辆。

执行混合动力客车补贴政策的官员表示，混合动力客车经过较大范围的示范推广，市场化程度大为提高，补贴力度理应减小。混合动力客车生产企业高管也表示，适度降低补贴可以接受。

除了上述变化，还有消息人士称补贴下发的流程也将变动，但权威部门暂时未予回应。此前补贴由中央财政预拨到地方财政，车企通过地方财政领取中央补贴。新政策可能调整为车企销售新能源汽车后，直接向中央申请补贴，此举意在防止地方在操作过程中偏袒本地企业。

新能源汽车推广政策自2009年起，已经4年有余，但新能源汽车的规模化迟迟没有到来。对于本次政策调整的作用，抱彻底改观希望的人并不多。一位地方新能源汽车推广官员对记者说，虽然新政策可能就以上内容进行调整，但与旧政策相比，实质性的变动并不大，一些原有政策时期存在的关键问题，新政策或许难以解决。

"但无论如何，只要有补贴，这个产业就还能活下去。"一位车企内部人士表示。《节能与新能源汽车产业发展规划（2012—2020）》提出，2015年要实现新能源汽车保有量50万辆的目标。规划执行期已过一年半，但新政策还未出台，政府和企业的时间不多了。

（作者：王慰祖）

【世纪新能源网】浙江环球光伏顺利完成北京理工大学太阳能科研项目的安装

来源：世纪新能源网　日期：2013年9月9日

原文链接：http://www.ne21.com/news/show-46172.html

【摘要】：2013年8月13日，浙江环球光伏科技有限公司为北理工光伏科研项目配备的智能发电功率优化系统顺利安装完成。该项目位于北京理工大学光电教学楼屋顶。

2013年8月13日，浙江环球光伏科技有限公司为北理工光伏科研项目配备的智能发电功率优化系统顺利安装完成。该项目位于北京理工大学，总装机量14.4kW，据工程总设计人员介绍：该系统所配备的智能功率优化系统，可以最大限度地发挥光伏组件的发电潜力，最大可提升25%的输出功率，针对部分组件阴影遮挡及玷污、不同长度或朝向的电池串并联及不同类型的光伏组件串并联工作所带来的损耗最小化，对组件不正常工作具有监控、报警和防护功能。并对恶劣环境有较强的适应能力。

本项目不仅满足了北京理工大学的光电科研需求，而且标志着环球光伏乃至整个光伏业的一次技术性突破，更是全国的典型示范项目之一！

【湖南日报】千帆竞发闯"蓝海"

——长沙"六个走在前列"大竞赛活动纪实·经济建设篇

来源:湖南日报　日期:2013年10月9日

原文链接:http://epaper.voc.com.cn/hnrb/html/2013-10/09/content_729772.htm?div=-1

　　金秋时节,记者在长沙见证了一个又一个奇迹。随着南湖路湘江隧道工程即将竣工,"十龙跨江"将引领长沙大步迈向滨江时代;在华强电气现代化厂房,一项技术革新让企业在全国新能源市场赢得了60%的占有率;在宁乡经开区,随着年产值300亿元的格力电器项目签约落地,将带动湖南继食品、工程机械后形成新的千亿级支柱产业……

　　重大项目支撑、科技创新提速、优质服务加油,三大抓手助推长沙打造"三量齐升"的经济升级版。政府给力,企业得力,经济发展强劲有力,在未来市场空间这片"蓝海"中,千帆竞发的态势，必将为长沙建成"三市"、共圆"三梦"的蓝图插上腾飞的翅膀！

（一）

经济总量超9 000亿元，年均增长12%以上；工业总产值迈进"万亿俱乐部"，达到12 000亿元以上；城乡居民收入增长高于全国、全省平均水平，力争综合实力跨入全国"第一方阵"、省会城市"前五强"……随着"六个走在前列"大竞赛号角吹响，长沙市为自己定下为期3年的工作目标。重大项目建设成为实现这一宏伟目标的龙头。

今年9月，在南湖路湘江隧道西入口，凉风阵阵，工程建设却如火如荼：隧道东、西明挖段，江中盾构段主体部分均已完成，机电安装、装饰、附属结构施工等紧张有序，所有匝道施工预计于11月月底前完成，年内通车已无悬念。到今年年底，长沙三环内的过江桥隧将达10条。"沿江建设、跨江发展"正在成就长沙新一轮腾飞。以此为代表，6—8月，该市重大项目平均每月完成投资98.7亿元，比前5个月平均提高37亿元。轨道2号线、湘江枢纽等基础项目顺利推进，广汽菲亚特等一批产业项目投资计划超进度完成。

作为拉动区域经济增长的新引擎，工业园区项目引进取得重大突破。6月24日，全球手机"十强"深圳基伍集团与浏阳经开区正式签约，项目总投资100亿元，建成后可实现年产值500亿元。

（二）

长60多厘米、圆柱体、全身漆黑，凭借眼前这个毫不起眼的金属管，湖南华强电气有限公司挺进奥运会、世博会。黑色金属管叫卧式全封变频涡旋压缩机，是华强电气与北京理工大学合作研发的成果。相比国外传统活塞式的压缩机，它体积小，使用寿命延长了一倍，且污染物零泄漏、节能40%以上……一项技术革新让企业华丽转身：短短5年时间，华强电气产品在全国新能源市场赢得了60%的占有率。这仅仅是长沙科技创新引领转型升级的一个缩影。

受到长沙优良产学研环境的吸引，清华大学、北京大学、上海交通大学等20多所高校竞相在长沙设立技术转移中心，多所高校在同一城市设置技术转移中心，长沙开全国之先河。一批"长沙创造"产品进入世界领先行列，推动长沙产业向高端发展。该市科技局局长胡石明介绍，长沙高新企业数量和产值均占全省一半以上。长沙工业总产值排名前20位的企业中，连续5年90%以上是高新企业。从2008年的1 157亿元到2012年的4 201亿元，长沙市高新技术产业总产值年均增长30.9%。

（三）

"有什么平台招什么商，有什么巢引什么凤。""产业项目既要'铺天盖地'，也要'顶天立地'。"说起园区发展经验，宁乡经济开发区工委委员、纪工委书记刘辉妙语连珠。为了格力项目，宁乡县和经开区主要领导化身"审批专员"，带着格力工作人员到国家环保部审批。外省某城市半年多没有争取到的企业资质，宁乡仅用了一个月就获得了审批。服务优质，回报丰厚。即将签约的格力项目，总投资50亿元、设计年产值300亿元，建成后将成为湖南最大的家电生产基地，全部达产后可实现年税收15亿元以上。

为了让企业一心一意发展，长沙市各级政府和园区不断创新优化服务。2011年，长沙经开区在充分借鉴国外经验的基础上，成立了全国首家园区非诉讼纠纷解决（ADR）中心，至今共受理案件137起，成功调处120件，成功率达88%。区内三一集团、山河智能、博世（长沙）、广汽菲亚特等近80家知名企业纷纷加入了中心公约。

龙头舞在前，科技走在前，服务做在前。长沙，这艘经济航母，正满载希望，乘风破浪！

（作者：龙文泱 周湘云）

【北京日报】租赁进校园，瞄准大学生

——新能源汽车首尝分时租赁模式

来源：北京日报　日期：2013年10月23日

原文链接：http://bjrb.bjd.com.cn/html/2013-10/23/content_118707.htm

昨天，在北京理工大学校园里，一处新建成的北汽纯电动汽车租赁站吸引了学生们的目光。本报记者　贾同军摄

北京理工大学信息楼前，一长溜儿北汽E150两厢车十分惹眼，车身上"电动北京"的字样显示了其纯电动汽车的特殊身份。从9月19日开始，这批车辆就已经进驻校园，吸引大学生们尝鲜新能源汽车租赁。记者昨天从易卡租车公司获悉，如今大学生有较强的消费实力，也乐于尝试新鲜事物，新能源汽车租赁下一步还将在交通大学等高校试运营。

租辆电动车比打车更划算

下午四点多，机电学院的博士生刘鹏正好来还车。检查剩余电量，观察车身有无划痕，易卡租车门店的工作人员几分钟就完成了查验手续，然后将一根电源线直接插进了车身后腰部的充电接口。"日租金159元。"刘鹏的还车登记单显示，这是他租车一天的全部费用。

对比目前北京主流汽车租赁公司的租车价格，E150纯电动汽车租金便宜不少。通常，经济型小汽车的日租金最低169元，但还有20元的手续费和30元的基本保险，总费用219元。另外，如果按一天跑50公里计算，租传统车型需要自己承担30多元油费，因此实际纯电动车的租车价格比传统车型省了36%。

刘鹏已经是理工大学租车点的老主顾，一个多月断断续续租了十几次，尤其青睐99元的夜租。"晚上在实验室待得太晚，就直接租车去东五环的亲戚家，一个往返比打车便宜多了。"刘鹏说，校园里像他这样有租车需求的人真不少，因为经常需要往返魏公村、西北旺、房山三个校区。

在这个租车点，易卡租车首批投入了10辆纯电动汽车，并在京城租赁市场首次推出了分时租赁模式，最短起租时段从一天24小时缩短至2小时，价格仅59元。另外，4小时租赁和晚上6点至次日8点半的夜租都是99元，但白天4小时以上的租赁都按日租计价，即159元。

价格优惠的纯电动汽车分时租赁，非常适合学生群体消费实力相对较弱的现状，也吸引了部分青年教师。据易卡租车门店经理张宗强透露，目前的业务量学生占80%，老师占20%。考虑到多数学生没有信用卡，门店接受储蓄卡租车，但3 000元租车押金和2 000元违章押金都是先刷卡扣除，等还车后再退到卡上。

分时租赁不敌夜租日租

在新能源汽车推广初期，消费者对车辆性能、电池可靠性、使用便捷性顾虑较多，租赁模式成为提升公众认知度的重要手段。而分时租赁的推出，能最大限度地实现汽车共享，发挥纯电动汽车零排放、无污染的优势。不过，从理工大的试点情况看，分时租赁接受程度并不高。

"开业初期，有几单分时租赁的业务，后来就都是夜租或日租居多。"张宗强分析，网点太少是分时租赁暂时不太受欢迎的原因，因为2小时内必须回到门店还车，一旦遭遇拥堵可能都来不及。如果租车网点在主城区完成基本布局，形成像公租自行车那样的网络，车主到达目的地后直接到就近的网点还车，那分时租赁的优势才能真正发挥出来。

对刘鹏这样的电动车租赁尝鲜者来说，最大的担忧就是充电不方便。"其实开起来跟传统汽车没什么两样，还特别安静。就是续航里程太短，老担心电耗完趴在路上。"

E150纯电动车正常续航里程110公里，如果冬天开暖风，续航里程会降至八九十公里。在理工大投放的分时租赁车型电池容量略有调低，续航里程更短。业内人士建议，纯电动汽车租赁可以借鉴公租自行车的模式，由政府牵头，分区域搭建网点，逐渐覆盖主城区。这些租赁网点可以在主要商业区大型停车场内布设，既方便租车的人还车，也面向公众提供快速充电服务。

新闻延伸

新能源汽车推广有点冷

虽然北京大气治理的紧迫任务要求新能源汽车加大示范运营规模，但眼下配套措施的跟进却明显滞后。

根据2011年公布的《北京市加快培育和发展战略性新兴产业实施意见的通知》，2012年北京市新能源汽车保有量将达到3万辆，建设航天桥、小营、四惠、马家楼等充换电站，100座专供私人使用的快速充电站、3.6万个慢速充电桩以及2座电池回收处理站。

不过，最新数据显示，新能源基础设施的配套不如人意，迄今已建成的电动汽车充换电站有65座，主要服务远郊区县，纯电动车在城区的示范运营则艰难推进，面向公众开放的充电桩几乎难寻踪影。

另外，纯电动汽车租赁的号牌资源如何解决悬而未决。神州、一嗨等网络发达的汽车租赁巨头，仍对在北京开展新能源汽车租赁业务徘徊观望，先行探路的易卡租车则深感推广之路的艰难。目前，北京理工大学租赁点出租率仅50%~60%，清华科技园的租赁点因为新车牌照未及时走完流程，已经暂时中断运营，得等车辆到位后才能重新启动。

"新能源汽车推广将主要依赖于私人购买。"北汽新能源公司副总经理张青平属于乐观派，他预测十年内新能源汽车市场份额有望达到20%，但这需要鼓励私人购买的政策扶持。目前，国家新能源补贴新政已经出台，但北京的补贴细则还未公布，纯电动汽车摇号政策也未确定，私人购买潜力暂时无法释放。

在大兴采育，北汽新能源公司已经建成年产2万辆的纯电动汽车生产能力，但这几年订单太少始终无法大批量生产，目前厂区每天生产量仅为20辆左右。据张青平透露，在环保治理的重压下，北京新能源汽车推广明年有望迎来井喷，初步计划示范运营规模达到2万辆。

（作者：涂露芳）

【科技日报】服务型机器人 来我身边吧

来源：科技日报　日期：2013年10月24日

原文链接：http://digitalpaper.stdaily.com/http_www.kjrb.com/kjrb/html/2013−10/24/content_229988.htm?div=−1

2011年，全球服务型机器人市场价值为183.9亿美元，据预测此数值至2017年将达到461.8亿美元，复合年增长率为17.4%。

文·本报记者 姜晨怡

据阿根廷《号角报》21日报道，西班牙国立远程教育大学一项最新学术研究报告表明，基于目前技术进步的发展速率，预计到2025年，人类的生物器官将可以和人造器官完美融合，人体内开始部分使用机器人机制，成为人造机械和有机体的"半机械人"。机器人的发展真的有这么快吗?

当结束了一天的工作，家中的机器人已经为你做好了丰盛的晚餐，调整好了洗澡水，擦干净了桌子，完成了浇花、扫地一系列琐碎的家务活，只等你归来；美国纽约的同事想要参观在北京新建的工厂，他只需坐在美国纽约办公室的电脑前，操作一台机器人便可以随着大家一起参观，如身临其境一般；夜里来到酒吧消遣，为你调酒的不是身着西服的帅哥，而是一名机器人酒保……

几年前，服务型机器人这个概念刚刚被提起，人们常常设想这些美好的场景，几年过去了，服务型机器人似乎并未完全走出实验室，这条路还有多长？

工业型VS服务型
交流能力与远程控制让他们更人性化

德国的机械电气工程师本·舍费尔最近刚刚让他的酒保机器人"卡尔"在酒吧上班。仿人机器人通常有四肢和躯干，类似人体，借助人工智能技术模拟人类大脑思维。按照他的话说，让"卡尔"融入现实生活场景，比在实验室中更利于测试程序，再做调整，取得改善。他说："在这一系统中，你可以发挥天马行空的想象力，因为每一步都会让我们的机器人更像人类。"

越来越多的科学家致力于让仿人机器人变得人性化，能够融入现实生活，显示"科幻电影中的场景有可能变成现实"。

"机器人即将重复个人电脑崛起的道路，彻底改变人类的生活方式，机器人产业将成为继汽车、计算机之后出现的一种新的大型基础产业。"比尔盖茨在多年前就对机器人行业抱有厚望。美国加州大学资深教授、机器人专家伍德·约翰教授曾明确表示，对未来影响最大的4项技术是：生物技术、纳米技术、巨型计算机技术和智能机器人技术。

目前广泛使用的机器人大部分在工业领域，主要是多关节机械手或多自由度的机器人。相对工业机器人而言，服务型机器人算是机器人家族中最年轻却又充满活力的一代。国际机器人联合会给服务机器人的定义是：服务机器人是一种半自主或全自主工作的机器人，它能完成有益于人类健康的服务工作，但不包括从事生产的设备。其他一些贴近人们生活的机器人也列入其中。

虽然服务机器人的发展多种多样，但所需要的核心技术大多相似。从事远程控制模块研发的香港易致科技有限公司CEO梁哲说："与工业机器人不同的是，服务机器人技术主要应用于非结构化环境、外部环境和整体结构比较复杂，需要机器人根据自身传感器，实时获取外部信息，从而进行决策，完成相应的作业任务。"易致科技与香港科技大学ATC实验室合作，研发可远程控制的服务型移动机器人，攻克了远程控制的准确性和安全性两个难题，并已经合作研发出了可以精细操作的机械手。

梁哲介绍，随着传感器技术、人工智能、信息系统等高新技术的发展以及机电工程与医疗技术的融合，服务机器人的技术发展呈现三大发展趋势：一是服务机器人由简单机电一体化装备，向以生物机电一体化和智能化等方面发展；二是由服务机器人单一作业，向服务机器人群体交流、远程学习和网络服务等方面发展；三是服务机器人由研制单一复杂系统，向将其核心技术、核心模块嵌入于先进制造等相关装备方面发展。

国内VS国际
扫地、开会，它们已经走进我们的生活

服务型机器人还大多停留在实验室阶段，距离生活还有一段距离，这是人们最多的感觉。"用一个机器人又贵、又不一定好用，肯定没有活生生的人来得实在。"真的是这样吗？

事实上，来自全球各地的数据已经慢慢改变了这个观念，不管你接受不接受，服务型机器人已经悄然来到我们身边。据联合国欧洲经济委员会（UNECE）和国际机器人联合会（IFR）的统计，2002—2004年，实际机器人市场年增长率平均在10%左右，2005年达到创纪录的30%。2011年，全球服务型机器人市场价值为183.9亿美元，据预测此数值至2017年将达到461.8亿美元，复合年增长率为17.4%。

日本和美国的服务型机器人已经走进人们的生活。据外媒消息，丰田汽车公司宣布，已开发出为残疾人士提供帮助，能使他们更加独立生活的机器人。该款家庭用机器人被称为"生活支援机器人"，可以做出拿取和拾起物品、打开窗帘等动作。而可以为人端茶倒水的机器人、新娘机器人、扫地机器人、做饭机器人更是多种多样。

美国的Irobot公司进军民用市场，开发了家庭清洁机器人，目前已经被美国家庭及世界很多国家的家庭广泛使用。至2011年，iRobot已于全球销售超过6百万台的家用吸尘机器人。而在23年前成立之初，该公司的机器人则被广泛用于代替士兵们来到前线从事危险任务，减少伤亡。梁哲介绍，服务型机器人在其他国家也得到了快速发展，我国台湾地区主要是做机器人部件，比如电击、传感器、导航灯等机器部件。韩国也在大力发展机器人技术，计划15年内在每个家庭都实现服务机器人应用。

梁哲介绍，在我国，已经有一些大型公司逐步推广在企业内使用服务型机器人。"最常见的是使用机器人进行远程会议和实地考察，大大降低了差旅费用，并且节约了时间。美国在华企业公司购买一台机器人，看似一次性投入很大，但是几次差旅费就能赚回来。"在国家政策的鼓励和引导下，越来越多的国内公司投入服务机器人行业。仅在珠三角区域，已有近千家企业从事机器人生产及相关产业。相比工业机器人，服务型机器人使用范围更广，机遇更多，且技术上更容易与国际先进水平相抗衡。

现在VS未来
机器人还在学本领，关键技术亟待突破

北京理工大学教授黄强表示，仿人机器人要真正进入家庭、进行危险环境下作业等还需克服适应环境、人性化交互等关键技术问题，尚需10~15年时间。

黄强说，机器人现在还在"学本领"，10~15年内，掌握各种技能的机器人将走进市民家里，像保姆一样提供家庭服务。未来，智能机器人还将承担航天、水下作业等任务。"航天员出舱进行太空行走很危险，机器人可代替他们进行各种舱外作业。"黄强说，在危险地

带，机器人都可以代替人类从事细致作业。

专家表示，最初进入家庭的机器人可以"笨一点"，只做一些相对固定的家务活。更"聪明"的智能机器人将可以自主学习烧主人喜欢的菜、按主人的要求整理家务。

据介绍，与发达国家机器人领域相比，我国在一些核心关键技术方面无法突破，成为制约我国服务型机器人发展的主要瓶颈之一。"从整体上看，我国机器人产业虽然前景巨大，但基础还很薄弱，机器人拥有量不到全球总量的1%，其中，国产机器人仅占30%，其余皆为从日本、美国、瑞典、德国、意大利等国家引进。" 梁哲介绍，国外的知名公司都是从几所知名大学，例如麻省理工、斯坦福大学孵化出的项目，都处于快速发展期，VGo等机器人在远程控制和视频方面具有较大的优势，已经被多个公司在视频会议等用途中使用。国内同类公司在远程精准控制、信息安全方面还有待提高。在梁哲看来，促进高端领域科研发展、提高关键技术水平和开发多环境应用是"发展重点"。

服务型机器人的前沿科研领域和关键技术很多，包括非结构环境认知与导航规划、故障自诊断与自修复、人类语义识别与提取、记忆和智能推理、多模式人机交互、多传感器融合、驱动器与控制器、高功率密度能源动力技术等。

而在用途开发中，围绕国家公共安全领域的安全与救灾机器人，能源维护机器人；围绕医疗康复领域的看护和健康监控机器人；围绕家政服务的老人陪护机器人、家庭清洁机器人、教育娱乐机器人等都可能是最先来到我们身边的机器人。

"在产品设计方面，以核心功能为出发点可能会离普通人的生活更近。"梁哲说，在生产方面，实现核心技术国产化，一方面可以有效降低工业机器人成本，推动工业机器人产业化；另一方面可以进一步加快服务型机器人的各项关键技术的发展与产品成熟。

（作者：姜晨怡）

【科技日报】新能源领衔　协同创新成效初显

——记北京理工大学新能源汽车北京实验室

来源：科技日报　日期：2013年10月24日

原文链接：http://digitalpaper.stdaily.com/http_www.kjrb.com/kjrb/html/2013-10/24/content_229972.htm?div=-1

在北京市区西北部，西山后山、京密运河旁，坐落着一排试验车间，这正是北京理工大学西山实验区。2012年6月1日，由北京理工大学牵头的"新能源汽车北京实验室"在西山实验区挂牌成立，成为北京市教委第一批支持的北京实验室。

走进实验区，一辆新能源公交客车尤为引人注目——这正是北京理工大学自2005年开始，向北京市内投放的121线路电动公交车。而早在2000年的全国科博会上，北京理工大学已向公众展出了其自主研制的电动公交车，成为这一领域的先驱者。

据北京市教委相关负责人介绍，北京实验室是北京市教委为促进北京地区高校协同创新、服务北京区域经济社会发展而搭建的科技创新平台。"十二五"期间，北京市教委围绕北京市"十二五"时期大力发展战略性新兴产业的技术需求，结合中关村国家自主创新示范区建设，计划在新一代信息技术、生物医药、新能源、节能环保、新能源汽车、新材料、城市交通等战略性新兴产业领域，有重点、有步骤地建设10个左右北京实验室。截至目前，已组建7个。其中，除了北京理工大学牵头的"新能源汽车北京实验室"之外，还有北京交通大学牵头的"城市轨道交通北京实验室"、北京科技大学牵头的"现代交通金属材料与加工技术北京实验室"、中国农业大学牵头的"食品质量与安全北京实验室"，这些北京实验室均已建设运行一年多。

新能源实验室成果显著

作为北京实验室建设运行的"先头兵"，新能源汽车实验室在一年的建设过程中，在电动汽车整车、驱动电机、充电设施等方面取得了一系列成果。

实验室总负责人、北京理工大学副校长孙逢春教授介绍了实验室的内部环境和实验设备。记者注意到，在实验室办公楼的一、二层配备了新能源汽车研制各个环节所需的若干实验设备。其中，有充电机性能测试系统，它能够模拟高低温冲击、淋雨等环境测试充电机性能。此外还有交流电力测功机系统，它是电机上市使用前的一个重要关卡，只有在测功机通过测试的电机才能进入市场。

在电动汽车整车测试系统设备前，孙逢春介绍说，这套设备的优势是可以将电动汽车整车开进，配合测功机测试不同温度、湿度下的整车性能。

他告诉记者，实验室围绕新能源汽车整车集成与控制、新型动力系统、车载能量源系统、基础设施等关键理论和技术领域着力突破一批重大技术和产业关键技术，培育和掌握一批高新技术和前沿技术，为北京新能源汽车产业原始创新力和集成创新力，为北京新能源汽车在学科发展和产业发展方面做出了贡献。

作为国内高校在新能源汽车领域的"排头兵"，北京理工大学的研发团队一直走在该领域的最前线。在该实验室，记者看到了曾为2008年北京奥运会"服役"的奥运电车电池更换系统，奥运期间，这样的电池更换系统共有38组，一组十箱电池，通过机器人操作，每辆车更换一次电池只需6分钟。据介绍，奥运电动客车项目于2002年落户北京理工大学，在2008年北京奥运会上，北理工共投放了50辆纯电动大客车，在奥运村、媒体村和中心区实行24小时摆渡服务，实现了奥运期间电动客车的"零故障"运行服务。此后，北理工研制的电动客车还曾在上海世博会上亮相服务。

开发电动车辆运营监控平台

"作为国内第一批推广电动汽车的城市，北京在运行十几年来没有发生过一次电动汽车燃烧、爆炸等事故。"孙逢春特别介绍说，北理工和北交大共同开发并建立了北京市公共领域电动车辆运营监控平台，实现了对电动汽车示范运行的全面监控和运行数据的采集、分析及处理，为完善电动汽车运营维护体系以及电动汽车发展决策提供技术支撑和综合信息服务。目前，相关部门已建立了多层次网络化运营监控和数据采集平台系统，所有投入使用的电动汽车，将进入这一平台，使之纳入监控体系。

在新能源汽车实验室内的监控平台上，记者看到其中既有注册车辆总数及使用情况、节能减排统计信息等宏观数据，又能够显示每一台车辆的具体数据信息，包括电池系统状态、车辆运行状态、车辆位置信息等。系统每10秒就会发送一帧数据到监控平台，并实时反馈给当地管理部门，同时，电动车辆内部装有接收设备，用于接收平台推送信息，其中，包括车辆哪里发生故障、是否应该充电以及距离当前位置最近的充电站等信息。

"一旦车辆发生故障或其他意外情况，将实时传输一个故障数据，平台会在最短时间内以短信、电话等形式通知车主确保车辆安全。"实验室有关人员告诉记者。

与一般实验室不同，北京实验室主要依托具有较强应用基础研究能力的高等院校，采取产学研合作的方式进行建设，其具体运作方式是学校牵头、校际合作、企业参与。

据北京教委相关负责人介绍，"新能源汽车北京实验室"在由北京理工大学牵头的基础上，联合了北京工业大学、北京交通大学、北京信息科技大学、北京市电力公司、北汽集团等新能源汽车领域的优势资源，针对新能源汽车产业关键前沿技术、基础设施建设及系统应用推广、产业政策、人才培养、国际合作与交流等方向，协同开展新能源汽车的应用基础理论与产业化技术开发研究，成为立足国家"新能源汽车"战略性新兴产业，服务北京新能源汽车产业发展而组建的校校、校企协同创新基地。

他告诉记者，实验室相关单位共同承担了国家科技部、北京市教委、北京市科委多项科研任务。实验室开发了新能源电动校车，即将于今年年底完成整车公告，具备示范应用条件；建设了北京市电动汽车运行服务保证体系，确保了电动汽车安全可靠应用；建设了新能源汽车充电设施电能供给与保证标准体系系列标准，为充电设施建设提供了技术支持和检验保证；开展了电动汽车应用人员技术培训，至今已经累计培养和培训驾驶员、充电电动汽车应用管理人员等超过3 000人次。

电动汽车渐入"寻常百姓家"

2013年8月，国务院印发《关于加快发展节能环保产业的意见》，明确提出加快新能源汽车示范推广。北京市作为我国新能源汽车首批"十城千辆"示范城市以及"私人购买新能源汽车"试点城市之一，其新能源汽车技术一直处于"国内领先、国际先进"的地位，将该领域在京具有科研优势的高校与相关企业联合，形成产学研相结合的平台，促进科研转化为企业生产力，企业科研需求及时反馈为科研动力，加速了新能源汽车示范推广的步伐。

从去年开始，"新能源汽车北京实验室"联合北汽集团研制的电动出租车已在延庆、平谷、大兴等郊区县投入数百辆，今年年底将再增加1 000辆，届时远郊区县除门头沟外将全部使用；到2015年年底预计投入3万辆，覆盖公交、环卫、邮政、租赁等多个行业。目前，已投入的电动出租车运营状况均良好。

除出租汽车外，实验室还在其他多个领域进行了探索。2012年，完成了电动校车增程器、电机—两档自动变速箱、动力电池系统等关键部件开发，研制了电动校车，参加了北京市科博会、工信部两化融合展览会。2013年，重点解决发动机—发电机组扭振、发动机控制优化等问题，将在今年年底完成2辆产品样车研制，并选定一所学校开展示范应用。

在实验室组织框架下，在电动汽车应用示范和推广方面各单位还将开展更加深入的合作。自今年9月开始，在北京理工大学、北京交通大学开展电动汽车共享租赁示范，车辆采用合作企业北汽集团公司的整车产品，充电站由实验室联合企业北京市电力公司承建，并由中国汽车报成立专门的租赁公司进行管理。预计北京理工大学投放30辆、北京交通大学投放20~30辆，届时北京市民可以亲身感受到电动汽车逐渐进入日常生活。

（作者：沈佳静　杨靖）

【中国电动车网】北京新能源汽车基地
专心做好纯电动车

来源：中国电动车网　　日期：2013年10月29日

原文链接：http://news.ddc.net.cn/newsview_48404.html

也许正如新能源汽车普及率不高的现状一样，很多人也不了解北京市在发展新能源汽车方面已经形成"一园两基地"的布局，这其中包括昌平新能源汽车设计制造产业基地、房山高端现代制造业产业基地和北京新能源汽车科技产业园。三个基地分别代表着北汽福田、长安汽车和北京汽车在新能源领域的研发制造实力。在逐渐完善的基础设施和运营机制下，电动汽车零污染、低噪声、加速性能好、怠速零油耗等优势逐渐显现，电动汽车正在快步走来。

只识弯弓射大雕，北京坚持做好纯电动车

在刚刚结束的2013年中国国际新能源汽车产业发展与合作论坛暨项目洽谈会上，北京市

新能源汽车发展促进中心副主任陈贵如指出，北京在新能源汽车推广示范当中，始终坚持以纯电驱动的方针不变，以整车企业为龙头，三大电（电池、电机、电控）、三小电（电助力、电转向、电空调）协同发展。目前，北京电动大巴具有完整、成熟的大客车平台技术，实现涵盖8~18米的车型，具有年产5 000辆的生产能力，充分利用国内外的市场和技术合作，已经在国内外有很好的销售量。

"在电动轿车方面，政府积极组织、推动以北汽等相关整车企业为龙头，政、产、学、研、用协同创新，共同发展的格局，北汽先后开发出了北京牌的A0级轿车、B级轿车。在区域出租领域，北汽E150经过几年出租运营，成为北京运行时间最长、运行总里程最长的车型之一。"陈贵如说。2011年，首批50辆电动汽车在延庆上路，这是北京推动远郊区县电动出租车的起点，由于注册在远郊区县的出租车大部分都在城区运营，远郊区县的市民出行成为一大难题。区域电动出租车的出现，有效挤压了黑车的生存空间，促进良性交通秩序和环境，同时，也解决了远郊区县百姓出行和就业问题，因此，各区县对电动出租车的积极性很高。在2011年延庆电动出租车投运的基础上，北京又陆续在房山、昌平、大兴、怀柔、平谷、密云、通州、顺义、门头沟等所有远郊区县开展了区域电动出租车示范运营，基本实现"全覆盖、上规模、可持续"，其中，部分区县预计年内实现月度盈亏平衡。截至2013年7月，北京市区域电动出租车运营总里程超过2 000万公里，预计今年年底区域电动出租车将达到1 600辆，成为国内规模最大的电动出租车示范运营城市。

从产业布局来看，北京以整车企业为龙头，涵盖了动力电池、电机等环节，初步形成了车型较为齐全、产业链完整、技术领先、产能较大的三大产业聚集地。陈贵如表示，以北汽福田新能源汽车设计制造产业基地、长安汽车高端现代制造产业基地、北汽大型新能源汽车科技产业园，这三大基地带动了北京整体新能源汽车产业的发展。整车产能达到7万辆，电池产能达到5.7亿瓦时，电机产能达到7万套以上，形成了整体的新能源汽车产业链，新能源汽车企业达到90家以上，年产值30亿元以上。

从总体示范效果来看，一是制度相对健全，北京在国家相关部委的支持下，形成了自己的新能源汽车相关制度、措施和标准；二是涉及的领域比较全，在公交、环卫、出租等相关公共领域推广的示范力度比较大，示范规模比较大，投入了纯电动车将近5千辆；三是以政府为主导、以龙头企业为载体，进行市场化运营。

稳扎稳打，打造完善的基础设施，实现首都全覆盖

随着环境治理的压力以及消费者对于新能源汽车需求的不断增长，充换电站、电桩等基础设施建设，成为整个产业发展需要打通的下一环节。9月16日，位于朝阳区四惠的电动公交车充换电站正式投入运营。作为四惠交通枢纽的配套设施，主要服务于长安街沿线及四惠周边地区的电动公交车辆，最多可满足160辆电动车换电需求，每年可减少二氧化碳排放1.08万吨，有力推动了"绿色出行"理念的示范传播，全面助力首都清洁空气行动。

在基础设施方面，陈贵如表示，北京市新能源汽车充、换电基础设施主要以换电和充电相结合、集中与分布相结合、慢充与快充相结合、有线与无线相结合的方式同步建设。目前，已建成5座大中型充、换电站，像高安屯，北土城以及四惠充、换电站。其中，高安屯是目前北京最大的纯电动汽车充、换电站。该站总冲量1 080千瓦，可同时为1 104块电池充电，单日最大可满足400辆环卫车及乘用车现场换电需求，还可为周边电池更换站进行配送。站内设有四条换电流水线，八个换电工位和一个乘用车电池配送工位，预留了电池公交车换电工位，年累计服务能力14.6万车次。另外，北京将陆续完成七家豁子、机场等充、换电站建设，满足公共领域的纯电动车示范运行。除此之外，在市区主要办公场所、大型公共停车场及加油站也将规划研究部署智能充电网络。2013年年内，北京市将在经过筛选的12个园区逐个进行充电桩安装、纯电动汽车驻场、车辆租赁运营、充电桩对外开放服务等工作。随后还将推广至公共场所、大型社区、4S店、售电窗口以及P+R大型公共交通枢纽。

据了解，北京地区目前已建成电动汽车充换电站64座，服务网络覆盖北京市所有区县。从服务对象分类，包括公交换电站、出租车充电站、环卫车充电站、乘用车充电站和综合车站5类站点，充电桩共计1 115台，可满足3 000余辆电动汽车的充换电需求。截至今年8月底，充电服务网络已为1 648辆电动汽车提供充电服务28.85万次，充电量1 076.8万千瓦时，服务的车辆行驶里程达1 667.2万公里，实现二氧化碳终端减排7 404吨。其中，电动公交车充换电站提供换电服务6.03万次，充电量626.1万千瓦时，服务的电动公交车行驶里程达308.7万公里，实现二氧化碳终端减排3 248吨。

根据《北京市2013—2017年清洁空气行动计划》，预计到2017年年底，全市新能源和清洁能源汽车应用规模将达到20万辆。国网北京市电力公司也将在市政府和国家电网公司部署下，以防治PM2.5污染为重点，积极参与编制《北京市电动汽车智能充换电服务网络发展规划》，继续加大充换电服务网络建设，全面满足全市各类电动汽车充换电需求，为有效改善全市空气质量发挥作用。

循序渐进，以电动汽车租赁为突破口

今年5月20日，"电动北京伙伴计划"在清华科技园启动，标志着北京市新能源汽车正式向私人消费领域推广，首批16辆北汽E150Eev纯电动汽车，在当天就被租赁一空，为纯电动车在租赁行业奠定了很好的基础。9月10日"电动北京伙伴计划"校园行在北京理工大学启动，30辆纯电动车为北理工的教职员工提供绿色出行，下一步将在交通大学、清华大学以及其他高校、科技园区陆续开展，力争到2017年实现"双百工程"，即全市100个科技园区、100个高校实现全覆盖，建成校园电动汽车共享租赁网络，提高电动车的使用效率。

"电动北京伙伴计划"，联合了电力部门、车辆运营单位、充电桩厂商和科技园区物业等单位，打通了电动汽车使用的整个环节，通过让市民亲身试驾体验，逐渐备受"青睐"，

到愿意购买电动汽车，借此破冰私人消费市场，让电动汽车成为市民出行的伙伴。北京易卡先锋信息技术有限责任公司总经理战静静指出，电动汽车的推广是一个持续进行的用户体验活动，将按照市场化机制要求，加强充电网建设，与传统租赁行业龙头合作，建立传统租赁渠道，扩大电动汽车租赁范围，力争在未来3年内逐步完善基础设施的网络。

"在已建成充、换电站的基础上，结合充电桩建设的分布区域出租充电桩，同时积极鼓励共享租赁充电车位对外开放，实施错时停车，白天服务于租赁，晚上服务于周边居民，力争实现资源的最大化应用。借力区域出租租赁，加快充电桩网络建设，在我市正在规划布局公共场合的充电设施基础上，打造一个5公里区域范围的充电网络。"陈贵如说。

模式问题，推广电动汽车应理顺机制

北京理工大学电动汽车工程实验室主任、博士生导师林程指出，模式问题是北京市现在面临的电动汽车推广的一个重要难题，理顺机制，让车和基础设施以及运行模式充分结合起来，才能真正使电动车走出困境，得到真正的应用。

"电动汽车近几年的示范运行有大量的经验和教训，电动汽车运行本身的问题已经不多，但是如何和充电站对接、和基础设施对接的问题较大。不只是北京，很多城市都是充电站自我运行，车自我运行，两方面没有好对接工作，导致技术标准不一样。充电站的建设和整车厂的沟通，或者倒过来说车的研发单位和城建方面的沟通也不够，导致很多充电桩建成之后无法运行，这是目前存在的最大的问题。"林程说。

林程进一步指出，很多城市有电动汽车电池快换的方案，但由于上述原因，实现不了快换，退回来又在整车上充电，但整车充电又导致充电时间过长，影响运营。用户怨声载道，认为车跑不远，电池有问题，质量有问题，其实是模式有问题。这也是北京市现在面临的电动汽车推广的又一个难题。

【新华网】美媒：中国人使用雪橇运送巨石建造紫禁城

来源：新华网　日期：2013年11月5日

原文链接：http://news.xinhuanet.com/cankao/2013-11/05/c_132861437.htm

外媒称，600年前，中国工人似乎是用雪橇而不是大车来运送比大型喷气式客机还要重的石块，用于建造紫禁城。

据彭博新闻社11月5日报道，美国和中国的研究人员在研究了史料并进行了古代拖运系统试验后认为，对于超过300吨的货物，雪橇更加安全和可靠，尽管与轮式车相比，雪橇速度慢一些，需要的人也多。

科学家说，工人们在道路上每半公里挖一个井，这样在冬天就能在路上泼水使其结冰，从而为雪橇创造出了一条人工冰路。

由普林斯顿大学、北京理工大学和清华大学共同开展的这一研究的报告发表在11月4日的《国家科学院学报》月刊上。

紫禁城是明清两朝的皇宫。1417年，明朝的永乐皇帝从南京迁都北京后开始建造紫禁城。

到1596年的时候，轮式车最多可以拉动95吨的货物，而那是不够的。紫禁城最重的石头在运输的时候超过300吨。相比之下，波音747飞机在不载人的时候仅重约220吨。

报道称，500年前的一份史料讲述了在1557年的时候，工人们是怎样将一个大约123吨重的石块从采石场运到北京中心的。这段70公里的路走了28天。

（编译：王笛青）

【中国科学报】无人智能车何时带我上路

——专家称无人车大规模生产有望在未来数十年成真

来源：中国科学报 日期：2013年11月5日

原文链接：http://news.sciencenet.cn/sbhtmlnews/2013/11/279657.shtm

11月4日上午，江苏常熟，一辆无人驾驶的智能车和老司机赵师傅驾驶的轿车同时出发。狭窄的道路、突如其来的弯道、排列紧密的防撞桶，甚至还有人为制造的烟雾……前方考验重重。

最终，这辆由北京理工大学研发的无人车，突破重重障碍，在沿途没有违反任何交规的情况下，几乎和赵师傅的车同时到达终点。

连日来，《中国科学报》记者在常熟近距离感受了第五届中国智能车未来挑战赛的魅力。而对于无人车何时能投入大规模生产、为大众服务，包括中国工程院院士李德毅在内的多名专家认为，这一梦想有望在未来数十年成真。

无人车的魅力

11月2日上午,在常熟的乡间小道上,中科院合肥物质科学研究院的无人车一马当先,遇到左转标志后立即打弯,发现马路中央的塑料"假人"后立即停车,穿过大大小小的桥梁,顺利倒进停车场。约17公里的路程,只用了半小时左右。

"这辆车平时在公路上的最高时速能达到50公里;在笔直无车辆的道路上,行驶速度能达到120公里/小时。"中科院合肥物质科学研究院先进制造技术研究所所长梅涛向《中国科学报》记者介绍说,无人车的关键在于车上加载的雷达和摄像机等传感器以及计算机。

"雷达、摄像机相当于智能汽车的'眼',收集道路信息,然后通过车内的计算机作出决策分析;计算机中有事先设计好的道路模型,模拟人类观察路况,对环境进行分析并作出决策,这相当于智能汽车的'大脑';最后,智能汽车执行计算机命令作出反应。"梅涛解释说。

或许在很多人眼中,无人车还属于梦幻般的高科技。其实,我国早已在该领域进行了布局。

2008年8月,历时8年多、经过近30次不同规模和范围的专家研讨和论证,"视听觉信息的认知计算"重大研究计划正式立项。

为解决该重大研究计划提出的一些听起来很抽象的问题,国家自然科学基金委决定将它们凝聚到一个载体上,将无人车用作验证平台,用科学任务带动科学问题的研究,并争取获得原创性成果。为此,基金委还从2009年起设立了"中国智能车未来挑战赛",今年已是第五届。

关键设备国产化率有待提高

目前,谷歌已成为全球第一家被允许测试无人驾驶汽车的公司。中国的无人车和国外相比,孰优孰劣?

对此,梅涛认为,国内无人车和谷歌汽车相比,技术水平可以说各有所长。"我国的无人车智能程度并不逊于美国,甚至要更好一点。"

"谷歌智能汽车的无人驾驶建立在谷歌地图和街景的基础上,将实际道路与地图信息匹配后进行无人驾驶。而我们的智能汽车则侧重于通过模拟人类的视听觉系统进行感知判断,可以在未知的道路上边认知环境边行驶。"梅涛告诉记者。

在无人车设备的国产化方面,国内的科研团队也取得了一定的进步。军事交通学院某车队负责人徐友春告诉记者:"我们使用的是国产长城汽车,改装的很多设备都来自国产仪器,比如使用了北斗导航。"

不过,梅涛坦言,在无人车传感器等一些核心部件上,我国目前尚需进口。"用于计算分析的软件都是我们自主研发的，但像3D雷达等一些部件还依赖于国外。"

他认为，国内无人车关键部件的国产化率相对较低，"未来无人车设备的国产化率应继续提高"。

事实上，基金委也意识到了这一问题。据了解，下一步，他们将考虑对无人车关键部件的研发给予支持。

规模化应用有多远

目前，世界各大汽车生产商都开始研发智能汽车。一位韩国首尔大学的教授在接受《中国科学报》记者采访时表示，他们正和一些汽车厂商就无人车研发进行合作，预计2017年能有产品投入商用。

那么，中国无人车何时能走入寻常百姓家，为大众服务？未来将采用谷歌汽车依靠导航的路线，还是走车辆自身的智能分析路线？对此，专家有不同的看法。

梅涛认为，未来无人车的发展趋势将会是中美路线的结合。"无人车不但可以依靠模拟人类大脑自主作出分析，也可以利用导航设备辅助。"

在李德毅看来，未来无人车的发展趋势将呈现多样化，"并没有一定之规，关键看不同市场的需求。比如说，针对老年人或行动不便的残疾人，可以研发辅助行动的智能车，而针对其他不同的人群，可以另外重新设计"。

中国的无人车何时能大规模商用？

"可能我比较乐观，我觉得15年左右，我们的无人车或者说智能车就能为老百姓所用了。"梅涛说。

李德毅则表示，目前智能汽车的智能水平还有待提高，且成本较高，离规模化应用还有一定的距离。

他向记者预测了中国智能汽车应用的时间表：2020年实现结构化道路的智能行驶，2030年实现城市道路等半结构化道路的智能驾驶，2050年实现战场、沙漠、沼泽等非结构化道路的智能驾驶。

"不管如何，未来需要在无人车的模拟分析能力和成本方面作改进。"梅涛表示。

（作者：彭科峰　陈晨）

【科技日报】创新激活创意

——看北京文博会秀科技

来源：科技日报　日期：2013年11月6日

原文链接：http://digitalpaper.stdaily.com/http_www.kjrb.com/kjrb/html/2013-11/08/
content_232601.htm?div=-1

对面前这个人笑着打招呼，没反应，摸摸他的胳膊，还是没反应。王大爷觉得这个穿着白色运动服套装的年轻人不太友好。"大爷，这不是真人，是我们研发的高仿真机器人。"工作人员的介绍让一头雾水的王大爷恍然大悟。

在今天开幕的第八届北京文化创意产业博览会展览会上，这款仿真机器人可是欺骗了不少人的眼睛。由北京理工大学智能机器人研究所研制的汇童Ⅳ代高仿真机器人集机构、控制、传感器、电源于一体，能够完成人类相似的动作，可实现无外接电缆打太极、上楼梯等动作，它还能与人对打乒乓球200回合，在国际上首次实现了仿真机器人自主打乒乓球的高度感与运动控制的演示验证。据工作人员介绍，如此高仿真度的机器人在国内仅此一例。

此次文博会上，机器人扎堆参展。目光还被仿真机器人吸引，耳朵却听到了旁边优美的音乐声。音乐出自一台会吹萨克斯、拉小提琴的机器人。只需输入音乐简谱，它就能弹奏出好听的曲子。

北京文博会一直致力于成为推动科技与文化融合的平台。经过几年的培育，今年的文博会充分展示了近年来我国科技与文化创意产业互动发展的成果。正如一位参展商所说，科技创新激活创意，而创意实现的过程又推动科技的发展。

去年的北京文博会上，中国首家3D照相馆将3D照相机搬到了现场。时隔一年，这家照相馆已经正式营业，并在现场打出了优惠价。打印一个12厘米的迷你版自己，优惠价需要1 125元。3D打印从工业应用到成为人们生活中的一种乐趣，这无疑是一种进步。虽然现场观众都表示现在这个价格还是贵了些，但工作人员说将来材料和工艺的改进会降低成本，因而价格会更低廉。同时，随着越来越多的人认识到3D打印，这项技术一定会更多、更快地走进人们的生活。

探月工程大幕不久将再启，嫦娥三号将实现我国探测器的首次地外天体着陆。本次文博会观众将提前目睹嫦娥三号的风采。在该展馆设置的暗环境中，一部采用先进3D立体动画制作技术和立体电影拍摄技术制作的立体影片展示了中国探月工程的始末，真实、立体地首次披露即将发射的嫦娥三号卫星在月面着陆、释放月球车、月面巡视等重要场景。

欣赏完嫦娥三号，还有一个"激光迷阵"在等着你。观众可以和朋友组团来完成穿越激光迷宫这个比赛项目，比赛以穿越中遮挡激光的次数以及是否在指定时间内穿越，作为成功的判断依据。据说这个"激光迷阵"在展会、青少年活动中心等场所都很受欢迎。

对"激光迷阵"不太感兴趣的人则可以打高尔夫球。面前的大屏幕上显示真实的高尔夫球场环境，观众在距离屏幕两米左右将球击打到屏幕上，就可以实现和实际打球同样的效果。工作人员告诉记者，这套系统采用了他们自主研发的软件，屏幕分辨率更高，且包括了世界上所有知名球场的场景。只需要二十几平方米的空间就能安装这套系统，高尔夫爱好者足不出户就能享受到在各地球场挥杆的乐趣。

科技让想象无极限，让文化展新颜。3D交互式立体投影让三山五园古老园林焕发青春光彩。在三山五园历史文化景区展示现场，高度沉浸在虚拟的演示环境中，参观者可以在颐和园中随意漫游，宫殿、园林、池水、游鱼、荷花……身临其境的三维立体视听影像和交互感受延展到一草一木。环幕投影在现场以震撼的形式、结构从细节处展示了如梦如幻的中国园林艺术。

（作者：操秀英）

【浏阳日报】花炮机械智能化列入国家科技部 "863" 计划

来源：浏阳日报　日期：2013年11月29日

原文链接：http://dzb.lyrb.com.cn/lyrb/20131129/index.htm

浏阳网11月29日讯（记者　杨成伟）记者从日前召开的2013年浏阳花炮技术协会花炮机械分会年会上获悉，花炮机械智能化已经列入明年国家科技部 "863" 计划，自动化和机械化将成花炮机械研发生产的新方向。

近年来，全国烟花爆竹行业的机械化推广日益普及。作为全球烟花爆竹的主产区，浏阳的花炮机械研发从之前的低端机械逐步走向以自动化为代表的高端机械，从打泥底等工序覆盖至烟花内筒装药等危险工序，从单个环节的机械化转变为全自动解决方案的研发，大力地推动了行业发展。

针对一些企业难以找到新的研发方向，北京理工大学教授赵家玉认为，花炮企业自动化和智能化是发展的方向，国家科技部已经将其列入明年的 "863" 计划。机械生产企业在做研发时，要根据花炮产品的市场需求量、花炮产品类型以及药剂等方面的情况进行研发，"我个人认为，组合烟花全自动生产线、喷花全自动生产线以及环保发射药造粒机等都是可以着手研发的切入点。"

"在研发立项之前，企业要对烟花爆竹及原材料的特性做充分了解，在研发过程中，要对机械做极限药量下的破坏性试验，研发成功后要在通过科技部门鉴定和安监部门论证后，再做推广。而之后则要对购买方的工作人员进行深入培训，以避免因违章操作引发事故。"

（作者：杨成伟）

第二节　教研团队语出新知

【中国知识产权】专访北理工法学院院长曲三强

来源：中国知识产权　　日期：2013年1月10日

原文链接：http://www.bit.edu.cn/xww/xwtt/83244.htm

2012年12月出版的《中国知识产权》以北京理工大学法学院曲三强院长最新全英文专著

图片和个人肖像作为封面，并同时刊载两篇文章，分别介绍了曲三强院长及其最新著作。第一篇是以《风雨兼程三十载，铅华褪尽见本真》为题的曲院长专访，详细介绍了曲三强院长的个人经历和学术成就；第二篇则郑重向读者推出曲三强院长的新书《中国知识产权法》英文版——《Intellectual Property Law in China》。

《中国知识产权》在《人物·文化》专栏详细介绍了曲三强院长的成长经历和学术成就，文章共分"北大青春""澳洲岁月""锋芒初试""厅官五载""知产强音""新的起点"六个篇章。系统回顾了曲三强院长在北大求学的经历；讲述了曲院长留学澳洲6年，找到刑法学和知识产权法的交叉点，完成学术专业方向转型的故事以及曲院长在担任云南省人民政府法制办公室副主任期间，为云南省丽江古城保护和云南花卉新品种保护立法所做出的贡献。文章在"新的起点"篇章，详细阐述了曲三强教授出任法学院院长后，出版的《现代知识产权法》《现代著作权法》《现代工业产权法》和《中国知识产权法》等一系列新的学术著作。

Intellectual Property Law in China
《中国知识产权法》英文版

曲三强，现任北京理工大学法学院院长、教授、博士生导师，同时担任北京大学法学院、知识产权学院教授、博士生导师。他在刑事法学和知识产权法学两个领域都颇有建树，被誉为中国法学界难得的"复合型人才"。著有COPYRIGHT IN CHINA（英文版）、《知识产权法原理》、《窃书就是偷——论中国传统文化与知识产权》、《现代知识产权法》等多部专著及教材。

作者：曲三强
出版：Kluwer Law International
国际标准图书编号(ISBN)：9789041133533
定价：243美元
出版日期：2012年9月25日
精装本：

《中国知识产权》在《图书·推荐》专栏，重点推介了曲三强院长英文版著作《中国知识产权法》，认为该书是我国改革开放以来，为数不多的中国作者用英文撰写的全面系统解读中国知识产权法律制度的著作。它从根本上改变了长期以来存在于中国知识产权法研究界"西学东渐"的潮流，将具有中国特色的知识产权法的理念和制度推介给西方世界，为不同制度的国家了解和认识中国的法学理念及其制度提供了可资借鉴的范本。

该书由世界上久负盛名的出版机构Kluwer Law International在全球同步出版发行。

附：

《中国知识产权》专访曲三强院长的《风雨兼程三十载 铅华褪尽见本真——记北京

理工大学法学院院长曲三强教授》和新书推介《中国知识产权法》英文版——《Intellectual Property Law in China》。

<h1 style="text-align:center">《风雨兼程三十载　铅华褪尽见本真——记北京理工大学
法学院院长曲三强教授》</h1>

文/聂士海

　　不久前，北京理工大学法学院院长曲三强教授披阅数载撰写的著作——英文版《中国知识产权法》，由久负盛誉的Kluwer Law International出版社在全球同步出版发行。该书被认为是自我国改革开放以来，为数不多的大陆作者用英文撰写的全面系统解读中国知识产权法律制度的著作。该书的发行，不仅展示了中国知识产权法研究的丰硕成果，而且标志着中国知识产权法学理论和法律制度的日渐成熟。

　　怀着先睹为快的冲动和对作者本人的崇敬之情，本刊记者对曲三强教授进行了专访，并从中收获了一个知识产权法学专家完整的成长故事。用曲三强教授自己的话说，他属于"生在新中国，长在红旗下，伴随着共和国的步伐成长起来的一代人。"尤其是他的成年，经历了中国改革开放的全过程，是社会主义法制建设事业的亲历者和见证人。

北大青春

　　作为我国著名的知识产权法律学者，曲三强教授有着丰富的人生阅历和治学经验。他于1977年考入中国法学界最负盛名的学术殿堂——北京大学法律系。众所周知，1977年是我国"文化大革命"后恢复高考制度的第一年，当时全国"积压"了一大批为"十年动乱"所误而错失高等教育机会的青年。能在这一年"冲出重围"考上大学的考生，无一不是万里挑一的拔尖人才；而有机会考入北大就读的，更是其中为数不多的精英之才。曲三强当时便是他们中的一员。

　　现今回想起来，不免有些讽刺，当时的北京大学法律系竟然是该校的"绝密系"，不公开对外招生，因此法律系的学生基本上都是从其他专业调剂而来。据了解，在当时国内高校当中，首批恢复法律专业招生的仅有北京大学和吉林大学，"1977级"学生的总数仅是寥寥的百余人。紧随此后，中国人民大学等其他高校陆陆续续或恢复或重建法律院系，并开始在全国范围恢复招收法律专业的学生。在经历了"反右""四清"和"文化大革命"的寒冬之后，中国的法学教育事业终于迎来了惜别已久的春天。

　　在曲三强的同学当中，后来几乎都成为各领域的领军人物，其中，不乏政界高层人士、高校法学名师、国企和外企高管以及知名大律师。他们已经成为我国法学界一道靓丽的风景线，被外界视为中国恢复高考制度、开始社会主义法制建设历程的象征性符号，有媒体甚至将之形容为"北大法律系77级神话"。

　　经过4年严格和系统的法学本科学习，1981年年底毕业后，曲三强被分配到家乡天津市，在著名学府南开大学法律系任教，主要研究方向是刑法学。当时正值南开大学法律系初建伊始，这位风华正茂的青年学者被历史性地定格为该系的"元老级教师"，南开大学的首批法律专业本科生都是他的学生。

在南开大学，曲三强经过了4年平静的教书生活。在此期间，他迎娶了与其幼年相识的邻家女孩，结婚生子。随着时间的推移，他深感自己的学识之不足，再一次产生了继续深造的冲动。1985年，他重新考回北大攻读硕士研究生，投师于现代刑法学泰斗甘雨霈教授的门下，从事刑法学的研究学习。1987年，他毕业后留在北大执教。在刑事法学研究领域，曲三强的《经济犯罪学》《经济刑法学》《犯罪与刑罚新论》等代表性著作奠定了他在刑法学界的学术地位。在此期间，曲三强还担负了一些行政工作，当过北大法学院党委副书记，分管学生工作。

澳洲岁月

客观地讲，20世纪80年代末和90年代初的中国大陆法学界还不够宽松，特别是在刑法领域，各种学术禁忌和限制还比较多，专业学者的施展空间比较狭窄。1994年，在时任北大副校长罗豪才教授的鼓励和帮助下，曲三强获得公派澳大利亚留学的机会，在南太平洋美丽的滨海城市墨尔本，他渡过了6年漫长的留学时光，并在此间完成了学术专业方向的成功转型。

留学生涯不仅极大地开阔了他的学术视野，而且增加了其思想厚度。在多元文化交织的西方法律制度下，他深切地感受到不同文化之间的冲突与交融。这使得他能够以一种全新的角度和立场去看待人类历史的法律精神与传承，更为清晰地认识法律的本质和使命。在当时北大法学院党委书记张文教授的积极建议下，曲三强开始迈出其从事多年的刑法学专业领域，逐步向知识产权法学方向调整。在实现转型的过程中，曲三强清醒地意识到，转换学术方向并非一定要完全摒弃原有的专业，而应该是一个逻辑的转化过程。为此，找到刑法学与知识产权法的交叉点，是实现成功转型的关键。经过一番知识"恶补"和深入研讨之后，他最终选择了知识产权侵权责任作为自己学业专攻的目标，并开始以"知识产权的侵权责任"为题撰写博士论文。1999年，这篇论文顺利通过评审，他也随之获得了法学博士学位。至此，曲三强彻底实现了专业研究的华丽转身，并沿着知识产权法学的研究方向继续前行。

在当时特定的历史条件下，作为一名公派海外的留学生，曲三强毕业后是有机会继续留在国外发展的，且当时有许多公派留学生在学成之后选择了留在海外发展。在去与留的十字路口，曲三强毅然决然地做出了回国发展的选择。当谈到这段历史时，他只是平淡地表示，"说是为了一心报效祖国而选择回国未免有点儿高调，不过，说句真心话，在当时中国还不算太富裕的情况下，国家一下拿出几百万来供我一家在海外生活学习，我至少要对得起自己的良心，懂得知恩图报吧！"正是怀着这样一种心境，2000年，曲三强变卖了积攒6年的全部家当，踏上了回家的旅程。

锋芒初试

回到北大之初，曲三强将其研究领域从侵权责任逐步向知识产权领域拓展，除了开设一些知识产权法的课程以外，还讲授一些刑法学的课程。这种状况大约持续了两年，2002年以后，他便全身心地投入知识产权法学的教学与研究工作中。

2003年，曲三强出版了第一部知识产权法学著作——《知识产权法原理》。这部由罗豪才先生亲自作序的书一经出炉，便获得了各方人士的广泛认可，被誉为知识产权法学界的重磅之作。自此之后，曲三强便一发而不可收，陆续出版了十余部专业著作。而真正令曲三强声名鹊起的，是其一部在2006年完成的名为《窃书就是偷——论中国传统文化与知识产权》的专著。

说到当初写这本书的初衷，曲三强向本刊记者介绍说：美国著名的汉学家和中国法研究专家安守廉教授（William P. Alford），于1995年出版了《偷书不算偷：中国传统文化中的知识产权法》（To Steal A Book Is An Elegant Offense： Intellectual Property Law in Chinese Civilization）一书。该书一经出版，便在华语世界引起强烈反响。该书一方面介绍了知识产权法律制度本身在中国的发展历史；另一方面也提出，知识产权法在中国并没有随着造纸术和印刷术的出现而出现，而是在19世纪末20世纪初由西方引入的一个全新的制度。安守廉认为，虽然中国是一个历史悠久的文明古国，且创造了举世闻名的四大发明，但是其并未逻辑性地率先在世界上建立起知识产权保护的法律制度。中国古代似曾出现过的某些类似现象，不过仅仅是"帝国控制观念传播的努力"。造成这种状况的原因，除了政治和经济的因素以外，还有儒家传统文化以及后来马克思主义意识形态的影响。儒家传统文化与马克思主义的结合，刚好形成了一道排斥知识私有化的思想屏障。西方世界在不了解中国传统文化的前提下，主观地将其知识产权的理念强行加诸中国，其结果是不可避免地遭遇强烈的抵触。"对于安守廉的部分观点，我是持赞同意见的，但是，对于该书的观点立场和分析角度，我则持不同的态度。"曲三强这样解释道。

在《窃书就是偷》一书中，曲三强针对安守廉书中所提观点进行了系统的评价和分析，并在此基础上，确立了一种不同于时下学术界流行观点的新知识产权观。他立场鲜明地指出，知识产权的发生与发展是社会经济发展到一定历史阶段所产生的法律现象，是不以人的主观意志而出现的东西，属于历史的范畴。由于世界经济发展的不平衡和资源配置的不合理以及复杂的政治条件和历史文化因素的综合作用，东、西方国家在知识产权上的地位各执一词、优劣互见。在全球经济一体化的当今社会，知识产权保护的意义早已超出知识产权本身而演化为一种经济竞争的手段。"就中国的状况而言，知识产权乃是中国经济社会发展到一定阶段而发生的状况。19世纪末叶的晚清社会与西方思想的侵入邂逅在历史发展的十字街头，于是便成就了'中西合璧'的知识产权制度。这种看似偶然的东西实属必然。换句话说，即使没有西方制度的入侵，中国自身的发展也会造就知识产权制度，只不过由于西方制度的侵入将这种时间表大大提前了而已。"曲三强如是说。

《窃书就是偷》是曲三强积多年精虑之心得，也在一定程度上标志着其学术立场的成熟。该书从不同的角度对中国知识产权的发生、发展和现状进行了深刻的理论分析和研究，为建立具有中国自身独立品格的知识产权制度打开了一片新的理论视野。该书出版后，获得了包括法学研究工作者、高校师生、法官及律师等在内的阅读群体的一致好评。

厅官五载

在研究与教学的间隙，曲三强的人生履历表上还有过一段为期不长的"地方干部"的任职经历。2005年，为支援西部建设，中央组织部委托教育部从中直高等院校选拔一批骨干教师到西部省份挂职工作。当时提出的选拔条件比较苛刻，要求必须拥有海外留学经历，处级以上行政级别，具有高级职称，并且年龄须在45岁以下。能够同时满足上述条件的人并不是很多。曲三强恰好皆中目标，便顺理成章地成为热门人选。在经过组织部门的一系列考察之后，被派至西南边陲，出任云南省人民政府法制办公室副主任之职。

在地方任职的5年期间，曲三强充分发挥其法学专长，结合当地实际情况，因地制宜地开展工作。例如，为了更好地对云南丰富的非物质文化遗产资源进行保护与开发，曲三强主持制定了《丽江古城保护条例》《云南花卉新品种保护条例》等极具特色的地方性法规。另外，基于云南省与周边东南亚国家的特殊地理关系，为了更好地了解与借鉴相关国家的政治经济法律制度，促进双边贸易往来，曲三强还主持编写了《马来西亚经济贸易法律选编》等多部有关东盟国家的法律制度汇编。在熟悉曲三强的地方政府部门，人们都亲切地称他为平易近人的学者型官员。5年的地方政府工作经历，为曲三强提供了一次难得的实践法学理论的机会，同时，也使他能够近距离观察和体验中国行政体系和制度的运行机制和状况，更为深刻和准确地认识到了中国社会所存在的各种问题，加深了其对于法学研究的思考深度，为其后来的学术研究以及各种社会工作奠定了扎实的社会认知基础。

知产强音

2007年，曲三强任职期满，回到北大讲堂。此时，身为北大法学院教授的曲三强，在治学之路上又迈上了一个新的台阶。这一年，发生的一件事对曲三强的触动很大。在一次关于"公共健康与药品专利许可问题"的国际学术会上，发达国家的代表与发展中国家的代表形成了泾渭分明的两大阵营。以美国为首的西方国家代表与发展中国家的代表就药品专利许可问题展开了激烈的辩论。2006年年底和2007年年初，泰国政府依照该国专利法中的相关规定，以政府使用为理由，先后对外国大型制药企业的几种治疗艾滋病和禽流感的药品专利颁发了强制许可，授权该国某些企业可以在未经专利权人许可的情况下生产或进口相应的廉价仿制药品，以有效解决其公共健康问题。就知识产权使用和公共健康问题而言，该事件的发生在国际社会产生了强烈反响。发达国家与发展中国家站在各自立场对专利权与人权的关系问题进行了完全不同的解读。会议上，美国代表对泰国代表进行了蛮横无理的指责，甚至上纲上线到政治制度层面，批评泰国政府"有钱搞腐败，没钱买专利"。对于美国代表毫无逻辑的批评指责，曲三强教授义正词严地指出，国际社会应该牢牢地树立"人权高于专利权"的基本原则。其旁征博引，据理力争，有力地驳斥了美方的观点。

此次会议之后，曲三强教授还专门撰写了一篇名为《论公共健康与药品专利强制许可》的论文，提出禽流感在全球的蔓延给全人类的生命健康亮起红灯，同时也再次引起学术界对公共健康与药品专利强制许可问题的热议。面对作为私权的药品专利和作为人权的公共健康，不仅关系到法律制度层面的问题，而且涉及社会历史、政治经济、文化传统等许多层面。如果缺乏对这种复杂关系的深刻理解和正确把握，则不能确立科学合理地解决这种矛盾的原则和方式。药品专利是一种私权；与之相对，健康权是一种基本的人权。从社会历史考察，作为私权的药品专利和作为人权的公共健康之间的矛盾从始至终都存在。形成两者矛盾的主要原因来自于专利权所固有的垄断性和公共健康的天然合理性，可见，这种矛盾不是来自后天的法律适用问题，而是源自先天的制度安排问题。现在，有一个严肃的命题摆在我们面前：如果说药品专利是一种合法的知识财产权的话，那么，这种含有垄断性的财产权到底有没有其赖以存在的道德底线？换句话说，垄断性的药品专利权是否会受到来自公众健康权的限制？处在十字街头交汇的专利权和人权，究竟应该谁为谁让路？在过去几百年中被殖民战争和经济盘剥吸食殆尽的贫穷落后的国家却不得不支付高额费用以换取维系生命和健康的药品专利，显然，这样的权利分配既不合理也不公正。况且，今日之世界向药品专利提出挑战的不仅是贫穷落后国家民众的人权，而且也包括发达国家人民的人权，因为像艾滋病、SARS、禽流感等疾病传播已经构成对整个人类的威胁，而不仅限于贫穷落后国家的人民。

2009年，在纪念改革开放30周年的学术研讨会上，曲三强教授以《顾盼中国著作权刑法保护的发展历程》为题，阐述了著作权刑法保护的应有之义：建立在知识信息创造、配置和使用基础上的现代社会经济，决定了知识的开放性、不可逆性、可共享性和无限增殖性，任何人都可接近并获得的知识。然而，这并不意味着知识和信息的取得是无条件或无限制的。著作权作为知识产权的重要组成部分，已经成为重要的无形资源和财产权利，因此，对著作权提供全方位保护便成为世界各国必须严肃对待的问题。

2011年年初，曲三强教授还应本刊编辑之约，就农民工组合旭日阳刚翻唱汪峰的《春天里》所引发的版权之争，在本刊发表了专栏文章——《纠结于传统观念与知识产权之间》。他在文中指出，《春天里》的故事在一定程度上暴露出中国传统文化观念与现代知识产权制度之间的龃龉。版权从来都不是中国自己土生土长的东西，而是彻头彻尾的舶来品。非但如此，中国在对待这样的舶来品时，既没有为其提供充分的思想文化土壤，也没有为其准备制度嫁接的母本，它的到来，犹如是一片浮云。中国著作权法律制度的发生和发展历程揭示了这样的轨迹：中国提出保护知识产权的主张，从其出发点到归宿都是在知识产权保护之外。在这里，工具主义的实用哲学贯穿于近百年以来中国知识产权发展的整个过程。作为对外部压力的被动反应，中国著作权的制度安排强调更多的是外部的契合性，而非内在的协调性。这种状况为著作权法在中国的有效实施造成了一种先天性的障碍。不过，毋庸置疑的是，伴随市场经济的汹涌浪潮席卷而至的，一定是文学产权的固定化和明确化，非但如此，商品交易将无从实现。既然我们选择了市场经济，那同时也就意味着我们接受了知识产权这样一种分配资源的方式。

新的起点

2011年9月，曲三强教授受聘出任北京理工大学法学院院长，同时继续兼任北京大学法学院教授、博士生导师。曲三强教授向本刊记者坦言，自从接受任命以来，行政工作占用了许多时间和精力，学术研究的进程有所延缓。尽管如此，曲三强教授仍然在百忙之中坚持治学与研究，先后编著出版了《现代知识产权法》《现代著作权法》和《现代工业产权法》3部教科书。《现代知识产权法》的内容除了涉及知识产权法理论研究的传统领域，即著作权法、专利法和商标法之外，还对知识产权的许多理论前沿问题多有涉及，诸如传统知识的知识产权保护、竞争法与知识产权的关系等问题。该教材也成为北京大学知识产权学院建院以来的第一部知识产权法通论型教材。《现代工业产权法》则归纳了20世纪80年代改革开放以来中国在知识产权法理论研究和制度建设方面取得的成果，展示了21世纪知识产权法前沿领域的学术状况，适应了现代知识产权法学教育的需要。

最值得称道的是，曲三强教授为《现代著作权法》一书所撰写的序言，清新别致，不落俗套，完全撇开了原书固有的框架，展开了一次天马行空般的漫游，就著作权这一历史命题进行了一番思考。《法制日报》将其这篇序言以《著作权：划向彼岸的渡船》为题予以全文刊载。他在文章中指出，在当今社会，文学和艺术作品作为一种产权对象已是不争的事实。历史发展的经验告诉我们，精神世界从来都抵挡不住物质世界的诱惑，迟早都会俯下身来顺从物质世界的驱使。对文学艺术创作而言，从神圣的精神殿堂走入世俗的物质世界是经济社会发展的必然现象。我们不能不感叹，较之先祖们的精神境界，今天的我们似乎更加世俗，因为，我们更情愿把五花八门的商业标签贴在各种各样的文学艺术作品上面，然后，把他们投放到市场去称斤论两。在历史的长河中，著作权不过是帮助我们划向彼岸的渡船。如何能够把这只船打造得完美，将它设计得既合理又安全，让每位乘客都感到舒适安心，这才是我们必须加以关注的重点。从这种意义上说，是需要把著作权还原到其本来面目的时候了：即作为社会资源分配的工具。应该采用一种理性主义的态度去对待它，即以人的本性为内核，以公平正义为尺度，以促进社会进步为导向，对著作权进行合理的架构。

当被问及最新出版的英文版《中国知识产权法》时，曲三强表示，相形于已有的研究中国知识产权法律制度的众多著作相比，这本书的不同之处在于，试图从分析中国的传统法律文化入手，探寻知识产权浸入中国的原因，发掘隐藏在知识产权法律制度背后的哲学思想和理论基础，阐释知识产权发生与发展的社会经济规律，论证知识产权的本质及其存在的合法性。该书循着经济社会发展的脉络，研究探讨中国传统文化的"源"与西方法律思潮的"流"的关系。中国传统文化与西方法律思潮交汇于19世纪下半叶风云际会的中国，并由此掀起了一波知识产权保护的浪潮。这股浪潮虽无排山倒海之势，却绵延不息地影响到其后100多年的中国历史，演绎出一幕又一幕的人间悲喜剧，为现代中国知识产权法律制度跌宕起伏的发展增添了浓墨重彩的一笔。到底是西方的理念促成了中国的知识产权法律体系，抑或是中国的传统观念吞噬了西方法律制度的精髓，在"你中有我，我中有你"的扑朔迷离中，为人们清晰地勾勒出一个中国知识产权法律制度发展的轮廓：即所谓被西方社会的商品经济所异化的知识产权终于在20世纪末叶的中国文化土壤中找到了自己的生存之道，并由此开启了中国知识产权保护制度的新视野。

"我写这本书的根本目的在于，以一个全新的视角向读者展示一个不同的思维模式。中国的知识产权法律制度大部分从西方引进，然而，其引进的动因却并非来自本身的需要，而是迫于外部的压力。换句话说，知识产权法律制度并不是中国自己土生土长的东西，而是从西方移植过来的东西。知识产权法律制度要想在中国特定的经济社会条件下取得合法性，就不能受制于西方知识产权意识形态的束缚，而要把知识产权制度与中国社会的各种重要元素契合起来，完成其本土化的过程。这种过程绝不应该是一种简单的移植或复制，而应该是一种融合或同化，即在建立形式的法律制度过程中，铸造其民族自我的独立品格。唯其如此，法律制度才能获得本土文化的认同，并借此树立自己的权威。"曲三强说。

新书推介《中国知识产权》英文版

曲三强，现任北京理工大学法学院院长、教授、博士生导师，同时担任北京大学法学院、知识产权学院教授、博士生导师。他在刑事法学和知识产权法学两个领域都颇有建树，被誉为中国法学界难得的"复合型人才"。著有《COPYRIGHT IN CHINA》（英文版）、《知识产权法原理》《窃书就是偷——论中国传统文化与知识产权》《现代知识产权法》等多部专著及教材。

作者：曲三强
出版：Kluwer Law International
国际标准图书编号（ISBN）：9789041133533
定价：243美元
出版日期：2012年9月25日
精装本：736页
Intellectual Property Law in China
《中国知识产权法》英文版

阅读提示

该书是自我国改革开放以来，为数不多的中国作者用英文撰写的全面系统解读中国知识产权法律制度的著作。它从根本上改变了长期以来存在于中国知识产权法研究界"西学东渐"的潮流，将具有中国特色的知识产权法的理念和制度推介给西方世界，为不同制度的国家了解和认识中国的法学理念及其制度提供了可资借鉴的范本。

独特性

该书从分析中国的传统法律文化入手，探寻知识产权浸入中国的原因，发掘隐藏在知识产权法律制度背后的哲学思想和理论基础，阐释知识产权发生与发展的社会经济规律，论证知识产权的本质及其存在的合法性。该书坚持认为，中国知识产权法律制度不应简单地循蹈西方的知识产权概念。知识产权法律制度要想在中国特定的经济社会条件下取得合法性，就必须要与中国社会的各种重要元素契合起来，完成其本土化的过程。这种过程绝不应该是一种简单的移植或复制，而应该是一种融合或同化，即在建立形式的法律制度过程中，铸造其民族自我的独立品格。

系统性

全书分为7个部分，共计40章。该书系统地阐述了知识产权基本原理、专利、著作权、商标制度，还论及了其他知识产权制度以及知识产权国际保护和竞争法的内容。基本涵盖了知识产权法领域所遇到的各种理论问题，全面反映了该领域的权威观点及新颖见解。

权威性

该书由世界上久负盛名的出版机构Kluwer Law International在全球同步出版发行。

（评论人：杨华权，北京市律师协会著作权法律专业委员会主任、法学博士、合伙人律师）

（作者：北理工法学院　侯雨昕）

【正义网】北京理工大学法学院院长曲三强解读知识产权制度建设

来源：正义网　日期：2013年4月3日

原文链接：http://live.jcrb.com/html/2013/773.htm

4月3日上午10点30分，北京理工大学法学院院长、中关村知识产权法律保护研究院院长曲三强将做客正义网访谈室，围绕中国知识产权发展现状、制度本土化等问题进行解读，并对知识产权保护、制度建设等问题进行深度点评。敬请广大网友关注。

北京理工大学法学院院长曲三强做客正义网。

曲三强：中国知识产权法律制度基本完备但贵在施行。

曲三强认为，国家间的竞争表现为科技文化层面知识产权的竞争。

曲三强建议中国企业"走出去"应加强知识产权风险预警。

曲三强："窃书不算偷"等传统思想让知识产权缺少认同。

曲三强：著作权法修改应该强化对权利人的保护。

曲三强院长：正义是人性最本质的需求和反映。

正义网：嘉宾已来到直播室，访谈即将开始。本次访谈由《检察日报》、正义网记者林平主持。

主持人：各位网友大家好，欢迎收看今天的访谈。我们今天邀请到的嘉宾是北京理工大学法学院院长、中关村知识产权法律保护研究院院长曲三强。

主持人：曲院长，欢迎您做客正义网。我们知道，国家自2008年就开始印发《国家知识产权战略纲要》，近日，《2013年国家知识产权战略实施推进计划》也已经发布，在您看来，经过近5年的发展，中国目前的知识产权发展情况如何？

曲三强：中国的知识产权事业是伴随着20世纪80年代初开始的改革开放而发展起来的。回顾过去改革开放30年，中国知识产权事业的发展大体上经历了三个阶段。

曲三强：第一个阶段是20世纪的80年代，主要集中在制度建设上，吸收发达国家的先进经验并建立，通过立法的形式建设我们自己的法律制度，从而形成一套健全的法律体系。差不多经过十年的光景，我们基本上完成了预期的目标，制定颁布了专利法、商标法和著作权法，即通常意义所说的知识产权领域的三大基本法，都是在这段时间建立起来的。

曲三强：第二个阶段是20世纪的90年代，此时中国改革的重心已经从农村转移到城市，尤其是对国有企业的改革。从1986年开始的加入WTO的谈判也进入到紧锣密鼓的阶段。可以说90年代的改革是伴随着我国加入WTO进程而进行的，或者说是我国知识产权法律建设与国际社会接轨的关键时期。在这个阶段，几个主要的知识产权法律都有了变化：一方面是补充了先前法律缺失的内容；另一方面是调整了那些与国际社会通行规范不相符合或不相协调的法律规定。

曲三强：第三个阶段是本世纪初刚刚过去的10年。这一阶段的国际形势和国内形势均发生了深刻变化，其中，最主要的是中国加入了WTO。随着经济全球化的展开，西方发达国家借助国际社会平台将国内法嫁接给发展中国家的情形越来越明显。而此时的中国，在基本完成了农村经济体制改革和城市国企改革之后，生产力得到明显释放，实现了国民经济的高速增长。不断增强的国家综合实力和不断壮大的中国企业，面临着越来越多的来自国内外知识产权问题的挑战，知识产权保护已经成为一个不容回避的问题。

曲三强：从理论上讲，知识产权之所以能够发展到今天这种样子，实际上是有它内在发展规律的。当经济社会不断发展，特别是科学技术的创新与进步在生产力要素中占据重要位置的时候，作为科学技术成果和文学艺术创作成果的知识产权，就会发挥它的作用。作为上层建筑的政治法律制度，一定会对经济基础的变化作出适时的调整。从这种意义上说，知识产权制度的建立和发展，是有它的历史原因和经济原因的。

曲三强：中国在其和平崛起的过程中，不断地受到经济全球一体化的冲击，这种冲击应该是全方位的，但就知识产权而言，情形可能更为剧烈。现代国家之间的竞争，实际上是科技实力和文化实力的竞争，而科技和文化在法律层面的表现，就是知识产权。中国要想把自己融入国际社会里去，不仅要在经济和贸易方面，而且要在其他更大的范围和更广的层面上，与国际社会实现全面接轨。而伴随这一过程的基本做法就是要接受国际社会的基本法律价值和基本规则。

曲三强：我国的知识产权法律制度建设起步比较晚，相对于西方发达国家而言，还处于比较落后的阶段。由于改革开放的要求，才真正将知识产权保护问题提到议事日程上来。总体上讲，最初中国知识产权制度体系建设表现为一种被动的过程，是被西方发达国家牵着走的。

曲三强：原因很简单，西方发达国家掌握着先进的科学技术。对知识产权实行无歧视、无差别的一体化保护，最大的受益者应该是西方发达国家，因为他们才是知识产权的强国。西方国家当然愿意打开国界，在全球范围内推行对知识产权的平等保护。他们很愿意通过国内立法制定规则，然后再通过国际社会的公约和惯例，间接地把它们强加给那些不愿意接受的国家。

曲三强：不过，从历史唯物主义的角度看，知识产权的发生和发展是有它自己的内在规律的。换句话说，它是不以人的主观意志为转移的历史现象。就中国而言，虽然知识产权制度是从西方引进和移植的东西，但是，这并不意味着我们自己的经济发展对知识产权没有任何需求。我们完全可以假定，即使不受外来的任何影响，伴随中国社会经济的发展，知识产权或迟或早一定会在我国发生。

主持人：从长远来看，这可能也是一个发展契机，不管是被动的还是主动的。我们知道国外在知识产权方面的完善上花了近百年时间，但是，我们只是在最近30年间才开始建设这样一种制度。如果从立法层面看，您觉得目前我国的知识产权保护处于什么样的状态？已经完善到了什么程度？

曲三强：应该说经过30年的法律制度建设，我们已经取得了很大进步。如果单从制度层面上讲，我们该有的法律基本上都有了，该建的制度也都基本上建立起来了。可以不谦逊地讲，我国知识产权的制度建设、法律体系的完备程度并不比西方发达国家来得差，在某些方面我们甚至已经走到了西方国家的前面。

曲三强：不过，这并不等于说我国的知识产权保护水平已经很高了。大家都清楚：法律制度建设是一回事；而制度的贯彻实施是另外一回事。

曲三强：中国加入WTO后，西方国家一直以来不断诟病的"无法可依"的状况得到了根本改善，不过，制度建立起来后，就应该考虑如何执行的问题了。而就目前的情形而言，如何把这些制度落到实处，仍然是一个很大的问题。

主持人：说到制度的建立和推行，其实学界还有一个观点认为，在知识产权保护方面，民众对知识产权的认识、观念也很重要，您如何看待？

曲三强：这个问题提得很好，在中国确实存在着民众对知识产权认识不足的问题。由于知识产权制度几乎全部都是从西方移植过来的，这样就难免发生水土不服的问题，因此，也就有了如何把知识产权制度本土化的问题。

曲三强：本土化的过程势必需要一个过程。一种制度的引进，无论其是否符合一国的国情，都需要跟这个国家的精神世界相融合。尤其是知识产权制度，由于其调整的对象是精神活动的成果，与人们的思想活动、智力创造密切相关，所以，就更容易受到传统文化和意识形态的影响。

曲三强：我一直抱有这样的观点：中国历史传承一直是以儒家文化为核心。到了近代，儒家文化遇到了马克思主义，两者的融合造就了当今社会占统治地位的意识形态。从宪法层面上讲，马克思列宁主义、毛泽东思想是我们的指导思想，而从文化层面上讲，儒家文化才是我们的道德信条。

曲三强：而无论是马克思，还是孔夫子，似乎都在排斥知识产权观念。事实上，在中国人的骨子里，很难找到对知识产权的认同感。在这样一种文化传承和意识形态的影响下，知识产权法律制度的推行面临着极大的困难，这也是我国目前知识产权保护存在着诸多问题的重要原因。

主持人：我们要发展，要解决这些障碍，除了需要像西方国家一样经历漫长的时间之外，还要做些什么？包括比如2013年国家知识产权战略推行计划等举措，这些努力能否更加促进知识产权保护的发展？

曲三强：加强对知识产权的保护，将其提高到比较高的水平，使整个社会都能给予知识产权以足够的尊重，就必须树立知识产权法律的权威。

曲三强：我个人一直以为，法律的权威并不在于制度建立得多么的完善，或者多么的合理，构架多么的聪明，这些方面都是必要的，但不是最主要的。法律的权威是在执行过程中建立起来的，要做到言出必践、令行禁止。

曲三强：当社会上侵犯知识产权的现象变得严重的时候，人们往往会抱怨打击的力度不够，期待国家和政府出台更为严厉的惩罚措施。实践证明，这样的做法效果并不理想。

曲三强：我以为，法律的手段应该是严而不厉的，法律的权威并不在于其多么严厉，而在于惩罚后果的不可避免。当法律的惩罚成为行为人侵权行为的不可避免的结果时，法律的权威就建立起来了。

曲三强：我们现在的许多问题都是出现在知识产权制度的推行上，执法不严、违法不究，使得很多侵权者抱有侥幸心理，导致以较低的侵权成本获得很大的违法收益。在这种状况下，侵权行为很难得到遏制。

曲三强：除了上述执法层面的问题以外，还存在着意识形态和文化传承方面的问题，包括对法律制度的尊重，对法律权威的敬畏以及人们的守法习惯，这些都是要通过长期的教育和训练才能够完成的，这可能会需要很长的时间。

主持人：据了解，近年来，跨国公司巨头间的专利纷争不断，诸如"苹果与三星对手机外观的世纪之诉""iPAD商标案""谷歌收购摩托罗拉移动"等，包括手机外观设计等专利纠纷。在您看来，中国企业在"走出去"的过程中，应当如何避免专利上的法律风险？

曲三强：企业不同于国家，当一国的企业走出国门时，与其所在国所形成的关系，不是国家与国家的关系，而是个体与国家的关系，或者说个体面对一个制度的关系。在我看来，于中国企业而言，所能做的也只能是学习和适应，因为国与国之间的关系除了通过法律途径解决问题外，还可以通过政治手段、外交手段，甚至是军事手段来解决。而个体则不然，不可能靠一个企业去改变一个国家的习惯和规则，因此学习、适应和积累经验是非常重要的。

曲三强：需要强调的是，在中国企业"走出去"之前，应该加强知识产权侵权风险的预警。在这一方面，企业自己可以做，政府也可以帮助企业提供相关的服务，当然还可以聘请专业机构和人士提供相关的咨询。

曲三强：总而言之，是尽可能多地掌握信息，充分地准备，虚心地学习，适应所在国的法律制度和习惯。

曲三强：相应地，中国企业在走出国门后，也可以将其所经历的遭遇和经验通过多种渠道反馈到自己的国家和政府，国家和政府则应将中国企业的普遍诉求反映给国际社会和相关国家和政府，并在国际规则的制定上为中国企业争取更多的利益，不过，这只能是间接的救济。

主持人：近年来，我们看到有关知识产权的案件越来越多。据统计，法院一审案件的数量每年都在递增，包括检察院批捕的案件也日益增多。目前，中关村作为高科技聚集地，高科技人才和技术会经常面临知识产权保护的难题。那么，像您所在的中关村知识产权法律保护研究院，包括其他的行业协会和机构，在知识产权保护过程中扮演着怎样的角色？有何作为？

曲三强：李克强总理在今年两会后的记者招待会上说过这样的话：凡是社会能够办的事情，就尽量交给社会去做；凡是市场能够解决的问题，就交给市场去调整。在我看来，这就是要尊重市场规律，以市场作为主导。

曲三强：如果这样的方略能够贯彻实施的话，那么，在未来中国社会，各种各样的行会、中介服务机构、社团组织将会扮演越来越重要的角色，因为，原先由政府做的部分工作完全可以由他们去代劳。

曲三强：这是在恢复市场的天然功能，尊重市场规律，因为这些行会、机构和组织都是从市场直接孵化出来的，他们更贴近市场，与市场更契合，效率也会更高。这些行会、机构和组织能够在市场与政府之间搭建起桥梁，在为企业服务的同时，也可以为政府提供专业咨询和法律服务。

曲三强：与此同时，他们还可以把市场上出现的问题集中归纳起来，并转化为某种诉求或预案，提交给政府和立法部门去参考。譬如说，涉及人民群众生命健康的医药、卫生、食品等，都必须获得行政许可得得经营。

曲三强：特殊职业，如律师、医生、建筑师等也必须获得行政许可方能从事业务。但是，在西方国家，这些都是行业协会做的事情。医生行医的执照不是由政府颁发，而是由医生协会给予。律师开展律师业务，其执照也是由律师公会颁发的。

曲三强：需要政府做的就是简政放权，把权力还给市场，还给这些行会、机构和组织，由他们去做，这样既可以避免政府对市场的不当干预，减少公权力寻租的机会，节约行政成本，把政府的主要精力放到对市场的监管和公益事业上面，同时也可以使行会、中介服务机构、社团组织获得发展的空间，在市场经济发展的过程中，变得成熟，从而实现小政府、大社会的正常状态。

曲三强：而目前的情形是政府管的事情太多，该管不该管的一把抓，这种局面十分不利于市场经济健康有序地发展。本届政府下了很大决心砍掉1/3政府审批事项。所以，我觉得类似于中关村知识产权法律保护研究院的机构一定会扮演越来越重要的角色，发挥越来越重要的作用。

主持人：2012年《著作权法》的修改引起了社会的广泛关注。在诸如数字音乐的保护、记者的职务作品等方面都有热烈的讨论。在您看来，《著作权法》应如何去平衡各方面的利益？

曲三强：就法律平衡利益而言，我觉得是一个非常复杂的事情，其实质是如何解决资源配置的问题。究竟应该依照什么样的标准和规则去配制社会资源，无论是有形资源还是无形资源，物质资源还是精神资源，对每个国家来说都是一个不容回避的任务。

曲三强：在《著作权法》修改过程中暴露出来的问题和矛盾非常之多，这些问题和矛盾集中反映了经济领域中利益格局的变化。这是社会经济基础部分的变化，因此必须通过制度化的法律规范来加以解决。

曲三强：通过立法来建立标准和规范，用法律的形式把利益格局固定下来，由此来调整人们的行为。无可否认，立法需要体现公平和正义的价值理念。在设立著作权法制度时，立法者不仅会考虑当下经济社会发展的状况，而且会使法律具有指引意义。

曲三强：在一定的历史时期中，在资源配置的过程中，有可能向社会中的某部分群体倾斜，这样做的目的是调整和引导经济社会的健康发展，不过，这绝不是一种常态。

曲三强：我以为，作为个人的知识产权，在当今经济社会发展阶段，更应该注意强调的是对权利人的保护。

曲三强：在全民知识产权意识还比较淡薄、生长环境也多有缺失的情况下，强化对权利人的保护，一方面可以达到宣传教育的作用，宣传尊重他人的精神劳动成果；另一方面，由于权利人处于相对比较弱势的地位，强调对权利人的保护，也是对权利人的积极补偿。

曲三强：当然，不是一个恒定的价值取向，也许将来整个形势变化了，市场和环境都变得成熟和完善了，人们对著作权保护的意识也达到了一定的高度，到那时候就可以做出另外一种调整。

主持人：据您的观察，近些年来，随着互联网的高速发展，中国的知识产权保护又呈现出怎样的新特点，您是怎样看待国人传统的"窃书不算偷书"这个观念的？在您看来，在像谷歌图书馆项目、韩寒等作家维权联盟诉百度等案件中，能否找到作家与互联网服务之间的平衡点？

曲三强：我曾经写过一篇文章，题目是《从窃书不算偷到从窃书就是偷——顾盼中国著作权刑法保护的发展历程》，大体上可以回答你的问题。我觉得"窃书不算偷"的观念反映了传统儒家文化对知识不能够独占的价值取向。

曲三强：许多国人以为，知识怎么能够独占呢？偷别的东西是偷，但是偷书不应该算偷，因为知识本身是人类文明的一部分，是人类的共同财富，不应该归个人私有。

曲三强：然而，知识产权恰恰就是以"独占权"的形式出现的，因为一定要把智力成果加以"独占"，才能够表现为一种法律上的权利。在我们这样的社会里，这似乎成了一种天然的矛盾。

曲三强：改革开放30年以来，如果说我们在知识产权法制建设方面取得了哪些成就，那就是国人对知识产权观念上的改变和意识上的提高。倒退到30年前，多数国人几乎不知道知识产权为何物；而现如今，只要是受过一些教育的人，都不会对知识产权感觉陌生，这无疑是一个巨大的进步。

曲三强：我一直以为，渗透到国人血液中的观念在某种程度上需通过外部的法律约束进行矫正，这个过程也可以理解为一种外部的同化过程，因为法律的实施本身也是一种教育。

曲三强：虽然深植于国人心目中的"窃书不算偷"的观念在过去30多年已经有所动摇和转变，但是还远未从根本上得到改变。譬如说，同样是偷东西，偷书和偷钱包在国人的价值判断中绝对不会是一回事儿，不可能同日而语。

曲三强：科学技术的进步无疑会对传统著作权制度带来极大的冲击，对我国如此，对其他国家也是如此。在著作权法的300年历史中，还从来没有遭遇过像今天所遭遇的包括互联网电子技术在内的科技创新的巨大冲击。

曲三强：20多年前，人们还不知道有一个网络虚拟的世界，整个法律都在现实世界中运行。而如今，电子化网络已经成为人们生活须臾不可离开的一种生存方式。

曲三强：我曾经在许多场合强调过这样一种观点：虚拟世界并不是一个可以完全放任、为所欲为的领域。虚拟世界不过是现实世界的拓展和延伸，因为在虚拟世界里，活动的仍旧是现实世界的人。法律要调整的也是在虚拟世界里活动的人，因此调整的还是人与人的关系。

曲三强：如果这样的前提能够建立起来的话，结论就自然产生了：就是说现实生活中人们行为的规范、规则自然而然地应该运用到虚拟世界里；换句话说，在虚拟世界里做的事情，也需要用现实世界的规范和规则来加以规制。

曲三强：由此推论，关于互联网的问题不是要解决法律的基本价值、理念和原则的问题，而是要针对科学进步来研究新技术的特点，从而能够把现实世界的法律原则更为准确、更为直接地应用到虚拟世界中。

曲三强：譬如说，在互联网中对像搜索引擎和提供网络服务的机构建立起来的诸如"红旗标准""避风港原则"等，我觉得这些都是通过对虚拟世界的特点进行总结和归纳，然后把现实世界的规范和规则导引到虚拟世界中所建立起来的新规则。这些规则本身并没有改变现行法律规范的本质。随着经验的不断积累，我们还可以总结归纳出更多的适合于网络环境的对策和措施。

主持人：刚才您谈到了国人有关知识产权观念的转变和进步，的确如此，目前像作家维权联盟等组织和团体，也在以他们的实际行动与侵权行为进行斗争。那么，在作者利益与互联网运行之间到底可不可以找到一个平衡点，从而解决现实社会中的矛盾和纠纷？

曲三强：你所提到的包括作家联盟在内的组织和团体，在对抗一些海量侵权、维护共同利益方面确实能够发挥积极作用。由于互联网技术的出现，确实使得著作权人在权益保障方面出现了缝隙，容易给侵权行为造成可乘之机。

曲三强：毋庸置疑，在互联网环境下，著作权人的合法权益仍应受到法律的充分保护。但现在的问题是如何进行保护？譬如说PC机终端用户违法进行下载的行为，如果追究起来的话，可能成本太过昂贵，几乎不可能做到。这不是法律的问题，而是技术的问题。

曲三强：不是说法律已经默许侵权性的下载行为，而是同应用法律的技术和条件相关。我们还没有能力和办法来救济权利。这与法律理念、法律原则没有关系，而是与如何对付这种现象有关。伴随这一过程而产生的一些新型制度，如著作权集体管理制度、法定版税制度等，都是因适应新情况而形成的新的应对措施。

主持人：不过，您说的这些问题迟早都会获得解决吗？

曲三强：是的，我相信会得到解决的，因为只要是人的活动，就一定会找到相应的规则来加以规范。

主持人：我们还关注到一种现象，特别是2004年以来，知识产权领域的犯罪情况引起了国家和政府的高度重视，尤其是对于食品、药品领域的假冒伪劣产品的刑事犯罪，已经成为全社会关注的重点。您是如何看待这个问题的？

曲三强：我觉得在假冒伪劣的食品、药品案件中，确实有一部分是与知识产权相关的。对于这一部分违法犯罪活动，必须利用法律武器去制止和遏制。当然，有关知识产权的刑事犯罪往往具有自身的特点，最主要的是这类犯罪不像杀人放火等自然犯罪那么容易招致公愤。换句话说，社会对其容忍度还是非常大的。

曲三强：这就又回到中国传统文化和社会心理上了。迄今为止，仍有许多国人还没有从本质上把知识产权当成一种私权，知识产权意识仍旧淡薄。就像为什么窃书不算偷的问题，许多人觉得，我虽然无偿使用了你的作品，但是对你而言，并没有造成任何损失；甚至从某种意义上来说，我可能还帮你传播了名声，是对你有好处的事情。这样的观念恐怕不是一会儿半会儿可以消除的，需要通过长期的反复教育和宣传才能够解决。

曲三强：就法律意义而言，我们通常讲的法律惩罚应该是违法行为的结果，而不是违法行为的原因，因此，要想消除违法行为，就必须消除产生违法行为的原因。从逻辑上讲，作为法律后果的惩罚措施本身是不能消除作为原因的侵权行为的。就这种意义而言，一味地诉诸严刑峻法是不能彻底消除知识产权犯罪行为的。

曲三强：在西方国家中，基本上建立起与法律后果连动的行为模式。许多人不去犯法或侵犯他人，并不是人们惧怕法律后果来得多么严重，这并不重要。重要的是，当你实施了侵权行为之后，你必定会受到法律的追究。

曲三强：法律后果已经成为侵权行为不可避免的结果。我曾经留学澳大利亚，在墨尔本，如果你违章停车，哪怕是停车进商店买一个面包的工夫，一张罚单就会出现在你的挡风玻璃上。

曲三强：我起初还在纳闷，为什么十分钟就会有罚单？后来发现，每一个社区会雇用一名巡查员，他们开着执法车每十分钟围着社区转一圈。这样一来，大家就宁可放弃便利，也不敢违法停车。

主持人：我们刚才说到食品、药品的话题。包括前一段时间媒体曾报道说，有一种商标999皮炎平药，然后不久，市场上就出现了打着666牌子的皮炎平药。这其实很容易造成公众对商品的混淆。类似这样的行为是否会构成侵权？您是怎么看的？

曲三强：任何法律制度都不是无隙可乘的，有法律规定，就一定会有法律空子。就钻法律空子而言，有的是具有违法性的，属于规避法律的行为；而有的情况，则是法律制度所允许的。

曲三强：例如，像你说的666和999之间，到底是不是侵权？假如说666商标也经过申请注册程序，并被相关行政管理机构核准，法律已经给了它合法存在的身份，在这种情况下，你就不能说666侵犯了999，尽管地球人都知道，把666倒过来看与999是一模一样的。

曲三强：还有，就像鳄鱼牌一样，一个脑袋在左边，另一个脑袋在右边，两个牌子都在市场上销售。还有韩国的现代和日本的本田，"H"一个是正的，一个是斜的，非常相似。

曲三强：当然，如果商家存心想搭别人的便车，假借别人成功品牌的声誉来兜售自己的产品，主观上存有恶意，则足以认定其行为的侵权性质。问题是行政监管机构和执法部门在界定这类行为时，必须对商标法的规定和商标的特点有充分的把握，并做出明晰的判断。

主持人：2007年，禽流感肆虐，您很赞同人权高于知识产权这一观点。近几年来，我们也关注到社会上出现了一些关于知识产权的恶意诉讼和权力滥用等行为，能否结合这一现象给我们做出解读？

曲三强：人权高于知识产权，或者高于专利权，这个原则实际上早已在国际社会上被确立，因为人权是一种普遍的、具有更高位阶的权利。

曲三强：知识产权是正当利用，抑或是被滥用，这之间的界限本来就很模糊。滥用知识产权的概念似乎已经为人们所接受，而且在司法实践中也的确摸索出了一些可以操作的标准。在通常情况下，都是采用反不正当竞争法对滥用知识产权的行为进行规制的。

曲三强：在西方国家，由于市场经济比较成熟，法律的规则和标准也比较清晰。如果你要钻法律空子，谋求法律所禁止的利益，这就叫做恶性利用。西方国家甚至会用刑法中的欺诈罪来对付这类行为。

曲三强：相形之下，我国目前的整体司法水平还不甚高，尤其是对知识产权案件的审理，专业素质要求还是比较高的。一线和二线城市的法官的专业素质相对比较高，能够比较好地处理知识产权案件；而身处基层法院的许多法官，由于对这方面情况了解不多，让他们处理这些案件，仍是比较困难的事情。我想这种状况恐怕还要持续相当长的一段时间。

主持人：您曾经说过"知识产权是富人的俱乐部"。如今，我国经过30年的经济快速发展，情形已经发生了明显变化，您能否预测一下未来中国知识产权发展的前景？

曲三强："知识产权是富人的俱乐部"，这一说法确实是我赞同的。富人主要指的是西方国家，因为知识产权本来就是经济发展到一定高度才会产生的东西。大家都知道，按照马斯洛的需求论的观点，人的最低层次的需求只是吃饱穿暖。

曲三强：这一点应符合中国古代思想家所称的"仓廪实，而后知廉耻"的社会规律。知识产权是精神活动的产物，从某种意义上说，谁拥有的知识产权多，谁就是富人。自然，相对于西方而言，我们基本上是穷人。在富人俱乐部里，游戏规则都是由富人制定的，穷人往往没有话语权，而只有服从的份。

曲三强：当中国还不能称自己是富人的时候，所面临的问题是如何应对那些看起来并不公平的游戏规则。对此，我以为有两个层面的问题需要解决：一是，要积极参与到国际社会中去，最后是参与到规则的制定中去。随着综合国力的不断提升，中国在这方面的进步实际上还是挺快的。二是，在把国际社会规范导入国内的过程中，应该有一个消化的环节，应该与国情结合起来，有策略并有技巧地嫁接，而不是全盘接受。

主持人：十八大以来，国家提倡要建设创新型的社会，您觉得知识产权在建设创新型国家的过程中可以发挥怎样的作用？

曲三强：在我国，知识产权充当着非常重要的角色。以前我曾专门写过文章分析知识产权在中国经济社会发展中所扮演的角色和发挥的作用。带动经济社会向前发展的生产力主要要素无非包括这三样：一是生产工具；二是生产资料；三是掌握生产工具的人。

曲三强：过去，我们更多强调的是人与生产资料之间的关系。而社会发展到今天，生产工具自身的变化和作用已不容忽视。单纯靠延长工人工时和降低工人工资的做法，只能加剧劳资矛盾，最终导致社会矛盾激化。而通过改进生产工具、提高劳动效率，不仅可以达到降低生产成本、在市场中争取更优势的效果，而且可以缓和劳资矛盾，提升尊严，促进文明。

曲三强：人类文明走到了今天，经济社会的竞争实际上已经转变成科学技术的竞争。人们愿意把人力、物力和财力投入科学技术创新和生产工具改善上来，这是社会发展的普遍趋势。

曲三强：生产工具的改善所表现出来的形式就是人的智力成果，而这种成果本身是无形的。要想把这些成果保存下来，使其有所归属，并且能够在市场上进行交易，就必须用产权的外壳将其包装起来，这个外壳就是知识产权。毫无疑问，在未来经济社会发展过程中，知识产权会发挥越来越大的作用。

主持人：曲院长，我知道您一直致力于知识产权领域的研究，并且有丰硕的研究成果。您在从事知识产权教学和研究工作的同事，还担任北京理工大学法学院院长一职，能否给我们简要介绍一下北京理工大学法学院目前的情况？

曲三强：北京理工大学法学院是2008年正式挂牌，其前身是1994年成立的北京理工大学人文学院的法律系。事实上，法学院的发展已经有一段历史了，而且，北京理工大学既是"985"高校，也是"211"大学，法学院的平台不低。

曲三强：2011年我来到北京理工大学法学院之后，主要把工作的重点放在如何将北京理工大学法学院办成具有特色的法学院上。当然，除了我们现在已有的几个特色专业以外，知识产权法无疑将是我们重点发展的特色学科。这不仅是因为我的专业是知识产权，而更为重要的是，知识产权与北京理工大学具有极高的契合度。

曲三强：北京理工大学具有很强的理工学科，每年都有大量的科研成果出现，而这些成果的利用、开发和产业化，都离不开知识产权。所以，我坚信在这样一所著名高校里，知识产权专业一定会有所作为。

曲三强：目前，我们正在积极筹备建立北京理工大学知识产权学院，争取能够在今年上半年挂牌成立。两周之前刚刚成立的中关村知识产权法律保护研究院，获得了来自社会各界的广泛支持，我被推选为该院的首任院长。这样安排的好处是，可以把两院的资源整合在一起，取长补短，共建共赢。

主持人：也祝愿贵院越办越好。

曲三强：谢谢！

主持人：谢谢您接受我们的访谈。

正义网：本次访谈到此结束，感谢广大网友的关注。

【检查日报】北京理工大学法学院院长
曲三强接受正义网访谈

——侵权必究，知识产权法律才有权威

来源：检查日报　日期：2013年4月11日

原文链接：http://newspaper.jcrb.com/html/2013-04/11/content_125765.htm

"我国知识产权的制度建设、法律体系的完备程度并不比西方发达国家差，在某些方面甚至已经有所超越。不过，这并不意味着我国的知识产权保护水平已经很高了。"在4月26

日第13个世界知识产权日即将到来之际，北京理工大学法学院院长曲三强在接受正义网访谈时表示，法律制度建设是一回事，制度的贯彻实施则是另一回事。

知识产权保护被列为国家战略

今年3月，《2013年国家知识产权战略实施推进计划》在京发布，这是国家知识产权战略实施工作部际联席会议连续第五年制订年度推进计划。

"当社会不断发展，特别是科技创新在生产力要素中占据重要位置时，知识产权就会发挥它的作用。作为上层建筑的政治法律制度，一定会对经济基础的变化作出适时的调整。"长期致力于知识产权制度研究的曲三强认为，知识产权发展至今，有其内在的发展规律。

曲三强坦言，相对于西方国家数百年建立的现代知识产权制度历史，我国知识产权制度建设起步较晚，只用了30年的时间，"大多制度都是从西方引进和移植过来，发展之初的体系建设过程尤显被动，是被西方发达国家牵着走的"。

对此，曲三强进一步阐述道：中国知识产权事业的发展大体上经历了三个阶段。第一阶段是20世纪80年代，主要通过立法形式集中建设相关法律制度。第二阶段是20世纪90年代，在此阶段，除了对原有的法律进行补充外，还调整了部分与国际社会通行规范不相符或不协调的法律规定。第三个阶段是20世纪初刚刚过去的10年，面对国内外知识产权问题的诸多挑战，知识产权保护已经成为一个不容回避的问题。30年来，我国的知识产权制度建设、法律体系已经足够完备，随着知识产权被列入国家战略范畴，制度的贯彻实施显得尤为迫切和重要。

关键在于树立法律权威

曲三强表示，将法律制度建立得完善或合理，都是必要的，但不是最主要的，"法律的权威是在执行过程中建立起来的，要做到言出必践、令行禁止"。

近年来，我国一直把完善知识产权保护工作机制、加大知识产权保护力度作为重点工作之一，各有关部门也持续开展知识产权保护。

"现在的许多问题都是出现在知识产权制度的推行上，执法不严、违法不究，使得很多侵权者抱有侥幸心理，导致以较低的侵权成本获得很大的违法收益，在这种状况下侵权行为很难得到遏制。"曲三强认为，若要确保知识产权保护水平得以提高，使整个社会能对知识产权足够尊重，关键在于树立知识产权法律的权威。当侵犯知识产权现象严重时，人们往往会抱怨打击力度不够，期待国家和政府出台更为严厉的惩罚措施，实践证明，这样的做法效果并不理想。法律的权威并不在于严厉性，而在于惩罚后果的不可避免，当法律的惩罚成为行为人侵权行为的不可避免的结果时，法律的权威就建立起来了。

"除了执法层面，还存在着意识形态和文化传承等方面的问题，包括对法律制度的尊重、对法律权威的敬畏以及人们的守法习惯。"曲三强表示，这需要很长的时间才能达到。

著作权法修改应强调对权利人的保护

时下热议的著作权法修改该如何平衡各方利益？曲三强称，对于著作权这种私权利而言，应该加大对权利人的保护力度，"通过立法来建立标准和规范，用法律的形式把利益格局固定下来，由此来调整人们的行为"。

曲三强认为，在全民知识产权意识还比较淡薄、生长环境也多有缺失的情况下，强化对权利人的保护，一方面可以达到宣传教育的作用，宣传尊重他人的精神劳动成果；另一方面，由于权利人处于相对比较弱势的地位，强调对权利人的保护，也是对权利人的积极补偿。

不过，在遭遇互联网电子技术在内的科技创新的巨大冲击背景下，如何切实充分保护权利人的利益也成为难题。

"关于互联网侵权问题，不是要解决法律的基本价值、理念和原则的问题，而是要针对科技进步来研究新技术的特点，从而能够把现实世界的法律原则更为准确、更为直接地应用到虚拟世界中。"曲三强举例说，譬如在互联网中对搜索引擎和提供网络服务等机构，建立诸如"红旗标准""避风港原则"等。

此外，他坦言，对于PC机终端用户违法下载等行为，如果追究起来，成本太大，几乎不可能做到，这不是法律问题，而是技术问题。"不是说法律已经默许侵权性的下载行为，而是我们暂时还没有能力和办法去救济。"曲三强表示，基于此也出现了一些新的制度，如著作权集体管理制度、法定版税制度等，这些都是适用于网络环境的新对策和措施，未来，还会找到相应的规则来加以规范。

知识产权案件审理水平亟待提高

"知识产权是正当利用还是被滥用，此间界限本来就很模糊。"曲三强表示，对于知识产权案件的审理，我国目前的整体司法水平还有待提高，一、二线城市的法官专业素质相对较高，能够比较好地处理知识产权案件；而身处基层法院的许多法官，由于对这方面的情况了解不多，处理此类案件仍比较困难。

曲三强告诉记者，在西方国家，由于市场经济比较成熟，法律的规则和标准也比较清晰。如果要钻法律空子，谋求法律所禁止的利益，被称为恶性利用，他们甚至会用刑法中的欺诈罪来对付这类行为。目前，我国对于知识产权的滥用，在司法实践中也摸索出了一些可以操作的标准，通常情况下都是采用反不正当竞争法来进行规制的。

近年来，国内涉及知识产权纠纷的案件数量逐年递增，跨国企业间的专利纷争也不断上演。对于中国企业在"走出去"过程中，如何避免专利上法律风险的问题，曲三强也给出了建议。

他说，于中国企业而言，在"走出去"之前，应该加强知识产权侵权风险的预警，"企业自己可以做，政府也可以帮助企业提供相关的服务"。中国企业在走出国门后，可以将其所经历的遭遇和经验通过多种渠道反映给国家和政府，政府则应将这些诉求反映给国际社会和相关国家，以便在国际规则的制定中为中国企业争取更多的利益。

"虽然，这只是间接地救济，但相信，在未来经济社会发展过程中，知识产权会发挥越来越大的作用。"曲三强在访谈最后对记者说。

（作者：林平）

【高科技与产业化】专访王越院士：信息安全不仅仅是技术问题

来源：高科技与产业化杂志　日期：2013年2月8日

原文链接：http://www.cnki.com.cn/Article/CJFDTotal-GKFC201302035.htm

（作者：黄晓艳 单晓钊）

【BTV科教频道】我校李林英教授获2012年"首都十大教育新闻人物"

来源：BTV科教频道　日期：2013年2月22日

　　主持人（曹一楠）：电视机前的各位观众朋友们，大家好。您现在收看的是由中共北京市委教育工作委员会以及北京市教委共同主办的"平凡的感动——2012首都十大教育新闻人物"的颁奖典礼现场。我是曹一楠。在2012年的时候，由北京教育新闻中心联合首都各大媒体，举行了2012首都十大教育新闻人物的评选活动。这些候选人经过专家的评审、经过公众的票选，最终，这十个名单将在今天这个舞台上，为大家揭晓。可以说，他们是平凡的人，但他们也是带给我们感动的人；他们是首都教育战线的普通一兵，他们也是首都教育战线工作人员的最优秀的代表。那么今天，就让我们在这个舞台之上，从他们平凡的琐事当中，共同来汲取带给我们的最大感动。

　　主持人（曹一楠）：下面要上台领奖的这位，是在大学里教思想品德的。咱都当过大学生，说实话，这课基本上，甭管从老师到学生，都知道不好教。但是这位老师，她却用游戏的方法来教授思想品德。

旁白：北京理工大学的李林英，教的是"思想道德修养与法律基础"这门课。在她的课堂上，她不但没有板起脸来的空洞说教，而且带着大家一起做游戏。比如，一个男生在餐厅遇到了暗恋的女生，该如何开口表白呢？游戏中给出了各种选项，根据不同的选择，会有成功、失败不同的结果。失败了还会有专家告诉你，哪里做得不妥当，应该怎么去正确地结交朋友。游戏虽然好玩，但是在思想道德课上，教同学谈恋爱，这老师是怎么想的呢？

北京理工大学教授（李林英）：学生们呢也比较多地容易把这个课程，就是把它划到一种政治类的课程中。而且说这作为一种副业，不是作为主科来学习的。所以也就让我们在这教学当中，产生了很多的这样的一个疑问，也使我们更多地去想"怎么样才能够跟他们有一个很好的交流"。

李林英的学生：很多人对这个课有一定排斥的情绪，所以逃课的现象还是比较严重。但是在李老师的课堂上呢，就是几乎每节课都是座无虚席。

李林英的学生：李老师经常和我们说的一句话就是："我培养你们的模式就是按照你们以后工作之后，那种公司里的模式去培养你们的。"

李林英的学生：跟时代潮流吧，比方说她最近换的手机，里面有很多软件，然后更新呀什么的。像新浪微博，包括微信，她都有加我们，加我们的群，跟我们聊天。

李林英的学生：当时好像是因为参加一个展览，然后她就有一些新的想法，就把这个新媒体跟自己的课程教学结合起来了。

旁白：为了让学习真正知道实践生活，培养学生们的情商，李林英老师带领其团队开发了国内首家思想政治理论课辅助教学的严肃游戏——情商加油站，被教育部领导誉为开创性、革命性的探索。

主持人（曹一楠）：李老师，您好。首先请允许小曹代表我自己问您一个问题。

北京理工大学教授（李林英）：好的。

主持人（曹一楠）：在食堂碰见我暗恋的女生，到底应该怎么搭讪呀？

北京理工大学教授（李林英）：其实这个问题呢，也没有一个完全标准的答案。我觉得有几个原则。第一个呢，是要有勇气；第二个是要真诚；如果再说呢，还要有一些机警。（主持人：机警？）假如她不理你了怎么办。（主持人：我特想知道怎么办，我当年就是不知道。）一般男生可能会有一个套近乎的过程。可能会说："好像我们在思想道德修养课上，当时我们在一边，你当时在旁边坐着呀，我好像跟你还有这样的一个印象，你还记得吗？"这样一说她可能跟你接近起来就会比较容易了。

主持人（曹一楠）：您真是好老师。我要是早遇上您呀，我不至于结婚这么晚了。给您一个机会，就一句话，广告语，给您那个情商加油站做个广告。

北京理工大学教授（李林英）：其实就是我们用一种游戏的方式，来完成我们与人交往沟通的这样一种功能，我们使学生可以动手动脑并动心。

主持人（曹一楠）：动心最关键。好，来，李老师，咱们共同聆听对您的颁奖词。（李林英：好。）作为教师，李林英老师热爱学生，无微不至；作为学者，她潜心研究，开拓创新；作为志愿者，她在抗击非典和汶川地震期间，积极投入专业救助工作，得到广泛赞誉。她用自己的耕耘与付出，履行了一名教师和学者的神圣责任。（李林英：谢谢！）下面我们有请市教委委员郑登文同志上台为李老师颁奖。（李林英：好，谢谢！）

主持人（曹一楠）：朋友们，到目前为止，我们的奖项已经尽数颁出。感谢市委教育工委，感谢市教委，能够在这里向他们颁发我们所有人对他们的褒奖。感谢有这样一个平台，让我们所有普普通通的北京市民认识了，有这样一群好老师、这样一群好学生。我们期待着，在这个舞台之上，看到越来越多的好老师、好学生。我们相信，我们可以看到更多的平凡人带给我们大感动。感谢您收看我们今天的节目，再见。

【央视】采访北理工李林英教授：聚焦中国式养老

来源：央视　日期：2013年10月15日

主持人：除了关注老年人的生活之外，老年人的精神需求也不可忽视。今日北京市民政局发布《北京市老年人口心理健康以及需求状况的调查研究报告》，报告显示，超过90%的老人需要精神上的关怀。而目前我国空巢老人的数字已经超过了1亿人，缺少子女陪伴的老人，在辛苦了大半辈子之后，又在经历着精神上孤单的煎熬。

旁白：今日，济南市公安局官方微博上一条名为"76岁老人频打'110'找人聊天"的帖子引起了网友的关注。帖子描述了济南一位空巢多年的老太太，因为实在没有人能陪着说说话，就隔三岔五地拨打'110'，叫民警来陪自己聊聊天。记者调查发现，给孤单的空巢老人提供一个说话的地儿已经成为关爱老年人心理健康的当务之急。北京的"爱心传递"热线开通于2006年，目前已经有超过30 000名老人打来电话寻求精神上的慰藉。据"爱心传递"热线的统计，打来电话的老人中，因为空巢、离异等原因导致精神抑郁的占48%，而与子女有矛盾致使需要精神慰藉的老人占26%，由于身体健康状况不佳需要精神关怀的占26%。

"爱心传递"热线创办人（徐坤）：老人心理平衡体系有三个支撑点：一个是他的社会角色，一个是他的挚爱亲人，还有一个就是他的生理，（老人）他的生理的减退相对引起精神上的变化和心理上的变化。这个时期的老人特别需要精神关爱。

旁白：今年68岁的姜阿姨7年前离异，之后都是一个人生活，而离婚对老人造成的心理阴影持续了两年多。

姜阿姨：最极端的时候，就是当时我都不敢见人啊，不敢见人，就好像我犯了什么错误一样，见了谁都低着头走。

旁白：姜阿姨告诉记者，虽然子女每周末都会过来陪上一会儿，但大多数的时间老人还是很孤单。记者发现，在姜阿姨的床上，电话被放在了中间。现在，她定时都要给"爱心热线"拨打电话。

姜阿姨：这就是老了以后思想有一个寄托，有一个人在那儿听你去说话，你也听他在说话、交流。我说孩子们也是，你说这些老人需要钱吗？不需要，因为我们都有工资。需要的就是一种关怀，就是一种倾听。

旁白：北京理工大学人文与社会科学学院在对北京市16个区县的3 000名老人进行了心理健康调查研究后发现，90%以上的老年人希望社区能提供精神关爱。

北京理工大学人文与社科学院副主任（李林英）：过去咱们比较关注躯体的检查，都会有定期的体检。事实上，我们的心理常常是被人忽视的，没有做过定期的体检。我们可能每一个人也很少有自己的心理健康档案。

旁白：李林英告诉记者，对老年人心理健康的关注应该从社会的宣传教育开始。对于不同年龄段的老人可能出现的心理问题，应该提早进行干预和治疗。从今年10月开始，北京理工大学将在北京选取20个社区作为试点，设立专门为60岁以上的老年人提供免费的心理健康检测的社区关怀站，并建立起一套完整的老人心理健康档案，进行跟踪检测。

【中国网】材料创新领域里的"远行者"

——记北京理工大学材料学院刘吉平教授

来源：中国网 日期：2013年6月21日

原文链接：http://jjzg.china.com.cn/233/1.html

随着历史的发展、时代的进步，人类社会已经步入了一个科技创新不断涌现的重要时期，在世界新科技革命的推动下，知识在经济社会发展中的作用日益突出，科技创新越来越离不开知识的积累。科技领域的探索与创新，是21世纪的主旋律，是我国应对未来挑战的重大选择，是统领我国未来科技发展的战略主线，是实现建设创新型国家目标的重要途径。

材料科学研究可以说是科技创新发展的重中之重，北京理工大学材料学院刘吉平教授长期从事材料科学技术基础与应用研究，在材料科学研究与应用前沿做了大量的工作，在火药、炸药、装药结构、新概念弹药研究领域相继取得了多项用于国防和国民经济建设的重大成果，创造了显著的军事效益、经济效益和社会效益，提高了我国含能材料学科的技术水平。

时代的发展呼唤着刘吉平教授这样的科研工作者，使他不但有热情做事情，而且有能力做好事情，多年以来，他在材料科研领域默默做贡献，成绩突出，我国装备的第一颗燃烧空气弹药与第一枚重型燃烧炸弹都在他的手中诞生，我国第一个强光致盲弹也是他研制成功的，他也是国家级有突出贡献的中青年专家，是我国炸药研究的泰斗科学家……

吹响材料科学研究"冲锋号"

刘吉平教授结合我国军事战斗的实际需要，取得了一批重要应用研究成果。他提出的软杀伤新概念弹药机理，在多个领域得到了应用。他将纳米级球形铝粉与增光剂结合，制成了强光致盲剂，并开展了在高温、高压激励条件下，可燃材料实现分子翻转、电子能级跃迁而发强光的机理研究。他所研制成的某强光致盲剂的各向同性光强，达到国际领先水平。研制成的强光致盲弹已装备定型并生产数万发装备部队，为我国防暴反恐做出了杰出贡献，于1999年获得武警部队科技进步一等奖及两项发明专利。

根据昆明战区反空降的需求，刘吉平教授主持完成了703反空降火箭弹的研制，该弹能在450米高空爆炸，为山岳丛林地区反空降探出了一条路子。同时他还积极投入燃料空气弹药的研究中，参与了我国第一条云爆弹装药生产线。用铝镁合金代替镁粉作为云爆武器的固体燃料，在国内研制成功某型燃料空气弹药，在多个产品中定型应用。

刘吉平教授不仅在弹药研究领域做出了突出的成就，在为我军现代化建设方面也做出了巨大的贡献。在20世纪70年代，他根据战备需求和西南不产棉的特点，提出了以龙须草为原料精制纤维素的想法，解决了从茎秆植物中提取并精制纤维素和硝化等一系列关键技术问题。制备的 α-纤维素达97%以上，硝化纤维素的含氮量达14%，可作为制造无烟火药的原料。硝化龙须草纤维素由此被列为制备无烟火药原料的第四种代用品。该成果于1978年获得贵州省科学大会重大贡献奖，于1980年获得昆明军区科技成果一等奖。此外，刘吉平还开展了以竹纤维为原料制造硝化纤维素的研究，该成果在1982年获得了贵州省军区科技成果一等奖。

如何处理大量储存到期的发射药的问题成为20世纪80年代后期困扰军工行业的难题。国外一般采用流化床法焚烧，或者沉入海底的方法进行销毁。而我国当时则是采用野外焚烧法处理，这些处理方法均存在不安全及环境污染等问题。在没有方法可以借鉴的情况下，刘吉平教授却想到了极为巧妙的溶剂萃取的方法，进行无损分离除去退役单基发射药中已过期的安定剂和已部分降解的硝化纤维素及工艺附加物等，得到了可继续改制成其他牌号发射药的纯粹半胶态硝化纤维素。这一研究成果使单基发射药生产、储备、使用形成了良性循环，并于1989年付诸实施，建立了生产线，节约了大量的国防开支。该成果于1991年获得军队科技进步一等奖以及在同一年10月获得国家发明二等奖。

冷战结束后，和平与维护稳定已成为当前的首要任务，刘吉平教授结合这一情况，首先解决了爆炸激励发强光的机理，研制成第一个强光致盲弹，2003年获得国家技术发明二等奖。由于刘吉平教授对国防、国家安全贡献突出，于2005年获得何梁何利科技进步奖。

奏响城市安全工程 "集结号"

为了国家的进步和发展，刘吉平教授默默耕耘着，将自己的全部心血都用在了科研领域，他将自己的科学研究延伸至城市安全工程领域，在安全卧具研究、阻燃多功能纤维研究、单兵防护方面的研究中，采用纳米技术先后开展的阻燃抗滴落PET纤维和阻燃、抗滴落、抗菌、抗辐射PA6多功能纤维及其织物研究，解决了化纤易燃和融熔滴落等世界前沿领域中的难题，不仅产品性能可与杜邦公司的相似产品媲美，同时还实现了产品多功能的特点。另外，他研制的扑火作战服及装具，已在部队广泛应用，这种产品不仅在军需装备上得到了应用，而且在民用防火材料方面也得到了广泛的应用。此外，他合成的多个无卤阻燃剂，不同程度地得到了应用。

这些成果在实际中的应用，不仅有重大的社会效应，而且经济效益明显。为此，他曾先后荣获总后勤部科技攻关奖和总装备部"九五"科技攻关奖。

刘吉平教授先后开展了新疆蛭石和云南蛭石防火材料的研究，发明了不燃无机黏结剂，使无机材料的强度和成型等的问题得到了妥善解决。该项成果获得4项国家发明专利，经过10年的推广应用，已在全国建成7条蛭石防火板生产线，总产值达62.1亿元。在北京奥运会、上海世博会、中央电视台、北京国贸三期等场馆应用，大量销往中国台湾、韩国、日本、欧洲及东南亚各国。并被广泛用于军事、航空航天、建筑、医疗、交通、航海及工业制造等领域。该项目的实施意义重大，有效缓解了城市防火压力，为城市安全做出了突出贡献，2009年获北京市技术发明二等奖。

反恐维稳材料系列技术装备研究获2010年度中国商业联合会科学技术奖、全国商业科技进步一奖；玻化微珠浇注发泡聚氨酯墙外防火复合保温板技术获第三届中国商业联合会服务业科技创新奖二等奖。超大型玻璃钢管制造技术，解决了远距离运输海水的难题及制造技术上的难度，获2011年度中国商业联合会科学技术特等奖。

刘吉平教授不仅仅是科研领域的创新先锋。在人才培养方面，他也堪称上独树一帜，长期以来，他把教学、科研与社会服务结合起来，不断提高教学质量和科学研究水平以及社会服务效果，以较高的学术水平带动和感染学生。

结合自己的科研成果，他专门撰写了7本高质量的学术著作，其中，《纳米科学与技术》受到师昌绪院士的高度评价："该书提出了很多新观点和新思维，是一部有价值的科学著作。"同时也受到了我国台湾清华大学林鸿明先生的高度赞扬，并在我国台湾地区出版。

他还承担了"软杀伤弹药导论""炸弹理论及装药技术""爆炸成型加工技术"等硕士、博士学位课程的教学工作，其中，"纳米科学与技术"被评为2004年北京理工大学优秀研究生课程。先后培养90余名研究生，为推动我国材料学前沿研究与应用起到了深远的意义。

多年来的孜孜以求、多年来的无私奉献，刘吉平将所有的青春热情都挥洒在了材料科学研究领域，为推动我国材料高新技术的快速发展打下了良好的基础。在材料创新领域锐意进取，一路前行，刘吉平无怨无悔。

（作者：唐华 徐灵）

【中国证券报】安监总局拟推进烟花爆竹产业转型升级

来源：中国证券报—中国证券网 日期：2013年6月29日

原文链接：http://www.cnstock.com/v_news/sns_gdbb/201306/2636053.htm

国家安监总局网站6月28日消息，烟花爆竹安全监管部际联席会议第三次全体会议6月27日在京召开。会议研究了加强烟花爆竹安全监管的有关措施，并提出将组织开展好烟花爆竹安全大检查，采取综合措施协同推进烟花爆竹产业转型升级。

国家安全监管总局副局长孙华山在会上指出，随着全社会安全环保意识的日益增强，烟花爆竹产品消费需求明显减少，产业转型升级和企业整顿关闭势在必行。据介绍，烟花爆竹产业转型升级的基本原则是"工厂化、标准化、机械化、科技化、集约化"生产。

业内分析指出，在国内各领域安全生产形势日趋严峻以及烟花爆竹燃放日益加重雾霾天气的当下，政策力推烟花爆竹产业转型升级被加快提上议事日程。而根据政策意图以及产业现状，产业升级转型的直接动力来自"环保型"新技术产品的推广应用，并伴随的是企业兼并整合潮。这一进程无疑将使优势企业集中受益。

烟花爆竹成PM2.5防治重地

今年年初以来，全国多个城市不断加重的雾霾天气，让PM2.5防治进一步升级为国家战略。而针对雾霾天气"罪魁"的追踪也不断深入。春节期间，全国各地大规模燃放烟花爆竹，这致使各地空气中PM2.5浓度瞬间飙升。由此，继污染企业关停、汽车油品标准升级之后，烟花爆竹燃放也成为众矢之的。

北京理工大学教授黄若此前对《中国证券报》记者表示，烟花爆竹燃烧会产生烟尘、二氧化硫、一氧化碳等污染及有毒成分，所产生的烟尘中包含PM2.5~PM10几乎全系列的颗粒物，其中，PM2.5含量占比一半以上，浓度在150~300毫克/立方米，属于重度甚至严重空气污染。众多专家对此呼吁，在烟花爆竹生产领域引入环保新标准已刻不容缓。

为呼应社会关切，自今年3月1日起，针对烟花爆竹燃放的新修订标准——GB 10631-2013标准正式开始实施，其中，针对产品药量、规格、燃放高度和辐射范围等各项指标均较以往全面提高，这也相对应地催生了对符合新标准要求的"环保型"烟花爆竹的市场需求空间。

黄若指出，烟花爆竹业未来转型升级的动力在于是采用环保型的原料和药剂，以技术壁垒来提高市场占有率，例如，改变火药的传统配方以及包装用纸材质的改良，等等。

有关政策已经开始加码。在年产量占据全国1/3空间的湖南省浏阳市，当地政府近年来就明确提出，每年将分类选出3~5个技术创新项目进行重点扶持，重点支持微烟、无烟新材料和新产品的研发，加速降烟、除尘、脱硫、减噪等环保技术的推广应用。黄若介绍，国内目前已开始涉足环保型烟花爆竹研发的只有少数几个龙头公司，随着标准的深入推行，特别是国家层面政策的加码，这些"捷足先登"的优势企业无疑将成为产业转型升级主力军，尽享政策利好。据了解，在A股上市公司中，仅有熊猫烟花这一颗"独苗"属于烟花爆竹板块。根据公司近期披露的2012年业绩预告数据，公司早在2001年上市伊始就决定投资4 900多万元用于"年产40万箱安全环保型烟花"项目。市场分析人士预计，在政策利好的刺激下，该项目产能有望加速释放。

"十二五"末企业数减少20%

在推广应用新型技术产品外，推进全行业兼并重组也成为国家层面促进烟花爆竹产业转型升级的着力点之一。国家安全监管总局副局长孙华山在上述会议上指出，要进一步加大烟花爆竹企业整合力度，整顿并关闭散、小、乱、差企业。

据统计，截至2012年年底，全国从事烟花爆竹生产及燃放业务企业多达近6 700家，行业年产值约800亿元。尽管产业也颇具规模，但其中绝大多数为"散、小、乱、差"企业。

按照国家安监总局制定的安全生产"十二五"规划，到"十二五"末，全国烟花爆竹生产企业数量比2010年减少20%。

随着安全环保风在烟花爆竹行业吹起，在烟花爆竹主产区的浏阳市已制定《烟花爆竹企业准入与退出管理规定》，从硬件、软件、产能、安全等方面提高标准，以淘汰一批没有生命力的企业。而在一些非主产区如河南、安徽等地，今年以来已有大批中小企业相继宣布退出烟花爆竹生产。

"熊猫烟花"在去年的年报中指出，公司去年通过收购的方式，扩大了在杭州、武汉等地的市场占有。2013年将加速在全国布局，继续努力扩大市场占有率。

（作者：郭力方）

【财新网】北理工移民法学者刘国福：外国人出入境证件体系仍有待完善

来源：财新网　　日期：2013年7月23日

原文链接：http://china.caixin.com/2013-07-23/100559540.html

【财新网】（实习记者　霍冰一）据中国政府网7月22日消息，《中华人民共和国外国

人入境出境管理条例》（下称《条例》）将于2013年9月1日起施行。《条例》重点对普通签证的类别和签发作了规定，对外国人停留居留管理作了进一步细化。

为避免签证类别与入境事由的对应性不强，在保留现行签证分类基本不变的基础上，《条例》重点对现行F字（访问）签证、L字（旅游）签证作了拆分，并新增加了R字（人才）签证，普通签证类别由目前的8类调整为12类。

其中，新增的R字（人才）签证，发给国家需要的外国高层次人才和急需紧缺专门人才，以更好地吸引海外优秀人才来华。

北京理工大学移民法学者刘国福认为，《条例》虽然完善了外国人出入境证件体系，使签证、居留证件分类更加细化，但是没有规定每一类签证、居留证所对应的条件、获得的权益，使外国人出入境证件体系的完善停留于形式化。

对于新增的R字（人才）签证，他认为，这一举措能够在一定程度上帮助吸引外国人，但没有明确R字签证的持有人与其他类签证、居留证持有人所享有权益的实质性区别。

据刘国福透露，对于外国人才更具体的界定，将由正在起草的《外国人在中国工作管理条例》《外国人在中国就业指导目录》确定。

为解决外国人"非法入境、非法居留、非法就业"的问题，《条例》规定，建立部门间协调配合机制，实现有关信息共享。并进一步明确了聘用外国人工作或者招收外国留学生的单位的报告义务。对于外国留学生参加校外勤工助学和实习，《条例》规定，经所在学校同意后，应当向公安机关出入境管理机构申请在居留证件上加注勤工助学或者实习信息。

对于加强"三非"外籍人员管理，刘国福认为，新《条例》与国际惯例有差距。他指出，现有《条例》为利用社会力量构建"大外管"格局提供了法律依据，但目前我国只重点打击非法居留及就业，对非法雇佣和非法提供住处缺乏相应的法规进行管理。据了解，在美国，雇主如果雇佣非法居留者，会被政府或移民局查获，将会受到严重的惩罚，处理的办法从罚款到负刑事责任不等。

刘国福还表示，依照国际惯例，外国留学生参加勤工助学一般不需要所在学校同意。

据公安部出入境管理局统计，2012年外国人入出境共计5 435.15万人次，同比增长0.35%。其中，入境2 719.15万人次，同比增长0.23%。据人社部消息，2012年年末持外国人就业证在中国工作的外国人共24.64万人。中国高等教育学会统计指出，去年共有来自200个国家和地区的32万余人的外国留学人员来华学习。

《外国人入境出境管理条例》是7月1日起施行的《出境入境管理法》的配套行政法规。刘国福在接受财新记者采访时表示，"涉外无小事"，目前新《条例》仅有三十九条，面对庞大的在华外国人群体，这还远远不够。

新条例自2013年9月1日起施行。1986年12月3日国务院批准的《中华人民共和国外国人入境出境管理法实施细则》同时废止。

（作者：霍冰一）

【环球时报】北理工武器专家：中国须研网络化微小武器 战机空中充电不是梦

来源：环球时报 日期：2013年6月7日

原文链接：http://mil.huanqiu.com/paper/2013-08/4216653.html

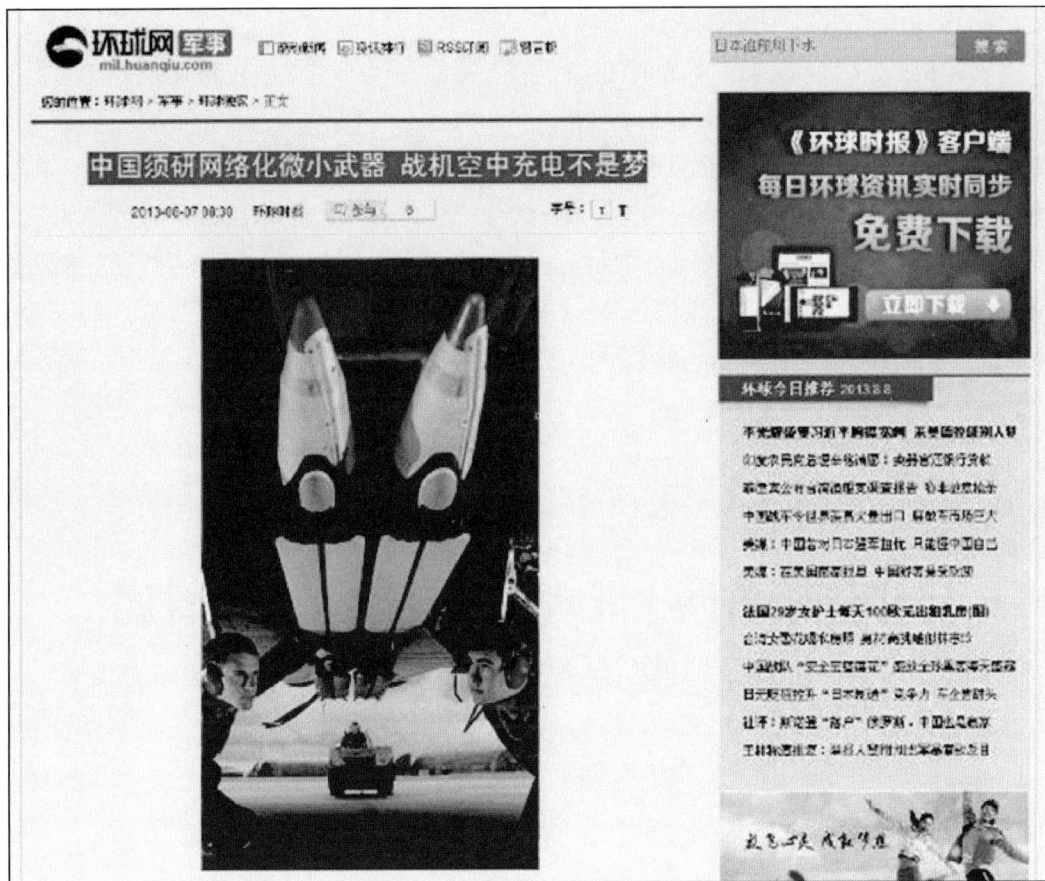

（环球时报记者 刘昆）微型机器人在战场上集群配合、小型飞行器隐秘切断对手指挥系统……这一切并非科幻电影，而是美国等正在大力发展的微小型无人武器的作战模式。微小型无人武器系统专家、北京理工大学"兵器科学与技术"学科博士生导师范宁军教授5日在"2013首届中国指挥控制大会"上向《环球时报》记者介绍了这种基于网络的微小型无人武器系统。

一提到无人武器系统，很多人首先联想到美军X-47B等无人机。不过范宁军表示，无人武器系统既可以是这样的单个无人武器装备，也可以由多个无人武器单元构成。微小型武器是指20世纪90年代美国开始发展的新概念武器，包括微小型机器人、弹药、飞行器等，特别适用于城市和恶劣环境下的局部战争。受制于尺寸和重量，微小型武器无法携带过多的载荷，但如果通过网络将大量微小型无人武器按照不同需求整合起来，就可执行多种任务，例如可构建一类战区专用网络（简称"专网"）来解决微小型无人武器系统的"智慧"和"能量"问题。这种模式类似当前流行的"云计算"概念，每个无人武器单元的路径规划、导航与制导、协同攻击等复杂的分析、计算、决策和控制任务由专网完成；无人武器单元还可以从专网中补充能量。范宁军介绍说，从网络中获取能量和我们平时日常所用的手机无线充电技术在原理上是一样的。目前，美军已经在进行这种"能量网"的研究，使用"能量网"在战区为武器进行充电不再遥不可及。

"网络化无人武器系统"代表着无人武器系统的一个发展趋势。近年来，美国、以色列和欧洲国家的部队相继装备固定翼小型无人机和微型无人机，并在多次局部战争中得到应用。在美国空军对未来25年武器发展的规划中，小型涵道式垂直起降飞行器、小型巡航弹药也受到极大重视，微型机器人更是被当做未来15~25年内打击对手的有效武器。微小型弹药也受到外军的高度重视，例如，美国的"反坦克（BAT）弹药""毒蛇""小直径炸弹"等灵巧弹药，其体积小的优势显而易见。武器投放平台将能携带更多的这类弹药，打击目标更多，使作战效率倍增。范宁军认为，微小型无人武器系统在我国未来的国防领域具有重大意义。

（作者：刘昆）

【中国政府网】北理工王越院士当选首届
中国质量奖评选委员会主任委员

来源：中国政府网　日期：2013年8月9日

原文链接：http://www.gov.cn/gzdt/2013-08/09/content_2464173.htm

首届中国质量奖评选委员会成立大会在京召开
为建立完善国家质量奖励制度起好步、开好头
支树平出任评审表彰委员会主任委员 王越受聘评选委员会主任委员

8月8日，首届中国质量奖评选委员会成立大会在北京召开。国家质检总局局长、中国质量奖评审表彰委员会主任委员支树平强调，评选委员会成立是中国质量奖评审表彰工作中的

一件大事，也是国家质量奖励制度建设进程中的一件大事，评选委员会要担负起历史责任，科学规范评选，尽职尽责工作，为建立和完善国家质量奖励制度起好步、开好头，为推动建设质量强国作出积极贡献。

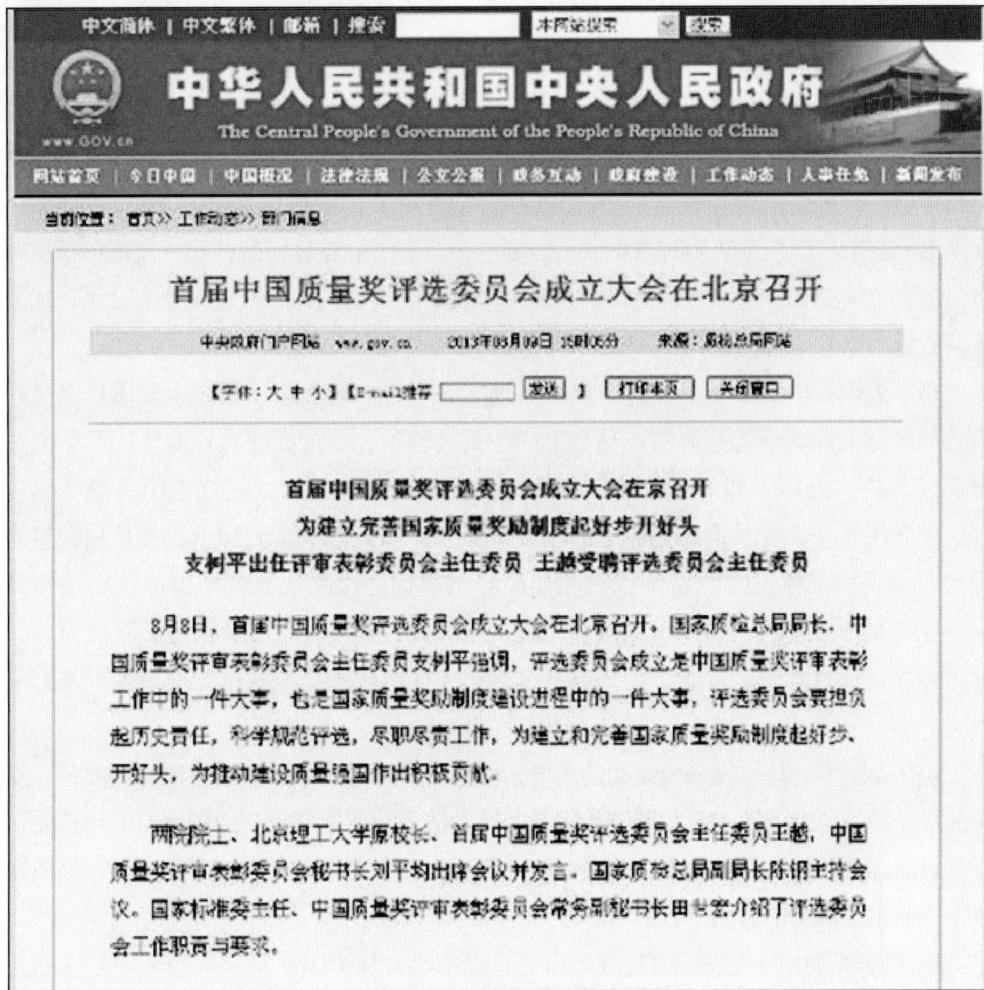

两院院士、北京理工大学原校长、首届中国质量奖评选委员会主任委员王越，中国质量奖评审表彰委员会秘书长刘平均出席会议并发言。国家质检总局副局长陈钢主持会议。国家标准委主任、中国质量奖评审表彰委员会常务副秘书长田世宏介绍了评选委员会工作职责与要求。

支树平向王越、中国标准化研究院院长马林聪分别颁发了首届中国质量奖评选委员会主任委员、常务副主任委员聘书。支树平指出，中国质量奖意义重大。当前，中央要求把推动发展的立足点转到提高质量和效益上来，国务院提出打造中国经济升级版，这些战略目标的实现，离不开质量素质的提升，离不开质量水平的进步。中央专门批准设立中国质量奖，体现了国家对质量工作的看重，对中国质量奖的充分认可和支持，更体现了在特殊发展时期赋予中国质量奖的重要意义和历史使命。

支树平强调，中国质量奖评选必须科学规范。他指出，公开、透明、公正、公认既是中国质量奖评选的基本要求，也是生命线，必须有一套科学规范的工作机制作为保障。一要有科学权威的组织保障体系，实现评价与监督分离，构建互相监督、相互制约的工作机制。二要有严格规范的评审流程，参照国家科学技术奖评选模式，严格申报推荐、评审论证、审核批准等环节，确保结果科学、客观、公正。三要有广泛认可的评审规则，在目的上推广具有中国特色的质量管理理论和方法，在对象上对组织和个人的成功经验进行总结和认可，在内容上从质量、技术、品牌和效益4个方面进行综合考察，在方法上借鉴国际通行的成熟评审模式，参照国家科学技术奖的有效做法。四要有公开透明的监督机制，建立覆盖申报推荐、评审论证、审核批准全过程的监督机制，对每个关键阶段的相关结果进行社会公示，加强获奖后续监督，完善退出机制。

支树平要求，中国质量奖评选委员会必须尽职尽责。他表示，首届中国质量奖得到了国内外的广泛关注，评选结果将在社会上产生重大影响，委员会要履行职责，严格把关。一要高度负责，发挥强烈的责任感和使命感，负好责、把好关，树立中国质量奖的权威性。二要发挥专长，委员们站在专业的角度，充分发挥各自丰富的知识、经验和智慧，对申报材料和评审结果进行严格审视。三要严守纪律，坚持原则，廉洁自律，主动接受监督，自觉抵制不正之风。四要团结协作，委员之间要相互尊重，服从真理、服从大局、服从评审规则，通过知识、专业、优势互补，共同评选出代表我国质量管理最高水平的组织和个人。

王越在发言中，从过程系统运动的角度，阐述了质量的内涵、质与量的辩证关系，强调了高品质、高品位对经济社会发展的极端重要性。他表示，担任首届中国质量奖评选委员会主任委员深感责任重大，将与全体委员一起共同努力，全力以赴，有效履行职责，高质量、高效率地完成评审工作。

刘平均回顾了中国质量奖励制度的历史，介绍了首届中国质量奖评选表彰工作的开展情况及下一步工作部署。他希望评选委员会在中国质量奖评审表彰委员会的领导下，坚持科学、公正、公认原则，规范完善评审工作，走出一条具有百年生命力的中国质量奖励制度成功之路。

首届中国质量奖评选委员会共有委员28名，来自政府部门、行业协会、研究机构、高等院校和新闻媒体，他们既有质量工作的经验，也有各个行业、各个领域的经历。首届中国质量奖评选委员会全体委员、首届中国质量奖监督委员会部分委员、中国质量奖评审表彰委员会秘书处成员、中国质量奖评选委员会办公室成员参加了会议。

【中国新闻网】北理工教授周毕文：楼市 "止沸" 更需金融降 "火"

来源：中国新闻网　日期：2013年9月26日

原文链接：http://finance.chinanews.com/house/2013/09-26/5325806.shtml

国土部出地王禁令 专家称楼市"止沸"更需金融降"火"

2013年09月26日 14:44 来源：中国新闻网 ◎参与互动(1)

中新社北京9月26日电（记者 庞无忌）在近期各地"地王"潮再度袭来、高价地块不断推高市场预期之际，中国国土资源部提出年内禁"地王"，并将严防高价地作为稳定市场的首要目标。有关专家在接受中新社记者采访时指出，价格大致由供需来决定，无论是抑房价还是禁"地王"都需要实现供需平衡，当前楼市"止沸"更需要调降金融之"火"。

国土部在25日的会议上称，要在稳定土地供应的同时，平抑地价信号，供求紧张的城市务必做到年内不再出"地王"，影响预期；而供过于求的城市要相应减少住宅用地供应，确保四季度土地市场平稳运行。

对于北京、上海、广州、深圳等一线热点城市，国土部相关负责人表示，要比照前3至5年住宅用地平均供地量，持续加大住宅用地供应力度。

DATA IS A GAME CHANGER
数据改变生活

中新社北京9月26日电（记者 庞无忌）在近期各地"地王"潮再度袭来、高价地块不断推高市场预期之际，中国国土资源部提出年内禁"地王"，并将严防高价地作为稳定市场的首要目标。有关专家在接受中新社记者采访时指出，价格大致由供需来决定，无论是抑房价还是禁"地王"都需要实现供需平衡，当前楼市"止沸"更需要调降金融之"火"。

国土部在25日的会议上称，要在稳定土地供应的同时，平抑地价信号，供求紧张的城市务必做到年内不再出"地王"，影响预期；而供过于求的城市要相应减少住宅用地供应，确保四季度土地市场平稳运行。

对于北京、上海、广州、深圳等一线热点城市，国土部相关负责人表示，要比照前3~5年住宅用地平均供地量，持续加大住宅用地供应力度。

北京理工大学房地产研究所所长周毕文在接受中新社记者采访时指出，价格大致由供需来决定，无论是抑房价还是禁"地王"，都需要实现供需平衡，因此以加大土地供应调控地价不失为一个有效的方式。

不过他也指出，土地资源是有限的，加之"地王"是一种市场行为，因此在北京、上海等一线城市，一旦城内有优质地块出让，"地王"的出现将难以避免。

官方认为，大部分"地王"地块都是区位条件比较好的优质稀缺地块，有些则与竞买者特殊等原因有关，成为"地王"有一定偶然性，对地价总体不具有代表性和普遍性，地价整体上仍处于温和上涨的通道内。

不过，国土资源部副部长胡存智也承认，地王出现也与几大因素密切相关：一是房价持续上涨，房企回笼资金较快，拉动其对土地的需求；二是一些实力雄厚的大型房企出手高价地，加大对优质地块的争夺；三是一些地方政府默许甚至助推出现高价地，抬升房价地价；四是一些地方在债务压力下，集中推出优质地块，忽视了国土资源部有关均衡供地的要求。

国土资源部称，下一阶段要紧盯房价变动，消除地价异常信号，防止异常高价地误导市场。此外，对大企业、大地块进行挂牌重点监管，防止土地闲置，打击囤地行为。同时，对于供需紧张的城市，包括出现"地王"的各城市，优先保障住宅地的供应，并在10月份之前调增并公布住房用地供应计划。

在业内人士看来，地价与房价是房地产市场的"面粉"与"面包"。在一路上行的房价拉动下，这两者显现出相互促涨的效应。

周毕文表示，考虑到中国的人均住房拥有量已不算低，但不均衡现象严重，"此时需要的并非一味加大土地供应，而是通过房产税等方式将具有投资、投机属性的多套房挤出来"。

周毕文将楼市的发展视为火上煮粥——过热时会产生泡沫，而各种楼市调控政策则是不时加入的冷水，起到暂时降温和抑制泡沫的作用。不过他指出，房价上涨的真正源头在于煮粥之火，即上一轮大规模投资计划带来的泛滥的流动性。

因此，周毕文认为，楼市"止沸"需要调降金融之"火"，例如，对于第二套或第三套房采用停贷的方式，仅保障居民的基本居住需求。在存量上，则是通过及早推出房产税，使其中的投资或投机性住房进入二手房市场或者租赁市场。

（作者：庞无忌）

【计世网】"四问大数据"北理工计算机学院 副教授张华平接受采访

来源：计世网　日期：2013年10月1日

原文链接：http://www.ccw.com.cn/article/view/34925

大数据是不是大忽悠？上马大数据需要准备啥？大数据平台怎样选择？大数据安全如何保证？

大数据火了起来，甚至在前不久召开的2013夏季达沃斯论坛上还专门举办了一场关于"大数据概念是否被过度炒作"的辩论会，其火热程度可见一斑。

根据计世资讯2013年3月发布的中国大数据市场调查报告显示，相较2011年，2012年中国大数据市场规模增长52.4%，达到3.2亿元。预计到2017年，中国大数据市场的年增长率都将超过60%，到2017年，达到37.9亿元的市场规模，在经济、整体IT市场低迷的情况下，实现大幅逆势增长。

在日前由《计算机世界》报主办的"大数据时代的商业智能高峰论坛"上，来自IT厂商的代表、业内专家、资深分析师及用户代表就大数据热门话题展开了激烈的讨论。

焦点一：大数据是不是大忽悠？

IT技术的每一次更新迭代都面临同样的问题，前两年的云计算、如今的大数据无不如此。实际上我们回过头来看，所有的技术和产业的发展都有泡沫化的过程，包括互联网、金融危机、云计算、大数据，都会有一个泡沫化的过程，而泡沫破灭的过程也正是这项技术落地的过程。

大数据热起因是其可以产生更多的价值，而在当前这个时间点热，一方面是越来越多的人意识到了其中的价值，另一方面则与技术的发展成熟密不可分。戴尔云计算及大数据高级解决方案架构师郝继玖和EMC资深技术顾问杨永波在这个问题上所持的观点基本相同，他们认为并不是之前没有大数据，而是没有能力处理。当下这个时间点一方面是数据规模确实越来越大，而另一方面计算能力也达到了一定的水平，当这两者都具备的时候，才催生了大数据时代的到来。

作为用户代表，IDG集团中国区副总裁、计世传媒集团董事许伟明表示认同，他认为主要是当前IT系统的计算能力和成本都已经降低到了可以负担的水平，由此推动了大数据的快速发展。

作为大数据领域的专家，北京理工大学计算机学院院长助理、大数据搜索与挖掘实验室主任张华平副教授表达了他的看法。他表示，虽然当前大数据还停留在泡沫阶段，不过大数据的泡沫不会比云计算大，因为云计算更多涉及的是架构问题，业内分歧比较多，而大数据关注的只是业务，更加专注，因此也会更快地实现落地。

焦点二：上马大数据要做哪些准备？

根据计世资讯发布的大数据市场调研报告显示，未来半数以上的企业会采用大数据解决方案。用户如果真的要部署大数据解决方案，要做哪些准备？

了解需求、获得老板的认可，是首先要考虑的。许伟明认为，从公司角度来看，最大的问题是如何获得老板的支持；而从业务层面出发，则需要考虑实际的需求。比如你所处的企业如果数据量很大，则需要在IT架构上做准备，考虑包括数据是怎么收集的、从哪里收集、如何与其他数据进行匹配等问题。而在操作过程中，则可以首先尝试一些开源的工具进行小范围测试，做一些基本了解，然后再找相关的专家仔细进行评估。

这仅仅是最基础的部分，在此之上，企业还要将项目与整体业务紧密地联系在一起。因为如果只是单独考虑某一部分的业务，失败的概率非常大。杨永波表示，从IT架构层面来讲，很多数据的获取并不容易，打通所有层级、部门的数据是比较难的，但是只有把信息打通了，才拥有了真正的大数据。

郝继玖则进一步做了补充："大数据相应的IT架构搭建完成后，还需要考虑服务的标准化，因为随着数据量、设备及人员的增加，如何分工、保证高质量的运维效果是需要迫切考虑的问题，这个过程就需要建立统一的服务标准和流程。"

除了技术层面的问题外，还有一个很大的问题就是隐私问题。张华平讲到，现在有很多大数据隐私被滥用的问题，无论从国家还是公司层面来讲，要想把大数据做好，都面临数据公开的问题，需要各个部门数据的融合。因此，利用大数据的时候，要考虑隐私的问题。另外，还需要考虑数据本身的生命周期问题，有一些老的或者过时的数据，可能对你最后的分析结果产生特别糟糕的影响。因此，专业的人才不可或缺，应该有一些数据分析师，或者跟业务相关的数据科学家对数据进行分析。

焦点三：用开源平台还是商业软件？

一提到大数据很多人会想到Hadoop。作为开源平台的忠实支持者，张华平认为做开源和共享平台，从最终的情况来看，获取的价值更大。因为开源软件参与的用户多，反馈多，更容易改进和完善。

不过，杨永波并不这么看，他认为Hadoop不等于大数据，针对非结构化数据的分析，Hadoop是比较好的平台，也是现在被广泛接受的平台。但也正因为其是开源平台，也存在一些弊端，比如服务质量无法保证。另外，Hadoop有很多版本，要真正实现商用，需要用户具备足够高的技术水平。因此，用户在选择时并不能一味追求开源，需要综合考虑自己的情况。

对此，许伟明表示认同杨永波的观点，他认为无论是开源还是商业软件，最重要的还是服务质量、服务速度，不能一味考虑成本问题。

郝继玖表示："大数据发展速度越来越快，给IT市场带来的空间也越来越大。因此，在开源平台方面，我们一直在积极参与，推动行业的发展。戴尔并不提供大数据运行平台，提供的只是其中的计算能力。"

焦点四：大数据时代，安全如何保证？

并没有人排斥大数据，但在记者采访过程中，经常有用户问这样的问题：如何保证我的信息安全，如果无法保证安全，大数据还上不上？对此，张华平一语中的，"我们不会因为高铁出事不坐高铁，不会因为飞机出事不坐飞机，大数据是科技发展的趋势，但要把握好方向，这需要法律的完善。"

张华平的观点得到了与会嘉宾的赞同。郝继玖认为，数据是把双刃剑。消费者网购时需要提供家庭地址，才能收到货物，这是经过同意获取信息，因为有良好的法律环境进行统一管理，所以买家不用那么担心；而生活中很多时候是滥用信息的收集，是在用户不知情的情况下搜集信息，这就需要相应立法进行保护。大数据也是类似的，只让适合的人利用我的数据。另外，关于大数据的报道，未来也要有严格的法律保护体系，保证我的数据不被泄露出去。

许伟明还在此基础上提到了平衡，他讲到，一个信息点传播出去，对某个人而言，可能是隐私受到了侵犯，但从另一个角度来看，你把互联网当成是一个系统，你不断地训练这个系统，让其更好地为你服务，其实也不是坏事。"我们做媒体的，研究的大数据就包括精准的广告投放。比如在你阅读的时候，获得了你想要的广告信息，对用户而言也不是坏事。再比如你在研究旅行的时候，给你一些旅行社的信息，或者给你一些比较便宜的飞机票等，相信客户还是愿意看的。实际上你可以有意识地泄露一些你的信息，这样系统会分析你的数据，真正地帮助你，所以我觉得没必要恐惧。而恶意的、未经用户允许的信息收集，都是违法的。这其中就需要平衡，不能因为有可能被泄露隐私，就不用大数据。"

【光明日报】孙逢春：电动汽车要有"中国心脏"

来源：光明日报　日期：2013年10月2日

原文链接：http://epaper.gmw.cn/gmrb/html/2013-10/02/nw.D110000gmrb_20131002_1-07.htm?div=-1

9月10日，"电动北京伙伴计划"校园行启动仪式在北京理工大学举行，首批30辆电动汽车开进校园，供师生们租赁使用。

这意味着，节能环保的电动汽车正在进一步接受用户的检验，开始进入普通百姓的生活。而把这一切变成现实的，就是被誉为"造车教授"的北京理工大学副校长、电动车辆国家工程实验室主任、北京市科技奥运"电动汽车开发、产业化和示范运行重大专项"首席科学家孙逢春教授。

"造车教授"

在我国电动汽车发展历程中，"孙逢春"是个可以铭刻在里程碑上的名字。

在他的带领下，北京理工大学电动汽车研究开发团队研制开发了我国第一个拥有自主知识产权的电动汽车动力系统，制造出我国第一辆电动大型豪华客车、第一辆电动公交客车、第一辆低地板电动客车、第一辆燃料电池电动轿车，并建成了我国第一个电动车辆国家工程实验室及技术成果转化基地。

人们不会忘记，2008年北京奥运会的一个大亮点：55辆我国自主研发的纯电动大客车行驶上路，为奥运官员、媒体记者和运动员提供24小时服务。在奥运史上，首次实现了中心区零排放。

这一切要追溯到2000年6月19日。那一天，北京2008年奥运会申办委员会在洛桑向国际奥委会递交了申请报告，承诺在北京奥运会和残奥会上使用零排放电动车辆。而把这一承诺从理想变为现实的，就是由孙逢春带领的北京理工大学电动车辆科研团队。

北京奥运"万无一失"的承诺，是保障，是目标，更是责任。为了这份责任，孙逢春的作息时间表里，看不到一个周末和节假日，他的全部时间都用在了实验室里，用在了课题研究上。

2003年12月，为了完成科技奥运电动汽车小批量生产任务，孙逢春更是夜以继日。上班时间的忙碌就不用说了，下班后又要赶赴密云、通州和丰台三家生产厂指挥生产电动客车，不到深夜回不了家，一个月驾车行驶近万公里，提前10天完成"863"计划和北京市政府交办的任务。

天道酬勤，纯电动公交运营体系的应用成为北京奥运会的重要科技亮点，兑现了"科技奥运、绿色奥运"的承诺，受到国内外的广泛赞誉。此后的上海世博会、广州亚运会，都采纳了这套纯电动公交运营体系，实现了核心区的零排放。

"中国心脏"

"北京奥运会对于我们来说，绝对不是一场'汽车秀'，而是一个展现中国标准的机会。"孙逢春说，"我们要告诉全世界，电动汽车应该这样运行。"

这是一项历史上规模最大、技术水平最高的电动汽车工程，面临着技术路线、运营模式等多方面的问题。孙逢春知道自己肩上的责任，不仅是电动汽车在奥运会期间的运行，更重要的，是我国电动汽车产业化的未来。

孙逢春与汽车产业的缘分说来话长。1982年，他考取了北京工业学院（现北京理工大学）车辆工程学院工学硕士，毕业留校后，又于1987年赴德国攻读博士学位。

在德国柏林工业大学学习期间，他用短短一年的时间就完成了很多人通常需要四五年时间才能完成的博士论文。当时，导师主动提出留他在德国担任自己的助手，被他婉言谢绝。德国大众汽车公司技术开发中心力邀他负责筹建驻北京办事处，他也谢绝了。

孙逢春说，我要为中国的汽车工业做点事情。1989年，他回到了母校北京理工大学。回国时，所有的衣服和杂物都被他扔在了德国，行李箱里满是他积累的汽车领域的最新资料和书籍。

1994年，原国防科工委与美国洽谈一项军转民项目，开发研制21世纪的重要交通工具——电动汽车。科工委请北京理工大学派一位懂汽车、英文好，且对电动汽车有所了解的学者赴美国做翻译。因缘际会，孙逢春被选中了。

由于在美国之行中表现出色，孙逢春被任命为国防科工委电动汽车管理委员会委员和技术部主任、国防科工委电动车辆技术开发中心主任、电动客车研制开发项目总设计师。

项目进展顺利，整个车的总体系统由孙逢春负责，核心系统即动力系统则由美国西屋公司提供。在中美项目中担当大梁，年轻的孙逢春春风得意。然而，不久之后的一件事，改变了孙逢春的后半生。

当时有一家香港公司要买这种电动客车，并把数十万港币的订金提前汇到北京。没想到，美国西屋公司突然将动力系统的价格从4万美金提高到10万美金。成本高于售价，生产计划无法进行，北京方只好把香港公司的订金退了回去。

"电动汽车不能没有'中国心脏'。"这件事深深震动了孙逢春，他当即下定决心："一定要有属于我们自己的核心技术和核心创新能力！"

雷厉风行的孙逢春很快组建了一个四人科研团队，创办了北京理工大学电动车辆工程技术中心。四张桌子、一台电脑，在学校一间简陋的格子间里，孙逢春开始了对电动汽车核心技术——电机驱动系统的挑战。我国电动车辆技术研发由此起步。

执着创新

"要做最先进的东西，不能跟在别人的后面。"在孙逢春的带领下，北京理工大学电动车辆科研团队一直从事电动车辆系统集成、核心关键技术的理论研究与技术攻关，取得了一系列开创性的理论与技术创新成果。

——1999年，首创驱动电机续流增磁理论及控制方法，让中国首次拥有了自己的大功率电动汽车电机驱动系统。这套动力系统比美国同类系统成本低得多，是我国完全原创性的发明，获得了2004年度国家技术发明二等奖。

——此后，成功研制了纯电动旅游客车、纯电动低地板公交客车、混合动力电动旅游客车、燃料电池汽车、纯电动轿车等20余种电动车辆整车车型，其中10种整车产品列入我国国家汽车产品公告。

——2004年，北京理工大学电动车辆科研团队在国际电动汽车大赛上一举夺得3座冠军奖杯和18个单项奖牌，奠定了北理工在电动汽车研究开发、产业化和推广应用的国际先进地位，得到国内外同行的高度评价。

——2005年，121路电动公交车驶向北京街头，纯电动客车项目正式开始产业化发展。北京市被授予亚太地区唯一一个"电动汽车示范城市"奖杯，启动了中国电动客车商业化应用的开端。

……

在自主创新的过程中，孙逢春着力培养和锻造了一支充满朝气的电动车辆研发队伍，并于2008年建成了电动车辆国家工程实验室。在长期的科技攻关和技术积累下，电动车辆国家工程实验室取得了大批知识产权成果，出版学术专著十余部，发表学术论文数百篇，获授权专利近30项；主持起草了多项国家标准，建立了电动汽车充电站北京市地方技术标准体系；形成电动车辆专用技术规范和企业标准20余项，获得12项软件著作权登记，研究成果获得国家发明二等奖2项、国家科技进步二等奖1项、教育部科学技术进步一等奖1项以及其他省部级奖励多项。

这支团队研发的纯电动客车动力系统平台，经过在北京奥运会、上海世博会、广州亚运会以及"十城千辆"项目中的批量应用，产业化进程蓄势待发。目前，国务院已正式批准财政部、科技部、工业和信息化部、国家发改委等四部委提出的新一轮新能源汽车示范推广方案，四部委正在制定实施细则并将于近期正式启动。"电动汽车的推广在技术上已经没有问题。"孙逢春自信满满地说，"我相信到2015年左右，电动汽车不会再比普通汽车昂贵。"

（作者：罗旭）

【法制日报】专家建议明确低保和其他专项救助范围

来源：法制日报　日期：2013年10月12日

原文链接：http://epaper.legaldaily.com.cn/fzrb/content/20131012/Articel03001GN.htm

将最低生活保障、农村五保供养、自然灾害救助纳入社会救助法调整范围，已经成为各方共识。除此之外，还有哪些社会救助制度有必要在法律中作出规定？

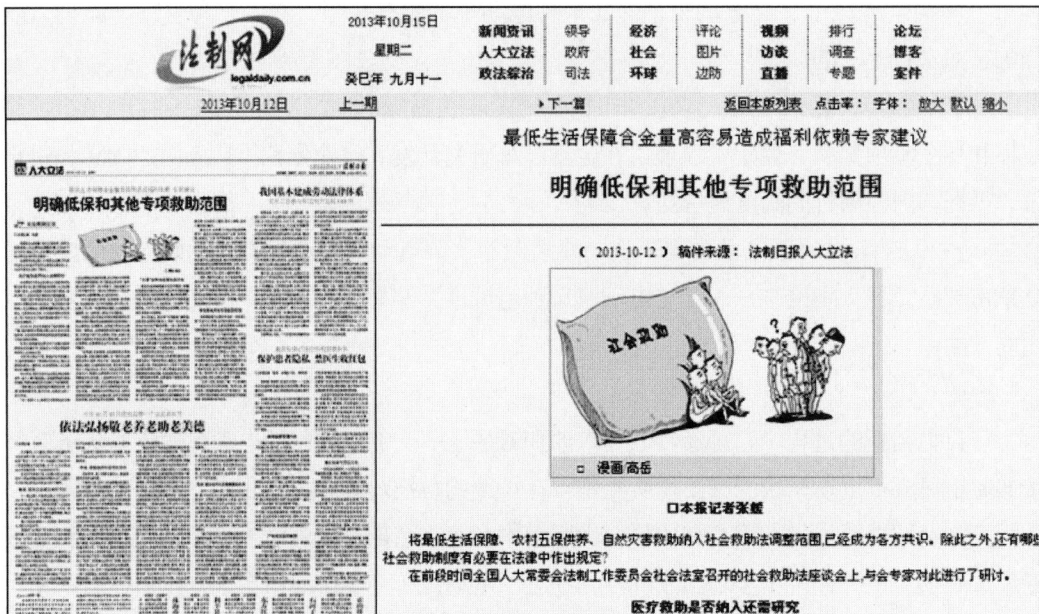

在前段时间全国人大常委会法制工作委员会社会法室召开的社会救助法座谈会上，与会专家对此进行了研讨。

医疗救助是否纳入还需研究

北京师范大学社会发展与公共政策学院院长张秀兰说，医疗救助比较特殊，与卫生服务部门有关，让民政部门去执行医疗救助，有很多阻力，这些年医疗救助执行困难重重。

中国人民大学教务处处长、社会学系教授洪大用赞成张秀兰的观点："是否将医疗救助纳入社会救助法，需要根据救助实践认真研究，它所涉及的主体、关系和标准等非常复杂，可以考虑在关于临时救助的项目下予以初步法律规范。"

在讨论中，多位专家提到了临时救助。据了解，临时救助主要是对群众在生活中出现临时性、突发性的特殊原因所造成的困难给予的应急性的救助。

张秀兰虽然曾写过很多关于应建立临时救助体系的建议书，但她仍认为，现在将临时救助写入法律有点早。

与张秀兰观点不同，其他多位专家都认为，临时救助填补了救助体系的空白，是社会救助的最后一道防线，应该将其纳入社会救助法的调整范围。

洪大用说，"现实生活中会出现各种各样的意外，每个人都可能有陷入急难需要临时救助的境地，我国台湾地区的立法称之为急难救助。"

"国家通过立法规范临时救助的对象、范围、标准和程序等，是可行的，也是应当的。"洪大用说。

"在一定意义上，流浪乞讨救助也应当纳入社会救助法的规范范围，应当考虑针对特殊对象实施积极救助，努力避免出现冻死、饿死街头的意外事件。"洪大用表示，目前流浪乞讨人员中确实存在一些以此为职业的人，但这涉及城市社会管理问题，应当区别对待。

针对诸如医疗救助、住房救助、教育救助、司法救助等一系列专项救助，洪大用认为，法律上可以作一些倡导性的规定，比如鼓励依据需要，对一些特殊人群给予专项救助。

中国社会科学院法学研究所助理研究员栗燕杰则不赞成将法律援助和灾害救助纳入社会救助法。在他看来，这两者不具有社会救助的一般特征。法律援助具有较强的司法属性，已明显不同于社会救助。目前，法律已经规定可能判处死刑或者无期徒刑的，应给予法律援助。法律援助完全可以通过司法途径来解决。

"在我国，灾害救助、应急救助更多具有应急法制、灾害法制的属性，与一般的社会救助存在较大差异，而且已有一些法律、行政法规加以规范。灾害救助的目标，更多是为保障受灾人员基本生活、受灾人员紧急安置等，与贫富无关。我国社会救助更多定位于济贫的保障基本生活功能。二者虽然存在交叉，但其差异更为根本。而且，社会救助普遍以家计调查为前置程序，而凡是受灾影响到基本生活，无论贫富，一律根据突发事件应对法、自然灾害救助条例及有关法律法规、自然灾害救助应急预案，启动并适用灾害救助。"栗燕杰说。

"五保"供养与低保制度并轨

最低生活保障是解决生存问题的，保障的是救助对象的生存权，而各种专项救助解决的是某些方面的特殊问题，满足特殊需要。目前，很多地方的做法是把各种专项救助叠加在生活救助之上，也就是说，一旦获得了低保资格，不仅可以享受最低生活保障，还可以享受其他的专项救助。

洪大用指出，将各种"专项救助"都附着在最低生活救助对象身上，具有一定合理性，但也衍生比较严重的问题。一些人拿到低保资格就相当于进入了一种独特的福利体系，容易养成依赖性，并且造成救助资源分配的不公正。应当明确，社会救助是最底线的兜底的保障，主要着眼于生活救助，救助目的是希望给被救助对象一个喘息的机会，使他有机会、有条件回到主流社会当中去。

中国劳动关系学院公共管理系副主任杨思斌也表达了相似的观点。他指出，因为低保含金量太高，导致低保线以上但处于贫困边缘的群体感到不公平。所以要确定最低生活保障制度的原始功能，低保就是保证生存权，专项救助相对特殊，应根据每个制度的具体情况，确定标准和范围。

杨思斌举例说，在保障"五保户"权益、不降低其福利水平的前提下，应当将农村的"五保"供养制度整合到最低生活保障制度中。同时，对于"五保户"的特殊需求，可通过其他制度安排，比如老年人福利、老年人津贴、老年人服务加以解决。

最近几年，北京理工大学法学院教授韩君玲一直在关注和研究农村"五保"供养问题。

她指出，"五保"供养制度是从1956年确立并延续下来的一项制度，这一供养制度目前看来完全可以与低保制度并轨，否则就属于不必要的制度分类。至于"五保"供养制度中高于一般低保对象的福利待遇，从实践看其仍属于社会救助性质，是针对特殊保护对象所提供的生活照顾和物质帮助。当然，若的确实质上高于其应享有的低保待遇，那么，可以将高出的部分划入老年人福利待遇中。

同时，韩君玲还建议，对于低保标准，法律中应作出具体规定。"因为现行的规定非常笼统。"她说，"将低保标准在立法中有所体现，当然不可能规定得特别细，但至少要体现最低生活保障标准这样的原则。另外，还应该在立法中对其制定主体进一步明确，而且尽量提高制定主体的层次。"

将低保与其他专项救助衔接

低保制度推行过程中存在的一些低保人群"只进不出"问题，也引起专家的关注。

在张秀兰看来，这是低保制度与其他专项救助制度之间存在衔接问题导致的。

"我们刚完成了三个城市的调研。为什么低保人群'出不去'？有的是因为家里有人需要照顾，无法参加正规工作，如果退出低保，出去参加工作，所有附加福利有悬崖效应，可能丢了四五百元的低保，只挣着七八百元的工资，而且别的福利都没有了。"张秀兰指出，为什么大家都说低保含金量高？是因为其他制度不完善。现在通往社会福利的通道只有两个：第一个是享受低保，就可以享受其他的教育救助等；第二是找到工作，就可以享受劳动法规定的社会保险，但社会保险还需要个人缴费。

"这样一比较，低保成了唯一可以依赖的获取最基本生存条件的保障。"张秀兰说，要想低保人群能根据经济状况"有进有出"，就一定要实现低保制度与现有的其他专项救助制度、保险制度的有效衔接。

（作者：张媛）

【中国科学报】空天飞机让天地往返不再难

来源：中国科学报　日期：2013年10月25日

原文链接：http://news.sciencenet.cn/sbhtmlnews/2013/10/279214.shtm

长期以来，人们一直期盼能有一种交通工具可以在大气层内外自由穿梭，既可以像飞机一样在大气层内飞行，又可以像宇宙飞船一样在太空遨游。如今俄罗斯、日本、德国都在研制空天飞机，美国正在打造体形更大的X-37C空天飞机。人们的这种设想正逐渐走向现实。

科学网 ScienceNet.cn | 生命科学 | 医学科学 | 化学科学 | 工程材料 | 信息科学 | 地球科学 | 数理科学 |

新闻 | 首页 | 新闻 | 博客 | 群组 | 人才 | 会议 | 论文 | 基金 | 科普 | 小白鼠

作者：魏刚 来源：中国科学报 发布时间：2013-10-25　　　　　　　　　　选择字号：小 中 大

空天飞机让天地往返不再难

长期以来，人们一直期盼能有一种交通工具可以在大气层内外自由穿梭，既可以像飞机一样在大气层内飞行，又可以像宇宙飞船一样在太空遨游。如今俄罗斯、日本、德国都在研制空天飞机，美国正在打造体形更大的X-37C空天飞机。人们的这种设想正逐渐走向现实。

■本报记者 魏刚

一架从纽约飞往北京的民航客机在起飞5分钟后，随着火箭发动机点火冲出大气层进入太空，经过太空巡航后再次进入大气层并平稳降落在首都机场，整个飞行时间只有30分钟。这不是天方夜谭，也不是科幻小说，随着科技发展，跨洲际旅行将因为这种空天飞机而变得像从家到单位一样容易。

长期以来，航空与航天是两个不同的领域，大气层内由飞机、飞艇、热气球等统治，而大气层外，

一架从纽约飞往北京的民航客机在起飞5分钟后，随着火箭发动机点火冲出大气层进入太空，经过太空巡航后再次进入大气层并平稳降落在首都机场，整个飞行时间只有30分钟。这不是天方夜谭，也不是科幻小说，随着科技发展，跨洲旅行将因为这种空天飞机而变得像从家到单位一样容易。

长期以来，航空与航天是两个不同的领域，大气层内由飞机、飞艇、热气球等统治，而大气层外，则是宇宙飞船、航天飞机、卫星、空间站的世界。人们一直期盼能有一种交通工具可以在大气层内外自由穿梭，既可以像飞机一样在大气层内飞行，又可以像宇宙飞船一样在太空遨游，同时不需要助推火箭和复杂的发射场以及回收措施，就可以依靠自身动力从任何一个普通机场起飞并安全降落。

随着2010年美国空天飞机X-37B的试飞成功，这种设想正逐渐走向现实，如今俄罗斯、日本、德国都在研制空天飞机，美国正在打造体形更大的X-37C空天飞机。

那么，什么是空天飞机？它与普通飞机有何不同？未来是否能给航空运输业带来划时代的革命呢？

大气层内外的无缝衔接

北京理工大学教授张景瑞告诉《中国科学报》记者，空天飞机的飞行高度比普通飞机

高，但比卫星轨道要低，顾名思义，"空天"两字是航空与航天的简称。空天飞机是将普通飞机与航天飞机有机结合在一起的一种既能航空又能航天的新型飞行器。

它既能像普通飞机一样起飞，在几十万米高空以超高音速在大气层内飞行，又可加速冲出大气层，直接进入地球轨道做航天飞行，返回大气层后像飞机一样在机场着陆。

军事专家、《航空知识》副主编王亚男在接受《中国科学报》记者采访时指出，空天飞机方案主要有两种：一种是拟用作跨洲飞行的超高音速运输机，能以5～6倍音速在3万米的高度做巡航飞行；另一种为"跨大气层飞行器"，可做轨道飞行（飞入地球低轨道的速度为25倍音速），也可在次轨道做气动力机动，然后再回升到轨道上以轨道速度航行。

目前，投入试飞阶段的空天飞机当属美国的X-37B。它于2010年4月从佛罗里达州卡纳维拉尔角空军基地，被"阿特拉斯5号"火箭发射升空。在太空遨游了7个月后，自主重返大气层，于当年12月3日在加州范登堡空军基地着陆。尽管在起飞阶段还需要火箭运送，但是已经具备了在大气层内外飞行的能力。

而今年5月美国X-51A的试飞则让飞行器达到了5.1马赫的高超音速。这意味着科学家们已经对航空与航天技术的无缝对接有所掌握，对超高音速飞行的动力和材料问题也找到了解决的方向，"空天一体化"正逐渐梦想成真。

组合动力与耐高温材料

由于空天飞机要在大气层内与太空中交替重复使用，因此对动力和材料要求很高。

中国工程院院士、航空动力专家刘大响在接受《中国科学报》记者采访时指出，与普通的喷气式飞机不同，空天飞机在动力上使用的是组合发动机，即喷气式发动机与冲压发动机相配合。一般先由喷气式发动机将空天飞机助推到1.8马赫，这时冲压发动机才能启动，靠冲压发动机实现超音速巡航。

王亚男告诉记者，发动机是空天飞机的关键。它的发动机必须保证从零加速到25马赫的过程中稳定高效地工作。而在大气层外要用火箭发动机推进，在大气层内要用喷气发动机推进，同时，还要保证大气层内的超高音速飞行的动力，在空天飞机冲出大气层或重返大气层时，还要保证两种动力的无缝转换衔接。所以单一类型的发动机是无法完成这样的任务的。

目前X-51A使用的是超燃冲压发动机，使燃料在超声速气流中进行燃烧，使用液氢燃料时，其理论飞行速度可达到6~25马赫。

由于空天飞机要多次出入大气层，每次都会因为与空气的剧烈摩擦而在空天飞机表面产生高温。目前除了采用碳化硅等耐高温的复合材料涂层外，另一个办法就是采用主动式冷却防热系统，让机体结构与防热系统一体化，即把机体结构设计成夹层式或管道式，让冷却剂在夹层内或管道内流动，使它吸走空气与结构外表面摩擦所生成的热量。

同时，为了减少重返大气层和在大气层内超高音速飞行时的阻力，空天飞机的动力系统还要和机身一体化，并保证发动机进气道与排气道可以随速度不同而随时调整形状，既发挥最大动力效能，又节省燃料。

改变航空运输格局尚需时日

《西游记》中孙悟空一个筋斗云就飞了十万八千里，未来空天飞机能否让"登天"不再是难事，同时让洲际运输在一小时内完成呢？

王亚男指出，虽然目前X-37B还依靠火箭助推到大气层外，X-51A还离不开B-52轰炸机搭载到高空，但空天飞机的发展方向是像普通飞机一样自主起飞。由于空天飞机可以从机场起飞降落，不需要复杂的发射场、大功率的火箭和一到两个月的发射前准备，并可实现真正的重复使用，未来，空天飞机可以作为固定的货运客运航班向空间站运送人员和给养，也能作为卫星发射、维修平台，使航天工程变得轻松而常规化。

同时，空天飞机的研制使超高音速飞行成为可能，距离不再是障碍，全球交通将被缩短在1小时以内。大型空天飞机可以承担起跨洲际人员和货物的运输任务，将给航空业带来划时代的变革。

但张景瑞认为，空天飞机的民用前景还不好说，因为涉及飞行成本。当年航天飞机研制之初，人们也是用它来实现天地往返，但是，在实际使用中发现天地往返的成本太高了，很难作为普及型的交通工具。而当年风光一时的协和号超音速客机也因为事故而停止了后续的研制。所以，目前来看，空天飞机还只是一种航空航天的新发明，离成为大众化的宇航或洲际运输工具还有很长的路要走。

当然，除了民用之外，人们无法忽视空天飞机的军事用途。王亚男指出，空天飞机除了民用外，还有四种军事用途。首先，由于空天飞机可以在太空部署，未来一旦将太空定位为战场，它就可对敌方的卫星、宇宙飞船甚至太空站下手。只要装备简单的机械手，空天飞机就可以破坏或擒获敌方的卫星；其次，空天飞机由于飞行高度高，灵活机动，还可以作为监视和预警平台，代替侦察卫星，监控敌方军事行动，为己方军事行动提供信息和预警；第三，空天飞机可以自由往返于太空和大气层，所以如果在空天飞机上安装激光武器和导弹，它就可以随时攻击地面的目标；此外，由于空天飞机飞行速度高达25马赫，所以可承担全球范围的快速打击任务和军事物资的投送任务。

就像汽车、飞机的发明，让人们的活动半径前所未有地扩大，也改变了空间与时间的概念；未来，空天飞机也许将给人类带来一个不一样的世界。

（作者：魏刚）

【中国社会科学在线】大数据时代：
变革、机遇与挑战

来源：中国社会科学报　　日期：2013年11月1日

原文链接：http://www.csstoday.net/xueshuzixun/guoneixinwen/85641.html

【核心提示】大数据的关键不在于数据大，而在于挖掘数据的意义。数据+意义=智慧。2013年的中国应避免经历一个把大数据演变为数据大的狂潮。

《大数据时代：生活、工作与思维的大变革》作者之一维克托·迈尔·舍恩伯格曾表示，如同望远镜让人类能够感知宇宙，显微镜让人类能够观测微生物一样，大数据开启了一次重大的时代转型。

10月26日，2013中国计算机大会大数据高峰论坛在长沙召开，会议聚焦时下"大数据热"。

大数据时代正向我们走来，什么是大数据？它将如何改变人类的社会生活？又将对社会科学研究带来哪些影响？围绕上述问题，记者采访了相关专家学者。

变革：大数据改变人类认知方式

何为大数据？至今尚未得到学界或业界的统一共识。在不同的专业领域、不同的应用场合中，阐释的侧重点各有不同。中国社会科学院信息化研究中心秘书长姜奇平介绍，相对流行的一种观点称为"3V或4V理论"，即强调大数据的数量（Volume）、类型（Variety）、速度（Velocity）、真实性（Veracity）或价值（Value）。

中国传媒大学电视与新闻学院教授沈浩表示，大数据带来的变革和挑战是颠覆性的，显著特征就是人类社会的数据化生存，社会化媒体使得人们的社会生活、行为态度、交往过程、互动关系都被数据记录并保存下来，通过以恰当的方式处理海量数据，可以寻找隐藏在数据中的模式、趋势和相关性，揭示社会现象与社会发展规律。

维克托·迈尔·舍恩伯格在接受记者采访时表示，大数据的核心是预测，其对人类行为以及社会问题的预测为人们津津乐道，而预测系统之所以能够成功，关键在于它们是建立在海量数据基础之上的。在不久的将来，现今许多单纯依靠人类判断力的领域都会被计算机系统所改变甚至取代，因为它为人类生活创造了前所未有的可量化的维度。大数据已经成为新发明和新服务的源泉，而更多的改变正蓄势待发。

机遇：大数据更新社会科学视野

大数据或将引发人类的思维模式和发展模式发生变化。在这个浪潮下，大数据无疑将为社会科学研究开启新的研究范式，提供新的研究视野。

沈浩表示，传统的经验性社会研究使用的是随机抽样的属性数据。这种现状受制于社会科学的实证研究方法，也受制于采集关系数据的巨大成本和不可操作性。但在今日大数据时代，社会化媒体使得基于社会网络的关系数据唾手可得。

北京理工大学教授徐磊认为，数据发声并非虚言，通过对五类数据（技术上可行的反映个体间关系的交互数据，有效标示个体性格特征、价值取向等的内容数据，由传感器记录的时空数据，反映群体特征的分层数据以及上述数据时间序列聚类的进化数据）的挖掘、分析可以改变对人类社会的认知方式。

因特网的普及深刻地改变了人与人、人与社会之间的交互方式。大数据时代下相关的社会管理和政策制定亦越来越复杂。"大数据的时代需求催生社会计算理论的出现，为有效应对复杂和动态变化的新兴社会及工程问题提供了现代化的方法和手段，促进了计算社会学的形成和发展。"中国科学院自动化研究所复杂系统管理与控制国家重点实验室主任王飞跃介绍说，社会科学不妨开辟更多的研究领域，如网络经济学、网络心理学、社会媒体学等，从而深入理解新时代中社会结构和人们活动方式的变更。

挑战：驾驭大数据的核心是分析数据

与大数据所勾勒的美好蓝图不同，另一种质疑之声已然产生：大数据是解决一切问题的"万能钥匙"吗？大数据意味着数据越多越好吗？大数据的未来指向何方？

"大数据的关键不在于数据大，而在于挖掘数据的意义。数据+意义=智慧。"姜奇平提出警示，2013年的中国应避免经历一个把大数据演变为数据大的狂潮。

在2013中国计算机大会大数据高峰论坛上便有与会专家表示，目前尚不存在成熟的大数据技术。事实上，业内专家普遍赞成的观点是，驾驭数据的核心是分析数据。

我国是新兴数据资源大国，数据资源的挖掘与开发利用能力将深刻影响未来的发展。因此，学者们呼吁大数据应早日提升为国家战略，并表示，目前能够驾驭大数据技术的人才远不及社会需求，面对大数据，需要多学科交叉、各领域协作才能实现其价值。

"未来要高度重视语义网建设。这是对大数据分析的基础支撑，核心是对复杂生态系统的把握能力。"姜奇平指出，对大数据的采集、加工，必须深入到数据的语义和语用，才能赋予数据系统新的深度，激活它内在的能源。

同时，伴随大数据而生的数据隐私与安全问题，也已引起专家重视。"技术发展已经超出人类已有的道德与法律框架可以给予的关照。"对外经济贸易大学中国国际经贸大数据研究中心主任李德伟对此不无担忧，这些数据不是中立的，它的价值依赖于如何得到使用。王飞跃认为，未来相关法律和制度层面的探索，应结合各国的情况以及技术发展的现状和未来的可行性。

（作者：张清俐 张杰）

【新京报】林毅夫等12人获聘国务院
参事文史馆馆员

来源：新京报　日期：2013年11月9日

原文链接：http://epaper.bjnews.com.cn/html/2013-11/09/content_476850.htm?div=-1

据新华社电　国务院总理李克强8日在中南海紫光阁向新聘任的国务院参事、中央文史研究馆馆员颁发聘书。他强调，要充分发挥参事、馆员在国家科学民主决策中的特有作用。

国务委员兼国务院秘书长杨晶宣读了国务院聘任通知。李克强向新聘任的国务院参事林毅夫、杜鹰、谢伯阳、李玉光、张玉平、蔺永钧和中央文史研究馆馆员李前宽、张大宁、仲呈祥、安家瑶、田青、陈晓光——颁发聘书，并向大家表示祝贺。他说，聘书虽然不大，但其中包含的责任和期待是沉甸甸的。

颁发聘书后，李克强与大家进行了座谈。他说，党中央、国务院高度重视参事室和文史馆工作，这是党的统一战线理论运用于国家政权建设的一个创举。多年来，参事和馆员们坚持调查研究，提出具有真知灼见的对策建议，做了大量卓有成效的工作，体现出对国家强烈的责任感。希望大家深入思考，广泛调研，把真实的情况反映上来，使政府决策更加体现国情民意，符合国家现实和长远发展需要，顺应历史的要求。

李克强指出，参事室、文史馆要发挥高端人才荟萃的特点，围绕国家改革发展中的重大问题，开展专题调研和深度研究，特别是要深入地方和基层，及时发现和总结来自一线具有生命力的新鲜经验，尊重群众首创精神，从人民群众中汲取营养，使提出的对策建议立得住、能见效。

李克强希望参事和馆员们以各种形式向国务院提出建议，大家齐心协力，把国家的事情办得更好。

■ 纵深

参事馆员多为"德才望"兼备之士

参事和馆员都由国务院总理聘任，其中多数都是民主党派成员和无党派人士。例如"民进"发起人之一、曾任"民革"中央委员的谭冬菁，新中国成立后曾参与筹建重工业部航空工业局的航空工业专家王士卓，曾任中国石油化工集团公司国际事业公司教授级高级工程师的邓宝珊将军之女邓引引等。此外也有中共专家、学者和富有宏观管理经验的领导干部，如曾任国务院副秘书长、国务院机关党组副书记的张克智。

"多为各领域'德、才、望'兼备之士"，对于各届参事，国务院参事室官网评述称。

北京理工大学管理与经济学院教授郎志正1998年7月被聘为国务院参事。今年9月他接受人民网采访时，回忆说，参事选拔程序先是国务院发出通知公开征聘参事，各民主党派、部委、高校和研究机构民主推荐。他受聘那年，经筛选报到国务院有60人左右，"随后国务院参事室又专门组织考察。具体到我，考察组从学校到学院再到教研室，举行座谈会了解情况。最后一共选了10个人，报给当时的总理朱镕基，最后剩下8人。这种组织严密的程序，能保证入选的参事都具有较高素质，达到资政的要求"。

郎志正说，讲真话是最起码要求，当参事必须独立思考、敢说真话，不能人云亦云。当年朱镕基总理发聘书时说了4个字："直言谏言"，温家宝总理第一次会见国务院参事时重申3个字"讲真话"。

（作者：王姝）

【第一电动车网】北理工副校长孙逢春：
新能源汽车市场化时机成熟

来源：第一电动车网　　日期：2013年11月12日

原文链接：http://www.d1ev.com/news-23592/

【摘要】孙逢春认为，中国的新能源汽车已经到了市场化推广的阶段。因为，新能源汽车技术已经成熟，而且成本降低，"已经算过经济账了"。

【第一电动网】北京理工大学副校长、电动车辆国家工程实验室主任孙逢春说，中国的新能源汽车已经到了市场化推广的阶段。他的论据是，其一，新能源汽车技术已经成熟；其二，新能源汽车的成本降低，"已经算过经济账了"。

从业经历之长让孙逢春的判断更有说服力：今年55岁的他从事电动汽车研发已有21年，"我可能是还没退休的人里面，做电动汽车最久的人。"

这21年光阴很有分量。作为国家"863计划"节能与新能源汽车重大项目专家组专家、北京市科技奥运电动汽车重大专项首席专家、电动车辆国家工程实验室主任，孙逢春既走在新能源汽车研发的前沿，创造了中国电动汽车史上的多项第一；又设计推动了多个万众瞩目的电动汽车运营项目，亲历了新能源汽车推广的最早探索。

2014年1月8—10日，第一电动网将举办2013全球新能源汽车大会，主题为"市场化前夜的中国战略"。11月6日上午，记者在北京理工大学电动车辆国家工程实验室专访了孙逢春，聆听了他积淀20余年的新能源汽车产业经验，以及他对新能源汽车市场化推广的思考。

积淀20余年

从研究汽车到研究电动汽车，孙逢春的脚步比中国汽车行业要早得多。1982年，他考取了北京工业学院（现北京理工大学）车辆工程学院工学硕士，毕业留校后，又于1987年赴德国攻读博士学位。在学习期间，他到德国三大汽车企业实习，"那个时候三大车企都在研究电动汽车。"1989年，孙逢春回国在北京理工大学工作。1992年，他与电动汽车的缘分开始了。中国和美国政府军转民合作，其中有一个项目就是电动车。"赶上了这个机会，我就开始做（电动汽车）了。"

此后，孙逢春及其团队的成果列出来令人眼花缭乱：1999年，首创驱动电机续流增磁理论及控制方法，让中国拥有了自主的大功率电动汽车电机驱动系统；研制了纯电动旅游客车、纯电动低地板公交客车、混合动力电动旅游客车、燃料电池汽车、纯电动轿车等共20余种电动车辆整车车型；2001年，他们研发的电动公交车驶向北京街头，纯电动客车项目正式开始产业化发展；2008年电动车辆国家工程实验室建成，此后创造专利近30项，主持起草了多项国家标准，形成电动车辆专用技术规范和企业标准20余项……

但是，这些电动汽车的研发，都是为电动汽车的生产和示范运营服务，离完全市场化推广仍有距离。"2000年、2001年，很多企业家要跟我合作。我说合作可以，但你5年之内别想赚钱。"孙逢春说。

不过，当时间的脚步走到2013年，电动汽车从实验室走出，在示范运营项目、大街小巷，经过了实践检验，已经做好了市场化推广的准备。以孙逢春领导的实验室研发的纯电动客车动力系统平台为例。该系统已经在北京奥运会、上海世博会、广州亚运会以及"十城千辆"项目中批量应用。孙逢春说，"从综合的角度来讲，电动汽车的技术成熟了。"

"必须算得过账来"

"新能源汽车的市场化，光技术成熟不行，你必须算得过账来，让开车的老百姓有实惠。"孙逢春说。

重要的标志是电池成本的下降。孙逢春说，电动汽车的电池成本会随着产量规模扩大而下降。如果一个厂家电动车产量突破1万辆，电池成本下降幅度可达50%。"比如说特斯拉，电池价格大约是2元/瓦时。咱们不做高端车，只做200公里里程，大约20度电电池，价格4万元。电池寿命10万公里，老百姓能开8年。省下的使用成本超过电池成本，购买电动汽车就更划算。"

孙逢春还对动力电池的能量密度进步很有信心。他预计2018年，电动车充电续驶里程将达300公里，能满足多数人的出行需求。

在新能源汽车领域，中国曾有"三纵"的划分，即纯电动、混合动力和燃料电池。孙逢春认为，燃料电池汽车"技术上没有问题，但必须解决氢的来源问题。10年后才能谈市场化的问题。"

至于混合动力，"中国的汽车工业有两个重要的制约。第一，发动机电控技术及产品相对落后，技术在人家手上；第二，自动变速箱也没有核心技术及产品。因为这两个制约，短时间内做好混合动力不容易。"

市场化推广战略

孙逢春无疑是技术专家，但是承担奥运会电动汽车示范运行，设计北京市的新能源汽车推广策略等经历，让他对新能源汽车市场化推广也有很多的经验和思考。

"从大车到小车，从集团到个人。"孙逢春总结说，新能源汽车应当遵从这样的推广路径。"新能源汽车一般有政府补贴等支持，应该从受益面最广的领域开始推广。"

十几年前，孙逢春就提出了"让开大道、占领两厢"的电动汽车发展策略。所谓大道，就是乘用车，而两厢则指公交车客车、环卫、工业用车等多种专用车辆。

孙逢春是北京市人大代表，他为北京的新能源汽车推广贡献良多。北京市的新能源汽车推广路径，非常契合他的思路。2005年，北京市新能源公交开始小批量上路；奥运会后，环卫领域出现了纯电动汽车；2011年，北京首个电动出租车队在延庆开始运行。2013年5月，北京启动了电动汽车租赁项目。9月，电动汽车校园租赁项目——"电动北京伙伴计划"校园行启动仪式在北京理工大学举行。仪式的主持人正是孙逢春。

孙逢春对记者说，租赁项目也应该像特斯拉一样瞄准高端人群，不过不是纯粹的高收入，还指有较高的教育水平和环保意识。他总结为："校（高校）、院（研究院所）、村（中关村等科技园区）。"

同时，经过此前的推广和积累，他认为私人消费也到了兴起的时候。北京市的新一阶段推广目标设定为三年推广3.5万辆。他认为，其中至少有1万辆将由私人消费承担。

孙逢春有"造车教授"之称，说的是他完成了一项项电动新车型的研发任务。新能源汽车的益处终归要大规模推广才能发挥，"造车教授"说，是时候了。

（作者：邱锴俊）

【网易汽车】北理工孙逢春：新能源汽车市场化时机成熟

来源：网易汽车　日期：2013年12月24日

原文链接：http://auto.163.com/13/1224/15/9GSDEDE4000856DU.html

网易汽车12月24日综合报道 北京理工大学副校长、电动车辆国家工程实验室主任孙逢春说，中国的新能源汽车已经到了市场化推广的阶段。他的论据是，其一，新能源汽车技术已经成熟；其二，新能源汽车的成本降低，"已经算过经济账了"。

从业经历之长让孙逢春的判断更有说服力：今年55岁的他从事电动汽车研发已有21年，"我可能是还没退休的人里面，做电动汽车最久的人。"

这21年光阴很有分量。作为国家"863计划"节能与新能源汽车重大项目专家组专家、北京市科技奥运电动汽车重大专项首席专家、电动车辆国家工程实验室主任，孙逢春既走在新能源汽车研发的前沿，创造了中国电动汽车史上的多项第一；又设计推动了多个万众瞩目的电动汽车运营项目，亲历了新能源汽车推广的最早探索。

2014年1月8—10日，第一电动网将举办2013全球新能源汽车大会，主题为"市场化前夜的中国战略"。11月6日上午，记者在北京理工大学电动车辆国家工程实验室专访了孙逢春，聆听了他积淀20余年的新能源汽车产业经验，以及他对新能源汽车市场化推广的思考。

积淀20余年

从研究汽车到研究电动汽车，孙逢春的脚步比中国汽车行业要早得多。1982年，他考取了北京工业学院（现北京理工大学）车辆工程学院工学硕士，毕业留校后，又于1987年赴德国攻读博士学位。在学习期间，他到德国三大汽车企业实习，"那个时候三大车企都在研究电动汽车。"1989年，孙逢春回国在北京理工大学工作。1992年，他与电动汽车的缘分开始了。中国和美国政府军转民合作，其中有一个项目就是电动车。"赶上了这个机会，我就开始做（电动汽车）了。"

北京理工大学副校长、电动车辆国家工程实验室主任孙逢春

此后，孙逢春及其团队的成果列出来令人眼花缭乱：1999年，首创驱动电机续流增磁理

论及控制方法，让中国拥有了自主的大功率电动汽车电机驱动系统；研制了纯电动旅游客车、纯电动低地板公交客车、混合动力电动旅游客车、燃料电池汽车、纯电动轿车等共20余种电动车辆整车车型；2001年，他们研发的电动公交车驶向北京街头，纯电动客车项目正式开始产业化发展；2008年电动车辆国家工程实验室建成，此后创造专利近30项，主持起草了多项国家标准，形成电动车辆专用技术规范和企业标准20余项……

但是，这些电动汽车的研发，都是为电动汽车的生产和示范运营服务，离完全市场化推广仍有距离。"2000年、2001年，很多企业家要跟我合作。我说合作可以，但你5年之内别想赚钱。"孙逢春说。

不过，当时间的脚步走到2013年，电动汽车从实验室走出，在示范运营项目、大街小巷，经过了实践检验，已经做好了市场化推广的准备。以孙逢春领导的实验室研发的纯电动客车动力系统平台为例。该系统已经在北京奥运会、上海世博会、广州亚运会以及"十城千辆"项目中批量应用。孙逢春说，"从综合的角度来讲，电动汽车的技术成熟了。"

"必须算得过账来"

"新能源汽车的市场化，光技术成熟不行，你必须算得过账来，让开车的老百姓有实惠。"孙逢春说。

重要的标志是电池成本的下降。孙逢春说，电动汽车的电池成本会随着产量规模扩大而下降。如果一个厂家电动车产量突破1万辆，电池成本下降幅度可达50%。"比如说特斯拉，电池价格大约是2元/瓦时。咱们不做高端车，只做200公里里程，大约20度电电池，价格4万元。电池寿命10万公里，老百姓能开8年。省下的使用成本超过电池成本，购买电动汽车就更划算。"

孙逢春还对动力电池的能量密度进步很有信心。他预计2018年，电动车充电续驶里程将达300公里，能满足多数人的出行需求。

在新能源汽车领域，中国曾有"三纵"的划分，即纯电动、混合动力和燃料电池。孙逢春认为，燃料电池汽车"技术上没有问题，但必须解决氢的来源问题。10年后才能谈市场化的问题。"

至于混合动力，"中国的汽车工业有两个重要的制约。第一，发动机电控技术及产品相对落后，技术在人家手上；第二，自动变速箱也没有核心技术及产品。因为这两个制约，短时间内做好混合动力不容易。"

市场化推广战略

孙逢春无疑是技术专家，但是承担奥运会电动汽车示范运行，设计北京市的新能源汽车推广策略等经历，让他对新能源汽车市场化推广也有很多的经验和思考。

"从大车到小车，从集团到个人。"孙逢春总结说，新能源汽车应当遵从这样的推广路径。"新能源汽车一般有政府补贴等支持，应该从受益面最广的领域开始推广。"

十几年前，孙逢春就提出了"让开大道、占领两厢"的电动汽车发展策略。所谓大道，就是乘用车，而两厢则指公交车客车、环卫、工业用车等多种专用车辆。

孙逢春是北京市人大代表，他为北京的新能源汽车推广贡献良多。北京市的新能源汽车推广路径，非常契合他的思路。2005年，北京市新能源公交开始小批量上路；奥运会后，环卫领域出现了纯电动汽车；2011年，北京首个电动出租车队在延庆开始运行。2013年5月，北京启动了电动汽车租赁项目。9月，电动汽车校园租赁项目——"电动北京伙伴计划"校园行启动仪式在北京理工大学举行。仪式的主持人正是孙逢春。

孙逢春主持"电动北京伙伴计划"校园行启动仪式

孙逢春对记者说，租赁项目也应该像特斯拉一样瞄准高端人群，不过不是纯粹的高收入，还指有较高的教育水平和环保意识。他总结为："校（高校）、院（研究院所）、村（中关村等科技园区）。"

同时，经过此前的推广和积累，他认为私人消费也到了兴起的时候。北京市的新一阶段推广目标设定为三年推广3.5万辆。他认为，其中至少有1万辆将由私人消费承担。

孙逢春有"造车教授"之称，说的是他完成了一项项电动新车型的研发任务。新能源汽车的益处终归要大规模推广才能发挥，"造车教授"说，是时候了。

【中国医药报】生物医药人才培养需要"接地气"

来源：中国医药报　日期：2013年11月12日

原文链接：http://www.yybnet.com/site1/zgyyb/html/2013-11/12/content_117571.htm

□ 文/本报记者　白毅　图/张妙婷

"企业不是不需要人才，有没有企业需要的人才，这是非常重要的。企业也不是不肯出钱，留不住人才，这个人才在企业是不是真正能够为企业发展做出应有的贡献，这也是非常关键的。"在近日召开的第十七届北京国际生物医药产业发展论坛"部分高校院所药学院、生科院院长论坛"上，中国医学科学院药用植物研究所副所长孙晓波教授的总结让与会者回味再三。如何面对社会需求、市场需求、企业需求，使培养出的生物医药人才走出校门以后能够"接地气"，真正成为企业所需的人才，真正能为企业的发展助力，成为大家共同思考的问题。

高校与企业应互动合作

中国药科大学副校长姚文兵教授谈到，目前我国高等药学教育规模增长迅猛，已形成了高职教育、本科教育、研究生教育、继续教育较为完善的教育格局，建立了完善的教学体系，全方位、多层次地培养药学人才。但是，我国药学专业人才培养存在总体发展不均衡、缺乏医药教育资源支撑、教学条件建设不足、缺乏完善的实践教学体系、专业教师总体不够、师资结构不尽合理等问题。

姚文兵提出，高校药学人才培养应定位于研究型人才和应用型人才两大类。我国高校药学人才培养模式目前涉及3个领域，基础研究人才、制药工业人才和药学服务型人才。但是，现行的人才培养与实际需求部分脱节，人才培养结构化应进一步优化，进一步适应企业、社会的需求。

姚文兵具体介绍说，高等药学人才培养与用人单位包括企业存在供需差异，与医药行业发展趋势存在脱节现象，比如，专业教育内容与生产实际相脱节。医药产业发展非常迅速，现在学校的教科书和课堂教学的很多内容已经无法准确反映药学行业的发展。以压片为例，在很多高校，课堂上老师给大家展示的还是单冲压片机，而现在企业都采用的是高速压片机。"教学内容和生产实际的脱节使得我们药学人才的培养和企业的对接出现一些问题。"

绿叶制药集团北大维信生物科技有限公司总经理段震文也表达了同样的观点：我们建厂已经有20年，20年前建立药厂跟现在建立药厂，从制药设备、自动控制、机械加工等各方面都不可同日而语，而且每年都有新设备、新技术进入生产一线，很多学生一毕业进入企业什么都不认识，所以我们的高校教育面临着很大挑战。

北京理工大学生命学院邓玉林院长感慨道，高校教育面临的挑战之一是企业的过高要求。学生毕业后一进入企业，应该有几个月或者半年的企业训练过程，但现在企业通常不具备这样的条件，总是希望招来的人马上就能用。段震文解释说，企业招聘人才尤其是高端人才，对本科毕业生来说，进入企业后还有培训的可能性，但如果招聘一个博士或者博士后，来了以后肯定是要立即用的，企业不可能花很多时间去培训博士或者博士后。

姚文兵谈到，这种供需差异导致我国药学人才培养的层次及定位需进一步明确。"我们有3年制的高职，有4年制的本科，有5年制的临床药学，有6年制的本硕连读，但是每一个层次人才培养的目标和方向以及培养模式，在某些方面还存在着一些不明确和差异性。"

孙晓波谈到，高校毕业的无论是本科生、硕士研究生还是博士研究生，与企业所需的人才都有一定的距离，到企业以后还需要一段时间的适应，这就考验到我们的教育改革，如何面对社会需求、市场需求、企业需求，能够使我们培养的人才出了校门以后，真正为社会的经济发展做贡献。

那么，如何为医药行业培养高素质的高等生物医药人才？"需要高校与行业深度互动合作，才能实现共赢。"姚文兵提出，只有医药行业跟高校紧密合作、深度合作，才能使我们培养的人才真正适合我们行业发展的需求。他强调："创新创业型人才、卓越制药工程师人才将是未来高校与企业需要深度合作共同培养的两种人才。"

人才培养注重企业深度需求

"我国生物医药研发的人才尽管总数很大，但是能满足企业需求的，能在企业做自我创新、做产业开发的这部分人才还是紧缺。"主要从事生物大分子药物研发的北京义翘神州生物技术有限公司总经理谢良志博士分享了他个人过去10年来在国内人才招聘和培养方面的心得和体会。"目前我们公司300多人，人才是不够的，我每年花大量精力去面试招聘，这是很头疼的问题。"

谢良志解释说，医药企业需要的人才非常广泛，涉及的学科很多，不仅仅有生物、医药、化学，还有数学、机械、电学、伦理等方面的人才。目前，我们在培养研究生方面更多地侧重于发表文章，这样才能毕业，而这个导向跟企业的实际需求有较大的差距。所以，这样的毕业生到了企业之后，培训的周期普遍较长。

谢良志认为，尽管我们有在上游做创新药物的人才，但要做一个原创性的新药所需要的人才，无论是企业还是科研单位都远远不足。而对中游和下游，包括临床前研究、生产工艺、中试放大的人才需求也是最多的。"以我个人观点，生物大分子药物现在最紧缺的人才就是上游人才，从事新靶点、新分子、新结构、新机理、新疾病模型的建立和成药性评价研究的上游人才非常紧缺。目前，生物大分子药物研发和产业化的比例不断上升，已经占据半壁江山，而相应的人才严重紧缺。我们招来一个博士，可能对一个候选物能不能成为真正的新药，该不该往下走的准确把握还有很大的差距。"

此外，谢良志谈到，我国是一个仿制药大国，大量企业可以做化学药的仿制，也能达到国际标准。但"工艺决定质量"，做仿制药不仅仅要有工艺，实际上GMP管理也是非常重要，这方面的人才恰恰只有企业能培养。而我国的高校教育里很少开设专门针对GMP管理的课程。"这些内容看似简单，实则学问很深，对药品的质量影响很大，很多企业很缺这方面的人才，我们也不例外。"

段震文表示，除了具备一定的专业基础外，企业需求更强烈的是懂得医药行业法规的人才。毕业生进入企业后，如果进行研发工作，其研发应该是合规的，即符合GLP、GCP、GMP等规范的要求。他呼吁高校能够设置相关的课题，尤其是药学院应进行药品注册法规的课程设置。"随着全球一体化，现在我国的法规和美国、欧盟等的法规基本上是一个思路和标准，企业无论是在研发还是在生产方面，都需要熟悉相关法规的人才，特别是要有熟悉国外法规的人才，才有利于我国企业的产品走出国门并在国际占据一席之地。"北大维信的血脂康在美国完成二期临床的经历让段震文感触颇深。

"复合型的交叉人才也是企业迫切需要的，工程技术和生命科学交叉领域的人才就相当紧缺。"谢良志举例说，比如像学工程跟生物技术的交叉人才，要求既要懂工程，又要懂生物，才能满足生物大分子药物生产的需要。虽然有些学校设置了这些学科，也有交叉，但是交叉得不够，技术需求跟实际能力还存在沟壑。

（作者：白毅）

【法制日报】我国将取消公司最低注册资本限制专家认为或将推动公司法等相关法律修改

来源：法制日报　日期：2013年11月20日

原文链接：http://www.legaldaily.com.cn/bm/content/2013-11/20/content_5043410.htm?node=20731

国务院常务会议近日部署推进公司注册资本登记制度改革，降低创业成本，激发社会投资活力。会议明确了改革的五项主要内容：放宽注册资本登记条件、将企业年检制度改为年度报告制度、放宽市场主体住所登记条件、大力推进企业诚信制度建设、推进注册资本由实缴登记制改为认缴登记制。

法学界有关专家认为，此举将在社会经济层面起到积极作用，同时将会引发一连串的法律效应，值得社会各界广泛关注。

公司准入门槛过高

中南财经政法大学廉政研究院院长、教授乔新生介绍，改革开放初期，为了解决市场主体法律地位的问题，国务院制定了一系列行政法规，明确企业的法律地位，规范企业的权利和义务。1993年我国制定了第一部《公司法》，虽然充分借鉴了西方国家的立法经验，但在一系列制度设计方面过分强调国家主导，增加了许多强制性的法律规范。在公司注册资本制度方面，这部《公司法》实行最严格的法定资本制度，不仅明确规定有限责任公司和股份有限公司必须有最低注册资本，而且规定公司的出资人必须在注册公司的时候一次性缴纳出资。为了贯彻落实《公司法》所规定的注册资本原则，我国《刑法》规定了虚报注册资本罪和抽逃出资罪。如果公司发起人、股东违反公司法的规定未交付货币、实物或者未转移财产权，虚假出资或者在公司成立后又抽逃其出资，数额巨大、后果严重或者有其他严重情节的，处五年以下有期徒刑或者拘役，并处或者单处虚假出资金额或者抽逃出资金额2%以上10%以下罚金。换句话说，根据我国《刑法》规定，如果公司的发起人或者股东没有按照彼此的约定及时缴纳出资，司法机关就可以介入，追究发起人或者股东的刑事责任。

"更令人感到忧虑的是，由于我国《公司法》规定了最严格的法定资本制度，导致一些技术人员根本无法设立公司，从事技术推广和产品销售，一些设立公司的中介机构打着为技术人员服务的幌子，与公司注册部门的工作人员串通一气，直接或者变相规避国家法律，导致我国公司注册登记出现了越来越多的问题。正因为如此，2005年《公司法》修改的时候，全国人大常委会对我国最严格的法定资本制作出了修改，规定出资人可以分期缴纳出资，最低注册资本的数额也大幅度下降。但即便如此，注册资本最低数额要求仍然将许多创业者挡在市场大门之外。"乔新生说。

激发民间资本活力

北京理工大学法学院副教授、硕士生导师、中国民法学研究会副秘书长孟强介绍，公司的资本是公司的财产基础，也是公司作为法人独立承担法律责任的保障。各国对于公司注册资本的立法模式有法定资本制、授权资本制和折中资本制三种。最低注册资本制度是法定资本制的一种体现，是指公司成立时股东缴纳的注册资本不低于法定最低限额的资本制度。我国2005年《公司法》规定的便是法定资本制，对有限责任公司、一人有限责任公司和股份有限公司分别规定了3万元、10万元和500万元的最低注册资本要求。相对1993年的《公司法》而言，现行《公司法》在最低注册资本要求上已经作了较大修改，大幅降低了最低注册资本的标准。然而，这一做法仍然存在着严重弊端。国外有学者认为，最低资本要求实际上发挥的唯一功能便是妨碍了个人开办公司的自由。目前我国公司准入门槛过高，限制了充分的市场竞争。

"国务院常务会议提出推进公司注册资本登记制度改革，并列出了五项具体内容，其中有两项直接关系到公司最低注册资本制度：一是放宽注册资本登记条件；二是推进注册资本由实缴登记制改为认缴登记制，降低开办公司成本。在抓紧完善相关法律法规的基础上，实行由公司股东（发起人）自主约定认缴出资额、出资方式、出资期限等，并对缴纳出资情况真实性、合法性负责的制度。"孟强说，这一改革提议将一扫目前最低注册资本制度的各种弊病，并在社会经济层面起到积极作用。一方面，可以鼓励人们投资实业，激发民间资本活力。降低公司准入门槛，无疑会极大增加人们投资实业的兴趣、开办更多公司。而公司是最为重要的市场主体，市场主体数量越多，则竞争越充分，资源配置也就越合理，市场就会越活跃，发展动力就会越强劲。另一方面，可以促进小微企业成长，增加就业机会。降低公司最低注册资本，使有创业激情的人都能够尽快开办企业，这无疑能够激发投资热情、鼓励创业、带动就业。这对于小微企业的作用尤为明显，特别是对创新型企业的发展有较大的推动作用。

推动相关法律修改

"此次国务院常务会议作出的决定，实际上就是要打破公司注册资本的门槛，让创业者自由地进入市场，自由地注册公司并且开展各种经营性活动。按照国务院常务会议作出的决定，今后在我国注册公司不需要最低注册资本，理论上一块钱也可以注册公司，公司可以根据章程需要随时增加公司的注册资本，也可以按照公司章程要求公司的出资人实际缴纳出资。这样的规定不仅大大提高了资金的使用效率，降低了公司注册的门槛儿，而且更重要的是可以激发创业激情，从而缓解我国当前所面临巨大的就业压力。"乔新生说。

"废除最低注册资本制度，也必须通过一些措施有效防范这一改革带来的风险。"孟强说，对于关乎不特定人利益的特殊行业仍然存在特殊的资本要求。对于关乎不特定人利益的特殊行业和特殊领域的公司，我国法律、行政法规对公司最低注册资本均有较高的要求，以保障债权人的债权。例如，根据《商业银行法》第十三条规定，设立全国性商业银行的注册资本最低限额为十亿元人民币；根据《保险法》第六十九条规定，设立保险公司，其注册资本的最低限额为人民币二亿元，而且必须为实缴货币资本；再如，根据《证券法》第一百二十七条规定，证券公司注册资本最低限额为人民币五千万元；而《证券投资基金法》第十三条规定，设立基金管理公司，注册资本不低于一亿元人民币，且必须为实缴货币资本。

"《公司法》第二十条规定了揭开法人面纱制度，当公司股东滥用公司法人独立地位和股东有限责任，逃避债务，严重损害公司债权人利益的，应当对公司债务承担连带责任。因此，即便有投资者想利用准入门槛低的便利而设立法人并滥用法人人格，也可能还是会被判决对公司债务承担连带责任。所以要进一步完善适用这一制度的具体条件，使这一制度有效发挥作用。"孟强说。

孟强认为，废除最低注册资本制度在目前仍存在不少法律障碍，因此需要推动相关法律如《公司法》等的修改工作。同时，《公司登记管理条例》等配套行政法规也需要进行相应的建议。甚至《刑法》中的"虚报注册资本罪"和"虚假出资、抽逃出资罪"是否需要作出修改也值得探讨。这需要政府相关主管部门积极推动立法机关的修法工作，为改革措施的顺利出台夯实法律基础。

"废除最低注册资本制度不等于废除注册资本制度，只不过是将股权资本的出资数额和期限交由投资者自己决定。这种降低市场准入门槛、尊重企业自治的改革措施，必将极大地激发民间资本的活力，加强市场竞争，优化产品服务，从而进一步完善市场经济机制和法律机制。"孟强说。

（作者：于呐洋）

【中国青年报】不动产统一登记对我们意味着什么

来源：中国青年报　日期：2013年11月28日

原文链接：http://zqb.cyol.com/html/2013-11/28/nw.D110000zgqnb_20131128_1-08.htm

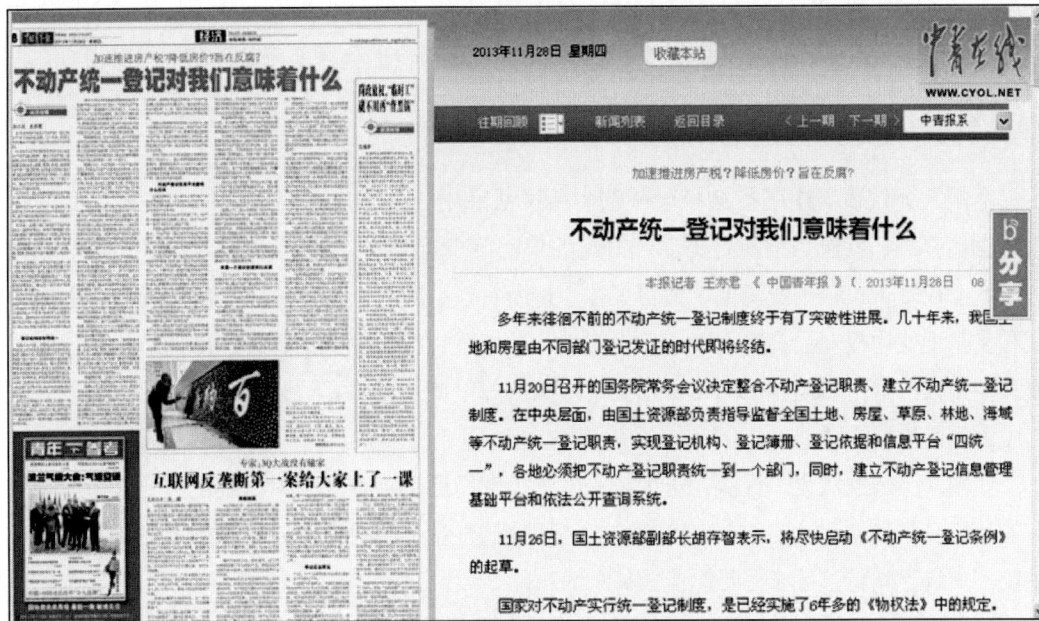

多年来徘徊不前的不动产统一登记制度终于有了突破性进展。几十年来，我国土地和房屋由不同部门登记发证的时代即将终结。

11月20日召开的国务院常务会议决定整合不动产登记职责、建立不动产统一登记制度。在中央层面，由国土资源部负责指导监督全国土地、房屋、草原、林地、海域等不动产统一登记职责，实现登记机构、登记簿册、登记依据和信息平台"四统一"，各地必须把不动产登记职责统一到一个部门，同时，建立不动产登记信息管理基础平台和依法公开查询系统。

11月26日，国土资源部副部长胡存智表示，将尽快启动《不动产统一登记条例》的起草。

国家对不动产实行统一登记制度，是已经实施了6年多的《物权法》中的规定。多年来，由于相关法律法规并未出台，我国的不动产登记分散在多个部门。

多年来，由哪个部门来进行不动产统一登记一直存有争议，房地产管理部门和土地管理部门都想获得这个权限。国内物权法学界较为一致的观点是，按照"房地合一，房随地走"的思路，将统一登记权限赋予土地管理部门是"大势所趋"，毕竟，房屋、草原、林地等不动产都属于土地的附着物。

业内人士指出，将不动产登记统一到一个部门是我国不动产登记制度的重大突破。实现不动产统一登记，确认不动产的产权归属，是市场经济的基础制度之一，对建设现代市场体系，保护公民合法财产权，提高政府治理效率，建立统一的不动产信息查询系统，意义重大。

今年3月26日，国务院办公厅发布的包括72项改革方案、提出明确时间表的《关于实施国务院机构改革和职能转变方案任务分工的通知》中要求，国土资源部、住房和城乡建设部（以下简称"住建部"）会同国务院法制办、国家税务总局等有关部门负责起草《不动产统一登记条例》（以下简称《条例》），2014年6月底之前将出台这部行政法规。

登记机构该如何统一

全国人大代表、中国社会科学院法学所民法室主任孙宪忠曾经参与过《物权法》的起草，据他介绍，我国目前执行不动产登记的部门至少有6个，住房和城乡建设部门负责城市房屋所有权登记；国土资源部门负责集体土地所有权、国有土地使用权、集体建设用地使用权和宅基地使用权登记；农业部门负责耕地、草地承包经营权登记；林业部门负责林地所有权和使用权的登记；渔业部门负责水面、滩涂的养殖使用权的登记；海洋部门负责海域、无居民海岛使用权的登记。

业内人士普遍认为，目前，土地统一到国土部门登记，难度不大。难点主要是土地和房产的统一登记，这涉及土地、房产部门相关职能的整合，还存在土地分类标准不统一、信息系统不一致等问题，可能需要耗费较长时间。

清华大学法学院副教授程啸在接受《中国青年报》记者采访时表示，"实现不动产登记机构统一最重要的工作在地方，比如北京市各个区县的住建局、国土局下属的房屋和土地登记机构要进行合并。"程啸认为，根据《物权法》规定，不动产登记由不动产所在地的登记机构办理，也就是说，具体的登记业务由县、市一级登记机构负责。

程啸解释说，在中央层面，由于目前国务院已经明确了由国土资源部承担指导监督全国的不动产统一登记的职责，因此，当务之急是要抓紧起草《不动产统一登记条例》以及相应的实施办法，通过法律明确将不动产登记职责统一到一个部门。

程啸认为，为实现统一不动产登记的目的，即保证不动产交易安全和效率，应当尽量确保统一后的不动产登记机构的中立性，其与原有的不动产的行政管理机关相分离，如省、自治区、直辖市、县、市相应设立独立的不动产登记局、不动产登记分局（或不动产登记所），将现有的不动产的登记职责、登记人员整合到这些统一的不动产机构当中去。

"制定《条例》，要为地方登记机构的统一提供制度保障，对于这些每天与广大从事不动产交易的民事主体打交道的登记机构而言，机构的统一和单列具有更重大、更现实的意义，通过在地方单设统一、独立的不动产登记机构，能够直接、有效地防止当前影响交易安全，危害不动产权利人权利的多头登记、重复登记和错误登记的现象，真正使不动产登记实现其作为市场经济基础性制度，服务于不动产交易的基本功能。"程啸表示。

中国民法学研究会会长王利明指出，多年来，不动产登记已经成为行政机关享有的行政管理职权，造成了登记机构与行政机关的设置与职能合一，多个行政机关负责对不同的不动产进行行政管理，由此形成了分散登记的现象。如土地由土地管理部门管理，建设用地使用权登记也在土地管理部门进行；林木由林业管理部门管理，有关林木所有权的登记在林业管理部门进行；房屋由住建部门管理，产权登记也在该部门进行。各个部门都出台了大量有关不动产登记的部门规章和政策文件，比如国土资源部有《土地登记管理办法》、住建部有《房屋登记管理办法》等。

程啸表示，除了这些数目众多的部门规章、规范性文件之外，《土地管理法》《城市房地产管理法》等法律也规定了土地、房屋登记归属不同部门。

在许多物权法学者看来，国务院常务会议提出由国土资源部在中央层面整合房屋、土地、林地、草原、海域等不动产的登记职责，马上要做的很重要的一项工作就是，《条例》出台之后，有关部门要进行规章清理，这四类从事不动产登记、管理的部门出台的与不动产登记有关的部门规章、政策文件应当和《条例》保持统一。

更重要的是，全国人大及其常委会应该尽快启动《土地管理法》等法律的修改。

程啸认为，登记机构统一之后，要想实现登记簿册、登记依据和信息平台的统一，条例里就应该具体规定，实行统一的不动产登记要件和程序，明确不动产登记的申请人提供哪些材料可以完成相应登记。在登记程序上，实现申请、受理、审核、记载于登记簿以及发放权属证书或登记证明的各个环节的统一；实现土地登记簿、房屋登记簿、农村土地承包经营权证登记簿、林权登记档案、海域使用登记册等各个不动产登记簿以及相应的权属证书、登记证明之间的协调和统一；统一规定有权申请查询和复制不动产登记资料的主体以及相应程序。

据国土资源部网站消息，11月21日，国土资源部召开部长办公会，研究不动产统一登记工作，强调下一步，要着手建立国家不动产统一登记协调机构和工作机构，梳理评估不动产登记有关法律法规政策，研究起草《不动产统一登记条例》《不动产登记办法》等。

在11月26日召开的全国国土资源依法行政工作会议上，国土资源部副部长胡存智表示，要按照党的十八大和十八届三中全会精神要求，做好对《土地管理法》进行全面修改的准备，特别是要尽快启动《不动产统一登记条例》的起草。

不动产登记信息平台能有什么作用

记者注意到，这一破冰之举引起了社会各界高度关注，公众很关心不动产统一登记是否意味着房产税将加速推进？是否会对房价产生影响？

国务院常务会议召开的第二天，地产界大腕潘石屹在微博上表示，实行不动产统一登记，房价马上就会下降。

中国社会科学院农村所研究员王小映表示，不动产统一登记有利于房地产税制建设，确实为房地产保有环节的征税创造了条件，但是，这种市场经济的基础设施建设，并不意味着一定会对房地产市场产生影响，不宜过度解读。

"实现不动产统一登记和征收房地产税是两件事情，当然，统一登记为征税创造了技术条件。"中国房地产学会副会长陈国强认为，不要对这一制度可能对房地产市场产生的影响进行过度解读，他对《中国青年报》记者表示，"不动产统一登记并非简单的登记，最重要的目的是确权，是对产权的确认，相当于给土地、房屋等不动产颁发了身份证，具有法律效力，这与住房部门主导的个人住房信息联网不同，后者只是为了掌握住房一般情况，不涉及确权，没有法律意义。"

此次国务院常务会议提出，建立不动产登记信息管理基础平台，实现不动产审批、交易和登记信息在有关部门间依法依规互通共享，消除"信息孤岛"。

很多人都会把不动产登记信息管理基础平台和住建部主导建设的全国500个城市个人住房信息联网联系起来，对此也有多种猜测。

"这两个信息系统并不矛盾，整合共享应该是大方向。"陈国强表示，国务院常务会议也提出，行业管理和不动产交易监管等职责继续由相关部门承担，房产交易、预售的职责还在住建部门，个人住房信息系统也应该由住建部门继续使用、掌握。

陈国强同时提出，实行不动产统一登记后，作为最主要不动产的房产数据采集标准、统计口径需要统一，不动产登记信息管理基础平台的使用规则也需要明确。

北京理工大学法学院副教授孟强对《中国青年报》记者表示，消除"信息孤岛"，正是指目前不动产登记的区域分割、部门条块分割的状况，不同类型的不动产由不同的主管部门负责登记，而各个部门甚至各个地方所建立的不动产信息均局限于该地区、该部门使用，没有建立一个信息共享共用的平台，各个信息数据库像孤岛一样矗立在信息的海洋中，没有形成统一的大陆，导致信息"交通"的不便。

因此必须打破部门和地区的分割，建立不动产登记信息管理基础平台、推动建立不动产登记信息依法公开查询系统，这样也有助于社会征信体系的建立，有利于保护交易安全，而且也为未来实行公务人员财产公示制度提供了必要的前提条件。

孟强认为，国土资源部门在条例出台后、承担起不动产统一登记的职责后，需要借助于法律法规的授权，尽快整合不同主管部门的信息资源库，建立统一信息系统或信息平台，实现信息在全国范围内的共享共用，明确登记机关的职权与责任、相对人的查阅权限等事项，使不动产统一登记制度的巨大作用得到发挥。

国土资源部11月21日召开的部长办公会提出，要制定不动产登记技术规程和数据库标准，整合建立不动产登记信息管理基础平台，加强沟通协调。

单靠一个登记制度难以反腐

不少人认为，不动产统一登记形成的数据系统可以为反腐提供帮助。当前反腐形势严峻，通过不动产登记资料的公开，允许人们到登记机构查询官员名下的房产，可以变相实现官员财产公开。

今年年初被炒得沸沸扬扬的江苏盐城、福建漳州等地住房部门出台规定禁止"以人查房"，争议的焦点就是房屋登记信息披露的范围问题。

对于这一问题，国务院常务会议提出的政策方向是，推动建立不动产登记信息依法公开查询系统，保证不动产交易安全，保护群众合法权益。

"无限制地、允许他人随意查询复制不动产登记资料查询，不仅违反我国法律规定，也无助于反腐，更会扭曲不动产登记制度的功能，侵害他人的隐私权等合法权益。"程啸表示。

陈国强认为，"不动产统一登记制度建立以后，可能为反腐提供帮助，但这个制度建立的目的、意义和反腐无关。"

据记者了解，各国房屋登记信息公开范围和口径虽有所不同，但一般都限于"以房查人"，"以人查房"则受到严格控制。2006年，当时的建设部出台《房屋权属登记信息查询暂行办法》，采取了"以房查人"方式，此办法明确，"房屋权属登记机关对房屋权利的记载信息，单位和个人可以公开查询。"

2007年出台的《物权法》中，不动产登记信息公开范围有所缩小，将登记资料查询、复制限于"权利人、利害关系人"。2008年住建部发布的《房屋登记簿管理试行办法》则规定，个人和单位可以查询登记簿中房屋的基本状况（主要指自然状况）及查封、抵押等权利限制状况；权利人出示相关证件和材料后，可以查询、复制该房屋登记簿上的相关信息。

程啸介绍说,《物权法》对于查询不动产登记资料的主体有明确规定,即权利人和利害关系人。权利人是指针对被查询的不动产享有所有权、抵押权等物权的主体,而利害关系人是指与登记的不动产具有法律上的利害关系之人,包括不动产交易的当事人、与权利人发生法律纠纷的人等。

"法律之所以这样规定,是因为不动产登记制度的主要功能是提高交易效率和维护交易安全。如果一个人完全没有任何从事不动产交易的意图,他有什么必要去了解不动产登记资料?把登记资料向这些人公开的意义又何在呢?"程啸说。

程啸表示,不动产登记制度是市场经济的基础性制度之一,并非旨在反腐,从制度设计层面上看,即便允许任何人查询不动产登记资料也无法反腐。

"在我国法律框架下,不动产登记与否是自愿的,不是强制的,只是法律规定,如果不登记,就会产生物权变动的民事后果。如果说这是一种强制的话,也只是民事法律后果意义上的强制,而非行政强制,也就是说,法律不能也不应规定当事人不办不动产登记,就要加以处罚。"程啸说,"有贪腐行为的官员用非法所得购买房屋后,完全可以不办登记,就算办登记,在现行其他制度不完善的情况下,也可以登记在他人的名下,或者完全如同房姐那样以违法方式取得多个身份证、户口本,来办理登记。"对于这些公安机关办出来的真的"假身份证、假户口本",不动产登记机构只能进行形式审查,无法进行实质审查,根本无法查验真伪,这种情况下,只靠单独一个登记制度如何反腐?

(作者:王亦君)

【中国科学报】孙华飞:让学生爱上数学

来源:中国科学报　日期:2013年11月28日

原文链接:http://news.sciencenet.cn/dz/dzorder.aspx?reurl=http%3A//news.sciencenet.cn//sbhtmlnews/2013/11/280636.shtm%3Flog=1

对于很多学生而言,数学都是一门令人爱恨交加的学科。不久前,在北京高考下调英语分值之际,又有人说学数学无用,希望高考取消数学。

然而,在北京市教学名师、北京理工大学数学学院教授孙华飞看来,这属于短视的行为。因为"数学是用纸和笔跟上世界的潮流,受过数学训练的人从事各行各业的都有。"

20世纪80年代曾有一阵"数学热"。反观当下,大学生立志成为数学家的人却越来越少。怎么让学生重新爱上数学?孙华飞有自己的见解。

科学网 新闻　生命科学｜医学科学｜化学科学｜工程材料｜信息科学｜地球科学

作者：温才妃 杨扬 赵莹　来源：中国科学报　发布时间：2013-11-28　选择字号：小 大

孙华飞：让学生爱上数学

孙华飞

为什么学生头疼数学

常有学生在毕业典礼上发表感言，感谢那个曾经借他抄数学作业的人。

在孙华飞眼中，这并不是一个好现象。当然，他自有一套应对的办法。比如他布置10道题，答案全部正确但有雷同的作业，视程度轻重判分，或给不及格；而10道题中只回答了六七道题，但全部都由自己作答的作业则能得满分。

"学数学也是学做人。尤其是在学术诚信失范的当下，更要从点滴中培养学生的诚信意识。"孙华飞说。

可为什么会有那么多学生头疼数学？除了数学本身的难度，有哪些因素影响了学生的学习兴趣？长期教学中，孙华飞一直在思索这个问题。

他发现，国内高数教学普遍从第一堂课就进入了知识的讲解，"缺少一个相对较长的'前言'，告诉学生学习这门课程有什么用处，而这在国外教学中恰恰不容忽视。"基于此，孙华飞的课添了内容，课上他总会穿插大量比喻，向学生们解释数学在生活中的用途及乐趣；课后，他又担任了北理工数学建模竞赛的指导老师，通过数学建模解决实际应用问题。

数学经典"读书会"

"做数学不能急功近利，必须先消化几十本书才能出真知。"孙华飞说，对于学生应付考试的学习方法，他很是痛心。

数年来，即便再忙，孙华飞始终坚持做一件事——开设课外学术讨论班。与其说是讨论班，更像是一堂"读书会"。讨论班仿照美国研究生课堂，每学期讲解本学科一两本经典著作。

欧几里得的《几何原本》、沙爱福和W·施雷发的《拓扑学》、陈省身的《黎曼几何学》等人的作品以及牛顿、莱布尼茨、欧拉、戴德金等关于微积分和实数理论的著作……都出现在讨论课的书单上。

在孙华飞看来，坚持对原典的解读是学术链条上不可或缺的重要一环，但"尽信书不如无书"。于是，他的课堂和以往课堂最大的不同便是，台上的主角不再是教师，而是换成了研究生——他们不仅要把原典烂熟于心，还要用自己的理解把经典讲解给台下的"听众"。这对人的理解、逻辑、表达，都是一项综合考验。而这样的考验还真见成效。

孙华飞的学生酒霖在美国读博士时，美国导师问他："你读过拓扑学吗？"酒霖笑了："我曾经给同学们讲过一年的拓扑学呢。"这一下子让美国导师刮目相看。很快，美国导师就让他担任本科生助教，并告诉学生"大家有问题可以问酒霖，他就是标准答案"。而这一切，都得益于孙华飞那个一周两次的"小课堂"。

孙华飞的讨论班在学生中不胫而走。这个可容纳五六十人的教室，尽管越塞越满，但却始终张开怀抱等着更多优秀学生的进入。

学生的好消息最让他开心

孙华飞惜才爱才。每年他都会为几十名学生写推荐信，推荐他们到国外一流大学攻读硕士或博士。

酒霖硕士毕业后获得了全额奖学金去美国攻读博士学位。在美国读书时，导师对他十分欣赏，但是有时也怕应付不了他的提问，甚至会跟他说："我就怕见到你。"酒霖现在已作出了多篇高质量学术论文，还获得了校方的教学奖，这也都受益于曾经的学术讨论班所打下的基础。

王晓洁曾是北理工实验班的学生，由于酷爱数学，就转到数学系跟随孙华飞学习几何学。初见孙华飞时，王晓洁问的第一句话就是："几何学中哪个方向最难？"孙华飞回答："几何分析比较难。""那我就学几何分析。"王晓洁回答得很坚定。这是孙华飞最爱听的话，他最喜欢有斗志的学生。后来，王晓洁如愿到了纽约州立大学石溪分校攻读博士学位。

孙华飞把每个学生都当作自己的孩子去教育、照顾。每位找他咨询考研的学生，他都会向其推荐专业方向和导师；每位找工作的学生，他都会一一查看简历，并让学生先来自己这里面试。

他说，他要成为学生们的"第一考官"，帮助学生发现身上的闪光点与不足。每位学生的成功都是对他精力和情感投入的最好回报。

（作者：温才妃 杨扬 赵莹）

【法制网】专家建议适时再次修改残疾人保障法

来源：法制网　日期：2013年12月3日

原文链接：http://epaper.legaldaily.com.cn/fzrb/content/20131203/Articel03001GN.htm

5岁的小强（化名）近日刚做完手术，这个手术让天生失聪的他开启了新的人生。在宁夏残疾人康复中心，今年共有25名像小强这样3~6岁的聋儿做了人工耳蜗手术。宁夏残联理事长娄晓萍说："小强是宁夏残联实施我国贫困残疾儿童抢救性康复项目中的一个缩影。近年来，我们不断加大康复力度，让更多的残疾儿童得到康复训练，做到了挽救一个孩子、解

救一个家庭、唤起一片人间大爱，产生了良好的社会效益。"

每年12月3日为"国际残疾人日"，这个诞生于1992年联合国大会上的日子，旨在提醒各国关注关爱残疾人。

今年3月两会期间，中国残联主席张海迪曾介绍，中国有8 500万残疾人，占全国人口总数的6.34%。自1988年中国残疾人联合会成立，尤其是1990年《残疾人保障法》颁布实施以来，我国残疾人的社会保障、社会服务、教育等工作取得了很大进步。

关注0~6岁残疾儿童

中国残联的调查显示，我国每年出生缺陷儿童总数高达80万~120万，新增0~6岁残疾儿童19.9万。

近五年来，中国残联继续实施白内障复明手术、贫困残疾儿童抢救性康复项目、孤独症儿童康复等重点康复工程，一些残疾人得到了不同程度的康复。

现正在宁夏残疾人康复中心接受康复训练的小强，正是全国贫困残疾儿童抢救性康复项目中的无数受益者之一。

仅以宁夏残联为例，据娄晓萍介绍，宁夏残联自从2009年全面实施中国残联贫困残疾儿童抢救性康复项目以来，共对1 875名7岁以下残疾儿童进行机构内康复训练，预约指导各类残疾儿童237名，家庭指导254名。

"《残疾人保障法》明确规定，优先开展残疾儿童抢救性治疗和康复。近年来，宁夏回族自治区党委、政府高度重视残疾人事业，自治区人大常委会适时修订了《宁夏回族自治区实施残疾人保障法办法》，加大执法检查力度，依法维护残疾人的合法权益。宁夏残联也积极做了大量工作，让残疾人真真切切地感受到了党和政府的关怀、社会的温暖。"宁夏残疾人康复中心主任李春林说。

"目前新生儿的先天缺陷80%以上都是可以避免的，但现在医疗预防和后天的康复还没有引起足够重视，应当积极通过预防减少残疾人，积极通过康复减轻残疾人的残障程度。"全国人大常委会委员、中国人民大学教授郑功成此前表示，残疾人事业持续发展需强化政府责任，强化部门协同。要赋予政府更大的责任来促进残疾人康复资源的整合。

相关政策保障残疾人

宁夏固原市西吉县老马一家4口均是二级以上重度残疾人，生活十分困难。自从宁夏开始实施重度残疾人生活津贴政策后，一家4口人在领取低保的基础上，每人每月还可享受100元补贴，极大地改善了生活状况。

《残疾人保障法》明确提出：政府和社会采取措施，完善对残疾人的社会保障，保障和改善残疾人的生活。2012年12月，宁夏回族自治区政府出台了《宁夏回族自治区重度残疾人生活津贴发放办法》，对城乡重度残疾人每人每月给予100元生活津贴，这项保障措施走在全国前列。这一政策的出台，让宁夏7.7万重度残疾人得到救助。

"推动建立残疾人'特惠'保障制度，对残疾人给予重点保障和特别扶助，将更多的残疾人纳入覆盖城乡的社会保障体系，是宁夏完善和补充残疾人保障法的具体措施。"娄晓萍说。

北京理工大学法学院副教授、硕士生导师、中国民法学研究会副秘书长孟强近日在接受《法制日报》记者采访时表示，2008年修订的《残疾人保障法》颁布已经五年，各地陆续出台了相关措施，对于更好地执行法律是一个有益补充。《残疾人保障法》应当对涉及残疾人权益保障的各个事项作出细致规定，使其具有可操作性。例如，残疾人保障事业的经费来源与额度、残疾人医疗条件和标准、残疾人的具体就业保障措施、残疾人受教育权益的具体实现、社会组织如何参与残疾人保障关怀事业，等等。

需完善相关法律法规

据中国残联的数字显示，中国有8 500万残疾人，其中农村残疾人占全国残疾人总数的70%，但农村残疾人的保障不足，很多地方提供的设施非常有限。

娄晓萍介绍，近年来，使农村残疾人得到尽可能多的康复和治疗也是宁夏残联工作的重点之一。此外，今年宁夏残联还与宁夏监狱系统开展合作，对监狱服刑人员中部分老弱病残的残疾人进行康复训练等活动。

"对残疾人的工作我们正在不断延伸，如果法律和政策法规上更具操作性，将更有助于这项事业的发展，可以使更多的残疾人受益。"娄晓萍认为。

孟强提出，《残疾人保障法》中使用了"国家""国务院""地方各级人民政府""有关部门"等概念，但没有将具体事务落实到具体部门，由此导致各个部门的权责不够明晰，也使得法律的实施没有具体责任部门去承接，难以"落地开花"。因此，应当通过完善相关政策法规，将涉及残障人士权益保护的各个部门的具体权责都明确加以规定。例如，可以规定由民政主管部门负责残疾人权益保护纲要的全面规划；卫生主管部门负责残疾人的鉴定、医疗保健等工作；教育主管部门具体负责残疾人的教育权利保障、特殊教育资源分配、残疾人学校师资培养；劳动主管部门负责残疾人就业和劳动权益保障；建筑主管部门负责规划公共道路、公共建筑设施、住宅等无障碍通行设施，等等。此外，还要规定地方政府应当就上述各中央部门的规定制定具体执行细则。只有强化法律的可执行性，才能使各部委、地方政府尽快明晰权责，不至于出现互相推诿的现象。

"应该在适当的时机再次启动《残疾人保障法》的修改工作，使之更加先进、科学和细化，从而增强其可执行性和可操作性，才能真正起到对残疾人士的全方位保障作用。"孟强表示。

（作者：于呐洋）

【农民日报】种业知识产权保护知多少？

来源：农民日报　日期：2013年12月9日

原文链接：http://szb.farmer.com.cn/nmrb/html/2013-12/09/nw.D110000nmrb_
20131209_1-06.htm?div=-1

云南农科院富源魔芋研究所培育的魔芋杂交种。

新华社图片

种业未来竞争的核心是知识产权的竞争，能否保护好知识产权，不仅关系到民族种业的创新能力，而且关系到种业能否真正成为商业化育种的主体。种业领域涉及哪些知识产权？保护知识产权应该从哪里着手？本期《前沿》将聚焦种业领域的知识产权保护，剥茧抽丝为您一一解读。

——编者

近日，农业部科技发展中心公布的一组数据引人关注，在植物新品种保护制度的推动下，农作物新品种的数量、质量大幅攀升，《植物新品种保护条例》实施后五年与实施前五年相比，水稻、玉米、小麦、大豆、油菜、棉花六大作物的审定品种总量增长了96.63%，年均增长19.33%，在保障粮食安全、带动农业发展和促进农民增收等方面发挥着日益重要的作用。

植物新品种权是种业领域知识产权的重要组成部分。近年来，我国对种业知识产权保护力度不断加大，但不可否认的是，形式多样的侵权行为依旧扰乱种业市场，种业知识产权保护还远未到乐观的时候。许多科研单位和种子企业的知识产权意识相对薄弱，偏重于种子的生产、推销，疏于知识产权的保护，使一些原本属于自己的知识产权却被人抢先申请，造成"墙里开花墙外香"。与之形成鲜明对比的是，跨国种业公司的知识产权意识十分强烈，他们不仅充分利用全球的种子资源，还利用其自身的研发优势，借助农业知识产权，在全球布局谋求利益的最大化，在国际市场竞争中争得先机。

保护种业知识产权，不单单是保障农民、科研单位、育种者和企业的权益，同样事关国家利益。在知识产权和种业市场全球一体化的大趋势下，假若欠缺这一战略考虑，农业发展可能受制于人。那么，如何保护种业知识产权？遗传资源如何使农民获益分享？围绕这些业界关注的热点话题，11月28日至29日，中国农业科技管理研究会植物新品种保护工作委员会、中国种业知识产权联盟和植保（中国）协会生物技术分会在北京举办了种业知识产权研讨会暨第六届全国农业知识产权论坛，国内外专家学者进行了研讨和交流。

Q1
为什么要保护？
——知识产权保护能够鼓励企业创新

目前，世界各国植物新品种保护模式呈现出多元发展的趋势，有的实行"双轨制"，采用专门法与专利法叠加保护（美国）或是专门法与专利法分立保护（德国、英国、荷兰等），有的实行单一立法模式，采用专利法保护（意大利、匈牙利、新西兰）或专门法保护（阿根廷、智利等），还有印度、非洲统一组织等实行适合自己国情的保护模式，等等。

北京联合大学应用文理学院法律系副教授李菊丹介绍说，美国实行的是植物专利、植物品种保护证书和发明专利"三位一体"的保护模式。这三种保护方式在实践中可以重叠，互不排斥，植物发明者可以根据需要选择其中一种或者多种方式为植物发明提供保护。欧盟植物发明保护模式是一种多层次保护体系，UPOV公约和《欧洲专利公约》对欧盟植物发明保护制度影响深远，欧盟层面则通过1994年颁布的《欧盟植物品种保护条例》和1998年颁布的《欧盟生物技术发明保护指令》进行协调，同时欧盟各成员国在国内法层面为植物发明提供国家品种权和专利的保护。"产业利益是欧美各自模式选择的关键因素。"李菊丹认为，除了借鉴上述两种保护模式的某些具体制度外，中国种子产业及其相关利益群体更应吸收欧美相关产业对植物发明保护立法活动的重视与影响，在当前《植物新品种保护条例》修订活动中发挥更加积极的作用，使中国未来的植物新品种保护制度对中国种业的发展更具有激励和促进作用。

杜邦先锋良种国际公司中国区市场和产品战略总监MarcCool介绍说，美国的植物品种保护系统形成了"投资育种—产生新的品种—创造价值—销售—新的投资"的循环体系，这样的良性循环保护了育种者的权益，杜绝了复制或抄袭，为企业开发植物新品种提供了保障。"好的知识产权保护有利于增加育种投资，对知识产权的尊重、完善的法律和有效执行是创新育种的关键，而高品质的种子是以环境可持续的方式养活世界的关键。"MarcCool认为。孟山都公司亚太区副总法律顾问JohnWinski也认为，知识产权保护能够鼓励创新，对种子行业的持续成功至关重要，也能为农民提供更多的可选种子。

Q2

怎样加强保护？
——尽快加入《UPOV公约》1991年文本

种业是典型的高科技产业，投入大、周期长、风险高，只有获得合理的回报，才能支撑后续研究和持续发展。种业未来竞争的核心是知识产权的竞争，保护好知识产权，使之与种业创新实现良性互动，是我国种业发展的当务之急。中国农业科学院农业知识产权研究中心副主任、研究员，中国种业知识产权联盟秘书长宋敏认为，目前，生物技术成为生产力中最活跃的因素，而生物技术产业具有很强的资源依赖性，生物技术和生物资源成为赢得生物技术产业先机的两大重要法宝，"遗传资源""基因资源"正替代生物资源、种质资源，成为现代经济运行体系的新概念。遗传资源的微型化甚至无形化使保密保护、越境控制等传统资源保护模式已经很难发挥功效，亟需在新的国际制度框架下构建遗传资源身份登记制度，通过明晰权属、惠益分享和知情同意等制度机制，有效保护我国对遗传资源的主权利益。

1961年，国际植物新品种保护联盟成立，比利时、法国、丹麦等国签订了《国际植物新品种保护公约》（简称《UPOV公约》），《UPOV公约》先后经过1972年、1978年和1991年三次修订。我国于1999年加入《UPOV公约》，成为国际植物新品种保护联盟的第39个成员，目前采用1978年公约文本。

北京理工大学法学院副教授、知识产权研究中心副主任侯仰坤认为，我国目前采用的公约1978年文本具有一定的局限性，致使保护的植物范围狭窄、品种权涉及的范围较小、品种权的内容太少、保护品种权的措施不强等。他认为提高我国品种权保护水平的关键是尽快完善我国的品种权保护立法，尽快加入《UPOV公约》1991年文本。

随着我国植物品种权保护制度的完善，植物品种权申请量和授权量呈现出快速增长的势头，适时加入《UPOV公约》1991年文本已是大势所趋。和1978年文本相比，1991年文本创立了依赖性派生品种的概念，能够更严格地保护育种者的权利。John Winski认为，保护依赖性派生品种就是遏制竞争。然而，我国目前的情况是依赖性派生品种比例大，品种同质化现象严重。在申请保护的水稻品种中，针对培矮64S、扬稻6号、广占63S、蜀恢527等主推品种和主要亲本进行简单改造的育种方式越来越普遍。由于育种过程简单、时间花费少、育种目标明确，利用主推品种稍加改造就可以快速育成新的自主知识产权品种，但这种机制的直接后果使育种单位对投资原始育种研究缺乏动力。对此，农业部科技发展中心副主任、中国农业科技管理研究会副会长刘平给出的对策是完善技术支撑体系，研制和修订DUS测试指南，建立农作物已知品种数据库，研究利用DNA指纹图谱鉴定标准，建立综合信息服务平台。

Q3
如何保护农民权益？
——保护农民的原生品种应当容许其具有变异性

遗传资源与植物新品种两者密不可分。遗传资源是培育植物新品种的物质基础，而新品种的培育过程，又创造了新的种质材料，丰富了遗传资源。可以说，新品种培育的过程就是对遗传资源利用和保护的过程。

中国是世界上生物多样性大国，是遗传资源主要提供国，也是重要的遗传资源使用国，而国内现有的法规很少提及"遗传资源获取与惠益分享"问题。那么遗传资源的利用如何让农民获益，如何充分调动农民在保护传承农业遗传资源中的积极性呢？

"与新品种保护不同，保护农民的'原生品种'应当容许其具有变异性。"宋敏认为，承认农民对原生品种等农业遗传资源保存进化所做出的贡献，赋予农民对原生品种的权利具有重大意义。农民对原生品种的贡献一般不是单个农民努力的结果，而是一个地区的农民群体长期努力的结果，因此农民权利一般认为是一种集体权利，比较可行的模式是按照"民族＋地区"的模式建立"农民群体代表机构"，代表农民群体实施对原生品种的农民权利；国家建立监督机制，监督并指导代表相关群体利益的民间机构正确行使其权利。

"在农民获益方面，要承认地方社区对其遗传资源及相关传统知识的持有权和拥有权。"中央民族大学生命与环境科学学院教授、博士生导师，环境保护部南京环境科学研究所研究员、生物多样性首席专家薛达元介绍说，广西一些地区正在进行农民参与性育种的实验，农民提供传统的农作物品种资源，与农业科研院所专家一起进行育种研究，并共享育种研究的成果和惠益。目前，国家和省级农作物种质资源库收集了大量来自地方的传统品种资源，这些品种资源是当地民族和社区在千百年的农业实践中培育的，然而农科院在获取这些资源时多为无偿，在新品种权方面未能体现农民的利益。薛达元认为应该建立"事先知情同意程序"，在当地民族和社区的同意下签订惠益分享协议，特别是要鼓励当地民族和社区参与农业科研院所的育种过程，并制定对育成新品种的共享机制。

（作者：崔丽）

【经济日报】充分沟通方能促进问题解决

——访北京理工大学管理与经济学院教授李亚

来源：经济日报　日期：2013年12月24日

原文链接：http://paper.ce.cn/jjrb/html/2013-12/24/content_182566.htm

记者：听证会制度对于政府决策和百姓意见传递，具有怎样的参考价值？

李亚："听证"只是倾听各方意见，决策权还在政府手中。政府在决策过程中，要充分考虑民意。无论涨不涨价，政府一定要把理由充分告诉大家。否则长期下去，会损害政府的公信力。

虽然目前的听证制度存在一定的问题，但其在政府决策中的作用仍然很明显，一是可以直接影响决策；二是让决策者受到制约，接受社会监督；三是进一步增强公民的参与意识。不过，在我国，听证会制度所发挥的社会作用被很多人低估了，有些人甚至提出要取消听证制度，这是绝对不合适的。

记者：有人提出，现在听证会参加人水平参差不齐，对决策的参考价值不大。您怎样看待这一观点？

李亚：听证会主要是价格改革听证，而价格问题一般都比较专业。要让大家发表意见，主要应该从以下几个方面去考虑。一是组织者要给参加人提供详细资料，尽可能做到公开透明；二是要选择更有能力的人来参加听证。我们希望参加人既有"代表性"又有"专业性"，代表性占据第一位，不能为了专业性而只找专家。很多时候，听证会参加人通过自身的实际生活经验进行讲述，更有说服力；三是可以通过相关社会组织来推荐；四是可以给参加人提供一些专家咨询和支持。

记者：目前的听证会参加人主要是通过自愿报名和抽签相结合产生。在您看来，应如何进一步规范听证会参加人的遴选？

李亚：我不主张单独采用某一种方式产生听证会参加人。因为，一些关注度很高的领域，大家通常会踊跃参加，但冷门的领域往往出现没人报名的情况，所以不能"一刀切"。

目前我们在听证会参加人产生办法方面，还有许多工作要做。在遴选参加人中，可以尝试探索多种办法，例如抽样、组织推荐等多种方式相结合。为了公平起见，应该尽量避免"听证专业户"。

记者：听证会制度改进的主要方向有哪些？

李亚：完善的听证会制度，有利于提升政府的公信力。目前，我们的听证会制度设计还可以进一步完善，例如，现在的听证制度只是重视了意见的表达，但并没有真正促进问题的解决。其实，在听证过程中大家往往意见不一，这可能让价格决策部门在听到各方意见后左右为难。

在制度设计上，我们可以在听证结束后，把听证参加人再请来，继续征求他们的意见，让他们继续参与决策，把听证会延伸为协商会，以此来促进政策的制定和发布。很多时候，大家经过探讨达成共识，可以避免决策者单方的主观臆断，决策的结果就能让大家更容易接受。

（作者：林火灿　杨柳）

【新华网】北理工教授认为规制互联网不正当竞争要对创新保持一定容忍度

来源：新华网　　日期：2013年12月23日

原文链接：http://news.xinhuanet.com/2013-12/23/c_118672967.htm

12月15日，由北京大学竞争法研究中心主办的第17期"竞争法论坛"——"互联网·价格·竞争法规制"高端论坛在北京大学法学院举行。这场论坛的主旨是探讨如何界定互联网产业的相关市场、如何规制互联网领域的垄断行为及不正当竞争行为等。（董昀摄）

新华网 新闻中心 ＞正文

专家认为规制互联网不正当竞争要对创新保持一定容忍度

2013年12月23日 16:31:36 来源：新华网 ＋分享到： 0

新华网北京12月23日电（记者 韩元俊）"在面对互联网新型竞争行为时，仍然需要遵循诚实信用原则与公认的商业道德，但对创新要保持一定的容忍度，需要充分考虑用户体验。"北京理工大学法学院硕士生导师、中关村知识产权法律保护研究院研究员杨华权表示，只有这样，才能避免过度限制自由竞争和削弱市场竞争的活力。

杨华权是15日在由北京大学竞争法研究中心举办的"互联网·价格·竞争法规制"高端论坛上发表上述观点的。这场论坛的主旨是探讨如何界定互联网产业的相关市场、如何规制互联网领域的垄断行为及不正当竞争行为等。

3Q大战是近年来最为关注的互联网领域纠纷案件。12月4日，最高人民法院开庭审理了上诉人北京奇虎科技有限公司、奇智软件（北京）有限公司与被上诉人腾讯科技（深圳）有限公司、深圳市腾讯计算机系统有限公司不正当竞争纠纷上诉案。该案是迄今为止互联网行业诉讼标的额最大、在全国有重大影响的不正当竞争纠纷案件，案件的审理对确立互联网领域的竞争规则有着重大影响，备受业界关注。

北京大学竞争法研究中心主任、中国经济法学研究会常务副秘书长肖江平说，近年来，我国互联网产业迅猛发展，但一些问题也越来越突出，其中大多数问题都是新问题，即使有些问题在传统产业有所表现，但其形成机理、表现形式及其相应的技术、经济原因均有不同，需要展开深入研讨。

"面对互联网层出不穷的竞争行为，如何判定其正当性和合法性，确实是一个巨大的挑战。"杨华权说，在网络环境下，不正当竞争行为既有传统的表现形式，又有新型不正当竞争行为，由于往往涉及网络技术，在认定上出现不同认识，在法律适用上容易引起争议。如何划分其中的界限是首先需要解决的问题。

创新是互联网的灵魂。杨华权认为，互联网竞争需要遵循一般的竞争规则，但对创新要保持一定的容忍度。但是，鼓励创新不等于放任不正当竞争或者抑制有效竞争，尤其是不能以颠覆性创新为幌子而行不正当竞争之实。

许多与会专家学者也认为，应立足于互联网行业的创新特性，鼓励创新、鼓励尝试，同时完善监管制度并密切关注产业发展，根据产业的不同特性，在市场发展不同阶段逐步调整对产业的监管，致力于消费者整体福利的提升，同时为产业培育国际竞争力营造良好的环境。

目前，大型互联网企业都在进行业务的全面渗透并展开全面竞争，这给企业间竞争行为的合法性认定带来挑战。主要体现在相关市场界定、支配地位认定以及产品捆绑的违法性的判断等方面。本次论坛还围绕这几个方面展开了专题研讨。

来自全国人大常委会法制工作委员会、最高人民法院知识产权庭、国家发改委价格监督检查与反垄断局、国家工商总局反垄断与反不正当竞争执法局等部门，以及北京大学、清华大学、中国人民大学、北京市高级人民法院等高校、法院、律师事务所的专家学者和互联网企业代表参与研讨。第二届"百度杯"中国青年竞争法优秀论文奖10名获奖者也参加了研讨会。

（作者：韩元俊）

第三节　理工骄子频获佳绩

【北京电视台青年频道】专题报道我校大学生航模队

来源：北京电视台青年频道　日期：2013年4月1日

导引：各种神奇飞行器玩花活儿，"90后"大学生拼创造；爬行弹射翻障碍，小发明竟有大智慧。

主持人（邬晔纬）：北京青年　青年视角，看天下。大家好，欢迎收看今天的节目，我是小伟。欢迎继续关注《北京青年》。这两天，北京理工大学航模队的几名"90后"，他们可忙活开了，他们正在忙着制作一个既神奇又神秘的航模，备战首都"挑战杯"大学生科技竞赛。我们的青年记者超爱高科技，一听这消息，立马就过去了，闻风而动啊。但是他到现场一看，当时就惊了，您说这货真的是飞机模型吗？

记者（晨曲）：我现在这个位置，就在北京理工大学的某个地下室。

北京理工大学航模队队长（张超）：大家好，我是北京理工大学航模队队长，我叫张超。我身后的这些同学都是我们团队的骨干成员。

北京理工大学航模队部分成员：大家好。

北京理工大学航模队队长（张超）：我们这些人聚在一块，就是希望能用业余时间，通过自己的双手，创造一些有价值的创新作品。我们希望能够在接下来的全国比赛中，取得好成绩。大家有没有信心。

北京理工大学航模队部分成员：有。

旁白：没想到，在这个深藏地下5~6米的神秘实验室里，眼前这些北京理工大学的"90后"大学生们竟然就是多次代表咱北京在全国科技竞赛中屡获大奖的航模飞行器超级工程师。飞行器能飞不就行了吗？告诉您，他们捣鼓出来的和别人竞赛的家伙绝对让人意想不到。

记者（晨曲）：我还真没想到咱们这些"90后"大学生制作出来的这些飞行器，虽然是用塑料泡沫这些廉价的材料做的，但它还真能飞起来。

北京理工大学航模队队员（李震）：这个就是由我们小组共同设计出来的。这架飞机代表我们学校参加了2012届全国航空航天模型锦标赛。这个项目要求这架飞行器能够垂直起降，然后绕场飞行，然后定点悬停，并把一些重物投到指定的地方。我们团队的队员都是"90后"同学，因为我们比较年轻，所以我们的想法很有创新。我们要的就是创新。

旁白：这些别人当作垃圾扔掉的塑料薄板，竟然能在咱青年人手中变成如此灵巧的航空飞行器。别以为创意在咱们手里，这就到头了。凭着人家上学学到的各种物理知识，一项更另类的发明诞生了。

记者（晨曲）：刚才我看到那个旱地拔葱的飞机啊，已经挺神奇的了。但现在还有一架飞机，也是超级的神奇。这飞机怎么长得跟UFO似的啊？

北京理工大学航模队队员：设计这飞机当时主要是为了配合动力，所以把外形设计的特别古怪。

北京理工大学航模队队员：您看这个特别奇特。（晨曲：这怎么跟窗户似的啊？）这个相当于机械的陀螺仪，然后这中间装电机。飞机变化姿势的时候，它始终是这样竖直向上的，看见没？

记者（晨曲）：你的意思就是说这飞机在真正飞的时候它会保持水平是吧？

北京理工大学航模队队员：对，对，就是这个意思。

北京理工大学航模队队员：可以说是国内目前没有的。

记者（晨曲）：没有？你们是独一份？

北京理工大学航模队队员：对，第一份。

旁白：眼前这个跟窗户似的陀螺仪，可是咱"90后"队员们花了近一年时间，全部靠自己的双手和知识创造出来的全国第一。但眼前这个青年团队，还有什么重量级的杀手锏最有可能代表咱北京大学生航模最高水平的航天器呢？

北京理工大学航模队队长（张超）：这个飞机它最主要的就是有这么一个特点，它可以在地面机动，在狭窄的空间它可以折叠机翼，通过之后再展开。当完成任务之后再自己弹射起飞，然后再回来。

旁白：听傻了吧，眼前这个怪模怪样，特别像飞虫的飞机绝对是张超和团队近两年来研发的心血。机翼被设计成可以自由折叠的效果，而机头两旁还安装了一对风火轮，据说能当越野车开。连摇杆高清晰摄像头也安装在了机头，通过信号传输，飞机前方的画面能第一时间展现在笔记本电脑上。

记者（晨曲）：据说眼前咱们这个小飞机，它能在地上爬，是吧？也能越野，是吧？那咱们来看一眼。（北京理工大学航模队队员：好。）三、二、一，走。

旁白：您瞧，眼前这个小飞机不仅能压过石头，还能在草地上行走。让飞机玩越野，眼前这些"90后"青年人正在为咱们中国大飞机项目提出一个大胆的创意设计，如果运输机都能这样，上天入地还怕什么。您现在看到的画面就是这架准备参赛的小飞机现场试飞的镜头，人家不仅能做出各种翻滚花哨的动作，连爬升速度也是超级快。其实咱"90后"研发的飞行器并不是自娱自乐，象正在实验阶段的火箭弹射装置，就是为了打破其他国家对航母蒸汽和电磁弹射战斗机的技术垄断，用年轻人创意的火花，为祖国的国防事业尽自己的微薄之力。

【中国青年报】脑瘫计算机博士是怎样炼成的

来源：中国青年报—中青在线　　日期：2013年3月27日

原文链接：http://zqb.cyol.com/html/2013-03/27/nw.D110000zgqnb_20130327_4-03.htm

"我有抑郁症，所以就去死一死，没什么重要原因，大家不必在意我的离开。拜拜啦。"2013年的3月18日，是南京女大学生"走饭"发出微博遗言、在宿舍自缢的一周年。当张大奎在宿舍看到纪念她的微博时，他抬起并不灵活的双手，敲下了四个字："努力活着"。

这个从不到两岁起被诊断为脑瘫的青年，曾经也是离绝望最近的人，如今，他是计算机博士。

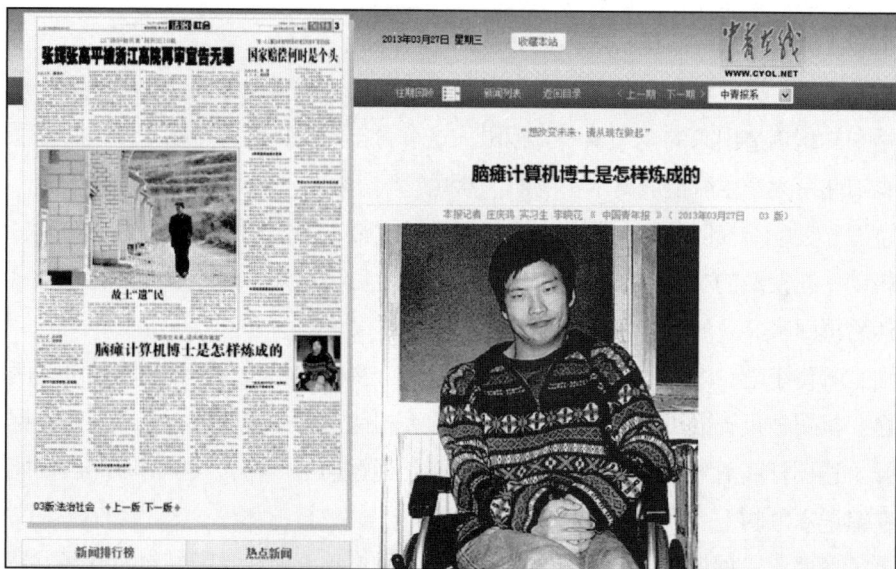

咱可不能穿新鞋，走老路

咖啡色的条纹衬衫，深蓝牛仔裤，张大奎身体略有些倾斜地打开了门。

单间宿舍里，浅蓝小花的被套、蓝绿相间的床单都铺得很平整。张大奎笑着说："我奶奶给我讲，你要把被子叠好，别人来看你的时候就会说：'哎呀，这小孩走路走不好，被子叠得还挺好。'"

1981年，张大奎出生在河南焦作的一个农民家庭。一次高烧，乡下有限的治疗条件导致了严重的后遗症。父母把他抱到北京来求医，却得到了一个令人心碎的回答："核黄疸后遗症"，俗称小脑瘫痪。

到6岁时，他还只会在地上爬，根本无法独自站立。"这种病的主要表现是运动平衡、肌肉协调等功能有较大障碍。医生告诉我爸妈，在医学上没有好的治疗方案，唯一的方法是自己锻炼，恢复部分身体机能，达到自理。"

没有任何康复训练机构，也不知道去哪里求助，但张家没有放弃。

一开始，张大奎的爸妈在两棵大树间绑上了两根竹竿。从烈日炎炎到漫天飘雪，年幼的张大奎双臂架着竹竿挪来挪去，有时候哭着还继续"走"。几年后，双臂磨厚了，他终于可以用双臂"走"了。

但一个年轻人的天地，不可能永远在两棵树之间。突然有一天，竹竿被换成了粗绳子，"竹竿是硬的，可以完全依靠；但绳子就不一样了。"他很不适应，经常是走到一半就双膝跪倒，"膝盖不知道磕破了多少次。"

在张大奎摔倒的时候，爸妈很少伸手扶。"自己想办法站起来"是他们的口头禅。终于有一天，再摔跪在地上的时候，孩子没有感到膝盖疼，马上爬了起来。

到了9岁，张大奎创造了第一个奇迹：他能拄着拐杖走路了。

"说实话，当时我很恨父母对我的'狠心'，但现在我非常感激父母当年的良苦用心，也特别体谅为人父母内心的挣扎。更庆幸的是，父母没有放弃我的教育。"

从小学开始，这个孩子上课时不敢多喝水，怕上厕所的时候麻烦别人；在别的孩子追跑的时候，他只能孤独地坐在座位上。"我不聪明，身体也不方便，很少出去活动或玩耍，这也让我有了更多的空闲时间，那我就多花些时间学习。"

他能穿得起的只有十几元钱的军用胶鞋。"脚在地上拖来拖去，所以每个月基本上要磨坏两双胶鞋。"

父亲每次为他穿上新鞋子的时候，都会说一句："奎，咱可不能穿新鞋，走老路。""当年我并不理解这句话的含义，但若干年后，每当我有了新鞋时，我都会学着父亲的口气对自己说：'咱可不能穿新鞋，走老路！'"

"没有你们想象中那么困难"

"现在很多人看问题都很喜欢'一刀切'，认为我很厉害，但我就是做自己能做的和该做的，一步一步走过来的，没有你们想象中的那么困难。"白色的书桌上，摊开的是张大奎正在学习的英文课本，旁边放着几只专门用来练字的荧光笔。他写的字很大，有专门练字的本子。"如果字太小，我掌握不了那框架，就写歪了。"

讲话时的，张大奎还会加上手势，语速一快，就会有点口齿不清，不一会儿，额头上就出了薄薄一层汗。小毛巾就捏在手里，时不时地需要擦一下。"这么多年来，虽然心理和身体方面成熟了很多，也参加了无数的考试，但每次考试都是不小的挑战。毕竟我要付出常人数倍的努力，还不一定得到一样的成绩。"

2002年，张大奎顶着极大的压力参加了高考。"当时头上的汗不断落在试卷上，大部分试卷都被汗水浸透了。一场考试下来，两条带进去的干毛巾都像刚从水里捞出来的一样。我写字也没办法快起来，字体会因为手臂颤抖很潦草。汗迹墨迹混在一起，卷面很不清楚。"

他选择了当地一所民办大专院校——黄河科技学院。"当年我参加高考的时候，绝大多数公办大学都不愿意接受残疾人，我的选择余地很小。现在想来，很感激母校愿意接受我。"

大专快毕业的时候，他面临了一次至关重要的选择：是继续读书，还是就此结束？

"我当时看不到继续读书的希望。"张大奎回忆说，"因为不少身体健全的名校毕业生都找不到工作，更何况我的身体条件还是这样。但父母知道我的想法后，既引导我，又逼迫我，让我继续读书。为了不让他们失望，我在专升本考试的前半年，都把自己关在宿舍里没日没夜地复习，连一日三餐都请同学从食堂带回来。"

2006年，他考入河南理工大学计算机学院，并在那里读完了研究生。"河南理工大学是改变我一生命运的地方。他们能够接受一个残疾人入学。考博时，河南理工大学还把辅导员办公室让给了我，因为我很难去抢占座位。"

2011年，张大奎决定考博。"但理想和现实是有差距的，尤其像我这种情况。"

他给相关领域的博导们发了不少邮件，但是大部分教授在得知大奎的身体状况后，都选择了沉默或是拒绝。最严重的时候，他整夜整夜地失眠，也曾想过要放弃。但他曾对自己说过："绝望也是一种醒悟和升华。"

终于，他收到了唯一一封回信，它来自北京理工大学计算机学院樊孝忠教授："你可以考我的博士，但是我不会给你任何特殊的优待，不会透露任何关于考试的信息，能不能考上，完全要靠你自己。"

这对绝望中的张大奎来说，是必须抓住的最后一根稻草。

那一年冬天，他坐在轮椅上的身影，震惊了整个笔试考场。博士生面试那天，樊孝忠教授第一次见到张大奎。他在楼道里滑倒了，等大家发现的时候，他正在努力地爬起来。"很自强，看起来似乎已经是习惯。自己能做的，即使朋友能帮，他也要自己尽力去做。"

最后，3个学生达到了录取标准，但樊孝忠只有两个名额。"考虑到张大奎的身体情况，我担心其他老师会不要，所以我就把另一个学生推荐给了其他老师，把他留在我身边。"

"张大奎STYLE"：我到世界就是为了带来不同

研究生楼下放着一个暗红色略显旧的小三轮，那是张大奎的"专车"。他可以骑着他的小三轮去想去的地方，虽然吃力，却让他的行动自由了很多。

18岁时，他才学会了骑人力三轮车。当时他对自己的评价是："我终于实现了梦想——像别人一样正常行走、生活自理！"

"自己一个人待久了会很烦闷，我可以骑车出去。骑车是给自己一个思考的时间，自己必须孤独地去面对那段路程。"他指了指三轮，又抬手用小毛巾擦了擦汗。

"孤独可不是寂寞啊。"这个略有点斜肩的大男孩笑着说。

他宿舍墙上挂的书法颇为别致："何事惊慌"。这是张大奎从电视里听到的话，请同学写了送他。"我老是感觉自己慌慌张张的，以前还很自卑，现在心态要好很多了。"

"其实，我没你们想象中的那样强大。更多的时候是生活一步一步把我逼向死角，于是我只能做着自己应该做和可以做的事情。等挺过去了，称赞我的人只是看到了结果，过程的无奈只有我自己知道。"他说得坦然。他总结说："情绪高昂时把事做好，情绪低潮时把人做好。"

他很喜欢乔布斯在斯坦福大学演讲的一句话："你无法预先把未来的点点滴滴串联起来；只有在经历过后，你才明白那些点点滴滴是如何串在一起的。所以你得相信，眼前经历的种种，都会串连成你的未来。"

"没人能保证你的未来，但你现在的所作所为必将构成你的未来，想改变未来，请从现在开始做起。焦虑没有任何帮助，行动才能改变现状。"张大奎说。

"说实话，作为一个残疾孩子，心底的自卑是难以启齿的。"张大奎坦言，就在一年前，他最怕的还是别人猎奇的眼神。但现在，他已经能够自信地说出下面这段话：

"我就是天生与众不同的，我走路特别，说话特别，写字特别，这就是我张大奎的style。我值得被看到和听到。我来到这个世界，就是为了给这个世界带来一些不同。我要告诉人们，原来人在这样的生存状态下，还可以这样不卑不亢地活着；原来一个生命可以用如此与众不同的方式，触动世人的视觉和听觉。"

（作者：庄庆鸿　李晓花）

【光明网】北理工计算机博士张大奎：
原来生命可以与众不同

来源：光明网　日期：2013年5月7日

原文链接：http://www.gmw.cn/xueshu/2013-05/07/content_7543034.htm

走路特别，说话特别，写字特别。来到这个世界，张大奎就是为了给这个世界带来一些不一样——

原来生命可以与众不同

"从来就没想到，我这么个家伙能坐在这里。"北京理工大学在读博士生张大奎风趣地说，口齿含糊。

他是从小被人们称为"脑瘫"的孩子，肌肉不协调、运动不平衡，但现在人们更愿意用"计算机博士"来称呼他。

"今天拍晚了，但却拍到了很亮的画面，阳光真好，有风。"快一个月了，大奎拍下自己在北京理工大学宿舍外的风景放在微博里。此时，窗外三棵大树的新绿已迫不及待地萌发了。

"去年春天，和妹妹一起在校园里走，猛然一抬头，树都满眼新绿了。当时我就感叹春天怎么一夜之间就到了。这也是我想记录的一个原因，看看周围的微弱变化，怎么从量变到质变。"

窗外，还有一辆三轮车，那就是大奎的代步工具。似乎在静静地告诉人们，原来人在这样的生存状态下，还可以这样不卑不亢地活着。原来一个生命可以用如此与众不同的方式，触动世人。

张大奎近照（资料照片）

"我凭什么走到今天？搜索了头脑中的所有词汇和言语，有一句话令我印象深刻，那是父亲每每微醺之后形容自己的一句话，'血骨熬汤为理想'。我能走到今天，也是因为一个'熬'字。'熬'其实不是懈怠，是不急不躁的进步，是坚持。"

——张大奎

"美好生活会来吗？"这是家人追问最多的一句话，那里隐藏着无尽的担忧与期盼。

小时候，大奎最熟悉沙地，因为他只能在沙地上爬行，根本无法独自站立。

父母的决断让人看起来总是匪夷所思——站起来。他们一直坚信专家的论断，除了锻炼，没有更好的办法。

康复方法是父母想的，两棵大树之间绑上两根竹竿，类似双杠，双臂架在上面练习腿力。

不久，竹竿换成了绳子。竹竿是硬的，可以完全依靠；但绳子就不一样了。经常是走到一半就双膝跪倒在地。

"膝盖不知道磕破了多少次，后来都不知道疼了。"曾经，大奎怨过父母的"狠心"。

父母很少会直接过来帮他，他们总会说，"自己想办法站起来。"一次次重复，跌倒了再起来。

"对残疾孩子而言，父母是重要的推动力，没有这个环境，这个动力，不引导，你让孩子坚强，总是空幻的事情。"现在，大奎深有体会，父母真正的爱护，是一种监护，是放手让孩子去做，让他遭受风雨，让他慢慢找到诀窍。

惊喜不期而至，大奎的腿渐渐变得有力。9岁学会使用拐杖走路，18岁学会骑人力三轮车。

虽然晚了几年，但他可以和健康的孩子一样读书上学，而且成绩还不错。

这一连串没有断档的经历在别人看来，或许就是一种美好生活：2002年高考，考入民办大专院校——黄河科技学院。2006年，顺利通过专升本考试，被河南理工大学计算机学院录取。2008年，考取河南理工大学的研究生。2011年，被北京理工大学计算机学院录取为2011级博士研究生。

"别人称赞我的时候，我会心生忌惮。其实我没你们想象中的强大，更多的时候是生活一步一步把我逼向死角，我只能做着自己应该做和可以做的事情，挺到最后一瞬。"身处困境的时候，大奎也会抱怨老天不公，也曾想过放弃，但真正跨过去了，才发现经历苦难后的心灵丰盈，才是人生最宝贵的财富。

"如果没有遇到明智并坚定信念的父母，如果没有遇到热心的朋友，如果没有遇到愿意接纳我的学校，如果没有遇到无条件欣赏我的老师……种种假设如果有一个成立的话，我恐怕就没机会来到这里了。"

——张大奎

"生活中最可贵的不是因为看到了希望而坚持，而是因为坚持才看到了希望。"选择读博是大奎最为珍视的人生历练，大量的阅读，使他不断地认识和反思。

4月的一天，记者走进了大奎在河南博爱的家。一个普通的农家小院、一对平凡的农民夫妇、一个颇具规模的养猪场，构成了给他留下无数痛苦和欢笑的"乐园"。

当"电脑"对于大多数人来说还是"新鲜名词"的时候，当村子里邻居们正在忙着做生意、盖房子的时候，父亲却花了一万多元钱托人给在上初中的儿子大奎买了一台电脑。

大奎有更多的时间待在家里，触摸键盘，于是他不断地擦了又擦，从玩到学到熟悉。父亲的话，他深深地记着："儿啊，你若不努力学习，就是真的废了！"

从大专到博士，是一般人难以想象的一段跋涉。一路从黄河科技学院、河南理工大学走到北京理工大学，这又是一段幸福的历程。

在大奎看来，"一所大学不选择一个学生，本身可能并不损失什么，只是例行公事；但像我这样的学生被大学接纳，在很大程度上会影响我一生的命运。"

回忆起在河南理工大学学习生活的点点滴滴，大奎的内心充满感恩。"在这5年的时光里，我不仅收获了丰富的知识，还收获了很多关爱和感动。初入校门，当了解到我的身体情况后，学校老师就把我的宿舍从6楼调到了1楼。考博时，学校还把辅导员办公室让给了我，因为我很难去抢占座位。"同样的幸事在北京理工大学继续。"宿舍在1楼，而且是单人间，是学校专门为行动不便的学生安排的。楼管赵叔叔一直为我打水，同学们替我买饭。"

"用心做最好的自己，不要用功利的眼光来判断自己的价值。庄子说过：'无用之用，方为大用。'今天你貌似没用，其实是上天给了你一个机会让你成长为更有用的人，一个人要学会真正了解自己的天分、素质、气质与条件。"

——张大奎

担心未来吗？

"即使找不到好工作，明白一些道理，认识一些人，难道这不叫成功？"大奎有自己的定义。

这么多年走过来，大奎收获了一生的好朋友。"我身边有一群聪明人，有了想法，不和他们分享，那是我的损失。不在乎说了什么，听到了什么，而在于在表达的过程中，把自己的思路打开了，捋顺了。"

"有隐约的阳光。今天朱哥他们带我去奥林匹克公园一日游，大概累坏了他们。有这样的朋友，是我一生最大的幸福。"在微博上，他记录下自己的心情。

当然，也有隐隐的担心，但路就是一步步慢慢走出来的。

"小时候父母担心我成一摊肉泥，站不起来，生活不能自理；我上高中、大学时，他们担心我会半途而废；现在他们又担心我娶不上媳妇。父母总有操不完的心。"大奎常劝父亲和继母，"虽然身体残疾，但我热爱生命，阳光向上，为人谦卑友善；学业上勤勉努力、善于思考；我也想成家立业，但目前的孤独前行也是我必须面对的；我相信，在世界上的某个角落，肯定有一个人，她也在寻找我。"

大奎刚刚知道，自己有幸成为2012中国大学生年度人物200位候选人之一。

越来越多的公益组织，包括许多个人，都从不同侧面、不同角度关注那些需要帮助的孩子，他也因此成为更多人的榜样。

这大概就是"中国梦"开始的象征，让那些来自社会最底层、最需要帮助的人们共同分享我们国家经济、教育、医疗发展的成果，我们这个社会将是个美好的人间。窗外，久违的春天真的到来了。

（作者：刘先琴 靳晓燕 徐春浩）

【中国青年报】北理工张大奎等十人当选
"中国大学生自强之星标兵"

来源：中国青年报　日期：2013年5月10日

原文链接：http://zqb.cyol.com/html/2013-05/10/nw.D110000zgqnb_20130510_4-01.htm

中国青年报5月9日电（记者王怡波）今天，2012年度寻访"中国大学生自强之星"活动最具分量的奖项出炉，北京理工大学张大奎等10人获得"中国大学生自强之星标兵"称号。

10名自强之星标兵是：北京理工大学张大奎，合肥工业大学武晓妹，长江师范学院靖易，中山大学郭艳琼，东北师范大学张晓敏，泰山医学院杨静，南京农业大学张轩，西安建筑科技大学吴书强，上海大学马成亮，新疆师范大学艾克白尔·艾尔肯。

本次活动中，各省级团委按照爱国奉献、道德弘扬、科技创新、自立创业、志愿公益、身残志坚和其他7个类别申报了31名标兵候选人，最终评定10名自强之星标兵。

依照去年的模式，今年的活动继续使用"微博实名推荐"，在报名程序、审核要求等方面做了优化，进一步放宽了报名、展示的门槛，让更多同学有机会展示。这让今年活动的新媒体传播效力更广泛，活动中微博最受关注的同学获得了23 068次的转发和5 392条评论。经统计，今年的自强之星活动报名人数创下历年新高，达到9 164人，比去年翻了近一番，覆盖了全国31个省（区、市）的1 141家本科、专科院校。另外，今年中青华云对活动各个环节的网络传播情况进行了全程跟踪，为活动提供了客观参考数据和优化建议。

该活动由团中央、全国学联主办，中国青年报社和中国高校传媒联盟承办，新东方科技教育集团协办，已连续成功举办7届。今年的活动提出"青年自强 圆梦中国"主题，10名"中国大学生自强之星"标兵，100名"中国大学生自强之星"和800名"中国大学生自强之星"提名奖获得者的产生，为当代青年大学生实现中国梦树立了可亲、可敬、可信、可学的身边榜样。近日，团中央、全国学联将举行颁奖仪式。

（作者：王怡波）

【大河报】有种淡定叫"何事惊慌"

这是脑瘫博士张大奎从自警到自信的导航仪
他用信念在三轮和双拐上绽放生命之花

来源：大河报　日期：2013年5月18日

原文链接：http://newpaper.dahe.cn/dhb/html/2013-05/18/content_895661.htm?div=1

5月9日，2012年度寻访"中国大学生自强之星"活动最具分量的奖项出炉，出生于河南焦作一普通农民家庭、北京理工大学计算机学院脑瘫博士张大奎脱颖而出，获得"自强之星标兵"。一辆小三轮车、一双拐杖，支撑着这位脑瘫儿戴上博士帽、登上国家领奖台。32年的人生路、24年的求学路，这位励志哥的传奇经历在令人好奇和羡慕的同时，又蕴含着多少曲折坎坷，折射出多少生命的感悟？

直击：你会忘记这阳光男孩是脑瘫博士

5月12日，周日，阳光很好。

北京理工大学硕博公寓2号楼不足10平方米的112房间里，窗上红红的福字好像一对笑脸，桌上摆着一只精巧的小鱼缸，几只荧光小鱼欢快地游着，一盆水培绿萝吐露着生机，温馨、整洁，让记者不敢相信这是一位残疾男生的宿舍。

"何事惊慌"四个字挂在墙壁正中。"我原来因为自己残疾，总是不自信，干什么事都慌张。这是我让朋友写的，时刻提醒我：只要认真去做，不用担心那么多。"大字下面，是一组数学公式，记者原以为是计算机程序语言，可大奎说："这组数字是一串警示——想在一个领域做到专业至少要10 000小时，如果每天工作8个小时，需要3.5年，如果每天工作12个小时，只需要2.3年，我是在鼓励自己，不要虚度光阴……"

"我从一名只会趴在床上玩游戏机的脑瘫男孩，成长为一名计算机博士，计算机注定与我有缘。"大奎的语言有些含混不清，但声调很高，而且总是面带微笑，常常让记者忘了眼前这位开心男孩是一位脑瘫博士。

他站在窗前，单臂举起哑铃，举了50下后，坐在计算机前，天书一般的计算机语言，张大奎看得津津有味……

到了吃饭时间，大奎的电话响了——师兄弟们每天都叫他一块儿吃饭，因为他行动不方便，大家经常需要帮他打饭，"大家的好，我会一直记在心里。"大奎拄起双拐，艰难地走到大门外，骑上他的小三轮车，与同学们一起去餐厅。

父亲："孩子都这样了，还培养"深深刺痛着我

张大奎的家在博爱县清化镇农场，2岁时，他被确诊为核黄疸后遗症，小脑机能受损，"脑瘫"将与他相伴终生。

5月17日上午，张大奎的父亲张守元正在打理自己的养猪场。"我的家里除了大奎外，还有3个女儿，4个孩子全部读书上学，可我和他妈妈从来没有放弃过希望。不怨天尤人、不离不弃是我们的家训。"

"大奎五六岁时，还不能站着走路，只能爬行，为了让他学走路，我跟他妈每天给他按摩肌肉，活动四肢。后来挖个沙坑任他爬行，又在两棵树中间绑上两根竹竿，让他双臂架在上面练习走路……9岁时，大奎终于可以拄着拐杖走路了。这些说起来也就一段话，做起来却很艰难。"张守元回忆说，2002年，大奎参加高考，我们在门外等候，旁边一些人的议论深深地刺痛着我："'孩子都这样了，还培养'？可残疾孩子如果不走这条路，

就是废人一个。"

大奎的第一学历只是大专，并不是他成绩不好，而是高考时过度紧张，四肢协调失衡，写不成字，汗水把试卷都打湿了，字迹模糊一片。"进考场时我给他买了一条崭新的毛巾，出来的时候一兜汗水……"

2006年，大奎顺利通过专升本考试。2008年，考取河南理工大学研究生。2011年，被北京理工大学计算机学院录取为2011级博士研究生，遇到了樊孝忠教授。大奎的顽强乐观，也给妹妹的成长和成才带来了激励。如今，他的两个妹妹都是研究生，最小的妹妹也在读大学。

导师：当年有三名考生，我只能选择两人

2011年，北京理工大学的樊孝忠教授接到大奎的报考邮件时，并没有拒绝大奎，但同时告诉他，不会因为同情而多加关照，一切要凭实力。

"博士生面试那天，我第一次见到张大奎。他在楼道里滑倒了，等大家发现的时候，他正在努力地爬起来。他很自强，自己能做的，即使朋友能帮，他也要自己尽力去做。"樊教授说，面对考官，大奎的思维特别敏捷，专业知识很扎实，英语也表达得非常准确，"当年有三名考生通过了考试，可我只能选择其中的两人，大奎的刚毅、率真和不平凡的求学经历，让我不得不把另外一名身体条件特别好的学生推荐给另外一名导师，而把大奎留在了自己身边。"

杨辉与大奎从本科阶段就是好友，如今在北理工也是朝夕相处。他说，大奎原来并不像现在这样自信，甚至有些自卑，正是这么多年来他超凡的毅力，不断地实现自我的人生价值，用正能量回馈社会，才让他越来越自信阳光，"与大奎交往，我从他身上学到许多东西，主要是精神力量，人生之路都应该是向上的、勤奋的。"

"别人称赞我的时候，我常会保持清醒。其实我没你们想象得强大，更多的时候，是生活一步一步把我逼向死角，我只能做自己应该做和可以做的事情，挺到最后。身处困境时，我也曾想过放弃，但真正跨过去了，才发现经历苦难后的心灵丰盈，才是人生最宝贵的财富。绝望也是一种醒悟和升华。"大奎深有感触地说。

大奎：我的偶像是乔布斯

当记者以霍金来比大奎时，他马上表示不赞同："我的偶像其实是乔布斯，在我看来，他是引领我未来的导航仪。虽然我不够优秀，可我有一颗渴望优秀的心。"

再有两年，大奎将要走出校门，当记者问大奎，对未来怎么打算时，大奎乐观地告诉记者："不光是你，几乎每个关心我的人都会问：你的未来是怎样打算的？我无法说出具体的景象，这个世界变化太快，不确定因素又太多。我的态度就是随缘，随缘不是放弃追求，而是以豁达的心态、冷静的头脑去面对狂热的世界。"

"我知道我的身体状况，知道未来还要经受很多考验。可能我找不到一份在大家看来体

面的工作，但那又怎样？我不会因为自己多读了几天书就自恃清高，强迫自己必须达到什么样的标准，但我知道我饿不死自己，我还能做点哪怕很小、但挺有意义的事情，不是也很幸福？您也看出来了，我身上有永远也摆脱不了的乡土气息，我甚至想过，有一天我可以回农村带孩子们一起读书，让他们少走点弯路，如果真能这样，我会很有成就感。有服务意识的人才是有福气的人。如果一个社会不能包容、接纳为理想活着的人，那这个社会早晚是要完蛋的。"

4月17日，《中国青年报》报道了一个哈工大的脑瘫研究生毕业后，投了600份简历都没找到工作。我看后是这样评论的："一方面，社会是有歧视现象存在，观念的转变是急需的。另一方面，残疾人，特别是有一技之长的，应该定好位，劣势和优势是可以互相转化的，不要不把自己当回事，也不要太把自己当回事，哪怕是再卑微的工作，用心做得比别人都好，你的学识就不会是浪费，反而成了一种伟大。"

其实世界就是一个矛盾统一的整体，你不能只希望看到美好的东西。我们常常挂在嘴边的话是"追求幸福"，既然幸福是"追"来的、"求"来的，也就是说，它在我们生活中很"难得"嘛。

漫漫求学路，上帝关掉了大奎行动之门的同时，也为他打开了一扇求知之窗，任何人都无法完全体会张大奎在求学路上的艰辛，但他却用自己的乐观和阳光证明了一个朴实的道理：坚持就是胜利！

（作者：崔新建）

【中国青年网】北理工教师刘峰入围第十七届"中国青年五四奖章"全国32人初评人选

来源：中国青年网　日期：2013年4月19日

原文链接：http://zqb.cyol.com/html/2013-04/19/nw.D110000zgqnb_20130419_1-06.htm

"中国青年五四奖章"是共青团中央、全国青联授予中国优秀青年的最高荣誉，旨在树立政治进步、品德高尚、贡献突出的优秀青年典型，反映当代青年的精神品格和价值追求。为充分展现当代青年的精神风貌，引领广大青年立足本职成长成才，共青团中央、全国青联决定，在2013年五四青年节期间表彰第十七届"中国青年五四奖章"获得者。

本届初评评委会由来自党政机关、军队、高等院校、科研院所、新闻单位、企业、农村等各方面代表和往届"中国青年五四奖章"获得者代表以及团中央机关相关部门负责人、全国青联常委共77人组成。为体现评选工作的代表性、公正性和权威性，按照评选规则，评委会成员从评委库中按结构随机抽取产生，所有评委均于会议前即期通知。所评阅的材料均隐去了候选人的姓名、所在地区、单位等个人身份信息。经评委署名投票并公开计票，86位推荐人选中得票过半数的有32名，作为初评入围人选。其中，我校雷达技术研究所副所长、北京理工雷科电子信息技术有限公司总经理刘峰入围。

附

刘峰，男，汉族，1978年4月生，群众，北京理工大学信号与信息处理专业毕业，博士研究生学历，北京理工大学雷达技术研究所副所长，北京理工雷科电子信息技术有限公司总经理。刘峰长期从事高速实时信息处理、卫星导航信号处理等领域的科技研究。他带领科研团队，先后承担"863"重点课题等10余项科研项目，完成我国北斗卫星导航基带信号处理芯片流片的研制，实现了重大突破。他积极投身科研成果转化，2009年响应学校号召，参与创办学科性公司——北京理工雷科电子信息技术有限公司，并出任总经理。2012年公司收入达到7 400万元，被评为2012年度中关村新锐企业十强。他发表学术论文10余篇，出版学术著作1部，获得多项发明专利。

（作者：李立红）

【中国青年网】北理工刘峰获第十七届
"中国青年五四奖章"

来源：中国青年网　　日期：2013年5月3日

原文链接：http://picture.youth.cn/xwjx/201305/t20130502_3176986_9.htm

刘峰，男，汉族，1978年4月生，群众，北京理工大学信号与信息处理专业毕业，博士研究生学历，北京理工大学雷达技术研究所副所长，北京理工雷科电子信息技术有限公司总经理。

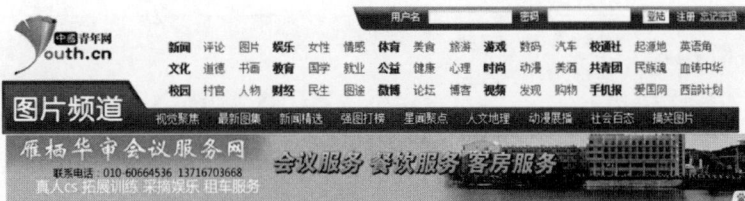

北京理工大学雷达技术研究所副所长、北京理工雷科电子信息技术有限公司总经理刘峰

刘峰长期从事高速实时信息处理、卫星导航信号处理等领域的科技研究。他带领科研团队，先后承担"863"重点课题等10余项科研项目，完成我国北斗卫星导航基带信号处理芯片流片的研制，实现了重大突破。他积极投身科研成果转化，2009年响应学校号召，参与创办学科性公司——北京理工雷科电子信息技术有限公司，并出任总经理。2012年公司收入达到7 400万元，被评为2012年度中关村新锐企业十强。他发表学术论文10余篇，出版学术著作1部，获得多项发明专利。

（作者：李立红）

【中国青年报】北理工刘峰获第十七届"中国青年五四奖章"

来源：中国青年网　　日期：2013年5月2日

原文链接：http://zqb.cyol.com/html/2013-05/03/nw.D110000zgqnb_20130503_2-01.htm

（记者李立红）为树立和宣传当代青年的优秀典型，引导和激励全国广大青年树立崇高理想追求，立足本职成长成才，共青团中央、全国青联日前决定，授予马剑霞等27名同志第十七届"中国青年五四奖章"，授予上海警备区特种警备团摩步三营八连等两个青年集

体"中国青年五四奖章集体",授予王淑媛等5名同志第十七届"中国青年五四奖章"提名奖。(名单见6、7版)

　　荣获第十七届"中国青年五四奖章"荣誉称号的分别是:四川省雷波县大坪子乡中心校校长马剑霞(女,彝族),中国科学院遗传与发育生物学研究所分子系统生物学研究中心主任王秀杰(女),河南德行丰民种植专业合作社理事长王灵光,中船重工集团公司第七〇一研究所高级工程师、航母特种装置工程副总设计师、辽宁舰系统主任设计师王治国,新疆维吾尔自治区尉犁县古勒巴格乡阿克其开村党支部书记、村委会主任、团支部书记牙生·吐尔逊(维吾尔族),中航工业沈阳飞机工业(集团)有限公司14厂钳工方文墨,新华通讯社华盛顿分社记者冉维,浙江金刚汽车有限公司总装分厂技术质量员吕义聪,海军92815部队某潜艇艇长华明,厦门三度足浴有限公司职工刘丽(女),北京理工大学雷达技术研究所副所长、北京理工雷科电子信息技术有限公司总经理刘峰,湖北省罗田县锦秀林牧专业合作社理事长、湖北省名羊农业科技发展有限公司董事长刘锦秀(女),内蒙古自治区新巴尔虎右旗克尔伦苏木芒来嘎查党支部书记、芒来牧民养羊专业合作社理事长米吉格道尔吉(蒙古族),广西壮族自治区忻城县马泗乡马泗村党委副书记、马泗乡大棚果蔬团支部书记李欣蓉(女,壮族),湖北省体育局网球运动管理中心运动员李娜(女),武警河北省总队第三支队副参谋长张华,中建八局第二建设有限公司玉树灾后重建项目部项目经理、项目党支部副书记张涛,铜仁学院党委组织部职员张蕾(女,土家族),浙江省磐安县实验初中教师陈斌强,西南大学生命科学学院教授罗凌飞,湖南省长沙市望城区隆平高科新康种粮专业合作社理事长袁虎,中国电子科技集团公司第十四研究所机载雷达电源专业组组长唐登平,国家深海基地管理中心工程师唐嘉陵,潍柴动力股份有限公司技术中心技术党总支副书记、三高试验队队长、党支部书记常国丽(女),广西壮族自治区贺州市公安局禁毒大队副政委兼八步

分局禁毒大队副大队长植志毅（女），解放军陆军军官学院学员曾昇铨，中国石油第一建设公司第三工程处313工程队电焊工裴先峰。

荣获"中国青年五四奖章集体"荣誉称号的分别是：上海警备区特种警备团摩步三营八连，中国载人深潜蛟龙号海试团队潜航员部。此外，王淑媛（女，蒙古族）、叶智勇、沈允生、陈建发、金涛（回族）等5人荣获"中国青年五四奖章"提名奖。

同时，共青团中央近日决定，授予王靖等171名同志2012年度"全国优秀共青团员"称号，授予李月明等130名同志2012年度"全国优秀共青团干部"称号，授予北京大学团委等346个基层团组织2012年度"全国五四红旗团委（团支部）"称号。

（作者：李立红）

【央视《新闻联播》】北理工刘峰教授参加全国优秀青年代表座谈会并受到习总书记接见

来源：央视《新闻联播》　　日期：2013年5月8日

主持人（王宁）：五四青年节到来之际，中国中央总书记，国家主席，中央军委主席习近平4日来到中国航天科技集团公司中国空间技术研究院，参加"实现中国梦，青春勇担当"主题团日活动，同各界优秀青年代表座谈，并发表重要讲话，代表党中央向全国广大青年致以节日问候。习近平强调，青年最富有朝气，最富有梦想，青年兴，则国家兴；青年强，则国家强。广大青年要坚定理想信念，练就过硬本领，勇于创新创造，矢志艰苦奋斗，锤炼高尚品格。在实现中国梦的生动实践中，放飞青春梦想；在为人民利益的不懈奋斗中书写人生华章。

旁白：上午9：30许，习近平来到中国空间技术研究院展厅，参观空间技术成就展。看到总书记来了，正在参观的部分优秀青年代表围了过来，习近平微笑着和大家一一握手。在导航卫星系统、通信卫星、载人航天系统、航天技术应用产业、探月工程等实物展品前，在介绍几代航天青年优秀代表人物的展板前，习近平仔细听取介绍，同青年科研带头人交流。听说航天科研团队以青年为主体，平均年龄，嫦娥团队，神舟团队33岁；北斗团队35岁；东方红4号团队29岁；卫星应用团队28岁，习近平十分高兴。他指出，我国航天事业的发展历程充分说明，创新的制高点在科技，科技的希望在青年。他希望大家认真学习航天青年科研团队的创新创造精神，结合实际，发扬光大。随后，习近平来到会议室，同各界优秀青年代表座谈。中国地质大学2011级硕士研究生陈晨谈了她登上珠穆朗玛峰的体会，她说最近同学们都在讨论中国梦，讨论个人的梦想。她觉得大学生是最具有梦想的群体，大学就是点燃梦想、播种梦想、实现梦想的地方。

优秀青年代表（陈晨）：我们这代大学生赶上了好时代，不但有良好的学习生活环境，更有实现梦想、成才报国的广阔舞台。正因为如此，我才得以在世界之巅实现了自己的梦想。2012年5月19日，我成功登上了海拔8 844.43米的珠穆朗玛峰。

习近平：陈晨同学，我是非常敬佩你。对于珠穆朗玛峰啊，我可以说是高山仰止，景行行止，虽不能至，心向往之。有这种精神，我相信你今后人生的事业啊，一定会在这种精神的砥砺下，勇往直前，不断地攀上人生新的高峰，我祝愿你。

旁白：中国石油第一建设公司第三工程处313工程队电焊技师裴先锋，内蒙古自治区新巴尔虎右旗克尔伦苏木芒来嘎查党支部书记，芒来牧民养羊专业合作社理事长米吉格，92815部队某潜艇艇长华明，探月工程二期探测器系统总设计师和嫦娥三号卫星总设计师孙泽洲，解放军陆军军官学院学员曾昇铨，北京市大兴区庞各庄镇王场村党支部书记胡建党，厦门市丽行企业管理咨询有限公司足疗技师刘丽，新疆昌吉州木垒县政府办公室副主任许晓艳，河南农业大学农学院2011级硕士研究生王灵光，中国科学院遗传与发育生物学研究所研究员王秀杰等先后发言。他们结合各自岗位和成长经历，抒发了与祖国共奋进、与时代齐发展的青春感受，表示要坚定跟党走的信念，勇敢担负起当代青年的历史责任，为国家富强、民族振兴、人民幸福而不懈奋斗。在听取大家发言后，习近平发表了重要讲话。他指出，历史和现实都告诉我们，青年一代有理想、有担当，国家就有前途，民族就有希望，实现我们的发展目标就有源源不断的强大力量。中国梦是历史的、现实的，也是未来的；是国家的、民族的，也是每一个中国人的；是我们的，更是青年一代的。中华民族伟大复兴终将在广大青年的接力奋斗中变为现实。习近平强调，展望未来，我国青年一代必将大有可为，也必将大有作为。广大青年要勇敢肩负起时代赋予的重任，把理想信念建立在对科学理论的理性认同上，建立在对历史规律的正确认识上，建立在对基本国情的准确把握上，永远紧跟党，高高举起中国特色社会主义伟大旗帜；增强知识更新的紧迫感，如饥似渴学习，勇于到条件艰苦的基层、国家建设的一线、项目攻关的前沿去经受锻炼、增长才干，不断提高与时代发展和事业要求相适应的素质和能力；勇于解放思想、与时俱进，敢于上下求索、开拓进取，在立足本职的创新创造中不断积累经验、取得成果；自觉树立和践行社会主义核心价值观，带头倡导良好社会风气，始终保持积极的人生态度、良好的道德品质、健康的生活情趣，努力使自己成为祖国建设的有用之才、栋梁之材。习近平指出，我们党始终代表青年、赢得青年、依靠青年，始终重视青年、关怀青年、信任青年。面向未来，各级党委政府和领导干部要进一步关注青年愿望、帮助青年发展、支持青年创业，为青年驰骋思想打开更浩瀚的天空，为青年实践创新搭建更广阔的舞台，为青年塑造人生提供更丰富的机会，为青年建功立业创造更有利的条件。习近平强调，为实现中华民族伟大复兴的中国梦而奋斗，是中国青年运动的时代主题。共青团要在广大青少年中深入开展"我的中国梦"主题教育实践活动，用中国梦打牢广大青少年的共同思想基础，用中国梦激发广大青少年的历史责任感，为每个青少年播种梦想、点燃梦想，让更多青少年敢于有梦，勇于追梦，勤于圆梦，让每个青少年都为实现中国梦增添强大青春能量。共青团中央、教育部等有关部门负责人，中国青年五四奖章获得者，中国青年创业奖获得者，全国农村青年致富带头人标兵，西部计划优秀志愿者，中国大学生年度人物和全国高校辅导员年度人物等各界优秀青年代表约70人出席座谈会，并参观展览。座谈会前，习近平亲切会见了参加座谈会的各界优秀青年代表，并合影留念。王沪宁、刘延东、李源潮、栗战书一起参加主题团日活动。

【科技日报】北京理工大学足球机器人大赛：创新人才培养模式

来源：科技日报　日期：2013年5月30日

原文链接：http://digitalpaper.stdaily.com/http_www.kjrb.com/kjrb/html/2013-05/30/content_206192.htm?div=-1

■ 将新闻进行到底

"历经多年尝试和探索，足球机器人比赛已经成为北理工科技创新体系一个重要组成部分。依托该项赛事，今后我们将进一步推动北理工机器人足球课外科技活动的发展，将培养创新型人才作为目标。"北京理工大学相关负责人近日接受采访时说。

机器人竞赛是近年国际上迅速开展起来的一种高技术对抗活动，它涉及人工智能、智能控制、机器人、通信、传感及机构等多个领域的前沿研究和技术融合，集高技术、娱乐和比赛于一体，引起了高校大学生的广泛关注和极大兴趣。目前，国际上已推出各种不同类型的机器人比赛，比如，机器人足球、机器人舞蹈、机器人投篮等，其中尤以机器人足球比赛最为引人注目。

该负责人告诉记者，自北京理工大学机器人足球队成立以来，在开展机器人足球课外科技活动的基础上，已开办了多期培训班和实验选修实验课。截至目前，学校已累计培养学生800余名。

机器人足球：人工智能领域重要活动

国际上的足球机器人比赛主要分两类：RoboCup和FIRA。其中RoboCup在国际上的影响相对较大一些。RoboCup是Robot World Cup（机器人世界杯）的简称，成立于日本东京，正式注册地在瑞士伯尔尼。该组织负责提出RoboCup活动的长远目标，制定并不断更新各比赛项目的规则，组织每年一次的RoboCup世界杯国际机器人大赛及相关的技术研讨。1997年首届RoboCup比赛及会议在日本的名古屋举行，共有来自世界各地的40支队伍参加，自此引起世界各国广泛关注。目前，RoboCup和机器人足球已经成为人工智能领域重要的活动之一。

据北理工相关负责人介绍，国内于1999年10月15日在重庆举办了第一次RoboCup比赛，当时的比赛项目仅有仿真组。在2000年6月的"第三届全球华人智能控制会议"机器人足球比赛中，来自清华大学、中国科技大学、北京理工大学等6所院校的10支机器人足球队参加了比赛，北京理工大学有两队获得优胜奖。"令人振奋的是，2001年6月中国自动化学会机器人竞赛工作委员会成立。2002年6月6日至11日在上海交通大学和同济大学举行中国机器人竞赛，自这次比赛开始，比赛项目也扩展到不再限于RoboCup系列，而且也包括FIRA及其他许多自创的比赛项目。"

事实上，北京理工大学较早地关注并参与到了RoboCup赛事中，并分别在不同的比赛项目中取得了优异的成绩。"北理工专门成立了'自动控制系学生机器人足球俱乐部'，并成立了由博士生、硕士生和本科生参加的'机器人足球队'。"该负责人介绍说，"北京理工大学机器人足球队曾获得过机器人大赛Robocup仿真组世界亚军及国内冠军的好成绩。"

在日本福冈RoboCup2002的赛场上，北理工Everest代表队曾与其他来自全世界14个国家的41支球队共同切磋，在两天的比赛中，通过了小组赛、8强赛、半决赛，先后战胜了UvA Trilearn，BrainStormers等世界强队，以不败的战绩与清华TsinghuAeolus会师于决赛，在中国德比战中负于TsinghuAeolus，获得亚军。

"越来越多的学生参与到赛事中，对智能机器人研究产生浓厚兴趣"

据该负责人介绍，为活跃自动化学院的学生课外科技活动，培养具有创新思维和较强实践能力的高素质人才，北理工还专门开设了开放性实验课和公共选修课，在全校范围内推广该项赛事，让同学们充分地在学校的氛围中去感受该赛事在各方各面的发展和影响，并且在这些课程中能够去参加到各种动手实践中。

"自动化的学科优势，是我们开展机器人足球活动的基础。在黄鸿副教授的指导下，我们专门选定研究生和以编制机器人足球比赛程序为毕业设计题目的9名本科学生来开展这项工作，采取自我研究与调研学习相结合的方式，进行一系列的学习、培训，并着手参加比赛。"

值得一提的是，2010年4月9日，北理工与美国Parallax公司、中国台湾普特企业公司（Playrobot）、国昱睿智机电有限公司等合作在学院成立了机器人创新基地。与此同时，北理工还投入大量的师资力量对参加该项大赛的学生进行专业培训，并通过高年级有参赛经验同学的一对一交流与指导，让学生能够更好地学习并吸收相关知识。

"足球机器人比赛在学生中的影响力越来越大。"该负责人说："随着越来越多的学生参与到该项赛事中，对智能机器人研究产生浓厚兴趣的学生也越来越多，学校的学生课外科技活动也越来越丰富。"

营造良好学习氛围，形成人才培养沃土

"在自己和队友的努力下，北理工机器人足球队得到了意想不到的成绩。在这种互动之中，我们看清了自己的缺点和不足，看到了其他学校的一些优势和比较好的策略，为我们算法的进一步改进和完善提高了良好的榜样。" 一位曾参加了2010"富强杯"中国机器人大赛暨RoboCup公开赛仿真组5V5的队员如是说。

在北理工相关负责人看来，机器人足球大赛开拓了学生的视野，让学生们了解到了全国各大学机器人技术的发展水平，为北京理工大学机器人技术发展起到积极作用。正如另一位参赛队员李赫所说："足球机器人比赛前队友们一边紧张刻苦的练习C++编程，一边探讨足球策略和各种智能算法，用代码实现了一些足球策略。大大拓展了我们的眼界，激发了我们的钻研热情。比赛使我编程的能力得到质的提升。"实际上，北京理工大学一些学生曾因参加过该项比赛并获得优异的成绩，成功申请美国著名大学且获得全额奖学金；另外，很多参加过该项赛事的学生已进入了相关实验室深造。

"Robocup公开赛还充分体现出科技创新的精神。"该负责人表示，党的十八大报告强调指出："科技创新是提高社会生产力和综合国力的战略支撑，必须摆在国家发展全局的核心位置。""科技创新，关键在人才"，关键在于要有自主创新意识和自主创新能力的人才。在知识经济时代，科技创新更是一个国家国民经济发展重要的基石。科技创新教育则是高校推进素质教育的重要举措，是培养学生的创新精神和实践能力的重要载体，是学生自身发展的需要，也是高校教育发展的需要。因此，培养当代大学生的科技创新意识，创新精神以及创新能力，是目前高校学生工作的一个重要课题。"在创新教育中，应该注重学生学习兴趣的激发、创新精神的培养、潜能的开发、个性的发展和实践能力的提高，这些都对提高学生综

合素质、增加学生就业机会有重要意义。而机器人足球大赛恰恰是推动创新教育的一个重要'引擎'。"

据该负责人介绍，为推动创新教育，近年来，北理工依托自动化学科优势，加强学科交叉和融合，致力于实践创新的积累，重视学生创新精神和实践能力培养，通过积极推进本科生提前进入实验室、鼓励优秀本科生参加老师课题、组织学生申报大学生创新实验项目等措施，营造了良好的学习氛围，形成人才培养的沃土。

（作者：杨靖）

【工信部】北理工代表队荣获第六届全国大学生信息安全竞赛一等奖

来源：工信部　日期：2013年8月6日

原文链接：http://www.miit.gov.cn/n11293472/n11293832/n11293907/n12246780/15559424.html

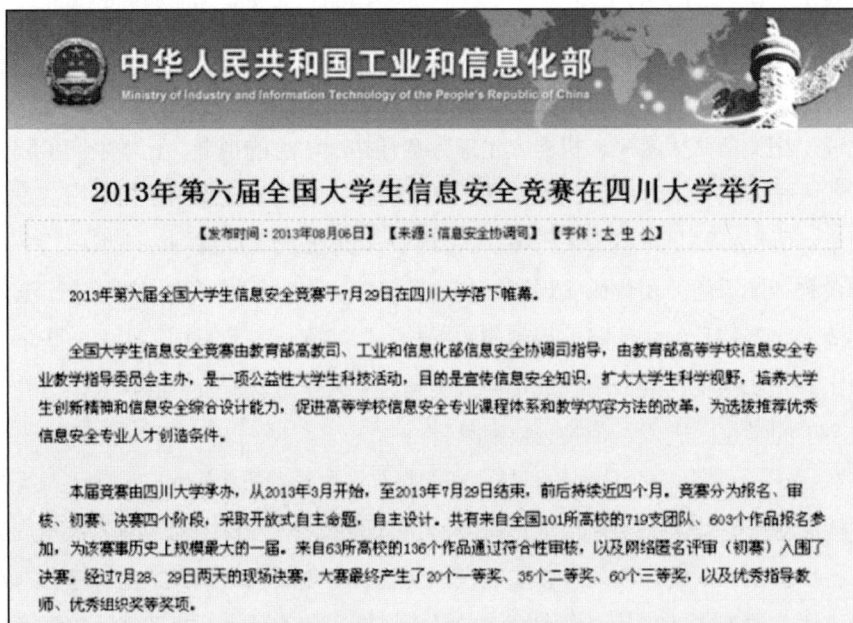

2013年第六届全国大学生信息安全竞赛于7月29日在四川大学落下帷幕。

全国大学生信息安全竞赛由教育部高教司、工业和信息化部信息安全协调司指导，由教育部高等学校信息安全专业教学指导委员会主办，是一项公益性大学生科技活动，目的是宣传信息安全知识，扩大大学生科学视野，培养大学生创新精神和信息安全综合设计能力，促进高等学校信息安全专业课程体系和教学内容方法的改革，为选拔推荐优秀信息安全专业人才创造条件。

本届竞赛由四川大学承办，从2013年3月开始，至2013年7月29日结束，前后持续近四个月。竞赛分为报名、审核、初赛、决赛四个阶段，采取开放式自主命题、自主设计。共有来自全国101所高校的719支团队、603个作品报名参加，为该赛事历史上规模最大的一届。来自63所高校的136个作品通过符合性审核以及网络匿名评审（初赛）入围了决赛。经过7月28、29日两天的现场决赛，大赛最终产生了20个一等奖、35个二等奖、60个三等奖，以及优秀指导教师、优秀组织奖等奖项。

竞赛充分发挥大学生的积极性和创造力，选题紧跟信息安全前沿技术和动态，反映目前的研究热点和难点；作品务实实用，有创新，有亮点；学生讲解、回答自信，演示完整，展示了参赛选手较好的综合素质和获奖高校较强的信息安全教学基础实力。

教育部信息安全专业教学指导委员会主任、工业和信息化部信息安全协调司司长赵泽良，中国工程院沈昌祥院士等出席7月29日举行的竞赛总结大会。

赵泽良指出，当前全球信息安全的形势越来越严峻，国际上围绕信息获取、利用和控制的竞争日趋激烈，信息的竞争归根到底是人才的竞争。举办信息安全竞赛十分有必要，对于培养信息安全人才、提高全社会信息安全意识具有重要推动作用。要利用信息安全竞赛这个平台，加快推进信息安全产学研相结合，将竞赛的成果转化为现实生产力。

他强调，国家高度重视信息安全人才培养工作，采取多种形式支持举办竞赛，今后要进一步拓宽思路，丰富内容，加强宣传，将竞赛办得更好，希望全体专家、师生和企业共同努力，为国家信息安全事业作出更大贡献。

2013年第六届全国大学生信息安全竞赛一等奖获奖名单如下所示。

2013年第六届全国大学生信息安全竞赛一等奖获奖名单

获奖等级	作品名称	学校	团队	队长	指导老师
一等奖	基于Openflow的SDN操作系统安全性增强	武汉大学	Openflow-builer	孙庆鑫	王鹃
一等奖	基于网络回声的跳板监测	解放军信息工程大学	鹰击长空	刘臻	孙奕
一等奖	基于行为的Android恶意软件自动化分析与检测系统	武汉大学	DroidOrion	康文丹	彭国军
一等奖	基于移动终端NFC的安全防伪票务系统	电子科技大学	DreamPioneer	荆瑜琳	佘堃
一等奖	基于手机令牌和短距离通信技术的身份认证系统	武汉大学	创意之星	唐西铭	王鹃

续表

获奖等级	作品名称	学校	团队	队长	指导老师
一等奖	基于眼球追踪与面部认证的涉密文档阅读器	解放军信息工程大学	拓荒牛	许纪钧	张立朝
一等奖	基于Android数据泄露动态监控系统	电子科技大学	FTD	傅坦坦	王勇
一等奖	EzPay——基于NFC的移动支付令牌	北京航空航天大学	Precursors	王越	金天
一等奖	基于Android的新型防盗防骚扰的智能隐私保护系统	华东师范大学	天天向上	徐津文	张华瑞
一等奖	基于蓝牙的公众信息安全发布系统	解放军信息工程大学	曙光	徐杨	黄一才
一等奖	面向Android智能手机的可认证拍照系统	上海交通大学	FAG	曹晋其	蒋兴浩
一等奖	基于击键压力和RGB的新一代动态密码系统	北京航空航天大学	团队名称	徐辉	谭大为
一等奖	基于二维码的物流业个人信息隐私保护方案设计	海军工程大学	Blues	袁泉	胡卫
一等奖	面向云存储的安全电子医疗系统	北京理工大学	Over the Cloud	吴桐	张子剑
一等奖	电子刺青——基于文档内容的安全标记物理绑定系统	解放军信息工程大学	快乐四人行	张祎	王超
一等奖	基于云计算的微博敏感信息挖掘系统	四川大学	Sphinx	吕若尘	梁刚
一等奖	基于击键特征的动态身份认证系统	北京邮电大学	守护者	赵培钧	李剑
一等奖	基于netFPGA的智能高速入侵防御系统	国防科学技术大学	nf	李艺颖	龙军
一等奖	网络图片盲检测与图文一致性分析	四川大学	fireeye	于茜	刘亮
一等奖	基于VLSI的电路知识产权保护系统	湖南科技大学	电路知识产权保护小组	赵搏文	梁伟

【大河报】北理工2013级本科准新生的励志故事之"创业有方　勤奋好学　热心助人"

来源：大河报　日期：2013年8月7日

原文链接：http://newpaper.dahe.cn/dhb/html/2013-08/07/content_936012.htm?div=-1

原标题：这个登封男孩的故事，够励志！

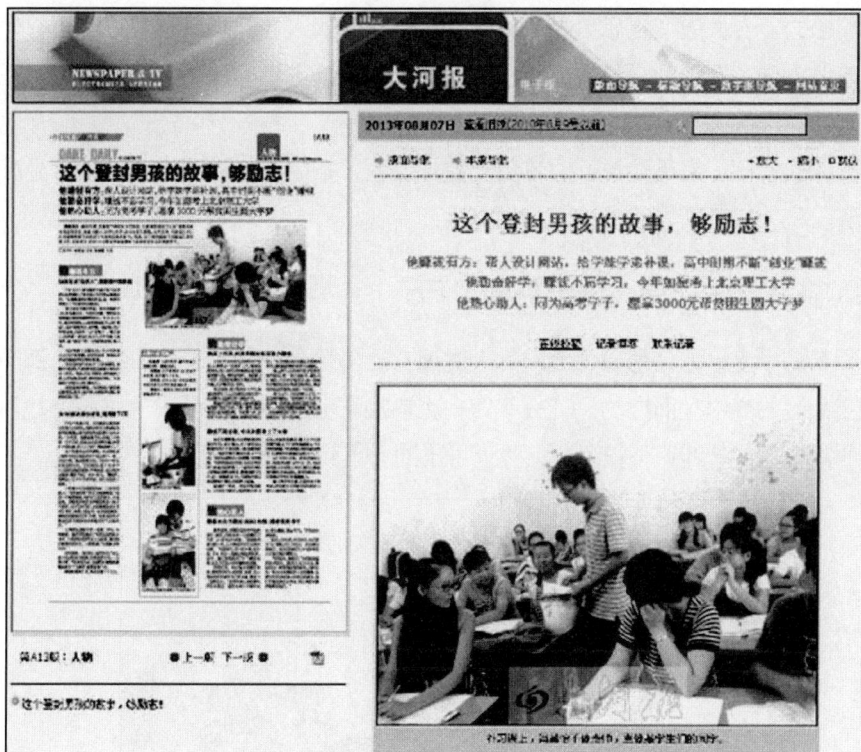

他赚钱有方：帮人设计网站，给学妹学弟补课，高中时期不断"创业"赚钱

他勤奋好学：赚钱不忘学习，今年如愿考上北京理工大学

他热心助人：同为高考学子，愿拿3 000元帮贫困生圆大学梦

阅读提示：高中时期，多数孩子都在花父母的钱，而家境贫困的"95后"男孩冯昊怡通过做兼职、编复习教材、为学生补课，反而为家里赚钱。今年高考，冯昊怡以601分的成绩拿到了北京理工大学的录取通知书。他说，自己挣的钱除了当作自己的学费以外，还想捐出3 000元去帮助那些渴望通过高考改变命运的贫困学子。

他赚钱有方：拉好友当"合伙人"，假期里补课赚钱

7月24日，家住登封市君召乡王庄村的冯昊怡接到了北京理工大学的录取通知书。"是我最爱的计算机专业，这一年的辛苦值了！"冯昊怡兴奋地说。

更让冯昊怡高兴的是，他今年招收了100多名高中生，为他们补课，"要把学习经验毫无保留地教给同学们。"6月8日下午，高考刚结束，冯昊怡就筹备自己的"事业"。设计宣传单页、到学校开宣讲会，为了节省成本，冯昊怡一人"全包了"。每天早上，他带着一壶白开水出门，中午在街上发传单，饿了就吃一份1元钱的烤面筋，喝口水。

冯昊怡租了两套共500平方米的房子，分两个班授课。因学生众多，他找来两名志同道合的同学帮忙授课。

在冯昊怡的"合伙人"王思捷眼里，电影《中国合伙人》的那些创业故事正在他们身上发生。"他很自信，有闯劲，是他鼓励了我，让我也跟着进步，我特别信任他。"王思捷这样评价自己的"合伙人"。

谈到具体的管理，冯昊怡说："我负责安排课程、招生，也讲课，大家按劳分配，我给他们发工资。"

为100多名学生补课，两个月赚了7万

作为一名高中生，为何想着去给同龄人讲课？冯昊怡说，他的补习班就是为那些想要通过高考改变命运的高中生而办的。"去年第一次参加高考前，我报了人生第一个补习班，但进去之后非常失望，老师们不很负责，我上了不到一周就退费了。"

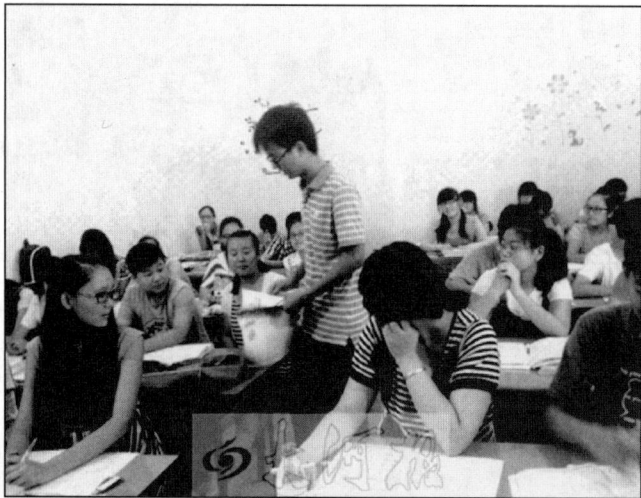

补习课上，冯昊怡不像老师，更像是学生们的同学

第一年高考过后的暑假，冯昊怡联系了登封市的文理科状元，一起为高一、高二学生补课，"就是想教学弟、学妹们一些实实在在的东西。"冯昊怡说，招了40多个人，但因为缺

乏经验，学费太低，加上他决定复读，最后亏损了3 000多元。"最起码，我帮助了几十个学弟学妹，而且也收获了经验。"

一名高中生为啥能招收到100多名同龄人？冯昊怡的高中班主任赵素敏说："他是一个敢想敢做，特别有主见的孩子。不光是我，学校里所有的老师都觉得这个孩子不简单。他不仅学习好，还依靠课余时间自学计算机，给别人做软件，在学校做兼职，暑假的时候给同学们补课，很多他的同学都是凭着对他的信任和他的名气去报的名。"

王泽群是登封市的一名高二学生，今年暑假，她在学校接到了冯昊怡发的招生传单。王泽群的母亲带女儿去报名，看到眼前瘦弱的冯昊怡，一脸疑惑："他能教出啥东西？"

面对质疑，冯昊怡只是笑笑说："先让孩子来试听我讲的课，如果觉得不行，一分钱不要。"冯昊怡生动、活泼的讲课风格深深地吸引了王泽群，她果断地报了名。

暑假补课两个月，冯昊怡赚了7万元。

他勤奋好学：病床上自学，利用学得的知识努力赚钱

1995年出生的冯昊怡有两个姐姐，父亲曾是一名煤矿工人，母亲在家务农。初二时冯昊怡被查出患有强直性脊柱炎，需休学治疗。在医院7个多月，冯昊怡抱着对计算机的浓厚兴趣，自学网页设计制作。

休学结束，距中招只有3个月，他通过刻苦学习，以文化课总分全市第一的成绩考入登封市第一高级中学。

热爱学习的冯昊怡，因为家庭变故变得"现实"了许多。"高一那年，我爸被查出患有煤肺病，不能再下井，当时我下决心自己赚钱，减轻爸妈的负担。"冯昊怡课余时间通过推销教辅资料、做校园销售代理等方式赚钱。

高三那年，冯昊怡用自学的网页制作知识，帮一些小型公司、团队设计网站，白天在学校学习，晚上他就在学校附近的出租屋里做网站。靠着低价优质的服务，他赚了不少钱。

高中三年，冯昊怡除了学习，一直在想着赚钱。"家里条件不好，作为家里唯一的男孩，我想扛起这个家。"高一，冯昊怡用赚的钱装修了家里；高二时他给家里买了第一台空调；高三他给家里买了第一套沙发。

赚钱不误功课，今年如愿考上了大学

由于忙着赚钱，冯昊怡课余时间很少学习。到了高三，为了顶住白天繁重的学习任务和晚上熬夜赚钱的压力，冯昊怡每天最多休息4个小时。"困的话就咬自己的胳膊，保持清醒。"长期的超负荷状态，让冯昊怡在第一次高考前病倒了，一直呕吐拉肚子的他坚持参加高考，最终成绩573分，比一本线高33分。冯昊怡对自己的成绩很不满意，他选择了复读。

冯昊怡的母亲激动地看着儿子的录取通知书

复读的一年里，冯昊怡更加努力。18岁生日那天，冯昊怡没有外出庆祝，而是待在家里，做了6个小时的数学题、6个小时的英语题、6个小时的理综题，"后来想想，刚好加起来等于18，我的生日就算是庆祝过了。"

2013年6月底，冯昊怡查到了第二次高考成绩：总分601分。他如愿考取了北京理工大学，被自己最爱的计算机专业录取。高考刚结束，冯昊怡就为学生们补课赚钱了。

除了给学生补课，冯昊怡还不停奔走，在登封市几所高中里推销自己参与主编的高三学习资料。

他热心助人：想拿出自己赚的3 000元钱，捐给贫困学子

高考结束，看着身边的同学选择旅行、游玩，冯昊怡却一心想着好好为那100多名学生讲课。"我想做得更正规一些，以对得起同学们对我的信赖。"冯昊怡说，第一次补课，他不到18岁，所以一直没办理经营执照。如今，他打算把钱用于补习课的运营，以及自己的大学学费和生活费。

冯昊怡说，有时他也很想玩网游，想和同学们一起唱歌、旅游，但一想到现在的家和自己的未来，就放下了这些念头。"这些年来从来没哪天好好休息过。我的生命只有两种状态：要么赚钱，要么学习。"冯昊怡认真地说。

谈到大学生活，冯昊怡说，先好好学习计算机知识，争取大二时公费出国留学。在冯昊怡眼里，只有拼命的人才能打败拼搏的人。

冯昊怡说，他看到了《大河报》发起的助学活动，想捐出3 000元钱，帮助和他一样家境贫困的学生。冯昊怡说："我对今天拥有的一切很感激，也深知还有很多和我一样想法的孩子，他们可能没我这么幸运，所以我想尽我所能帮助他们。"

人物小"名片"：

冯昊怡，1995年生，高中毕业于登封市第一高级中学。

他赚钱：今年暑假为100多名学生补课，两个月赚了7万元。

他好学：今年以601分的成绩拿到北京理工大学的录取通知书。

他助人：想捐出3 000元帮助贫困高考学子。

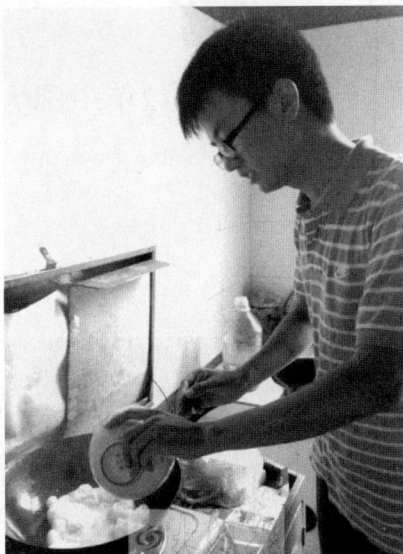

在家里，冯昊怡自己动手做饭

（作者：李梦龙 朱建豪）

【网易教育】新东方2012年中国大学生自强之星颁奖会隆重举行

来源：网易教育 日期：2013年9月12日

原文链接：http://edu.163.com/13/0912/10/98IKHC3900294IIH.html

网易教育综合频道讯：不论是身残志坚、不断寻求超越自我的脑瘫博士张大奎，或者是演绎"无畏人生 无畏病魔"的小姑娘靖易，还是曾远赴雪域支教多年的小伙子马成亮，他们每人都有一个自强不息的、追寻的"中国梦"。他们就是奋发乐观的"中国大学生自强之星"，他们就是校园中的青春榜样。

2013年9月11日，"青年自强 圆梦中国""中国大学生自强之星事迹分享会暨2013年度寻访中国大学生自强之星"活动启动仪式在北京理工大学举行。获得2012年度"中国大学生自强之星标兵"的还有郭艳琼、吴书强、武晓妹、杨静、张晓敏、张轩和艾克白尔·艾尔肯。张涛等100名同学获得"中国大学生自强之星"，刘理博等800名同学获得"中国大学生自强之星提名奖"。

团中央书记处书记傅振邦、团中央学校部副部长杜汇良、团北京市委副书记杨海滨、新东方教育科技集团董事长兼首席执行官俞敏洪（微博）、中国青年报社常务副社长张坤、中国青年报社原副社长谢湘、中国青年报社编委黄勇及北京理工大学党委副书记李和章等出席了本届颁奖会。

时值开学季，现场参与2012年"中国大学生自强之星标兵"事迹分享会的还有北京理工大学近300位同学们。源源不断传递的青春正能量成为他们开学后的人生第一课，也许他们中的佼佼者也会成为下一届的"自强之星"，因为2013年度的寻访活动也随着今天的分享会拉开帷幕。

树立青春榜样　寻找正能量群体

法国艺术家罗丹有一句名言家喻户晓：这个世界不是缺少美，而是缺少发现美的眼睛。套用这句名言来分析当前社会的德行现状，可以说，"社会不是缺少正能量，而是缺少发现正能量的眼睛。"由新东方教育科技集团每年出资500万资助，团中央和全国学联主办，中国青年报社和中国高校传媒联盟承办的寻访"中国大学生自强之星"活动就是一双发现正能量的"眼睛"。

自强之星活动的开展，始于2007年"中国大学生五四奖励基金·新东方自强基金"的设立。这一旨在鼓励并资助寻访活动中涌现出的优秀大学生的活动，是由新东方共分10年出资5 000万元，用于奖励每年寻访产生的10名"中国大学生自强之星标兵"、100名"中国大学生自强之星"、800个提名奖获得者及若干名高校优秀组织奖。其中"中国大学生自强之星标兵"、"中国大学生自强之星"和提名奖获得者分别获得1万元、5 000元和2 000元不等的"新东方自强奖学金"。除奖励大学生自强之星外，还拿出一部分资金用作"新东方西部特困大学生专项助学金"，每年资助西部省份的750名特困大学生，每人颁发2 000元助学金。

新东方资助这一活动已经6年，在这里产生了60名"中国大学生自强之星标兵"和600名"中国大学生自强之星"，4 800名"中国大学生自强之星提名奖"获得者，共计有5 460名优秀大学生获得新东方自强奖学金。此外，"新东方西部特困大学生专项助学金"6年来共资助了6 000名大学生，以帮助他们顺利完成学业。由于他们是从全国超过2 300所本科学校、高职院校中评选出来的，因此"自强基金"奖励和资助的学生也是播种机、宣传队，年轻的他们已经用自己的品行，影响了自己生活的周遭，现在，他们被寻找正能量的"眼睛"发现，并用来鼓舞更多年轻人，成为当代大学生的标兵和榜样，用他们令人感动的故事来告诉大家：善行、感动就在身边。

"自强之星"关注度走高 新媒体助力传播

基于网络的增速和新媒体的飞速发展，2010年"自强之星"的评选首次进行"网络实名推荐"；2011年"自强之星"的评选又增加了微博新媒体的应用，而在2012年度的寻访过程中，更开始广泛利用多种媒体结合的方式对"自强之星"活动进行宣传推广。官方微博，传播标兵事迹；官方网站，进行活动报名、展示、信息互动，同时开通活动微信、易信，利用新媒体对标兵事迹进行传播。

新媒体的应用，也在逐年推高学生对于"自强之星"活动的关注度。2012年度直接报名参选大学生"自强之星"的同学达到9 164名，他们覆盖了全国31个省级区划行政单位的1 141家本科、专科院校。

另外，根据网络舆情监测统计显示，"自强之星"活动官方微博在活动期间发布的微博数超过了7万条，阅读数达到75万次左右，"自强之星"甚至一度成为微博的热门词汇，大学生的自强故事在网络上的传播热度，构成了微博等新媒体上传播青春正能量的美丽风景。

"青年自强 圆梦中国"

梁启超曾经说过：少年智则国智，少年富则国富，少年强则国强。自强不息是我们民族精神的重要体现，亦是我们时代精神的鲜明特征，青年人要实现自己的中国梦，就必须自立自强。

9位来到现场的"中国大学生自强之星标兵"陆续登场，结合自己的经历，讲述各自的中国梦。

身残志坚的张大奎同学这样表达着他对自强的理解："关于自强，我很欣赏俞敏洪老师的论述，自强和人的出身和社会地位没有关系。认为自强就是穷人家的孩子，从什么都没有到最后成功，这只是狭义的概念。自强是一个人无论在什么平台上都能够利用好这个平台的资源取得成功。无论你身在何处，只要你还抱有一颗兢兢业业、不甘平庸的心，只要你还走在完善自我、惠及他人的路上，这样的小伙伴们都将是自强之星。"

标兵们的故事打动了在场的观众，包括俞敏洪老师。俞老师谈到，"今年寻访到的自强之星标兵，像张大奎、靖易等，他们创造了生命的奇迹，这个奇迹不是肉体的奇迹，是精神的奇迹。当一个人拥有强大的精神力量的时候，生命就有了无限期的延伸。因为有这样的精神力量，他们的自强与奋斗故事将会被一代又一代年轻的大学生阅读，并且把这个精神的火种再次传递到每一个人的心中，把那些本来没有精神的人的力量点燃。"

团中央书记处书记傅振邦出席活动并讲话。傅振邦和同学们分享了对"中国梦"和新时代自强不息精神的理解。"'中国梦'离我们并不遥远，就在我们每个人的心中和手中，在我们的脚下。五千年的中华文明，能够一以贯之，至今巍然挺拔，靠的就是自强不息。"傅振邦指出，新时期要弘扬自强不息精神，凝聚实现"中国梦"的磅礴青春力量，在新时代，自强不息精神应该有4个方面的内容：一是坚定信念，理想信念就是人们精神上的钙，缺理想信念就是缺钙，就会得软骨病，就会站不起、走不远；二是要拥有梦想，每个人心中必须有自己的追求、有自己的期待、有自己的梦想；三是要担当责任，一代人有一代人的责任，只有明确自己的责任，才能坚持着前进；四是要坚守执着，选择目标后，就要以滴水穿石的韧劲去坚守，去迈开自己坚实的脚步。

20年公益道路，新东方任重而道远

"自强之星"活动已经连续进行多年，新东方也已连续多年为被发现的"自强之星"提供奖学金，坚持已经显现出成效：每年"自强之星"的选拔声势越来越大，"自强之星"也越来越受认可，受正能量影响的人也越来越多。

而回首这一基金的设立者，新东方今年刚好成立20周年，从捐建希望小学到支援灾区，从奖学金设立到各类大型的全国公益讲座，从培训农村英语师资到支教希望学校，新东方用上亿元的现金捐助和种种实际行动一直在铺建着自己的"教育公益"之路。俞敏洪老师表示，新东方将继续关注教育欠发达地区的发展，坚守"教育公益"事业，把更多的爱心和支持传递给中国的大江南北，让自强不息、奋发向上的民族精神，让更多的正能量、更多的中国梦，成为中国社会的主流。

【"车168"网】专题：试驾北京理工大学
方程式赛车黑鲨

来源："车168"网　日期：2013年4月24日

主持人：我想屏幕前的你们有很多都是大学生。回想一下自己的大学时代，都做过什么有意义的事，比如参加各种团体、搞些发明创造、参加学生会；又或者是忙着打游戏、熬夜复习功课，以应对考试；还有谈恋爱。但是，我觉得现在已经不能再用老眼光看待大学生了，他们甚至凭借自己的聪明才智，设计出了一辆方程式赛车。就是这辆，北京理工大学的大学生设计制造的中国大学生方程式赛车。

旁白：没错，我知道你是怎么想的，也许它看上去只是一堆钢管、一台沙滩摩托发动机和几个轮胎的简单拼凑，以及同样比较简陋的外壳覆盖件，像是一个大号的卡丁车。但是请您注意，这只是一群大学生用业余时间完成了从设计到制作组装的全过程。如果用汽车的标准来衡量它，显然不够资格，但如果作为学生们的作业，那它简直太出色了，因为就是这辆车获得了第一届中国大学生方程式大赛的冠军，而同学们也给它起了一个非常酷的名字——黑鲨。

主持人：下面呢，我们就请到了北京理工大学方程式赛车队的负责人——徐彬，让他来给我们介绍一下这辆车的来龙去脉。徐彬你好。（徐彬：你好。）这个中国大学生方程式是刚刚举办的首届吗？

北京理工大学方程式赛车队负责人（徐彬）：对，刚刚在2010年11月份完成了首届的比赛。（主持人：它是从什么时候开始发起的？）2009年的夏天吧。（主持人：2009年夏天？）对，对，对。（主持人：然后你们经过了差不多一年的时间准备？）对，对。

主持人：这个车的设计，我看结构好像，说熟悉又陌生，说陌生又熟悉。你们在设计的过程中有没有参考一些已经成熟的那种例子？

北京理工大学方程式赛车队负责人（徐彬）：这个学习和借鉴的过程肯定都是存在的。因为这个赛事在国外已经有20多年的历史，所以说在我们自己设计制造的过程中，肯定会借鉴一些国外的比较先进的例子。整体的布局应该说是和规则的，是满足的，因为所谓方程式赛车，就是这个开式轮、开式舱这是最基本的要求，所以说就造成了最后的这个样子。

主持人：那你们在设计的过程中有没有遇到什么棘手的困难？

北京理工大学方程式赛车队负责人（徐彬）：这个困难应该说有很多。因为首先，作为第一年的设计，设计本身就没有太多的经验。（主持人：完全是从零开始。）对，对。而且即便是完成了所有的设计之后，制造和加工的过程中有很多工程的问题也是同学们之前没有遇到的，或者说没有料想到的。

主持人：那你有没有让你非常难忘的，这种设计过程中的一些困难，或者说问题？

北京理工大学方程式赛车队负责人（徐彬）：应该说第一年，就是因为缺乏经验，包括对整体进度的把握之类的，这些都有很大的难题。所以说我们同学在这里边最令我难忘的应该是这种投入和忘我的这种精神。他们放弃了暑假寒假，很多假期，然后在这里加班来做这个项目。

主持人：我明白了，就是说整个团队，整个团队的精神。要是没有团队精神，也不会有这辆赛车的存在，好像是。（徐彬：对，对，对。）能介绍一下这辆车具体使用什么发动机吗？

北京理工大学方程式赛车队负责人（徐彬）：这个发动机是使用了组委会统一配发的一款沙滩车用的发动机。（主持人：统一配发的？）对。（主持人：那就是说这个车开得快或者慢就看其他方面的条件了？）也不是。因为它虽然是统一配发了发动机，但是发动机的改装和调教可以由各小组自己完成。比方说我们学校，就把它原来是一个化油器的供油系统改变成了燃油喷射，电子电喷的。（主持人：这样的话，还能……）功率提高了30%。（主持人：功率提高了，而且好像经济性也有所提升了。）对，对。

主持人：我看这个排气管好像很眼熟啊，它用的是摩托车的吗？

北京理工大学方程式赛车队负责人（徐彬）：对，对。因为我们在设计这个汽车的过程中是基于整车厂的思想。就是有很多成熟的零部件我们不需要从零部件的角度就进行开发，所以我们选用了一款比较合适的摩托车用的排气管。

主持人：真是很粗啊。那么头一次比赛你们取得的成绩怎么样？

北京理工大学方程式赛车队负责人（徐彬）：应该说我们挺幸运，也挺庆幸的，获得了全国的冠军吧。

主持人：冠军啊，那我觉得真应该鼓掌祝贺你们了。（徐彬：谢谢，谢谢！）那应该说你们就成了其他大学的这个校队的众矢之的了，因为他们来年肯定要铆足了劲，超过你们。你们来年有没有什么打算或者说准备呢？

北京理工大学方程式赛车队负责人（徐彬）：众矢之的称不上，大家都是相互学习嘛，只不过在这个过程中，我们可能在车的最后比赛中少出了一些状况，少犯了一些错误，就是说车没有在半途中坏掉。（主持人：有一点点幸运的成分？）对，对，对。当然，这个就是说，因为它的可靠性也是我们工程设计一个重要的考核标准。应该说我们下一年吧，还是本着踏踏实实做车的这个思路，争取造出来一辆性能优良，又有很好的可靠性的一辆赛车。

主持人：还是要希望蝉联这个冠军。（徐彬：谢谢，谢谢！）祝你们来年取得好成绩。（徐彬：好的，好的，谢谢！）

旁白：你以为我们这次只是简单的拍摄和采访，其实连我自己也没有想到，他们竟然同意我们提出的试驾请求，让我亲自坐上去体验一把，那还等什么呢？从我发动车子，起步的那一刻开始，彻底把我征服了。

　　主持人：这辆车到目前为止，是我试驾过的最原始的，也是最简单的一辆车。在它身上，你不用在乎什么空间、舒适、经济、油量等参数，它所承载的就是动力，还有开拓。它的身上是组委会统一颁发的只有30kW左右的沙滩摩托发动机，但是它的车重只有200kg左右，再加上人的重量，差不多也就300kg，所以说它的冲刺性能比意料的惊人，百公里加速只需要5秒钟左右。最高时速没人知道，因为这跟气温有关，今天的温度比较低，它的发动机只能上到6 000转，所以最高时速只能达到120km。如果气温合适的话，它甚至可以将发动机转数飙升到7 000转，甚至8 000转。

【新浪体育】中国北京理工大学参加"世界太阳能汽车挑战赛"

来源：新浪体育　　日期：2013年10月14日

原文链接：http://slide.sports.sina.com.cn/f1/slide_2_38735_54314.html#p=2

世界上最艰苦的太阳能汽车比赛之一"世界太阳车能汽车挑战赛"（The World Solar Challenge）10月6日在澳大利亚北部揭开帷幕。来自26个国家的39台参赛车辆从澳大利亚北部的达尔文市出发，一路向南，穿越澳大利亚的沙漠地带，10月13日到达终点阿德莱德。日本东海大学代表队是本次大赛的蝉联冠军，而北京理工大学和香港专业教育学院两队则代表中国车队参赛。由于要穿越沙漠地带，选手们在比赛中的生活条件相当艰苦，但这又是一次人类智慧在大自然面前的完美展示。

【南华早报】中国车队在"世界太阳能汽车挑战赛"中首次亮相

来源：南华早报　日期：2013年10月24日

原文链接：http://www.scmp.com/news/china/article/1336829/
china-team-makes-debut-global-solar-energy-race

这是中国团队第一次与世界最好的队伍进行比赛，虽然输了，但带回了宝贵的经验教训。这辆名为"光梭"的汽车由来自北京理工大学的参赛队伍设计。

来自中国的这支团队是世界上最大的太阳能电池板制造商，这是他们第一次参加太阳能动力汽车最大的赛事。

今年10月13日结束的澳大利亚"世界太阳能汽车挑战赛"，每两年举办一次。代表中国参赛的"光梭"在23支参赛队中名列第19，在8天中完成了从达尔文到阿德莱德3 000公里的赛程。

北京理工大学领队张幽彤是机械与车辆学院教授，同时也是清洁车辆实验室主任。他介绍说："'光梭'由北京理工大学设计，北理工的车辆工程专业在全国处于顶尖水平。这辆单人座、四轮的太阳能汽车由碳纤维构成，造价100万人民币（126万港元）。"这辆车由10名学生和3名教师（包括张教授）与制造商协力完成。3名教师同时担任此次比赛的赛车手。

张教授表示，尽管'光梭'在比赛中的排名不高，但他对团队的表现非常满意，因为他们在9个月前得到一家太阳能公司的赞助后才开始准备。

为了满足比赛要求，他们不得不量身定做一辆赛车，还要学习全新的比赛规则和路线。

"台风'天兔'使我们的赛车晚到了一周，所以我们只能用不到一周的时间在路上进行测试。除此之外，我们还要适应在炎热的天气下逆风在左侧车道开车。"张教授说。

北理工学生在新能源车辆设计大赛中屡屡获胜，包括国内的本田经济型车辆大赛以及亚洲的壳牌经济型—马拉松车辆大赛。但在此之前，因为财力有限以及技术欠缺，他们没有制造出太阳能电动车。

孙冠是负责"光梭"电机工程方面和比赛策略的学生，他现在是北理工在读研究生，曾在本学院成立过"智能车辆"学生社团。孙同学说，他们自然是希望把车辆做到最轻，最坚固及阻力最低，但他们很难获得一些高端材料和陆地太阳能车制造技术。

"光梭"在比赛中平均时速为每小时6公里，而冠军队是来自荷兰的Nuon，达到每小时90公里。张教授说："'光梭'重270公斤，而世界上最轻的太阳电动车重约145公斤。"

张教授还说，他们通过此次大赛，在技术和创新方面学到了大量的宝贵经验。"我们通过参赛想要达到两个目标：学习国际先进技术，同时检测我们自己的技术。"

今年荷兰有三支队伍参赛，并在两项赛事中取得第一。孙同学说："在前几年的比赛中，主项目的车辆要求单座、三轮，所以座位要放在中间。今年比赛规则改为四轮，但中国队没想到把座位放在旁边，而荷兰队做到了，这样可以减小空气阻力。他们做到了我们没有想到的，并且做得很好。"

张教授说来自发达国家的队伍比中国队在太阳能车上投入得更多，而且开展设计也更早一些。

其他国家同样在该领域给予更多的重视。"在中国，太阳能车更多的仍被视为只是一个概念，一个创新的观念，而远没有投入到使用中。"张教授说，"但在这次大赛中，因为把车开到拥挤的高速路上进行比赛，我想太阳能车离我们日常生活不会太远了。"

（作者：Sijia Jiang）

【央视《新闻直播间》】对我校节能车和
自制飞行器的采访报道

来源：央视《新闻直播间》　　日期：2013年5月6日

主持人（纳森）：欢迎回来，下面我们说点轻松的话题。今天是五四青年节，一年一度的"五月的鲜花"——全国大学生校园文艺晚会今晚8：00，将在我台综合频道直播。今年这台五四晚会的主题是"共筑中国梦"，来自50多所高校的1 500多名大学生将通过形式多样的创意节目展示他们心中的中国梦。现在距离晚上的直播不到8个小时的时间了，节目准备得怎么样了呢，晚会的节目有哪些看点呢，我们来连线正在排练现场的本台记者叶蕾。叶蕾，你好。

记者（叶蕾）：纳森，你好。我们现在就是在"五月的鲜花"——五四青年晚会的排练现场。通过画面您可以看到，现在我们这里搭起了一个个的小帐篷。这片区域就是供大学生们休息和排练的一个主要场地。原来这是我们台里的一个停车区域，为了给他们提供一个更好的场地，所以现在全都搭起了小小的帐篷。目前距离整个晚会直播还有不到8个小时的时间，所以大家还在做最后的准备工作。今天上午是看整个的备播带，再根据最后的一些问题做最后的调整。下午2：00开始，还要进行最后一次的磨合和排练。而今天早上9：00我来台里的时候看到这些大学生们早早就在这里准备了，他们在准备自己的服装，准备自己的道具。不得不说的是，今年整个晚会很多的服装道具是由大学生自己亲手来设计和制作的，而且其中还有很多是含有非常高的科技含量。在这里，我带您看一辆今天晚上要登台表演的赛车。大家看一下，这个就是由我们北理工大学的学生们自己动手制作和设计的一个环保节能的车。这个车有多节能呢，告诉大家一个数字，一度电对于普通的电瓶车、自行车来说，它能够跑到50km左右已经非常了不起了，而这个我们电动的节能汽车能跑多少公里呢，一度电它可以跑到350公里。而这辆车也可以说是战功卓著，他曾经两次拿到过全国节能赛车比赛的一等奖。问一下我们这位参与设计的同学，你们是有一些什么样的秘诀能够让它达到如此的节能呢。

北京理工大学研究生（郭顺宏）：我们的设计思路就是使用相同的电能获得更多的动能，同时减小动能在传输过程中的损失。比如说我们车壳的设计理念来自于金鱼的外形，因为这个金鱼的外形具有良好的流线型特性，它能够减小风阻，同时能够使车跑得更远。再者，我们使用了轻质的材料，比如说铝合金的车架和玻璃纤维。当然说对于车壳来说，碳纤维可能是更适合的材料，但是我们为了体现节能环保的理念，同时为了节约成本，我们采用了性价比更高的玻璃纤维，同时能达到很好的效果。

记者（叶蕾）：好，谢谢这位同学。原来我是想上去体验一下，但是这位同学告诉我为了体现节能，承载能力也有限，必须是体重50kg以下、身高160cm以下的女生才可以进去驾驶。这两个条件我都不符合，所以我今天就失去了一个尝试的机会，但是希望我们同学明年来的时候能够设计承重能力更强的，同时也更节能的汽车，这样我也可以上去感受一下了。那还有一样道具也要上台表演，给大家看一下。你能猜到这是做什么用的吗？它有什么样的功能呢？请同学为我们演示一下好吗？这是由我们北理工大学的同学自己设计的一个飞行器，它同时兼具了固定翼飞机以及直升机双重的这种飞行的功能，可以垂直升降，也可以平行地移动。在这里还有告诉大家，它除了这种可以自由地飞行的功能之外，还有一个特别的功能，给大家感受一下，它具有记忆位置的功能。你看，我把它推开之后，它又会回来。想问一下我们的同学，你们是怎么让它做到可以自己找回到这个原始的位置呢？

北京理工大学学生：因为它的上面搭载了一台微型的计算机，这个计算机上集成了三轴陀螺仪，它可以检测到飞行器的角度和位置的变化，从而做出修正，使它回到原来的位置。

记者（叶蕾）：好的，我们从中也可以感受到这些大学生同学真的是非常有创新能力，非常有动手能力。我们也非常期待他们今天晚上的这场演出。关于现场的情况，就介绍到这里，纳森。

主持人（纳森）：好的，谢谢叶蕾带来的报道。"五月的鲜花"，听起来非常美的名字，也非常期待今天的晚会，也时常回忆起往日的时光，到时请各位锁定我们播出的频道。

【人民日报】中国智能车未来挑战赛举行

来源：人民日报　日期：2013年11月4日

原文链接：http://society.people.com.cn/n/2013/1104/c1008-23417628.html

核心阅读

11月3日，第五届"中国智能车未来挑战赛"在江苏常熟进行。来自11家单位的18辆无人驾驶车，在城郊和城市道路上进行角逐，最终北京理工大学车队获得总冠军。

赛场：遇行人避让，学校门前减速慢行

在3日举行的城区道路考核中，一辆辆形态与技术特征各不相同的无人汽车有序地排队，等候一试身手。比赛路线都是在赛前半个小时才告诉参赛车队，没有经过事先演练。每一辆参赛汽车身后，都紧紧跟着裁判车辆，车上装有多个摄像头和显示屏幕，对车辆进行多角度监控。

比赛中用假人模拟测试无人驾驶车行人避让

来自中科院合肥智能所的智能汽车第一个出发，27分钟跑完全程18千米，表现平稳，成为城郊道路的比赛中表现最好的无人汽车之一。而来自军事交通学院的猛狮智能车队，对交通规则的遵守和规定考点的完成犹如有人驾驶一般流畅。

记者在现场看到，与前四届比赛相比，此次比赛选择了更加复杂的道路环境，增加了拱桥、隧道匝道口等场景。城郊道路的考核点包括动态车辆干扰、交通信号灯识别、施工绕行、避障等，城区道路的考核点包括有路口通行、学校门前减速慢行和遇人停车让行等。此外，为加强"最后一公里"的考核，增加了自主进入停车场停车的测试内容。

增设重重"关卡"，是为了重点考核无人车在闯关过程中，能否像人一样对交通标志、人、车、物有智能感知能力以及自主决策和行为控制能力。猛狮智能车队负责人徐友春透露，去年他们团队的无人汽车曾成功进行了京津城际高速的全程行驶，平均时速79公里，"高速公路算法我们已经测试行驶了2万多公里，难度仍不及此次比赛"。

赛事裁判组组长王飞跃介绍，比赛的评价标准有四点，即安全性、智能、平稳性和速度。最终成绩由对无人汽车人工干预的时间和次数以及裁判对于车辆的主观评价三个环节的平均分决定。

原理："眼""脑"配合识别路况，否则就会翻车撞树

无人驾驶的智能汽车能够像人一样识别道路上的障碍物，并且能够在学校门口减速慢行，这是如何实现的呢?

中科院合肥智能所团队负责人梅涛介绍，雷达和摄像机等传感器，相当于智能汽车的"眼"，收集道路信息。这些信息通过车内的计算机进行分析，计算机中有事先设计好的道路模型，模拟人类理解观察路况，对环境进行分析计算，并且做出决策，这相当于是智能汽车的"大脑"。最后，智能汽车执行计算机命令做出反应。

参赛车辆中，清华大学的一辆无人汽车，头顶安装的激光雷达能进行360度快速旋转。据中国工程院院士、中国人工智能学会理事长李德毅介绍，这种雷达每100毫秒转1圈，360度扫描周围路况。

比赛中，无人车的表现令人震撼，但也不乏惊险，有翻车、撞树现象发生。有一些无人车的环境感知系统与控制系统还不够同步、匹配。在王飞跃看来，这更体现了比赛的意义，"就是要在实际驾驶中暴露更多问题，为今后的研究提供依据。"

徐友春说，"我们的识别算法与去年参赛时相比有很大的进步，比赛全程都没有轧线，并且使用的是国产长城汽车，改装设备很多都是国产仪器，比如使用了北斗导航，精度不输于GPS导航。"

未来：2030年，我国或可实现城市道路智能驾驶

据了解，智能驾驶车有很多类型，无人驾驶只是智能驾驶诸多形式之一。比如，目前有些车已经实现定速巡航、自动倒车入库等功能，这些都属于智能驾驶的范畴。

"比赛裁决中既有速度测算，也有安全考量。我们不仅仅是为了科学地评价比赛成绩，更是为了探索一套智能汽车的评价机制，推动智能汽车的应用发展。"王飞跃说。

李德毅介绍，智能汽车是云计算、物联网和智慧城市等国家战略性新兴产业的交集。未来的智能驾驶并不完全是无人驾驶。"智能驾驶的目的是让人更安全、更舒适，比如刹车、换道这些比较低级、持久费神的工作就交给智能汽车去做，它能比人完成得更精确、更轻松。"

据了解，目前世界各大著名汽车生产商都开始研发智能汽车。谷歌已经成为第一家被允许测试无人驾驶汽车的公司。我国的智能汽车何时能够在道路上应用，驶入老百姓的生活呢？

在专家看来，我国智能汽车发展水平与国外相比仍有差距，但在技术水平上可以说各有所长。梅涛介绍，"谷歌智能汽车的无人驾驶建立在谷歌地图和街景的基础上，而我们的智能汽车则是侧重于通过模拟人类的视听觉系统进行感知判断，可以在未知的路上行驶，边认知环境边行驶。"

李德毅介绍，我国智能汽车的科研和生产结合不够，有些方面受制于人。目前我国并不掌握进口汽车核心知识产权和内部数据，比如4个车轮在行驶中的速度等，因此只能在外部放置传感器等智能感知装置。记者在赛场也观察到，各个车队改造汽车使用的激光雷达、导航等装备硬件仍以进口产品为主。

另外，智能汽车需要攻克的难点还很多。比如，怎样让智能汽车能够识别雨雪冰雹雾霾等并不影响行驶的物体。"这对人来说非常容易，但是智能驾驶系统会误以为是障碍物而停止前进。"李德毅说。

李德毅预测我国智能汽车应用的时间表为，2020年能够实现结构化道路的智能行驶，2030年实现城市道路等半结构化道路的智能驾驶，2050年实现战场、沙漠、沼泽等非结构化道路的智能驾驶。

（作者：赵展慧）

【央视《新闻联播》】关于北理工智能车的报道

来源：央视《新闻联播》　日期：2012年11月4日

主持人（张宏民）：您是否想象过早晨起来给您的爱车发一条短信，它就可以自己发动来到楼下等着接您上班。在2013中国智能车未来挑战赛上，参赛的18辆无人车让这一想象向现实迈进了一大步。

旁白：看看眼前的这辆赛车，它在外观上除了增加了几个大眼睛外，和普通车并没有太大的区别，这些眼睛包括雷达、摄像头和GPS等传感器设备，能帮助无人车识别路况。而它的大脑则是两台计算机和一台备用计算机组成的执行系统，用来处理所有信息，让无人车可以自主进行包括刹车、油门、制动、换挡等动作。这辆来自北京理工大学的赛车很漂亮地完成了踩刹车、打转向等一系列的动作。遇到行人停车让行，这是智能车比赛的考点之一。比赛中，大部分车队都顺利完成了这一项目的考核。

中国人工智能学会副理事长（李德毅）：好比说，如果我们在驾驶室搞一个酒精敏感的传感器，那么喝醉酒开不动车，这件事就变得可以实现了，这样就可以减少酒后驾驶发生的事故。如果我们困了，我们可以用传感器看你的眼睛眨动的次数，到一定程度就不让你开车了。无人驾驶和智能驾驶的一个目的就是把驾驶员从长久的、疲劳的、低级的驾驶活动中解放出来。

记者（刘璐璐）：智能汽车技术的发展将会重新定义驾驶，或许未来的某一天，天不好，下雨了，您将会看到一辆无人驾驶汽车穿梭于大街小巷，自动来到主人的面前。

【搜狐汽车】"长安福特杯"中国高校汽车辩论赛圆满落幕

来源：搜狐汽车　　日期：2013年11月4日

原文链接：http://auto.sohu.com/20131104/n389496551.shtml

长安福特杯2013（第八届）中国高校汽车辩论赛决赛
暨校园汽车嘉年华圆满落幕

2013年11月2日，由汽车族杂志社、长安福特汽车有限公司和中国高校汽车联盟联合主办的"长安福特杯2013（第八届）中国高校汽车联盟校园行"在中国人民大学迎来收官之战。长安福特汽车有限公司总裁马瑞麟先生、中华人民共和国人力资源与劳动保障部培训中心主任宋连辉先生、中国人民大学团委副书记徐景阳先生、《汽车族》杂志出版人兼总编辑孙刚女士等嘉宾出席了当天的活动，在本届总决赛上，双方辩手就"严控汽车消费能不能从根本上改变大城市空气污染现状"这一辩题展开对决，最终北京理工大学校辩队凭借更为平衡的团队实力和多年征战汽车辩论赛的丰富经验战胜了北京科技大学校辩队，获得本次比赛的年度总冠军！

本届"长安福特杯高校汽车联盟校园行"在"高校汽车辩论赛"的主体基础上，成功升级为校园汽车嘉年华。其中，"嘉年华微电影典映""微电影脚本征集"以及"安全节能驾驶训练营"等环节的加入更加丰富了活动在校园中的互动与传播，从而使得学子们可以全方位领略汽车文化的深刻内涵。此次"高校汽车辩论赛"吸引了来自国内十余所名校的直接参与，校园传播人群数以万计。

此次"微电影脚本征集"活动广泛地利用大学校内论坛进行推广，并收到了全国各地学子的踊跃投稿，来自中国人民大学艺术系2011级的刘瑶同学凭借独特的立意和扣人心弦的剧情在众多剧本中脱颖而出，成为此次"微电影脚本征集"的大赢家。

"长安福特安全节能驾驶训练营"也是首次引入"校园行"，将大学生喜爱的长安福特嘉年华车型带进高校，为同学们提供一个学习汽车安全驾驶知识的平台，在通过辩论赛丰富汽车知识的同时，也能更加真实地体验汽车驾驶、感受汽车生活。

作为具有高度社会责任感的企业，《汽车族》杂志和长安福特汽车有限公司一直关心和注重中国大学生的发展和培养。此次校园行活动使得汽车文化在高校得到更为广泛的传播，助推中国高校学子实现自己的汽车梦想。对于"高校辩论赛"项目的坚守表达了《汽车族》对于媒体社会责任的担当感。

【汽车之友】北京理工大学夺冠 长安福特杯辩论赛结束

来源：汽车之友 日期：2013年11月4日

原文链接：http://info.autofan.com.cn/info/2013-11-04/5/10741189.xhtml

引言：2013年11月3日，由《汽车族》杂志举办的长安福特杯，第八届中国高校汽车辩论赛在人民大学拉开帷幕。中国高校汽车辩论赛意在培养大学生的辩论能力，同时也为中国的汽车事业寻找着更多的人才。

总结：经过激烈的角逐，北京理工大学夺得了本届辩论赛的总冠军，来自《汽车族》的孙刚女士和来自长安福特的马瑞麟先生为获奖学生颁奖并讲话。通过这样的活动，能让更多的大学生体验到汽车文化，也能让我国从汽车大国变成汽车强国。

【新华网】比亚迪速锐问鼎"2013年中国智能车未来挑战赛"

来源：新华网　日期：2013年11月5日

原文链接：http://js.xinhuanet.com/2013-11/05/c_118008670.htm

2013年11月2日至4日，第五届"中国智能车未来挑战赛"在江苏常熟顺利举行。来自11家单位的18辆无人驾驶车，在城郊和城市道路上进行角逐。比亚迪速锐作为唯一一款带遥控驾驶技术的车型参赛，并在丰田普拉多、别克昂克雷等众多参赛车型中脱颖而出，荣获总冠军。

据了解，本届比赛历时三天，分为规则赛和挑战赛。其中规则赛在城郊道路（约18公里）和城区道路（约5公里）上举行，着重考核无人驾驶车辆的4S（安全性、智能、平稳性和速度）性能，而挑战赛还将安排中外智能车对抗赛等内容。此次参赛由国内外11家单位的18辆无人驾驶智能车参加比赛，包括清华大学、北京理工大学与比亚迪汽车有限公司、同济大学、首尔大学等。

智能车比赛主要是考验汽车的车外感知系统和车内执行系统两部分。其中，北理工

"RAY"车队是唯一一支学校与车企共同研究合作开发的车队。北理负责参赛速锐的车外感知系统，比亚迪提供车内执行系统。在整场比赛中，速锐表现出了良好的稳定性，过弯道、交通信号灯识别、障碍物识别以及优良的速度，显现出了北理工车外感知系统与比亚迪车内执行系统的可靠性和稳定性。

据了解，这次活动不仅仅是为了科学地评价比赛成绩，更是为了探索一套智能汽车的评价机制，推动智能汽车的应用发展。现在的智能驾驶车有很多类型，无人驾驶只是智能驾驶诸多形式之一。比如，目前有些车已经实现遥控驾驶、定速巡航、自动倒车入库等功能，这些都属于智能驾驶的范畴。

参赛车型比亚迪速锐，不久前刚在权威机构C-NCAP碰撞测试中，以56.5的高分荣膺最安全自主轿车，本次更凭借全球首创的遥控驾驶技术成为"2013年中国智能车未来挑战赛"明星车型，俘虏了大批粉丝。据相关人士介绍，比亚迪速锐使用了自主研发的11项技术，也是唯一一款使用线控技术的车型。速锐的遥控驾驶功能把用户体验作为最高的驱动准则，可以让车主享受指尖上的起停乐趣。在10米左右可视范围内，使用遥控驾驶智能钥匙，车主可将驾驶控制权从车内转移到车外，实现车辆启动、前进后退、左右转向，控制车辆低速行驶，真正实现了无人驾驶。

总的来说，此次江苏省常熟举办"2013年中国智能车未来挑战赛"让我们看到了汽车智能化的趋势。不管是高等院校，还是汽车企业，都在为实现汽车智能化而不懈努力。在国内汽车公司中，比亚迪一直秉持"技术为王　创新为本"的企业发展理念，高新技术层出不穷，相信未来的比亚迪汽车将给我们带来更多的惊喜。

（作者：徐杰）

【人民网】无人驾驶，前方"路障"还很多（热点解读）

来源：人民网　日期：2013年11月4日

原文链接：http://society.people.com.cn/n/2013/1104/c1008-23417628.html

核心阅读

11月3日，第五届"中国智能车未来挑战赛"在江苏常熟进行。来自11家单位的18辆无人驾驶车在城郊和城市道路上进行角逐，最终北京理工大学车队获得总冠军。

比赛中用假人模拟测试无人驾驶车行人避让

赛场：遇行人避让，学校门前减速慢行

在3日举行的城区道路考核中，一辆辆形态与技术特征各不相同的无人汽车有序地排队，等候一试身手。比赛路线都是在赛前半个小时才告诉参赛车队，没有经过事先演练。每一辆参赛汽车身后，都紧紧跟着裁判车辆，车上装有多个摄像头和显示屏幕，对车辆进行多角度监控。

来自中科院合肥智能所的智能汽车第一个出发，27分钟跑完全程18千米，表现平稳，成为城郊道路的比赛中表现最好的无人汽车之一。而来自军事交通学院的猛狮智能车队，对交通规则的遵守和规定考点的完成犹如有人驾驶一般流畅。

记者在现场看到，与前四届比赛相比，此次比赛选择了更加复杂的道路环境，增加了拱桥、隧道匝道口等场景。城郊道路的考核点包括动态车辆干扰、交通信号灯识别、施工绕行、避障等，城区道路的考核点包括有路口通行、学校门前减速慢行和遇人停车让行等。此外，为加强"最后一公里"的考核，增加了自主进入停车场停车的测试内容。

增设重重"关卡"，是为了重点考核无人车在闯关过程中，能否像人一样对交通标志、人、车、物有智能感知能力以及自主决策和行为控制能力。猛狮智能车队负责人徐友春透露，去年他们团队的无人汽车曾成功进行了京津城际高速的全程行驶，平均时速79公里，"高速公路算法我们已经测试行驶了2万多公里，难度仍不及此次比赛"。

赛事裁判组组长王飞跃介绍，比赛的评价标准有四点，即安全性、智能、平稳性和速度。最终成绩由对无人汽车人工干预的时间和次数以及裁判对于车辆的主观评价三个环节的平均分决定。

原理："眼""脑"配合识别路况，否则就会翻车撞树

无人驾驶的智能汽车能够像人一样识别道路上的障碍物，并且能够在学校门口减速慢行，这是如何实现的呢？

中科院合肥智能所团队负责人梅涛介绍，雷达和摄像机等传感器，相当于智能汽车的"眼"，收集道路信息。这些信息通过车内的计算机进行分析，计算机中有事先设计好的道路模型，模拟人类理解观察路况，对环境进行分析计算，并且做出决策，这相当于是智能汽车的"大脑"。最后，智能汽车执行计算机命令做出反应。

参赛车辆中，清华大学的一辆无人汽车，头顶安装的激光雷达能进行360度快速旋转。据中国工程院院士、中国人工智能学会理事长李德毅介绍，这种雷达每100毫秒转1圈，360度扫描周围路况。

比赛中，无人车的表现令人震撼，但也不乏惊险，有翻车、撞树现象发生。有一些无人车的环境感知系统与控制系统还不够同步、匹配。在王飞跃看来，这更体现了比赛的意义，"就是要在实际驾驶中暴露更多问题，为今后的研究提供依据。"

徐友春说，"我们的识别算法与去年参赛时相比有很大的进步，比赛全程都没有轧线，并且使用的是国产长城汽车，改装设备很多都是国产仪器，比如使用了北斗导航，精度不输于GPS导航。"

未来：2030年，我国或可实现城市道路智能驾驶

据了解，智能驾驶车有很多类型，无人驾驶只是智能驾驶诸多形式之一。比如，目前有些车已经实现定速巡航、自动倒车入库等功能，这些都属于智能驾驶的范畴。

"比赛裁决中既有速度测算，也有安全考量。我们不仅仅是为了科学地评价比赛成绩，更是为了探索一套智能汽车的评价机制，推动智能汽车的应用发展。"王飞跃说。

李德毅介绍，智能汽车是云计算、物联网和智慧城市等国家战略性新兴产业的交集。未来的智能驾驶并不完全是无人驾驶。"智能驾驶的目的是让人更安全、更舒适，比如刹车、换道这些比较低级、持久费神的工作就交给智能汽车去做，它能比人完成得更精确、更轻松。"

据了解，目前世界各大著名汽车生产商都开始研发智能汽车。谷歌已经成为第一家被

允许测试无人驾驶汽车的公司。我国的智能汽车何时能够在道路上应用，驶入老百姓的生活呢？

在专家看来，我国智能汽车发展水平与国外相比仍有差距，但在技术水平上可以说各有所长。梅涛介绍，"谷歌智能汽车的无人驾驶建立在谷歌地图和街景的基础上，而我们的智能汽车则是侧重于通过模拟人类的视听觉系统进行感知判断，可以在未知的路上行驶，边认知环境边行驶。"

李德毅介绍，我国智能汽车的科研和生产结合不够，有些方面受制于人。目前我国并不掌握进口汽车核心知识产权和内部数据，比如4个车轮在行驶中的速度等，因此只能在外部放置传感器等智能感知装置。记者在赛场也观察到，各个车队改造汽车使用的激光雷达、导航等装备硬件仍以进口产品为主。

另外，智能汽车需要攻克的难点还很多。比如，怎样让智能汽车能够识别雨雪冰雹雾霾等并不影响行驶的物体。"这对人来说非常容易，但是智能驾驶系统会误以为是障碍物而停止前进。"李德毅说。

李德毅预测我国智能汽车应用的时间表为，2020年能够实现结构化道路的智能行驶，2030年实现城市道路等半结构化道路的智能驾驶，2050年实现战场、沙漠、沼泽等非结构化道路的智能驾驶。

（作者：赵展慧）

【电脑报】中国无人驾驶冠军车炼成记

来源：电脑报　日期：2013年11月19日

原文链接：http://www.dooland.com/magazine/online.php?pid=OTQzNzE

不用考驾照，上班路上人们可以腾出双手做自己想做的事，盲人和老人也可以享受驾驶的乐趣，路上不会有交通事故，交警检查谁还在手动驾驶……"世博会上对2030年的无人驾驶和车联网商用的畅想，对北京理工大学智能车辆研究所的龚建伟博士来说，这也是他研究无人驾驶车的动力和目标。

10天前，在由国家自然科学基金委员会主办的第五届"中国智能车未来挑战赛"上，来自国内多所高校及科研机构的17支参赛车队参与角逐，北理工的车队脱颖而出，龚建伟及其团队研发的第7代无人驾驶车"RAY"获得总冠军，龚建伟离心中的目标又近了一步。

赛场内外的比拼

11月2日至4日，江苏常熟市，天气晴好。

"我们的无人车不能在大雨天行驶，对于雨雪天气的处理，传感器信息会受到干扰，另外，一些外接设备在雨天可能失灵。"龚建伟说比赛前还是有些担心天气不好。

智能车挑战赛是在真实城郊道路和城区道路环境中进行的公开比赛，包括城郊道路（18公里）和城区道路（5公里）两个赛段。

据北理工参赛的老师介绍，与前四届比赛相比，此次比赛选择了更加复杂的道路环境，增加了拱桥、匝道口等场景。

城郊道路的考核点包括动态车辆干扰、交通信号灯识别、施工绕行、避障等，城区道路的考核点包括遇到行人停车让行，U-TURN、路口通行、学校门前减速慢行等。

在出发点，参赛的车辆车型各异，因各研发机构控制的方法不同，因此车的装备也很不一样。有的车上还有和机械手一样的自动驾驶仪，有多个外接电机。北理工车队有三辆车参赛，其中"RAY"显得最清爽，从外观看，只在车顶有一个摄像头，车前装有激光雷达和毫米波雷达，车身就是从4S店买来的比亚迪汽车。车内驾驶座旁的显示屏是给研发人员查看车况的，中控系统放在后排椅子下，电脑主机在后备厢。驾驶座、方向盘与我们平常车一样，没有外接设备。

按比赛要求，出发前30分钟，启动电脑，把路网文件通过U盘拷到车载电脑上，规划路径。车载软件系统要能够自动处理该路网文件。在起始线前方，处于自主驾驶状态的参赛车辆在接收到路网文件后，应识别启动信号灯组，在绿灯亮起后3分钟内启动车辆，超过3分钟，撤出当前比赛，重新排队出发。"RAY"看到绿灯亮起，稳稳起步。

每一辆无人驾驶车后都有一辆跟踪记录的裁判车，但不能通过无人车外的电脑指挥，控制权都在车上的系统上。

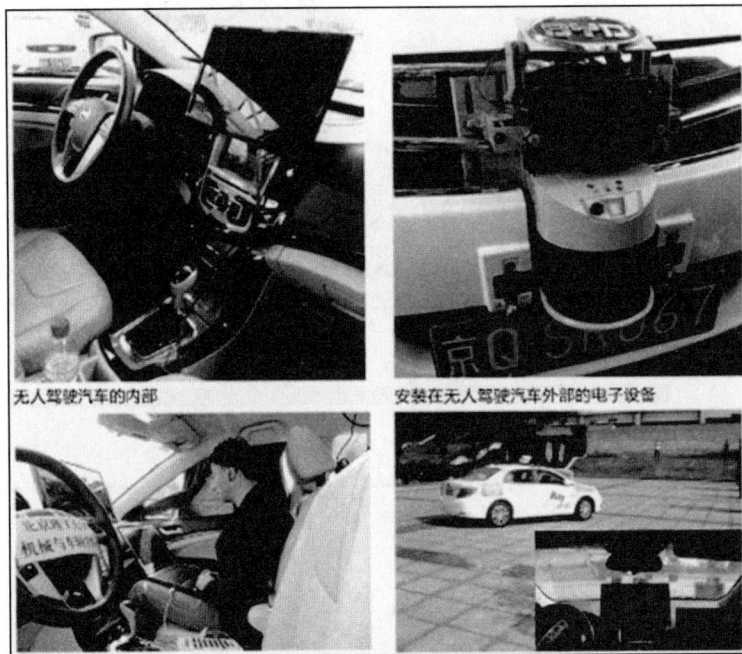

2013年11月4日上午于江苏常熟闭幕式广场进行的脑控车辆演示场景

"在考点一，快到无信号灯的十字路口，前方一辆有人驾驶的直行车辆通过，'RAY'按路径规划要右转，没问题，'RAY'减速、停下等前方直行车过，然后右转。"龚建伟说在第二个考点，遇到红绿灯，"RAY"大约花10秒看到红灯亮，然后减速停车。

"RAY"不是第一个发车，但"RAY"的速度较快，比赛中超越了几辆速度较慢的赛车，第一天城郊的比赛，第二个到达终点。第二天的城区比赛，"RAY"表现优异。

不是每辆参赛车都能顺利完成考点任务，有的中途无故停下不动，有的翻车，有的速度太慢。

评委们按照安全性、智能、平稳性和速度给参赛车打分，"RAY"最后以综合分第一的成绩夺冠。

"第三天还有一场场地挑战赛，我们用'RAY'脑控完成了比赛。"龚建伟说的脑机控制就是研发人员戴上特制帽子，可以检测头部的信号，转换成电脑指令，控制汽车。脑机研究是另一个研发团队的成果，"RAY"的控制接口开放，就可以实现按照人的意识开车。

车里的人脑子里想着开车，汽车就会启动，前面有弯道，转弯，OK，车就转弯。"以后在高速路上，脑子里想找加油站，车就会开往最近的休息区加油站。"龚建伟说脑机控制目前还仅限于场地测试，信息监测与处理反应速度太慢是主要原因。

记者看了龚教授录制的视频，相对于城郊路上无人驾驶几十公里的时速，脑机控制车行速度的确缓慢。

高速路上对无人驾驶车而言，是最好的路况环境。比赛完后，龚建伟带着队员从江苏回北京的路上还测试了一段"RAY"的性能。

"大约100公里的高速路，'RAY'无人驾驶状态跑了约1小时，最高时速120公里，这100公里路上车少，'RAY'只超了几辆货车。"

"其他时段我们还是人工驾驶'RAY'回来的。"

与"RAY"同行

"无人驾驶车也可以人工驾驶？"对记者的疑惑，龚建伟让记者坐上"RAY"，在北理工校园里人工驾驶跑了200米。

"这就是4S店买来的车，我们并未作硬件改造，当然可以无人驾驶和人工驾驶切换。"

龚建伟解释道："我们与比亚迪有深度合作，在已有的车载CAN总线基础上，通过设置通信协议并进行智能化改造，实现对车辆运动状态的读取，并对车辆运动进行控制。"

从今年3月份开始，北理工项目组人员出差深圳20多人次，和比亚迪技术人员经过3个多月的软件程序改造，车辆本身没有任何硬件和机构方面的改动，只完成速锐车的自动驾驶改造；同时，由北京理工大学在比亚迪北京4S店购置新车，上牌照后重新升级车内控制程序，实现了自动驾驶。

到11月比赛前，完成"RAY"的感知、规划决策和路径规划与跟踪系统的测试，并完成近700km的无人驾驶道路测试。

龚建伟眼中的自动驾驶没有太多神秘，其实是对环境的视听感知与学习，基本配置是电脑、摄像头、雷达及声音感知器件。

其中工控机负责车体定位、路径规划、路径跟踪、决策融合和控制，对环境的识别、障碍物的识别、交通标志的识别也是工控计算机的任务。

"RAY"装备的工控机性能与一般的笔记本性能相当，摄像头也不是非常昂贵，价值几千元，车前的两种雷达探测40米近距离和100米远距离的物体，声音感应器用来区别后方来的车是否救护车、救火车之类，同时作出判断让路。据介绍，"RAY"总体改造成本大约30万元，加上十几万元的买车款，不到50万元。

"这样说来，发烧友也可以做这方面的研究？"

"当然，我估算了一下，如果加载的设备不用太精良，10万元也可以做无人驾驶车。我们会把研发的一些成果，比如软件模块放在网上给爱好者下载，加上以后车联网实现，又可以减少车上的一些感应器，通过车联网，靠近的车可以相互交换信息，知道旁边车的行驶路径和速度，自然不会发生交通事故。"

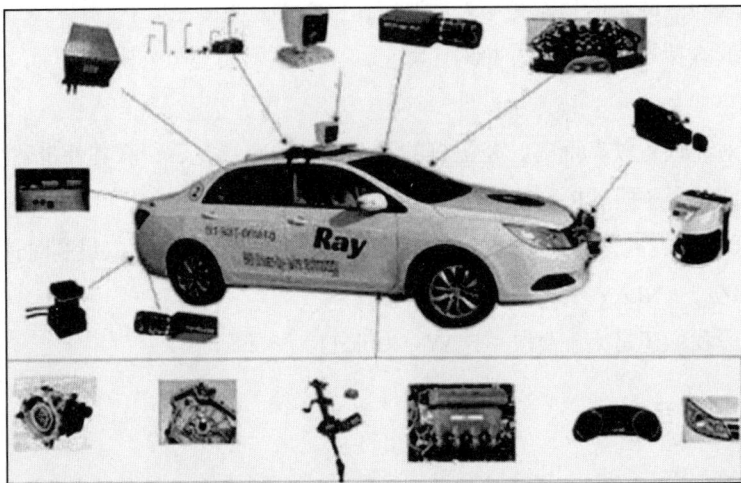

无人驾驶汽车的各种电子部件

北理工研发无人驾驶车，始于1995年，当时与国防科大、南京理工、浙江大学、清华大学一起研发的第一代无人驾驶车，现在还在北理工的陈列室里。

然后是第二代、第三代，其应用已经在军事领域初见成效。无论是庞大的装甲车，还是小巧的模型车，无人驾驶的智能化程度在逐步提升。

2000年起，北理工的团队独立研发无人车，最近刚成立了"地面无人系统研究院"，集合计算机、自动化、车辆工程等专业人才研发无人驾驶系统。"我们能夺冠的优势在于对汽车工程的深入了解，还在人工智能上有长期技术积累的总结。"

下一代无人车计划

"明年，'视听觉信息的认知计算'重大研究计划将要实现2 000公里以上的长距离无人行驶目标，北理工的无人车会通过2 000公里的高速路测试，我们计划从北京跑到深圳。"龚建伟团队与比亚迪的合作还将继续。

为了提升稳定性和可靠性，研发团队将进行大量道路测试及相关研究工作，提升改进平台在自动驾驶方面的性能与指标，保证软件代码的可靠性和扩展性，同时，对电动助力系统长时间工作的可靠性进行实验测试，采用更大功率的转向电机控制器，提高对于多种路面的适应性。

在操作方便性方面，将在短时间内增加方向盘干预方式，即在自动驾驶模式下，只要人一握方向盘及其他操作件，就能感知到人的干预，自动退出自动驾驶模式。

"还将在电动汽车、混合动力汽车平台上探索无人驾驶车辆技术，研究新能源车辆实现无人驾驶的特点。"

在龚建伟提供的视频中，无人驾驶车载码头集装箱货物集中的地方已经有应用试验，相对单纯的路线、路况，是码头货运车采用无人驾驶的一个有利条件。

无人驾驶汽车的控制设备

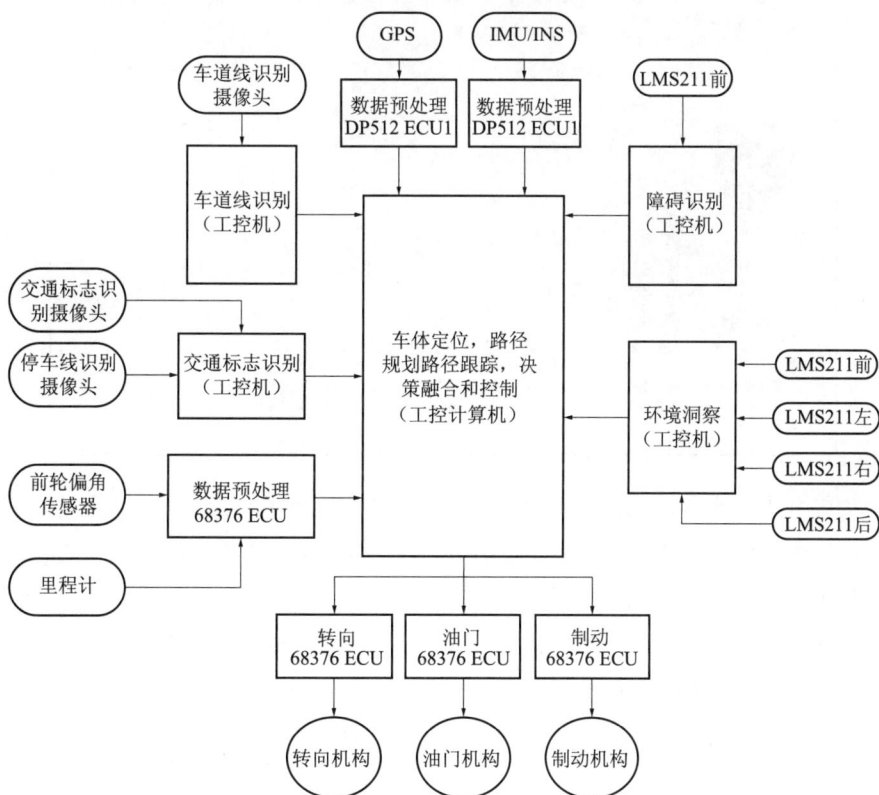

无人驾驶汽车的技术分布图

　　未来如果与地图厂商合作，无人驾驶车就可以在更广泛的道路上行驶，"不过，现在无人车还没有到商用的地步，与地图厂商的合作还是下一步。"

业界对车联网的态度也将决定无人驾驶车的研发进程。专家预估未来两三年，车联网在北京、上海的试行，将带动无人驾驶和人工驾驶进入混合运行模式。

【宣教之窗】史庆藩：大学里的"托举哥"

来源：宣教之窗　日期：2013年12月4日

原文链接：http://xjc.bjedu.gov.cn/publish/portal0/tab40/info9144.htm

【人物简介】史庆藩，北京理工大学物理学院教授。电子科大应用物理研究工学硕士，日本国立冈山大学理学博士。多年从事软凝聚态物理（颗粒物质的静态、动态及流动特性）和无线电物理（天线设计与仿真、电磁散射反演方法）研究。曾在PRL、PRE等国内外重要杂志发表学术论文40余篇，先后主持多项教改项目，教研成果丰硕。

8年来，史庆藩指导本科生撰写的科研论文，先后在国内外杂志发表了近20篇。无论文章包含了他多大的心力，无论发表的刊物级别多高，他总把学生的名字写在第一位。

他让北理工的名字首次登上顶级物理刊物

"物理实验是什么，脚踏浮云看事实"，史庆藩醉心于通过反复实验探索真理世界。他主要从事颗粒物质研究，这一研究领域是当今物理学研究热点之一，对于促进包括开采、运输、加工、分选、储存等在内的工农业生产以及预防雪崩、塌方、泥石流、地震、沙尘暴等自然灾害的发生有着重要意义。

2003年，受《自然》杂志中一篇文章的启发，史庆藩开始对"反巴西果效应"进行研究。当时，北京理工大学没有相应的实验条件，他便利用休息时间赶往中科院物理所进行实验操作，实验中所用的三四十种重量的铜球，更是他一点点亲手打磨而成的。经过实验，史庆藩最终得出气体浮力在"反巴西果效应"的形成中起着关键的作用的结论。史庆藩和同事们的这一发现被撰写成《气压对颗粒物质振动分离的影响》一文，发表在当年的世界物理学顶级学术期刊《物理评论快报》上，引起了国内外极大的反响。这也是北京理工大学的名字首次出现在世界物理学顶级学术期刊上。

任教10余年来，史庆藩主编了多部英汉双语实验教材，主持过国家自然科学基金及总装预研基金项目，在包括PRL、PRE等国内外重要杂志发表论文40余篇，取得多项省部级教研成果。

他让学生的名字记入了北理工的校史

作为一个大学理工科教师，史庆藩长期关注大学生科技创新，为此投入了大量的心血。他每年都义务指导学生参加创新活动和科技竞赛，在活动中给学生大量的帮助和支持。

他创办了北理工物理实验协会，专门培养学生的创新精神和实践能力，在他的影响下，物理实验协会从创办之初的十余人，发展成为一个拥有500多名社员的大型社团，成为北京理工大学四大学术性社团之一。

对于学生们的要求，史庆藩几乎有求必应。他常常会放弃周末的休息时间给学生做培训答疑；指导学生论文时，几乎每篇文章都要经过十多遍的修改。在定稿前，他总会叫学生来办公室一起仔细斟酌文章的逻辑和语言，甚至细致到每一个标点符号。2012年，史老师指导的学生凭借《声波在肥皂泡沫中传播速度的实验研究》，在由国家教育部门、科技部门联合主办的大学生创新竞赛中获得了"全国大学生论文十佳"的好成绩，实现了北京理工大学在大学生创新创业年会"十佳优秀论文"奖项上零的突破，让学生的名字记入了北理工的校史。

在史庆藩的带领下，北理工的本科生科研队伍异常活跃，每年的物理竞赛，他所带领的队伍总是表现优异，在全国比赛和北京市比赛中屡屡获奖。

他担任教师不止于授业

对于学生，史庆藩不仅仅是一位老师，更像一位慈爱的父亲。遇到在学习和生活中有困难的学生，他总是用他坚实的臂膀为学生挡风遮雨。

2012年10月，光电学院的一名学生在食堂吃完饭后，因胃部剧烈疼痛蜷缩在食堂走道无法移动，路过这里的史庆藩，背起吐得一塌糊涂的学生，将他送往医院抢救，还垫付了检查费和住院费，直到学生脱离危险后才放心离开。

学生张健强家庭困难，家中还有个弟弟需要抚养，也是史庆藩帮助他找到了一份勤工助学的工作，让张健强和他的弟弟有了生活保障。谈及与史老师相处的点滴小事时，张健强感动地写道："也许过去的我比很多人悲惨，但现在的我却比很多人幸运，因为，在我人生的一个迷茫路口遇到了您！在您的陪伴下少了泥泞，多了勇气和信心。您如同海航的灯塔，导引我一度漂泊的心！"

史庆藩曾说："我最喜爱马拉松，因为马拉松是一个与自己比拼的过程，只要永不放弃，就一定能到达终点。就像科研一样，无论才智如何，只要坚持到底，就一定能有收获。"他用对科研和教学的热情与执着，坚定地在探求真理的路上不断前行，也用他那厚实的肩膀，稳稳托起一个又一个学生的未来。

【科技日报】北理工新能源汽车项目获中国汽车工业科学技术奖

来源：科技日报　日期：2013年12月9日

原文链接：http://digitalpaper.stdaily.com/http_www.kjrb.com/kjrb/html/2013-12/09/content_237372.htm?div=-1

科技日报讯（宗文）近日，由中国汽车工程学会主办的"2013中国汽车工程年会暨展览会"在北京开幕。年会期间举行了中国汽车工业科学技术奖颁奖仪式。此次共评出50项获奖项目，其中一等奖4项、二等奖12项、三等奖34项。

其中涉及新能源汽车奖项有：安徽江淮汽车"爱意为纯电动轿车产品开发"项目获二等奖，中国汽车技术研究中心"电动汽车综合标准化研究与应用"项目获二等奖，重庆长安汽车股份有限公司与北京理工大学合作项目"高效低排放氢燃料内燃机技术"获三等奖，中国汽车技术研究中心与北京理工大学合作项目"电动车辆奥运示范应用的组织协调、技术保障及数据分析"获三等奖。

（作者：宗文）

【赛迪网】北理工学生荣获全国大学生数学建模大赛IBM SPSS创新奖

来源：赛迪网　　日期：2013年12月20日

原文链接：http://miit.ccidnet.com/art/32559/20131220/5295699_1.html

原标题：IBM赞助全国大学生数学建模大赛，着力培养大数据分析人才

赛迪网 > 产业和信息化 > 滚动 > 文章　　　　搜发

IBM赞助全国大学生数学建模大赛，着力培养大数据分析人才

发布时间：2013.12.20 09:21　　来源：赛迪网　　作者：赛迪网

　　【赛迪网讯】近日，2013全国大学生数学建模竞赛颁奖仪式在长沙举行。今年，IBM首次赞助全国大学生数学建模竞赛，并设立"IBM SPSS创新奖"，以激励大学生对数据分析和建模的兴趣。除了设立奖品丰厚的奖项，IBM还开放了预测分析、数据挖掘及文本分析等方面的课件供参赛同学学习，以期为业界培养更多的数据分析人才。北京理工大学周晨阳、周登岳和孔垂烨同学的团队获得了本科组的IBM SPSS 创新奖，成都工业学院唐松林、刘倩和刘兴龙同学的团队获得了转科组的IBM SPSS创新奖。

2013年高教社杯全国大学生数学建模竞赛 颁奖仪式

发挥数据分析专长 赞助数学建模大赛

【赛迪网讯】近日，2013全国大学生数学建模竞赛颁奖仪式在长沙举行。今年，IBM首次赞助全国大学生数学建模竞赛，并设立"IBM SPSS创新奖"，以激励大学生对数据分析和建模的兴趣。除了设立奖品丰厚的奖项，IBM还开放了预测分析、数据挖掘及文本分析等方面的课件供参赛同学学习，以期为业界培养更多的数据分析人才。北京理工大学周晨阳、周登岳和孔垂烨同学的团队获得了本科组的IBM SPSS创新奖，成都工业学院唐松林、刘倩和刘兴龙同学的团队获得了转科组的IBM SPSS创新奖。

发挥数据分析专长 赞助数学建模大赛

全国大学生数学建模竞赛创办于1992年，每年举办一届，目前已成为全国高校规模最大的基础性学科竞赛，也是世界上规模最大的数学建模竞赛。该大赛在高校中具有极高的知名度和影响力，获奖证书也是大学生在求职时最有力的佐证之一。因此每年都有大量的高校学生报名参赛。2013年，来自全国33个省/市/自治区（包括我国香港和澳门特区）及新加坡、印度和马来西亚的1 326所院校、23 339个队、70 000多名大学生报名参加了本项竞赛。

近年来，很多数学建模题目都需要参赛者对数据进行建模、分析和挖掘，好的工具会帮助参赛者提高数据分析的速度和质量。IBM SPSS Statistics软件是世界领先的统计软件，擅长理解复杂的模式和关联，使最终用户能够得出结论并进行预测，是很多社科类、统计类专业的同学必须掌握的工具之一。IBM SPSS Modeler软件则是一个数据挖掘工作台，用于帮助用户快速直观地构建预测模型而无需进行编程。其精密的数据挖掘技术使用户能够对结果进行建模，了解哪些因素会对结果产生影响，是新兴的数据分析师等职业所必须掌握的工具之一。

全国大学生数学建模竞赛组委会秘书长、清华大学数学系谢金星教授表示："IBM SPSS工具能够最大限度地帮助参赛者分析和挖掘建模过程中的各种数据。通过参加大赛，学习数据分析和数据挖掘方法，并且掌握世界领先的分析工具的使用技巧，将提高参赛者建模的能力，并对他们的就业和未来的职业发展带来巨大的帮助。"

构建大数据价值体系 打造健康的人才生态系统

如今，大数据时代全面来临，互联网每两天产生的数据量，与2003年之前产生的数据总量一样多；只需短短三天，网民便会发送超过10亿条的推特消息；每天有500万条交易事件被记录。当各行各业逐渐意识到大数据能为企业带来新的价值时，对相应人才的需求也日益增长。早在2011年，美国劳工统计局就预测，在未来8年，对数据分析专业人才的需求将增长24%。同年5月，在麦肯锡发布的大数据报告中也预测，到2018年，美国的高级数据分析人才的缺口将达到人才实际供给量的50%~60%。

大数据人才能够利用信息管理、预测分析和商务智能等工具，从各类数据中获得洞察，从而帮助企业解决问题，获得竞争优势。这种人才需要具备技术能力、市场分析能力、数据分析能力，但是现阶段大数据人才十分匮乏。数学建模人才是同时具备这三种能力的潜在人才，故而数学建模人才能够通过必要的训练成为大数据人才，从而在数据分析的道路上驰骋。

"数学建模的发展是推动大数据时代进步和繁荣的动力之一。赞助数学建模大赛，是IBM培养大数据人才的一个有效途径。IBM十分重视为业界源源不断地挖掘并输送大数据分析人才，打造健康的人才生态系统，以此来应对大数据给人们带来的挑战。"IBM大中华区大学合作部总监王浩博士表示。

如今，IBM已经通过对大数据价值体系进行梳理和构建，在全球范围内与各大高校合作，开展对大数据人才的培养。在国外，IBM已与爱尔兰都柏林城市大学计算机科学系、乔治华盛顿大学商学院、乔治敦大学麦克多诺商学院和新加坡国立大学等多所高校联合培养大数据人才，并且积累了丰富的经验。在国内，2012年1月，IBM中国开发中心与西安交大软件学院签署校园高端人才培养协议，携手合作共建全国首个业务分析与技术系。目前，已经完成了第一批同学的教学和实习，开始第二批同学的招生。2012年9月，IBM与北京交通大学软件学院、民生银行联合宣布，共同开发面向硕士生的信息管理方向的系列课程，培养大数据时代市场所需的精英型、应用型高端信息管理人才。

布局大数据　打造业界最全面的高整合大数据能力

作为最早布局大数据的企业之一，IBM一直视大数据为企业未来竞争优势的基础，它将改变企业决策、价值创造和价值实现的方式。IBM在全球的大数据实践已经深入到包括中国在内的全球市场的各个行业。包括电信、金融、医疗、零售、制造等全球30 000家客户已在IBM大数据平台及大数据分析等技术和理念支持下获得收益。此外，IBM已在全球9个城市里建设全球大数据分析解决方案中心，拥有近9 000名顾问和400名数学家。在中国，从2012年开始的连续3年内，IBM计划投资超过3亿人民币，用于在进行大数据及分析的研发与推广。

IBM软件集团大中华区业务分析软件总经理缪可延表示："IBM正在以自身领先优势帮助更多企业客户把握大数据的变革，赢得发展和新的市场。未来IBM将继续深化大数据人才的培养计划，在大数据等不断涌现的科技创新浪潮中，培养技术创新人才。"

【中国汽车报】北理工第二届长安汽车奖学金颁奖典礼顺利举行

来源：中国汽车报　日期：2013年12月20日

原文链接：http://www.cnautonews.com/xw/201312/t20131220_272618.htm

去年12月26日，500名师生现场见证了北京理工大学与长安汽车股份有限公司携手设立北京理工大学长安汽车奖学金，每年以20万元奖励80名在校生，其中包括4万元购车专项资金的大奖，并举行了第一届颁奖典礼。经过一年的发展，该奖学金在学生中的影响力逐渐扩大，2013年12月19日上午，第二届颁奖典礼在北京理工大学顺利举行，长安汽车股份有限公司副总裁任强和北京理工大学校长助理姚利民等嘉宾为第二届获奖学生进行颁奖。

北京理工大学长安汽车奖学金有常规奖学金和专项奖学金两类。常规奖学金每学期奖励40人，每人奖励2 000元，除了思想品德、学习成绩的基本要求外，还鼓励学生积极参加科技创新活动或参加社会志愿服务。专项奖学金每年只奖励1人，奖金高达4万元，获奖学生将奖金作为购车款补贴，可以在全国各地的长安经销商中购车，一般由学生根据自己的意愿自愿申报，评委会在申报者中优中选优。北理工长安汽车奖学金评委会主任、机械与车辆学院党委副书记副院长范文辉宣读了获奖学生名单，80名获奖学生分布于北理工的机械与车辆学院、信息学院、软件学院、机电学院、人文学院、管理学院、设计学院和教育研究院；其中购车大奖的获得者是机械与车辆学院能源与动力工程专业的大四学生高坤。高坤说，他准备用此奖金买一辆长安牌汽车送给父母。

北理工机械与车辆学院院长项昌乐在致辞中说，长安汽车支持教育事业，功在当代，利在千秋，这种奖学金模式非常有利于促进校企合作、促进技术进步、促进协同创新。同时他也希望学院在与长安等企业合作中，校企共同努力，一方面为汽车产业的人才培养作出贡献，另一方面也为中国的汽车文化和工业文化的传播起到积极作用。

北京理工大学校长助理姚利民是第二次参加长安汽车奖学金的颁奖活动。他在讲话中对长安汽车股份有限公司的高度社会责任感表示由衷的赞赏，回顾了北京理工大学与长安汽车的深厚友谊，以及双方在人才培养、产品研发、科技引领等众多方面合作成果；同时也对学生们表达了殷切希望，希望广大学生能够情系国家、心存感恩、踏实勤奋、艰苦奋斗、追求卓越、敢为人先，不负学校、社会的重托，成长成才报效祖国和人民。

颁奖典礼结束后，任强为学生们带来一场精彩的报告。他从行业高度和企业视角探讨了当今及未来大学生的基本技能素养问题，对学生们的视野拓展和素质提高有很好的启发。本次活动历时两小时，其中颁奖典礼简短隆重，大部分时间是任强与学生们探讨综合素质培养问题，也着实体现了学校和企业的务实作风。

媒体2013
北理工

第三章　携手八方凝心聚力
　　　　共发展，团结内外
　　　　承前启后挂云帆

【中国国际广播电台】尼日利亚华人心系祖国
向祖国人民拜年

来源：中国国际广播电台　　日期：2013年2月17日

原文链接：http://gb.cri.cn/27824/2013/02/17/6611s4021355.htm

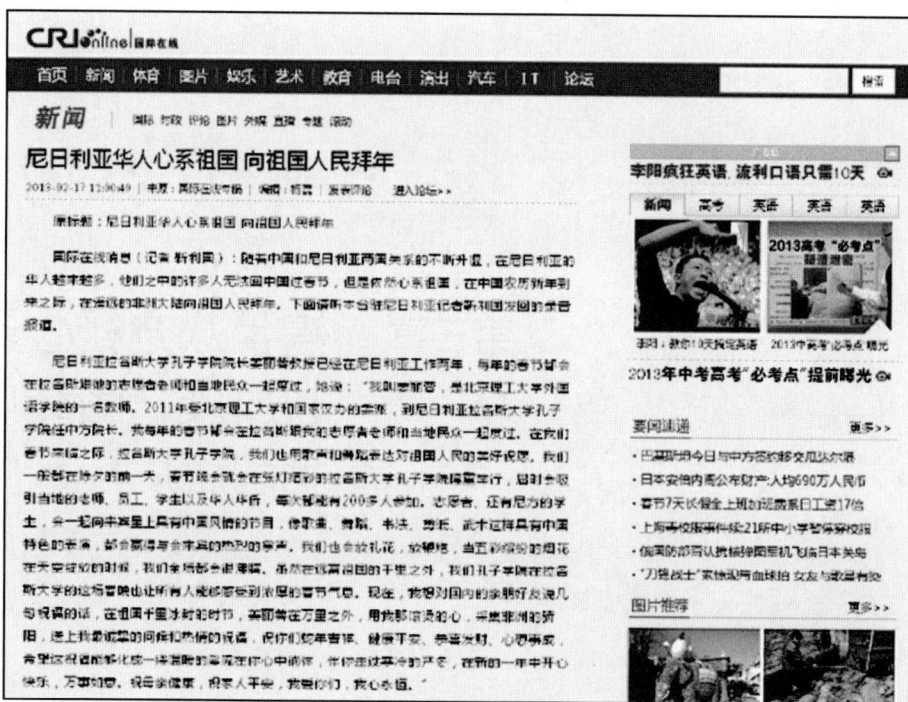

国际在线消息（记者 靳利国）：随着中国和尼日利亚两国关系的不断升温，在尼日利亚的华人越来越多，他们之中的许多人无法回中国过春节，但是依然心系祖国，在中国农历新年到来之际，在遥远的非洲大陆向祖国人民拜年。下面请听本台驻尼日利亚记者靳利国发回的录音报道。

尼日利亚拉各斯大学孔子学院院长姜丽蓉教授已经在尼日利亚工作两年，每年的春节都会在拉各斯跟她的志愿者老师和当地民众一起度过，她说："我叫姜丽蓉，是北京理工大学外国语学院的一名教师。2011年受北京理工大学和国家汉办的委派，到尼日利亚拉各斯大学孔子学院任中方院长。我每年的春节都会在拉各斯跟我的志愿者老师和当地民众一起度过。在我们春节来临之际，拉各斯大学孔子学院，我们也用歌声和舞蹈表达对祖国人民的美好祝愿。我们一般都在除夕的前一天，春节晚会就会在张灯结彩的拉各斯大学孔子学院隆重举行，届时会吸引当地的老师、员工、学生以及华人华侨，每次都能有200多人参加。志愿者还有尼方的学生，会一起向来宾呈上具有中国风情的节目，像歌曲、舞蹈、书法、剪纸、武术这样具有中国特色的表演，都会赢得与会来宾的热烈掌声。我们也会放礼花、放鞭炮，当五彩缤纷的烟花在天空绽放的时候，我们全场都会沸腾。虽然在远离祖国的千里之外，我们孔子学院在拉各斯大学的这场春晚也让所有人能够感受到浓厚的春节气息。现在，我想对国内的亲朋好友说几句祝福的话，在祖国千里冰封的时节，姜丽蓉在万里之外，用我那滚烫的心，采集非洲的骄阳，送上我最诚挚的问候和热情的祝福，祝你们蛇年吉祥、健康平安、恭喜发财、心想事成，希望这祝福能够化成一缕温暖的溪流在你心中徜徉，伴你走过寒冷的严冬，在新的一年中开心快乐，万事如意。祝母亲健康，祝家人平安，我爱你们，我心永恒。"

尼日利亚卡诺中国商会副秘书长、中国湖州大港集团卡诺办事处负责人李海君今年是第四年没有回国过年了，他说："我是卡诺中国商会秘书处的副秘书长，同时也是湖州大港驻卡诺办事处负责人，我叫李海君，山西人。今年是第四年没有回国过年了，今年过年也不回去，跟往年一样，跟同事一起在这里过春节，这里也没有什么娱乐活动，基本上就是在饭店吃吃饭的样子。在这里希望我的爸爸妈妈、我的岳母、我的妻子，还有我的弟弟蛇年快乐、新春愉快，也祝我们的祖国繁荣昌盛，一年更比一年好。"

由于工作需要，华为尼日利亚公司的员工们春节期间照常上班，华为尼日利亚公司公共及政府事务部经理张宁说："我是华为技术有限公司尼日利亚代表处的张宁，今年是我在尼日利亚的第二个春节了。虽然很想家，但是由于我们这边是以当地的时间风俗过假期，所以我们春节期间还是要上班的。大年三十晚上公司有个聚餐，我们所有人都准备去食堂。虽然可能不能像国内那种样子：大家亲朋好友在一块儿，很温馨的感觉，但是公司能给大家带来的环境，毕竟是在非洲嘛，我们也能感受到家庭的感觉。然后，我们打算几个不错的、关系比较好的'铁磁'们晚上大家一块儿聚聚，喝点小酒，虽然非洲这边的物资比较短缺，但是起码喝一两箱啤酒是可以的。在此，我希望能借这个机会，向国内的亲朋好友、我最爱的老婆、我的父母，祝他们春节快乐、身体健康。"

（作者：靳利国）

【人民日报】北理工创业园为海归创业提供服务

来源：人民网—人民日报海外版　日期：2013年3月25日

原文链接：http://paper.people.com.cn/rmrbhwb/html/2013-03-25/content_1215522.htm?div=-1

海归在国内创业时大多都面临"人脉断层"的问题，而"人脉断层"在一定程度上直接影响了创业公司获取市场有效信息的时效性和招聘人才的可靠性。海归为何出现"人脉断层"问题？这个问题又该如何解决？

"人脉断层"是何因

"创业公司对人才的要求特别高，缺少能够推荐合适人才的人脉，让公司找人才时费过很大的力。"北京云启信息技术有限公司董事长蒋晓庆具体谈到了自己遇到的麻烦。在蒋晓庆看来，通过人脉关系来引介人才，不仅速度很快，而且可信任度高。

海归面临"人脉断层"的原因是多方面的。"长时间在国外读书，跟国内的同学联系减少，这本身就是一个'人脉断层'的过程。"北京品科艺科技有限公司首席运营官段田子认为，回国后发现之前的朋友现在所从事的行业很少有和自己的创业项目吻合，创业时需要重新开拓、积累人脉资源。蒋晓庆表示，先期回国的海归同学对国内投资环境相对比较熟悉，成为自己人脉的主要来源。

浙江湖州经济技术开发区管理委员会的胡治刚分析海归"人脉断层"的现象，他表示，对于那些20世纪80年代早期出国的海归而言，他们出现"人脉断层"，实质上是思维方式、生活方式和价值观的断层，这类人可能觉得不太适应当前国内的"办事方式"；而对于青年海归而言，"人脉断层"主要是文化差异和创业环境所造成的不适感和"孤独感"。胡治刚认为，海归口中的"人脉断层"其实是一个伪命题。北京涌金冠泰科技有限公司总经理李鹏说："没有人脉没关系，可以通过介绍人的方式打入到某个圈子里，重要的是进入一个特定的圈子后要找准自己的定位，要明白自己能为他人带来什么。"

疏通人脉，整合资源

"海归创业中最迫切需要积累的人脉就是跟政府搞好关系。国立的研究机构、金融机构、国有企业等是海归创业过程中赖以生存和发展壮大的营养。"胡治刚谈到，"目前政府都在转变职能和改进工作作风，对海归的服务也在不断加强，从以前的'管家'变成了

'保姆'，政府管理职能在弱化，服务意识在加强，从这一点来说，海归建立人脉的环境正在逐步改良。"

创业海归对人脉的需求又是多元化的，海归也在探索扩充人脉的途径。"现有的人脉起到了帮忙完善供应链、供应商以及联系资金的作用。"蒋晓庆肯定了人脉在客户引介、信息提供方面发挥的重要作用。因此，蒋晓庆并没有选择直接面对"人脉断层"的问题，而是在回国后，在和自己行业相关的公司里工作了一段时间，熟悉国内行业特点和发展状况，积累了一些包括客户、相关行业人才在内的人脉资源，"通过这个'缓冲期'在创业时遇到的尴尬就减少了很多。"蒋晓庆说。

依托创业园是关键

"依托创业孵化园的平台，政府领导深入企业调研，倾听企业心声，并通过网络及时共享政策信息。"段田子说。政府通过创业园的平台，实现政策信息的及时共享，从一定程度上扮演了"有效信息"提供人这一"人脉角色"，弥补了企业"人脉断层"的困虑。蒋晓庆对此也表示赞同，他说："像北理工创业园，就提供了很好的服务，如场地租赁补贴等；此外，还牵头举办优质的活动，如'三三会'、组织公司间的联欢会等。管委会能够提供政策信息共享。总的来讲，创业园依托方便的地理条件，公司间距离很近，很方便地扩展了人脉。而且，人脉面比较广，各个行业都有。"

如何破解

行业交流会、海归联谊会、茶话座谈会等也成为创业海归形式多样的人脉扩充渠道。

蒋晓庆：但与创业园相比，在行业交流会寻找项目对口的合作伙伴，要靠机遇。

胡治刚：单凭参加联谊会培养人脉只是隔靴搔痒，不能解决本质问题。增进人脉其实就是整合资源的过程。

段田子：政府牵头组建的孵化园在人脉积累方面提供的帮助会更加对口、直接、安全。

（作者：李梦瑜　李琳　徐恺）

【中国高新技术产业导报】中关村"三三会"走进北京理工大学

来源：中国高新技术产业导报　日期：2013年3月25日

原文链接：http://paper.chinahightech.com/html/2013-03/25/content_611.htm

近日，已经成功举办10年的中关村留学人员精品项目推介会（又名"三三会"）走进北京理工大学。此次中关村"三三会"由中关村管委会主办、北京理工大学留学人员创业园承办、中关村留学人员创业园协会协办，集中展示和推介了近14家新一代信息技术领域的优秀企业项目，吸引了80余位投资机构人士的关注。

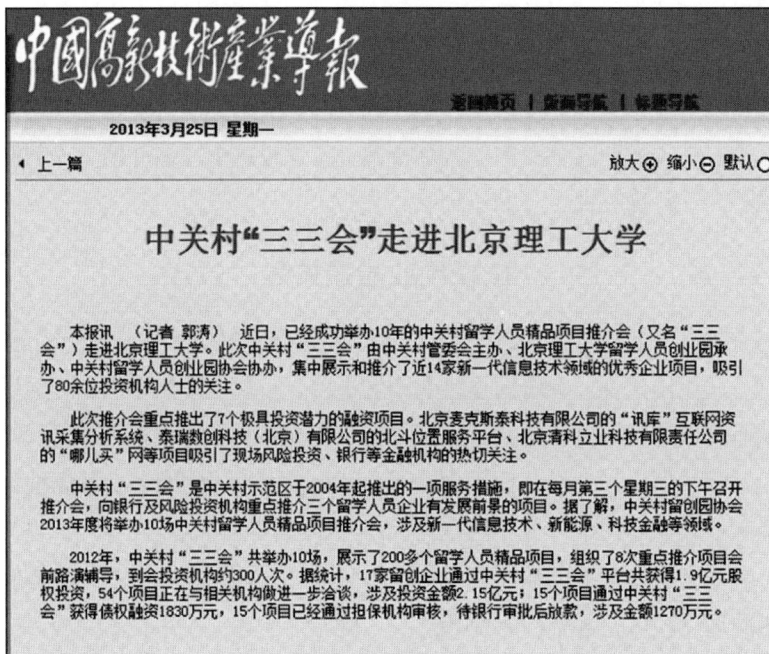

此次推介会重点推出了7个极具投资潜力的融资项目。北京麦克斯泰科技有限公司的"讯库"互联网资讯采集分析系统、泰瑞数创科技（北京）有限公司的北斗位置服务平台、北京清科立业科技有限责任公司的"哪儿买"网等项目吸引了现场风险投资、银行等金融机构的热切关注。

中关村"三三会"是中关村示范区于2004年起推出的一项服务措施，即在每月第三个星期三的下午召开推介会，向银行及风险投资机构重点推介三个留学人员企业有发展前景的项目。据了解，中关村留创园协会2013年度将举办10场中关村留学人员精品项目推介会，涉及新一代信息技术、新能源、科技金融等领域。

2012年，中关村"三三会"共举办10场，展示了200多个留学人员精品项目，组织了8次重点推介项目会前路演辅导，到会投资机构约300人次。据统计，17家留创企业通过中关村"三三会"平台共获得1.9亿元股权投资，54个项目正在与相关机构做进一步洽谈，涉及投资金额2.15亿元；15个项目通过中关村"三三会"获得债权融资1 830万元，15个项目已经通过担保机构审核，待银行审批后放款，涉及金额1 270万元。

（作者：郭涛）

【人民网】西城引进无障碍服务系统
视障人群可"倾听"图书馆

来源：人民网　　日期：2013年4月3日

原文链接：http://culture.people.com.cn/n/2013/0403/c87423-21009194.html

人民网北京4月2日电（余荣华、陈虹）"你是我的眼，带我阅读浩瀚的书海……"很多盲人朋友的心愿如今很容易达成。记者从北京市西城区图书馆了解到，从4月2日起，每周二的下午，志愿者将在图书馆视障人阅览室为视障读者现场朗诵图书。同时，在视障人阅览室里的"心声—音频馆"试运行，通过在普通电脑上安装专用服务系统，视障人群不仅可以无障碍"听"到评书曲苑、相声小品、名曲赏析、健康养生等多方面内容，通过指纹认证还能智能记忆"听网"的历史记录，方便在下次使用时的接续。

4月2日，"声音的暖流——为视障人读书活动"在西城区图书馆视障人阅览室正式启动活动中，10余名视障读者一同倾听了来自北京理工大学的志愿者朗读的图书《台湾，你一定要去》。在志愿者声情并茂的讲述中，日月潭的美丽风光、阿美族的多姿舞蹈仿佛一一呈现在读者面前，大家都深深陶醉其中。

在一层的阅览室里，记者观察到，除了一旁林立的书架上摆放着的百余册盲文书籍以外，还摆放着两台普通的电脑。西城区图书馆馆长阎峥介绍说："在阅览室里，盲人只需通过听觉和触觉便可像普通读者一样使用电脑上网，享受电子书籍、音乐欣赏、在线讲座等精彩内容。"

据了解，为了保障特殊群体的正常文化权益，除了每周二下午组织大学生志愿者为读者朋友阅读图书以外，西城区图书馆和文化部全国公共文化发展中心合作，首次把"心声—音频馆"文化资源服务系统引进到公共图书馆里，专门为视障人群提供无障碍公共文化产品的服务。

"心声—音频馆"项目是根据视障人群的需求特点和使用习惯，定制开发的一套线上线下一体化应用的软硬件系统，是针对视障人群专门打造的服务平台，它在为大众提供优秀音频资源的同时，其无障碍设计适用于各类盲用读屏软件。

文化部全国公共文化发展中心工作人员介绍，视力障碍的读者，要想上网浏览享受社会信息资源，需要让人帮着查找，然后读出来，自己再用盲文记录下来。而在安装了"心声—音频馆"系统的电脑上，不仅能听到评书曲苑、相声小品、心声励志、健康新生等多方面内容，资源量达到近5 000小时；同时，如果在"听"电视连续剧或者相声小品时中途退出去，下次再上网时，通过指纹识别系统，电脑会接着上一次的记录继续播放。

（作者：余荣华 陈虹）

【中国青年报】中国电科联合北理工举行 王小谟专场报告会

来源：中国青年报—中青在线　　日期：2013年4月5日

原文链接：http://zqb.cyol.com/html/2013-04/05/nw.D110000zgqnb_20130405_4-02.htm

4月2日，由中国电子科技集团公司（以下简称中国电科）和北京理工大学联合举办了中国工程院院士、中国预警机之父、国家最高科学技术奖获得者王小谟专场报告会。中国电科党组书记樊友山在致辞中表示："王小谟院士的成功折射出以中国电科为代表的中央企业矢志报国、不断超越的中国精神。"

今年1月18日，在国家科学技术奖励大会上，中国电科王小谟院士荣获国家最高科学技术奖。作为北京理工大学的杰出校友和兼职教授，本次报告会是王院士获奖后首次与高校青年面对面，是中央企业走进高校、传承中国梦的重要活动。当天，中国电科在京青年科技代表500人，北京理工大学师生代表2 000余人出席了活动。

王小谟在报告中说："我现在得了个大奖，国家给了我很高的荣誉，我想，这是对全体国防科技工作者的肯定，是对军工电子人和中国电科人的肯定，我只是代表大家领了这个奖。科研项目中，最难的事就是组织人。大学时代的社团生活锻炼了我的领导能力，对我后来从事科研工作起到了非常重要的作用。"

王小谟是中国电科的杰出代表和央企科技创新、国防科技创新的领军人物。在50多年的科技生涯中，王小谟院士带领团队先后主持研制了多部具有世界先进水平的雷达，为我国国土防空网的建设完善作出了重大贡献。他率先力主发展国产预警机装备，提出并构建了我国预警机技术发展路线图及体系，主持研制了我国第一代机载预警系统，使我国国防实现从国土防空型向攻防兼备型的跃升。

（作者：骆沙）

【国际媒体《印度教徒报》】报道印度马尼帕尔大学与我校签署首份合作备忘录

来源：国际媒体《印度教徒报》 日期：2013年4月4日

【编者按】4月4日，印度第三大英文报纸《印度教徒报（The Hindu）》以《中印大学签署协议 开展前瞻性学术交流》为题报道了我校与印度马尼帕尔大学签署首份合作备忘录事宜，党委宣传部及时进行了采集翻译。

周三，印度卡纳塔克邦马尼帕尔大学与北京理工大学签署了首份合作备忘录。北京理工大学是中国一所科研型公立大学，因主要从事中国空间项目而著称。该备忘录为双方进行更密切的合作，共同研究相关科学项目铺平了道路。

根据备忘录中的相关协议，两所大学将进行师生交流，并向学生颁发双方互相承认的双学位。他们还将合作开展科研和研发活动。

"高科技合作伙伴"

地缘政治学系名誉董事马达夫·纳拉帕德教授代表马尼帕尔大学与北京理工大学留学生中心主任汪滢签署了备忘录，他表示，双方的合作表明，中国的新领导层非常重视科学技术领域的国际合作，并将印度视为重要的合作伙伴。

马尼帕尔大学还将于周五同北京理工大学的兄弟院校，位于中国江苏省的南京航空航天大学签署一项谅解备忘录。这两所大学都与中国的空间项目有着紧密的联系，并且都有国防工程方面的科研和研发项目。

北京理工大学的科研预算经费大概有5亿美元，位列中国高校前五位。跟其他大学不同的是，北京理工大学直属于工业和信息化部，而不是教育部。

"优势互补"

因为最近有报道称一些中国的高校与中国人民解放军的网络部队有联系，当被问到是否担心安全问题时，纳拉帕德教授说："在全世界，甚至美国和欧洲国家都在拥抱中国的时候，我们避免和中国接触是毫无意义的，与中国大学的合作空间将比我们想象的更加广阔。"

"安全问题要跟上时代的快速发展，而发展不应该以安全的名义受到阻碍。应该采取必要的措施保证他们遵守两校签署的协议。中印两国在科技领域有着互补优势，而现在是时候开展合作了。"

备注：《印度教徒报（The Hindu）》是印度的一份主要英语日报，1878年创刊，初时是每周出版一次，1889年改为每日出版。《印度教徒报》最多流通的地区是印度南部。根据2012年的"印度读者调查"（Indian Readership Survey），《印度教徒报》约有220万读者，是印度第三大英文报章。

【中国国际广播电台】印媒报道北理工：
中印大学签署协议　开展前瞻性学术交流

来源：中国国际广播电台—国际在线　日期：2013年4月8日

原文链接：http://gb.cri.cn/27824/2013/04/08/6071s4077682.htm

国际在线消息（记者 高宇）：《印度教徒报》网站近日报道称，印度卡纳塔克邦马尼帕尔大学与北京理工大学签署了合作备忘录。该备忘录为双方进行更密切的合作，共同研究相关科学项目铺平了道路。

根据备忘录中的相关协议，两所大学将进行师生交流，并向学生颁发双方互相承认的双学位。

马达夫·纳拉帕德教授代表马尼帕尔大学签署了备忘录，他表示，双方的合作表明，中国的新领导层非常重视科学技术领域的国际合作，并将印度视为重要的合作伙伴。在科学技术领域里，印中优势互补，因此，印方期待与中方有更深层次的接触。

随后，马尼帕尔大学与南京航空航天大学也签署了一项谅解备忘录。

（作者：高宇）

【北京青年报】北理工为留学生办个展

来源：北京青年报—北青网　日期：2013年4月22日

原文链接：http://bjyouth.ynet.com/3.1/1304/22/7966021.html

本报讯 昨天"素以为绚——北京理工大学设计与艺术学院俄罗斯留学生安娜·卡基米娜作品展"在高碑店"元象艺术空间"举行，这也是该院首次为一位在校学生举办个人画展。

昨天"素以为绚——北京理工大学设计与艺术学院俄罗斯留学生安娜·卡基米娜作品展"在高碑店"元象艺术空间"举行，这也是该院首次为一位在校学生举办个人画展。

安娜是该院的留学生，她热爱中国文化，对东方哲学非常着迷。在创作中，她试图将东方文化意蕴融入自己的油画实践中，从而实现一种结合东西文化因素的交融。其手法轻松多样，色彩简洁明快，作品多次入选中国和俄罗斯的各类专业展览。

此次集中展示的60余件展品，包括油画、速写、创作手稿以及部分绘瓷与书法作品。该院院长杨建明教授表示，这既是对安娜认真学习的肯定，也充分表明了学院积极倡导前沿性、交叉性、国际化的办学思想，以及不断优化学科专业结构，打造开放、多元人文环境的办学特色。

（作者：李佳）

【秦皇岛日报】秦皇岛市委副书记商黎光
会见北理工郭大成书记一行

来源：秦皇岛日报　日期：2013年5月2日

原文链接：http://www.he.xinhuanet.com/zfwq/qinhuangdao/news/2013-05/02/c_115606726.htm

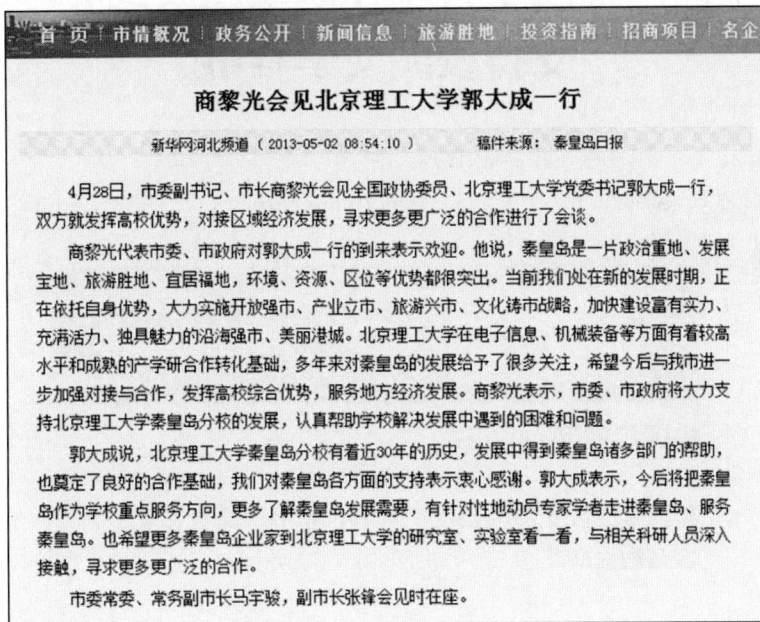

4月28日，市委副书记、市长商黎光会见全国政协委员、北京理工大学党委书记郭大成一行，双方就发挥高校优势，对接区域经济发展，寻求更多更广泛的合作进行了会谈。

商黎光代表市委、市政府对郭大成一行的到来表示欢迎。他说，秦皇岛是一片政治重地、发展宝地、旅游胜地、宜居福地，环境、资源、区位等优势都很突出。当前我们处在新的发展时期，正在依托自身优势，大力实施开放强市、产业立市、旅游兴市、文化铸市战略，加快建设富有实力、充满活力、独具魅力的沿海强市、美丽港城。北京理工大学在电子信息、机械装备等方面有着较高水平和成熟的产学研合作转化基础，多年来对秦皇岛的发展给予了很多关注，希望今后与我市进一步加强对接与合作，发挥高校综合优势，服务地方经济发展。商黎光表示，市委、市政府将大力支持北京理工大学秦皇岛分校的发展，认真帮助学校解决发展中遇到的困难和问题。

郭大成说，北京理工大学秦皇岛分校有着近30年的历史，发展中得到秦皇岛诸多部门的帮助，也奠定了良好的合作基础，我们对秦皇岛各方面的支持表示衷心感谢。郭大成表示，今后将把秦皇岛作为学校重点服务方向，更多了解秦皇岛发展需要，有针对性地动员专家学者走进秦皇岛、服务秦皇岛。也希望更多秦皇岛企业家到北京理工大学的研究室、实验室看一看，与相关科研人员深入接触，寻求更多更广泛的合作。

市委常委、常务副市长马宇骏，副市长张锋会见时在座。

（作者：王莹）

【中国广播网】青年作家董江波到北理工 支持校园文学赛事

来源：中国广播网　日期：2013年5月2日

原文链接：http://www.chinareports.org.cn/news-711-3751.html

近日，青年作家董江波携带其刚刚出版上市的长篇小说《孤男寡女》，到北京理工大学为"青梦杯"文学大赛进入决赛的12名选手鼓劲加油。获得首届北京理工大学"青梦杯"文学大赛各名次的12名投稿学生，除荣誉证书和奖品外，均获得董江波亲笔签名的新书《孤男寡女》一本。

记者现场看到，在青年作家董江波、中国青年网旅游频道主编庞茜元、《意林》编辑熊少义、北京理工大学中文教研室老师刘晓蕾和北京理工大学基础教育学院老师唐志共同担任评委会主席，北京理工大学20余位学生社团负责人共同担任评委会委员的强大评选阵容下，12位选手依次上台，以电子方式+朗诵表演的方式现场"表演"了自己的作品，其流畅的文字、动人的情节、巧妙的构思和有力的现场表现力，令评委好评不断。

现场更有悦音妹子、魔术达人、民乐组合、空竹能者强势助阵，分别献上精彩节目表演，让校外评委们纷纷惊叹北京理工大学校园生活的丰富多彩。

最终，第一名被86号投稿选手李芳《老屋》获得，她获得了89.85的高分。

据悉，北京理工大学志在打造一个"青梦杯"的文学品牌，他们的口号是"我们是青梦杯，我们在打造北理征稿品牌！"

在谈到自己的作品《孤男寡女》时，董江波说了两点：第一点，《孤男寡女》重点不在灵与肉，而在于人性、命运、选择和现状，它完整地展现了"80后""90后"的生活和精神现状；第二点，《孤男寡女》是一个系列，将有数部作品出版，每部故事相对独立，但人物有较大联系，目前出版的是第一部。

他还跟北京理工大学的同学说："北京理工大学是他去过的大学里，文学氛围和展现方式最浓厚的，甚至超过很多偏文科的大学。这个需要珍惜，因为不管任何专业的大学生，写和说，都将是最重要的两项技能。"

【怀柔信息网】红螺食品有限公司与北理工机车学院共同举办"乡土情·中国梦"结对共建主题团日活动

来源：怀柔信息网　日期：2013年5月7日

原文链接：http://www.bjhr.gov.cn/publish/main/hrdt/rdgz/201305041035
16566870642/index.html

为进一步巩固乡镇实体化"大团委"工作成果，更好地整合资源、搭建平台、设计载体，促进乡镇团委和直属团组织开展活动，推动城乡发展一体化，按照团市委开展乡镇与高校团组织结对共建的总体部署，带动、促进城乡各类团组织、体制内外不同类别团组织之间联建共建。5月3日，北京理工大学机车学院3093团支部与红螺食品有限公司团总支在庙城镇举行了"乡土情·中国梦"结对共建主题团日活动。团中央书记处书记汪鸿雁，团中央农村青年工作部部长郭祥玉，北京团市委副书记黄克瀛，区委副书记、政法委书记萧有茂出席活动。

来自北京理工大学团委、庙城镇团委的两个团组织近30名团员青年共同参加了"青年突击队林"树木养护、共青团与青年工作交流、红螺食品有限公司参访、专题座谈等活动。在座谈会上，双方团支部的团员青年以"我的中国梦"为主题，结合个人实际，进行了互动交流，同时分享了各自对共建活动的设想与建议。

区委副书记萧有茂认为，此次主题团日活动能深入基层乡镇、企业，内容丰富，意义深远。他从"谁的梦""是什么梦""怎么实现"三方面与团员青年们进行了热情的对话，他鼓励大家要加强知识积累、多实践、厚积薄发，将"中国梦"与"个人梦"相结合，脚踏实地、真抓实干，努力实现"国家梦""人民梦""未来梦"。同时，他希望团区委要按上级团组织要求，扩大乡镇实体化"大团委"工作面，使乡镇团的组织、活动与阵地建设更上一个新台阶。

团中央书记处书记汪鸿雁指出，青年必须把"我的梦"融入"中国梦"之中；只有把个人成长发展与国家经济社会发展、时代的大趋势相结合，"我的梦""中国梦"才能实现；同时，实现"中国梦"，需要团员青年们脚踏实地、埋头苦干、持续奋斗。汪鸿雁还对高校与乡镇基层团组织的结对共建工作提出了要求，即要注重加强乡镇团组织的基础建设、规范化建设，将高校共青团的工作经验移植到乡镇团建中；在活动设计方面，应注重文体、公益以及帮助乡镇青年学习、发展方面的项目，注意将理论和实践相结合。

　　据悉，怀柔区乡镇实体化"大团委"自2012年10月全国乡镇实体化"大团委"建设工作启动以来，在全区共新建乡镇直属团组织335个，覆盖团员2 598人，联系35岁以内青年6 929人。按照团市委的统一部署，怀柔区乡镇实体化大团委的各类直属团组织将与包括北京理工大学在内的12家在京高校团组织进行对接，开展长效化的共建工作。结合常态化的工作项目计划，以及五四青年节、建党纪念日、国庆等重大节庆日，开展环境保护、创业就业促进、公益志愿、文化体育、城乡共建、人才交流等类活动，吸引、集聚广大青年团员参与，使各界青年团员在参与共建活动中，感受、传递、放大青春正能量，同祖国和时代一起成长与进步，让人生出彩，实现自己的中国梦。

【包头日报】北理工国家级工程实践
教育中心落户一机

来源：包头日报　　日期：2013年5月30日

原文链接：http://www.baotounews.com.cn/content/2013-05/30/content_262108.htm

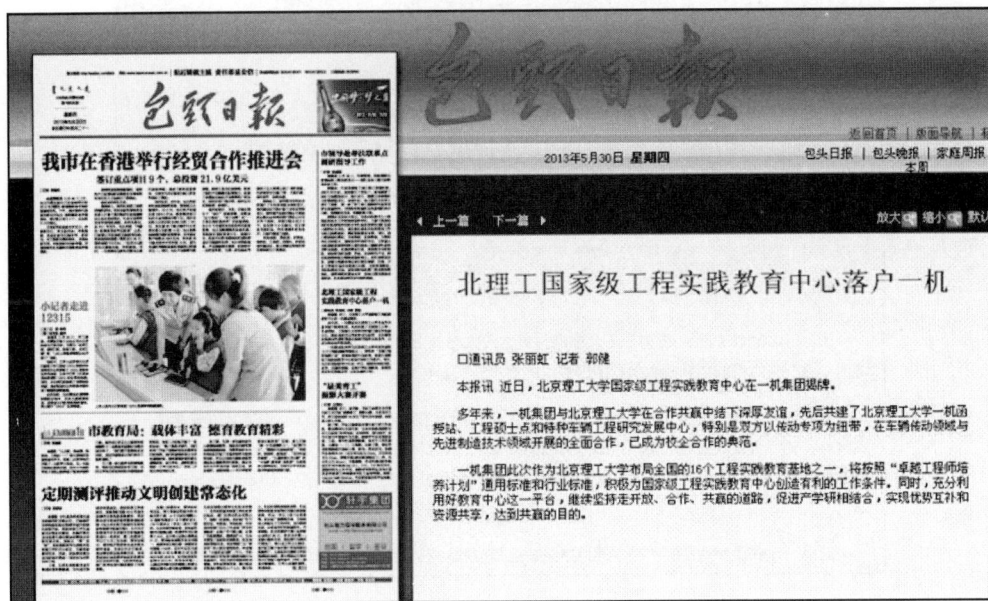

　　近日，北京理工大学国家级工程实践教育中心在一机集团揭牌。

　　多年来，一机集团与北京理工大学在合作共赢中结下深厚友谊，先后共建了北京理工大学一机函授站、工程硕士点和特种车辆工程研究发展中心，特别是双方以传动专项为纽带，在车辆传动领域与先进制造技术领域开展的全面合作，已成为校企合作的典范。

一机集团此次作为北京理工大学布局全国的16个工程实践教育基地之一，将按照"卓越工程师培养计划"通用标准和行业标准，积极为国家级工程实践教育中心创造有利的工作条件。同时，充分利用好教育中心这一平台，继续坚持走开放、合作、共赢的道路，促进产学研相结合，实现优势互补和资源共享，达到共赢的目的。

（作者：张丽虹 郭健）

【国际在线】中国与塞尔维亚首次在发动机涡轮增压领域开展科研合作

来源：国际在线　日期：2013年6月19日

原文链接：http://gb.cri.cn/42071/2013/06/19/6251s4152846.htm

国际在线消息（记者 王萍）：北京理工大学代表团近日对塞尔维亚贝尔格莱德大学进行了访问，开展中塞两国在发动机涡轮增压领域的首次科研合作。

访问期间，北京理工大学机械与车辆学院热能与动力工程系马朝臣教授介绍了学校全国重点学科"动力机械及工程"的科研情况，施新副教授介绍了北京理工大学在柴油机涡轮膨胀冷却技术方面的研究进展。双方还就加深在该领域科研合作进行了探讨并制定了详尽的合作计划。

此外，代表团参观了贝尔格莱德大学机械工程学院内燃机系的相关实验室，增进了对该校机械学科科研情况的了解。

由北京理工大学马朝臣教授和贝尔格莱德大学米洛柳布·托米奇教授联合申报的"利用涡轮膨胀冷却技术提高内燃机效率的研究"2011年获批中国与塞尔维亚政府间科技合作项目。此次北京理工大学的访问是应托米奇教授邀请，执行该政府间科技合作项目的互访任务，也是对上月贝尔格莱德大学代表团访问北京的回访。

（作者：王萍）

【中国网】东夷文化创意产业园：临沂高端创意文化产业标杆

来源：中国网　日期：2013年6月25日

原文链接：http://yuqing.people.com.cn/n/2013/0625/c212538-21963783.html

六月的沂蒙大地，生机勃勃。6月16日，美丽的沂河之滨，央企中国建筑一局集团与北京理工大学联姻携手参与建设的临沂经济技术开发区文化创意产业发展的经典之作——总投资10.1亿元的东夷文化创意产业园项目正式奠基开工。

文化与商业结合是东夷文化创意产业园的核心，创意产业是东夷文化创意产业园最重要的战略支点和灵魂。该项目把悠久瑰丽的中华民族传统文化——东夷文化与尖端科技完美结合，吸引科技动漫、艺术家工坊、软件研发等产业入驻，植入高校产学研基地，凭借高校文化研发优势和一局集团的运作方式、商业模式、传播速度和市场总量，通过人才的集约、传播的集约、知识的集约，从而形成文化产业高地。

"这一项目将催生开发区一批文化产业新的增长点，迅速打开文化产业新市场，对开发区和全市经济建设及社会文化建设将起到巨大的衍射效能，大大提升区域知名度，增强区域影响力，成为临沂市乃至鲁南地区文化产业发展的重要驱动力。"参加项目奠基仪式的北京理工大学副校长李和章分析说，项目建成后将创造直接就业岗位1 000个，带动创造相关产业就业2万人，对促进开发区产业结构调整和经济增长方式转变，提升开发区文化软实力具有重要作用。

"项目从洽谈到开工仅用了一年时间，这充分体现了开发区高效、务实的工作作风。能够在这块热土投资，我们深感荣幸。"中国建筑股份有限公司一局集团董事长李宝珠表示，将精心策划、精心组织、精心施工，在确保安全、质量、工期的同时，打造精品工程、优质工程、示范工程。

据了解，中国建筑一局集团作为中国建筑股份有限公司的重要骨干企业，坚持"文化地产"路线，以人为本，以产品创新和特色领先为市场突破口，近年来积极参与地方区域文化产业的开发投资，赢得了企业快速而又稳健的发展。北京理工大学作为一所理工为主、工理管文协调发展的全国重点大学，近年来以产学研相结合的思路，以国家加强文化建设的政策为契机，积极参与政府文化创意产业项目的研发和规划设计，创作出大量高质高效创意作品。"东夷文化创意产业园项目就是中建一局和北京理工联合打造的创意文化产业园区的典范。"临沂经济技术开发区人力资源和社会保障局副局长王正中说，东夷文化创意产业园将与临沂软件园、东部生态旅游度假区，共同构成开发区文化产业相得益彰的强劲发展态势，形成全市文化产业发展的新亮点和新增长点。

记者感言：在当前区域竞争日趋激烈的背景下，要引进资金、留住项目，关键靠环境。临沂经济技术开发区着力优化提升软环境，进一步提高服务质量和办事效率，加快发展新兴第三产业，让内外资金的投资活力竞相迸发，让创造财富的各种要素充分涌流，最大限度营造发展的"洼地"效应。

（作者：付然锋 闫浩 姜珊）

【北京日报】博士后出动挑大梁

来源：北京日报 日期：2013年6月28日

原文链接：http://bjrb.bjd.com.cn/html/2013-06/28/content_85472.htm

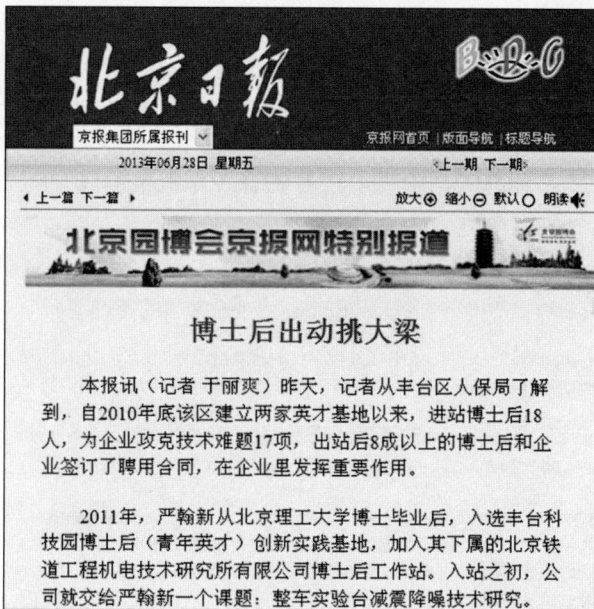

（记者 于丽爽）昨天，记者从丰台区人保局了解到，自2010年年底该区建立两家英才基地以来，进站博士后18人，为企业攻克技术难题17项，出站后8成以上的博士后和企业签订了聘用合同，在企业里发挥重要作用。

2011年，严翰新从北京理工大学博士毕业后，入选丰台科技园博士后（青年英才）创新实践基地，加入其下属的北京铁道工程机电技术研究所有限公司博士后工作站。入站之初，公司就交给严翰新一个课题：整车实验台减震降噪技术研究。

仅半年时间，严翰新的研究成果就出来了，此后直接为客户创造产值5 000余万元。还没等严翰新两年期满出站，企业就跟他签订了聘用合同，并给他高工待遇。"有了进站这段经历，我对企业非常了解，企业对我也非常认可，我觉得这是一个非常好的开始。"

据介绍，2010年11月，丰台科技园区和丽泽金融商务区分别建立了博士后（青年英才）创新实践基地，成为全市首批6家之中的两家。截至2012年年底，这两家基地共建立工作站10家，涵盖金融、环保、铁路、通信等领域。英才基地已成为丰台区高端人才培养的高效平台，为区内高新技术企业搭建了产学研用相结合的智力支撑平台。

（作者：于丽爽）

【工信部】北理工与中央电视台签署合作框架协议

来源：工信部　日期：2013年6月28日

原文链接：http://www.bit.edu.cn/xww/xwtt/88267.htm

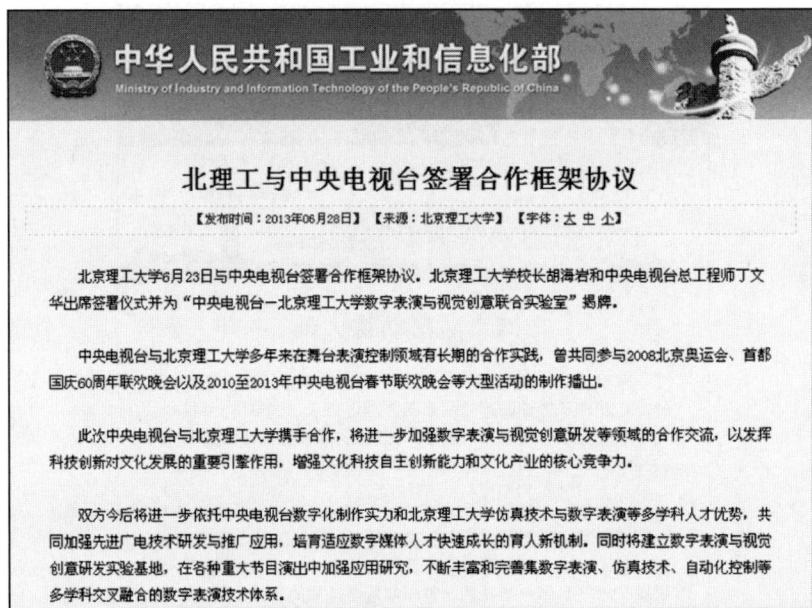

北京理工大学6月23日与中央电视台签署合作框架协议。北京理工大学校长胡海岩和中央电视台总工程师丁文华出席签署仪式并为"中央电视台—北京理工大学数字表演与视觉创意联合实验室"揭牌。

中央电视台与北京理工大学多年来在舞台表演控制领域有长期的合作实践，曾共同参与2008年北京奥运会、首都国庆60周年联欢晚会以及2010至2013年中央电视台春节联欢晚会等大型活动的制作播出。

此次中央电视台与北京理工大学携手合作，将进一步加强数字表演与视觉创意研发等领域的合作交流，以发挥科技创新对文化发展的重要引擎作用，增强文化科技自主创新能力和文化产业的核心竞争力。

双方今后将进一步依托中央电视台数字化制作实力和北京理工大学仿真技术与数字表演等多学科人才优势，共同加强先进广电技术研发与推广应用，培育适应数字媒体人才快速成长的育人新机制。同时将建立数字表演与视觉创意研发实验基地，在各种重大节目演出中加强应用研究，不断丰富和完善集数字表演、仿真技术、自动化控制等多学科交叉融合的数字表演技术体系。

【科技日报】北理工举办网络心理咨询学术大会

来源：科技日报 日期：2013年7月4日

原文链接：http://digitalpaper.stdaily.com/http_www.kjrb.com/kjrb/html/2013-07/04/content_211330.htm?div=-1

科技日报讯（记者杨靖）6月30日，首届中国网络心理咨询学术大会在北京理工大学开幕。大会以"机遇与挑战——网络时代的网络心理服务"为主题，10多名来自海内外从事网络心理咨询服务与研究的知名专家和100多名来自高校、社会进行心理咨询服务的相关人士参加了本次大会。

北京理工大学副校长杨宾出席开幕式并致辞。他指出，世界已经进入了网络时代，网络既给大众带来了诸多的生活空间，也同时引发了各种相关心理与社会问题。北京理工大学应用心理学研究所以国家科技支撑课题"网络心理咨询技术规范和示范研究"为契机，举办此次大会，会对网络心理咨询在我国多领域的应用产生重大影响和具有重要意义。

本次大会执行主席、北京理工大学应用心理学研究所所长贾晓明教授表示，从2009年年底开始，她的项目团队进行了大众对网络心理咨询需求调研以及运用网络平台进行即时文字咨询连续3年的咨询实践研究。从研究结果看，已经有相当多的大众选择网络寻求心理服务，其中愿意选择网络心理服务的人当中，有近70%选择使用即时文字（如QQ等）咨询，第二位是邮件咨询，视频咨询占第三位。这很符合网络隐匿性的特点。而网络心理咨询实际对咨询师的专业能力要求很高，需要专门的训练以及伦理的要求。

（作者：杨靖）

【湖南日报】国家级工程实践教育中心落户江麓

来源：湖南日报　　日期：2013年7月22日

原文链接：http://www.xiangtan.gov.cn/new/wszf/jrxt/zwyw/content_64163.html

7月22日讯（通讯员　王慧崎　记者　唐爱平）今天，国家级工程实践教育中心在江麓集团公司挂牌成立。该中心由北京理工大学和中国兵器江麓集团联合打造。

国家级工程实践教育中心是教育部、财政部、工信部等23部委，为推进"卓越工程师教育培养计划"，造就一批高质量工程技术人才，提升高校大学生的工程实践能力，所搭建的由高校和行业企业联合培养人才的新平台。2010年正式启动实施，先后接受了194所高校和980多家企事业单位的联合申报。2012年，由北京理工大学和江麓集团公司联合申报的建设申请得到批准，成为该项目的第一批国家级工程实践教育中心。

该中心主要按照"卓越工程师培养计划"通用标准和行业专业标准建设，将为北京理工大学专业本科生、硕士生和博士生在企业的生产实习、课程综合设计、毕业设计和学位论文、科研提供实践教学的平台，也为校企双方实现工程实践能力，培养与企业生产科研实际的紧密结合、深化校企双方的合作、促推国家国防工程领域的人才培养和技术进步搭建了更高更好的平台。

（作者：王慧崎　唐爱平）

【解放军报】沈阳军区聘请北理工毛二可院士等为科技创新团队带教导师

来源：解放军报　　日期：2013年8月5日

原文链接：http://www.chinamil.com.cn/jfjbmap/content/2013-08/05/content_45214.htm

原标题：沈阳军区借才引智为部队信息化建设提供支撑

郭红庄、记者刘建伟报道：7月21日，沈阳军区举行签约仪式，聘请中国工程院院士、北京理工大学教授毛二可等4名院士为军区4个科技创新团队带教导师。签约现场，部队许多科研骨干兴奋不已："有了院士当导师，我们下一步攻关的信心更足了。"

科技创新团队是部队信息化建设攻关的中坚力量，提高他们的能力素质，直接关系到部队信息化建设质量。为此，沈阳军区依托军队高层次科技创新人才工程，为4个科技创新团队量身聘请了4名院士当导师。

记者了解到，聘请的4名带教导师都是我国信息处理、人工智能、计算机工程和指挥自动化等领域的顶级专家，他们研究的方向与4个科技创新团队专业对口，实现了无缝对接。下一步，4名带教导师将帮助各创新团队制定发展规划，参与部队信息化建设重难点问题研究论证，并定期深入部队一线开展学术交流、进行科研指导，为部队科研决策、科技攻关提供咨询服务和技术支持。同时，创新团队中学历层次高、发展潜力大的技术骨干，还将以报考院士的研究生、入院士团队博士后工作站等形式，接受院士面对面指导、手把手帮带。

"量身为创新团队聘请带教导师，双方深度交流、深度帮带，将促进科研和人才双丰收。"某通信装备技术大队高级工程师莫凤杰说，签约之前，中国工程院院士、总参某研究所副所长李德毅到大队调研，短短几天就查出10多个制约团队发展的问题，提出了20多条具有前瞻性的建议。

（作者：郭红庄 刘建伟）

【昆明日报】五华区—北理工孵化器大学生创业园正式揭牌

来源：昆明日报　日期：2013年8月7日

原文链接：http://daily.clzg.cn/html/2013-08/07/content_369712.htm

（记者 郭曼）近日，五华区—北理工孵化器大学生创业园正式在金鼎科技园揭牌了。该创业园是由昆明市五华区劳动就业服务局与昆明北理工科技孵化器有限公司共同合作建立的，它将有机整合"五华区大学生创业园"与"昆明北理工科技孵化器大学生创业园"，共同为大学生提供创业服务。

五华区—北理工孵化器大学生创业园位于五华区学府路690号金鼎科技园内B1栋5层、6层、7层，面积达900余平方米。昆明北理工科技孵化器总经理熊景杰介绍，该创业园成立于2013年3月，经过近5个月的试运行，目前已经拥有大学生创业企业29家，累计带动就业150余人，累计带动地方资金3 000万元。

该大学生创业园致力于为五华区大学生创业者提供创业场地和系统的创业孵化服务，形成政府公共就业服务及政策与企业优势互补、相互融合的大学生创业格局，在提升五华区政府主办的大学生创业园的创业扶持能力和资源总量的同时，发挥昆明北理工孵化器作为企业平台公司拥有的专业的大学生创业服务能力与经验，深化创业园配套服务体系建设。

相比昆明市其他大学生创业园来说，本创业示范园区除了让入驻的企业享受更多创业、就业信息与政策外，还能够享受到良好的创业服务与设施齐全的办公环境，更能够使入驻企业进入北理工孵化器进行"二次孵化"，从而进入到加速创业阶段，充分发挥昆明北理工孵化器服务企业的成功经验，使大学生企业提供创业平台和优化配套服务，为大学生企业享受到更专业的服务。

五华区委常委、常务副区长苏天福希望，在吸引更多有志创业的大学生的同时，也要积极争取申报昆明市、云南省乃至国家级的大学生创业示范园区，为五华区增光添彩。

（作者：郭曼）

【中国新闻网】外国航天员与中国学子共话"航天梦"

来源：中国新闻网 日期：2013年9月25日

原文链接：http://www.chinanews.com/gn/2013/09-25/5323054.shtml

中新网北京9月25日电（记者 马海燕）"要上天，除了要有梦想，还要有多方面的知识储备，会与人合作。"四位外国航天员这样告诉心怀航天梦的中国"90后"学子。

"校园行，航天梦——航天技术憧憬未来"主题访谈今日在北京理工大学举行。美国航天员Leroy Chiao、加拿大航天员Robert Thirsk与"火星500"试验指令长Alexy Sitev、"火星500"试验乘员Romain Charles与大学生们开展面对面的交流。航天员们分享了自己通过努力成长为航天工作者的过程以及执行任务中惊心动魄的经历。

让学生们惊讶的是，四位航天员都不是航空航天专业出身。首名进行太空漫步的华人Leroy Chiao在大学学的是化学，Romain Charles在进入"火星500"试验前是一位汽车公司的质量工程师，"火星500"计划的指令长Alexy Sitev曾是俄罗斯黑海舰队的教官。宇航员们都说，做一名宇航员不一定是宇航专业，重要的是一定要知道自己的梦想，并为之努力。

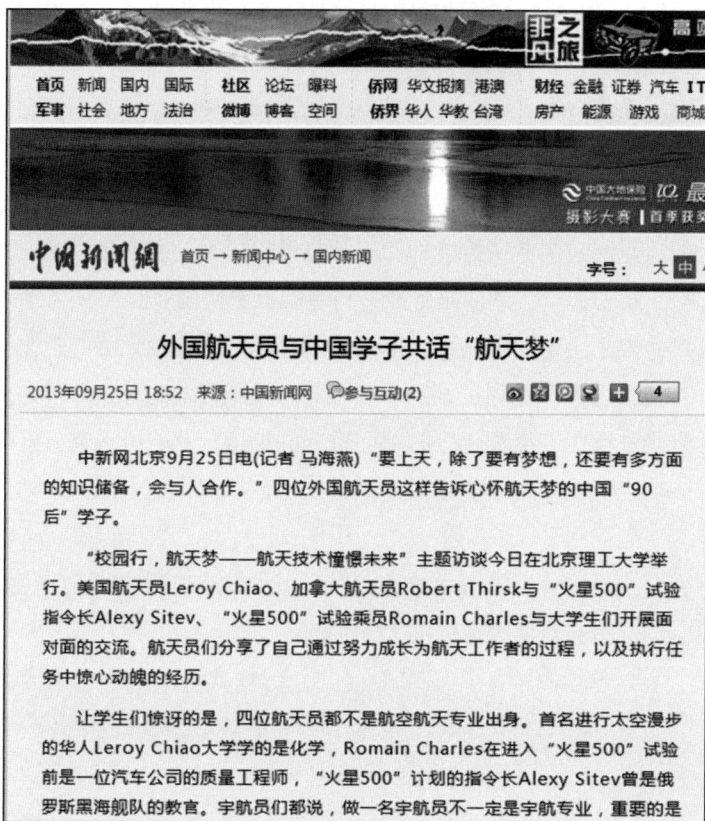

相比梦想，实际的知识储备则更为重要。加拿大航天员Robert Thirsk告诉学生们，自己梦想进入太空是受到美国前总统肯尼迪的鼓舞，但光有兴趣和梦想显然不够，还要学习新知识和新技能。Robert Thirsk本人拥有工程技术、医学、管理学、法学等多个学位，Alexy Sitev既是造船工程师，又是高级潜水专家，掌握了几乎所有潜水设备的性能。

与人相处有道是这些功成名就的宇航员们感触颇深的第三个经验。"如果你喜欢一个人解决问题，你可能不适合做一个宇航员。做一名宇航员，就要和团队合作，包括和空中团队合作，和地面团队合作。"Robert Thirsk的一席话获得其他三位宇航员频频点头。

"我作为宇航员的职业已经结束，已经把手中的火炬传递给新的宇航员，现在从事健康研究。"Robert Thirsk说。其他宇航员也各自从事不同的工作。宇航员们的经历也告诉大家，多些技能傍身总不会错。

（作者：马海燕）

【中国教育报】校企联手创建首批"北京实验室"

——高校企业强强携手 科研攻关服务产业 创新机制培养人才

来源：中国教育报 日期：2013年9月26日

原文链接：http://paper.jyb.cn/zgjyb/html/2013-09/26/content_190979.htm?div=-1

（记者 施剑松）今秋开学，北京两所高校出现一件新鲜事：数十辆电动汽车入驻北京理工大学和北京交通大学，并投入租赁运营，成为在校师生的代步工具。而这批电动汽车正是成立1年多的新能源汽车北京实验室的最新成果。这个设在北京理工大学实验室的创立，标志着北京高校实验室协同创新工程正式实施。截至目前，经北京市教委认定的首批高校协同创新"北京实验室"已经有7个。

"北京实验室"是北京市教委贯彻落实国家和北京教育、科技规划纲要，促进北京地区高校协同创新，服务北京区域经济社会发展而搭建的科技创新平台。建设"北京实验室"强调要紧密围绕科技、经济和社会发展中的重大需求，强化应用，促进产业升级，提升产业持续发展能力。

根据规划，"十二五"期间，北京市教委围绕北京市"十二五"时期大力发展战略性新兴产业的技术需求，结合中关村国家自主创新示范区建设，拟在新一代信息技术、生物医药、新能源、节能环保、新能源汽车、新材料、城市交通等战略性新兴产业领域，有重点、有步骤地建设约10个"北京实验室"。

与一些国家重点实验室相比，"北京实验室"经费投入并不大，投入采取项目驱动的方式，滚动支持；每年每个实验室投入经费800万元。真正的机制突破在于鼓励参与单位充分利用已有科研基础条件，充分发挥既有资源的利用价值。从已建的"北京实验室"可以看出，无论是牵头学校，还是所联合的单位，都是相关领域的排头兵；无论是所依托学科水平，还是人才队伍质量，都是业内的佼佼者。北京实验室的平台作用主要是聚合产学研最优资源，攻关地区核心产业需求，以产生最大协同增效。

新能源实验室主任孙逢春教授告诉记者，"北京实验室"主要依托具有较强应用基础研究能力的高等院校，采取产学研合作的方式进行建设。以新能源实验室为例，该实验室由北京理工大学、北京工业大学、北京交通大学和北京信息科技大学4所在京高校和北汽集团、北京市电力公司两家企业组成。6家单位实现了最强科研力量与区域新兴产业实际需求的无缝对接，让高校研究力量成为区域产业保障，使区域产业需求成为高校研究动力。孙逢春说，这种组合方式的突出特点是，扶优扶强，以强取强，用句形象的话来讲，就是"借鸡下蛋"。

在"北京实验室"的定位中，人才培养被置于突出地位。据统计，新能源汽车北京实验室2012年至2013年度累计培养硕士研究生49名、博士研究生8名，并委派了4名博士研究生到美国、英国、德国和澳大利亚进行国际合作交流培养。孙逢春说，在"北京实验室"的框架下，高校创新人才培养突破了高校的行政界限。不同高校的研究生可以共享实验室的科研数据，实验设备也实现了共享互借。

在"北京实验室"架构下，创新型人才培养机制正在形成。北京科技大学教授刘雪峰介绍说，由该校牵头的现代交通金属材料与加工技术北京实验室，正在探索科研工作与人才培养的有效结合。"我们的核心做法是聘任研究院和企业中的科研人员和生产技术人员为兼职的研究生协助指导教师，并以科研任务为纽带，安排实验室的青年人交叉进入不同单位的岗位，实现对青年拔尖人才的协同培养。"刘雪峰说。

（作者：施剑松）

【包头日报】包头·北京科技创新合作签约大会取得丰硕成果

来源：包头日报　日期：2013年10月8日

原文链接：http://www.baotounews.com.cn/epaper/btrb/html/2013-10/08/content_265068.htm

科技合作项目签约

9月29日，由包头市政府和北京市科学技术委员会共同举办的包头·北京科技创新合作签约大会在北京召开，大会以"创新驱动、人才引领、合作共赢"为主题，旨在充分发挥科技在转变经济发展方式中的支撑引领作用，进一步促进包头市资源、产业优势与北京地区科研院所、高校的技术人才优势紧密结合，加强金融对科技的有效支撑，不断推进两地之间多层次、宽领域、全方位的合作与交流，建立起包头市与北京地区的长期战略合作关系，进一步促进两地经济社会发展。此次大会是我市到目前为止组织的合作范围最广、签约项目最多、合作内容最丰富的一次科技合作方面的大会，主要包括全面科技合作协议签订、共建院士工作站签约及揭牌、共建研发机构签约、科技合作项目签约、科技成果发布对接等内容。内容丰富，亮点纷呈，意义深远。本版将此次会议的亮点集中呈现，以飨读者。

签署全面合作协议

9月29日，包头市与北京市科委、清华大学、中国科学院北京分院及中国农业大学续签全面科技合作协议。

包头市与北京市的科技合作长期以来保持着优良的传统，并取得了突出的合作成效。早在2004年，包头市就与清华大学签订了全面科技合作协议，成立了包头市清华大学产学研办公室；2006年，包头市与中国农业大学签署了"十一五"科技合作协议；2008年，包头市与中国科学院北京分院签署了科技合作协议，成立了中国科学院北京国家技术转移中心包头分中心。多年来，校（院）地之间开展了卓有成效的合作，产生了百米轨、3.6万吨黑色金属垂直挤压机、贝氏体钢轨、甲醇制低碳烯烃装备等一批合作成果，这些项目的技术水平在国际上也占有一席之地，壮大了我市主导产业和高新技术产业。会上，包头市委副书记、市长孙炜东分别与北京市科委副主任郑焕敏、中科院北京分院副院长李静、清华大学党委副书记邓卫及中国农业大学副校长李召虎续签了全面科技合作协议。这既是双方对过去合作的肯定，也是对今后双方合作向纵深推进、继续探索合作新模式、实现合作共赢的巩固和延续。

包头·北京科技创新合作签约大会由包头市政府和北京市科委共同主办，双方首次签署了科技合作框架协议，标志着包头市和北京市的科技合作开启了新的篇章。双方将本着优势互补、资源共享、注重实效、共赢发展的原则，依托北京丰富的科技资源优势和包头的资源禀赋，建立科技交流合作机制，搭建科技交流合作平台，在实施重大科技研发和产业化项目、推进科技园区和产业基地建设、促进科技资源开放共享与对接合作、开展科技人才交流合作等方面开展交流与合作，推动北京、包头共同实现创新驱动发展，增强两地的核心竞争能力和可持续发展能力。

共建院士工作站

本次大会促成我市企事业单位与中国工程院院士共建4家院士工作站，即包钢集团与翁宇庆院士共建的"贝氏体铁路用钢组织与性能优化院士工作站"，包钢集团与王国栋院士共建的"先进钢材生产技术院士工作站"，北奔重汽集团与苏哲子院士共建的"特种汽车技术院士工作站"，包头医学院与肖培根院士共建的"蒙药资源保护与开发利用院士工作站"。至此，我市共有市级院士工作站6家，全面推动了院士工作站建设，对吸引高端领军人才及团队、推进我市产业升级必将起到强大的推动作用。

包钢集团先进钢材生产技术院士工作站：充分利用包钢集团和王国栋院士团队在冶金行业轧制技术领域关键技术上的优势，在包钢（集团）公司深入开展轧制新技术应用研究，通过进行理论-工艺-装备-产品-服务的系统创新，提高钢铁产品的市场竞争力。进一步加强人才培养、条件建设，提高管理水平，有效吸纳海内外优秀人才，逐步建立具有良好科学素养、深厚轧制技术理论和丰富实践经验的跨学科人才队伍；深化学科研究内容，促进学科交叉融合，拓展学科覆盖面，大幅提高科研创新能力和学术水平，扩大学科影响，在以往冶金行业研究成果的基础上，全面提升先进钢材生产技术理论与应用研究水平。双方将根据包钢（集团）公司现有钢铁生产工艺技术现状、特点以及相应产品性能情况，进行生产工艺的调整与优化，实现产品结构及产品性能的升级。双方合作以国民经济和冶金行业产业可持续发展为导向，针对轧制技术领域重大关键共性技术，共同展开深入研究，同时针对国际轧制技术领域具有前瞻性、战略性的轧制工艺理论、技术及装备进行应用基础研究。

包钢集团贝氏体铁路用钢组织与性能优化院士工作站：充分利用包钢集团和翁宇庆院士团队在铁路用贝氏体钢科研与生产方面的学科综合优势，对铁路用贝氏体钢进行更深入的研究，着重开展贝氏体钢轨组织和性能优化研究；进一步加强人才培养、条件建设，提高管理水平，有效吸纳海内外优秀人才，逐步建立具有良好科学素养、深厚贝氏体钢理论和丰富实践经验的跨学科人才队伍；在以往贝氏体理论研究成果的基础上，进一步加强学科交叉，全面提升我国铁路用贝氏体钢的研究开发水平。双方将根据包钢现有铁路用钢的特点和现状，设计系统研究方案，在解决包钢现有贝氏体铁路产品存在问题的同时，进行适合我国铁路高速、重载发展的铁路用贝氏体钢产品储备技术研究，力争使包钢成为我国铁路用贝氏体钢产品开发与生产的重要基地。

北奔重汽特种汽车技术院士工作站：北奔重汽集团将与苏哲子院士团队在特种汽车底盘技术领域进行深入合作，开发内容包括14t级8×8车型和6t级的6×6车型的开发，进行刚性车架、可披挂防护模块驾驶室、动力传动、断开式车桥、独立悬架、双前桥转向系统及双CAN总线网络系统全新开发设计，行车取力发电系统、液压绞盘、中央充放气、集中润滑、低温启动等系统的匹配性开发设计。将分别进行特种汽车总布置技术、独立悬架技术、双前桥转向技术、动力总成匹配技术和驾驶室防护技术五个方面进行联合研发。依托院士工作站，将完成北奔现有军车产品技术平台的拓展和提升，形成特种车型谱，进一步促进企业规模化发展能力，有效地提升企业装备制造水平。

包头医学院蒙药药用资源保护与开发利用院士工作站：充分利用包头医学院和肖培根院士团队在民族药材植物资源保护与利用方面的学科综合优势，对内蒙古蒙药资源进行更深入的研究，着重开展蒙药植物资源保护与开发利用科学研究。深化学科研究内容，促进学科交叉融合，拓展学科覆盖面，大幅提高科研创新能力和学术水平，扩大学科影响，在以往民族药材研究成果的基础上，进一步加强学科交叉，全面提升我国蒙药系统保护与开发利用研究水平。双方将根据蒙药资源的特点和现状，设计系统评价方案，筛检提取数据，进行可靠性分析，构建一个蒙药资源可持续发展体系。同时与中国医学科学院药用植物研究所在内蒙古地区共同构建蒙药资源保护实验室，并争取成为内蒙古自治区重点实验室；建立蒙药药用植物数据库；构建特色蒙药植物资源可持续发展评价指标体系；实现特色蒙药资源的开发与综合利用。

共建研发机构

会上，新建的4家共建研发机构签署了共建协议。即包钢集团与钢铁研究总院共建"低合金钢联合实验室"、北方股份公司与北京理工大学共建"液压缸产品研究综合实验室"、内蒙古普凡生物科技有限公司与中国农业大学共建"内蒙古天然野生作物提纯、浓缩液及饮品研发中心"、包头中药有限公司与北京中医药大学共建"药学分析共建实验室"。

低合金钢联合实验室：钢铁研究总院工程用钢研究所低合金钢研究室主要从事低合金

高强度钢的基础理论研究和工业生产技术开发，主要研究方向为：超细晶粒钢、微合金化技术、石油天然气管道用钢、汽车板、耐候钢等。研究室在"六五"和"七五"期间就开始了管线钢、油井管等石油用钢的研究，积累了丰富的实践经验，建立了专用实验室和试验设备，培养了一支精干技术队伍。曾获得国家科技进步奖一等奖1项、二等奖2项，省部级特等奖、一等奖、二等奖等8项，发表论文100余篇，获发明专利8项。通过建立联合实验室，包钢技术中心将借助钢研总院的科研力量和技术储备，联合开发石油天然气管道用钢、汽车板、耐候钢等。优化包钢产品结构，增强企业竞争力。

液压缸产品研究综合实验室：为了满足企业生产需求，对液压系统、悬缸和减震器以及电动轮举升缸、转向缸进行测试，北方重型汽车股份有限公司和北京理工大学合作建立液压缸产品研究综合实验室，进行液压元件试验台、悬缸性能调试试验台和举升缸、转向缸试验台三种试验台的研制。三个试验台的建设，不仅可以满足北方重型汽车股份有限公司现有车型泵、阀等液压元件以及液压缸、电动轮悬缸、电动轮举升缸和转向缸的试验要求，而且可以改变国内目前还没有大直径、大吨位的液压缸试验台和悬缸试验台的现状，为液压缸产品的进一步设计改进提供试验条件，填补国内空白。

内蒙古天然野生作物提纯、浓缩液及饮品研发中心：为推动学校学科建设及科技成果转化，促进内蒙古天然野生作物研究，推动中国内蒙古天然野生作物研发朝着天然、绿色、安全、健康的方向发展，实现互为支撑，共同发展，内蒙古普凡生物科技有限公司与中国农业大学食品科学与营养工程学院本着平等互利、诚实守信的原则，共建内蒙古天然野生作物提纯、浓缩液及饮品研发中心。中心依托中国农业大学食品科学与营养工程学院在综合应用现代酶技术、微生物发酵技术和其他先进技术方面的优势，研究内蒙古天然野生作物提取物的高效、高纯度的生物转化技术工艺，在普凡生物公司研发项目中发挥作用，推动企业产品升级和技术提升。

药学分析共建实验室：包头中药有限责任公司与北京中医药大学为促进在中国中医药相关领域的科学研究，推动该产业的发展，双方联合建立北京中医药大学———包头中药有限责任公司药学分析联合实验室。以联合实验室为载体，通过培养人才、合作研发，申请科研项目、申报科研成果等方式和渠道，开展联合研究和合作创新，推进实验室建设，将其打造成国内领先、国际一流的药学分析实验室。

科技合作项目

本次签约大会促成包头市有关地区、部门、企事业单位与北京地区的45家科研院所、高校、金融机构和企业的85个合作项目达成合作意向，总投资165亿元，涉及科技成果产业化、关键技术攻关、创新服务平台建设、金融服务科技、民生科技等方面。其中，科技成果产业化合作项目36项，占签约项目总数的40%，总投资额52.6亿元。关键技术攻关合作项目30项，占项目总数的31%，总投资额2.1亿元。创新平台建设项目9项，占项目总数的9.6%，总投资额1.8亿元。金融服务科技及民生科技各5项，各占项目总数的5.4%，总投资额分别为85.5亿元和22.8亿元。

本次大会签约项目具有以下特点：一是涉及领域多、覆盖面广，涵盖了我市钢铁、铝业、稀土、装备制造、节能环保和资源循环利用、电子信息等领域。二是合作模式有较大创新，除了关键技术攻关、成果产业化合作项目以外，还新增加了创新平台建设、金融服务科技、民生科技类项目的合作，呈现了多元化的合作模式。三是科技成果产业化合作项目大幅增加，有40%的项目是科技成果产业化合作项目，是包头市承接高新技术产业化项目的良好开端，标志着包头市的产学研合作正在由单一项目合作向共建创新载体转变，由短期科技合作向长期战略合作转变，由单体、单个项目合作向团队合作和多元主体之间大联合大合作转变。

这些项目的实施，必将解决一批制约包头市产业发展的技术难题，为包头市未来承接更多的高新技术产业和突破产业化关键技术、形成完整的产业链和新的经济增长点起到积极的推动作用。

发展靠科技、科技靠创新、创新靠人才，我市将始终坚持"发展是第一要务、人才是第一资源、科技是第一生产力、创新是第一动力、金融是第一支撑"的工作理念，大力实施科教兴市和人才强市工程，充分利用北京地区的科技、人才、金融资源，推动技术成果转移转化、科技人才培养交流，金融项目合作引进，全面开创科技创新驱动发展的新局面，努力把包头市打造成为自治区科技创新领航区、高新技术产业先导区、西部人才创新创业示范区、国家战略性新兴产业集聚区。

【科技日报】航天技术憧憬未来活动在北理工举办

来源：科技日报　日期：2013年10月10日

原文链接：http://digitalpaper.stdaily.com/http_www.kjrb.com/kjrb/html/2013-10/10/content_227188.htm?div=-1

科技日报讯（记者杨靖）近日，由中国宇航学会主办，北京理工大学、航天员杂志社承办的"校园行，航天梦——航天技术憧憬未来"主题访谈活动在北理工举行。本次活动邀请美国航天员Leroy Chiao、加拿大航天员Robert Thirsk、火星500试验指令长Alexy Sitev、火星500试验乘员Romain Charles与北理师生开展面对面交流。

活动中，航天员们向与会者介绍了各自成为一名航天员或者航天事业工作者的经历，他们分享了执行航天任务中的感受和任务圆满完成后的喜悦之情，以及他们对航天技术未来的憧憬和自己的航天梦。

据介绍，此次活动选择在北京理工大学召开，这与该校在航天航空技术方面开展的一系列面向学术前沿的教学科研工作密不可分。作为中国共产党建立的第一所理工科大学，北京理工大学自建校以来一直致力于国防科学技术研究，曾参与研制新中国历史上第一枚二级固体高空探测火箭。近年来，北京理工大学大力实施"强地、扬信、拓天"的学科特色发展战略，在"神舟八号"与"天宫一号"实现空间交会对接过程中，该校研发的多项技术均有优异表现。

（作者：杨靖）

【国际在线】北京理工大学与塞尔维亚贝尔格莱德大学签署校际合作协议

来源：国际在线　日期：2013年10月29日

原文链接：http://gb.cri.cn/42071/2013/10/29/5931s4302037.htm

北京理工大学与塞尔维亚贝尔格莱德大学签署校际合作协议

国际在线消息（记者 赵洪超）：北京理工大学副校长赵平与塞尔维亚贝尔格莱德大学

校校长布姆巴希雷维奇28日在贝大总部签署了校际合作协议，这标志着两校将展开全面正式合作。签字仪式后，双方就本科生交流、博士生公派项目、科研合作、师资建设和国际教育合作等方面开展实质性的合作进行了讨论，初步确定了今后的合作方向。双方均表示将与对方院校的合作作为今后国际交流与合作的重点，全面推进。贝尔格莱德大学是塞尔维亚的最高学府，建校已有百余年历史，贝尔格莱德大学共设有31所学院、8所科研机构。目前该大学在校学生有6万余人，贝尔格莱德大学从建校之初到现在已为塞尔维亚培养了26万本科生、14 000名硕士生以及8 500名博士生。

北京理工大学与塞尔维亚贝尔格莱德大学签署校际合作协议

（作者：赵洪超）

【新华社】广东通过省部产学研结合打造区域创新体系

来源：新华社　日期：2013年11月3日

原文链接：http://www.gov.cn/jrzg/2013-11/03/content_2520422.htm

新华社广州11月3日电（记者 肖思思）曾经创新资源贫乏的土地如何引进"外脑"促进

企业腾飞？高校与科研院所如何解决科技与经济"两张皮"的顽疾？——对于这两个问题，广东通过创新性的省部产学研合作，给出了答案。

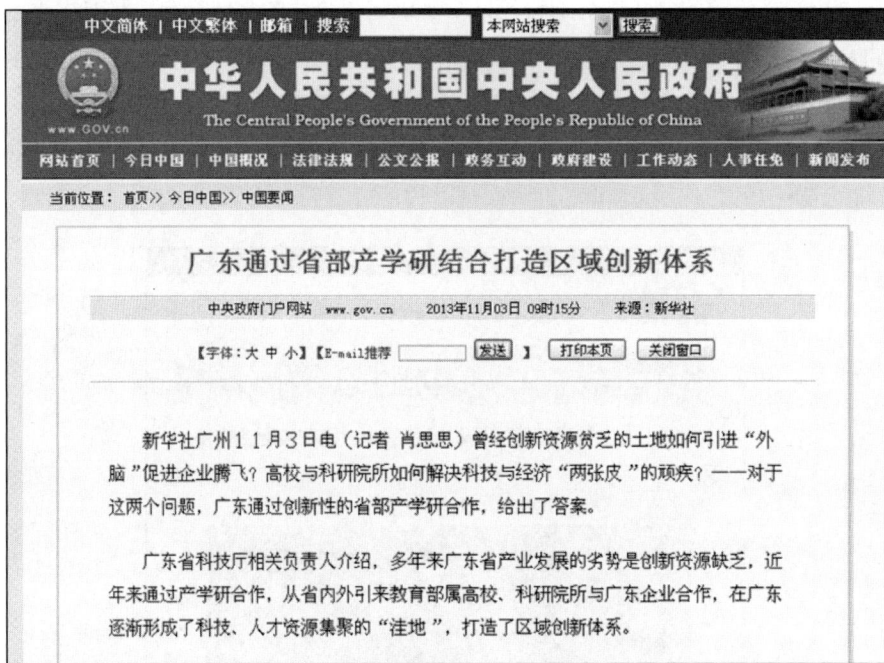

广东省科技厅相关负责人介绍，多年来广东省产业发展的劣势是创新资源缺乏，近年来通过产学研合作，从省内外引来教育部属高校、科研院所与广东企业合作，在广东逐渐形成了科技、人才资源集聚的"洼地"，打造了区域创新体系。

广东志成冠军公司与华中科技大学合作研发的大容量不间断电源，曾经获得中国专利金奖。这项产学研合作成果在北京奥运会新闻中心、比赛场馆等配套工程中广泛运用。该公司总工程师李民英说："与华中科大合作的大容量不间断电源技术，从无到有，为企业创造了很大的经济效益，也带动了国内相关技术电源厂家总体近100亿元产值。产学研合作潜力无穷。"

"现在，电动汽车是一个发展方向，我们正开展技术储备。"他介绍，尝到了产学研合作的益处。目前，该公司继续发力，正与北航进行电动汽车的充电器、蓄电池管理系统等方面的科研合作，准备抓住未来新能源汽车产业化的机遇。

广东企业正从广东省率先开展的省部产学研合作中受益。

科技部、教育部和广东省于2005年9月在全国率先启动了省、部联合推进产学研结合试点工作，引导和支持全国高校及科研机构与广东的产业界开展自主创新全面合作。经过七年多的发展，省部产学研合作已经由最初的"两部一省"发展成为"三部两院一省"（科技部、教育部、工信部、中国科学院、中国工程院）共同推进产学研合作，推动广东自主创新发展。

业内人士说，广东曾经是高水平科研力量匮乏的土地。如今，通过与省内外顶尖科研力量的产学研合作，广东正变成一块开放性的区域自主创新的沃土。

东莞市永强汽车制造有限公司是一家专用汽车制造企业。其油罐车、化工原料液罐车等产品几乎占据了华南地区和福建等省份90％的市场份额，但与国外先进水平相比仍有较大差距。北京理工大学邓宏彬副教授作为企业科技特派员入驻后，背靠学校，通过研发将新型油罐车的重量降低了3吨左右，同时进一步提升了产品的性能。

"新型油罐车自重降低，车辆负载大幅增加，以1年跑10万公里计算，每辆车可降低运费44万元。"邓宏彬说，传统"傻大笨粗"的机械产品有高技术和信息化的支撑，显著增加了产品附加值，提升了自主品牌专用汽车在国际市场的核心竞争力。

"邓宏彬们"有一个好听的名字，叫"科技特派员"。"企业科技特派员行动"计划是广东深化省部产学研合作的一种创新模式，它的优点在于：专家通过深入企业一线，及时了解、分析企业面临的困境和技术需求，制定相应的应对策略和解决方案，量体裁衣地帮助企业解决实际问题。

7年来，来自全国312所高校、332个科研机构的2万多名专家、教授在广东开展了形式多样的产学研合作。企业组织实施的产学研合作项目总计2万多项。截至2012年年底，省部产学研合作累计实现产值突破1.2万亿元，利税1 700亿元，获得专利2.8万多项，为企业培养技术和管理人才9.1万人，有效促进了广东产业的结构调整和转型升级，提升了产业的核心竞争力。

"产学研结合中，一大批广东企业已经深刻认识到自主创新是企业生存和发展的关键所在。"广东省科技厅相关负责人说。

（作者：肖思思）

【浙江在线】2013高等教育国际论坛宁波召开

来源：浙江在线　日期：2013年11月4日

原文链接：http://info.edu.hc360.com/2013/11/041055598710.shtml

由中国高等教育学会主办、宁波市教育局承办、宁波大学和厦门大学协办的"2013年高等教育国际论坛"于2013年11月1—3日在浙江宁波召开。

清华大学党委书记胡和平、北京理工大学党委书记郭大成、著名学者潘懋元等500余位高校和科研机构的领导、专家学者、博士生代表以及来自日本、澳大利亚、印度的学者参加了本届论坛。

在今天上午的开幕式上，宁波市副市长张明华、浙江省教育厅厅长刘希平以及教育部部长助理林蕙青、中国高等教育学会会长瞿振元等出席并讲话。

清华大学党委书记胡和平、北京理工大学党委书记郭大成、著名学者潘懋元

会上，教育部部长助理林蕙青高度肯定了学会成立30年来在引领教育理念创新、繁荣群众性教育科学研究、加强高等教育学科建设、参与高等教育治理等方面所做的大量卓有成效的工作，指出学会已成为推动教育科学研究的重要方面军和服务高等教育行政决策的智力源、思想库。同时，希望本届国际论坛能够围绕"改革·质量·责任：高等教育现代化"这一主题展开深入探讨，形成真知灼见，为2020年基本实现教育现代化献计献策。

中国高等教育学会会长瞿振元在发言中表示，希望通过此次论坛，我们能够在高等教育现代化的基本理念、高等教育现代化与社会现代化的关系、高等教育现代化的指标体系，区域经济社会发展与高等教育现代化的关系等问题的研究上取得丰硕成果。

此外，在论坛开幕式上还表彰了第九届中国高等教育学会高等教育学优秀博士学位论文获奖者及其指导教师。

据悉，本届论坛设一个主论坛、三个专题论坛以及两个博士生分论坛。将围绕国家现代化战略中的教育现代化、使命与高等教育现代化、高等教育强国建设与现代化、高等教育现代化的改革创新任务与责任、高等教育与区域现代化建设和MOOCS与高等教育现代化等内容进行深入的交流和讨论。

【中国网】十年三位顶尖人才：一家民企的引才门道

来源：中国网 日期：2013年11月12日

原文链接：http://finance.china.com.cn/roll/20131112/1960683.shtml

一家仅有5亿产值、位置偏僻的民营企业10年里引进了3位顶尖人才：第一位是德国一流专家，第二位是中科院院士，第三位是美国院士、中国"千人计划"船舶行业唯一入选者。

10年里，第一位专家帮助企业实现了从"芸芸众生"到行业"第一军团"的跨越；第二位院士则推动企业跻身"中国第一"；眼下，第三位专家正带着企业向"世界第一"冲刺。这种类似前后接力的引才故事，正是民营企业泰安华鲁锻压公司正在讲述的。

德国专家的微笑与泪水

78岁的海茵茨·马藤博士早已到了颐养天年的年纪，他却不闲着，隔三岔五在德国和中国之间穿梭。

"未来需要经验，请用'德国制造'的专家知识。"这是德国高级专家组织（SES）的一句口号。自1983年以来，这个机构向全世界派遣经验丰富的专业人员，每年约有250家中国企业和组织从中受益。

作为全世界唯一的"铸造+锻压"双博士，SES专家马藤对这个名头并不看重，他看中的是干些实事。干了一辈子总工程师，对世界铸锻行业的市场、管理、技术了如指掌，如何发挥余热？2000年左右，通过国家外事局，他被湖北省一家国内前三甲的大型锻压机床企业引入国内。

2003年，地处泰山脚下的华鲁锻压公司改制了。

"那个时候，我们只是锻压行业的'芸芸众生'。"当家人刘庆印还记得当初的痛苦。这个1968年建立的老厂子以技术含量较低的传统中小型产品为主打，面临着何去何从的抉择。选择是痛苦的，在全厂誓师大会上，刘庆印饱含危机感的一句话发人深省："如果我们不扔掉这些老产品，企业可能还能维持三五年，但也就失去了三五年发展机遇，那时候可能就不会有华鲁公司了。"

同样是改制，马藤所在的企业并不顺利。"那时候也是改制，它被一个非本业的人收购了。""外行领导内行"的结果直接导致了核心科技人员的流失。

现已成为华鲁公司副总工程师的王小健在2003年来到泰安。扎根华鲁之后，他向公司推荐了马藤。"要想实现跨越发展，产品必须用国际先进理念来设计，而马藤博士就是最合适的人。"

从机械设备跳到数显设备，需要5~10年；从数显设备跳到数控设备，需要5~10年；从数控设备跳到世界顶尖的智能化设备，需要5~10年，这是锻压行业的共识。但要让"芸芸众生"从机械设备开始一步步跳下去，时间跨度长，市场变数多，风险太大。

"做企业，经济指标可以跳跃式发展，但技术和人才不能跳跃，肯定是渐进式的，哪一步也不能省。"以人才支撑企业跳跃，这是刘庆印感悟出来的。马藤毕竟见多识广，理清了公司战略之后，果断建议公司"扩军"——原先只生产剪板机和折弯机的企业又将卷板机和矫平机纳入产品序列。

这是一次对市场的预判，成败皆在眼界。比如卷板机，从12.5米、13米、16.5米到21米规格的数控船用卷板机，以后几年，华鲁锻压"一直在创新，从未被超越"，几乎垄断了国内市场。

2009年，当重达800吨、世界上规格最大的船用数控卷板机在华鲁面世的时候，总工程师田衍新落泪了，这是幸福的泪；马藤也落泪了：他既为自己指导的华鲁高兴，也为自己的家乡难过，因为"欧洲水平"就此被打破。

胡院士的"品牌效应"和"经济价值"

如果不是层层递进的校友关系，把著名力学专家、北京理工大学校长胡海岩院士引进来，这是华鲁连想都不敢想的。

刘庆印和田衍新是山东大学校友，华鲁与山大近十年合作不难理解。而进一步梳理关系人们发现：山大教授冯伟明是刘庆印当初的辅导员，而前者与胡海岩又是"同班同学"！这是让人惊喜的发现。

2008年，理顺了这种递进关系的刘庆印着手接触胡海岩。引才讲求"门当户对"。好在马藤指导下的华鲁已经坐稳了国内锻压行业的头把交椅，这使企业与院士牵手合作有了现实基础。

2009年金秋时节，正值金融危机肆虐全球之际，华鲁与胡海岩正式"联姻"，"泰安华鲁锻压机床院士工作站"上线，由此成为山东省首批院士工作站。

更好的消息在于胡海岩不仅自己来了，还带来了"重量级"科研团队。"有力学专家、软件学专家、控制系统专家、机电一体化专家、机械工艺专家，等等，他们每个人都承担着几项国家级的科技项目。"

如果说胡海岩依靠自己的品牌效应带来了"豪华团队"，那4年来，他的团队却为企业带来了实实在在的经济效益。

"4年间，我算了算，跟胡院士合作了16个项目，拿下了20多项关键技术，拿到了79项自主专利。"

在这些数字之后，华鲁项目经理常欣的另一笔账更让人激动："这4年企业新增产值2.6亿，一年6 000多万，这都是真金实银的经济效益啊。"

杜教授的"相见恨晚"与"一拍即合"

"船舶工业全国唯一的'千人计划'人选、国际制造工程师学会和美国制造工程师协会双料'院士'，名副其实的世界一流人才，可能引进来吗？"

当刘庆印将这个疑问抛给常欣的时候，她也感到不可思议。但一个月后的事实证明，这不是一个玩笑。

"以企业为主体，围绕海洋产业，引进一流团队，攻克关键技术，研发核心产品。"这是今年5月山东省启动的"泰山学者蓝色产业领军人才团队支撑计划"。上千万的资金很诱人，常欣搜集了公司的专家库，"20多个专家，全部传真过去，又打了一遍电话，问谁有这个对口的项目"。

当天晚上，一个电话让常欣收到了意外惊喜。"常欣，我导师有一个项目，你看看行吗？"来电者是香港中文大学博士后海峰，常欣的高中同学，而他的导师便是船舶工业全国唯一的"千人计划"人选杜如虚。

这是一个机会。2008年的时候，杜如虚便开始与国内某大型船厂合作攻关，"四五年了，样机已经出来"，但对方并不成功的改制导致人心涣散。遗憾的是，杜如虚要冲击"世界第一"的项目也面临"夭折"的危险。

"我们就希望引进这种半成品，假以时日，便可直接转化成生产力。"是危机也是契机，对这个信息，刘庆印和公司上下当然都很欢迎。

引进高端人才"单相思"是不行的，企业如何打动对方，需要点实力和诚意。还好，对华鲁，杜如虚也不陌生。

作为国家引进的海外顶尖人才，杜如虚此时已是国家重大专项专家组成员，而华鲁正是重大专项的承担单位，"小行业、大龙头"，对于这家民企的实力，杜如虚是了解的。这样，在常欣眼中，企业与杜如虚教授的初次接触，便产生了"相见恨晚"的感觉。

"我们虽然是中国第一，但即使是世界上规格最大的船用数控卷板机，也只针对船中部位，曲面单一。而杜教授的技术则侧重于船头和船尾，是复杂曲面的设备，这是世界公认的难题。"刘庆印明白，牵涉到复杂曲面的智能成型问题，"世界主要国家都在做，但没有一个能做出来"，而杜如虚的工作方向，正是挑战这块"难啃的骨头"。

9月，华鲁与杜如虚教授的合作"一拍即合"，由此，这家民企开启了通向"世界第一"的征程。

转型企业成功求贤，这就是华鲁的引才故事。

【工控网】力控科技受邀到北京理工大学做监控组态软件培训

来源：工控网　日期：2013年11月19日

原文链接：http://www.gongkong.com/webpage/news/201311/2013111913453200001.htm

11月19日，北京三维力控科技有限公司受北京理工大学的邀请，到良乡校区就监控组态软件给学生做培训讲解。

力控科技给200多个学生介绍了监控组态软件的概念、工作原理以及应用领域，同时演示了多个实际应用案例，包括油气、煤矿、楼宇、机房、油库等多个行业，讲解了这几个行业的一些常识、自动化软件开发的过程以及通过监控系统给这些行业带来的实际功能。

在这次培训中，为了便于学生们对监控组态软件有一个直观的认识，力控科技将软件同部分课程结合起来，例如自动控制原理、计算机控制、PLC编程技术、信号与传感技术等等，并且通过实验箱向同学们讲解组态软件如何与现场的输入输出设备进行通讯。通过力控科技的讲解，同学们对监控组态软件有了一个全新的认识。

力控科技一直注重与高等院校的合作，将自身的研发、市场、技术等方面的优势与高校的科研结合起来，为工控行业培养实用型人才。同时力控科技加入了工程师授课计划，走进高校，带去最新的前沿技术和未来的发展方向，欢迎有需求的院校与力控科技联系。

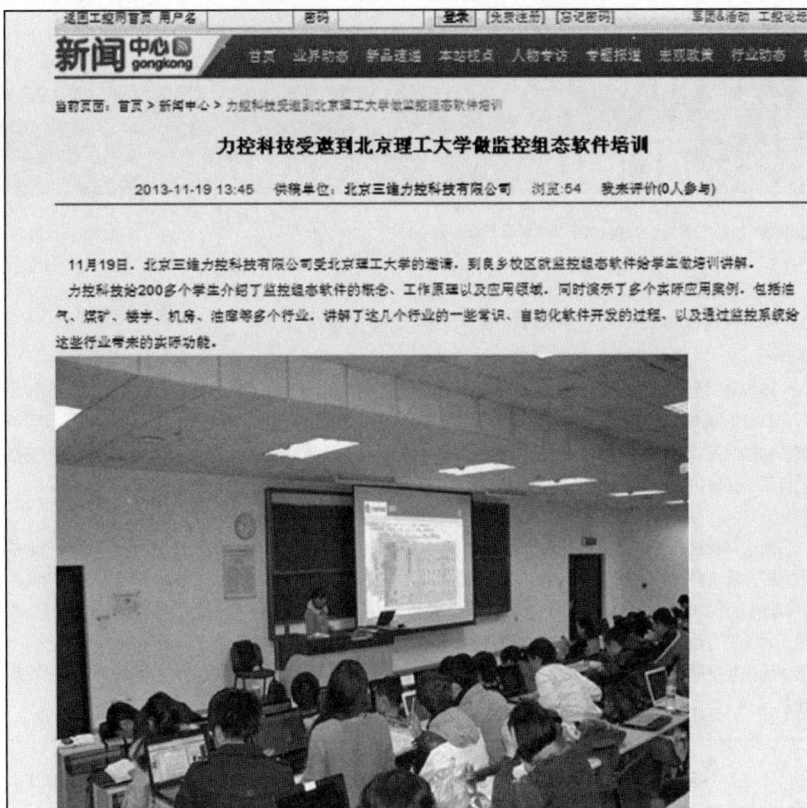

【中国科学报】军转民技术交易长沙试点

来源：中国科学报　日期：2013年11月20日

原文链接：http://news.sciencenet.cn/sbhtmlnews/2013/11/280285.shtm

近日，"知识产权与资本对接暨'军转民'专利项目发布洽谈会"在2013长沙科交会期间举行，来自中国电子科技集团公司、中国航天科技集团公司、中国工程物理研究院、北京航空航天大学等7家机构的21家二级子公司共发布28个军转民技术交易项目和85项专利成果，揭开了我国军转民技术交易试点工作长沙站的序幕。

此次军转民技术交易项目主要涉及电子信息、新能源、新材料、海洋工程、先进制造等领域，具有极大的市场发展潜力。如上海无线电设备所的"海上个人应急示位系统"项目，综合采用无线电通信、GPS定位、无线电定位技术，可在海上作业人员落水后自动报警并精确显示方位，以提高搜救效率。北京理工大学的"动脉大出血用快速止血材料制备技术"项目，可实现对动脉喷射状大出血进行快速止血，且创面恢复良好，性能优于目前常用的止血材料和辅料，在临床手术、院外急救等方面具有广阔的发展前景。

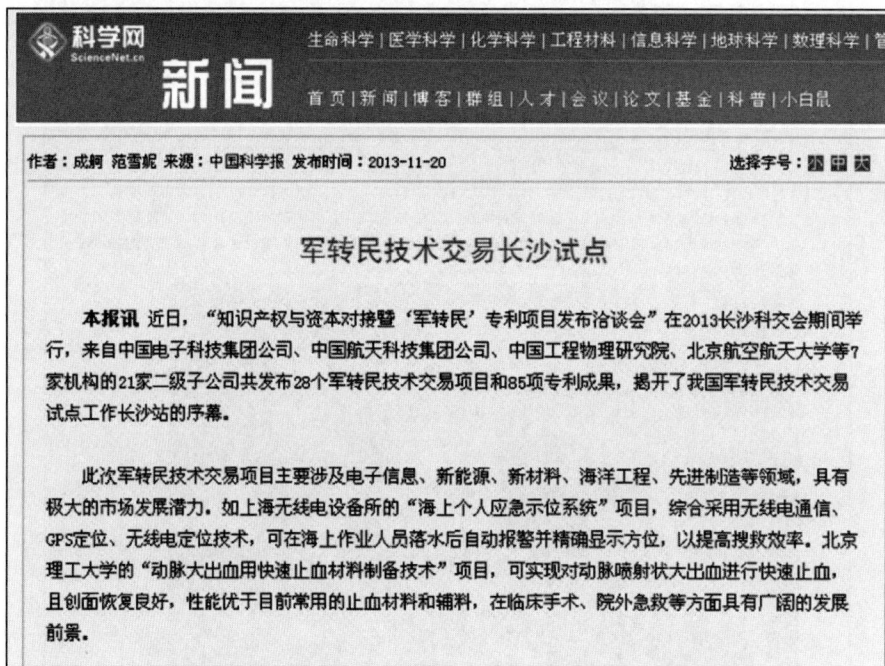

工信部军民结合推进司成果处处长曾开祥表示，此次发布的28项军转民技术交易项目具有很强的市场适应性，希望各相关方能以开阔的眼光、务实的态度，关注试点项目，参与交易试点。

据悉，我国军转民技术交易试点工作由工信部军民结合推进司于2013年10月启动，长沙是继绵阳、郑州之后的第三站。

（作者：成舸 范雪妮）

【人民政协报】十城联动"守护童年"

来源：人民政协报　日期：2013年11月26日

原文链接：http://epaper.rmzxb.com.cn/2013/20131126/t20131126_524030.htm

（记者　赵莹莹）11月20日是国际儿童日，当天，"守护童年·法卫安全"——十城联动宣传普法活动在北京、上海等10座城市成功举办。作为"守护童年"大型公益行动的组成部分，该活动旨在广泛宣传保护儿童的法律法规，提升家庭、学校、社区对儿童保护的法律意识，提高全社会对儿童保护的重视程度。

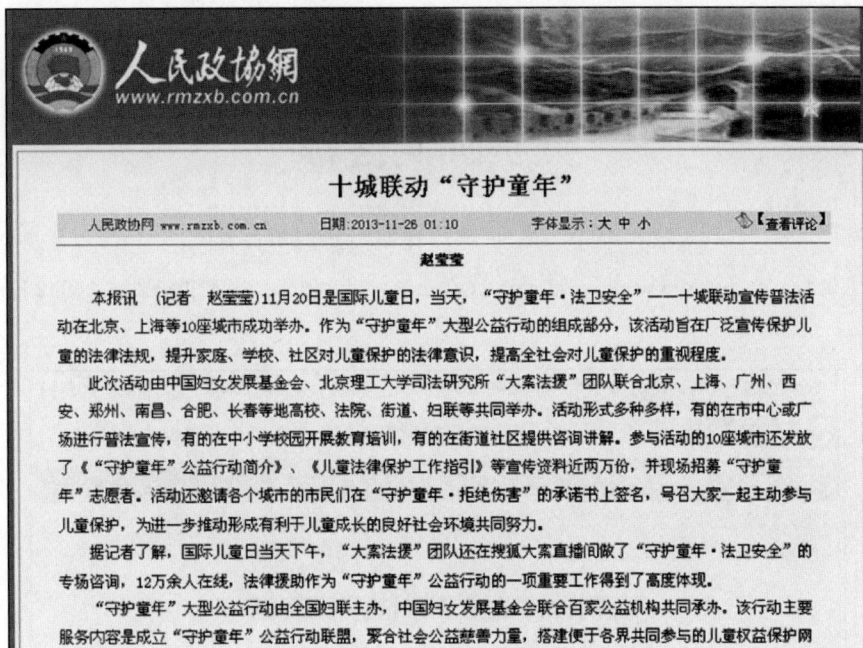

此次活动由中国妇女发展基金会、北京理工大学司法研究所"大案法援"团队联合北京、上海、广州、西安、郑州、南昌、合肥、长春等地高校、法院、街道、妇联等共同举办。活动形式多种多样，有的在市中心或广场进行普法宣传，有的在中小学校园开展教育培训，有的在街道社区提供咨询讲解。参与活动的10座城市还发放了《"守护童年"公益行动简介》《儿童法律保护工作指引》等宣传资料近两万份，并现场招募"守护童年"志愿者。活动还邀请各个城市的市民们在"守护童年·拒绝伤害"的承诺书上签名，号召大家一起主动参与儿童保护，为进一步推动形成有利于儿童成长的良好社会环境共同努力。

据记者了解，国际儿童日当天下午，"大案法援"团队还在搜狐大案直播间做了"守护童年·法卫安全"的专场咨询，12万余人在线，法律援助作为"守护童年"公益行动的一项重要工作得到了高度体现。

"守护童年"大型公益行动由全国妇联主办，中国妇女发展基金会联合百家公益机构共同承办。该行动主要服务内容是成立"守护童年"公益行动联盟，聚合社会公益慈善力量，搭建便于各界共同参与的儿童权益保护网络平台；通过调查和研讨，适时提出有关完善儿童保护及权益的法律法规、政策建议；利用多种方式，向家庭特别是父母普及保护儿童相关知识；开通援助热线，重点为受伤害儿童及家庭提供法律、心理等援助服务；为受重大伤害儿童及家庭提供紧急救助；培训儿童保护专业人才，建立具有专业素养的志愿者队伍等。

（作者：赵莹莹）

【电子工程世界】瑞萨杯大学生电子设计
竞赛圆满落幕

来源：电子工程世界　日期：2013年12月9日

原文链接：http://www.eeworld.com.cn/others/exhibition/201312/article_18542.html

2013年12月7日下午，由教育部和工信部主办的瑞萨杯 2013全国大学生电子设计竞赛颁奖典礼在北京航空航天大学晨兴音乐厅隆重举行。本届大赛全国共有1 069所院校、11 036支队伍、33 108名大学生最终完成并提交了作品，无论是参赛院校、参赛队伍还是人数都保持了连续增长。来自华中科技大学的参赛代表队（本科组）和湖南工业职业技术学院的参赛代表队（高职高专组）从全国11 036支队伍中脱颖而出，一举夺得本届竞赛的最高荣誉"瑞萨杯"。此外，大赛还评出全国一等奖240队，全国二等奖566队。

大赛得到多方广泛支持，教育部高等教育司刘桔副司长，教育部高教评估中心李志宏副主任及中国科学院吴一戎院士、李未院士、徐宗本院士，中国工程院吴宏鑫院士参加了颁奖典礼。

全国大学生电子设计竞赛组委会主任、中国科学院、中国工程院王越院士，组委会副主任兼秘书长、北京理工大学副校长赵显利教授，瑞萨电子株式会社高级副总裁川嵨学先生，瑞萨电子大中国区董事长兼总经理CEO堤敏之先生，以及来自全国31个赛区的各赛区教育厅主管领导、组委会、专家组代表、获奖学生代表以及媒体代表近500人齐聚一堂参加了此次盛会。

大赛组委会锐意创新，继上届增加了综合测评环节更全面考核参赛队基础知识运用能力外，引导参赛者迎接新的挑战，从低频向高频领域迈进，从2维空间走入3维空间。本届命题增加了飞行器题目，大大增强了竞赛的高科技及趣味性和观赏性。瑞萨电子为飞行器题目和综合测评提供了专用开发板及瑞萨节能环保元器件，参赛学生们通过实践，亲身体会到瑞萨节能产品带来的低功耗、高效能。

大赛组委会主任王越院士表示，全国电赛自开赛至今，都鼓励同学们能理论联系实践，提高解决问题的能力；同时也能将通过比赛获得的经验运用于教改中，推动高校教改工作。此外，如瑞萨电子这样的国际厂商能倾情投入，将其产品和当下前端技术与同学们分享，就能促进了产学研的紧密结合。

瑞萨电子大中国区董事长兼总经理CEO堤敏之表示，"现在世界正在向更加智能的方向发展，智能的概念遍及各个领域。而目前智能产品的缺陷在于虽然其性能高，但功耗也很高。希望年轻的人才能不断挑战这个技术难题，实现产品的高性能及低功耗。我们对中国的年轻人才也充满了期待。"

作为此赛事的独家赞助商，瑞萨电子以"扎根中国、服务中国"为宗旨，积极履行企业社会责任，为中国电子行业培养优秀人才，目前已经与全国20多所大学合作，设立了21个联合实验室，通过开设技术讲座、提供技术培训及实践机会等方式和学校建立了长久的合作关系。希望通过大学合作计划，为在校学生提供理论和实践相结合的平台，将瑞萨电子"智能社会"的产品及解决方案理念带给中国未来的电子科技类工程师们。

全国大学生电子设计竞赛经过了19年的积累与沉淀，为在校学生开阔视野、促进理论和实践的结合提供了平台，希望今后能一如既往地得到大家的关注和支持，同时为推动中国电子信息领域的教育教学改革及人才培养、中国环保型社会的建设做出更大的贡献。

【北京市科协】北理工名誉校长王越院士受邀北工大举办科学道德和学风建设专场报告会

来源：北京市科协　日期：2013年12月3日

原文链接：http://www.bast.net.cn/art/2013/12/3/art_15_221566.html

11月29日下午，由北京市科学道德和学风建设宣讲教育领导小组、北京工业大学共同主办的"北京市科学道德和学风建设宣讲系列报告会（北工大专场）"在北京工业大学大礼堂举行。中国科学院院士、中国工程院院士、北京理工大学名誉校长王越做大会报告。北京市科学道德和学风建设宣讲教育领导小组副组长、市科协党组成员、副主席田文，北京工业大学校长郭广生、党委副书记王秀彦出席会议，北京市科协学会部、市委教育工委宣教处负责同志，北京工业大学各学院、相关部处领导和近千名学生代表参加报告会，报告会由北京工业大学副校长蒋毅坚主持。

王越以《社会发展与人才建设简论》为题，阐述了"人才"与"人生"的辩证关系，指出"人才"是社会和人类发展的重要因素。他从系统性顶层思考论述了人生内涵及社会关联性，讲述人才培养、形成卓越人生的过程中要加强社会文化发展及培养人才共进的顶层设计，要弘扬中华传统文化所构建的人类生存关系框架，学会处理好人与自然界、人与人之间和不断超越自我发展的三个关系。王越强调，社会发展与人才建设密切相关，强化提高高等教育质量，要落实在学生和教师素质和能力提升上，培养更多卓越人才，最终实现中华民族的伟大复兴。

报告会后，王越院士和有关领导为北京工业大学科技节及学校年度各奖项的获奖单位和个人颁奖。

本次报告会的特点：一是将科学道德和学风建设宣讲教育与个人成才成长相结合。二是进一步扩大宣讲教育的覆盖面，使高校各院系处室负责同志、学科带头人、青年教师、研究生及本科生代表都接受宣讲教育。三是注重将宣讲内容与高校重点活动相结合，进一步提升工作实效。

为了进一步加强联动协作，增强工作合力，推动优质教育资源共享，今年北京市科学道德和学风建设宣讲教育领导小组将与部分高校、科研院所合作，举办系列报告会，引领全市科学道德和学风建设宣讲教育工作广泛深入开展。

【央视新闻官方微博】北京铁路局首台自动售票机进驻北理工

来源：央视新闻官方微博　　日期：2013年12月17日

原文链接：http://weibo.com/2656274875/AnJ1s4R5O?type=like

【自助售票机进校园了！能买学生票】北京铁路局开始在校园设自动售（取）票机，目前第一台机器已进驻北京理工大学。该机器不仅卖普通票，还卖学生票！接下来自动售（取）票机还将进驻中央财经大学、中国传媒大学、中国地质大学等16所院校。快把好消息告诉要买票回家的朋友吧！

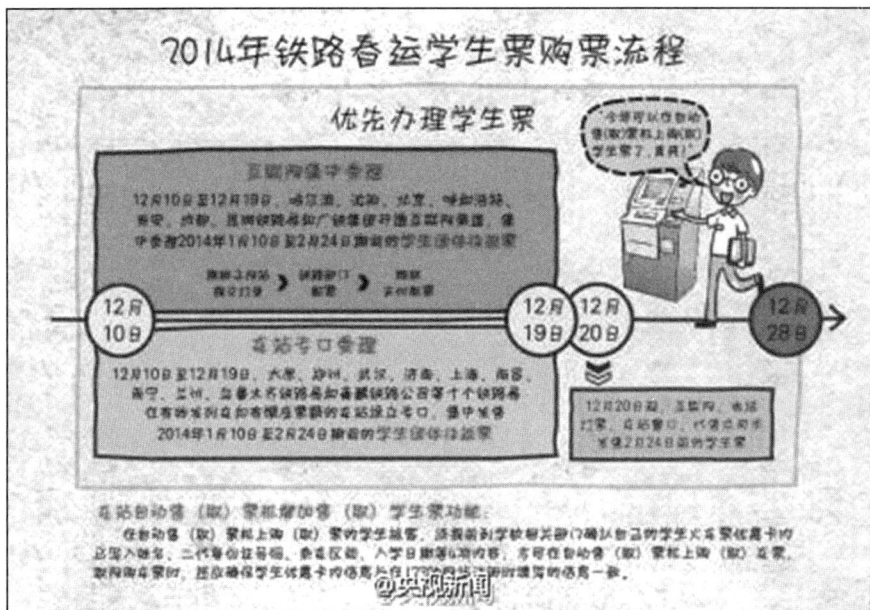

（作者：杨丽君）

【北京日报】多家媒体报道北理工设置北京首台学生火车票自助终端

来源：北京日报　　日期：2013年12月18日

原文链接：http://bjrb.bjd.com.cn/html/2013-12/18/content_135172.htm

原标题： 春运学生票可在校园终端自取

（记者 金可）昨天下午，北京理工大学北侧理工餐厅旁的一家超市内，工作人员正忙着为火车票自动售取票机进行春运前的调试。今年学生在校申请的春运团体票可在该终端自助取票。

记者昨天从北京铁路局了解到，今年春运学生团体票的特点一是提前启动办理，再有就是首次在规模较大的院校设置自动售取票机。

11月18日，第一台自动售取票机进驻北京理工大学。根据学校申请，北京铁路局还将在中央财经大学等十余所院校免费安装自动售取票机19台，预计年底投入使用。机器不限于本校学生使用，外校学生或其他旅客也可使用该终端自助购取票。

位于北理工校园超市入口处的这台柜式白色自动售取票机，和车站的自助终端设备一样。为迎接春运，工作人员正在进行系统维护，并在机身上贴上了完整的取票、购票流程。

据介绍，校园自助售取票机可发售18天内的全国各站往返车票。机器的读卡器可识读二代身份证和学生证，读取证件信息后，插入银行借记卡即可完成支付。目前，校园内自助终端尚不支持现金支付。

现场工作人员告诉记者，使用学生优惠卡既可在自动售取票机上购取学生票，也可到火车站售票窗口或代售点购取学生票，均不收取手续费。

铁路部门同时提醒学生，在终端上购取学生票，须提前到大中专院校相关部门确认自己的学生火车票优惠卡内已正确写入四个信息：姓名、二代身份证号码、乘车区间和入学日期。取网购车票时，应确保学生优惠卡内信息与在12306网站注册时填写的信息一致。优惠卡内有规定的优惠次数，超过次数购票，将不能办理学生票。

此外，2014年1月10日至2月24日期间的学生团体往返票可在12月10日至19日集中办理，明天就是集中办理的截止时间。铁路部门提醒学校及时提交网络订单。

集中办理时间结束后，即自12月20日起，互联网、电话订票、车站窗口、代售点等将同步发售2014年2月24日前的学生票。

 小贴士

别写错乘车区间

铁路部门提醒学生旅客，优惠卡系统提供商已将"学生购票优惠卡防伪系统"软件升级至3.12版本，其中包含了全国各火车站的标准命名。学生旅客在购票前可先到所在院校有关部门通过新版软件查看优惠卡的写入信息是否规范准确。新版软件下载地址为www.stcard.cn，或拨打客服电话028-86081662、15198059811、15198059812咨询。

优惠卡内写入的乘车区间，起止点正确的写法应为铁路火车站站名。站名前不要带所属省、市名称，站名后不要带县或镇名称，火车站站名后也不要加"市""站"或"车站"字样。例如"北京—九江""北京西—绵阳"设备可识别，而"北京市—江西省九江市""北京西站—四川绵阳青义镇"则无法识别。

（作者：金可）

【昆明日报】官渡区云南北理工科技孵化器开园

来源：昆明日报　日期：2013年12月27日

原文链接：http://daily.clzg.cn/html/2013-12/27/content_400781.htm

原标题：官渡区首家科技孵化器开园

记者郭曼报道　昨日，官渡区首家科技孵化器——官渡区科技创新创业园正式开园，云南北理工（官渡）科技孵化器也正式开业。截至目前，园区已有13家企业入驻。

去年开始，官渡区科信局调研走访，经过半年的论证和准备，今年5月份，通过比选，确定昆明北理工科技孵化器为官渡孵化器运营合作单位，并邀请北京理工大学科技园等参与官渡孵化器公司的建设运营，成立了云南北理工（官渡）科技孵化器有限公司。

官渡科技创新创业园现有孵化场地3 300余平方米，已成功进驻13家企业。而云南北理工（官渡）科技孵化器有限公司由北京理工科技园科技发展有限公司控股，联合昆明北理工科技孵化器有限公司、昆明西能股权投资基金管理有限公司、昆明市官渡区科技培训中心共同出资组建。基金公司的前期介入，能使基金公司加强对中小企业的了解，也就直接提升了企业投融资的成功率，像这样联合政府、高校、企业、基金公司的模式在昆明孵化器中也是首创。

北京理工科技园总经理和培仁介绍，孵化器将通过打造综合服务平台、公共信息服务平台、知识产权服务平台、创业投融资服务平台、技术转移及科技成果转化平台等五大公共服务平台，为入孵企业提供全方位的创业孵化服务，提高科技型中小企业的创业成功率，促进企业快速成长。经过3年孵化成功的企业，可优先入驻官渡工业园区发展壮大。

官渡区政府副区长张爱萍表示，科技孵化器是推动科技创新、促进科技成果转化的有效平台，是提升区域竞争力、增强综合实力的成功做法。官渡区历来重视科技工作，制定了一系列扶持政策，安排专项资金鼓励技术研发、科技创新和成果转化，建成了一批行业创新平台，培育了一批创新型中小企业。"我们将以科技孵化器的揭牌运作为契机，以扶持企业发展为己任，优化服务，提高效能，努力把科技孵化器打造成为科技型企业的创业园、产业转型升级的助推器。"张爱萍说。

该孵化器将以国家级科技企业孵化器为目标。未来3年将引入在孵企业25家以上；拉动社会就业/实习实训岗位300个以上；引入中介服务机构5家以上；开展院士、专家工作站建设筹备工作；培育高新技术企业3家以上；引导企业新申请知识产权30件以上；达到省级科技企业孵化器认定标准，并争取到2017年成为国家级科技企业孵化器。

揭牌仪式之后，进行了交流研讨会，云南大学余年生教授解读了"依托创新平台协调创新创业"，云南省科技金融结合服务中心李晓曙主任交流了"科技与金融结合的几点思考"。官渡区科信局还与几家银行签订了合作协议。

（作者：郭曼）

媒体2013
北理工

第四章　百花齐放青春潮
头舞动，万象欣
欣创意激情飞腾

【央视《新闻联播》】关于"五月的鲜花 我们的中国梦"文艺会演中我校的报道

来源：央视《新闻联播》　日期：2013年5月6日

　　主持人（王宁）："五月的鲜花，我们的中国梦"——2013年全国大学生校园文艺汇演，今晚20：06将在我台综合频道直播。两个小时的节目全部由来自全国50多所高校的1 500名大学生表演。青春时尚、创意梦想，将成为晚会的主打元素。而大学生科技发明登台，外国留学生首次参演，都将成为今年晚会的亮点。

　　旁白：晚会分为传承中国梦、美丽中国梦、青春中国梦、奋斗中国梦和我们的中国梦五个篇章，时长2小时，包括了歌舞、器乐、情景表演唱和语言类等46个节目。遵义师范学院表演舞蹈《红色的记忆》，将现代舞蹈与传统的剪纸艺术相结合，弘扬了不朽的长征精神；武汉体育学院的5位世界冠军和13位全国冠军将高难度的体操技巧融入轻松诙谐的跑酷运动和花式篮球中；而北京体育大学的节目《中国力量》将传统的太极和书法艺术巧妙结合，呈现了一幅水墨山水画意境的中国梦；来自北京理工大学的学生将自制的科技发明带上舞台。这款节能赛车每度电可跑350公里，获得全国节能车竞技大赛冠军；这是学生们自己制作的飞行器，既可以垂直起降，也可水平飞行，还具有位置记忆功能。

　　记者：你们是怎么做到让它可以自己找回原始的位置的？

　　北京理工大学学生（赵子潜）：它的上面搭载了一台微型计算机，集成了一台微型的电子陀螺仪。这样可以对飞行器的位置和姿态的变化作出反馈、修正，使它回到原来的位置。

　　旁白：在多民族共筑中国梦版块中，内蒙古师范大学带来了粗犷豪迈的《博克雄风》；西藏职业技术学院带来了民族歌舞《踏秋》；新疆大学的32位学生带来了《顶碗舞》，无不表现了对民族文化遗产的保护和传承。而来自喀麦隆、俄罗斯等国的9位外国留学生也首次参演，也为"五月的鲜花"带来浓浓的国际范儿。

　　宁波大学喀麦隆留学生（阿里）：以前就看到很多年轻人在中央电视台的舞台表演、跳舞，我也很想过来这里表演，所以今天我的梦想马上就要实现了。

【央视《新闻联播》】关于"五月的鲜花我们的中国梦"文艺会演中我校的报道（英文版）

来源：央视《新闻联播》　　日期：2013年5月14日

Aside： The 2013 national and graduate campus annual arts festival was broadcasted live on stage of CCTV featured by the same mayflowers of the Chinese dream based on the main elements used fashion creativity and a dream. The festival was highlighted by the display of new graduates' scientific and technological innovations together with the first performance given by the overseas students. The festival lasted for two hours and was participated in all by 1 500 young graduates from more than 50 colleges and universities in China.

Aside： Divided into 5 chapters， the festival included 46 shows in the forms of sound， dance， instrumental music， singing with action and language shows. Performances given by students from various colleges and universities such as Zunyi Normal University， Wuhan Institute of Physical Education and Beijing Sport University left a deep impression on the audience.

Aside： And on our way to the Beijing Institute of Technology One versus Plus， the scientific and technological inventions made by students from BIT got honours in the TV stage. One was the energy saving car that needed only one kilowatt hour to run 350km winning the first prize in the National Energy Saving Car competition. The other was the aircraft that could not only take off and land vertically and fly horizontally， but also memorise its position. Zhaozi Qian， a student from BIT， told a journalist that a microcomputer carried by the aircraft integrated a micro-electronic gyroscope which could give feedback on changes in the aircraft's positions and attitude angles to correct them when necessary and thus enabled the aircraft to go back to the original position.

Aside： Some overseas students from Cameroon， Russia etc. gave their first performance bringing international elements to the festival. Ali， an international student from Ningbo University who was of a Cameroun nationality said that too many young men performed on the stage of CCTV and it had long been his dream to put on a show on this stage and this dream finally came true.

【北京青年网】北京青年报等多家媒体报道
我校高雅艺术进校园活动

来源：北京青年网　　日期：2013年3月18日

原文链接：http://www.bit.edu.cn/xwww/xwtt/84447.htm

　　由国家大剧院与教育部、文化部、财政部共同合作的"高雅艺术进校园——北京高校学生走进国家大剧院"活动，于3月13日下午2点半在北京理工大学拉开帷幕，这次举行的具体活动是"国家大剧院经典艺术讲堂——百场歌剧系列活动进校园"这既是今年"经典艺术讲堂"走出剧院的首场活动，也为即将到来的第五届国家大剧院"歌剧节"奏响了序曲。

　　"经典艺术讲堂"是国家大剧院艺术普及教育部贯穿全年、周周必有的公益性系列品牌项目之一，广邀国内外各艺术领域知名专家、教授，内容涉及音乐、舞蹈、戏剧、戏曲等各个艺术门类，选题丰富、中西兼顾，全年提供超过300场以上的艺术讲座及艺术体验活动。本着"让艺术改变生活"的核心理念，"经典艺术讲堂"根据受众群体特点，精心策划安排活动形式和环节，讲演结合、赏析并重，力求深入浅出，让老百姓与艺术家们近距离交流，让普通大众在轻松愉快的氛围中感悟艺术。

　　"经典艺术讲堂"坚持高品位、高质量，已持续举办了五年多，迄今举办的活动已过千

场，积累了大量优秀的活动资源和丰富的经验，总结出整套活动策划流程，2013年将全面升级，推出"歌剧系列""音乐系列""舞蹈系列""京剧系列""戏剧系列"的五大系列活动，同时积极推进高雅艺术走进校园、走进社区、走进企事业单位，为普及高雅艺术知识、传承高雅艺术理念、提升大众艺术素养起到积极的推动作用。

大学生"秀功底"

"大家好，我是'戴德纲'。说起来，我小的时候老在这围墙周围转悠，您别笑，我当年高考第一志愿就报考的是北京理工大学，那学习认真啊，结果半道喜欢上了音乐，就拐道了，要不今天我就不是来讲歌剧，而是来讲理工了。"下午两点半，一场特别的歌剧课在北京理工大学报告厅开课。当著名男高音歌唱家戴玉强走进北理工报告厅时，现场500个座位已是座无虚席，甚至后排都站满了学生，戴玉强一番幽默的开场也逗乐了所有人。

"戴德纲"讲歌剧

多年从事歌剧事业，聊起"歌剧"，戴玉强自然毫不"怯场"，从西方歌剧经典到中国原创歌剧，讲述歌剧的发展和风格，探讨歌剧在中国的发展，从歌剧音乐、演唱表演、歌剧序曲、咏叹调、宣叙调基本结构介绍歌剧知识，从大剧院原创歌剧《西施》到今年的大戏《纳布科》讲解大剧院歌剧节剧目亮点，从歌剧制作、导演编剧到排练花絮讲述自己参演大剧院制作的幕后故事，健谈的戴玉强还时不时穿插讲个小故事，并示范演

北京理工大学合唱团的团员们

唱《西施》"影子之歌"、《图兰朵》"今夜无人入睡"等曲目。而结合戴老师的授课，国家大剧院管弦乐团弦乐四重奏乐团，现场演奏了《茶花女》当中的《饮酒歌》《罗恩格林》选段《婚礼进行曲》等歌剧经典曲目，风趣的讲解、优美的乐曲，学生们想开小差都不行。

北京理工大学合唱团的团员们也惊喜现身，带来了歌剧《纳布科》"希伯来奴隶"、《茶花女》"饮酒歌"两首歌剧合唱段落。北理工合唱团功底深厚，虽平时很少演绎歌剧选段，但细腻精巧的表现仍获得了戴玉强的好评。最后，他还携手一帮青年歌唱家，和学生们一起合唱《饮酒歌》，将现场气氛推至顶点。现场的同学们也是大呼过瘾，久久不愿离去，"希望国家大剧院能多办这种活动，多带歌剧来我们身边。"

【中国青年报】北理工学子两会"草根提案"
呼吁网游监管

来源：中国青年报　　日期：2013年3月20日

原文链接：http://zqb.cyol.com/html/2013-03/20/nw.D110000zgqnb_20130320_6-01.htm

全国两会上，提起"网络游戏"四个字，几乎所有接受中国青年报采访的人大代表、政协委员都会长长地"啊"一声，旋即是一阵"炮轰"。

"我儿子就爱玩游戏，我一有空就盯着他，陪他一起玩。不只是我，很多代表都有类似感受。"全国人大代表、广东国鼎律师事务所主任朱列玉觉得，在网游强大的影响下，青少年的教育问题堪忧。

"我家保姆打工供孩子在县城读书。初三的孩子，把家里给的在县城租房的钱拿去玩游戏，3天找不着人。最后退了学。"全国政协委员伊丽苏娅说，缺乏有效监管的网游市场将会阻碍青少年健康成长。

"我们单位刚进来的年轻人，只要一下班，就上网玩游戏。他们还都是重点大学的优秀毕业生。"全国政协委员、上海市政协副秘书长高美琴说，除监管外，有关部门还应对绿色的、健康的网络产品予以经费支持等鼓励，引导青少年健康上网。

"学校里一个挺好的大学生，天天不上课，泡在宿舍玩游戏。还挺艰苦，一顿饭就啃两个馒头、喝一杯饮料。"全国政协委员、清华大学航空技术中心副主任朴英认识的一个学生，因沉迷网游而退学。她认为，10多年枯燥的应试教育对青少年沉迷网游作出了巨大"贡献"。

大学生一连串疑问抛向代表、委员

两会召开之际，北京理工大学学生孙骋通过中国青少年网络协会搭建的与政协委员"面对面"平台，呼吁代表、委员重视"网络游戏"问题。他还自制了一份《关于限制成人游戏，鼓励绿色游戏发展的建议》，给每名与会嘉宾都发了一份。

"我、我堂弟，还有其他跟我们一块儿玩游戏的朋友，都不希望被网络游戏绑架。请为我们呼吁一下，政府有关部门到底能不能做好网络游戏监管？"孙骋向现场的全国政协委员提议。

在一群专家面前，资深游戏玩家孙骋抛出一连串质疑。"我们大学宿舍里几个男生都玩游戏，几乎搭进了所有的零花钱、生活费。"孙骋投了1 000多元，另一个同学给家里打电话，谎称要"炒股"，搭进了5万元。然而，不到3天，几个室友的账户全部被盗，账户里所有东西都没了，"只有充5万元那人拿回了钱，我们其他人，一直到现在也没着落。同样是玩家，为什么没有平等待遇？"

孙骋注意到，文化部门对网络游戏色情、暴力有相关的监管举措，但实际情况是，他接触到的几乎所有游戏都是一连串的"恶性循环"："被心情不好的人骂，被装备精良的人殴打、侮辱。游戏公司不是有监管吗？不是可以投诉吗？投诉了以后，有什么用呢？暴力玩家还是照样可以玩，不会封他的号。"

他介绍，尽管文化部门明令禁止网游中出现色情、暴力内容。实际情况是，许多暴力、色情表现得并不明显，"它只是在整个游戏过程中植入这种文化，并没有体现在表面上。"

孙骋还带来自己堂弟的故事。他堂弟好不容易考上了市重点高中，却被网吧和网络游戏给"毁了"，如今辍学在家。"那时他还没满18岁，怎么进了网吧？进网吧不是要身份证的吗？我再问问游戏公司，你们的防沉迷系统是怎么设置的，注册账户不是应该输入身份证号吗？我堂弟没使用身份证，也登录了？这是为什么？"

学生群体是网游消费"大户"

《第31次中国互联网网络发展状态统计报告》显示，截至2012年12月底，我国网络游戏玩家人数已达3.36亿人，约占全国人口总数的四分之一，也就是说，每4个人中，就有一人是游戏玩家。

另一组更加令人揪心的数据是，《2012年度中国游戏产业报告》显示，网络游戏用户中，学生群体约为1.03亿，其中未成年人约为5 242万人，约占学生群体人数的一半。

全国政协委员高美琴在听说这组数据后张大了嘴："我知道现在很多年轻人沉迷玩游戏，不知道有那么多人都在玩。"

今年两会，高美琴带来28个提案，其中6个重点关注青少年健康成长话题。她建议国家相关部门对网络游戏市场进一步规范，并对"绿色产品"和"成人产品"区别对待。

"绿色的、有益的游戏，应该扶持，孩子玩起来不收费；成人游戏，那些有暴力、色情的，要严格审查，出了问题就重罚。"这条建议，源自高美琴刚刚从专业人士处获得的一则信息。

此前，中国青少年网络协会公布的2012年《中国游戏绿色度测评统计年报》显示，截至2012年12月，其测评的423款网络游戏中，不适合18岁以下年龄段人群使用的游戏达332款之多，占总比的78.5%；与之相对应的是，用类似的测评标准测评北美2010年上市的1 638款游戏，其中95%的游戏适合未成年人，55%的游戏适合全年龄段人群。

与大量成人游戏充斥网游市场相对应的是，成人游戏吸金能力远远超过儿童游戏。盛大公司被测评的57款游戏中，有50款成人游戏；腾讯公司推出的35款游戏中，有28款成人游戏；巨人网络推出的6款游戏中，全部为成人游戏。

相比之下，经测评，"绿色度"较高的13款游戏已经关服停运。对此，全国人大代表、腾讯控股董事长马化腾说，有些所谓的"绿色游戏"并不适合青少年的喜好，强加一些教育内容进去，反而容易引起青少年的反感。他指出，理想的"绿色游戏"应该首先赢得青少年的喜爱，"教育引导"的内容只能潜移默化地添加。

他对网络游戏标注分级年龄段表示赞成："可以有一套标准来评价游戏，标注清楚这款游戏适合哪个年龄段人群，作为参考，由客户自行选择。"

网游监管对未成年人保护过于笼统

记者了解到，在现有可见的监管格局中，文化部是网络游戏的"主管部门"。

从事网游运营的企业，必须首先向文化部申请有效期仅3年的《网络文化经营许可证》（俗称"文网文"）；其次须符合《网络游戏管理暂行办法》（以下简称《办法》）提出的各项条件，其中包括"不低于1 000万元注册资金"的硬性门槛。国产网络游戏在上线之前，须向文化部门履行"备案"手续，同时作为"网络出版物"还要通过原新闻出版总署的前置审批；而进口网络游戏则必须同时完成文化部和原新闻出版总署的双重审查批准。

记者注意到，《办法》的第十六条特别强调了对未成年人的保护，要求"网络游戏经营单位应当按照国家规定，采取技术措施，禁止未成年人接触不适宜的游戏或者游戏功能，限制未成年人的游戏时间，预防未成年人沉迷网络。"

但具体的执行办法并未找到相关依据。此外，违反《办法》所需付出的成本也不多，少则1万多元，多则3万元。这一数额与2012年中国网游营收的602.8亿元相比，实在算不上什么。

对此，全国政协委员伊丽苏娅建议，政府主管部门应当主动担起责任，"政策要先完善落实起来。定期抽查，对违反规定的游戏公司重罚，罚来的钱用于扶持那些有益的游戏。"

全国人大代表朱列玉也说，在营造一个有序的网络游戏市场方面，政府的责任是第一位的，"孩子由我们家长来教育。但是政府起码应该告诉我，哪些游戏是适合孩子的，哪些游戏是成人的。不能给孩子玩的游戏，就通过系统设置，把未成年人屏蔽在外。"

"草根提案"的发起人孙骋向行政主管机构提交的建议则更加专业，他建议：

第一，分类对待网游公司。限制成人游戏公司，扶持绿色游戏产业，并委托专业的第三方机构鉴别成人游戏与绿色游戏。

第二，加大监管力度。不仅要在游戏运营前严格审查，还应对网络游戏更新进行备案和审查，发现问题，立即处理。

第三，加大处罚力度。按照网游企业某项违规游戏的营收百分比进行罚款，对经常出现问题的不良企业进行重点监管，翻倍罚款。

（作者：王烨捷）

【出版商务网】北京理工大学出版社
引进版图书成出版重点

来源：出版商务网　　日期：2013年4月7日

原文链接：http://www.cptoday.com.cn/UserFiles/News/2013-04-07/61498.html

日前，2013年度国家出版基金资助项目名单公布，北京理工大学出版社学术出版中心（以下简称"北理工社"）组织申报的《现代兵器火力系统丛书》入选该项目，得到国家出版基金150多万元资金资助，这是出版社第一次获得百万元以上的国家出版基金资助项目。

据了解，2012年，北理工社取得了良好的社会和经济效益。北理工社副社长张文峰表示，去年，北理工社码洋规模达到了3亿元，其中教育出版占2亿元，大众出版占1亿元，比

2011年增长了18%左右，在学术出版方面，也取得了良好的社会反响。2013年，该社将引进图书作为出版重点，同时抓好教育板块，做强大众出版。

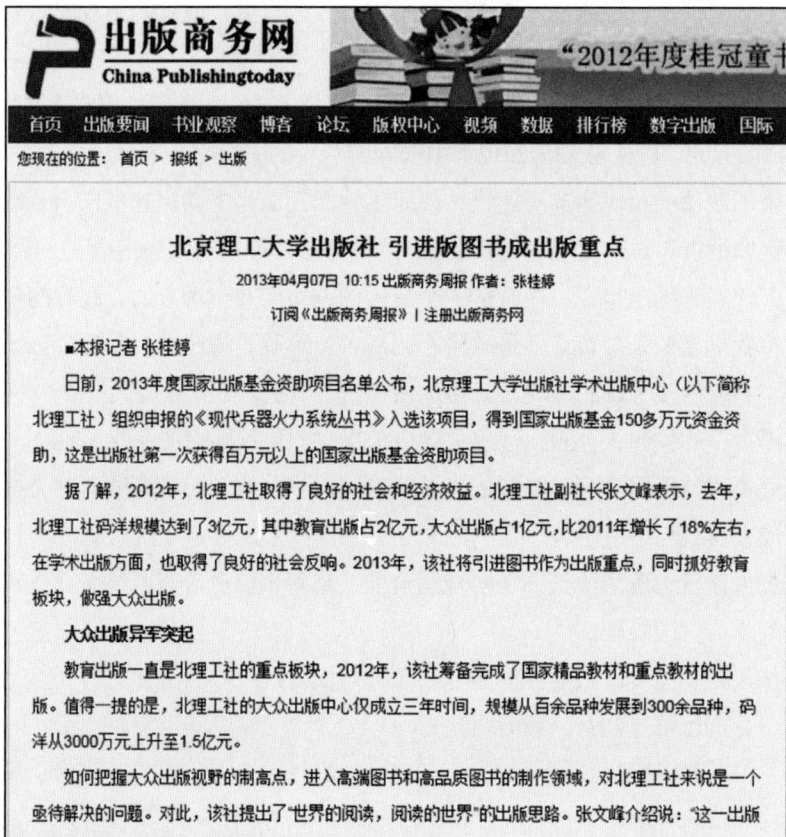

大众出版异军突起

教育出版一直是北理工社的重点板块，2012年，该社筹备完成了国家精品教材和重点教材的出版。值得一提的是，北理工社的大众出版中心仅成立三年时间，规模从百余品种发展到300余品种，码洋从3 000万元上升至1.5亿元。

如何把握大众出版视野的制高点，进入高端图书和高品质图书的制作领域，对北理工社来说是一个亟待解决的问题。对此，该社提出了"世界的阅读，阅读的世界"的出版思路。张文峰介绍说："这一出版思路考虑到了在日趋国际化形势下知识传播的无界和畅达，以及国内读者对于新知的渴求；而在市场竞争上，则避开了其他大众出版强社在传统领域上的垄断。在外来文化传播方面，北理工社力图独辟蹊径，至少与其他大众出版强社站在了同一起跑线上。"

张文峰介绍，目前该社大众出版中心分为生活健康出版分社、人文历史出版分社、少年儿童出版分社、社科文艺出版分社及国际版权与合作事业部。据了解，2011年该社成立了国际版权与合作事业部，重点发展出版社版权合作专业化，2012年，在国际版权与合作事业部所引进的图书品种当中，《战争是个谎言》《曾经的秘密：我和肯尼迪总统的婚外情》这类书与全球舆论热点相契合。

引进图书成出版重点

2013年，该社将坚持精品化出版的基本原则。在产品选择上，北理工社将更加严格把关，出版优质的图书产品；内容上加强引进版图书的出版。

张文峰介绍，今年大众出版中心重点引进了一套诺贝尔文学奖获得者的全集，该书是迄今为止国内对诺贝尔文学获奖者介绍最全面的一套成系列的丛书。该系列丛书总共45本，每本书介绍一位获奖作家，遴选了获奖者的得奖评语、瑞典文学院的颁奖辞、获奖者在颁奖会上的致答辞、获奖者的代表作品、世界一流书评家所写的作者介绍、获奖者的得奖经过以及获奖者的著作年表。该书是从我国台湾引进的翻译版权书，计划2013年上半年出版。另外一套是剑桥推荐学生的50种必读书，这套成规模的图书涉及哲学、宗教、文学等领域。除此之外，在少儿出版方面，该社重点引进国外优秀作品，包括绘本、教材等。

教育出版方面，张文峰介绍说："2013年我社主要做好国家'十二五'规划教材的申报项目。该项目是今年教育部署的重点工作，同时也是我社今年工作的重点。目前正在等待评选结果。这次我们力争通过版权的引进，为国内的高等教育和高等职业教育提供更多国际化的优质产品。"

加强营销与物流管理

在营销方面，北理工社将继续秉承"让图书与读者相遇"的理念，让更多读者读到自己喜欢的图书。"国内每年出版的图书种类繁多，但由于诸多原因，出现在读者面前的品种并不多。"张文峰表示，我们不仅要深入网站营销，还要加大对实体书店展台的陈列和展示，以及加强宣传文案、封面等方面的工作。

同时，加强对物流精细化管理也成为北理工社今年的工作重点。张文峰表示，目前物流在出版行业越来越重要，出版业对物流的要求也越来越高，物流服务不到位是目前很多出版社面临的难题，外埠图书断货情况普遍存在，如何在较短时间内解决添货问题，关乎整个出版社的销售命脉，同时也是对出版社整体实力的考验。今年该社新增一个考核指标，即实行契约化管理，改变以往只考虑成本的费用考核管理办法。

另外，北理工社还将在精细化服务方面进行改进。张文峰表示，在产品开发方面，目前多数出版机构更注重图书质量，规模化出版越来越被淡化。在数据、物流、产品信息及书店的店面销售方面，该社将会做得更加深入，并已取得初步成效：销售得到明显提升。张文峰介绍道："整体上，不管是在产品开发方面，还是营销服务方面，越是精细和深入，经营成效就会越明显。"

（作者：张桂婷）

【中国新闻出版网】北理工出版社发力
"现代兵器火力系统"丛书

来源：中国新闻出版网　日期：2013年5月3日

原文链接：http://page.renren.com/601604852/note/903421383

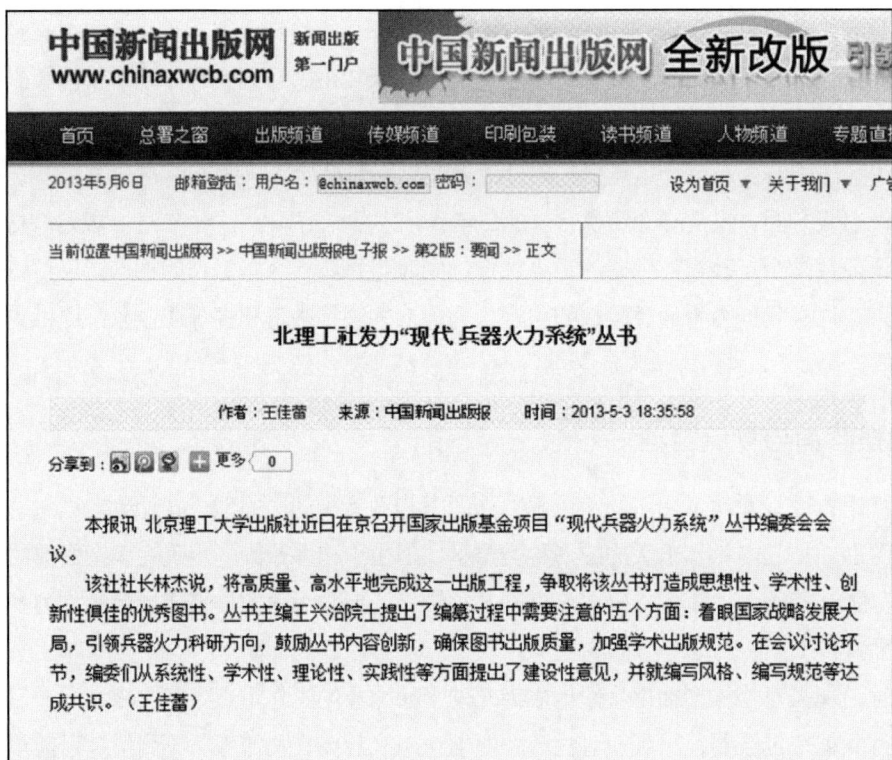

北京理工大学出版社近日在京召开国家出版基金项目"现代兵器火力系统"丛书编委会会议。

该社社长林杰说，将高质量、高水平地完成这一出版工程，争取将该丛书打造成思想性、学术性、创新性俱佳的优秀图书。丛书主编王兴治院士提出了编纂过程中需要注意的五个方面：着眼国家战略发展大局、引领兵器火力科研方向、鼓励丛书内容创新、确保图书出版质量、加强学术出版规范。在会议讨论环节，编委们从系统性、学术性、理论性、实践性等方面提出了建设性意见，并就编写风格、编写规范等达成共识。

（作者：王佳蕾）

【科技日报】王小谟谈大学生活　勉励青年努力奋斗圆中国梦

——北理工师生与2012年国家最高科学技术奖得主对话实录

来源：科技日报—科技网　日期：2013年4月11日

原文链接：http://digitalpaper.stdaily.com/http_www.kjrb.com/kjrb/html/2013-04/11/
content_198738.htm?div=-1

近日，北京理工大学和中国电子科技集团公司联合举办"对话2012年国家最高科学技术奖获得者王小谟院士报告会"。

王小谟，中国工程院院士，北京理工大学杰出校友、兼职博士生导师，央企科技创新和国防科技创新的领军人物。在今年1月18日的国家科学技术奖励大会上，王小谟荣获国家最高科学技术奖，胡锦涛向他颁发了奖励证书。

20世纪60年代，王小谟大学时代结束，正值中国开始建设国防工业的"三线"，包括他在内的相当一部分毕业生被分配到西南、西北等条件艰苦的地方工作。他们无怨无悔地放弃了大城市的生活，为中国的国防事业付出毕生精力。在其后50年的科技生涯中，王小谟带领团队先后研制了中国第一部三坐标雷达、中国第一代机载预警系统，引领实现了国产预警机事业的跨越式发展并进入国际先进水平行列，被誉为"中国预警机之父"。在此次报告会上，王小谟院士和母校师生进行了现场互动。

未来的红色国防工程师，欢迎你们

问：在多年从事科研的过程当中，您感觉大学生活给您带来最大的影响是什么？

答：学校五年，我的第一印象是什么呢？记得当年我被北京工业学院（现北京理工大学）录取，发给我的录取通知书有一句话，我一辈子都忘不了。就说：欢迎你！未来的红色国防工程师。

我们学校是一个红色国防工程师的摇篮，当时我们学校就是这样一个气氛，我想我们学校有延安的传统，来了以后，我觉得这儿是我们人生参加工作的第一站，就是大学。我们小学、中学都是在父母监控下，都是小孩或者算青年吧，真正独立开始生活是从大学开始，第一站是非常重要的。

我们学校有一个好的革命传统。一进来就进了红色国防工程师的摇篮，成为我们人生的第一站。从那时起，我们今后人生的目标，就是献身于国防，给国防工业添砖加瓦。这就是我们当时的一个理想。现在看来，这个信念是非常重要的。

那时候，我们不会想到得什么奖，因为国防工程师是默默无闻的，是无名英雄。当时我们的教育也是这样的。首先，学校的氛围在理想和追求上给了我们很大的教育，所以，我们在一个大的环境里自然而然形成了一个很好的理念。另外，工科学校也给我们全面的锻炼，北理工各种活动多，也比较注重集体精神，像我们就有晚自习，不来上的，还要受批评，所以，这个集体主义也比较好。我们当时是无线电系学的定位专业，配的教室都是一流的，全国出名。因此，我们在学术上学得也很好。

我一、二年级时得3分、4分多，到了三年级以后优就多了，说明在这个环境下有了成长。我们学校在当时是德、智、体三方面发展。第一是教育我们，让我们有好的思想品德；第二是给了我们好的身体，给了我们比较扎实的专业基础知识，使我们在后面50年的生涯中能够做得更好。我在学校学习雷达，出来也搞雷达，一直搞到现在。

问：您是北理工信息电子学院的兼职博士生导师，北理工培养了您，您现在也在培养学生。那么在整个培养学生的过程当中，您对学生哪一方面的能力和素质是最看重的？

答：我觉得有两条：第一条是要有追求目标。学生首先要有一个很好的目标。我带的博士生有12位，大部分都很好。第二条是自学能力。到博士这个阶段，我认为需要锻炼自学能力，给你一个题目，从查资料到分析资料，再到提出自己的意见，你自己要知道怎么搞，这是最重要的。这就首先要有自己明确的目标，有追求以后，才能够不断提高自学能力。有一些特别好的博士生，我也向他们学习了很多东西，互相一讨论以后，就把整个事情做好了。所以，我觉得最重要的还是第一条，一定要有追求。没追求，就是想混一混，混一个博士毕业，现在也很难混。

德智体全面发展，别死读书

问：小谟院士在学校里面不单是学习上努力，另一方面，他的性格很开朗、很活泼。参加很多社团活动、京剧团，我们一个宿舍的记得很清楚，你经常在床上拉胡琴。16个人的宿舍，大家相处得很和谐。参加京剧团还成为京剧团的台柱。当时北京理工京剧团在北京高校里面还是很有名气的，又参加了摩托车队，车队也很有影响力，甚至还拿过高校比赛第一名。你是不是也能在这方面让我们分享一下你的经验啊？

答：德、智、体全面发展，别死读书。在摩托车队有一帮运动员，去开啊，去冲啊，活动也多，朋友也多。

问：你得了国家最高科技奖，是咱们学校的光荣，更是咱们班同学的光荣。但是不论成就高低，没有学校的培养，也不会有我们的今天。大家可能不知道，当时我们班是老院长魏思文亲自抓的"试验田"，配备的是最好的老师。今天小谟拿到了国家最高科技奖，也应该说是这个"试验田"结出的最绚丽的果实。小谟，你现在记忆最深的老师是谁？

答：有好多很深刻的，特别是二级教授，教物理的蔡凤兴，还有孙树本教授，我刚才看了成绩单，在一、二年级的时候只有一科是优秀，就是数学，说明他教得也好。他讲的一句话我印象非常深刻，在结课的时候他对我们讲："凭借你们现在的水平，完全可以自己往前走了。"他确实把我们带进了门，后来多数时候都用到数学。

问：您能再跟我们谈谈当时学校的学习氛围是什么样的吗？

答：学校有一个非常好的学习风气，大部分人晚上都到图书馆抢座位，不懂的时候就互相讨论，北理工晚自习还要点名。我们在这样一种氛围下，感觉非常好。这个氛围是要自己去抓住机遇，没有人强迫你怎样怎样，自己觉得自己不够，就好好学习，这样就有了好的信念。

把信息产业做强做大，做出贡献

问：作为当年五系的毕业生，现在又是咱们信息与电子学院的博导，您对于学院将来的发展有什么希望吗？

答：电子信息发展得非常快，2012年电子信息总的产值是11万亿，占我们国家总产值的23%。这是很大的一个产业了，但是有一个问题，我们的芯不是中国芯。每个人都使用计算机，但是计算机的芯不是我们自己的，我想我们做电子信息的要不断地去努力，不但要做电子信息的大国，更要为做电子信息的强国而努力，这个任务落到在座各位的身上。希望大家为了这样一个目标努力奋斗，在不长的时间内，能够圆我们的中国梦，在电子信息产业上，不但是产值最高，还是技术第一。

把基础打好，走好人生第一站，我想我们电子信息产业大有机会。上个礼拜和清华的教授聊天，他们学校有一个政策，最近信息产业发展得很快，他们允许学生出去打工两年，期间保留学籍。这两年如果成功了，就不用回来了；失败了，还可以回来继续读书。

信息产业大有可为，希望大家珍惜四年的学习时间，把产业做强做大，为国家做出贡献。

问：小谟学长，今天是一个难以忘怀的日子，您这次荣归母校，我相信您肯定有一些感悟，相信母校的师生们也希望能聆听到您对他们的期望。

答：学校16个字的育人理念就是期望，通俗一点说，就是德、智、体全面发展，要有高远的理想、精深的学术、强壮的体格，德、智、体全面发展，当然，心境很重要，就是把三方面概括起来了，要是没有一个好的心境，没有一个很好的理念，很难发挥。希望全体师生以这16个字为理念，更进一步实现中华民族的伟大复兴。

（作者：杨靖）

【人民日报】最高科技奖得主王小谟
与学子面对面

来源：人民日报-人民网　日期：2013年4月15日

原文链接：http://news.xinhuanet.com/edu/2013-04/15/c_124580435.htm

近日，"对话2012年国家最高科学技术奖获得者王小谟院士报告会"在北京理工大学举行。王小谟院士与2 000余位青年学生、500余位科技青年代表畅谈献身军工的心路历程。

王小谟对青年学子说，我国电子信息产业2012年总产值达11万亿，我国是信息产业大国，却不是强国。他认为，电子信息产业大有可为，希望青年学子们能走好人生的第一站，打好基础，为实现我国电子信息领域的"强国梦"贡献自己的力量。

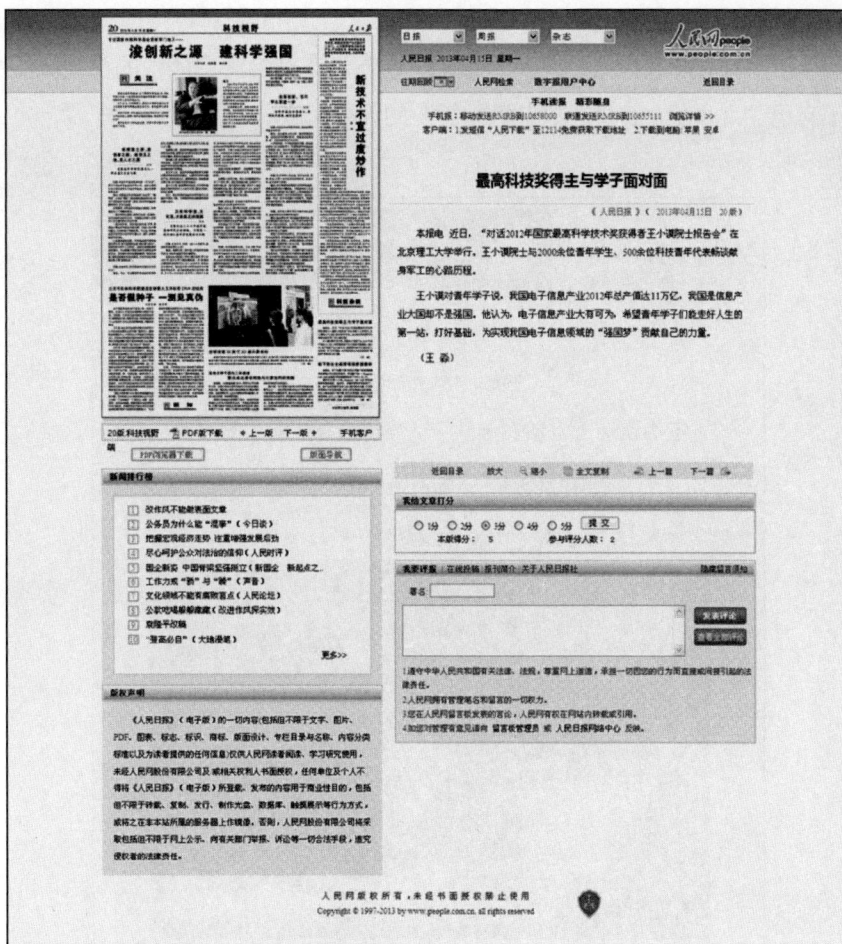

（作者：王淼）

【人民网】王小谟院士寄语青年学子：电子信息产业大有可为

来源：人民网　日期：2013年4月3日

原文链接：http://scitech.people.com.cn/n/2013/0403/c1007-21019077.html

人民网北京4月2日电（记者赵竹青）今天下午，"2012年国家最高科学技术奖"获得者王小谟院士走进母校北理工，一场生动的对话在"老中青"三代校友之间展开。75岁高龄的王小谟院士面带微笑，与北理工2 000余学子共同回忆了自己的学生生涯及献身军工的心路历程。

　　王小谟今年75岁，华发已生，却精神矍铄，说起话来就会露出淡淡的微笑。王小谟院士深情回忆了自己"北理工5年、中国电科50年"的人生历程，说到高兴的地方，也会兴奋地比划起来。

人民网 people
www.people.com.cn
北京国典典当行
BEIJING GUODIAN PAWN TRADE CO. LTD.
北京国

人民网 >> 科技

预警机精神走进北理工

王小谟院士寄语青年学子：电子信息产业大有可为

2013年04月03日14:58　来源：人民网-科技频道　手机看新闻

打印　网摘　纠错　商城　分享　推荐　人民微博　★关注　字号+ -

人民网 科技频道
scitech.people.com.cn

王小谟院士寄语青年学子：电子信息产业大有可为。（人民网记者赵竹青摄）

人民网北京4月2日电（记者赵竹青）今天下午，"2012年国家最高科学技术奖"获

　　王小谟院士既是北京理工大学的杰出校友、兼职教授，同时也是中国电科的杰出代表，是央企科技创新和国防科技创新的领军人物。他领军的预警机团队展现了一种"自力更生、创新图强、协同作战、顽强拼搏"的精神，被誉为继"两弹一星""载人航天"后的新时代"预警机精神"。

　　1956年，王小谟进入北理工无线电专业学习。他回忆，当年接到北理工的录取通知书时，有一句话他自己一辈子都忘不了："欢迎你，未来的红色国防工程师。"他说，大学是自己"真正独立开始生活"的第一站，也从此树立了一生的理想和信念：献身于国防，给国防工业添砖加瓦。谈起5年的大学生涯，王小谟的话语中饱含深情，他说那仍然是他"记忆中最美好的岁月，一辈子也忘不了"。

　　大学毕业时，王小谟完美的毕业答辩征服了现场所有老师而获得满分，并被赞"年纪轻轻就早早流露出学术大师的风采"。在此后50多年的科技生涯中，王小谟院士带领团队先后主持研制了多部世界先进的雷达，并主持研制了我国第一代机载预警系统，引领国产预警机

跨越式发展，进入国际先进行列，使我国国防实现从国土防空型向攻防兼备型的跃升。

年仅25岁就成为某雷达型号副总设计师的王小谟，对人生的得失看得很淡然。曾遭受过"文化大革命"等时代大环境的负面影响，性格开朗的他没有怨天尤人，而是"自己找点力所能及的事情做做"。回忆起人生的数次起起落落，王小谟总能从不利的外部环境中发现有利的机会，比如，正当研究关键时期被调离科研岗位，做了一名计算机房的管理员时，他没有抱怨，而是兴致勃勃地研究起了计算机，没想到，这看似"不幸"的经历竟为后来的科学研究引入计算机技术打下了基础。这种令常人艳羡的"运气"背后，是一颗对待得失始终如一的平常心和任何环境下都不放弃学习的积极态度。

对于培养学生，王小谟院士也很有心得。他说自己比较看重两样东西："追求的目标"和"自学的能力"。在这两样的相互促进之下，一个人就能够不断进步，最终学有所成。他笑称自己所带的十几位博士生中，就有一两个由于缺乏明确的目标以致做事比较马虎，令他比较"头疼"。

"电子信息产业大有可为。"王小谟表示，目前我国电子信息产业正在飞速发展，2012年总产值11万亿，占我国GDP的近1/4，已是信息产业大国的我们却面临一个尴尬现状——"芯不是中国芯"。王小谟希望理工学子们走好人生的第一站，打好基础，为圆我国电子信息领域的"强国梦"贡献自己的力量。

在这场"对话"中，王小谟作为访谈主嘉宾，
王小谟院士的老同学、北理工教师代表、中国电科职工代表、
北理工学生代表作为提问代表，与王院士进行现场沟通。（人民网记者赵竹青摄）

在这场"对话"中，王小谟作为访谈主嘉宾，王小谟院士的老同学、北理工教师代表、中国电科职工代表、北理工学生代表作为提问代表，与王院士进行现场沟通。中国电科在京单位青年科技代表500人、北京理工大学师生代表2 000余人参加了报告会。

中国电科党组书记樊友山在致辞中说，此次报告会是王院士获奖后首次走进首都高校与青年学子面对面，是中央企业走进高校传承中国梦、弘扬中国精神的重要活动，是高校和企业双方相互学习交流、合作共赢的宝贵机会。"北京理工大学是我国培养高层次人才的著名学府，中国电科是我国军工电子国家队和信息产业的主力军，希望两个单位的青年朋友们以小谟院士为楷模，加强交流，增进友谊，共同进步。"

（作者：赵竹青）

【新华网】王小谟院士荣归母校
预警机精神走进北理工

来源：新华网　日期：2013年4月3日

原文链接：http://news.xinhuanet.com/tech/2013-04/03/c_124538352.htm

　　2013年4月2日，由中国电子科技集团公司（以下简称中国电科）和北京理工大学联合举办的"国家最高科学技术奖获得者王小谟院士北京高校专场报告会"在北京理工大学举行。党组书记樊友山出席并致辞。中国电科在京单位青年科技代表500人、北京理工大学师生代表2 000余人参加了报告会。在今年1月18日的国家科学技术奖励大会上，中国电科王小谟院士荣获国家最高科学技术奖。王小谟院士是中国电科的杰出代表，是央企科技创新和国防科技创新的领军人物，是北京理工大学的杰出校友、兼职教授。此次报告会是王院士获奖后首次走进首都高校与青年学子面对面，是中央企业走进高校传承中国梦、弘扬中国精神的重要活动。

　　樊友山在致辞中说，今天的活动是青年了解和学习小谟院士带领的预警机科研团队的宝贵机会，也是我们学习和弘扬预警机精神的宝贵机会。预警机的研制成功是以小谟院士为代表的军工科研人员对国家的无限热爱和忠诚，是预警机团队巨大的艰辛和付出。预警机精神正是中国精神的真实写照，是我们推进国防军事电子事业不断前进、实现强国之梦的精神法宝。这场报告会是高校和企业双方相互学习交流、合作共赢的宝贵机会。北京理工大学是我国培养高层次人才的著名学府，秉承"德以明理、学以精工"的教学理念，文化深厚，才子辈出；中国电科是我国军工电子国家队和信息产业的主力军，坚守"国家利益高于一切"的核心价值观，献身国防，勇担重任。他说，我衷心希望，北京理工大学未来向中国电科、向我国的国防和现代化事业输送越来越多的青年人才，使我国的国防事业和综合实力获得更加长足的发展！我衷心希望我们两个单位的青年朋友们加强交流，增进友谊，共同进步，以小谟院士为楷模，爱国敬业，创新图强，时刻准备接受祖国的召唤，让青春在国防和现代化事业中闪光！他鼓舞青年朋友们，"美好的未来属于你们，美好的未来也由你们来创造，让我们共同努力，为美丽的中国梦加油！"

　　报告会播放了《弘扬预警机精神事迹报告会》，生动展现了以王院士为代表的军工电子人"自力更生、创新图强、协同作战、顽强拼搏"的预警机事业奋斗之路。20世纪60年代，王小谟院士大学时代结束，正值我国开始建设国防工业的三线，王小谟院士被分配到条件艰苦的地方工作，他无怨无悔地为我国的国防事业默默无闻地付出毕生精力。在50多年的科技生涯中，王小谟院士带领团队先后主持研制了中国第一部三坐标雷达等多部世界先进的雷达，为我国国土防空网的建设完善做出了重大贡献。他在国内率先力主发展国产预警机装备，提出了我国预警机技术发展路线图，构建了预警机装备发展体系，主持研制了我国第一代机载预警系统，引领实现了国产预警机事业的跨越式和系列化发展，并进入国际先进水平行列，使我国国防实现从国土防空型向攻防兼备型的跃升。他的成功正是由于多年来义无反顾地一心扑在雷达事业和预警机事业上的执着和坚持，他的身上体现出的是北京理工大学那一代毕业生身上特有的坚韧与拼搏，折射出来的是以中国电科为代表的中央企业矢志报国、不断超越的中国精神。

　　现场王小谟院士与他的老同学、北理工教师代表、中国电科职工代表、北理工学生代表沟通交流。王院士谈道："很高兴回到母校，国家给了我很高的荣誉，但这是对我们全体国防科技工作者的肯定，是对我们军工电子人和中国电科人的肯定，我只是代表大家领了这个奖。借这个机会，我要感谢母校对我的培养，感谢各个高校长期以来对我们在人才和技术攻关方面的支持，更加感谢中国电科提供给我和我们的科研团队很好的平台和支撑。"他还畅聊学生生涯，讲述心路历程，形式活泼，立意独特，现场气氛融洽，观众感受颇深，受益匪浅。

王小谟今年75岁，华发已生，却精神矍铄，说起话来，就会露出淡淡的微笑，说到高兴的地方，也会兴奋地比划起来。现场他还兴致勃勃地拉起了胡琴，和北京理工大学的学生合作了《苏三起解》。大学时代他是学校京剧团的团长，还是校摩托车队的队员，性格开朗的他把文艺和运动天赋尽情挥洒，现在他谈起来这两项爱好，毫不讳言地说："遇到的最难的事就是组织人，大学时代的社团生活锻炼了我的领导能力。"

【光明日报】对话王小谟：大学给了我什么？

来源：光明日报—光明网　　日期：2013年4月17日

原文链接：http://edu.gmw.cn/2013-04/17/content_7341506.htm

诗人在诗中写道：天空中没有翅膀的痕迹，而鸟已飞过。

大学生活很短暂，匆匆滑过人生，事实上，你已经被改变。这一段青葱岁月给你带来最大的影响将会是什么？现在在大学所做的哪件事未来会对你的人生产生不可估量的作用？功勋卓著、成就伟岸的人曾经怎样度过他们的大学时光？日前，2013年国家最高科学技术奖获得者——"中国预警机之父"王小谟回到母校北京理工大学，与后辈学子共同回忆大学生活，分享人生历程和感悟。

2013年4月2日下午，由北京理工大学和中国电子科技集团公司联合举办的"对话2012年国家最高科学技术奖获得者王小谟院士报告会"在北京理工大学体育馆举行。图为王小谟操琴和北理工学生魏默然合作《苏三起解》，行云流水，风采依然。

大学记忆里的多面王小谟：梅派青衣+摩托车队选手

王小谟大学同班同学、北京理工大学教授甘仞初：我们一个宿舍的记得很清楚，小谟你经常在床上拉胡琴，是京剧团的台柱。当时北京理工京剧团在北京高校里面还是很有名气的。又参加了摩托车队，车队甚至还拿过高校比赛第一名，你是不是在这方面和大家分享一下你的经验？

王小谟：大学生活是我记忆中最美好的岁月，一辈子也忘不了。在大学，别死读书。当时我们宿舍有一些全优的学生，成绩全5分，两耳不闻窗外事，一心只读圣贤书。天天抱着书本。我呢，讲的比较好听，属于活泼，其实就是不太听招呼，经常上晚自习就溜出去了。我在摩托车队有一帮运动员，去开啊，去冲啊，活动也多，朋友也多。参与活动，我遇到最难的事就是组织人，大学时代的社团生活锻炼了我的领导能力。（对话现场，主持人拿出一张照片，王小谟立即认出这是当年自己和京剧团同学们演出《四郎探母》的记录，并认出照片上的人。王小谟从小喜欢京剧，1956年考大学，被北方昆曲剧院挑中，由于家里反对，才选择了"第二兴趣"，到北京理工大学学习无线电。他对无线电的兴趣从中学开始，当时为了收听梅兰芳唱京剧，他自己组装收音机，并发展成一门"手艺"。）

甘仞初：小谟，你现在记忆最深的老师是谁？

王小谟：有好多教师给我的印象都很深刻。特别是二级教授、教物理的蔡凤兴，在课堂上讲着讲着就提裤子，很有特色。还有孙树本教授，给我也留下很深的印象，他教课教得特别好。我刚才看了我的成绩单，在一、二年级的时候只有一科是优秀，就是他教的数学，我很喜欢上他的课。他讲的一句话我印象非常深刻，他的课讲了一年多，差不多快上完了，他说："凭你们现在的水平，完全可以往前走了。"确实，他把我们带进了门，在以后的科研过程中，很多时候都用到数学，对我帮助非常大。

晚自习点名，自己觉得不够好，就好好学

北京理工大学信息与电子学院研究生刘娜：您是北京理工大学1961年的毕业生，也是我校第一个获得国家最高科技奖的毕业生。在我们看来，您是一个神话般的人物。但是50多年前，您也和我们一样生活在这里，我最想问的是：您觉得大学生活给您带来最大的影响是什么？

王小谟：我注意了你讲的一句话，我是我们学校第一个获得国家最高奖的，意味着以后还有第二个第三个，我也这样希望。

在学校五年，我第一个印象是什么呢？记得被原来的北京工业学院（北京理工大学前

身）录取，录取通知书上有一句话我一辈子都忘不了。那就是"欢迎你！未来的红色国防工程师。"一个红色国防工程师的摇篮，当时学校就是这样一个气氛。我真正独立生活从大学开始，第一站是非常重要的。学校给了我理想和追求。献身国防就是我们当时的理想。那时候不会想到我们得什么奖，因为国防工程师是默默无闻的，是无名英雄。当时我们的教育也是这样的。在这方面，我们的母校和其他大学，比如清华相比，确实不同。每个学校有不同的风格。在大环境里自然而然形成一个很好的理念。北理工各种活动多，也比较注重集体生活，像我们就有晚自习，晚自习还点名。在这样一种氛围下，促使你自己去抓住机遇。没有人强迫你怎样怎样，你自己觉得自己不够好，就好好学习。

当时我们系配的教室都是一流的，但我开始时学得不怎么好，一、二年级时得3分、4分多，没有优，三年级以后，优就多了，说明在这个环境下的成长。学校第一教育我们，第二给了我们好的身体，还给了我们比较好的知识，使我在后面50年的职业生涯中能够做得更好。我在学校学习雷达，出来还是搞雷达，一直搞到现在。

低潮时别闲着，能干多少是多少

中国电子科技集团公司电科院人力资源处处长冯拓宇：年轻人在一生中会遇到很多困难，有些困难过不去，可能一生就荒废了，所以，我特别想知道您在科研生涯中遇到的最大困难是什么？您是怎么去克服和面对的？

王小谟：其实困难有两个方面，对搞科学来说，一个是进程上的困难，攻关攻不下来，这是一方面。我想讲的是另外一个困难，是关于人的、环境的。我25岁就当副总设计师，没有当几年，刚把图纸做出来，结果"文化大革命"开始了，我被赶下来了，不让我干了。这个时候是什么样的心态，非常重要。当时让我去机房管计算机，那时候计算机很少。我虽然遗憾，但是感到也不错，顺便学学计算机。学会了以后，用计算机下棋什么的，自得其乐。没想到，这两年时间对我后半生影响很大。

我在学校没有学计算机，到这里学会以后，很快就用上了，搞第一个雷达的时候，我们用手编程。后来也有一次，搞一个大工程，让我当总设计师，有一天要去北京去汇报，我又被弄下来，换别人了。下来就下来了，后期我们的工程又变成国家的重点。一个人一辈子不可能都是顺利的，肯定有起有伏。起的时候，别太自以为是，别觉得自己了不得；在低潮时，也不要灰心，今天是低潮，不见得明天也是低潮。总是在变化，关键是低潮的时候也要保持积极的心态。你能干多少就干多少，别闲着，有人一到低潮，就想算了，什么也不干，到真要你做的时候又干不起来，那就真不行了。

一定要有追求，不能混日子

北京理工大学信息工程与电子学院副院长薛正辉：您现在作为北理工信息电子学院的兼职博士生导师，也在培养学生，您最看重学生哪一方面的能力和素质？

王小谟：我觉得有两条非常重要：第一条，追求的目标。人首先要有一个很好的目标，我带了北理工的博士生有12位，大部分都很好，有一两位不太行，主要的问题是不用功，对自己比较马虎，推一推才动一动。没有把事情当作一回事，没有想把它做好。第二条是自学能力。到博士这个阶段，需要锻炼自学能力，给你一个题目，你自己要知道怎么搞，这是最重要的。从查资料到分析资料，到提出自己的意见，首先有自己明确的目标，有追求以后，再不断提高自学能力。有一些特别好的博士生，我也向他们学习了很多东西，互相一讨论以后，就把整个事情做好了。最重要还是第一条，一定要有追求。没追求，就是想混一混，混一个博士毕业，现在也很难混。

（作者：李玉兰）

【科技日报】北理工师生为雅安地震灾区祈福

来源：科技日报　日期：2013年4月23日

原文链接：http://digitalpaper.stdaily.com/http_www.kjrb.com/kjrb/html/2013-04/23/content_200471.htm?div=-1

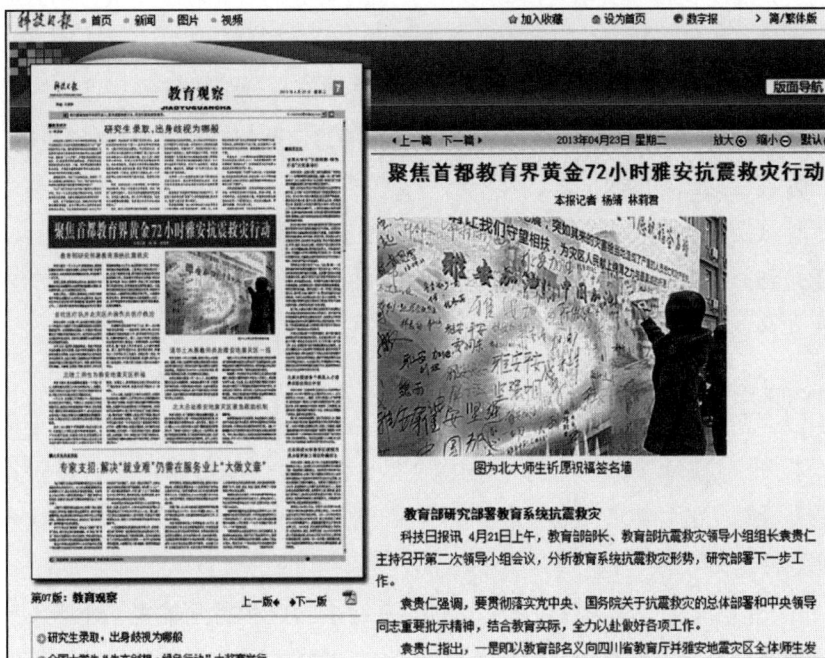

4月21日上午，教育部部长、教育部抗震救灾领导小组组长袁贵仁主持召开第二次领导小组会议，分析教育系统抗震救灾形势，研究部署下一步工作。

　　袁贵仁强调，要贯彻落实党中央、国务院关于抗震救灾的总体部署和中央领导同志重要的批示精神，结合教育实际，全力以赴做好各项工作。

　　袁贵仁指出，一是以教育部名义向四川省教育厅和雅安地震灾区全体师生发出慰问电，表达对灾区师生的亲切慰问和崇高敬意，让他们振奋精神，鼓舞士气。二是协调中国教育发展基金会向灾区提供紧急救助资金500万元，会后即拨付灾区，用于灾区学校救灾和复课急需。三是派出工作组赴灾区一线，实地了解教育灾情，指导做好抗震救灾和学校复课准备工作。四是着手对校舍安全排查、师生安置、复学复课、学生心理辅导、异地上学、灾后重建等工作进行研究，及早制定有关指导性意见。五是要求高校特别是在川高校发挥各自优势，积极参与医疗救治、心理辅导和志愿服务等工作。六是要求教育电视台、教育报等媒体记者继续深入灾区一线，及时报道教育系统抗震救灾情况和典型事迹，弘扬抗震精神。

首批医疗队开赴灾区开展伤员医疗救治

　　科技日报讯20日晚9时，由北京大学第三医院11个科室的27名医护人员全副武装组成的北京首批国家医疗队，由首都国际机场起飞，开赴四川雅安地震灾区开展伤员医疗救治工作。医疗队队长由骨科主任医师李危石担任，支部书记兼副队长由感染管理科主任杨雪松担任。

　　18时30分，医疗队员整装待发。北京大学党委书记朱善璐、校长王恩哥，北京大学常务副校长、医学部常务副主任柯杨，北京大学党委副书记、医学部党委书记敖英芳，北京大学第三医院院长乔杰等院领导及相关科室主任等为医疗队送行。柯杨、敖英芳为医疗队授旗。朱善璐、王恩哥、柯杨、敖英芳、乔杰分别为医疗队作动员。

　　朱善璐书记在动员中讲了三点：第一，北大医学部有光荣传统——首战用我，用我必胜，在多次抗震救灾或者抢险战斗中，医学部领导的这支队伍，关键时候能打仗。第二，北京大学第三医院在如此短的时间内，集结出一支精神饱满、业务精湛的队伍，整个组织工作井然有序，让大家非常感动。第三，医疗队受党中央、国务院的委托，带着北大7万多师生员工的重托，到雅安第一线去，学校将是医疗队员们的坚强后盾，希望队员们全力投入抢险救灾，尽最大努力抢救人民的生命财产。

北理工师生为雅安地震灾区祈福

　　科技日报讯 雅安地震牵动着每一个中国人的心，也牵动着北京理工大学全体师生的心。地震后，北理工的师生们自发开展了为灾区同胞祈福的活动，用自己的方式表达对灾区同胞的关切。

　　4月21日，北京理工大学第五十一届运动会在良乡校区举行开幕式。开幕式上，北京理工大学党委副书记、副校长李和章教授致开幕词，在党委副书记、副校长李和章教授的倡导下，参与运动会的全体与会人员起立向雅安大地震遇难的同胞默哀1分钟，以表达对灾区人民的慰问以及对逝去同胞的哀思。

当天，2013赛季中甲联赛第6轮在北理工举行，北京理工大学队主场对阵湖南湘涛队。在下午比赛开始前，比赛双方队员及观赛观众为不久前在雅安地震中罹难的同胞以及在波士顿马拉松比赛中遇难的北理工2008级校友吕令子同学默哀。在看台上，前来观战的北理工师生还打出了"雅安加油"的标语，希望为灾区同胞送上一些鼓励。

4月21日晚，北京理工大学中关村校区，在校研究生会的统一指挥下，众多学生用420支蜡烛摆成"爱心雅安"的图案，为在四川雅安地震中罹难的同胞默哀，为地震中失去家园和亲人的同胞祈福。在《祝你平安》的歌声中，理工学子们纷纷在"北理工和你在一起，雅安加油！"的横幅上签名并写下祝福，表达对灾区人民的祝福与支持。北理工研究生会主席贺长宇向记者介绍说："今天本应在这个场地举办学校艺术节的一场露天舞会，但是灾难袭来，我们临时决定取消舞会，改为这样一个活动支持四川灾区，愿逝者安息，生者坚强！另外，学校还专门开通了热线电话，为有困难的川籍学生提供任何可能的帮助，支持他们渡过难关。"

清华土木系教师奔赴雅安地震灾区一线

科技日报讯 4月21日清晨，清华大学土木系陆新征、潘鹏、李威三位教师已经随住建部首批专家组出发前往雅安灾区，将对灾区进行重点建筑安全情况应急排查。根据他们当日中午12点发来的消息，现在他们刚刚到达成都，并当即乘车赶往雅安。

此次住建部专家组一行共11人，由住建局抗震防灾处处长张鹏带队，专家组由清华大学、中国建筑科学研究院、中国标准设计研究院、北京市建筑设计研究院等单位专家组成，其中中国标准设计研究院王寒冰、北京市建筑设计研究院苗启松等专家也是清华大学土木系校友。

据悉，4月20日早晨，清华大学学生部、研究生部等部门得知地震消息后立即启动了应急排查机制，全面排查全校四川籍本科生和研究生，重点关注来自雅安震中地区的同学，了解学生家庭受灾情况。

根据第一时间联系学生的情况以及各院系反馈情况，学校四川籍同学家中未发生人员伤亡。来自雅安市芦山县、天全县、名山县及雨城区等县区的部分学生家中遭受了不同程度的房屋破坏和财产损失，另有来自四川简阳市、绵阳市的3名研究生家中房屋轻微受损。学校已准备好临时困难补助金帮扶等相关举措，如学生有需要，将立即提供帮助。

北大启动雅安地震灾区紧急救助机制

科技日报讯 在了解到四川雅安地震消息后，北京大学学生资助中心第一时间启动紧急救助机制，和四川籍家庭经济困难学生逐一进行联系。截至4月20日晚上23：40，在校本部92名四川籍家庭经济困难学生中，了解到4名学生（1名博士生、3名本科生）家庭不同程度受到影响；另了解到深圳研究生院1名研一家庭经济困难学生家庭也受到影响。此外，从有关部门了解到非困难学生中也有2名学生家庭受到地震影响。

按照紧急救助不过夜原则，学生资助中心负责人及时与受灾地区学生联系，辅导学生填写灾区专项补助申请表，并将学生受灾情况向领导汇报。当晚，叶静漪副书记代表学校与受灾同学通电话，表达亲切慰问。同时，学生资助中心与财务部密切沟通筹备专项补助金，并于4月21号将材料报送学校向受灾学生发放补助金。

（作者：杨靖 林莉君）

【中国经济网】2013"世界读书日"群众诗歌朗诵会在北理工良乡校区举行

来源：中国经济网　　日期：2013年4月23日

原文链接：http://views.ce.cn/view/ent/201304/23/t20130423_24318311.shtml

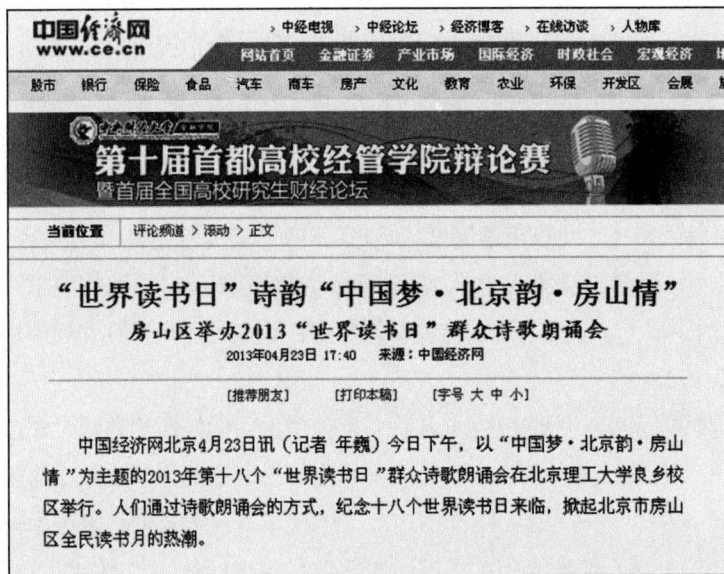

中国经济网北京4月23日讯（记者 年巍）今日下午，以"中国梦·北京韵·房山情"为主题的2013年第十八个"世界读书日"群众诗歌朗诵会在北京理工大学良乡校区举行。人们通过诗歌朗诵会的方式，纪念第十八个世界读书日来临，掀起北京市房山区全民读书月的热潮。

自1995年联合国教科文组织确定4月23日为世界读书日，今年已经是第十八年。这次活动旨在希望房山区人民能够以这次"北京阅读季"活动为契机，进一步发扬热爱读书、崇尚学习的优良传统，紧跟时代步伐，多读书、读好书，以实际行动为"一区一城"新房山建设做贡献。

诗歌是中华民族五千年文明的精华，以诗歌朗诵为本届读书日活动开篇，可谓点睛之笔。朗诵会内容共分为《艰难求索》《东方神话》《春之畅想》《兴我家乡》四个篇章，参演朗诵人员达3 000人，阵容空前，围绕"中国梦·北京韵·房山情"这一主旋律，有力倡导读书风尚，在全市、全区范围内，形成崇尚科学、读书求知的良好社会风气，充分展现中华民族不屈不挠、艰苦奋斗的光辉历史和奋斗历程。另外，首都图书馆还举办现场图书捐赠活动，向外来务工子弟学校捐赠图书。

据了解，近年来，房山区以"一区一城"新房山发展思路为引领，大力实施文化强区战略，以"中国梦"为目标，深入学习贯彻党的十八大精神，潜心挖掘区域文化资源，助推区域文化发展，打造区域文化名片，先后推出"FUNHILL""FUNMADE""FUNDASHIN"等城市形象品牌，精心打造城市新名片，推出了北京首部地域文化纪录片《房山》，成功举办"永远跟党走"中央电视台心连心艺术团慰问演出活动，大力实施"北京意象大美房山"大型美术创作工程。通过这些活动，让文化充盈全区，让热爱读书、热爱文化氛围得以升华，以"房山情"为特点的区域文化新亮点将继续发扬光大，妆点伟大的"中国梦"。

今年的读书日活动由中共北京市委宣传部、北京市新闻出版局、中共房山区委、房山区人民政府主办，首都图书馆、中共房山区委宣传部、房山区文化委员会、房山区教育委员会、房山区国有资产监督管理委员会、房山区精神文明建设委员会办公室、北京良乡高教园区管理委员会承办。

（作者：年巍）

【人民网】北理工第二次问鼎松赞杯篮球赛冠军宝座

来源：人民网　日期：2013年5月2日

原文链接：http://cpc.people.com.cn/n/2013/0430/c64387-21328501-2.html

经过一个多月的激烈角逐，近日，第21届"松赞杯"篮球赛决赛在中央民族大学如期上演。最终，上届冠军北京理工大学队以119∶109战胜中央民族大学队，以全胜的战绩摘得学生组总冠军，这也是他们第二次问鼎"松赞杯"冠军宝座。人民网和中央人民广播电台等联合的媒体联队获得单位组第一名，中国藏学研究中心队获得第二名。

颁奖仪式上，冠军球队的队员们捧起了至尊奖杯。国家民族事务委员会社会团体管理办公室主任曲扎、中央人民广播电台藏语频率新闻部主任吉甲、国家民族语文翻译局藏文室主任次仁罗布等领导为获奖球队颁奖。北京理工大学队7号球员次冲荣膺此次松赞杯mvp，他接受记者采访时表示，"这是我第一次获得松赞杯mvp荣誉，心情非常激动，感谢我的队友，这个荣誉属于我们这个集体。"

以吐蕃法王松赞干布名字命名的这项赛事于1991年开始举办，如今已走过20余载。一直以来得到了许多社会爱心人士和相关部门领导的大力支持，尤其是得到了已故全国人大原副委员长、全国政协原副主席阿沛·阿旺晋美的关心和支持，并为松赞杯亲自题词。

此次比赛由松赞杯组委会主办，人民网和中央民族大学藏学研究院协办。每年在国家民族事务委员会和中国藏学研究中心、中央人民广播电台、国家民族翻译局、民族出版社、中国藏语系高级佛学院、宗喀公司等的无私资助下举办一次，是在京藏族同胞们增进友谊、交流感情的重要平台。

北京理工大学队和中央民族大学队

中国少数民族经济研究会和云南省文山州西畴和平铅锌矿有限责任公司对此次活动进行赞助。

（作者：拉郎）

【石家庄新闻网】志愿者爱心汇聚
善良女孩圆梦北京

来源：石家庄新闻网　日期：2013年5月2日

原文链接：http://www.sjzdaily.com.cn/specialchl/2013−05/02/content_1931952.htm

"我走后，希望把眼角膜捐献给他人，活着不能为社会做贡献，死后要发挥光和热！"今年24岁的赵苗，是深泽一位身患重病的女孩，她的这一大爱之举经本报和其他媒体报道后感动了很多人，也受到了社会各界人士的广泛关注。日前，当得知赵苗希望和妈妈去北京的愿望后，11名爱心志愿者自发行动起来，帮助她实现了这一愿望。

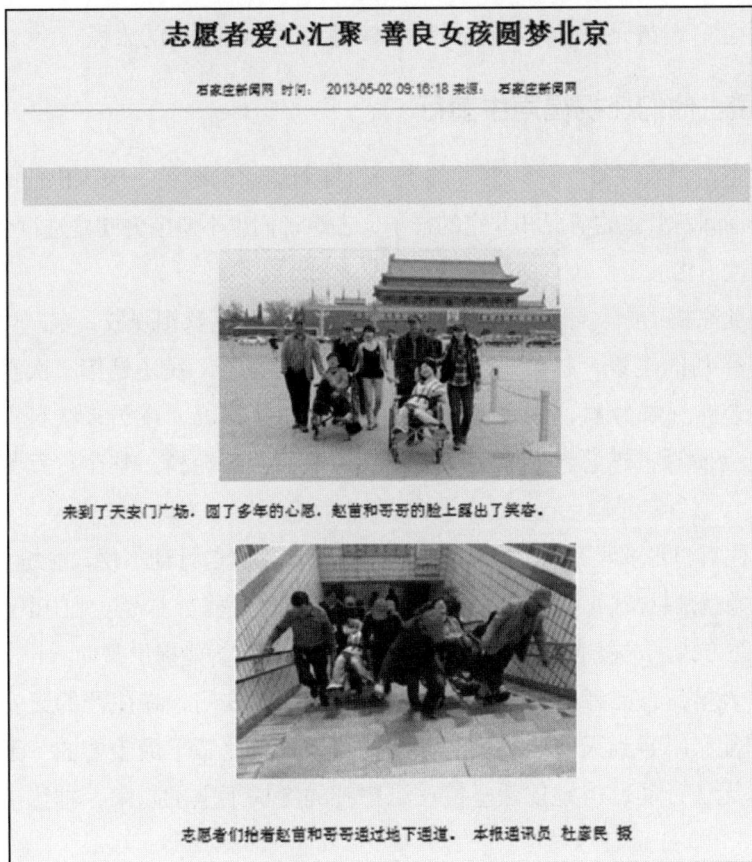

志愿者爱心汇聚　善良女孩圆梦北京

石家庄新闻网　时间：2013-05-02 09:16:18 来源：石家庄新闻网

来到了天安门广场，圆了多年的心愿。赵苗和哥哥的脸上露出了笑容。

志愿者们抱着赵苗和哥哥通过地下通道。本报通讯员 杜彦民 摄

爱心汇聚：兄妹俩梦想变成现实

赵建勇、赵苗兄妹出生于深泽县铁杆镇南冶庄头村的一户普通农家，由于从小身患重症

肌无力，上学、读书，甚至只是行走，对他们来说都是遥不可及的奢望。如花一般的美好年纪，却只能在病床上度过。

面对不公的命运，赵苗没有选择屈服，而是决定用自己的方式为社会做出贡献。"我希望身后捐献自己的眼角膜和遗体，为社会做点儿贡献！"赵苗的这一心愿经本报报道后，引发了强烈反响，央视《新闻联播》的关注，更使这位女孩的善举传遍了全国。众多志愿者纷纷来到赵苗家中，对她表示鼓励慰问。此后，赵苗的哥哥也做出了身后捐赠器官的决定，市红十字会已经表示同意。

不久前，几名志愿者在看望赵苗时得知，她一直都想带着妈妈亲眼看看天安门。这个质朴的愿望让大家深受感动，他们暗下决心："一定要帮助赵苗实现这个愿望。"于是，在深泽县委宣传部和县文明办的组织下，志愿者们行动了起来。

一时之间，爱心涌动，大家很快做好了让赵苗一家进京的准备。考虑到赵苗兄妹的身体不好，大家特地找来了宽敞的客车，并特意铺上了海绵垫子，为了防止病情发生意外，志愿者们还带上了医务人员和抢救设备。一切准备就绪。

4月28日早上，赵苗兄妹在妈妈的陪伴下，终于踏上圆梦北京的旅程。

感受温暖：他们在祝福声中前行

一路上，赵苗都表现得十分兴奋，脸上一直挂着甜甜的微笑，极少出门的她不住地和志愿者交谈，询问着沿途的情况和北京的样子，志愿者们也不遗余力向她进行介绍。当天下午，一行人到达了北京。

第一站是北京植物园，四月的北京春意盎然，园内鲜花竞相开放，空气中弥漫着浓浓的香气，看着眼前的美景，赵苗不住赞叹："真是太美了，我还是第一次看到这样的美景！"为了怕赵苗兄妹劳累，大家不时询问他们的身体状况，还买来饮料食品让他们补充体力，遇到台阶时，志愿者们又轮番上阵，为他们搬抬轮椅，整个行程都充满了温暖和欢笑。

晚上，在住宿的北京理工大学校园内，大学生们看到赵苗行动不便，纷纷主动上前提供帮助，当听说她就是赵苗后，大学生纷纷表示曾在《新闻联播》上看过她的事迹，不少大学生还留下了联系方式，祝福她坚强地活下去，并表示今后会为她提供帮助。

第二天一大早，志愿者们又带着赵苗一家来到了天安门，在庄严的天安门前，赵苗激动地说："能亲眼看到天安门是我的荣幸，今天是我这辈子最重要的一天！"在国旗下，尽管身体无法行动，但她依然坚持在志愿者的搀扶下坐了起来，神情庄重地行了注目礼。

"那是鸟巢，真漂亮，我看到鸟巢了！"在鸟巢体育馆外，赵苗被这宏伟独特的建筑所震撼，目光一刻也离不开，似乎要把这一切都印在脑海里。在鸟巢前拍照时，赵苗特意嘱咐说："一定要把鸟巢全照上，回去让村里人都看看，这个鸟巢有多大！"

传递文明：播撒下爱的种子

两天的旅程，给每一个人都留下了难忘的记忆。赵家兄妹乐观豁达的态度，感染着同行的每一个人，也感染着所到的每一个地方。看着带着志愿者标志的帽子和推着的两个残疾人，路人都投来问询的目光，志愿者们拿着事先准备好的报纸资料给他们介绍赵苗的事迹，过往行人、游客、餐馆老板，都为兄妹俩这种精神所钦佩。

在住宿的北京理工大学招待处，工作人员特意把房间调到了一楼，方便兄妹俩的进出，有的同学还帮助志愿者抬轮椅，有的留下电话号码，表示愿意提供帮助。在餐馆时，服务人员主动帮助赵苗去卫生间。在鸟巢参观出来时，工作人员主动打开了侧门以方便轮椅通过。当志愿者向一位交警询问大巴车去天安门的行车路线和注意事项时，他详细进行了解释并说："你们行动不便，若不小心违反了交通规则，就把此行的目的说明，首都交警是人性化管理，都会帮助你们的。"在天安门广场巡逻的公安民警也对赵苗竖起大拇指，称赞说："小妹妹，你真了不起！"

回到家后，赵苗也对这次旅程久久不能忘怀，在微博中，她深情地写下了自己的心声。

"天安门广场不是一个宽广能形容的！这里的氛围不一样，有一种庄严的感觉！是啊，这里是我们祖国的象征！是我们的骄傲！"

"昨晚我们住在北京理工大学的招待所，晚上的校园显得格外的美！这里就是'大学'！真没想到我可以和大学生同住校园！太神奇了！"

"感谢为我买冰激凌、抱我上下车而累得气喘吁吁的刘亚大哥哥！感谢所有帮助我的大哥哥、大姐姐们！"

（作者：赵元君 王鑫 郭那新）

【中国新闻网】大学校园的"人际江湖"：舍友如"高手过招"

来源：中国新闻网　日期：2013年5月3日

原文链接：http://news.xinhuanet.com/edu/2013-05/03/c_124660865.htm

海淀密集的大学区附近，相隔不远就是一座座安静的校园，肃穆的大理石门柱里面，是无数飞扬绽放的青春，也是曾经的"象牙塔"。然而，最近接连发生的同学伤害案件却使美丽的校园笼罩了一层阴霾，从"睡在我上铺的兄弟"到"感谢室友不杀之恩"，校园人际关系这些年经历了怎样的巨变？

艾姗姗 插图

　　海淀密集的大学区附近，相隔不远就是一座座安静的校园，肃穆的大理石门柱里面，是无数飞扬绽放的青春，也是曾经的"象牙塔"。然而，最近接连发生的同学伤害案件却使美丽的校园笼罩了一层阴霾，从"睡在我上铺的兄弟"到"感谢室友不杀之恩"，校园人际关系这些年经历了怎样的巨变？

　　"学生基本有四种人，混学生会的、混社团的、混班里的和自己混的。"一所重点大学四年级学生林明给记者描述他们的生活状态，大学的人际关系被他总结为"混圈子"，大家都混迹在其中各展才能，为了人脉、奖学金、工作机会和保研名额，也为了志趣、分数、社会经验或者爱情……总之，形形色色，如同江湖。

大一男生从单纯到"腹黑"，社团如"江湖门派"

　　"加入一个社团有会开，这是一件很幸福的事情。在会上你能认识到学长学姐，他们的指点将让你少走很多弯路。这是一笔相当巨大的财富。"大四学生林明有着丰富的"混社团"经验，并认为社团使他迅速成长，"比书本上学到的知识要有用得多。"他正在制作毕业简历，社团经历是他重点渲染的内容，因为据说不少工作单位会对学生的这方面经验感兴趣。

　　每年大一新生的报到结束后，高校社团都会展开抢人工作。校园大道上挂满了横幅，彩旗飘飘，社团桌子前摆着社旗，高年级同学坐在桌子后面，面前一摞报名表，人声鼎沸，这种场景被戏称为"百团大战"。"学生社团是进入职场前的小演练，锻炼你的社会人角色，帮你找到未来的人脉资源。"林明对社团这样定性。

　　林明喜欢诗歌，大一的时候报名参加了学校的一个诗社。最开始，他参加的目的是找到志趣相投的人。进去以后才发现，一些学长们的兴趣并不在诗歌，"社长高我们一级，当时要求学员交50元的会费，说是定诗集，拿到诗集一看，才知道是社长自己写的，据说他自费出诗集花了5 000元，只好自己卖书填补这个亏空，诗社的新会员就成了挨宰的对象，而且，那诗的水平实在不怎么样。"接着，他们又发现社长在忙着追求新来社团的漂亮女生，对团里的活动一点都不上心，社团里一片乌烟瘴气，林明提出了好多改进诗社的建议，都未被社长采纳。不久，一个几十人的诗社就分成了好几派，其中一派打算"夺权"，罢免原社长，而他们推举的新社长人选就是林明。

"我就这样被推到了一场夺权大战的风口浪尖，我原本不感兴趣，后来又想，只有当了社长才能实现自己改革诗社的想法，才能真正为大家做点事，就同意和他们一起干了。"就这样，一个喜欢诗歌的男孩被裹挟进社团斗争，从单纯变"腹黑"。他们暗地搜集证据，秘密开会，争取其他成员，最后以向学校揭发检举相威胁，迫使原社长辞职让位。

林明成为新社长之后，却发现组织一个几十人的团体远比想象中要复杂得多，"有人的地方就有江湖，就有纷争。"他引用金庸名言。首先在收取会费的问题上，就无法达成一致。有前车之鉴，大多数会员不同意缴纳会费，认为会费只有社长一个人有支配权，无法监督，他们想找小企业拉赞助，也没有拉到，结果已经排版的诗刊因为没有经费印刷而彻底告吹。虽然组织大家看了几次电影，但是诗社实际上已经名存实亡，不到一年就解散了。

以后的几年，林明参加了多个校园社团，还一度进入学生会，干得风生水起。"大学像江湖，而社团就是里面的门派，学生会是少林武当这样的名门，大家都想进，可门槛太高，而小社团则鱼龙混杂，有高手，也有浑水摸鱼的。混社团一定要有所收获，否则，就是浪费时间，首先，要结交高手，认识一批有素质、有能力的人成为朋友，组成你未来的人脉网络；其次，在社团斗争中可以更好地认识人性和人心，积累丰富的社会经验。"林明不承认自己变"腹黑"，"是成长了，社会不需要人过分单纯。"

校园论坛流传《搞定老师攻略》，师生"相忘于江湖"

师生关系是大学人际关系的重要一环，在采访中记者发现，学生对老师的态度明显呈现两个极端。林明给记者讲了一个真实的段子："去年快期末的时候，有天晚上，我们几个男生在宿舍打牌，有人敲门，进来个男的。我们问，'哥儿们，你找谁？'他说，我是你们的革命史老师，上次期末复习课你们班好多人没来，我过来给你们画下重点。我们全傻了，上了一学期课，真不认识这老师。"当然，他表示，这位老师属于极少数非常负责任的，他们感动坏了，更多的老师是来了就上课，上完就走人，都是100多学生的大课，很少有点名的。学期结束，师生谁也不认识谁，大家"相忘于江湖"。

师生关系的另一个极端是，有些学生会主动和老师"打得火热"。北京理工大学大四学生张宁告诉记者，他认为老师也是重要的人际资源，他的手机通讯录里存着学院大部分老师的通信方式，甚至还有不少其他学院老师的电话。"我不明白为什么有些同学要躲着老师，老师其实能指点我们很多东西，包括专业课和人生方面的，只要虚心求教。"他说自己被同学称为狂热的"追师族"，上课会坐在第一排与老师互动，下课会主动帮助老师擦黑板，会经常跑到老师办公室跟老师交流，"我们什么话题都聊，比如大学选什么课比较好、专业将来有哪些发展方向，甚至生活中的琐事。"

张宁"追师"的收获不小，他一直想发表一篇高质量的学术论文，他把这个想法和关系不错的数学指导老师交流。"老师把他自己的一篇约稿论文交给我写，并耐心地帮我指导、分析、修改，我也从每次与老师的交流中，收获了专业知识、分析方法、写作能力等方面的许多经验。"这篇论文最终发表，他认为有效的师生交流功不可没。"大三时，我曾想过考研，也是老师给我提了很多建议，甚至还帮我物色了一些合适的学校。相比自己在黑暗中摸索，老师不经意间的一句话往往会成为指路明灯，这就是良好的师生关系为我打开的进步之门。"

和老师的关系在学生中间其实是个敏感的话题，尤其是掌握他们生杀大权的，例如重要专业课的老师，还有负责各种奖励名额的班主任、辅导员等，一些学生纠结，想搞关系又不知怎么搞。记者在一所高校的论坛里发现了《搞定老师攻略》，充分表现出学生的"世故"和"智慧"，里面方法不少："研究老师的爱好，临阵磨枪，让他以为你是同道；到老师家蹭饭，偶尔找几个超出你的学习范围，而他肯定会的问题请教；带他的孩子出去玩，帮英文教师家换灯泡……"还有同学总结让老师喜欢的两大诀窍："成绩特别好，将来可以成为他工作的助手；送礼特别多，现在正在成为他生活的助手。"

希望毕业时相逢一笑泯恩仇，舍友如"高手过招"

大学同窗，尤其是一个宿舍的室友，对很多"60后""70后"大学生来说，意味着一生的挚友，交往几十年甚至还保持着当年在宿舍排行的"老大、老二"的称呼，还会因听到"睡在我上铺的兄弟"而眼睛湿润。而如今的大学校园，情形有些不同，在中国教育网上，一项名为"温暖同窗情是否依旧？"的调查中，53%的人感觉同学间的感情温度"一般"，感觉"温暖"的只有28.5%，觉得"冷"的占18.5%。

中国人民大学大四女生孙佳宁对记者说："在一个宿舍住了4年，要说一点感情也没有是不可能的，大家毕竟一同走过青春，怎么也有一些美好的回忆，可是那些隔阂和伤害也是不容易忘记的。总之，大学宿舍人际关系，恩怨并存。"据她说，宿舍关系不和是很常见的情况，有男生采取大打出手的方法，但是女生却如同"高手过招"，不露声色，比拼"气功"，暗地里排挤、孤立。

"上大一的时候，宿舍还是有过一段蜜月期的，那时候我们6个人经常一起活动，有说有笑的，晚上也会卧谈到很晚。可是，慢慢地，6个人分成了两派，我发现，自己和另一个北京同学被孤立了。那种氛围很微妙，你感觉不到很明显的不友好，可是经常我一进门，她们就忽然不说话了，她们明显对我客气了，不开玩笑了。为了缓和关系，我想周末请大家到我家去玩，结果她们都说有事没去。后来，我从别的宿舍同学那里听到，她们觉得我显摆自己家在北京，条件优越，看不起人，我被这样误解，觉得受伤害特别深。"

后来，孙佳宁放弃了修复宿舍关系，索性参加社团，交了很多系外的朋友，大二交了男朋友之后，回宿舍的时间更少了，见面时大家也就很虚伪地互相敷衍几句。"我知道她们还在议论我，说我孤傲清高，我都无所谓了，我不在宿舍待着就是了，眼不见为净。"令她没想到的是，随着年级升高，宿舍里的小团体也渐渐分崩离析了，"她们几个人本来一起孤立我们俩，后来她们之间也发生矛盾、内讧了。"起因是临近毕业，竞争压力加剧，"优秀团员""保送生""奖学金"这些名额直接关系着今后每个人的前途，大家为了这些全都暗下功夫，原来的"盟友"现在成了竞争对手。

"主要还是因为嫉妒心，很多同学都有些好胜争强，容不得别人比自己强，都互相防着，生怕机会被别人抢去。"孙佳宁心有余悸。回忆大学四年经历的各种人际关系，孙佳宁说，但愿忘掉那些不愉快，毕业时相逢一笑泯恩仇。"大学的一个重要功课就是学习处理人际关系，我们每个人都生活在一定的关系中，没有他人，你就是一座孤岛。"

（作者：张鹏）

【中国新闻网】北京理工大学第三届汽车文化节开幕

来源：中国新闻网　日期：2013年5月12日

原文链接：http://finance.chinanews.com/auto/2013/05-12/4809347.shtml

中新网北京5月12日电（记者 马海燕）北京理工大学第三届汽车文化节今日在北京理工大学良乡校区开幕。

汽车文化节是北京理工大学主办的一项体现专业领域魅力、宣传自主汽车文化的一项综合性大型活动。汽车发明百余年来，历经了马车型、箱型、流线型、船型、鱼型、楔型等不同的车身造型发展阶段，什么力量在驱动车型的发展？车型未来发展的趋势如何？什么是车型的时尚元素？让新一代学生在了解技术的同时了解汽车文化，在校方看来同样重要。拥有全国顶尖的汽车专业，也为活动的举办增添了得天独厚的优势。

汽车文化节以丰富校园文化、宣传汽车知识、提供展示自我的平台为基础，在为期两周时间内，包括汽车文化展、参观老爷车博物馆、汽车文化摄影大赛、卡丁车大赛、汽车科技前沿讲座等十余项活动将同时举行。其中，既有校企合作的新能源车试驾体验，又有体现青春活力的汽车宝贝大赛，既有参与性，又有趣味性。

北京理工大学电动车辆国家工程实验室副主任王震坡表示，人类对高速交通工具的需求将引导汽车工业的发展。道路越来越拥挤，容纳小型车将成为主流。未来随着动力电池、燃料电池等新能源技术，电机驱动技术、线控技术更广泛地应用于汽车生产，也将使更换车身、两座变三座等得以实现。而这些都需要新一代汽车人不断努力。

（作者：马海燕）

【汽车之友】北京理工大学第三届汽车文化节隆重开幕

来源：汽车之友　日期：2013年5月13日

原文链接：http://info.autofan.com.cn/info/2013-05-13/5/10637475.xhtml

汽车文化节是北京理工大学主办的一项体现专业领域魅力、宣传自主汽车文化的一项综合性大型活动，迄今已经举办两届，今年是第三届。每年的五月，北京理工大学的校园里都会掀起一股汽车热潮。汽车文化节以丰富校园文化、宣传汽车知识、提供展示自我的平台为基础，普及汽车知识，诠释汽车文化内涵，塑造大学生的汽车消费理念，宣扬汽车文明、汽车道德，倡导节俭、环保型的汽车生活方式，促进汽车与社会携手发展，构建环境友好型的和谐社会。

本届汽车文化节由学校机械与车辆学院、基础教育学院、学校团委共同承办，整合各部门优势资源，根据两校区办学特点，制定详尽计划，活动内容丰富，共有开幕式、汽车文化展、汽车宝贝大赛、参观老爷车博物馆、汽车文化摄影大赛、卡丁车大赛、创新主题活动日、北京汽车新能源车试驾体验、汽车科技前沿讲座、闭幕晚会等十项活动。

您的位置：汽车之友 › 资讯 › 行业动态 › 正文

北京理工大学第三届汽车文化节隆重开幕

2013年05月13日　来源：汽车之友　作者：综合报道　责任编辑：段江华

引言：5月12日上午10：00，北京理工大学第三届汽车文化节在北京理工大学良乡校区隆重举行。

5月12日上午10：00，北京理工大学第三届汽车文化节在北京理工大学良乡校区隆重举行。

汽车文化节是北京理工大学主办的一项体现专业领域魅力，宣传自主汽车文化的一项综合性大型活动，迄今已经举办两届，今年是第三届。每年的五月，北京理工大学的校园里都会掀起一股汽车热潮。汽车文化节以丰富校园文化、宣传汽车知识、提供展示自我的平台为基础，普及汽车知识，诠释汽车文化内涵，塑造大学生汽车消费理念，宣扬汽车文明、汽车道德、倡导节俭、环保型的汽车生活方式，促进汽车与社会携手发展，构建环境友好型的和谐社会。

　　本届汽车文化节得到了社会企业北京汽车销售有限公司的全力赞助以及学校领导的大力支持。北京汽车新能源汽车有限公司副总经理原诚寅、中国汽车工程学会副秘书长、中国方程式赛车大赛秘书长闫建来等到场祝贺并致辞。北京汽车在与高校合作中致力于培养优秀汽车科技创新人才，传播新能源车辆理念，普及汽车文化。此次活动加深了北京汽车与北理工的校企合作，为共同培养优秀人才奠定了基础，同时也使新能源车走入公众视线。

　　科技创新是推动国家发展的重要因素。北京理工大学十分重视创新型人才培养，主动将塑造复合型创新人才放在重要位置。学生科技创新、创业实践作为综合能力培养的一个重要载体，也越来越引起学校的重视，在学校的支持下，各学院相继成立了光电学院创新基地、软件学院创新实践基地、机械学院大学生创新创业实践中心等多个实验基地。学生近年来在机械、信息电子领域等方面科技创新成果颇多。其中北京理工大学机械与车辆学院依托专业资源优势，在大学生方程式赛车、节能竞技大赛、飞思卡尔智能车竞赛等国际、国内多项赛事中均取得了优异成绩，并开创了以机械创新活动、工程训练创新活动、交通科技创新活动、"挑战杯"课外科技作品大赛等为载体的创新型人才培养模式。北京理工大学一直以"高远的理想、精深的学术、强健的体魄、恬美的心境"作为人才培养目标，丰富多彩的课余活动与科技创新创业活动相结合是人才培养工作的重要抓手，通过此类活动的举办，培养富有人文气息的创新型拔尖人才，这既是建设一流理工大学的重要任务，也是建设创新型国家的必然要求。同时，此次活动专业学院与基础学院发挥各自优势资源，两校区联合培养，积极引导学生专业兴趣，让学生树立投身中国汽车产业的抱负，将个人的理想与中国发展之梦结合起来，将实现科技创新的个人抱负与国家发展的民族抱负结合起来，为实现"中国梦"增砖添瓦。

在开幕式结束后，各位领导和嘉宾还饶有兴致地参与了新车试驾活动并参观了汽车文化展，下午及晚上也如期举行了汽车科技前沿讲座及汽车宝贝大赛。据悉，汽车文化节将持续两周，于5月29日闭幕。

北京理工大学作为中国共产党创办的第一所理工科大学，已经走过了73个春秋。70余年来，学校从1940年创办于延安的自然科学院，发展成为一所"理工为主、工理管文协调发展"的全国重点大学，也是新中国成立以来国家历批次重点建设的高校，首批设立研究生院、首批进入国家"211工程"和"985工程"建设的重点大学，正努力成为一所"国内一流、国际知名"的大学。

【搜狐汽车】北京理工大学第三届汽车文化节隆重开幕

来源：搜狐汽车　日期：2013年5月13日

原文链接：http://auto.sohu.com/20130513/n375730456.shtml

【搜狐汽车 车迷】5月12日上午10：00，北京理工大学第三届汽车文化节在北京理工大学良乡校区隆重举行。

汽车文化节是北京理工大学主办的一项体现专业领域魅力、宣传自主汽车文化的一项综合性大型活动，迄今已经举办两届，今年是第三届。每年的五月，北京理工大学的校园里都会掀起一股汽车热潮。

汽车文化节以丰富校园文化、宣传汽车知识、提供展示自我的平台为基础，普及汽车知识，诠释汽车文化内涵，塑造大学生汽车消费理念，宣扬汽车文明、汽车道德，倡导节俭、环保型的汽车生活方式，促进汽车与社会携手发展，构建环境友好型的和谐汽车社会。

本届汽车文化节由学校机械与车辆学院、基础教育学院、学校团委共同承办，整合各部门优势资源，根据两校区办学特点，制定详尽计划，活动内容丰富，共有汽车文化展、参观老爷车博物馆、汽车文化摄影大赛、卡丁车大赛、北京汽车新能源车试驾体验、汽车科技前沿讲座等十余项活动。

本届汽车文化节得到了社会企业北京汽车销售有限公司的全力赞助以及学校领导的大力支持。北京汽车新能源汽车有限公司副总经理原诚寅、中国汽车工程学会副秘书长、中国方程式赛车大赛秘书长闫建来等到场祝贺并致辞。北京汽车在与高校合作中致力于培养优秀汽车科技创新人才，传播新能源车辆理念，普及汽车文化。此次活动加深了北京汽车与北理工的校企合作，为共同培养优秀人才奠定了基础，同时也使新能源车走入公众视线。

科技创新是推动国家发展的重要因素。北京理工大学十分重视创新型人才培养，主动将塑造复合型创新人才放在重要位置。学生科技创新、创业实践作为综合能力培养的一个重要载体，也越来越引起了学校的重视，在学校的支持下，各学院相继成立了光电学院创新基地、软件学院创新实践基地机械学院大学生创新创业实践中心等多个实验基地。学生近年来在机械、信息电子领域等方面科技创新成果颇多。

其中北京理工大学机械与车辆学院依托专业资源优势，在大学生方程式赛车、节能竞技大赛、飞思卡尔智能车竞赛等国际、国内多项赛事中均取得了不俗的成绩。以机械创新活动、工程训练创新活动、交通科技创新活动、"挑战杯"课外科技作品大赛等为载体的创新型人才培养模式。

【光明日报】北京理工大学第三届汽车文化节举行

来源：光明日报-光明网　日期：2013年6月5日

原文链接：http://epaper.gmw.cn/gmrb/html/2013-06/05/nw. D110000gmrb_20130605_3-14.
htm?div=-1

　　北京理工大学第三届汽车文化节在五月热火进行。汽车文化节是该校一项体现专业领域魅力、宣传自主汽车文化的综合性大型活动，已经举办两届。

　　活动普及汽车知识，诠释汽车文化内涵，塑造大学生汽车消费理念，宣扬汽车文明、汽车道德，倡导节俭、环保型的汽车生活方式。

　　本届文化节包括开幕式、汽车文化展、汽车宝贝大赛、参观老爷车博物馆、汽车文化摄影大赛、卡丁车大赛、创新主题活动日、北京汽车新能源车试驾体验、汽车科技前沿讲座、闭幕晚会等十项活动。

　　学生科技创新、创业实践是北理工学生综合能力培养的一个重要载体。该校机械与车辆学院依托专业资源优势，在大学生方程式赛车、节能竞技大赛、飞思卡尔智能车竞赛等国际、国内多项赛事中均取得了优异成绩，丰富多彩的课余活动与科技创新创业活动引导学生专业兴趣，让学生树立投身中国汽车产业的抱负，将个人的理想与中国发展之梦结合起来，将实现科技创新的个人抱负与国家发展的民族抱负结合起来。

（作者：詹依宁）

【新华网】北京理工大学青年志愿者在京开展 关爱农民工子女主题活动

来源：新华网　日期：2013年5月31日

原文链接：http://news.xinhuanet.com/photo/2013-05/31/c_124793292.htm

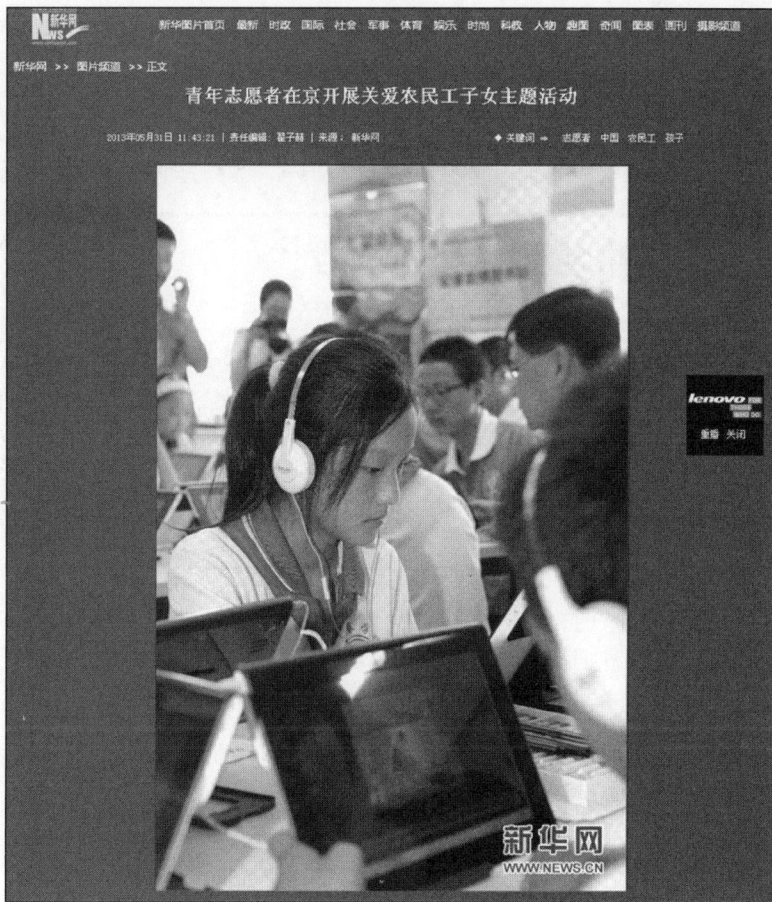

5月30日，在北京京蓼打工子弟学校，学生们在主题班会上用平板电脑互动。

当日，共青团中央青年志愿者工作部工作人员和北京理工大学青年志愿者来到北京京蓼打工子弟学校，开展"中国梦·七彩梦""六一"儿童节主题活动。志愿者们向孩子们讲解中国梦，并通过"说出我的梦"主题班会引导孩子们树立远大志向。

【中国教育报】北京理工大学刘峰：
"我的梦就是北斗梦"

来源：中国教育报-中国教育新闻网　　日期：2013年6月6日

原文链接：http://www.jyb.cn/high/gjrw/201306/t20130604_540141.html

　　四川省芦山县抗震救灾前线，一个形状类似"大哥大"的无线终端闪闪发亮，为前方记者指示着方向。同时，不时把记者的坐标位置和通信信息传回北京总部，架起了灾区与北京的信息桥梁。

　　这是军用北斗二代导航应用终端的一次成功应用，该导航终端由北京理工大学雷达技术研究所副所长刘峰带领团队历时8年研发成功。其中，北斗卫星导航基带信号处理芯片的研制成功，打破了国外在该领域的垄断，迈出了中国人拥有完全自主知识产权卫星定位系统的重要一步。

打造北斗二代军用终端"中国芯"

　　"北斗系统是什么？就是中国的GPS。"刘峰向记者谈起他的研发领域，兴致盎然，"在北斗大系统中，我国投入数百亿元建起卫星和地面站，若无法拥有自主知识产权的应用终端系统，不仅会丧失发展这一民族产业的机会，而且，依赖于国外的卫星定位系统一旦崩溃，银行、通信等领域都将面临瘫痪，带来严重的安全问题。"刘峰团队主要研制的，就是跟国家安全联系更加紧密的北斗二代导航军用终端。

2005年，从北京理工大学博士毕业留校仅半年，刘峰便被他所在的雷达技术研究所委以重任，带领一个年轻的团队承担我国北斗二代导航一款军用设备的研制。30多人的队伍中，只有两名教师，其他人是在读的硕士生和博士生。"压力巨大，基础薄弱，只能拼命了。"刘峰说。

这是充满了激情与奋斗的8年：每天晚上9点后，忙完其他工作，刘峰又出现在北斗团队办公区的身影；每年，连续几个月，夜里12点后，项目办公室仍然不熄的灯光；在被废弃、连厕所都没有的学校实验室里，团队成员决心完成封闭开发任务的坚毅表情……这些点滴与画面，拼凑出刘峰和他的团队对这项事业的投入与热爱。

2010年，刘峰带领团队完成了军用北斗二代基带处理芯片的研发，实现了北斗二代军用终端系统"中国芯"的重大突破。2012年，刘峰带领团队完成了第一部北斗二代手持基本型用户机的定型，实现批量装备的生产。

在团队中付出，在团队中收获

8年中，35名主要研发人员组成的团队给了刘峰巨大的支持。作为这个团队的领军者，刘峰也用心血与付出把这些初出茅庐的学生兵，带成了有理想、有担当、能吃苦、能战斗的科研队伍——该项目培养出15名硕士、6名博士，如今，他们个个都能独当一面。

"我们加班，刘老师就陪着我们；我们熬夜，他比我们休息得更晚；我们感到坚持不下去了，他总会有多一分的坚持，让我们看到希望。"团队成员李健说。

刘峰带领的，还有一个更为庞大的团队。

2009年12月，刘峰响应学校号召，在毛二可院士和雷达技术研究所所长龙腾的带领下，进行科研体制创新，与学校共同创办首家学科性公司——北京理工雷科电子信息技术有限公司，并出任总经理。

所谓"学科性公司"，就是为了解决高校科研模式的一个顽疾——科研工作者既要能教学、搞科研，还要能拿项目、做工程，否则经济收入和职称评定就会面临问题，导致科研工作者在各方面都无法做到最好。

刘峰带领团队搭建了一个创新平台，以高效、灵活的企业化运作促进科技成果的转化和技术创新，同时以企业化运作带来的经济收入促进学科建设和人才培养。目前，该公司已经成为北京市第一家被正式批准实施科技成果入股和股权激励的公司。公司从最初只有100万元注册资金、20名员工，发展到如今拥有2 000万元注册资金、300多名员工。公司产值每年增长近50%，2009年的产值为3 700万元，2012年产值达1.9亿元。同时，该科研团队的发明专利和SCI论文数量等基础研究指标也在逐年高速增长，成为北京理工大学发展最快的科研团队。

与祖国同行，是梦想行走的方式

"我不是一个聪明的人。"刘峰说。虽然成绩令人瞩目，但刘峰从小学到博士毕业，在任何一个学习团体中，都没有得过第一名，他的"法宝"是拼搏与坚持。

这种信念来自于前辈的影响。刘峰记得，他还是雷达所的一名学生时，年届古稀的毛二可院士，每天看完新闻联播之后都会回到办公室，继续工作到晚上10点。这让刘峰很早就认识到，走科研之路不能过分强调聪明，而要甘于寂寞、勤奋实干。

正是因为"不聪明"，刘峰做出了两次重要的人生选择，因此走上了国防科研之路。

1999年5月8日，中国驻南斯拉夫大使馆被轰炸，服务中国国防事业的信念在刘峰的心中变得无比坚定，已经保送研究生的他把研究方向由通信专业调整为雷达专业。

2004年，刘峰博士毕业，他再次面临选择——是像很多同学一样加入高收入的外企或者出国，还是留在雷达所从事科研工作？因为受到毛二可、龙腾等前辈的影响，加之对科研的兴趣和他的国防情结，刘峰最终选择了雷达所。

如今，在收获了科研的硕果后，刘峰服务祖国的信念更加坚定："国家利益是青年人成长的目标所向。把国家的利益与自己的事业发展结合起来，既能实现对祖国的贡献，又能更好地获得个人的成功。"

对于未来，刘峰说，与祖国同行，永远是他梦想的方向。"作为一名科研工作者、一名国防科技类公司的带头人，我的梦就是北斗梦，希望每架飞机、每辆汽车、每部手机都可以用上北斗导航系统。"

（作者：俞水）

【中国新闻网】首届"人人指数"发布
北理工学风位列全国三甲

来源：中国新闻网　　日期：2013年6月8日

原文链接：http://finance.chinanews.com/life/2013/06-08/4912759.shtml

中新网6月8日电　6月8日，清华—人人社会化媒体研究中心发布了首届"人人指数"，揭晓了针对高考生、大学生、大学毕业生三个不同生活阶段的群体做出的调查报告，分为报考热度指数、校园生活指数、求职就业指数三部分。

人人指数样本来自于人人网上全国活跃高三应届生用户近4 000人，全国112所大学的活跃本科生和研究生2万余名，及活跃毕业生近14 000人。人人指数将为高考生提供一部全面的报考及大学学习生活指南，并对大学生就业趋势与现象做出了解读。

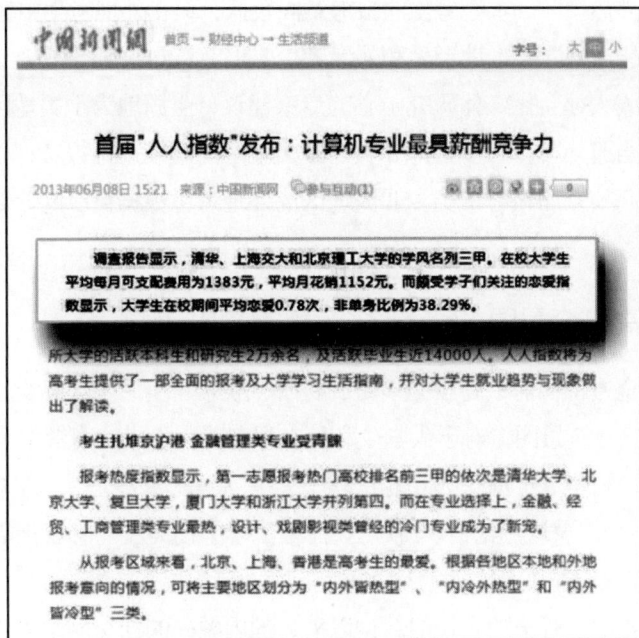

考生扎堆京沪港　金融管理类专业受青睐

报考热度指数显示，第一志愿报考热门高校排名前三甲的依次是清华大学、北京大学、复旦大学，厦门大学和浙江大学并列第四。而在专业选择上，金融、经贸、工商管理类专业最热，设计、戏剧影视类曾经的冷门专业成了新宠。

从报考区域来看，北京、上海、香港是高考生的最爱。根据各地区本地和外地报考意向情况，可将主要地区划分为"内外皆热型""内冷外热型"和"内外皆冷型"三类。如下表所示。

地区报考吸引力类型

类型	平均本地报考吸引力/%	平均外地报考吸引力/%	主要地区
Ⅰ类：内外皆热型	71.25	73.39	上海、北京、浙江、江苏、天津、广东、重庆、湖北
Ⅱ类：内冷外热型	30.85	77.73	四川、辽宁、福建、湖南、安徽、云南、江西
Ⅲ类：内外皆冷型	27.72	36.62	陕西、山东、吉林、黑龙江、新疆、河南、河北、甘肃、广西、内蒙古、贵州、山西

地区报考吸引力类型如下：

Ⅰ类："内外皆热型"。本地考生和外地考生的报考意向都很强。

Ⅱ类："内冷外热型"。本地考生的报考意向较低，但在外地考生中有着较高的热度。

Ⅲ类："内外皆冷型"。本地考生和外地考生的报考意向均最低。

对此，清华—人人社会化媒体研究中心的专家建议，生源地为Ⅰ类地区的考生可根据自己的分数情况，适当避热就冷，多考虑Ⅱ类、Ⅲ类地区的高校进行报考；生源地为Ⅱ类地区的考生多报考本地高校；而报考Ⅰ类和Ⅱ类地区的外地考生根据自己的分数情况，适当考虑Ⅲ类地区的高校进行报考。

了解真实的高校全景图

校园生活指数全方位涵盖了高校的学习、科研、娱乐、生活、人际交往等方面的信息，勾勒了一幅真实的高校全景图，对于大学生和处在报考迷茫阶段的高考生来说都十分实用。

调查报告显示，清华、上海交大和北京理工大学的学风名列三甲。在校大学生平均每月可支配费用为1 383元，平均月花销1 152元。而颇受学子们关注的恋爱指数显示，大学生在校期间平均恋爱0.78次，非单身比例为38.29%。

除了通过人人指数了解全国高校的数据以外，国内领先的社交网站人人网还上线了高考频道（gaokao.renren.com），整合了全国31个省份的高校信息，高考生通过高考频道可以任意选择自己心仪的学校，通过关注该学校的高考页面，了解最新的报考资讯。

此外，众多热心志愿者也齐聚高考平台，考生可以通过"问答专区"与师兄师姐在线互动交流，了解报考信息、专业概况，第一时间得到最真实的信息。

上海北京求职热　计算机专业最具薪酬竞争力

对于学生和家长而言，什么学校的学生就业薪酬高、什么职业的工作有前景、什么地域的工作有竞争力成为普遍关注的问题。求职就业指数不仅可以对大学生就业意向起到借鉴作用，还可以从专业、学校的角度给高考生填报志愿提供参考。

调查数据显示，时下政府科教类行业最热，而快消物流类爆冷。技术研发类岗位最受欢迎，销售类少人问津。北京上海仍是毕业生的首选，江苏、广东、山东次之。

从就业薪酬来看，上海就业的年均起薪最高，广东、西藏、北京、浙江居其次。清华、北大、上海交大的毕业生的平均就业起薪最高。从专业大类来讲，财经类和IT技术类的年均起薪稳居前二，而从细分专业来看，计算机专业仍高居就业薪酬竞争力榜首。

填报志愿专家支招

教育专家表示，填报志愿时要尽可能多地收集信息，全方位了解当年的高考动态和高校情况，以便于理性做出选择，避免造成误选。"人人指数"的发布为考生和家长提供了一个全面的客观依据。考生亦可通过多种渠道了解心仪高校的相关情况，目前社交网络已经成为学生和家长分享信息的重要途径之一。人人网的"高考频道"聚合了大量真实的大学生用户，通过互动和沟通，可以帮助高考生了解学校的实际情况及生活经验，提前熟悉大学环境，更好地开启新的旅程。

【中国青年报】首都高校大学生征兵工作启动

来源：中国青年报——中青在线　日期：2013年6月17日

原文链接：http://zqb.cyol.com/html/2013-06/18/nw.D110000zgqnb_20130618_3-06.htm

北京6月17日电（记者郑宇钧 通讯员金鑫）马笛没想到自己的参军梦可以提早实现。今年征兵时间从冬季调整到夏秋季，为大学生报名应征提供了便利。如果马笛顺利入伍，他将比往年的新兵提前3个月开始他的军旅生涯。这名来自中国人民大学的大二学生是"今年全校第一个报名参军的"，从今年春节开始，这个黑龙江小伙子就想方设法说服父母同意自己去当兵。

今天上午，"首都高校大学生征兵工作启动仪式"在中国人民大学举行，作为首都大学生代表，马笛向全市大学生发出了"用青春热血践行强军梦"的倡议。

启动仪式后，北京市相关部门和各区征兵办设立征兵政策咨询台，现场解答问题，部队先进典型和航天员与大学生进行了互动交流，神舟九号乘组景海鹏、刘旺、刘洋三位航天员的咨询点无疑是人气最旺的。

"大英雄，我怎么样才能成为你这样的航天员？"好不容易挤到刘洋面前的大二女生高幸问道。她紧紧抱着《资本论》的教材，从期末考试复习中抽身而来的她，没想到遇到了偶像。"那就赶紧参军，做我的战友吧。"刘洋笑着答。

在海军咨询点前，北京化工大学大二男生潘培闪看着一幅世界地图出了神，图上标满了中国海军近年来的航迹。这个关注钓鱼岛问题的小伙子，一心想"到最前线去"当海军。而北京理工大学过程装备与控制工程专业的大三男生陈鹏超则期望自己入伍后能做高技术含量的工作。当得到"入伍大学生会优先安排到军兵种或专业技术要求高的部队服役"的答复后，陈鹏超有了更长远的打算，他计划服役时考取军校研究生，以后到部队科研院所工作，"又能做职业军人，又能做科学家"。

"如果参军，我们几月份能退伍？我怕影响考研。"武警咨询点前，陈鹏超的同班同学王宇佳急切地问。

"今年这时间调整得特别合理！"得到满意答复的王宇佳对中国青年报记者说。此前，面临大四的她，还犹豫着是否要准备考研，征兵时间的提前，让她打定主意要先圆自己的军人梦，退伍回来她也有充足时间准备考研。

据了解，北京市各级兵役机关先后开通了优秀大学生从"校门"到"营门"的直通车，承诺大学生士兵在献身国防的同时，可以享受补偿代偿学费、免试专升本、定向招聘等多项优惠政策。北京市今年夏秋季征兵工作分为三个阶段：第一阶段，6月底前征集大学毕业生和在校大学生；第二阶段，8月底前征集高中毕业生和社会青年；第三阶段，9月20日前征集大一新生和还有参军意愿的在校大学生，9月30日前全部运送到部队。

（作者：郑宇钧 金鑫）

【中国青年报】刘峰的强国梦

来源：中国青年报—中青在线　日期：2013年7月1日

原文链接：http://zqb.cyol.com/html/2013-07/01/nw.D110000zgqnb_20130701_1-03.htm

标准化、模块化、可扩展、可重构的机载实时信号处理系统，使我国在该领域达到国际水平；首颗军用北斗二代基带处理芯片的流片，实现了我国北斗二代系统"中国芯"的重大突破；我军第一部北斗二代手持基本型用户机定型，实现批量装备……

对于这些科研成果，刘峰总是试图用最通俗的语言解释清楚，但是其中的原理又不是一下子能说明白。这是刘峰最近的一个苦恼。

刘峰，北京理工大学雷达技术研究所副所长、北京理工雷科电子信息技术公司总经理，刚刚获得了第17届"中国青年五四奖章"称号。

一项产品提高一个领域技术水平

作为1995级通信专业的学生，刘峰的本科毕业设计很前沿：设计基于网络的IP电话。不过，学了4年通信，他还是想从事与军事有关的雷达研究，这是在革命老区——沂蒙山区长大的刘峰从小的梦想。

于是，保研时他说服老师，"放"他去了雷达专业硕博连读。从此，他加入了毛二可院士的创新团队，师从著名的龙腾教授。毛二可教授是我国雷达、信息处理领域造诣最高的专家之一。

"通用雷达信号处理机的架构"是刘峰的博士论文题目。十几年前我国机载雷达都是定制化的，技术落后，而且兼容性和扩展性都不好。不仅研发周期长，而且成本高，有时研发立项时先进，但是等样机做出来，这个技术已经落后了。

因此，刘峰的目标就是做一种标准化、模块化的，可扩展、可重构，可满足不同应用需求的机载雷达，并使原来的研制周期大大缩短，成本降低。

2004年博士毕业时，刘峰本来可以去一些大公司，拿二三十万元的年薪，但是他想把一套刚做完一轮样机的信号处理系统持续做下去，让技术服务于国防，让更多的装备能用上。于是，他选择了留校任教。

2004年8月，博士刚毕业，刘峰开始和合肥一家研究所合作，他和同事带着样机在运输机上飞了十几个架次。当时的机型是老式的运7、运12，机况不好封闭性差，飞行到几千米以上，人就会缺氧呕吐眩晕。这对于没有受过飞行训练的刘峰和同事来说确实是个难关。

当时，所做的实验是"合成孔径雷达（SAR）实时成像处理"，以前的记录仪都是飞完之后到下面处理。这之前，全国仅有一两个单位做过在飞行时雷达设备实时处理。这次实地测试的成功，意味着这家研究所的技术一下子上升到国内领先地位。

之后刘峰和同事又上机实时测试了两个月，这套系统技术上更成熟了。

据刘峰统计，到了2007年、2008年，国内有十几家做SAR的单位，都是由刘峰的团队提供技术支持。技术攻关、技术管理、市场开拓，刘峰都参与主持。这一系列成果，获得了2011年国家发明二等奖，经济价值很高。目前刘峰所领导公司的主要经营收入与此有关。

"工程实验，必须在现场解决"

2008年，西部一家军工企业找到刘峰的团队，希望他们攻克一项机载雷达的科研课题。这家企业有一定的生产能力，但是科研技术落后，他们承担了一项国家课题，之前与一家科研单位合作，可是做了5年也没有完成，课题马上要到期，企业负责人非常焦急。

经过几个月的实验，刘峰和同事带着设备上飞机调试。没想到首次飞行，就顺利地获得了正确结果。因为项目时间紧张，合同签订后，两个月就拿出样机。而正常情况下，完成这一任务至少需要两年时间。

"工程问题，必须在现场解决。"刘峰有着科研人员的严谨，从样机到定型，为了完成这个项目，刘峰的团队中，有3个人1年出差320天。还有一位同事一年随50多架次运输机上天调试，在公司年底表彰时，获得了"空中飞人奖"。

2009年，项目组成员集中在三亚调试，待了整整7个月。那个地方离三亚市区有两个多小时车程，他们见到了各式各样的昆虫，也见识了好几种毒蛇。他们住在部队营房里，一个房间住七八个人，没有空调，经常是40多摄氏度，闷热潮湿。

上飞机调试并不是随时可以起飞，要等运输机的架次安排，天气也是重要因素。有时天气好适合上机，但是设备有问题；有时设备调好了，可是天气不适合飞行。等待、调试、再等待，成为一个个漫长的周期。

两年时间，经过严格调试，这套机载雷达设备终于定型。

有多少付出就有多少回报，刘峰团队的成果提高了我军空中防御能力。此外，这项成果也把西北这家军工企业的技术和生产能力提升到了国内领先的地位。

赚钱投向更多高科技领域

2005年，通过4轮激烈竞标，北京理工大学雷达技术研究所获得了北斗导航项目的资格。但当时因为国外技术封锁，导航技术对国内许多科研机构来说都是个盲点。做雷达信号处理系统打下的基础派上了用场，团队合作相互鼓励，他们先后写了300多页的推导公式，

10万余行的代码。

坚持不懈的付出最终取得了回报：2010年刘峰带领团队完成了我国首颗军用北斗二代基带处理芯片的流片，实现了我国北斗二代系统"中国芯"的重大突破，打破了国外垄断；2012年带领团队完成了我军第一部北斗二代手持基本终端系统，实现批量装备；2013年，他们开发出北斗GPS双模用户机，已经在芦山地震救灾中应用。

刘峰所在的团队是一个有几十年历史的研究单位，出过多项成果，20多人的团队前后产生了3位院士。改革开放之后，很多科研单位都开公司赚钱，转向消费市场做产品，而这些人却一直坚守，不为所动。

1995年，雷达技术研究所成立，之后被北京理工大学列入学术特区，获得了学校支持。2009年12月，在向产品产业化发展的基础上，理工雷科公司成立了，刘峰担任总经理。

公司不是从零开始，但是也走过弯路，不过，刘峰和同事们很快确定了发展方向：以军养民、军民共建、以民促军。目前公司产值每年增长近50%，同时科研团队的发明专利和SCI论文的数量等基础研究指标也逐年高速增长。

公司未来的方向是什么？刘峰有自己的梦想：回报、投资，投向未来更多高科技的领域，从事高精尖的国防技术研究。希望通过努力，成为一家世界一流的传感、导航与数字系统高科技公司。

（作者：李新玲）

【北京日报】"把群众需求的、着急的问题解决好"

来源：北京日报　日期：2013年7月9日

原文链接：http://bjrb.bjd.com.cn/html/2013-07/09/content_88457.htm

本市各界期盼党的群众路线教育实践活动取得成效

自本月初全市部署党的群众路线教育实践活动以来，"照镜子、正衣冠、洗洗澡、治治病"，以"为民""务实""清廉"为主要内容的教育实践活动，在全市上下迅速启动。政府机关、工厂企业、大学校园、街道社区……反对形式主义、官僚主义、享乐主义和奢靡之风的大排查、大检修、大扫除正如火如荼地开展，党的群众路线教育实践活动让广大党员干部群众深刻感受到党要从严治党的坚定决心，大家期待着教育实践活动取得成效，永固党与群众的血肉联系。

本市司法系统广大党员干部群众对定位于"为民""务实""清廉"的教育实践活动充满期待。党的十八大代表、致诚律师事务所主任佟丽华表示，党员领导干部要放下身段，真正走到群众中去，有勇气了解群众的生活困难、听群众讲真话、听群众讲不同意见、让群众提建议。"人民群众欢迎的是务实的群众路线，反感的是搞花架子。"天同律师事务所律师蒋勇也期望活动不搞一阵风、一边热，真正能建立起促进党员干部坚持"为民""务实""清廉"的长效机制。丰台区蒲黄榆派出所社区民警刘安认为，驻扎在群众中间，听取群众的意见和建议，为百姓解决实际问题是党员不可推卸的责任。还有的律师希望个别机关通过教育实践活动，进一步改变办事拖沓、作风散漫等问题。

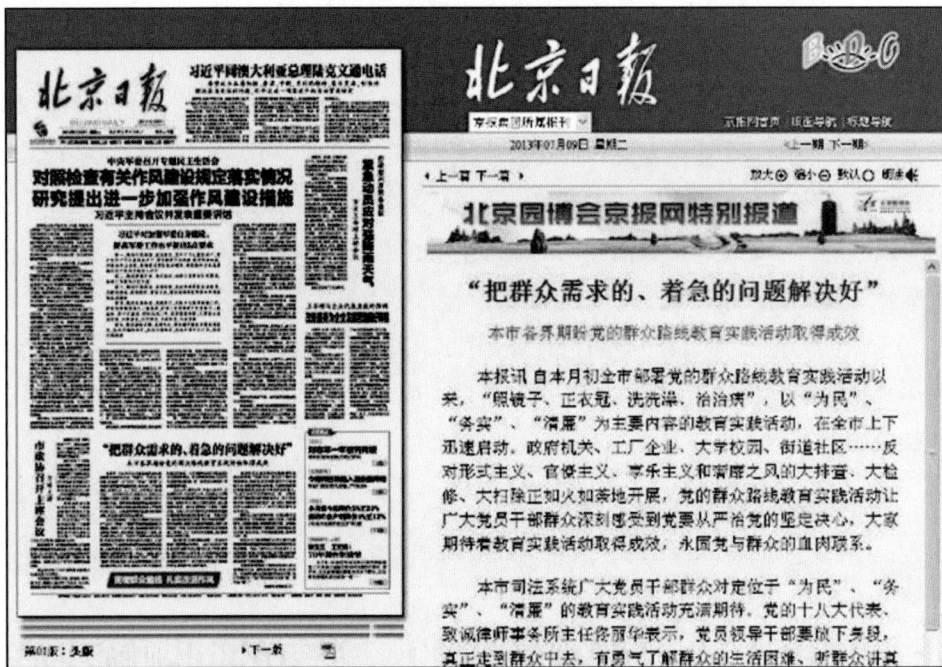

北京大学、清华大学、中国人民大学、北京师范大学、北京理工大学、北京联合大学等在京高校已陆续启动党的群众路线教育实践活动，向师生学习，热心为师生服务，诚心接受师生监督，成为首都高校广大党员干部的共识。北理工光电学院研究员张经武希望群众路线教育实践活动能够出台一些贴近民生、贴近群众的实际举措，简化政府职能部门的审批流程，提高为民服务的效率。北师大文学院研一学生马文华希望学校和院系领导改进工作作风，为广大师生做出表率，及时解决师生反映的问题。

深入基层、为群众解决困难，一直是本市党员干部的重点工作之一。由1 400名共产党员组成的国家电网首都电力共产党员服务队，常年穿梭于大街小巷，为百姓排查用电隐患。朝阳公司分队队长王小宁表示，在党的群众路线的指引下，我们将为用电客户提供更加专业、细致的电力延伸服务。

虽然各区县是党的群众路线教育实践活动的第二批参与者，但区县干部并未观望等待。海淀区青龙桥街道挂甲屯是流动人口创新服务试点地区，社区的在职党员每周都要到居民家中听取群众的意见。"社区工作者只有和群众在一起，才能知道他们需要解决的难题是什么，这个活动特别受百姓欢迎和拥护，因为这让党和群众的心贴得更近了。"挂甲屯党支部书记安永利说。

朝阳区三里屯街道幸福一村党支部书记邢志隆坦言，有些领导干部急功近利，只听得好话，只看得成绩、看得增长的习惯一定要改变，我们期待着领导干部能真正贴近基层、贴近百姓、贴近生活，不再搞虚假迎检、指标排名那一套。

延庆县大庄科乡霹破石村党支部书记杨春德对群众路线教育实践活动反对形式主义双手赞成，他说："形式主义不仅改变不了山区的现状，还会让百姓失望。当干部只要把群众需求的、着急的、觉得困难的问题解决好，就是走好了群众路线。"

百姓期待着党员干部能在活动中改变工作作风，真正走到群众中去，倾听群众声音，切实解决群众反映强烈的突出问题，他们说得实在："我们想在活动中见到'腿'，而不是'嘴'。"

【鹤城晚报】北理工社会实践团走进讷河

来源：鹤城晚报　日期：2013年7月5日

原文链接：http://newspaper.dbw.cn/hcwb/html/2013-07/05/content_526125.htm

本报讯（王安琪 记者 黄洋）2日上午，讷河市实验小学的同学们迎来了7名特殊的小老师，生动形象地为他们传授科普知识。他们就是来自北京理工大学机电学院"希望之路"暑期社会实践团的大哥哥大姐姐们。据了解，走进黑龙江开展科普实践，该团尚属首次。

飞机为什么会飞？飞机的构造是什么样的？……在"飞向蓝天"课程中，北理工的同学们用动画片、电影等通俗易懂的方式，深入浅出地向孩子们解释这些深奥的问题。同时，他们还通过一些简单的小实验，介绍了飞机飞行中涉及的伯努利原理等。孩子们还从小老师那里学会了飞机的专业命名方式，并且尝试动手做了自己的简易飞机模型。异常专注的孩子们既兴奋又好奇，在小老师们的引领下兴致勃勃地"触摸"科学。

据了解，北理工"希望之路"暑期社会实践团是全国高校中第一支从事科学普及活动的学生社团，是在北理工机电学院科普宣讲团的基础上成立的。成员涵盖了机电学院的所有专业和从本科生到博士生的各个年级。旨在结合所学专业，把最有趣、最丰富的科学知识带到边远省份的课堂，从小激发孩子们对科学的兴趣，使他们树立科学报国的伟大志向。这次来的7人小分队，还将在讷河市其他中小学校进行传感器与机器人等科学知识的普及活动。

（作者：王安琪 黄洋）

【北京共青团】第一眼的微笑

——记主展馆片区3号门检票口美丽的志愿者姑娘们

来源：北京共青团 日期：2013年7月12日

原文链接：http://www.bjyouth.gov.cn/jcxx/sq/502107.shtml

2013年7月12日，第九届国际园林博览会开园已一个月有余，络绎不绝的游客徜徉在整个园区，热闹非凡。美轮美奂的风景，不同风格的园区，都一一印刻在游客们的眼中。美丽的风景让他们惊叹，更让他们赞不绝口的，是我们美丽的志愿者们。

白色的上衣搭配着蓝色的图标，无处不在的志愿者们，像一阵清风，给炎热的夏日带来一丝凉意。三号门区的检票口处，有着这样一群可爱的姑娘们，她们用亲切的微笑来迎接每一位踏入园区的游客，她们用甜美的嗓音欢迎来自世界各地的友人，她们用激情展现着志愿者无私奉献的精神。

吴春博，就是这道风景线中的一员，她是北京理工大学信息专业大二的学生，她告诉我们，为了来园博会当志愿者，她必须5点多起床，在学校集合出发，因为从学校到园区需要一个多小时的路程，所以早饭也只能在路上匆匆解决。园博会开园的第二天，她就在售票处担任引导游客的工作。第一天当志愿者时，很多时候遇到的问题她还需要请教园内的工作人员。为此，北京理工大学的志愿者们开设了一个论坛，共同探讨在志愿服务过程中可能会遇到的问题及解决办法，这样大大提高了志愿者的工作效率，也让志愿者们在服务游客、处理各类问题的过程中，更加自信和游刃有余。

在无障碍通道检票口工作的周芸，是一名来自清华的学生。她和吴春博一样，早上8点开始工作，到10点半还没有休息过一次，瘦小的身躯一直坚守在岗位上。周芸说，因为这里是一个特殊的通道，有很多需要帮助的老人、小孩和残疾人，所以她需要以更大的热情和更多的耐心来帮助他们，插票、取票都必须格外认真。每一位经过的游客，都对她的热情服务露出感激的笑容。

园区里，还有着许许多多这样的身影。在游客需要帮助的时候，在秩序需要维持的时候，在设备需要修护的时候，他们都会及时出现。在这里，他们的微笑感染着每一位游客，他们的热情展现了园博志愿者"青春、自信、志愿、绿色"的精神。

【北京青年报专版】让他们做特斯拉，
我要做他们的爱迪生

带领团队成功研制北斗导航双模定位通信系统之后
刘峰袒露心声

来源：北京青年报　日期：2013年7月29日

原文链接：http://file.ynet.com/3/1307/29/8168921.Pdf

编者按：在广大读者眼中，"中国GPS领航者"刘峰无疑是科学家。无论从其履历、从其所从事的研究工作来看，还是从他所取得的成就来看，都证明了这一点。媒体也一直在挖掘他的励志经历，一直在沿着科学家的方向采访、引导。

正是这位成就斐然、前途无量的科学家，在接受本报独家采访时爆出猛料——其实很多媒体在误读，他的更高理想是"经纪人"。

难道在他的心里，无比崇高的科学家的地位，还不如那种脱离科研而致力于撮合的经纪人？发生了什么事？在这位青年科学家的心里一定产生了新的理念，让我们一起随着本报记者的独特视角，重新认知现场工作状态下的刘峰，全面解读刘峰的真实心声。

刘峰的办公室在北京理工科技大厦的12层。一直走到楼道的尽头，才是这间名副其实的"小屋"。刘峰来自沂蒙山，高大魁梧，如果像他这样身材的三个人同时站在"小屋"里，结果很简单，谁也别转身。据说，他习惯开着门、站着、在最短的时间里解决问题。更多的时间，他在实验室、在会议室、在出差途中……

"你说你十点到，我安排了半小时的会，九点半开始……"他在电话里说，有歉意，也有"理直气壮"。在后来的采访中，他的这种全无世故的单纯出现在很多不经意的时刻，并不因为圆滑而更配得上"总经理"这个身份。然后，差五分钟十点，他急匆匆走向自己的"小屋"，眼看要消失在楼道中，忽然像想起什么似的折返到前台……他终于记起来，有个记者，在这里等他呢。

无论从履历还是从正在从事的研究工作来看，刘峰都应该属于科学家行列。但是他跟电影里演的那种瞧着就"酷"的科学家又不一样——那些精英分子通常话少，或者口拙或者傲慢，身边总要有个团队伺候着，有个助手随时答应着，有个大老板源源不断地给着钱，作为科学家，除了拿出最高端的成果，什么都不用想。但刘峰不是，他忙碌到琐碎，看上去更像一个单位中那种"救火队员"似的领导干部。两个半小时中间，他累计接了9次电话，每次他都道歉，道歉之后与对方喋喋不休，内容涉及"合同""意向书""保险""样品""薪酬标准"，等等，全是不搭界的内容……他说这基本上是他的常态，事无巨细、事必躬亲。他将这种"事事操心"称为"为人民服务"。

采访刘峰的过程其实挺"刺激"的，很像一场预设了前提的谈话突然因为发现了这个前提的设计本身就有致命缺陷而朝着不可控制的方向发展。因为不可控制，只好信马由缰，却突然出现了一连串的惊喜——这一切的发生因为刘峰说了一句话："我个人的梦想其实并不是成为科学家。"这句话让后来的一切变得有意思了。

"一定要说梦想，那么梦想是有阶段性的"

在百度输入"北京理工刘峰"或者"北斗刘峰"，可以找到很多媒体对他的报道，他的名字和北京理工大学、北斗导航紧紧连在一起。而在大多数记者笔下，他有一段充满励志色彩的科研故事。

"我有过一些接受采访的机会，每次记者都问我，您能不能再挖掘一下，还有没有更励志的故事？我就想，什么样的故事才算励志的故事？就是从小怀着一个什么梦想一直奋斗吧？其实，一定要说梦想，那么梦想是有阶段性的。"

"既然总要说说'家史'，就从我爸开始说。他是物理老师，我从小受他的影响，喜欢物理，拆个收音机搞些改装什么的，家常便饭。高中时期，我的理工科成绩比较好，所以选了电子工程专业。17岁入学，来北理报道，上大学的梦想实现了。"

至今，令刘峰非常自豪的一件事是他在20世纪90年代读大学期间曾光荣地成为"最早使用互联网并建设最早的校园网"的人。

"当时是互联网发展的早期，1995年，电脑'386'时代，以后慢慢出现'586'。大三时我和同学们在宿舍楼里建局域网。宿舍楼道里挂的都是衣服，衣服上挂满网线，男生宿舍楼道就像蜘蛛网。第一次连接进入国际互联网，看的网页是车展，直接点击网站就能看到最新的汽车图片，特别兴奋。"

在刘峰口中最常出现的两个名字是"毛二可"和"龙腾"，他们是他的恩师，也是他崇拜的前辈。1999年本科毕业，刘峰被学校保送到北京理工大学雷达技术研究所攻读研究生。从此，他开始正式接触科研，认识了毛二可院士和龙腾教授。

"我从这两位前辈身上体会到了什么是科研精神。毛院士生活简朴，每天看完新闻联播后回办公室继续工作，到晚上十点多回家。从20世纪60年代到现在，他坚持了近50年。龙腾教授师从于毛院士，他的科研方法、科研态度以及为人处世之道也受毛院士影响，他治学严谨，经常工作到凌晨四五点钟。他们坚持不懈、持之以恒的科学态度，还有我们常说的奉献精神，特别值得学习。"

"2004年我博士毕业，当时有两个选择，去外企工作或者留校。我选了留下。一方面出于对毛院士和龙腾教授科研精神、人格魅力的敬佩；另一方面出于对科研项目的热爱。当时我研究的课题已经取得了一定成果，非常希望这个成果能做更好，能真正有所应用，为社会做贡献。"

事实上，2004年选择留校的刘峰过着清苦的日子，科研环境艰苦，各方面的待遇也不够好。他之所以能顽强坚持并且像修炼一样耐心等待新的机遇，缘于他在这个"阶段"的新的梦想。

不能不说的北斗和了不起的团队

在说到后来的那个"大梦想"之前，必须"插播"一段关于"北斗"的故事。这是他迄今为止付出最多心血的项目。

北斗卫星导航系统是2000年开始筹备的国家航天工程项目，它可以替代美国的GPS实现定位导航功能，是中国实现自主知识产权的创新点。2005年，理工雷科公司开始接触北斗导航的研发工作，7年后，在技术上成为全国前三之一。

"北斗卫星导航系统的研发竞争非常激烈。2005年，我们刚进入这个领域时，是31进17的竞争，也就是从31家参与竞争的科研单位中选择17家；2007年，初样转正样，是17进8的竞争；2011年，正样验收，等着我们的是8进6的竞争；2012年，正样产品定型，是6进4的竞争。输掉一次比较测试，意味着淘汰出局，也意味着退出这个行业。"

曾经，刘峰带领他的团队以"六加一""白加黑"的模式加班工作，全年无休，每天工作到晚上十一二点，一路走过8年时间。作为北斗科研团队的带头人，让刘峰感到自豪的是，北斗导航双模定位通信系统在今年4月23日、芦山地震后的第三天，就开始在灾区发挥独特作用。

"我们派人把这款设备送到了芦山第一线，协助记者完成采访。这款设备的模式1具备定位功能，模式2具备通信功能，不仅可以进行目标定位，还能同时进行通信、发表报文、发送短消息。如果有线通信瘫痪，地面会失去通信网络，但通过这个系统，用户可以实现卫星通信，确定自己的位置坐标。当时芦山停电、停水、通信中断，这款通信装置不仅能够确保记者的位置坐标得到实时跟踪，还可以通过机器自带的短报文功能把记者们的采访稿第一时间发到北京总部。"

对于北斗导航双模定位通信系统的研制，刘峰领衔的理工雷科承担研发和制作最核心的基带处理芯片。北斗芯片是国家级科研任务，2009年理工雷科参加芯片任务竞标，共9家公司投标，6家公司中标，最后4家公司做出芯片成果，雷科芯片性能第一。

"这款芯片的研究意义非凡，因为芯片应用到整机里面可以实现北斗应用系统、北斗终端系统国产化，从此不再受美国、欧洲等一些国家瓶颈式的制约，而这种国产化对国家自主知识产权系统意义重大。我希望北斗能比GPS运用得更广泛，能实现更大范围的国产化；我希望未来有一天，我们的每一架飞机、每一辆汽车、每一部手机上都会有北斗系统的运用。"

"最尖端的成果和最实际的应用从来不是矛盾"

2009年对于刘峰来说是极为重要的一年，在科学家和"科学家的经纪人"之间，他必须做出选择。

这一年12月，刘峰在毛二可院士和龙腾教授的带领下，进行科研体制创新，与学校共同创办了首家学科性公司——北京理工雷科电子信息技术有限公司，并出任总经理。

"学科性公司"的诞生是为了创新高校科研模式，以往的高校科研工作者，善于教学、善于钻研，却没有能力将科研成果进行转化，没有能力"拿项目、做工程"，成果禁锢在象牙塔内，无论经济收入还是职称评定都会受影响。刘峰领衔的理工雷科则是搭建创新平台，以高效、灵活的企业化运作促进科技成果的转化和技术创新，同时以企业化运作带来的经济收入促进学科建设和人才培养。目前，理工雷科已经成为北京市第一家被正式批准实施科技成果入股和股权激励的公司。有一组数据真切地记录着它的成长："公司从最初只有100万元注册资金、20名员工，发展到如今拥有2 000万元注册资金、300多名员工；公司产值每年增长近50%，2009年的产值为3 700万元，2012年产值达1.9亿元。同时，该科研团队的发明专利和SCI论文数量等基础研究指标也逐年高速增长，成为北京理工大学发展最快的科研团队。"

"我举两个例子，你就会明白什么叫作科技成果转化。"

"我们有一个项目，叫作边坡监测系统。通俗地说，比如，一个堤坝，你每天看着它，不会感觉到有什么变化。但是，它的结构其实一直在变，在某个时间点上，会发生非常微小的、肉眼无法发现的内部位移。这种变化很可能就会导致某一天的塌方。不仅仅是堤坝的监测，还有防范山体滑坡、煤矿开采的时候在地面上形成的堆积造成塌方，等等。以前，只有三家国外的公司在做这个产品，一套设备最少也要1 000万元以上。我们现在开发出的产品，无论在性能和质量上都是领先水平，更重要的是，我们的价格便宜很多。而且，从根本上讲，这是一套通过监测避免发生生命和财产损失的设备，国内有极大的市场。因为价格有竞争力，在国外也会具备市场潜力。"

"还有一个项目，也让我们特别自豪。这个产品叫作机场跑道异物监测系统。还是通俗地讲，比如，一条飞机起降的跑道上，可能有一个钉子、一个散落的零件。咱们都知道飞机本身是金属制造的，会有很多零件组合在一起，只要是组装的机器，都有可能出现零件的脱落。如果没有被及时发现，就有可能造成飞机出现故障，甚至在空中解体，这时候造成的损失会非常惨重。这套监测系统就是针对跑道上的异物进行监测，一旦发现安全隐患，系统会立即报警。目前，也是只有少数外国公司在做这个产品，价格非常贵。我们现在经过了研究和开发转化之后，基本上能把价格控制在比较低的水平。我们对这个产品的市场非常有信心。简单算一下，全国有多少机场、每个机场有多少条跑道，我们就有多少用户。"

"赚钱是一个方面，最尖端的成果和最实际的应用从来不是矛盾，把尖端成果转变成服务民生的好产品，才能体现科研的实用价值。而且，还有比赚钱更重要的一点，就是每个科学家，在经过艰苦的象牙塔里的研究取得成果之后，没有一个人希望这个成果永远在象牙塔里，而不是转化为生产力。"

要做最好的"科学家的经纪人"

在这里，刘峰终于讲到了从2004年博士毕业到2009年出任理工雷科总经理这五年的"蛰伏"究竟是为什么，也就是他从1995年来到北京后，历经变化直至最终让他舍得卧薪尝胆的那个大梦想——他要做最好的"科学家的经纪人"。

说到这里，刘峰再一次提到他的导师龙腾教授，这位出生于1968年、年仅45岁的学界精英。犹如龙有九子、各自不同，龙腾教授深知自己的每一位学生具备什么样的特点和品质，他亲自选择刘峰担任理工雷科的总经理，而不鼓励他投身象牙塔，最主要的是看重他身上所具备而其他学生缺少的一种独特能力。他认为刘峰天生有种敏锐的发现能力和对科研成果的推广能力，经历过严格科研训练的他将带着他的专业知识成为一名促成科研与市场携手的商业人才。同时还有一点，就是在多年的师生交往过程中，龙腾教授能看到刘峰的朴实和厚道，看到他全无世故的单纯和对名利的淡泊。

"老师信任我，也了解我。我不擅长做科研，这么说不是谦虚，在公司的科研团队中，做研究在我之上的大有人在。当然，如果没有现在的机会，我也会踏实下来，钻进实验室或者关在办公室里推公式。我能做到，但那不是我的理想。"

"说说我们的工作模式吧，我觉得这是非常牛的一种模式。我们的核心团队有35个人，一半人从事科研，公司保证他们有好收入、好待遇、好的工作条件，对他们的唯一要求就是出成果，在全球最顶尖的机构和刊物发表学术论文，他们都是最擅长科研的人，就是你说的那种心里除了科研什么也不想的、真正的科学家。我的任务是保证他们能一直这样好好地、舒服地在象牙塔里创造成果。然后我和另一个团队，负责把这些成果转化成能实际应用在各个领域的产品，用这些产品赚钱。赚了钱让公司更强大、科学家们的条件更好、成果能出来得更多更快……比如刚才提到的边坡监测系统和机场跑道异物监测系统，就是我们自己的科研团队的成果。我的理想是建设我们自己的研究院、研发中心、实验中心，就像微软、苹果那样的大公司所作的那样。"

采访的最后一个环节，是参观实验室和刘峰引以为傲、每每喜欢带着客人去"瞻仰"的公司文化墙，那里有从理工雷科建立直到今天一路走来的照片、奖状、奖杯等纪念和见证。"你看这个人，他是我师兄，今年年底，他会成为院士了……"刘峰指着一张照片说。"如果你不成为刘总，也会走上这样一条奋斗的路吧？"我问。"是我自己选择的。"刘峰的表情里没有遗憾。

刘峰的表情让我想起世界电力发展史上两位伟大的巨人——爱迪生和特斯拉。在很多关于他们的故事中，特斯拉更像通常所说的那种鬼才，也就是刘峰所说"擅长科研"的人。但他因缺乏商业头脑也缺乏保护自己的能力而不断被掠夺和剽窃，甚至一度生活无着落；爱迪生则像一名善于将科技成果转化于民生与市场的、精明的商人。假如当年特斯拉在发明交流电的关口能与爱迪生达成合作，那么，人类的光电历史将会被改写……故事讲到这里，刘峰说话的声音比采访之初大了好几倍："让他们做特斯拉，我要做他们的爱迪生！"

（作者：安顿）

【北京日报】解密院校征兵的"海淀模式"

全国大学生兵典型约90%来自海淀 海淀大学生兵约90%立功受奖

来源：北京日报　日期：2013年7月29日

原文链接：http://bjrb.bjd.com.cn/html/2013-07/29/content_94200.htm

（记者：周景红　刘洋　石海峰）从"北大骄子"高明到"中国大学生自强之星"万一，从"清华第一女兵"贾娜到"我国第一代女子导弹操作号手"王晓丽……北京高校国防教育协会最近一项调查显示，全国全军及各军区军兵种近年宣传的大学生士兵典型中，约90%是海淀区向部队输送的。在6月份召开的首都高校大学生征兵工作启动仪式上，海淀学子携笔从戎的故事成为激励当代大学生报名应征的鲜活教材。在我国对征兵时间进行改革、把院校作为征兵"主战场"的大背景下，海淀区的做法能给我们带来有益借鉴。

大学生士兵比例从1%升至75%

海淀区作为全国首批试点单位,早在2001年就率先在北京科技大学征集大学生士兵。经过12年实践摸索,已将辖区内27所公办高校、3所民办高校纳入征集范围。在该区向部队输送的兵员中,大学生士兵的比例由最初不足1%攀升至去年的75%。截至目前,该区已实现由"社会选兵"向"院校选兵"的转变,形成以征集高学历、高素质青年为主体的"海淀模式",并多次被评为全国和北京市的征兵工作先进单位。

毕业离校时节,北京科技大学20名报名参军的应届毕业生却不愁住处。被确定为预征对象后,校征兵工作领导小组特批他们免费在校居住。12年间,北科大共向部队输送100名优秀兵员。

按照属地管理原则,海淀高校的征兵工作受区政府领导。海淀区征兵工作领导小组由区长和23个相关委办局主要领导组成,办公室设在海淀区人武部。随着院校征兵范围扩大,海淀区按照这种模式,指导辖区30所高校逐个成立征兵工作领导小组。组长由分管校领导担任,副组长由学生工作部、武装部等相关部门领导担任,办公室设在校武装部。

不久前,清华大学党委副书记史仲恺千里迢迢赶到西藏,以学校征兵工作领导小组组长的身份看望了在这里服役的"清华赴藏第一兵"吴毅恒。清华大学目前共有55名学子入伍,学校都曾在"非征兵季"去看望过。高校兵役机构成立后,均已达到"征兵领导小组常态化、征兵办公室规范化、征兵队伍专业化"的建设标准。

海淀区人武部政委田敬军介绍说,他们每年都要划拨高校征兵经费,对于任务完成好的单位,在征兵结束后予以表彰奖励;对于消极对待任务的单位,及时进行约谈、通报批评、登报曝光。12年来,海淀高校未发生一起责任退兵,海淀大学生士兵约九成在服役期间立功受奖,其中包括1个一等功、9个二等功;高校武装部老师先后20余次参加国防部征兵办、北京市征兵办召开的研讨会，为国家和北京市兵役制度改革和开展征集大学生士兵工作提供了智力支持。

一季征兵四季动员

今年调整征兵时间，"征兵宣传月"赶上学校放暑假，有人称之为"空巢期"。对北京体育大学而言，这种担忧并不存在。该校今年有16个参军指标，首批报名就来了240名大学生，平均约15人"竞争"一个名额！

在海淀区30所高校，这种现象似乎很普遍。7月上旬，区征兵办统计的数据显示，每所高校仅首批报名人数就比预分任务数多很多，比例大都在3∶1以上。海淀区征兵工作通过"一季征兵、四季动员"，储备了大量"兵员"。

为向高校"富矿"挖掘兵员潜力，海淀区平时注重开展"五个一"活动：一场优秀大学生士兵先进事迹报告会、一次青年大学生走军营活动、一次优秀现役军人家属和优秀士兵代表表彰大会、一次征兵宣传形象大使进校园活动和一场征兵政策咨询会。退役女兵王晓丽是海淀区最近两年的征兵宣传形象大使，今年的征兵宣传活动上，她身披绶带，英姿飒爽，吸引了不少有意愿参军的大学生。

高校生活是"役前教育"的重点。在国防教育示范校评选活动中，海淀区要求高校将征兵宣传融入新生军训、军事选修课、国防教育等"涉军"活动中。今年，北大报名应征的人数比去年增加了一倍。北京科技大学"戎程研究会"一项调查显示，由于退役大学生士兵年龄稍长、经历特殊、思想成熟，87%在退役复学后担任军训教官、学校辅导员、学生干部。北科大今年报名应征的大学生，60%曾受到退役同学的影响。

6月份，北京理工大学应届毕业生吴炽昌正在大兴参加"卓越工程师"培训，从学校"绿色梦"QQ群里得知征兵时间调整的消息，立即返校进行了报名。过去征兵宣传是"面对面"，如今却要"键对键"！在全媒体时代，征兵宣传的手段新颖有效：许多高校网站的显著位置都放置了征兵宣传广告和视频，许多论坛、贴吧里都有征兵宣传板块，许多QQ群、微信群都成了征兵的"客服平台"。

配套优抚精神物质双丰收

赵小女是中国青年政治学院的退役大学生士兵。2012年8月，北京市退役大学生士兵公务员岗位专场调剂会上，赵小女以笔试第一名的成绩第一个走进会场，从39个单位中挑选了永外街道办事处。

海淀区委常委、区人武部部长吴祖安说，为切实让尽义务的人不吃亏，他们努力解决大学生后顾之忧，为院校征兵提供有力保障。海淀区近两年共协调出400多个公务员、事业单位、国企和非公经济组织岗位。同时，他们还积极对退役大学生士兵进行"考"前、"聘"前培训，让他们在定向招录招聘中更具竞争力。海淀区在征兵办公室常年设立咨询和监督电话，对于符合条件没有享受到应得优抚的，积极出面协调，近两年共为10多名退役大学生士兵解决了复学考试、补偿学费等方面的问题。

海淀区规定：凡从本区入伍的大学生士兵，入伍时由区政府统一发放"光荣军属"牌、士兵权益告知书，并赠送纪念品。服义务兵役期间，按照全区城乡统一标准给予其家庭优抚待遇，包括非京籍大学生士兵，优待金均由区政府一次性足额支付，退役时给予相应自主就业补助。这种精神和物质并重的优抚方式，在北京市16个区县中是做得比较好的。

名校的退役大学生士兵不用为工作、留京等发愁，因此北京市的一些优抚政策对他们的吸引力不大。针对这种情况，海淀区指导各名校结合实际出台了不少优惠政策。《清华大学在校学生应征入伍优待遇规定》就给予了一个颇具吸引力的政策："服役期间荣立三等功以上或连续两年被评为优秀士兵、退役复学后成绩优良达到免试推研基本条件的，可优先给予免试读研资格。"截至目前，该校退役复学的28名同学全部获得免试读研资格。

（作者：周景红 刘洋 石海峰）

【中国青年报】在幸运点来临之前没有放弃

来源：中国青年报　日期：2013年7月29日

原文链接：http://zqb.cyol.com/html/2013-07/29/nw.D110000zgqnb_20130729_2-12.htm

（实习生　徐晶晶　本报记者　樊未晨）"我没想到有一天，我这样的人能够坐在这里，让周围的人都另眼相看，想起来也是件好玩的事情。"32岁的北京理工大学博士张大奎自嘲。要不是每说5分钟的话就被豆大的汗珠浸湿衣衫并且大口喘着粗气，人们可能忘了，这个与人谈笑风生、幽默风趣的人，两岁时就被诊断为小脑瘫痪。

坚持之后才发现没有那么难

"不接受残疾学生报考。"

2002年，当21岁的张大奎揣着自己的高考成绩单填报志愿时，绝望地发现几乎所有的学校都更关注自己被确诊为"核黄疸后遗症"的诊断书。这种俗称为"小脑瘫痪"的疾病，几乎断了他的求学梦。因为小脑机能严重受损，运动平衡、肌肉协调等功能有较大障碍的张大奎，连学会走路都用了7年的时间。

张大奎的高考发挥并不算好。因为手臂力量不足，大奎的字体本来就大于普通学生，尽管带了两条干毛巾进考场，试卷上的字迹还是被汗水浸湿而变得模糊，一场考试下来，大奎知道自己的卷面并不清晰。

而那段艰难的等待，是父亲"血骨熬汤为理想"的教诲让大奎坚定起来。20世纪80年代的农村，没有完善的康复训练机构，父亲在两棵大树之间绑上类似于双杠的竹竿让大奎练习走路，是一家人能想到的最好办法。到9岁终于学会用拐杖走路时，大奎已经不知道自己的膝盖磕破了多少次，穿坏了多少双军用胶鞋。

当大奎收到黄河科技学院的录取通知书时，他心中充满了感激。这分坚持，也支撑着他从专升本到考研，直到现在的博士。"其实考试的时候每次都想放弃，但是坚持过后会发现，其实也没那么难。"

"我只是在幸运点到来之前没有选择放弃。"因此，当同样的境遇出现在考博前夕——没有一个导师愿意接收他，大奎还是选择相信，继续一封一封地发送邮件，希望有转机出现。

当最终录取他的樊孝忠老师告诉他："有3个学生都通过了我的考核，但考虑到你的身体情况，我担心其他的老师会不要你，所以我就把另一个学生推荐给了其他老师，把你留在我身边。"

学会读书、与人交往更受益

朋友的关怀也让大奎相信，比起专业知识，学会读书、与人打交道使人受益更多。这和他的老同学程勇不无关系。程勇从小学二年级开始和大奎成为朋友，帮大奎去厕所，送大奎回家，"初中、高中的时光，我每天都坐在他的自行车后面上下学"。

大奎虽然口齿并不清晰，语速也比一般人要慢些，他还是乐意结交朋友，不管是讨论课程、实验，还是聊人生理想，甚至会开导失恋的女性朋友，大奎用自己的方式赢得了不少信任。说得不利索就用笔写，大奎经常在博客里写到自己和朋友的故事，时而调侃，亦有祝福。

他发现现在的人们越来越浮躁，却忘了最基本的人文素养。"人们总是急着做成绩、做大事，其实我觉得真正支撑我们走得更远的恰恰是这些基础的素养。"

大奎坚信一种农民的智慧，"你看，他们从不违背规律，春天播种，夏天耕作，秋天收获，冬天休息。现在的人们太着急了，已经无所忌惮了。"看着自己满屋的书籍、床上的阅读材料，大奎笑着说，"多了解别人，多了解自己，这大概是我最大的动力。"

对于荣誉并"不领情"

2012年被评为10名"中国大学生自强之星标兵"后，张大奎受到的关注和赞誉更多了。可说起荣誉，总是让他有些"害羞"。"其实我并没有奉献多少，反而一直在索取，感觉挺惭愧的。"大奎说自己一路走来，受到的帮助太多了，同学的一份午饭、室友上课前的等待、导师的接纳，总让他异常珍惜每一次机会。

大奎之所以对于荣誉"不领情"，是明白当他受到关注、赞赏的同时，中国大地上的100多万脑瘫儿童中的绝大多数，还处于不能自理的阶段。他记得父亲的同事有一个和他同岁的女儿，不幸的是她也脑瘫。可女孩的父母因为忙于生计，就把女孩一直放在小推车里，没有让她锻炼，更没有让她读书。"那个女孩现在还是被人搬来搬去。"他惋惜地说。大奎知道，如果没有遇到明智并坚定信念的父母，如果没有遇到热心的朋友，如果没有遇到愿意接纳他的学校，如果没有遇到无条件欣赏他的老师，自己就没机会来到这里了。

大奎认为自己被关注并不是一种正常的现象，因为自己读博只是个例。"等到有一天，像我这样的残疾人上大学不再是新闻了，残疾人都能够享有公平的教育资源了，社会就越来越开放了。比起当年我高考时没有公立学校愿意接收，现在有很多学校愿意要甚至破格录取，这就是一种很大的进步。"他说，"我觉得最正常的状态是大家不再把你当作是一个奇怪的人来看待。"

（作者：徐晶晶 樊未晨）

【北京日报】胡同"脱口秀"：讲个笑话逗你玩

来源：北京日报　日期：2013年8月6日

原文链接：http://bjrb.bjd.com.cn/html/2013-08/05/content_96480.htm

（记者 李洋 李继辉）方家胡同46号院里的一间小酒吧，每周六晚都会迎来一群嘻嘻哈哈的年轻顾客。他们都是"北京脱口秀俱乐部"的成员，每周都要跑到这里组织一场脱口秀活动。五六平方米的小舞台收拾利落，各种桌椅拼凑出观众席，20多位"演员"一聚齐，7时30分，这演出可就开场啦。

T恤衫、大短裤、皮凉鞋，在一家网络公司工作的阿问，手执话筒随随便便往台上一站，就开始了暖场。别看阿问说的只是几个小段子，他提前三四天就开始准备了，当天更是提前两个小时就来候场。脱口秀的规矩说起来不复杂，每位演员上台讲7分钟的段子，不能采取相声等曲艺形式，更不许说脏话、讲"黄段子"，除此之外，怎么耍宝都成。

表演正式开始，这一晚首先登台的是北京理工大学材料科学与工程专业博士生范晓非。这已经是范博士第三次登台表演了，可明显还是有些紧张。他提前准备了七八个小段子，谁知道刚讲完第四个就忘词了。"稍等。"他毫不避讳地当场掏出手机翻起来，这个举动立刻让全场哄堂大笑，竟成了他这次表演的最大笑点。

眼看着别人一个个在台上耍得不亦乐乎，坐在台下的宋启瑜却很紧张。他是中国艺术研究院戏曲专业的硕士研究生，虽然算是科班出身，表演脱口秀却很没自信，经常有伙伴批评他的表演一没笑点、二没逻辑。为了能扭转形象，这回宋启瑜特意写了密密麻麻4页纸的草稿。不过身为山西人的他普通话实在不标准，他讲的是什么，台下观众未必能听懂，倒是那一口地道的"山普"逗得大家前仰后合。

无论说得精彩，还是狼狈收场，只要有笑声，就是成功。活动发起人西江月说，这家俱乐部成立于2010年，每一位会员既是演员，也是观众，大家在生活中有着不同的身份，都是在网上相互结识才走到一起来的。因为大家的生活背景不同，有很多段子都是从各自的生活中搜集到的。比如范博士表演的段子就多是拿博士生来"砸挂"，还有的人会通过网络搜集各种笑话。真正的脱口秀高手如西江月，已经能够流利自如地拿各种热点新闻来调侃，颇有几分大腕儿的风范。

9时刚过，因为酒吧的场地还要提供给一个音乐演出使用，这一周的脱口秀活动只能就此告一段落。可大家意犹未尽，留在台下彼此交流起来。有人说，之所以会来表演脱口秀，是"希望自己的生活能有点儿喜剧元素"；还有人表示，虽然别人认为自己讲的笑话有点儿"冷"，但自己依然觉得很可笑。一位职场白领说，自己是来俱乐部"练胆儿"的，"登台表演可以提升自信心。"

看着大家兴趣如此浓厚，西江月盘算着，回头应该租下个固定场地，为大伙儿提供商业演出的机会，说不定脱口秀在北京还有更多的发展空间呢。

（作者：李洋 李继辉）

【今晚报】北理工2013级本科准新生的励志故事之"困难遇到他，只能低头"

来源：天津-今晚报　日期：2013年8月10日

原文链接：http://epaper.jwb.com.cn/jwb/html/2013-08/10/content_998837.htm

（记者　王赫岩　实习生　张慧聪）第一眼看到殷立征，觉得他和一般的孩子没什么两样：方脸，皮肤黝黑，一笑露出一口白牙，戴一副黑框眼镜。当听到他以632分的高考成绩被北京理工大学化工与制药类专业录取的经过时，只觉得"坚强、乐观"这样的字眼用在这个内心强大的孩子身上恰如其分。目前，由本报等联办的"用爱送你进学堂"活动，为他解决了大学学费问题。

父母患病　从小自强

喂猪，这是许多城里孩子没见过的事情，却是殷立征高考过后每天都要做的。立征的爸妈每天从饭店拉回泔水，立征要把里面的垃圾捞出来，再上锅高温蒸煮消毒，然后喂给猪仔。他们的家，就在猪圈旁边。在武清区上马台镇杨家河村一个普通家庭出生的殷立征，爱说爱笑，父亲殷学海患有佝偻病，母亲高秀荣从小就有关节炎和心脏病，要随身带着药品，平时只能在家里做做饭。因父母都干不了农活，家里的六七亩地租出去给别人种。在这样的家庭里出生成长，殷立征从小就必须内心强大。

面对窘境　一笑了之

2006年7月，殷立征的父亲得了肾炎，母亲好不容易找到工作，却在打了一个月工之后，被一个酒后骑摩托车的人撞了，左腿骨折的她不得不卧床，辛苦得来的工作没了，家里的生活越发困难。近一年的时间里，父母都卧床不起，家里没有任何收入，只能靠低保和不多的积蓄过日子，殷立征是独生子，白天上学，晚上回家要学习，还要照看爸妈。别人都说他苦，但他说自己心里根本就没有"苦"这个字。当时他不用住校，白天父亲照看母亲，晚上他回家照看父母。当时家里一天给他五

乐观的殷立征。（王赫岩　摄）

元钱的饭费，在学校食堂早饭要两元钱，午饭的盒饭要三元钱，他知道家里困难，不舍得花，每天在学校外面的馒头房花两元钱买8个豆包，当一天的口粮。"还挺香的，真没觉得

苦。"当被问及当时他在长身体，没有蔬菜光吃馒头怎么行呢，他大笑："所以我就买豆包了嘛！"

吃苦耐劳　懂得拼搏

高中毕业于杨村一中，刚刚被北京理工大学化工与制药类专业录取，殷立征坦言自己对工科有着超乎寻常的兴趣，觉得自己逻辑思维好。"我就喜欢工科，作文一直不好。"他说自己有时候也会想点人生问题，喜欢看杂志里的人物传记，他觉得成功人士身上有许多相同点，比如要强、上进，这些都跟他挺像的。

最近，殷立征的父亲去了一家养猪场工作。高考后，殷立征和妈妈也搬了过去，谈起每天住在猪圈边养猪喂猪的生活，他丝毫不觉得有什么不好。他说自己以后还想读研，他喜欢竞争，他说他最大的愿望就是超过那些强人："我很想超过他们，每个人一辈子要面对的东西都一样，只是我小时候净吃苦了，这样以后更会懂得珍惜，懂得拼搏。"

（作者：王赫岩　张慧聪）

【北京晨报】"90后"大学生活账单

来源：北京晨报　日期：2013年9月9日

原文链接：http://www.morningpost.com.cn/szb/html/2013-09/09/content_245798.htm

又到一年开学时，关于大学新生入学装备的今昔对比日前热传网络。20世纪80年代，包括书本、铺盖在内的入学准备花费不足百元，而今动辄价值上万的电子产品"三件套"却几乎成为标配。家长纷纷感慨现在供一个大学生投入不菲。而步入大学课堂后，相比十年前的"80后"大学生月花销几百元来说，"90后"大学生如今的消费状况又是如何？北京晨报记者调查发现，月花费1 000元到1 500元之间是主流，相比两年前的花销有所增长。

一、调查：多数同学月花费低于1 500元

北京晨报记者近日针对北京在校大学生的消费状况进行了一次调查，从有效问卷统计结果来看，大二至研一的同学多数都对自己的花费状况"心中有数"，而记者走访的多位大一新生则表示对于月均开支尚未形成明确概念，"刚到北京，还不熟悉环境，不知道一个月能花多少钱。"

参与调查的近百位大学生的月均花费，约四成在1 000~1 500元，26%在500~1 000元，14%在1 500~2 000元，超过3 000元的占1%，从未进行过估算的有3%。而花费结构及各项所占比例的数据表明，用于包括伙食、日用品在内的基本生活花费占月均消费半数左右，学习、休闲娱乐开支则均以占月均花费总额的20%以下为多，人际交往开支占月均花费总额20%~40%的人数约占一半，有45%的大学生认为自己消费状况基本合理。

2011年，首都师范大学数学科学学院师生做过一项"北京大学生消费现状调查研究"，样本容量约400名北京高校学生，彼时数据显示，月平均生活费为500~1 000元的人数占总人数的52%，伙食费为300~600元的人数为总数的60%，即大部分被调查者的月平均生活费和月伙食费处在中等水平，过低或过高都不是普遍现象。

时隔两年，主流学生群体的开销也从当年的500~1 000元，变成现在的1 000~1 500元。据介绍，2007年至今，大学生月平均消费支出整体水平呈上升趋势，全国范围内的家庭收入提高和物价上涨是不可忽略的影响因素。

二、个案：大学生消费观渐趋于多元化

在大学校园里，有的学生家境殷实，出手大方；有的学生勤俭节约，但是该花钱时不犹豫；有的学生自力更生，平日打工，甚至还能倒贴家里；有的学生一门心思学习，赚取奖学金让自己过得更好一些。这四类大学生，也基本代表了大多数大学生的消费观念。

1. 出手大方型："不能打肿脸充胖子"

文科男，李方，中国青年政治学院，大四，月均花销2 000~3 000元。

李方家境较为充裕，大学月均花费中伙食费约占总额一半，另一半则以人际交往和学习为多，在娱乐方面花费较少。"我是纸质书控，每月都有一部分钱花在买书上，也偶尔看看电影放松一下。"

除日常生活外，李方说，他在电子产品上投入较大，刚上大二就购买了单反相机并更换

电脑，用以进一步精进摄影、平面设计等特长。"不是为了玩游戏或者盲目追求品牌，我爸妈也知道智能手机、平板电脑等都能在学习生活中提供方便，所以理解我，有时我们还互换设备。"他笑着告诉记者，自己学习取得优异成绩或者社团活动表现突出时，父母则会以奖励的形式满足他的需求。

"而且我喜欢的事物不会单以物质衡量去斤斤计较。"大四退出社团时，他还将自己2 000元的奖学金拿出一半请大家吃饭，"这钱花得不心疼。"

■家长态度：学习消费是潜在投资

李方没有每天仔细记账的习惯，"不过我会记得钱包里有多少钱，尤其大的花销，心里有数。"他也清楚地认识到自己的月均花销处于平均水平之上，"很多时候我都会感到愧疚，因为知道爸妈挣钱不易。"李妈妈表示，儿子的消费在家庭能够承受的范围之内，尤其学习方面的投入，是一种潜在投资。

越是得到父母支持，李方也越体谅父母，"我暗下决心要更加努力，以后能给爸妈更好的生活品质。"

2. 节俭持家型："钱要使在刀刃上"

医科女，刘宁，北京中医药大学，大五，月均花销1 200元。

刘宁出身工薪阶层，因受家庭成员影响，消费习惯较为节省。"我从小跟姥姥姥爷长大，那一辈老共产党人都有艰苦朴素的作风，同时我爸爸是军人，部队生活也提倡勤俭节约。"她说，妈妈打生活费采取一次性到位的方式，而四年来没有发生过不够花还要再次伸手的情况。

刘宁告诉记者，每月在校花费中伙食仍占大半，休闲娱乐和人际交往消费占总额不到两成，投入学习资料的经费相对高一些，每学期她需要400元用以购买教材和课外书籍。

她表示从不热衷购买衣服，本着"得体大方"的原则，她通常会在换季打折时去商场选购合适的衣物，而对饰品、化妆品更是无所谓，也就是偶尔嘴馋出去好好吃一顿，或约上一两个好友游玩聊天会多花点钱。

大二寒假回家时，火车硬卧一票难求，刘妈妈心疼女儿为她购买了机票，而返校时，爸爸则坚持让她早晨4点摸黑去售票厅排队体验艰辛。

■家长态度：为孩子的节俭欣慰

"不管家庭条件怎样，我觉得钱都应该花在刀刃上。"刘宁说，大三暑假，为开阔眼界见世面，她参加了一个美国旅行团，为期十天，"两万多元钱我挺心疼的，但走一趟之后觉得，成长很多，对社会的认识加深了，也比以前有主见了。"刘妈妈表示，这种花费值得，所以非常支持，"我会经常嘱咐孩子，该花的一定不能省，也为她的节俭感到欣慰。"

3. 自力更生型："养活自己理所应当"

理科女，张豫，北京大学，研一，月均花销1 500~2 000元。

张豫家庭月收入不到6 000元，为减轻家庭负担，同时争取早日经济独立，她早早就开始自己兼职挣钱。最初是周末去做数学家教，一小时100元，带一个孩子每月800元，后来能带两个孩子，彼时这笔兼职收入生活费已能自给自足，加上学校的助学金可抵学费，自大二起，她就没有再向家里伸过手。

张豫回忆，本科期间在校伙食费不贵，为四五百元，学习资料则多来自师兄师姐的二手书，还有图书馆资源可以充分利用，"我也很宅，娱乐和人际交往花费不多，但爱吃零食，积少成多就不是一笔小数，偶尔还会冲动消费，比如看到喜欢的衣服，控制不住就咬牙买下。"她表示，已意识到这两部分属于不甚合理的消费，目前正在努力改进。

"我挺随便的，就是500元能活，2 000元也能花完那种类型，好在现在自己挣钱，不给家里添负担。"她笑着说，"我的手机就是999元的国货，东西够用就行，不讲究牌子。"

然而张豫也遭遇过手头紧张，她表示这种情况下会最先缩减自己的开支，"我可以吃素几天，也可以不买衣服，但该参加的同学聚餐、活动不能省下。"

■家长态度：姑娘比我们挣得还多

张妈妈介绍，逢年过节，女儿都会用自己的辛苦钱给父母和妹妹买些小礼物，今年春节后，家里装修房子，张豫又主动拿出15 000千元帮衬家里，那是她在学校做成人教育老师和在校外实习积攒半年的钱。"我们给她花钱的原则是只要学习需要，坚决不能亏待，现在她自立了，他爸开玩笑说姑娘挣得比我们多，都管不了她了。"

4. 精打细算型："记账理财是好习惯"

工科男，包全，北京理工大学，大三，月均花销1 500元。

说起自己的消费状况，这个阳光的工科男自豪地告诉记者，"我几乎没花过不合理的钱。"包全介绍，大一时月均花费在1 000元上下，其中伙食占到八成，剩下的部分则多用于购买基础课的辅导书，"应付考试需要大量做题，一学期下来买书得300元。"而从大二开始，跟同学聚餐、看电影、逛街等人际交往和休闲娱乐支出开始根据需要略有增加。

包全说，对于花钱，自己不会稀里糊涂，甚至还曾有过为期半年的记账习惯，"随花随记，清楚地知道花钱去向确实可以起到很好的作用，用不着的或者没什么价值的东西就不会再买了。"然而因为嫌麻烦，这个良好习惯没有坚持下去。

包全表示，一直深感父母挣钱不易，他曾多次想做兼职挣外快，却苦于难寻合适机会，所以他选择努力争取奖学金。"每学期都能拿一个500元、800元或1 100元的奖学金，也偶尔有个多的，得过一个5 000元的奖学金之后去云南旅游，没跟家里要钱，还给妈妈买了一个银手镯。"

他认为大学生消费随意性大，而自理能力强的重要表现之一就是合理制订消费计划，因此他也会尝试通过预算提高理财能力。

■家长态度：工资卡放心交给孩子

"打钱方面，我爸图省事，就直接把工资卡给我，但我取多少钱、什么时候取的，他都知道。"他回忆，小时候爸妈就很注意，从不让乱买玩具，在不多给零花钱等方面帮他树立不大手大脚花钱的观念，而长大了，也就放心他自己理财。包爸爸告诉记者，给儿子工资卡，看似尺度大，实则出于让孩子锻炼当家的考虑，而在吃穿上，他则认为不该过度节省，"太过便宜的食品、衣服，不能保证质量，对孩子身体有害。"

三、专家说法

大学生勤工俭学是好事，可上大学期间是否一定要去做个兼职赚点钱，才对得起辛辛苦苦的父母？专家表示，兼职并非必须，但对于父母给的钱，应该当做借贷性消费，不能乱花父母给的钱，但是在基本生活和学习上面，该花的钱不能省。

1. 要有借贷性消费意识

中国青年政治学院经济系副教授黄敬宝曾对大学生消费状况做过调查，发现大学生在校期间花费的经费来源90%以上仍为父母提供，勤工俭学、奖助学金比例微小，而对于业余兼职的看法，三成被调查者表示"迫不得已才找"，五成表示"有机会会找"，两成表示"想找而没有机会"，"完全没想过的"仅占2%。

黄敬宝分析，客观来讲，大学生在经济上对父母存在一定的依赖性是合理的，毕竟应以学习为主业，不能为了挣钱而本末倒置，同时大学生因缺乏社会经验，工作机会有时也难寻，但从主观上，仍能看出大学生独立意识不强，有数据显示，想通过兼职来减轻家庭负担的只有四分之一，也说明这种对父母的依赖具有一定的不合理性。

"我对于大学生消费的基本观点是，仍要以学业为主，不能过于追求享乐，同时应避免给家庭带来难以承受的经济负担，该节省的应该节省。"黄敬宝认为，除基本生活和学习之外，大学生在休闲娱乐与人际交往方面的开支不可避免，"其中一部分也确实属于应该花的钱，但这个问题的关键就在于把握适度原则。"他举例说，对于节假日去外地旅游的想法，建议优先就近将京城玩遍，"花较少的钱也能很好地达到游玩目的，何乐而不为呢？如果一定要去外地甚至出国游玩，学生应有明确的'父母给钱属于借贷性消费'的意识。"

2. 消费主义并非主流

中国青少年研究会理事、青少年社会问题专家吴鲁平告诉记者，根据自己多年的科研经验和与大学生的交流，当代大学生消费的总体仍较为理性，尽管有一些随意性和盲目性存在，但消费主义并非主流，"毕竟可支配收入有限，行为上比较普遍的是冲动消费，而实际在心理上的消费主义倾向却要比行为上的消费主义倾向表现得更为突出，这就需要加强心理方面的调节，对自己的消费能力有一个切合实际的预期值，避免攀比。"

关于消费金额与各项支出比例的合理范围，他认为个体差异的主要原因为家庭收入和教育观念。"大学生消费分为三个递进层级，生存、发展和享乐，最优先保证的当然是生存，其次是发展，所以在基本伙食和学习方面的开支，只要必要，就应该正常花费。"

吴鲁平说，除基本生活和学习之外，大学生在休闲娱乐与人际交往方面的开支也无可避免，但关键就在于把握适度原则，不该铺张浪费时一定不能大手大脚。

记者所做问卷调查中涉及大学生对于父母提供在校期间花销的态度，无一选择"心安理得接受，并随心所欲花钱"，51%选择"花钱多了会觉得愧疚，少则不会"，17%选择"偶尔想到父母不易，但该花还是照样花"，32%则表示"一直深感父母挣钱不易，非常注意节约"，这一结果在吴鲁平看来也较令人欣慰。

在理财规划方面，半数参与问卷调查的同学承认"从未记过账"，三成表示"偶尔心血来潮会记账"，只有12%称"长期保持记账习惯"，不记账的理由多为"没作用""嫌麻烦""费时间"。吴鲁平对此建议，大学生可通过预算和记录的方式反思自己的开支是否合理，同时从根源上树立节约和适度消费的观念，努力克服盲目性，在既定的消费支出约束下合理调整消费结构。

（作者：铁瑾）

【河北电视媒体】北理工设计学院暑期社会实践

来源：河北电视媒体　日期：2013年9月27日

唐山广播电视台新闻综合频道《直播50分》

导引：接下来您将看到，北理工学子情系爱心小院；关爱农民工，志愿服务行。

主持人：好，欢迎回来，来继续我们今天的直播。北京理工大学暑期社会实践团的同学们昨天来到了滦南县的"爱心小院"，开展了以"凝聚青春正能量，共筑美丽中国梦"为主题的暑期社会实践活动。来自北京高校的同学们与小院里的孩子们同吃同住，交流互动，给"爱心小院"带来了很多快乐。

旁白：在活动中，北京理工大学的同学们结合自己的专业知识，教孩子们画画，和孩子们一起唱歌，做游戏；帮助高淑珍阿姨干农活，铲除地里杂草；大学生们还用自己节省下来的零用钱买来新衣服，分发给小院的残疾孩子。

北京理工大学学生（吴岳骏）：我们看到了电视上播出的"感动中国"十大人物的"爱心小院"这个事件，我们都十分感动。我们感到身为一个大学生，我们只能做我们力所能及的事，去教他们一些东西，给他们带来一些快乐。

旁白：北京理工大学的同学们还专门为小院的残疾孩子准备了精彩的"中国梦"主题演讲，鼓励孩子们从小树立远大理想，虽身残志坚，用自己的实际行动践行中国梦。

北京理工大学学生（尤龙）：前段时间，我们学校也普及了中国梦的这种理念。我们要把自己的梦和国家的梦联系起来，我们国家的梦也是我们社会的梦。只有我们把梦实现了，我们才能实现真正的发展。

旁白：演讲结束后，大学生和残疾孩子一起畅谈中国梦，交流自己的梦想。大学生们表示，要尽自己的努力，帮助这些残疾孩子实现他们的梦想。

"爱心小院"孩子（刘双）：我的梦想是当一名医生，因为我得了类风湿，特别痛，所以想把这个病攻克，让以后得这个病的人少受痛苦。

北京理工大学学生（吴岳骏）：我感觉校园是一个很大的平台，我们可以回到学校之后，办一些活动，组织一些捐款，让大家更多地了解到"爱心小院"这个十分感人的事迹，知道有这么多残疾的孩子需要我们的帮助。

旁白：通过短暂的实践交流活动，大学生和残疾孩子已经成了好朋友。他们表示这次的实践活动让他们受益匪浅，以后要利用课余时间，经常到"爱心小院"来，给孩子们带来更多的知识与欢乐。

北京理工大学学生（尤龙）：希望通过我们的社会实践，在大学完成从一个学生到一个真正能肩负起社会责任的人的一个转变。我觉得这是一个契机，对我们来说，也是一次挑战，所以我们希望能在今天真正帮助到这些孩子，也能在这里学习到一些知识。

"爱心小院"负责人（高淑珍）：我觉着北京的大学生们这么老远地来我们这个小院看这些残疾孩子们，我觉着心里非常激动，也非常高兴。他们还帮我干这个农活，给孩子们讲课、唱歌、画画，是吧，学不少知识。

旁白：本台报道。

主持人：每一个大学生啊，都有一个青春梦，那么这些青春梦正是我们中国梦的重要组成部分。我觉得，北京理工大学的这些学生们的暑期实践活动是非常有意义的，他们在帮助弱势群体的同时，相信自身也感受到了那份沉甸甸的社会责任感，收获了很多。这对于学生们今后的成长是非常有益的。

河北电视台卫视频道《午间视野》

主持人：好，咨询天下，扫描新闻二维码。

旁白：北京理工大学暑期社会实践团日前来到滦南县"爱心小院"，与孩子们同吃同住，交流互动，通过社会实践、主题演讲等多种形式，鼓励孩子们身残志坚，用实际行动践行中国梦。

唐山广播电视台新闻综合频道《唐山新闻》

主持人：北京理工大学暑期社会实践团的同学们日前来到滦南县"爱心小院"，开展以"凝聚青春正能量，共筑美丽中国梦"为主题的暑期社会实践活动。来自北京高校的大哥哥们，与小院里的残疾孩子们同吃同住，交流互动，给"爱心小院"带来了无尽的欢乐。

旁白：在活动中，北京理工大学的同学们结合自己的专业知识，教孩子们画画，和孩子们一起唱歌，做游戏；帮助高淑珍阿姨干农活；大学生们还用自己节省下来的零用钱买来新衣服，分发给小院的残疾孩子。北京理工大学的同学们还专门为小院的残疾孩子准备了精彩的"中国梦"主题演讲，鼓励孩子们从小树立远大理想，身残志坚，用自己的实际行动践行中国梦。大学生和残疾孩子一起畅谈中国梦，交流自己的梦想。大学生们表示，要尽自己的努力，帮助这些残疾孩子实现他们的梦想。

"爱心小院"孩子（刘双）：我的梦想是当一名医生，因为我得了类风湿，特别痛，所以想把这个病攻克，让以后得这个病的人少受痛苦。

北京理工大学学生（吴岳骏）：我感觉校园是一个很大的平台，我们可以回到学校之后，办一些活动，组织一些捐款，让大家更多地了解到"爱心小院"这个十分感人的事迹，知道有这么多残疾的孩子需要我们的帮助。

旁白：短暂的实践交流活动，让大学生和残疾孩子已经成了好朋友。他们表示这次的实践活动让他们受益匪浅，以后要利用课余时间，经常到"爱心小院"来，给孩子们带来更多的知识与欢乐。

北京理工大学学生（尤龙）：希望通过我们的社会实践，在大学完成从一个学生到一个真正能肩负起社会责任的人的一个转变。

"爱心小院"负责人（高淑珍）：看孩子们来帮我干这个农活，给孩子们讲课、唱歌、画画，是吧，学不少知识。

【北京考试报】北理工暑期实践关注留守儿童

来源：北京考试报 日期：2013年9月7日

原文链接：http://bjksb.bjeea.edu.cn/uploads/softnew/81-130906171926.Pdf

本报讯（记者刘婧 通讯员姜淼） 记者从北京理工大学获悉，该校材料学院学生暑期在洛阳市嵩县纸房乡草庙村开展了为期半个月的"关注留守儿童"活动，受到当地村民的好评。

在调研活动中，实践团成员通过对典型事例进行回访，走访农民家中对留守儿童及其家长进行访谈，深入了解了孩子们的日常生活状况与心理状态，为部分留守儿童建立了成长档案，发掘了留守儿童所存在的问题，寻求解决办法。

实践团以当地儿童张晨曦和朱振乐为典型，拍摄了一部反映留守儿童真实生活状态的微电影，力求让留守儿童这一社会问题引起更广泛的关注，让更多的人走进留守儿童的生活，关注留守儿童的生活现状。

为了让留守儿童有一个多彩缤纷的童年，实践团还开展了"七彩童年七彩梦"的主题活动，为孩子们整理图书，提供画布、画笔、颜料，让孩子们尽情书写、描绘心中情感。他们利用每天中午休息的时间在"留守之家"与孩子们相互了解，深入交流，共同开展多种体育、娱乐活动。

（作者：刘婧 姜淼）

【北京考试报】北京理工大学：迎新也要数字化

来源：北京考试报　日期：2013年9月12日

原文链接：http://www.bjeea.cn/html/ksb/yanzhaozhuanban/2012/0912/44810.html

北京考试报讯（实习记者　刘婧）　教师节这天，北京理工大学迎来2012级研究生新生。记者走进迎新现场发现，与其他学校不同，该校迎新过程中使用了和科技紧密相关的"数字迎新"。

记者看到，每一个学院迎新的桌子上都有电脑。迎新志愿者通过无线网络进入校园网，登录迎新系统；同时手持一个扫描枪，对准录取通知书上的条形码轻轻一扫，就完成了新生报到的一大半程序。记者询问这个扫描枪的作用。志愿者笑着说："就跟超市的扫码器一样，因为商品的信息已提前录入系统，只要扫描一下条形码，就可完成购物的记录过程。我们的扫描枪也是一样的。新生信息已提前录入学校系统内，我们只要扫描其录取通知书上的条形码即可。这样报到就省去了很多时间。"果然，十几个人的队伍，不到5分钟便只剩几个人了。

据悉，北理工的"数字迎新"是从2009年开始的。在迎新过程中，学校网络服务中心承担着数字迎新系统的实施工作，负责各相关部门迎新数据的汇总与协调。数字迎新系统的成功应用，提高了全校信息共享水平，逐步实现了新生报到无纸化和高效率。实时采集的新生报到信息为校领导和迎新指挥部提供了第一手数据，对于学校的班车、志愿者、工作人员等人力物力合理调配起到重要作用。多个部门的数据进行整合，保证了各个部门数据的一致性，使整个工作更加高效便捷。

研究生院招生处副处长薛伟介绍，研究生迎新工作中数字迎新系统增加了后勤宿管科的模块，为宿管人员判断是否允许学生入住提供了有力的数据支持。同时，迎新数据是具有重要价值的数据，例如学生是否报到、是否完成缴费等信息，对后续的统计班级人数、是否允许选课等工作有重要作用。

今年的"数字迎新"在不断完善系统的基础上又增加了扫描枪设备。扫描码是新生的学号或者录取通知书号，新生报到，出示录取通知书即可进行扫描。这样新生到校后，即使还没拿到校园卡，也可通过扫描录取通知书上的条形码完成报到程序，节省了时间。网络服务中心老师崔睿说："数字化迎新既方便新生查询个人要办理的事务，又便于学校各部门按系统数据来做各项准备，是一个互惠双赢的过程。在报到前的几天，新生就可以通过迎新系统查询到自己的基本信息、住宿信息、缴费信息等。"

然而，即使迎新工作中有便利的科技设施作为保障，志愿者也丝毫没有减少迎新的热情。"我们学院准备了一盘糖，新生报名时随便吃！"人文与社会科学学院的志愿者指着一个漂亮的水晶盘子说。数学学院的迎新点前面站着3个"壮小伙"。每当有新生报到，他们就争先恐后地跑到新生身边帮着拿行李。"这是我们学院挑出来的'大力士'，不仅在这儿帮师弟师妹拿行李，还要送到宿舍才叫完成任务。"数学学院的女生志愿者笑着说。

（作者：刘婧）

【北京考试报】北理工"承伟人志·续中国梦"暑期社会实践活动

来源：北京考试报　日期：2013年8月21日

原文链接：http://bjksb.bjeea.cn/uploads/softnew/81-130820162614.Pdf

北京理工大学"承伟人志·续中国梦"暑期社会实践团近日赴湖南省桑植县，先后开展了准大学生入学指导活动和面向贺龙中学全体高三学生的高考经验分享活动。图为实践团成员与桑植县30余名二本上线的应届高中毕业生进行面对面交流。车辉泉 摄

北京理工大学"承伟人志·续中国梦"暑期社会实践团近日赴湖南省桑植县，先后开展了准大学生入学指导活动和面向贺龙中学全体高三学生的高考经验分享活动。图为实践团成员与桑植县30余名二本上线的应届高中毕业生进行面对面交流。

【中国青年报】武术少年陈如龙：能武也能文

来源：中国青年报　日期：2013年9月25日

原文链接：http://zqb.cyol.com/html/2013-09/25/nw.D110000zgqnb_20130925_1-06.htm

陈如龙又一次用他熟悉的方式赢得了掌声和关注。

今年的北京理工大学新生军训文艺晚会上，手持朴刀的他用一套行云流水的刀法技惊四座，"飞刀龙"的昵称在这场晚会后不胫而走。

用年少成名来形容这个北京理工大学新晋的校园明星一点也不为过。早在今年3月，

"95后"少年陈如龙就斩获了全国武术套路冠军赛传统项目男子通臂拳冠军。

有人说，陈如龙天分过人，但他自己并不认同。在习武10年有余的陈如龙身上，能看到武者最常见的品质：勤奋和坚持。出生在内蒙古自治区乌拉特前旗的陈如龙是个早产儿，为了锻炼身体，年幼的他就被父母送去学武。于是，清晨5点钟起床成了习惯，压腿拉筋带来的疼痛也逐渐被还没长开的身板所熟悉。而那一年，他只有7岁。

进入什刹海体校后，为了控制体重，陈如龙曾坚持节食一个月，每天穿着降体服围着什刹海跑步。那时，几乎每个晚上他都会饿醒，甚至会饿得呕吐。"有时候咬咬牙就坚持过去了。"说起那段经历，陈如龙一脸平静。那个月，他瘦了20斤。

头顶全国武术冠军的光环，陈如龙却说自己其实是个非典型武术少年。这个18岁的大男孩热爱时尚，总是把头发吹得很蓬松，出门一定少不了一副蛤蟆镜。热衷自拍的他也喜欢唱歌，还常常在"唱吧"里录歌分享给好友。

"长相好，武功也好"的他最近被导演相中，花了两个星期拍摄了一部以他在什刹海体校的生活为蓝本的微电影。电影开拍了，面对镁光灯，这个少年冠军却如临大敌，特别是拍感情戏时，陈如龙全程严肃的表情让导演哭笑不得。"导演挺不满意的，看来我得再上上表演课。"陈如龙说。

虽然首次试水电影不算成功，但这并不妨碍陈如龙去尝试更多"酷"的事情，在他看来，有什么想做的，就要勇敢尝试，武术少年一样可以"玩得酷"。

一个人孤身来到北京习武，父母总担心陈如龙难抵大千世界的种种诱惑。但在陈如龙10年的习武生涯里，学习英语和阅读古典文学作品几乎填满了他的空余时间。每天训练结束后他都坚持自学英语，10年下来，他和美国朋友古飞鸿的交流，由最初的连蒙带猜变成了如今的自由畅谈。古飞鸿也被他学习英语的精神所打动，每年到什刹海体校学习武术的间隙还会办英语培训班。

休息时间，他还会阅读古典文学作品，因为"那里能找到武术的根"。从文学作品中找到灵感的陈如龙还逐渐尝试独立编排武术动作。动若脱兔，静若处子，陈如龙评价自己不仅能"武"，还能"文"。

"武术能够改变人的性格。"陈如龙一字一句地说。在同门师兄弟眼中，"十分有定力"的他领悟了中国武术的精髓：自强不息。陈如龙说，武术的真谛并非在竞争中取胜，而是努力让自己变得更强大。

陈如龙的床头贴着一幅字："苟日新，日日新，又日新"。这是他请一位书法协会的老师为他题写的。每天一睁眼，他就会告诉自己："每天都要进步。"在习武中，他每隔一段时间就会翻看曾经训练的录像带并作对比。训练过程中他偶尔也会急功近利，曾因训练过狠而扭伤了腰，他的师父卢金明则告诉他："只要方向是对的，就不怕慢。"

10年，武术正一点点改变着这个少年，更让他明白"武道"的含义。

有一次出访泰国，活动主办方要求中泰双方各出一个节目来展示本国文化。在泰国代表团接地气的民族舞蹈后，陈如龙和他的师兄弟们以一套高难度的刀枪剑棍的组合动作"让现场所有泰国观众鸦雀无声"。

"当你走出国门，代表国家用武术交流时，中国武术就和中国画上了等号。"也是在那一次，陈如龙想到了武术前辈陈真打破东亚病夫牌匾、横扫虹口道场的行为，"这是武术的神奇之处，也是我们武者的'武道'！"

"谁说我们'95后'靠不住？"虽然刚刚成年，但陈如龙对自己未来的道路却有着清晰的设计。他渴望在国内慢慢推广武术，并将武术作为自己一辈子的事业。

受陈如龙的影响，他的表妹魏爱轩10岁时也进入了什刹海体校学习。去年，小女孩还在电影《太极》中饰演一个角色，初露星相。刚刚剃了板寸的陈如龙谈到表妹时笑了笑，他的心中也有着同样的憧憬："我推广武术的方式也要够'酷'，我想像李连杰一样拍动作电影，让更多人了解中国武术！"

（作者：袁贻辰 杨扬）

【北京晨报】北理工男生出手相助民大女生脱险

来源：北京晨报　日期：2013年9月30日

原文链接：http://www.morningpost.com.cn/szb/html/2013-09/30/content_249375.htm

原标题：惊魂五分钟女生险被"爹"坑 北理工大学男生路过出手相救

昨日，中央民族大学大四女生小雅向本报反映，她夜里经过学校附近的夜市小街时，险被一名假称其父的陌生男子带走，幸遇路过的北京理工大学男生陈华出手相救。民警提示女孩应避免独行夜路，遇险及时呼救。

返校途中遇歹徒

9月24日晚8时许，小雅从超市发魏公村店购物后返回学校，在与魏公街平行的不知名小巷中，尽管人流拥挤，她已隐隐感到身后有人——一名约40岁的男子骑着三轮车缓慢跟踪。

在小巷与民族大学西路交叉处，男人跟她说了句"妹妹我送你"，心里发毛的小雅随即加快脚步，然而当她行至魏公街与民大西路的丁字路口时，再次看到该男子。小雅余光扫到男子停车向她走来。小雅的左肩突然被一只手抓住，并听到男子低声说："跟我走。"小雅边喊"放开我"，边试图挣脱，同时掏出手机准备求助，"他死死抓着我，边拖边走，还差点抢了我的手机。"小雅回忆，当时曾有一个路过女孩想帮她报警，男子却恶狠狠地甩出一句"她是我闺女。"

过路男生伸援手

因左臂被抓，小雅便将右手伸向人群寻求帮助。路过的北京理工大学大三学生陈华将自己的左手递了过去。"她抱住我，喊着救命，眼神特绝望，我决定帮她，也没想太多。"陈华站在小雅与男子之间，"有什么事情放开手再说"，而该男子并未理会，陈华觉得"真是父女吵架的话，他不该没反应"，于是他再次加强语气让对方放手，该男子便眼神闪烁不敢直视他。

"有个女生打110了，那男的说了句'我认错人了'，然后跑了。"陈华说。因极度惊惧，小雅回忆不清男子的外貌。据目击者任先生回忆，整个过程也就5分钟。昨天，万寿寺派出所的民警提示，女学生尽量不要独自走夜路，如遇险情要及时呼救并报警。

【科技日报】机器人进课堂：教学变得更有趣

来源：科技日报　日期：2013年10月10日

原文链接：http：//digitalpaper.stdaily.com/http_www.kjrb.com/kjrb/html/2013-10/10/content_227190.htm?div=-1

走进北京理工大学附属小学的机器人教室，记者的目光先被摆在教室中央的6张桌子所吸引。每张桌子上都整齐地摆放着乐高教育经典的拼拆块以及各式各样的链接件，在它们的中间是机器人，一个手机大小3厘米厚的长方体。

北京理工大学附属小学的机器人教师梁潇告诉记者，他们课堂上正在使用的是乐高第二代机器人，而摆在周围的零件是第一代机器人和第二代机器人零件混合在一起的。

"第一代机器人是1998年生产，现在它的电子器件已经无法使用，但是其他配件还可以继续应用于第二代机器人身上。"梁潆说。

12台计算机整齐沿墙摆放，在教室的另一边，还有一个和乒乓球台大小的机器人操作台。教室的窗台上摆满了奖杯，大大小小有10多个。在窗台的角落里，记者还发现了学生用乐高砖块自己拼成的奖杯，甚至连奖杯的"耳朵"这样的小细节都被他们拼了出来。

"我们学校是按小班教学进行招生的，因此每个班一般不超过35人。虽然你看到的机器人教室并不大，但已经可以满足日常机器人课教学。只是现在渴望学习机器人的学生越来越多，我们课后兴趣小组活动让这间教室显得很热闹。"梁潆介绍说。

"机器人课程激励学生学习"

2003年11月，北京理工大学附属小学开始开展机器人项目，当时是以兴趣小组的形式开展。有16名计算机能力较强并且动手能力强的学生主动参与，并参加接下来北京市以及全国FLL机器人比赛。

自2004年9月起，为了让更多的学生能够接触并学习智能机器人这一科技含量较高的事物，北京理工大学附属小学开设了以"智能机器人"为教学内容的校本课程。理工附小成为北京市第一所将"乐高机器人"系统地纳入课堂教学的小学。梁潆也开始了"智能机器人"课程的开发和实施工作。

"我在选拔学生进入机器人兴趣小组时，也是遵循学有余力的原则。学生一定要在可以顺利完成日常学业的前提下，才可以加入机器人兴趣小组。"梁潆说："这个原则对学生也是一种激励。我的小组中曾经就有一名学生因为英语期末考试未能达到优秀，无缘参加机器人培训。他整个暑假都在努力恶补英语。虽然当时他很想参加机器人兴趣小组的暑期培训，我告诉他，只有他英语考试达标，才可以再次加入。果然，开学后的第一次测验，他考过了90分，自这之后，他的各方面学习成绩都很好，在兴趣小组中也是最积极的一分子。"

梁潆透露他的选将秘笈，首先，参加比赛的学生是层层选拔出来的。通过课堂普及，根据学生的兴趣及能力，进入兴趣小组，此时在兴趣小组中的学习是提高的过程，学生在小组中学习掌握更深层次的编程方法以及搭建技能。

再从兴趣小组的学生里选拔出综合能力比较突出的学生，组成参加比赛的集训队，这里的综合能力包括多方面，首要的是学业水平以及合作能力，其次才是机器人编程技术、搭建技术、表达能力、表演能力、写作能力等。

"学生的本职任务是学习，我们的机器人活动是促进学习的一个载体，学生不能因为参加机器人活动而耽误学业，而且机器人比赛的备战很占用时间和精力，因此，我要求学生第一学习成绩要好，第二不能有退步。"梁潆说。

"孩子缺少发挥创造力的平台"

"对于中国学生在机器人大赛中获得好成绩，很多人会想，他们是不是都智商超常？我认为：其实学生们都有很大潜力，他们缺少的就是施展才华的平台。"梁濛讲道："学校开展机器人教育以及机器人活动，正是为我们的学生搭建了一个行之有效的教育平台，使他们的视野更加开阔，创新思维更加活跃，体验面对挑战和克服困难后的成就感，这对他们今后走上社会、迎接更多的挑战必将起到积极作用。"

除了机器人课程教学，机器人比赛是让学生充分展示才能的平台。梁濛介绍：在比赛过程中，针对大赛的任务，学生要经历几个阶段：首先是学生自主研究。从机器人的搭建到任务解决都是学生自己制定方案，并进行实践，教师对于学生完全放手。

"我们进行机器人比赛，最终目的是培养学生，让学生具备终身受益的能力，其次才是比赛成绩。每次比赛后给学生总结时，我都先让他们体会整个过程的收获，对比赛过程的方方面面进行总结。"梁濛说。

"第二阶段是瓶颈期。在FLL比赛中，独立完成单个任务往往是比较容易的，经过一定时间后，学生差不多解决了所有任务，这时，给他们计算总时间，结果只有一个——严重超时！让学生研究如何缩短时间是一个提高的过程。学生很可能要推翻之前的方案，但这是一个非常重要的阶段。"梁濛解释说，在FLL比赛中，不要怕拆机器人。再次研制的方案会有很大提高。但凭借学生自己的能力，要在2分30秒完成所有任务是非常难的。指导教师在此就要发挥作用。

面对学生在比赛中遇到的困难，指导教师在第三个阶段发挥启发和引导学生的作用。教师要帮助拓宽学生思路，学生可以按照教师的思路操作。这个过程，学生会发现自己的机器人有了质的飞跃。而他们的能力也随之增强了。

在任务即将完成时，也到了比赛的最后一个阶段，需要学生和老师一起为任务进行改善。"有的时候，学生的好点子会让我眼前一亮。甚至很多行之有效的改进方法是学生提出的。此时，我总是感到很欣喜和满足。"梁濛说。

"结果不重要，过程更珍贵"

FLL机器人大赛注重的并不是比赛成绩，而是参赛者的各项能力，这一点也与北京理工大学附小的教育理念不谋而合。梁濛介绍说："我们注重学生在参赛过程中能力的提升，这包括协作能力、动手能力以及自理能力。"

在机器人小组活动结束后，同学们都自觉将所有零件按照顺序摆放整齐，将桌椅归位，还有同学会留下来打扫卫生。梁濛说："机器人课上，每个小组使用的乐高机器人零件多达700余个，我们制定了严格、具体的管理制度，比如学生下课要将所有零件恢复原位，规范学生的行为，明确了责任，促进学生的习惯养成。"在梁老师看来，这都是学习机器人课程需要具备的素质。

"我第一次带学生去参赛，发现很多孩子缺乏自理能力。六年级的孩子，学习很棒，但衣服不会系扣子，还有的孩子不会洗澡，进到浴室很久不出来，站在淋浴下不知道该怎么洗。"梁潇说："针对这样的问题，我们在日常的教学中也加入生活能力锻炼环节。比如，在暑期培训时，除了教机器人的知识，也教他们怎么叠衣服，如何整理行李，要求他们回家都要学会洗小件衣服。虽然和机器人无关，但是与他们的综合素质培养密切相关。"

"在这里，不光是学习机器人，还包括很多其他能力。孩子只要出去一次，他的能力就提高很大一个层次，等到下一次再出去，不需要老师说，孩子自己就知道该做什么了。机器人比赛其实也是一个载体，我们更注重学生在比赛中的所得。"梁潇说。

学生比赛中所用机器人可以有不同的搭建方式，给学生提供了丰富的想象和创造空间。同时，课堂中多用任务驱动式教学，学生可以运用已有的知识，成功地寻找达到目标的手段或途径，在过程中通过解决具体问题，达到学习目的。

在北京理工大学附属小学读六年级的蒋欣祝告诉记者，去年他参加的FLL机器人大赛，是以"关爱老年人"为主题的。在比赛中，他们不仅要完成机器人的任务，同时还有课题研究要做。

"我的课题研究是做一份调查问卷，调查对象是60岁以上的老年人，在填写问卷中，我询问了很多爷爷奶奶，了解他们平时的生活情况，这些是我在这之前没有关注过的，在和爷爷奶奶的交谈中我锻炼了语言表达。在论文的撰写方面，爸爸也给了我很大的帮助，他告诉我什么是规范的论文格式、论文书写。"蒋欣祝说。

机器人辅助教学：师资是首要问题

为了适应未来科技社会对技术型人才的需要，2003年颁布的普通高中新课程标准将"人工智能初步"与"简易机器人制作"分别列入"信息技术课程""通用技术课程"选修内容。教育部新制定的《普通高中物理课程标准（实验）》也提到"收集资料，了解机器人在生产、生活中的应用"的要求。 2010年，教育部与乐高教育合作启动了"技术教育创新人才培养计划"项目，致力于培养机器人教师。但截至目前，开设机器人课的中小学并不多。

梁潇介绍，机器人课是国家级课程，小学和初中属于综合实践课，高中是通用技术。目前，开课的学校不多主要原因首先是缺少师资。

"在师范类学校中没有教授机器人课的专业，这样目前所有教授机器人课的老师都是别的专业转过来的。大部分是信息技术专业的教师在从事机器人教学。"梁潇说。

"缺少专业性的指导教材是另外一个因素。目前还没有国家级指导性教材，很多教材都是大家自己开发的，"梁潇补充说："比如我的教案都是我自己设计编写。不同老师的机器人教学角度不同，现在缺少一个针对40分钟课堂权威性的指导教材。"

对于一名教机器人课的老师来说，没有上级指导性教研也让梁潇有孤独感。"很多时候，在设计课程时，很想找同样教授机器人课的老师商量探讨。"梁潇说："现在已经有部门开始关注机器人培训，毕竟我们已经进入机器人时代，如果不从孩子开始，教育需求无法得到满足。"

"现在，和北京理工大学一样的高校都开设机器人课，如果让我们的孩子在小学时就接触，相信他们可以在这方面走得更远。"梁潆说。

（作者：王怡）

【中国青年报】创新是一种使命——刘峰的 8年"北斗"情缘

来源：中国青年报　日期：2013年10月24日

原文链接：http：//chinadream.youth.cn/rwtx/201310/t20131024_4083533.htm

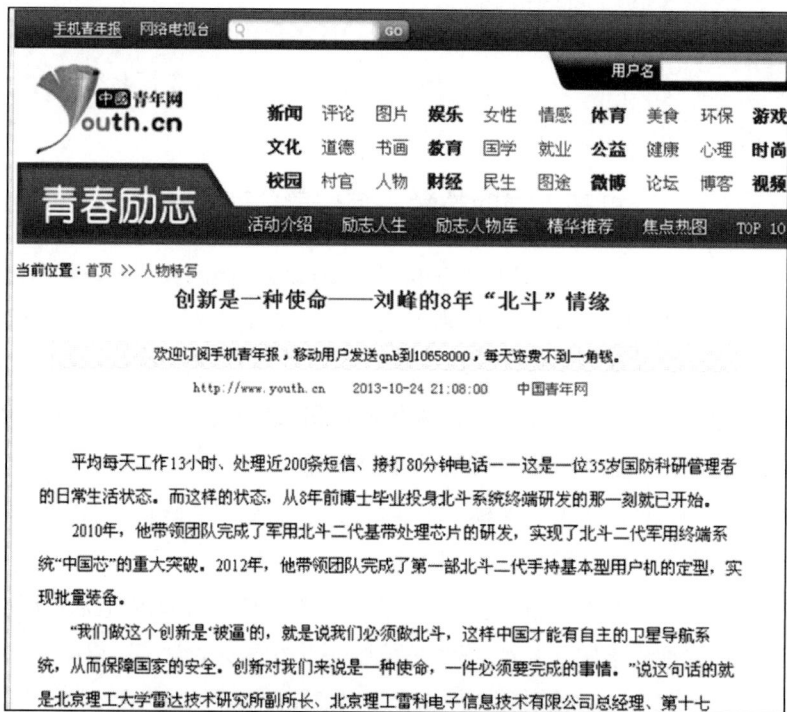

平均每天工作13小时、处理近200条短信、接打80分钟电话——这是一位35岁国防科研管理者的日常生活状态。而这样的状态，从8年前博士毕业投身北斗系统终端研发的那一刻就已开始。

2010年，他带领团队完成了军用北斗二代基带处理芯片的研发，实现了北斗二代军用终端系统"中国芯"的重大突破。2012年，他带领团队完成了第一部北斗二代手持基本型用户机的定型，实现批量装备。

"我们做这个创新是'被逼'的，就是说我们必须做北斗，这样中国才能有自主的卫星导航系统，从而保障国家的安全。创新对我们来说是一种使命，一件必须完成的事情。"说这句话的就是北京理工大学雷达技术研究所副所长、北京理工雷科电子信息技术有限公司总经理、第十七届"中国青年五四奖章"获得者——刘峰。

热血爱国青年，投身国防事业

1978年，刘峰出生在山东沂蒙山区，父亲教物理，母亲教化学，父母为他的成长营造了良好的科学启蒙氛围。

"小时候，看父亲做小玩意，手很痒痒，在旁边帮忙打杂，学到了很多。"他告诉中国青年网记者，最小是在8岁时参与爸爸的实验，共同制作出一部无线对讲机，可以在两个房间进行对话。

1995年，刘峰从山东考入了北京理工大学电子工程系的通信专业。本科时他发现自己对市场的动向十分敏锐，这也成为后来他博士毕业后从科研转为管理的主要原因之一。

大二时，他打算制作一个MP3光盘播放器，半年后市场上便出现了MP3，而他的理念由于技术所学有限而搁置下来。大四的毕业设计，刘峰和他的团队设计出了一个脱离电脑依靠座机通话的IP电话，并在毕业答辩时成功展示，而当时国内还没有相关产品出现。

顺利通过答辩后，刘峰本应顺理成章地在通信领域继续实践他的创意，但一场突发事件改变了他的人生轨迹。

当年5月7日，我国驻南斯拉夫大使馆遭美国轰炸，这一事件引发了北京无数学子涌向美国驻华使馆门前进行大规模游行、示威和抗议。

刘峰便是那群热血青年中的一员，在示威的浪潮中，他意识到国防事业的发展对于保护祖国不受侵犯的关键作用。当年9月研究生选导师时，他和系里商量，换到了与国防最为对口的雷达专业。

回忆自己的国防路，他在一次演讲中说："人类在即将进入21世纪的时刻，中国竟然还会被发达国家欺负，我为之深深震惊和愤慨。这件事让我深刻认识到，国防力量不强大，人民的腰杆子就不硬气，国家的地位就没有保障。因此，我坚定了自己的国防梦，决心通过自己的努力为我国的国防事业做点事情。"

8年，北斗导航从理想迈入现实

2004年，博士毕业的刘峰再次站在人生交叉口，是选择去英特尔那样的外企拿二三十万的年薪，还是留校继续做国防科研？现实的差异是巨大的，但他清醒地认识到，实现国防梦的机会便在眼前。最终，他选择留校，并与"北斗"结下了不解之缘。

北斗系统是一套我国自主研制、自主开发的导航系统。2005年，北斗2代系统的研发启动，刘峰就是在这个时刻进入了该领域。他所在的团队负责研制这个系统的应用终端，也就是地面应用系统核心技术的攻关工作，这么一干就是8年。

"在从事北斗研究一年半以后，我经历了8年中内心最艰难、最迷茫的时刻。当时，我带领团队突破了一个又一个技术难题，但内心并没有喜悦，反而感觉越来越惶恐。因为随着研究的不断深入，每解决一个问题，就又会发现好几个新的问题。国外对相关技术彻底封锁，国内也没有人做过类似的研究，我和我的团队站在国内的最前沿，就像在伸手不见五指的黑夜中前行，根本不知道面前是一条路，还是一座山，甚至是一道悬崖。"这是刘峰对研发初期状态的描述。

在导师龙腾教授、毛二可院士的强力支持下，刘峰的团队通过持续数月的"6+1""白加黑"辛劳工作，完成了近300页的公式推导，编写了10万余行软件代码，成功研制出了第一代原理样机。2010年，刘峰团队完成了军用北斗二代基带处理芯片的研发，实现了北斗二代军用终端系统"中国芯"的重大突破。2012年，刘峰团队研制的北斗手持机成为国内第一个通过一级定型的北斗二代单频终端设备。

国防科研成果对于普通民众的生活是神秘的，在刘峰的团队的研发成功后，这些成果被应用到抗震救灾中。

2013年，芦山发生大地震，一家媒体的前线记者和北京通信十分困难，记者携带的海事卫星接通率不到20%。刘峰与所在的团队得知后，第二天便派人带上最新研制的北斗双模用户机赴四川，刘峰则在北京搭建指挥平台。

灾区的消息通过终端设备源源不断地传出，化为铅字印刷传递给全国人民。前线的记者对刘峰说："拿着你们研制的设备，我心里很踏实，这是一颗定心丸，带着它，我敢往深山里走！"他看到自己的研发成果能为群众的生活解决实际问题，感到十分欣慰。

现在，刘峰团队申请到了北京市科委的项目，内容是针对北京做一个应急灾情采集终端。这个通讯模块的作用就是，当灾情发生、通信网络断掉时，可以通过这套系统利用北斗卫星来保证通信和定位。

团队创新，争取实现"北斗"的中国梦

如今的他已经不仅是一名科研工作者，也是北京理工雷科电子信息技术有限公司的总经理。对于商业化的经理人头衔，刘峰对中国青年网记者强调："圈里更喜欢把这叫作科研管理人员。我希望通过自己的努力为年轻的科研工作者提供一个更好的环境，使得年轻的科研工作者创造出更多成果。"

2009年，刘峰响应北京理工大学的号召，参与创办了北京理工雷科电子信息技术有限公司。2012年这家公司的年收入达7 400万元，被评为2012年度中关村新锐企业十强。

作为一家国家出资占30%多的高科技企业的总经理，刘峰并没有继承部分老一代国企中人浮于事、审批繁复的种种弊端。据介绍，公司中有一半员工是专门从事研发的科研工作者，无论是管理还是研发，团队都走上了良好的发展态势，在北斗导航研发领域不断突破创新。

在中国青年网记者的追问下，刘峰分享了企业管理方面的经验。

刘峰认为注重鼓励员工创意的企业文化十分重要。他举了个例子，比如一个领导有两个下属，一个下属按部就班地完成了领导布置的每件事，另一个下属想法特别多，但本职工作做得一般，而他有些想法是好的，但有时候可能是错的。到每周开会的时候，看这个领导对两个人评价如何，就能了解这个公司的企业文化。要是领导认为那个按部就班的人好，那么，那个有想法的人时间长了就会跳槽。要是领导说："你这个想法好，那个想法不好，没法实现，但没关系，继续努力。"这样，便可让下属一直保持有灵感的状态，有一天就会有有价值的想法蹦出来，贴合市场的需求，这样坚持下去，公司的产品就能够发展起来。

另一方面，他认为物质激励属于这个范围的一部分，但不起决定性作用。因为，但凡创新的天才通常很偏执，这种偏执的人通常不爱钱。

他说："不管当年做科研，还是现在做管理者，我感觉同事们对金钱的追求永远都是有的，但永远都不是最重要的。我干活最辛苦的那段时间，就是五至八年前，没有公司现在这么好的激励模式。但是我能出这点成果，就是因为领导给了我很好的鼓励。所以，学习环境、社会环境、公司文化导向，对创新是有直接影响的。"

对于目前取得的成绩，刘峰依然清醒地认识到与国外同行的差距，明白事物的发展包括产品创新都需要时间。他谦虚地告诉中国青年网记者："我们现在的创新一定比别人的东西好吗？其实未必。毕竟别人是走了那么多年，我们首先要解决有无的问题，这只是刚刚起步。"

今年年初，刘峰获得第十七届"中国五四青年奖章"，这是我国政府对于青年最高的荣誉与奖励。

"我只是一名普通的科研人员，认认真真做好科研工作、多出高新成果，就是我对国家最大的贡献。我想，我的中国梦就是国防的强大梦、北斗的发展梦。我将继续用奋斗谱写青春，早日让我国的每一架飞机、每一辆汽车、每一部手机都用上北斗导航系统，让中国梦早日实现。"刘峰说。

（作者：李晗）

【搜狐网】节能减排校园用电调查与宣传北京理工大学

来源：搜狐网　日期：2013年11月6日

原文链接：http://green.sohu.com/20131106/n389672178.shtml

北京理工大学绿萌资源与环境保护协会节能减排项目组，结合北理工良乡校区师生的实际用电情况，经过实地考察与活动评估，以"校园用电调查"为主题撰写了一份策划书。

节能减排项目组分成四个单位小组：用电调查小组、问卷调查小组、对外联系小组以及后勤保障小组。在活动实施阶段，前期的调查问卷阶段共成功回收240份问卷并进行了数据的整理与分析。

此次活动成效显著，作为第一个在北京理工大学良乡校区开展此类调查及宣传的组织，项目组所进行的大范围用电调查以可靠的事实和数据生动地展示了同学们身边确实存在的浪费电能的现象，有效唤起同学们的反思，让同学们普遍意识到环保节能就在我们身边。

【法制晚报】轻点校园APP 搞定自习室

来源：法制晚报　日期：2013年 11月 8日

原文来源：http://www.fawan.com.cn/html/2013-11/08/content_462924.htm

清华等大学推出校园"利器"　功能强大各有侧重
学生赞方便　期待更多功能

软件名称：特色北京师范大学"掌上师大"定位功能，适用于大学新生寻找各个教学楼位置，也提供校园新闻资讯等内容。

北京理工大学
"iBit"

黄页功能：在机构查询分类下面，各个部门电话一应俱全，这里基本上可以查到北理工大学内任何一个办公室的电话。一个学院的各个办公室电话就有160个之多。也有校车时间等资讯。

北京印刷学院
"北印手机校园"

缴费功能：学生可以充值到软件内，购买辅导课程，还可缴考试费、学费、停车费、交通罚款以及手机充值，目前仍在开发。

法制晚报讯（记者　任佳　王贺健）为找自习室的座位东跑西颠？到了图书馆却借不到想要的书？这些在大学里常碰到的头疼事儿，以后学生们可以跟它们说"拜拜"了。

目前，包括清华在内的大学也与时俱进，纷纷推出校园APP，有了这个利器，学生们就能"一机在手"，生活学习全搞定，尤其是难找的自习室。

发现：清华推手机应用，找自习室是"杀手锏"

本学期开学后，一款"校园利器"在不少清华学生之间风靡开来。

这个"利器"是一款名为"At Tsinghua"（在清华）的手机应用，共设9个功能模块。

除了查询自习室功能外，它还能显示清华全景地图、校车路线以及校园里日常演出时间、地点、票价等信息。

其中"找自习室"功能最受欢迎，"哪个教室人少，看一眼软件，一目了然，直奔过去就行了！"大三学生陈阳称，身边不少同学都在使用。

体验：数据每小时更新，消息准确有效

"利器"真的有用？记者也将这款"At Tsinghua"的应用下载到手机中进行体验。

点击"教室推荐"功能模块后，应用罗列出9个最常用作自习室的教学楼。每个教学楼后面都注明了目前该楼所有教室的课程表和使用率，引导学生去使用率较低的教学楼自习。应用会每小时刷新一次数据，基本能掌握某个时段的自习室动态。

应用还有统计制图功能，不但统计出上午9时（上课）和晚上9时（自习）是教学楼内人数的高峰，还能显示当天早晨5时到当前进楼人数的曲线图。

今天上午10时30分许，记者在"At Tsinghua"看到，可供学生自习的9栋教学楼、图书馆，占用率都超过了3成。其中第六教学楼共4 586人。

记者随后统计该楼内的课程表发现，应用的课程表显示，六教内约7成的教室在今天上午都安排有课，其中上午四节课全排满的就有近一半。上课的学生再加上自习的同学，总体情况与APP上相差不大。

清华美院的大三学生小郭表示，应用无法给出在上自习的学生确切人数，但"有大概的占用率就成，我们心里会有个底。"小郭说。

使用应用的几个月中，小郭感觉数据比较准确，"没出现手机显示这个楼人少，结果去了爆满，找不到座儿的情况。"她还对应用的课表功能特别"点赞"，"不用像以前那样，推开门发现人家在上课。"

采访时也有一些学生认为，除了给大家提供方便外，希望这款软件能开发出论坛聊天室以及选课、查分、缴费等功能，能够让大家平时的校园生活更加便捷。

研发团队："95后"新生来袭，催生"掌上校园"

这款功能强大的手机应用，是清华大学信息化技术中心创作的。该中心的付小龙老师介绍，因为注意到"95后"新生们使用智能手机的人越来越多，技术中心便有了做一个类似"掌上校园"应用的想法。

前期调查时，技术中心发现学生最常做的就是查询自习室和图书馆借书的信息，因此在创作应用时，着重打造它强大的查询本领。例如"教室推荐"功能，是通过将学生定位而实现的。由于不是教室内所有的学生都会上校园网，因此中心掌握了一个学生自习时上网人数的大概比例，输入到应用内辅助计算，"这样能比较真实地反映出教室占用的情况"。

付小龙介绍，去年"At Tsinghua"还只能在电脑上操作，今年实现了"掌握"清华的本事，如今各种版本的"At Tsinghua"累计下载量已接近2万。

目前中心还在开发移动版的"网络学堂"。教师通过手机查阅自己上课的进展、布置作业，学生下载老师的课件等功能都会逐步实现。"未来会从学习、生活多个角度，开发为学生、教职工服务的应用。"

比比其他高校

其实不少高校也跟清华一样推出了自己的校园APP，不过各个学校的"利器"各有侧重。

（作者：任佳　王贺健）

【京华时报】敦煌男子舞走进北理工受热捧

来源：京华时报　日期：2013年11月9日

原文链接：http：//epaper.jinghua.cn/html/2013-11/09/content_38718.htm

京华时报　>> 2013年11月09日 >> 第027版 >>

敦煌男子舞走进北理工受热捧

2013年11月09日　　　来源：京华时报

· 学生课桌生产厂家,请信赖我..　· 城市花园婚纱摄影团购-0元团..
· 小伙伴,家装推荐[亚光亚装饰..　· 脱发 用六味防脱生发酊

青年艺术家表演敦煌男子舞。京华时报记者吴平摄

京华时报讯（记者许青红）作为国家大剧院第六届"春华秋实——艺术院校舞台艺术精品展演周"的活动之一，"敦煌壁画伎乐天形象舞蹈学术展演"昨天在北京理工大学举行，北京舞蹈学院教授史敏领着北舞古典舞系的青年艺术家为大学生们展演了敦煌男子舞，受到热捧。

受壁画灵感启发，2011年史敏开始研究敦煌男子舞蹈课题并在今年形成敦煌男子舞蹈风格。昨天，她与北舞的青年艺术家一道，用分解表演的方式还原了壁画勾勒的飞天、美音鸟等形象，展示了《启示·冥想》和《步态·生莲》等8个风格各异的片段。

（作者：许青红）

【搜狐网】"春华秋实"走进理工大学 敦煌伎乐天"复活"

来源：搜狐网   日期：2013年11月12日

原文链接：http：//yule.sohu.com/20131112/n389974617.shtml

现场资料图 [保存到相册]

搜狐娱乐讯 日前，国家大剧院第六届"春华秋实——艺术院校舞台艺术精品展演周"正在如火如荼进行中。作为国家大剧院打造的大型社会公益性艺术普及教育品牌，每年展演周都会策划一系列丰富多彩的艺术教育、交流活动。今年，展演周又特别增加走进大学的公益活动，让更多高校学子亲近高雅艺术。11月8日，一场特别的舞蹈实践展演就来到了北京理工大学。

敦煌伎乐天"复活"

下午14：00，北京舞蹈学院的史敏教授早早就来到学生活动中心，今天她将和北舞古典舞系的青年艺术家，通过"精彩的丝绸之路舞蹈——敦煌壁画伎乐天形象舞蹈学术展演"，带领现场观众穿越时空。敦煌壁画历经1 600余年，蕴藏着我国古代丰富的舞蹈文化遗产。受壁画灵感启发，并通过敦煌舞的形象研究同教学实践紧密结合，2007年，史敏推出了"敦煌壁画伎乐天形象女子舞蹈呈现"；2011年她又开始进行敦煌男子舞蹈课题的研究，并到多地考察调研，总结出敦煌男子舞蹈的手姿、站姿、脚位、步伐、舞姿以及运动规律，最终形成观赏性、艺术性、训练性兼备的敦煌男子舞蹈风格。8日现场的同学，有幸成为敦煌壁画伎乐天形象男子舞蹈首批观众。

展演一开始，史敏教授首先为大家介绍了敦煌舞研究编排的灵感来源，与此同时是北舞青年艺术家的舞台表演，现场舞姿舞势的分解表演近乎完美地还原了壁画中所勾勒出的飞天、力士、美音鸟、药叉等经典形象，一时间像是从壁画中走出了满堂的盛世舞者。随后，舞者们又带来《启示·冥想》《步态·生莲》《伎乐天·三十六姿》《反弹琵琶品》等8个风格各异的组合片段。结合舞蹈，史敏教授为大家讲解了各个组合的由来、风格及动态特点，并阐释了敦煌壁画舞蹈的4个审美情趣，即"三道弯"舞姿的风格美、动态的"S型"之美、"空灵""善"化的宗教神态美以及动作与连接的圆曲之美。一边是舞台表演，一边是旁白解读，90分钟的展演像一场精美绝伦的梦幻之旅，让观众们仿佛置身画中，直呼过瘾。

"春华秋实"精彩继续

自11月2日开幕，"春华秋实"展演周已经圆满上演了中国戏曲学院《梅兰霓裳》、沈阳音乐学院"女子民歌合唱音乐会"、中央戏剧学院《小井胡同》、台北艺术大学"摇摆的管乐交响盛宴"音乐会、天津音乐学院"国乐天音"大型民族管弦乐音乐会。经典作品的全新演绎、艺术大师的领衔出演、新人新作的完美呈现、60~160元亲民票价，一周时间里，展演周收获了来自业界和观众们的强烈反响和广泛赞誉。

而接下来截至11月14日，展演周精彩仍将继续。演出方面，11月11日，"大美不言，国韵雅舞——北京舞蹈学院获奖作品展演"将演出在"桃李杯""荷花奖"、全国舞蹈比赛中都荣获最高奖项的舞蹈作品，囊括当代芭蕾、拉丁舞、现代舞、中国古典舞、中国民族民间舞等多个舞种；11月12日，西安音乐学院"陕北风情——合唱音乐会"，将带来《青春舞曲》《娄山关》《陕北风情》组曲、《春潮》《杰里科之役》《马其顿幽默曲》《拉姆卡力》等中西名曲；11月13日，美国杨百翰大学"当代剧场"舞蹈团，以"相遇"为主题，呈上色调不同并蕴涵哲学思考和文学想象的舞蹈作品。

公益活动的脚步也不会停歇，中国音乐学院副院长宋飞将于11月11日带着民乐走进北京邮电大学，美国杨百翰大学则是一方面于11月13日为大中学生舞蹈爱好者、聋人残疾学生、农民工子弟学生等进行了一场公开排练，一方面11月14日将舞蹈送到清华大学。

【北京青年报】敦煌舞走进大学　呈现一场梦幻之旅

来源：北京青年报　　日期：2013年11月9日

原文链接：http://epaper.ynet.com/html/2013-11/09/content_22697.htm?div=-1

（记者　伦兵）中国舞蹈中的"敦煌舞蹈"是中国古典舞中的一大系列，从历史悠久的敦煌壁画演变而来。北京舞蹈学院教授史敏研究敦煌舞蹈多年，取得了一批学术成果。昨天在北京理工大学学生活动中心，史敏教授为数百名大学生讲述了敦煌舞蹈的历史与沿革，北京舞蹈学院古典舞系的学生们现场展示了敦煌舞中的女子舞蹈和男子舞蹈，受到大学生们的欢迎。这也是国家大剧院第六届"春华秋实——艺术院校舞台艺术精品展演周"举办的"艺术走进大学"公益活动之一。

昨天下午的讲座中，舞者们带来了《启示·冥想》《步态·生莲》《伎乐天·三十六姿》《反弹琵琶》等8个风格各异的组合片段。结合舞蹈，史敏教授为大家讲解了各个组合的由来、风格及动态特点，并阐释了敦煌壁画舞蹈的4个审美情趣，即"三道弯"舞姿的风格美、动态的"S形"之美、"空灵""善"化的宗教神态美以及动作与连接的圆曲之美。

（作者：伦兵）

【北京日报】"东风一号"导弹校园搬家

来源：北京日报　日期：2013年11月26日

原文链接：http://bjrb.bjd.com.cn/html/2013-11/26/content_128633.htm

尖头，身长约17.8米，重达数吨……近日，北京理工大学校园内，一个庞然大物的搬家行动引起师生关注，不少学生自此才知道，原来校园里还藏着这么一个"大块头"。

正在搬家的是我国第一批自产导弹"东风一号"，又称"1059"。这件北理工最大的教具，20世纪60年代进驻北理工，一直"生活"在该校宇航学院的平房内。由于宇航学院的平房即将拆迁，"大块头"最近搬出，暂居校园内，两年后，待北理工宇航大楼建成，它将乔迁新居，被公开展示。

1961年的一个深夜，从东高地到北理工，一路戒严，一个庞然大物悄悄运抵北理工。这是有关部门赠送给北理工的"东风一号"导弹。"东风一号"是中国人自己制造的第一枚导弹，也是我国第一代近程地对地导弹。

但北理工的师生不爱叫它"东风一号"，更爱称呼它为"1059"。其实"东风一号"最初的代号就叫"1059"，1960年11月5日成功发射，直到1964年3月才更名叫"东风一号"。据该校校史馆馆长王民介绍，入驻北理工的这枚"1059"是由真弹改成的科研和教学弹，燃料和弹药已被掏空。导弹运到学校后，学校挑选最好的教师和工人解剖导弹，只用一周就成功解剖了导弹的关键部位，用于教学。

王民查阅资料发现，现存的"1059"导弹是异常珍贵的文物，目前已知的"1059"只有3枚，分别在军事博物馆、第二炮兵工程大学和北理工。

北理工的这枚导弹，弹身上开了很多小窗户，内部结构清晰可见。据北理工宇航学院的一位老师介绍，导弹的弹身是"骨架蒙皮"结构。分为圆锥形弹头和弹身两部分，为了教学，不仅导弹的弹身被剖开，燃烧室、喷管等部件也被切开。

在宇航学院，"1059"是师生的老朋友，每年，宇航学院的新生都在"1059"身边开始第一课，在航空宇航概论、导弹结构力学、导弹结构设计等专业课程中，"1059"也是重要教具。

近期，因为宇航学院航空航天工程实验教学中心所在的地区房屋拆迁，"1059"也不得不暂时搬家。为了搬这个大块头，大家可费了不少劲，甚至提前拆毁了房屋的一面墙，才把"1059"请出来。

据王民介绍，为了挪动"1059"，他们特意在存放导弹的房屋墙上打开一个高约3米，宽约2.5米的大洞。导弹下方原本有专用滑轨车，十几名工人一起用力，才推动导弹。

目前，"1059"暂居距"原住址"700余米的北理工逸夫科技交流中心附近一处空地。导弹被锁在一个铁栅栏内。宇航学院副院长荣吉利表示，弹身毕竟有切口，需要防止生锈，近期将加盖篷布，以防雨雪侵蚀。此外，导弹存放处，保安也将加强巡逻。

这几天，"1059"成了学校中的"明星"，不少学生赶来一睹风采。两年后，"1059"将乔迁新建成的宇航大楼，成为公共展陈。

（作者：任敏）

【中新网】"东风一号"导弹校园搬家

来源：中新网　日期：2013年11月26日

原文链接：http://www.chinanews.com/tp/hd2011/2013/11-26/269311.shtml

　　近日，北京理工大学校园内，一个庞然大物的搬家行动引起师生关注，正在搬家的是中国第一批自产导弹"东风一号"，又称"1059"。这件北理工最大的教具，20世纪60年代进驻北理工，一直"生活"在该校宇航学院的平房内。由于宇航学院的平房即将拆迁，"大块头"最近搬出，暂居校园内，两年后，待北理工宇航大楼建成，它将乔迁新居，被公开展示。

【北京晚报】青春方程式

来源：北京晚报　日期：2013年12月1日

原文链接：http://bjwb.bjd.com.cn/html/2013-12/01/content_130202.htm

　　湖北襄阳的梦想方程式赛场，有五六十辆赛车在弯弯曲曲的赛道里竞相追逐。赛车手们娴熟的驾驶技术引来一阵阵欢呼，不过仔细观察，却发现周围的维修人员、车迷以及赛车手们，都是一群年轻的面孔。没错，这些人是一群大学生，这里是10月中旬举办的中国大学生方程式比赛现场，60支大学生车队在这里展开了他们自己的方程式之战。

　　比赛的选手都是来自全国各地的在读大学生。而这些正在急速奔跑的赛车，就是他们从无到有一点一点亲手打造出来的。车身、底盘、悬架、前后翼……所有能自己加工的，无不是车队的队员们通过一个又一个方案设计出来，然后又一个一个加工出来的。

　　虽然是大学生自己组织的方程式比赛，但也有职业化赛事的味道，这些大学生车队也有各类赞助商的支持。车身上的品牌越多，你就能打造出越好的赛车。事实上，在这个赛场上，已经有了职业赛车手——清华大学车队的车手朱戴维。

　　不过对于更多参与其中的大学生而言，他们不仅仅只是打造一辆方程式赛车，这里还是他们与青春梦想的一次紧密接触。

一次方程式之战，让这些大学生学会了如何沟通、如何协作、如何应对紧急情况，有的还因此交到了铁哥们儿，甚至找到了爱情。

一、大学生方程式一切要靠自己：参赛经费自筹，时不时自己掏腰包

1. 理工车队，再多也不够用，一万元轮着垫

北京理工大学方程式车队是为数不多拥有专门的工作间的车队。这一点令其他学校车队的队员为之眼馋。

如今在工作间里，没有了往日的忙碌，刚参加过今年比赛的赛车——黑鲨四代、银鲨二代以及它们的前辈黑鲨二代，静静地躺在车队的工作间里。几个月前这里热火朝天的景象已不再。不过，下个赛季还留在车队的老队员在完成了自己手头的功课后，还是会习惯性地往这里跑。

张雨甜是车队的经理，对于整个车队的运营，她非常熟悉。现在，她最要紧的任务就是开始为下一次比赛找新人。

张雨甜告诉记者，虽然学校有一部分支持科技创新的经费，但整个车队经费的大部分还是来自赞助，比如有冠名赞助商、主赞助商以及一些合作伙伴，为他们车队提供资金、元件、设备、试车等各种形式的赞助。尽管如此，他们还是觉得捉襟见肘，"我们有两辆车，尤其是电动车，电池、电机都很贵。加上工作室很大，开销也很大。"她说，今年的比赛刚结束，一些队员就开始找新的赞助商了。

张雨甜说，车队今年总共花了80多万，包括造车、队伍运行、参加比赛等，"这还是大家一起节衣缩食的结果，对一个学生组织来说，钱还是不够。"

当被问及参加车队的同学会不会因为这场赛事挣钱时，正在做其他工作的队员一片哗然，他们开玩笑说，没贴钱就已经很好了。队员们告诉记者，有时为了赶工期，他们一般都是自己先垫着，等月底再去报销。车架组组长樊伟说，他总共垫过一万元左右："各种垫钱。不是一次性地垫一万天，而是先垫5 000天，等报销了，下一次又碰见紧急情况，又垫几千，再报销，如此往复。"

2. 北航车队：今年得的赞助，得还上一年债

周末两天，北航AERO车队的队长张振东格外忙碌。他正忙着组织新一届的车队。

张振东周六刚去了沙河的分校区，周日下午又在北航本校区筹备招新的宣讲。本校区宣讲的主讲人是车队的副队长、主赛车手之一徐赛。在大学里成为一名方程式赛车手，这的确能够唤起不少青春学子的热血与憧憬。

作为队长，张振东深有感触地说："不管是强队还是弱队，最大的困难还是经费。不管拉到了多少经费，都觉得钱不够花。"

北航AERO车队2009年建队，2010年参加第一次比赛，当时拉到了一个赞助，而且由于当时组委会提供发动机，所需要的经费比较少，所以还比较轻松。

后来的比赛就没那么幸运了，由于他们没有任何赞助，而且学校也没有场地，队员每天都要往外面跑。"晚上10点回来，第二天早上6点就得出去，去加工厂或者车店。"那时的比赛成绩也不理想，"刚刚把车造出来就去参加比赛，车在赛场上还坏了。"

再后来情况大有好转，去年他们拉到了一笔比较大的赞助，经费充足了很多，没有受到钱的困扰。不过当时赞助的钱到位的时间比较晚，赛车的各个零部件已经开始加工了，而且在比赛完了才发现，经费超支了十多万。因此在今年再比赛的时候，虽然也有赞助，但需要还上一年的债务。

二、人员流动性大，全靠对赛车的热情

1. 理工车队：老兵人在国外依然心系车队

北京理工大学张雨甜告诉记者，他们车队的人员构成是机械车辆学院占大部分，剩下的部分来自学校的各个专业，比如电子、自动化、计算机、外语、艺术设计等都有。

新队员的招募有两种方法：一种是全校广泛报名，谁来报名都行，还有一种是由老队员的学弟学妹们推荐，"我们不想把人员局限在机械专业这一块。"

新队员招来之后，还要进行统一的面试，然后再培训。在老队员还没离队的时候，把他们的工作经验，手把手地往下教。"以老带新的工作，我们一直做得比较好。"张雨甜说。

北理工车队有两辆车，他们每年的核心队员在30人左右，剩下还有一些队员预培养，整个团队有50多人，每届比赛之后除去离队的，还能剩下20多人，因此需要再招20多人，从新人中再补充10多名到核心成员中，剩下的继续培养。

因为这项比赛并没有经济上的收入，靠的都是大家对赛车的热情，所以对于队员中途退出的情况也并没有特别的规定。为了避免这种情况的发生，他们在招新的时候，会考虑新队员未来的发展方向，如果计划将来在学校继续读研，那就会比较合适，如果有出国的打算，他们就会慎重对待。

张雨甜说，从现在看来，他们招的队员都挺负责。即便有老队员离开，那个组的学弟们也能衔接上来。上一届比赛时，车队的发动机组长到了德国后，还经常通过网络关注车队的进展，学弟如果在技术上有问题，他也会及时给予帮助。

2. 北航车队：注重专人专事，队员各有分工

北航AERO车队现任队长张振东说，车队一开始"群众基础"并不好，很少有同学知道这项比赛，人才的选择面也比较小。直到去年，他们车队无论是比赛成绩，还是车辆的外观、性能，都有大的提升，在学校的知名度也逐渐提高，"越来越多的牛人加入到这个车队。"

因为这项比赛除了动态的比赛项目，如高速避让、耐久赛外，还有静态的项目，如设计答辩、营销报告以及成本报告等，囊括的领域很广，所以车队需要各种专业的人才。飞行器设计专业是北航的特色，车上的空气动力学套件、前后翼以及底盘扩散器都是这个系的同学

作为主力来研究的；整个车队的宣传、视频，都是由新媒体专业的人来负责的。

张振东说，在招新的时候，对于新人并没有规定具体的要求，"只需要积极向上的态度和足够的热情"。而且所有的新人都是从头开始学，老队员也会花时间和精力去教他们。待新人对赛车有了足够的了解，再根据他的兴趣和他的能力分派组别。

因为学生设计赛车并参加比赛没有任何经济上的收入，因此，没有足够的热情是无法坚持下来的。在设计的中途也有退出的情况，这时只能从别的组挑人去顶这个空缺。"今年设计发动机水路的一个同学到中途不做了，只好从另一个设计发动机排气的组里挑了一个本职工作完成得差不多的队员去顶一下空缺。"

三、讲求团队精神，不同小组各司其职

1. 理工车队：时间安排紧凑，时刻保持沟通

陈浩瀚是北理工方程式车队空气动力组组长，作为车队主力成员的他，目前已经保研，下届比赛，他将继续带领队员们一起打造新一代的黑鲨战车。

北理工方程式车队的人员构成是这样的：一个队长、一个副队长、一个车队经理。车队经理管理设计组、宣传组、财务组，在副队长底下，有车身组、车架组、底盘组、空气动力组、电控组、传动组等。"到最后，整个工作都密不可分，工作中有很多交叉的地方。"

每年11月至12月份，是新队员理论的积累和实际工程软件应用的学习，12月至次年2月份是设计阶段，各组定一个初稿，3月份确定虚拟建模阶段的定稿，定稿之后陆续开始加工，最后装车的时间是在6月份。进入暑假，就是车辆的调试，暴露车辆各方面的问题。在这个阶段，如果出现新问题，晚上立马加工，第二天再去试车。这也是车手熟悉赛车的一个过程。到了9月份，大家就开始准备参加比赛了，查阅比赛规则、筹备比赛物资等。

在整个过程中，对于团队协作，职责为仿真设计的陈浩瀚深有体会。他说，在前期仿真设计的阶段，一定要保证信息的沟通，"悬架的应点是车架的设计标准，而车架的结构形式是空气动力组的设计标准。因此，必须随时了解最新一版的车架是什么样的，我才能进一步修改我的设计。"

在前期设计阶段，每周会开一次会议，到了设计任务比较繁重的阶段，三天开一次会，"各个组的负责人都会来，告知各自组里的进展以及与其他组的配合情况，指导老师也会指出改进的地方，不断去完善这辆车。"

2. 北航车队：加强相互了解，矛盾才能协调

北航车队队长张振东说，车队分有不同的组，涉及要加工的组，大致会经过设计、建模、出图加工、装配、调试等一系列过程。比如车架整体组，3月份左右它要先把车架设计出来，与此同时，其他组也开始完成类似的工作，当所有组的模型都建出来之后，队员就会在电脑三维软件里面对各个部件进行组装。"在电脑上组装之后，要尽量避免大的设计方案的修改。"

在组装之后，就会出图纸加工各个零部件，所有零部件加工完成之后，就开始装配整车，然后对车辆进行调试。一般在暑假开始后，车队就要开始加工并进行整车装配。整车装配完之后，就要去赛车场对车辆进行细致的测试。一切完成后，也到了开学的时候，这时就要准备比赛用的各种物资，迎接本届比赛的到来。

张振东说，在打造赛车的过程中，"出现矛盾是必然的"，最首要的问题还是经费，赛季初每个组都要做预算，总量只有那么多，如果这个组预算超支，那么就只有挪用其他小组的费用；如果这个组设计的零件要占比较大的空间，而另一个小组设计也要占比较大的空间……这个时候，就必须协调，车队就会从整个赛车的性能考虑，决定哪部分要妥协让步，哪部分要保持。

整个车队有40多人，协调他们之间的关系也非常重要。车队会组织一些活动来加强团队建设，比如举办一些定向越野活动、聚餐等，在活动时，尽量把每个组打散再分组，这样可以加强队员之间的了解。

四、大学会造赛车，领先技术出自校园

1. 理工车队：黑鲨四代换挡只需200毫秒

北理工方程式车队空气动力组组长陈浩瀚告诉记者，黑鲨四代的设计目标，就是轻量化和提高弯道速度。

黑鲨四代采用的是单缸机，因为黑鲨三代采用的是四缸机，因此发动机的排气系统、进气系统、水冷、油冷都需经过一系列的改动。除此之外，黑鲨四代还采取了一些空气动力学套件，利用气动的效应增大轮胎的抓地力。

轻量化改革中，还有一个较大的变化则是采用了气动换挡。电控组组长乔佳楠说，在设计黑鲨四代时，他们通过实验和试车发现了电磁阀的特点，后来决定只采用一个电磁阀，这样带来的直接好处就是体积和重量的减少，"体积上从全国来说应该是最小的，重量上也是最轻的。"

正是这种轻量化的改革，使黑鲨四代取得了显而易见的成绩，在激烈的比赛中，黑鲨四代的换挡也只需200毫秒。

但这次改革，也带来了一些不稳定的后果，车架组组长樊伟在赛场目睹了它带来的惊喜与惨烈。在最后的耐久赛中，黑鲨压轴出场，它第一圈就刷新了赛道的圈速，以后每一圈都在刷新自己的成绩。此时处于领先位置的是来自德国斯图加特大学的赛车，参赛的中国选手们都在为黑鲨加油，都在喊"超斯图！超斯图！"黑鲨也不负众望，一度超过了德国的赛车。

然而就在跑完7圈换车手的时候，裁判发现发动机出现了漏油的情况，为了安全起见，裁判按照规则中止了黑鲨参加比赛。"只要第二个车手把比赛完成，我们就是冠军。"回忆起当时的一幕，樊伟非常遗憾，不过他依然乐观地说，"这证明轻量化技术改革的方向是正

确的，只是不够稳定，它也为下一届比赛提供了宝贵的经验。"

2. 北航车队：悬架自己设计，工具自己来做

相较于以前，北航车队今年的赛车在一些性能上有了很大的改变。负责悬架设计的底盘组组长汪小银告诉记者，今年的悬架无论是结构还是性能，都有了较大提升。这得益于他们首先在理论上的储备，去年招新完毕后，他们所在的组每周都会组织学习座谈会，他们先后进行了8次理论学习，大大提升了理论水平。另外，在设计目标时，他们还对悬架做了动力学的优化和结构上的轻量化，并为此做了很多关于悬架的动力学仿真。

全新设计的悬架，一方面使得赛车后轴后面的空间更加紧凑，更重要的是使赛车的性能得到极大提升：在极限拐弯的时候，轮胎有足够的抓地力。

张振东说，设计出来的理想尺寸和加工出来的尺寸一般都会有差距，这时就需要用各种办法来保证它的精度。为此，他们自己设计了一套焊接夹具，在焊接过程中用这套夹具去定位，把每一根管件，每一个连接块都卡在他们需要的位置上，然后再去焊接，这样就达到了比较理想的效果。

辛勤的努力在赛场上收到了成果，"8字绕环得第4名就说明了这一点。"而底盘组组长汪小银说，明年他们会在轮胎上花更大的工夫，"轮胎是一个弹性体，今年没有轮胎数据，给仿真带来一定的困难，我们只能把轮胎当钢体来算。明年打算做深入一点，从厂家买轮胎的数据，输入软件里，使仿真模拟更加真实。"

带着所有到场队员的签名，北航AERO车队圆满完成了2013赛季大学生
方程式大赛的所有项目比赛

Formula SAE（FSAE）由国际汽车工程师学会（SAE International）于1978年开办，其概念源于一家虚拟制作工厂，向所有大学生设计团队征集设计制造一辆小型的类似于标准方程式的赛车，要求赛车在加速、制动、操控性方面都有优异的表现并且足够稳定

耐久。

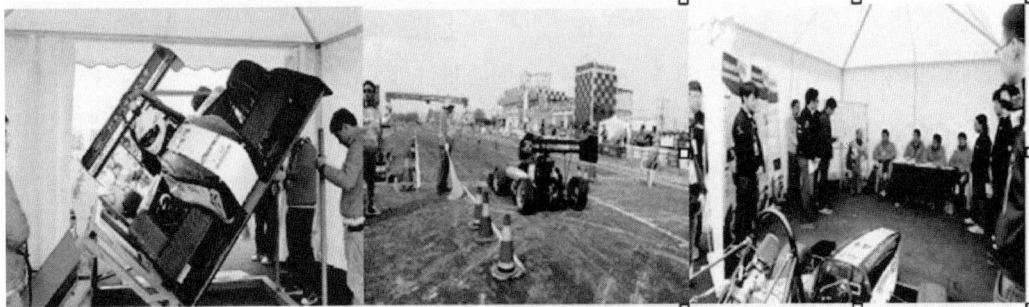

所有参赛车辆都要经过
60度侧倾的测试

北航车队的赛车在直线
加速赛的发车线上

赛车参加静态的评比:
设计答辩

北理工车队的电动赛车——银鲨

　　国际上第一届比赛于1979年在美国休斯敦举行,参赛的13支队伍中有11支完赛。当时的规则是制作一台5马力的木制赛车。赛前车队通常用8—12个月的时间设计、建造、测试和准备赛车。随着汽车工业驱动技术的不断革新,以混合动力、纯电动汽车为主的大学生方程式赛事同样发展迅猛,美国是首个开始混合动力FSAE项目的国家;而电动车参加该赛事则在德国赛组委会的极力倡导下迅速发展起来。

　　与其他赛事不同的是,该项比赛通过一系列静态和动态的项目来评判汽车的优劣,这些项目包括:技术检验、成本分析、市场陈述、工程设计、单项性能测试、耐久测试、燃油经济性评估。通过给这些项目打分来评判汽车的性能,比赛分值为1 000分,综合排名最高者获得冠军。

　　另外,比赛也对赛车的规格做了限定,比如使用排量不超过610cc(汽油机),安装内径20mm的进气限流阀，轴距不小于1 525mm，必须能够制动全部四个车轮，悬架行程不小于50.8mm等，除此之外，还有大量的关于安全和结构强度的要求。

中国自2010年引进FSAE赛事以来，国内高校车队发展迅猛。今年10月中旬，大学生方程式比赛在湖北襄阳梦想方程式赛场落幕，来自国内外55所大学的60支车队参加比赛，其中油车组有50辆，电车组有10辆。厦门理工学院AMOY赛车队摘得总成绩第一。

（作者：姜宝君）

【光明网】北京理工大学开辟形势与政策教学新途径

来源：光明网　日期：2013年12月2日

原文链接：http://edu.gmw.cn/2013-12/02/content_9674449.htm

光明网讯（记者 王焕君）日前，在提升形势与政策教育实效方面，北京理工大学成功举办了"第十届学生时事论坛"。据了解，北京理工大学连续9年在全校学生中开展时事论坛活动，以其灵活的教育形式、显著的教育效果赢得了一致好评。同时，会上中华人民共和国前任驻德国、奥地利大使馆参赞王熙敬教授也对时事论坛比赛的举办给予了很高的评价。

会上，中宣部《时事报告》杂志社副总编张旭对学生的激情与分析能力很有感触，并用

"真、善、美"三个字来评价学生。

学生工作处副处长许欣表示，学生时事论坛并不是一项孤立的工作，学生通过这项工作整合了其他的相关教育工作，丰富了教材内容、扩大了教师队伍、创新了教学模式、提升了实施措施，形成了一个更加完善、更富吸引力的形势与政策教育体系。

同时，在评选环节结束后，许欣宣读了《关于聘请12位同学担任第七届"形势政策学生宣讲团"讲师的决定》。据北京理工大学学生工作部相关老师介绍，学校将每届时事论坛决赛视频作为在低年级学生中开展形势与政策教育的音像教材，并且，聘请这些学生为"北京理工大学学生形势政策宣讲团"讲师，由党委学生工作部统一培训，开展形式与政策小讲师试点工作，既能缓解形势与政策课师资紧张的现状，又能为"两课"课程教学提供有益的补充。

据悉，此次时事论坛以"学形势与政策，论天下风云"为宗旨，评论主题涉及政治、军事、经济以及社会生活等方方面面。在本次论坛中，12位选手以其独特的视角、翔实的资料、精彩的演讲，引发听众对参赛论坛发起深思，既在学生中普及了时事知识，又带动了广大学生开展对相关背景事件、各方观点的思考与讨论。

（作者：王焕君）

【中国青年报】北理工学生冯昊怡：网游是青春的坟墓

来源：中国青年报　日期：2013年12月16日

原文链接：http://zqb.cyol.com/html/2013-12/16/nw.D110000zgqnb_20131216_2-12.htm

原标题：冯昊怡：网游是青春的坟墓

尽管不喜欢"用同龄人教育同龄人"，但18岁的冯昊怡还是"一不小心"成了励志故事中的主人公。

在北京理工大学今年的开学典礼上，校长胡海岩致辞时以计算机专业2013级新生冯昊怡为例激励同学们"自强不息、敢于担当、追逐梦想"；而冯昊怡本人也作为新生代表上台发言，和同龄人一起分享了"因为家境不好，只能让自己更早成熟"的经历以及"早熟的副产品"。

这个来自河南登封的农村男孩，从高一起就边读书边"做生意"赚钱，不仅解决了自己的学费、生活费，还时不时为家里添置大件；今年高考结束后，他开办了一个面向高中生的补习班，居然招了100多名学生，两个月赚了7万元。

用知识创造财富供自己读书

冯昊怡上高一时，一直在煤矿工作的父亲患了硅肺病，不能再下井挖煤，只好回家和母亲一起务农；而两个姐姐一个在读大学，一个刚刚毕业，工作还没有着落，家里的经济压力骤增。

为了减轻父母的负担，14岁的少年开始琢磨起了"生财之道"：自学计算机知识，为一些小企业设计网页，或者做搜索引擎优化；给刚刚兴起的网络商城做校园代理；在校园里推销教辅材料，"高中我卖出去了1万多本书。"冯昊怡笑嘻嘻地回忆自己的销售业绩。

冯昊怡的"生意"离不开网络，他白天在学校学习，晚上回到自己租的房子里，用姐姐淘汰的一个旧笔记本电脑上网"工作"，经常忙到凌晨两点才睡，5点30分又起床返校。

一心想扛起家庭重担的冯昊怡并不觉得这样的生活辛苦，而是自豪地从高一下学期开始，再没拿过父母一分钱，还给家里买了第一台空调、第一套沙发。

而最让冯昊怡感到骄傲的一点是，他一直是在用自己的头脑、知识和技能创造财富，"从来没干过去餐馆端盘子、洗碗"之类的纯体力活儿。

虽然颇有商业头脑，但冯昊怡的"生意"也有"翻船"的时候。去年高考过后，他就办过一次补习班，只招来40多个学生，却请了10个老师，结果当然是亏损。

因为生病发挥不好，冯昊怡的第一次高考成绩只比一本线高出30多分，上不了好大学，他决定复读。考虑到英语是自己的短板，复读期间冯昊怡打算去一家著名培训机构上个补习班。可报名时他发现"太贵了","7个课时，学费2 980元，几乎是我爸妈半年的收入，农村孩子根本上不起！"

本来因为赔钱，打算再也不办补习班的冯昊怡，想法变了："接着办，我要办让农村孩子上得起的补习班。"

今年高考一结束，冯昊怡就投入到自己的"事业"中。这次他有经验了，教师只有包括他在内的3人，但各有专长；共180个课时，学费只有600元；课程除了语文、数学、外语外，还有高中生最关心的心态和情感课。

因为教的内容"实在、有用"，今年的补习班招生很好，不仅教室里满满当当，楼道里都坐着学生。

18岁生日做了18个小时的练习题

"忙着赚钱会不会影响学习？"这是高中期间父母和老师最担心的事，也是冯昊怡被问得最多的问题。

今年高考以601分的成绩考入北京理工大学后，冯昊怡被视为"赚钱与学习两不误"的典型。但冯昊怡坦言，赚钱对学习还是有点影响。"我初中时一直是年级第一，中考以全市第一的成绩考入登封一中，但高中再没拿过第一了，最好的成绩是年级第五。"

不过，冯昊怡对此并不在意，"我从初中起就不太看重成绩和名次了。想想看，上小学后谁还会关心你上幼儿园时拿过多少朵小红花？高中时谁会在乎你初中考第几名？看起来我是不务正业，但接触的东西多了，我才知道自己真正喜欢什么，适合做什么。"

冯昊怡和人们印象中努力刻苦学习的农村贫困生形象的确不太一样。他课余用在课本上的时间并不多，对待作业，他的态度是："语文作业坚决不做，数学作业一定要做，英语作业选做"。高中时间那么紧张，他仍然坚持每周都要买一些新闻类和计算机类的杂志读，还经常溜达到国外的网站上闲逛，只要有新电影上映，一定要挤时间去看。

不过，看似不刻苦的冯昊怡该勤奋的时候绝不含糊。初三时，他因为患强直性脊柱炎而休学了7个月，住院的日子里，他坚持自学，中考前3个月才返校，结果拿了全市第一。也正是在住院这段时间，他出于兴趣自学了计算机和网络知识，为高中"做生意"埋下了伏笔。

高三复读，背水一战。18岁生日那天，冯昊怡做了18个小时的练习题——6个小时的数学题、6个小时的英语题、6个小时的理综题，以此当作自己的成人礼。

让人意外的是，无比热爱计算机和网络的冯昊怡，最看不惯身边一些同学从早到晚打网游或者刷微博、微信、QQ，"生怕别人看不到自己的状态"，"通过别人的点赞和评论来确定存在感"。在他看来，这种网络生存不过是看一些八卦而已，什么东西也学不到，纯属浪费时间。

于是，开学典礼上代表新生发言时，冯昊怡和大家分享的其"早熟的副产品"里，除了感恩、责任、行动力之外，还有一项内容是："网游是青春的坟墓，手机也是青春的坟墓"，90后应该从虚拟世界中走出来，在现实世界中寻求自我价值的实现。

如今，冯昊怡一边忙着大学的学习，一边还继续谋划他的补习班事业：和2 000多名高中生在QQ上交流，了解他们的需要，研究他们的心理，为下一次暑假回乡开补习班聚拢人气。

（作者：李丽萍）

【人民网】"青春伴夕阳"孝心微行动走进北京理工大学

来源：人民网　日期：2013年12月20日

原文链接：http://ccn.people.com.cn/n/2013/1220/c366510-23902335.html

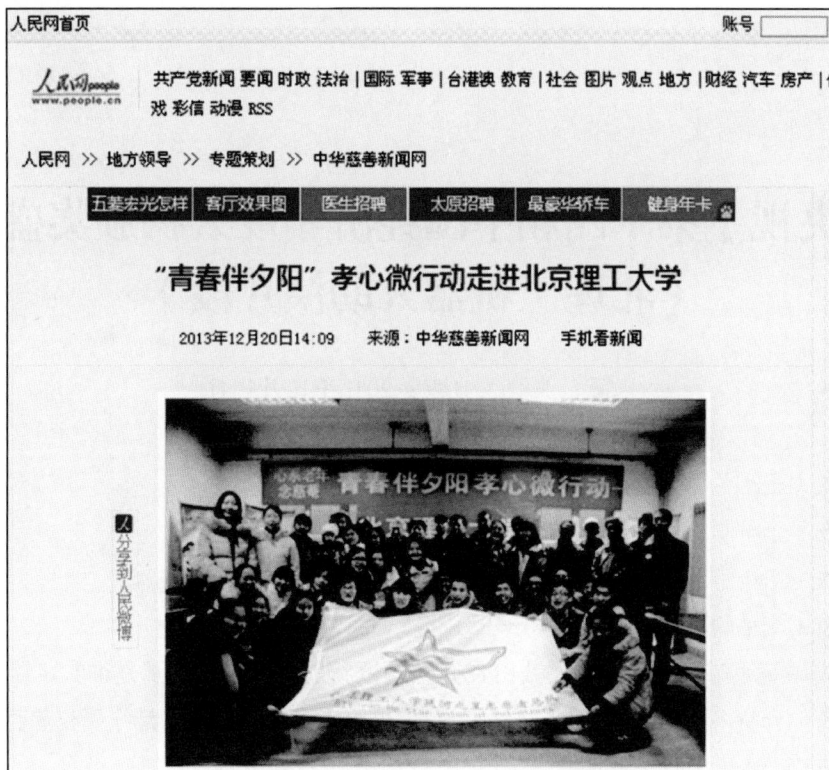

近日，由全国心系系列活动组委会、中国老龄事业发展基金会主办，北京理工大学延河之星志愿者总队承办的"心系老年"孝心工程——"青春伴夕阳"孝心微行动走进了北京理

工大学良乡校区。全国心系系列活动组委会办公室副主任郑丽、北京理工大学延河之星志愿者总队副队长许琪瑞、良乡校区周边社区的老人以及志愿者等50余人参加了活动。

为弘扬中华民族孝亲敬老的传统美德，以"青春伴夕阳"为主题的一场特殊的乒乓球赛在北京理工大学成功开展，这场乒乓球赛是大学生志愿者和周边社区老人互相搭伴成组进行的双打比赛。本次活动旨在提倡为老年人建立幸福和谐的家庭生活，号召广大青年人特别是大学生群体积极参与到为老服务活动中来，开展校园与社区、敬老院等涉老机构的结对帮扶，倡导青年人关爱父母，关心老年人，进一步弘扬中华孝道。

比赛开始前，全国心系系列活动组委会办公室副主任郑丽发表了讲话。在讲话中，她对本次活动给予了高度评价，希望通过"心系老年孝心工程"的开展，大力弘扬孝亲敬老的传统美德。随后，志愿者和老人一起合唱了活动主题曲《孝心住我家》，呼吁广大青年人多回家陪陪自己的父母，孝敬父母，关爱老人。

经过五轮比赛后，冠军产生。全国心系系列活动组委会办公室副主任郑丽、延河之星志愿者总队副队长许琪瑞分别为冠军组和其他优胜组颁发了证书和奖品，所有参赛队伍都获得了志愿者赠送的精美小礼品。通过此次活动，志愿者们加深了对中华民族孝亲敬老传统美德的认识，为未来开展敬老活动积累了宝贵经验。

（作者：唐士位）

【央视】第十四届中国经济年度人物颁奖盛典（北理工机器人助演片段）

来源：央视　日期：2013年12月16日

主持人（王小丫）：那你平常喜欢玩什么啊？

小朋友（李承聪）：玩具车。

主持人（王小丫）：玩具，就是那种遥控车，是吗？

小朋友（李承聪）：是。

主持人（王小丫）：你看看，我给你介绍两位新朋友。看看，那是谁？机器人。这个机器人我给你介绍一下啊，它们是"红豆"系列机器人，今天派出的是绿豆和蓝豆。嗨，您好，绿豆蓝豆，给大家打个招呼吧。

机器人（绿豆和蓝豆）：你们好。

主持人（王小丫）：听出来了吗，这是男低音啊，音色很好。那我们跟机器人合作一曲好不好，它们要跳舞，你给它们伴奏可以吗？

小朋友（李承聪）：可以。

主持人（王小丫）：可以，你很高兴吧。那你想一下我们弹什么曲子让它们跳呢？愿意弹什么？

小朋友（李承聪）：《澎湖湾》。

主持人（王小丫）：《澎湖湾》，好啊。大家都很熟悉，我们可以一起给他来打拍子，好不好？我们聪聪和绿豆蓝豆的合作现在就开始了，用掌声来欢迎他们。来，我们到这来吧。

机器人（绿豆和蓝豆）：可以开始吗？

主持人（王小丫）：机器人等不及了，它性子很急啊。来，可以开始。预备，起。

主持人（陈伟鸿）：非常可爱的小朋友和机器人之间的合作表演。比尔盖茨曾经说过，如果再次回到20岁，他愿意从机器人开始他的创业。那刚刚和聪聪小朋友一起合作的两个机器人来自北京理工大学，是国家"863项目"研制的。

【北京考试报】遥想考试当年

来源：北京考试报　日期：2013年1月9日

原文链接：http://www.bjeea.cn/uploads/softnew/81-130108163715.Pdf

时光如白驹过隙，仿佛就在一转眼间，我就成为一名大学生了，新的生活固然缤纷多彩，而旧时的岁月也依然令我记忆犹新。在过往的18年中，令我最难忘的，莫过于那段考试生涯。

思索良久，我想把我的考试生活分为三个部分。

第一种考试，叫做期末，当我将一个普通学期熬到了头时，除了放假的激动，就是阻挡在前的一座大山——期末统考，为了翻越此山，每当考试前的几个星期，无论平时如何懒散、松懈，这时我都会一反常态，如饥似渴地做着各科练习题，在一段如火如荼的临阵磨枪后，奔赴考场。同样，无论我平时如何精准地踏着铃声走进教室，那些天也会果断早起。这种日子每年有那么两次，我对此既适应又不适应。之所以适应，是因为每年都有两次，所谓不适应，是因为每年只有两次。期末固然很累，但与接下来的考试相比，却亲切得像一个好朋友。

第二种考试，是中考——初三那一年的主旋律。现在看来，中考好像很简单，不过对于当初懵懂无知的少年来说，它无疑是对人生前途命运的"抉择"。因此，我们会捧起教科书，将个人文娱爱好抛诸脑后，废寝忘食、挑灯夜战。中考之前，我很紧张，每天幻想的只有两件事：一是自己考了很高的分数，二是自己考入了多么著名的高中。这些游思和空想充溢着我的闲暇时光，整个人也都绷紧了似的，生怕忘了刚看过的概念，又忍不住返回再看一眼，周而复始。当我真正走进考场时，又是另一番感受，除了紧张，多了些新奇。拿到试卷，开始时我每个字都写得慎之又慎，后来发现时间不多了，又开始奋笔疾书。当最后看见许多不知是天才还是什么都不会的考生交了卷子徐徐走出考场时，我本来就忐忑不安的心里又添了几分紧张。终考铃声响起的那一刻，怀揣各种心情的我也走了出去，不知是该遗憾还是该超脱，但无论如何，中考最终有惊无险地过去了。

第三种考试，就是众望所归的高考了。如果说中考是初三的主旋律，那么高考就是高中的唯一目标。高考在我脑海里留下的印象，绝对是不可磨灭的。当我还是高一新生时，老师就开始通过多种渠道传播着高考的"盛况"；当我正式读高三时，汹涌的练习题排山倒海地冲了过来，甚至可以用目不暇接来形容。刚开始时，我会尽量全力以赴地对待每一次考试，但随着考试风暴一次又一次地来袭，考试的名次逐渐被淡化了。然而考前的倒计时却从未停止，距高考只剩下一个月时，教室里洋溢着夏季的闷热，同学们都在靠意志力埋头苦读，一切都是那么安静。终于到了考试当天，考点门口聚集着密密麻麻的人群，有考生、家长、老师和许多关心高考的人。我走进考场，通过层层检查，坐在那里努力地回忆着早上刚刚看过的内容，直到开考时，手心还在出汗。题一道一道地写了，时间也一分一秒地度过了，一切都是那么的匆匆，但这次没有了提前交卷的人。最后一科考完时，考生或欣喜，或失落，或平静地走出考场，考点门外早已人声鼎沸，车辆鸣笛，亲朋呼喊……总之，我的高考有着一个盛大的收场。

回首这些考试片段，感触良多。我永远不会忘记那一个个睡眼惺忪站在楼道诵诗的早晨，埋头苦学、手脚酸麻的中午，窗外漆黑、屋内依旧灯火通明的深夜……它们虽已过去，却是美酒，历久弥香；是丰碑，长久难忘；是激励，经久不竭。我不知道未来还有多少这种日子，但因为有这些，我可以昂首阔步，不留一丝遗憾地走下去。

（作者：北京理工大学　朱彧良）

【北京青年报】一名大一学生的高中恋爱观

来源：北京青年报　　日期：2014年1月6日

原文链接：http://zqb.cyol.com/html/2014-01/06/nw.D110000zgqnb_20140106_2-12.htm

新年前夕，一名高中生在和本版编辑交流时无意中透露，她周围不少男女同学都在和父母、老师斗智斗勇，突破层层封锁，想方设法共度跨年夜，相约"一生一世"。在一个专门为高考开通的微博账户上，我们发现，很多高中生提出的问题和高考无关、和学习无关，却和爱情有关。

看来，无论哪个时代的高中生，都不可避免地要和感情问题狭路相逢。对于中学校园里的恋情，在更开放的环境下成长起来的"95后"如何做？怎么看？现在高中生的父母大多是"60后""70后"，比起上一代父母，教育观念更新，也更开放，他们对于"早恋"的态度是不是更开明？在新的时代环境下，学校的校长和老师又该如何对待恋爱中的宝贝们？

从即日起，我们将在本版展开以"中学生恋爱之我见"为主题的报道和讨论，欢迎广大中学生朋友、家长们、老师们积极投稿。投稿地址：北京东直门海运仓2号《中国青年报》"成长"版。邮编：100702，电子邮件：jiaoyu@cyd.net.cn

提起高中生早恋，大家马上会同"叛逆""堕落""学习退步"等关键词迅速联系在一起，部分高中不仅规定高中生不能谈恋爱，而且连男女生结伴走路都要禁止，打饭也要男生女生各排一队，高中生恋爱难道就真的这么可怕吗？

事实并非如此。单一的评价机制导致中国很多教师试图用一个模板来解释学习成绩好的原因，在这套模板下，爱生活、爱劳动、爱大自然，不打架、不网游、不谈恋爱的才叫好学生。谈恋爱的同学即使考得好也被认为是暂时的侥幸，成绩退步被认为是最终圆满的归宿。

我和我的团队曾经与高中3个年级共1 100多名学生通过网络、电话、面对面等方式进行交流，在历经3个月之后，统计的结果出乎我们的意料。在最令高中生困惑的问题中，占第一位的不是学习方法或者学习心态的问题，而是情感问题，有超过74%的学生在交流过程中表示了自己对于感情的困惑和迷茫，占第二和第三位的分别是心态和学习方法的调整。

现在的高中生普遍出生于1995年以后，大多是独生子女，学生们遇到问题往往没有可以对之倾诉的兄弟姐妹。他们的父母又大多出生于20世纪60年代末70年代初，现在的"95后"与父母在相同年龄段时相比，早熟已经不是个别的问题，而是普遍现象，是互联网时代的必然结果。家长和老师接触新事物速度慢，在和孩子沟通时又不愿放下身段，往往以"过来人"自居，殊不知，孩子们正在走的路以及将要走的路和当年相比已经发生了很大的变化。

家长和老师在面对感情时往往带有目的性，每每教育早恋的学生时都要问："你们能在一起吗？你们能结婚吗？"他们认为不以结婚为目的的恋爱都是耍流氓。实际上，独生子女一代谈恋爱，更多是渴望自我被认可的诉求的折射，恋爱使他们在浮躁的社交网络的冲击下找到归属感和安全感，生活中的烦心事有人倾诉，开心的事有人分享，这种归属感和安全感是友情和亲情无法替代的。而且在恋爱或者准备恋爱的过程中，从小在温室中长大，一直处于被爱状态的孩子们开始学着关心周围的人，变得乐于分享，这种单纯的感情与婚姻无关，却在不知不觉中教会孩子们成长。

在高考的重压之下，为了追求分数，很多学校砍掉了针对高中生的情感和心理教育，只是一味地告诉学生"你不能""你不准"，发现有恋爱的，通报批评，甚至"株连九族"，扣除班级积分。这种粗暴一刀切的教育方式的出发点是为了威慑谈恋爱的学生，但是这种威慑和学生们渴望自我认同感的诉求相比根本微不足道。唯一的结果是，使得谈恋爱的学生背负很大的心理压力，整日处在矛盾中，成绩稍微退步就会自责，这种消极的自我暗示是大多数恋爱中的学生成绩退步的原因。

事实上，不谈恋爱的学生也不能一直进步。而且学习和恋爱是不矛盾的，难道好老师都是不结婚一心一意为教育事业奉献一生的吗？我曾经跟一位知名教育工作者谈起我高中恋爱和后来复读的经历，他很自然地说，看来谈恋爱还是对学习有影响的。听完后，我瞬间为他丰富的联想能力和强加因果的智慧而动容。事实上，我复读是因为高考那天吃坏了肚子，我在谈恋爱前是年级的80多名，高考是市里的第四名。而我的女朋友，在谈恋爱后变得非常努力，数学成绩从80多分的全班倒数，到最后高考全市第二名的128分。在这个过程中，我们遇到问题相互帮助，更多的是一种心理的鼓励。

不过，这并不代表我们就应该鼓励中学生谈恋爱。我认为，学校和老师对此的正确做法是，老师应该敢于把感情问题带入课堂。大家一直呼吁要为学生减压，其实重要的不是减少作业量，而是减轻学生心理的负担。解决心理负担的首要问题就是正确引导高中生的感情。对没有恋爱的同学，让他们通过成绩和参加课外活动来获得自我认同感；对于恋爱中的学生，要告诉他们在一起之后怎样互相帮助才有利于学习，而不是一些单纯的打击。磨刀不误砍柴工，只有情感问题得到解决，学生们才能更好地学习。

最后我想对中学生说：如果真能找到一个相互认可的人，那就秉着平等互惠的原则和携手共赢的目标，谈个"恋爱"也未尝不可；但是如果对方小心眼，经常吃醋搞冷战，那就果断分手，否则，确实影响心情。恋爱并不意味着每天的短信电话，而是能在关键时刻给对方支持。在你伤心时的安慰话语、成绩波动时鼓励的眼神，就已足够。恋爱在多数时候就是安静地陪伴。如果你"喜欢"的人不"喜欢"你，那就不要花时间追求了，好好学习，宁要高傲的孤独，不能卑微地恋爱。如果你们发现在一起不合适，那就各走各的独木桥，各刷各的支付宝，互道一声"万事如意，岁岁平安"。唯有好好学习，方可感天动地。

（作者：北京理工大学　冯昊怡）

媒体2013
北理工

第五章　四海功业立彰北理工情意，绿茵凯歌起显学生军豪气

【央视新闻频道《新闻直播间》】采访
北理工杰出校友、国家最高科技奖得主王小谟

来源：央视新闻频道《新闻直播间》　　日期：2013年1月22日

旁白：国家科学技术奖励大会今天举行，代表我国科学界最高荣誉奖揭晓，共授奖7位科技专家和330个项目。

主持人（贺红梅）：观众朋友们，中午好！

主持人（崔志刚）：中午好！

主持人（贺红梅）：欢迎您收看新闻频道和综合频道并机播出的《新闻30分》。

主持人（崔志刚）：下面来看详细内容。

主持人（贺红梅）：本台消息，中共中央国务院今天上午在人民大会堂隆重举行国家科学技术奖励大会。胡锦涛、习近平、温家宝、李克强、刘云山出席大会，并为获奖代表颁奖。习近平主持大会，温家宝代表党中央国务院在大会上讲话，李克强宣读奖励决定。中国科学院院士、中国工程院院士、中国科学院力学研究所研究员郑哲敏，中国工程院院士、中国电子科技集团公司电子科学研究院研究员王小谟获得2012年度国家最高科学技术奖。

主持人（贺红梅）：我们再来了解一下相关的背景。国家科学技术奖设有5个奖项，分别是国家最高科学技术奖、国家自然科学奖、国家技术发明奖、国家科学技术进步奖、中华人民共和国国际科学技术合作奖。其中国家最高科学技术奖是我国科技界的最高奖项，每年授予人数不超过2名，同其他4个奖项不同的是，国家最高科学技术奖最终需报请国家主席签署并颁发证书和奖金。我国著名的数学家吴文俊、杂交水稻之父袁隆平是这一奖项的首届得主。此后，发明激光照排技术的王选、我国半导体物理学的奠基人黄昆、中国航天事业的见证人孙家栋等先后获得了这一科技界的最高荣誉。为了摘取这项桂冠，要经过严格的评选流程，可谓万里挑一。

主持人（贺红梅）：每当提起战争，人民总是联想起呼啸而过的飞机和导弹，但是很少有人知道有一种特种飞机扮演着千里眼和指挥官的重要角色，这就是预警机。2012年度国家最高科技奖的获得者，74岁的中国工程院院士王小谟就是我国预警机的开拓者和奠基人。

旁白：（导引：率先通过天安门广场上空的是多机编队的领队梯队，带队长机是空警2000预警机。）这是2009年10月1日国庆60周年阅兵式上，机群飞过天安门广场的壮观场景，领航机型就是我国自主研发的预警机空警2000和空警200，这也是中国预警机第一次在全球观众面前公开亮相。作为预警机的研制者，中国工程院院士王小谟在看台流下了激动

的泪水。王小谟是雷达专家，早在20世纪60年代和80年代，他和团队就先后研制成功我国第一部三坐标雷达和中低空兼顾雷达，完善了我国防空网的建设。国产预警机立项时，王小谟已年近七旬，在他的指挥下，只用了不到十年的时间，我国就走完了西方几十年的路，成功研制出自己的预警机空警2000、空警200。这两型预警机创造了世界预警机发展史上的9项第一。取得成功以后，王小谟院士，依然没有停止脚步，继续研制更新型的预警机。

2012年度国家最高科学技术奖得主（王小谟）：我在中间那个观礼台上，那个红观礼台上。结果（预警机）一来以后，我忍不住第一句话就跟旁边几个人说，那是我们搞的。他们说，好啊。我这眼泪就掉下来了。我们这口气真是在那个时候就争上来了，让全世界看到我们的预警机飞过去。预警机搞出来，是我们国家综合实力的表现。现在是这样，就这一架飞机已经比世界上任何一架预警机都要好了，是世界第一的。成功在于再坚持一下。很多东西看着不成功了，你再坚持坚持就成功了。预警机的目标，我们想做到"国际领先"。那么什么叫"国际领先"，就是先进的国家，搞预警机的这些人，要看着我们脸色来。（我们）搞什么，他们就搞什么。这就叫领导潮流。

主持人（文静）：刚才，大家看到的是今天刚刚获得2012年度国家最高科学技术奖的中国科学院院士、中国工程院院士、中国科学院力学研究所研究员郑哲敏和中国工程院院士、中国电子科技集团公司电子科学研究院研究员王小谟。郑哲敏院士今年已经88岁了，他因为在爆炸力学方面的突出贡献而获奖。王小谟院士今年75岁，因为在雷达工程方面的贡献而获奖。两位都是在科研岗位上奋斗了大半生的科学家，那么今天，他们获得的这个奖项，也是国家对于两位做出杰出贡献的科学家给予的最高的荣誉了。接下来，我们的《新闻直播间》就进入到特别直播的时段，今天我们请到了这两位大家。

导引：气势磅礴的空中梯队呼啸而至。受阅的12个梯队，共151架飞机。率先通过天安门广场上空的是多机编队的领队梯队，带队长机是空警2000预警机。蓝天骄子，携雷霆之势，展空中雄姿。

主持人（文静）：这段画面，估计看了以后，很多人都会带来一种回忆，而且是很激动的回忆。现在继续我们的特别直播。刚才看到的这段录像是2009年新中国成立60周年阅兵仪式当中，我国自主研发的预警机飞过天安门广场时候的场景。可以说真的是非常令人振奋。当时在空中梯队里，预警机是第一个出发。从这个出场顺序，其实我们就能看出预警机在防空军事装备中的重要性了。今天获得国家最高科技奖的另外一位院士——王小谟院士就被业内称为"预警机之父"。这预警机到底是什么？它被称为"空中帅府"，是名副其实的空中移动指挥部，它可以在几百公里外的空中直接来指挥三军协同作战。这也正应了那句话：运筹帷幄之中，决胜千里之外。

记者（田云华）：在我身旁的这个庞然大物，就是我们国家自主研制的预警机空警2000的模拟试验平台。它主要分为两个部分：一个是载机，目前采用的是俄制的伊尔-76；第二个部分就是任务电子系统，也主要是由它来完成这个作战任务的。而其中的核心，就是电子雷达系统。您看到的这个机身上方所驮的这个大蘑菇，就是它的雷达罩。这个雷达罩是采取了三面阵的这样一个结构，是由王小谟院士在世界上首次提出来的。三面阵每一面的检测角度是120°，那么三面就是360°，形成了一个全方位的检测。

旁白：预警机是现代信息化战争的核心装备。有了它，就相当于给我们的每个作战单位都安上了千里眼和顺风耳。那么，为什么把雷达装在飞机上就能发挥这么大的作用呢？

2012年度国家最高科学技术奖得主（王小谟）：飞得高才能看得远。因为地球是圆的，因此，它能看到三四百公里以外很低的飞机。这样，等于整个很大一个半径的东西，我们都能掌握它们的空行。飞机有非常高的机动性，特别是我们国家现在要保卫边疆，保卫这个领域，那么需要在那个地方指挥的话，就需要非常机动的指挥所。像美国人的话，几场局部战争都是把预警机飞到了上空，在现场指挥的。

旁白：无论战场在哪个区域，预警机就像空中移动的眼睛和耳朵，在几百公里的范围内能同时监控100个目标，它不仅仅是背着天线的空中雷达站，还肩负着指挥海陆空三军协同作战的指挥任务，是名副其实的"空中移动指挥部"。

2012年度国家最高科学技术奖得主（王小谟）：曾经有一个美国飞行员，讲过这么一句话。没有预警机上天，我决不去飞行作战。因为飞机飞上天空以后，它不知道敌人在什么地方。这么大一个空间要导航，要导航就必须知道敌人在什么位置，我们在什么位置，我们应该怎么去打击（对方）。这些东西都是我们预警机要做的一些事情。

记者（田云华）：现在，可以说我就和预警机零距离接触了。那么因为技术保密的原因，我也只能走到这里。在机舱里面，其实它就像一个很大的房间，里面有很多的操作平台。我们这个预警机检测到的各种战场态势信息会及时汇总到这些平台上，让我们的指挥员和引导员根据这些信息向作战单元发出指令，完成作战任务。为了让大家有一个更好、更舒适的工作环境，这里也采取了一些环控措施，就是让温度、湿度，还有这个噪音都是在一个可控的范围内，大家可以有一个更好的工作环境。那么同时，我们的这个预警机其实就是相当于把地面的指挥部搬到了空中，用他们自己的话说，这里就叫作"空中帅府"。

2012年度国家最高科学技术奖得主（王小谟）：现在的话，一个是在我们本土，本土得有这个应急指挥。还有一个，目前对我们国家，比如说南海、钓鱼岛，你跑那么远去，你怎么指挥？你没有预警机你行吗？预警机肯定能够发挥非常大的作用。

2012年度国家最高科学技术奖得主（王小谟）：（记者：曾经有一位军事界的专家说，如果有了预警机，敌方没有预警机，哪怕我们的飞机是他们一半的数量，我们也能打赢这场战争。）对，是这样的。为什么呢？就是说我们知道你的部署，我能看到你的部署，你看不到我的部署，我们不是打瞎子嘛。

旁白：在现代信息化战争中，通信问题也是决定胜败的重要因素。预警机就像空中的信息收发室，让空中、地面、海上，各个作战单位耳聪目明。对于来自预警机的指挥命令或信息，还被他们取了一个好听的名字，叫作"空中短信"。

2012年度国家最高科学技术奖得主（王小谟）：我们在地面上打移动电话非常方便，它是有光缆。我要是上去以后看到很多东西，我怎么跟军舰、飞机去协同呢？那么这些东西都是直线距离的，我要有一个东西把它都串起来，天上得有一个东西，那么这个东西就是预警机，所以它能够实现各种武器平台的协同，它也是一个通信枢纽。

记者（田云华）：我们国家自主研发的预警机主要分为两类：一类就是大家在我身边看到的这个空警2000，它续航能力更强，性能更加优越；还有一种轻型的预警机，叫作空警200。在外观上也非常好识别，在机身上方呢，这个雷达罩就像一个平衡木。那么它最大的特点，就是从载机到任务电子系统，所有的这些环节，都是由我们国内自主研制生产的。那么，预警机系统化的主动权已经牢牢地掌握在了我们自己的手里。

主持人（文静）：好，那么下面这个段落，我们还是从打开证书开始。国家最高科学技术奖证书。王小谟荣获国家最高科学技术奖，特颁发此证书。中华人民共和国主席，胡锦涛，2013年1月18日。此刻，王院士就坐在我们的演播室。王院士，欢迎您，也祝贺您。很快乐的一天。拿着这个沉甸甸的证书，特别开心吧。（王小谟：是的。）您那天刚刚听说自己得了奖以后，做的第一件事是什么。

2012年度国家最高科学技术奖得主（王小谟）：做的第一件事，是告诉我们的同事。我们这个项目，国家是非常肯定，我作为代表，能够评上这个奖。（主持人：您首先是跟同事分享的这个消息啊？没有跟家里人通报一声吗？）没有，没有。我正好出差在外面。（主持人：当时得到这个消息的时候，人是在外地的？）在外地的。（主持人：特别开心吧？）特别开心。激动，不光是开心，还比较激动。

主持人（文静）：您今年是75岁？（王小谟：74.5岁）还没到75呢。我还给您说快了点儿。74.5岁，这在所有的获得这一奖项的获奖者里，您是最年轻的了吧？（王小谟：获奖的时候不是最年轻，可能还有个王选，比我还小，获奖时。）比您小？（王小谟：但是现在，在整个这20个人当中，我可能年纪是最小的。）您现在最年轻。所以我不能叫您王老，是吧。那我叫您王院士吧。（王小谟：行，行，叫什么都行）。王院士，您看啊，我们知道这个预警机，因为当时在60周年国庆阅兵式上的时候，您是在看台上。看到咱们的预警机，这个是2000，这个是200。因为当时这两架预警机亮相了以后，我们还特别有一次节目，当时您说，我记得我在直播里说这两个的区别特明显，一个上面背了一蘑菇，一个上面背了一个平衡木。您当时在看台上激动得落泪了。（王小谟：是的。）那时候落泪我觉得也不仅仅是一种激动，它可能特别的复杂，就是自己的心血突然有一天，你觉得是一种成就。

2012年度国家最高科学技术奖得主（王小谟）：是这样，就是经过了这么多艰难困苦，最后做出来了，又飞过了天安门，所以觉得特别……怎么说呢，特别高兴，又激动。

主持人（文静）：其实对于很多我们这些普通的老百姓来讲啊，2009年阅兵式上才知道我们自己有预警机。之前其实是很模糊，就是大家没有想到的。之前这个预警机对我们来讲，是一个很新鲜的概念。我们知道，咱们国家预警机的这个研制经历了40年。这40年当中，我听说你们有一个说法，把预警机叫作中国的争气机。这个"争气"不是说蒸汽火车那个"蒸汽"，是争口气的那个"争气"，为什么叫作争气机？

2012年度国家最高科学技术奖得主（王小谟）：因为预警机的技术是比较复杂的。国外的人都认为我们搞不出来，给我们设置种种条件，看不起我们中国人。那么，特别是我们在对外合作当中啊，别人还说，不能和中国人做。（主持人：您指的这个对外合作是什么，是共同研制开发呢，还是买卖呢？）是指共同研制开发，但是人家掌握核心的一部分，我们做另外的一部分，他们认为不是核心的部分。那么，对于这个，他们认为对我们一实行禁运、一卡，我们就做不出来了。（主持人：当时实际上我听说是我们已经签了合同了，就是我们和合作方，两个国家已经签署了合作合同了。）签署了合同，而且已经做到一定程度了。后来，一个强国就知道这个事了，知道这个事就施加压力，就说不能让中国人有预警机，这是他们最重要的一个……应该说是一个战略吧。也认为他们给我们一卡以后，中国人从此就不会有预警机了，起码要推迟很多年。（主持人：所以它当时干涉了以后，跟我们合作的那个国家做出了什么样的反应？）做出什么反应，第一个给我们赔礼道歉；第二个，给我们做了赔偿。（主持人：道歉归道歉，赔偿归赔偿，但是，合作不再合作了？）不再合作了。（主持人：也就是说，我们的这个研制工作戛然而止。）中断了。在这个时间，我们得要一些自力更生的这个精神。

主持人（文静）：所以必须自力更生了，不自力更生也没有办法了。所以，在2000年的时候，在外方单方面撕毁合同的时候，中国的预警机这个事业又面临着停滞的困境之际啊，王小谟就向上级建议，我们要立足自主研制国产预警机。而不久，国产预警机由此也正式立项，成了倾举国之力推进的重点工程。

旁白：为了培养国产预警机事业的后续力量，在接下研制国产预警机的重任后，王小谟坚持要求选用年轻人担任总设计师，而自己担任预警机研制工程总顾问，全面指导和帮助总师系统对型号技术方案的确定和工程设计。预警机研制团队实行"711"工作制，也就是每周工作7天，每天工作11个小时以上，很多人连续几年都没有在家过一个春节。在这样的高强度工作下，国产预警机研制成功，用了不到十年时间，走过了西方几十年的道路。在众多关键技术指标上，超过了世界上最先进的预警机主流机型——美国的E3C，在国际上产生了巨大影响。在我国历次重大军事演习，以及奥运、世博、亚运安保等重大活动中，空警2000均以优异的性能出色完成了任务。空警2000、空警200两型预警机创造了世界预警机发展史上的9个第一，突破了100余项关键技术，累积获得重大专利近30项。是世界上看得最远、功能最多、系统集成最复杂的机载信息化武器装备之一。现在，我国已经成为世界上继美国、瑞典、以色列之后的第四个能够出口预警机的国家。

主持人（文静）：现在说起来这些成就，了解了之前的历史，就会觉得特别的激动。因为我知道，王院士，咱们国家，其实这个预警机是我们几代人的期望和梦想了。（王小谟：是。）所以今天取得这样的成就，我们就会格外地、由衷地自豪。但您在当初，比如说经历了我们合作方——外方撕毁合同后，然后这个项目一下子面临着，就是没有再往前走的路，然后自己摸索出一条路，肯定是特别难。那经历的最难的时候是什么时候？（王小谟：最难的时候啊？）嗯，我听说项目都有可能下马了，团队也解散了，真有这样的事儿吗？

2012年度国家最高科学技术奖得主（王小谟）：这个事儿倒还没有，（主持人：没有那么严重）没有那么严重。我们也是有种种的这个困难。比如说我们都想得很好，然后一坐上来，第一次飞上天，我也上了预警机，一看，就傻了。因为我是做雷达的，我们在地面，雷达都是往天上看的。天上比较安静吧。结果我们从预警机上，从天上往地下一看，全是东西，一片模糊。虽然我们已经做了很多准备，说怎么这个提取动目标什么的，但此前的准备是不足的。在这个情况下，到底怎么办？我们也是很多技术人员啊，我们这个团队啊……（主持人：那时候你们团队有多少人啊？）我们做这个预警机，一开始就我们自己，上了工程以后，加起来有100多个单位、1 000多个技术人员。（主持人：那个时候就有1 000多技术人员？）有了，有了。（主持人：当时是您在统管吗？您是老大、老板，您说了算，是吗？）后期我已经交给年轻人当总设计师了。（主持人：但那个时候，您还是引领着研究的方向？）对，我是总顾问。（主持人：总顾问？）对。

主持人（文静）：总顾问，实际上就是掌握这个核心发展方向，应当说您是决策人。那个时候，就像您说的、描述的，面临那么困难的境地，这怎么办啊？这该怎么往下发展啊？怎么办呢？

2012年度国家最高科学技术奖得主（王小谟）：首先是国家的支持，国家需要。一个是国家需要我们争口气，第二个，国家对这个确实是急需这样的装备。我们必须在规定的时间内把这个拿出来。国家给我们各种各样的这个条件，给我们创造得非常好。我们如果不把这些东西弄出来，我们很对不起国家。（主持人：那怎么坚持？怎么克服啊？）我们是这个电子科技集团嘛，这么多单位，一起来协同，协同作战。对于专门的这个问题，我认为也是暂时的，因为我们以前没有搞过，第一次搞。第一次总是有想不到的问题。您想得很好，都很完美，一上去以后，肯定就不完美。这种事儿我们碰到很多，比如说我们这个软件，几百个软件、几百台计算机连起来就不行，然后就要非常努力。这个说起来容易，要做起来，找一个毛病也是非常难的。但肯定最后就弄出来了。

主持人（文静）：其实今天看您笑着讲这些，似乎这个过程经历得也挺容易，但实际上是特别的不容易。

2012年度国家最高科学技术奖得主（王小谟）：是不容易啊，就是为了最后搞一个预警机，我们年轻人的团队，五年期间，一个春节都没有休息过，礼拜天也都干，一直都是这么干下去的。（主持人：就是特别的辛苦。）这个又辛苦，责任又重大，又需要解决很多的难题。（主持人：而且希望自己的步子能迈得快一点儿。）对啊。

主持人（文静）：其实我们今天说我们要分享的是获奖院士的科学人生。说到这个人生，王院士也是遇到了很大的一个坎。就在预警机研制项目慢慢地接近尾声的时候，突然传来了噩耗，说王小谟先生突然遭遇到了车祸，而且还检查出患了癌症。

旁白：2006年，预警机刚刚完成第一次试飞。王小谟突然遭遇车祸，腿部粉碎性骨折。住进医院，又被检查出淋巴癌。

2012年度国家最高科学技术奖得主（王小谟）：我得了癌症以后，首先，第一概念就是我要死了。以后我就想想，跟家里人讲，我说这得安排安排后事。他们说别着急别着急。

旁白：这一连串的噩耗令王小谟的同事们焦急万分，但王小谟自己却十分坦然。王小谟的学生曹晨去医院看望他，在病房外犹豫了半天，不知如何安慰，却听见病床上的王小谟陶醉地拉着胡琴，完全让人联想不到他是一个连遭不幸的老人。

2012年度国家最高科学技术奖得主（王小谟）：因为我也没什么感觉。几个化疗做完了以后，我做的时候也很好，这是一个。第二个，我想人总有死的那一天，所以当时听到这个（消息），第一反应是我要死了，第二个，死了也不太遗憾，该做的事也做不少了。反正早一点晚一点也没什么了不得的。

旁白：但同事们来看望他的时候，谈得最多的还是预警机试飞时的情况。他同项目组研究试飞数据，主持对外演示方案，商讨谈判策略。

2012年度国家最高科学技术奖得主（王小谟）：我当时也是跟他们说，我生病就是吊吊水，吊吊水也是很难受的，在那儿一躺，躺八个小时，动也不能动，我说你们来跟我说一说以后，还缓解我精神压力呢。

旁白：在病床上，王小谟和它的团队制定了下一代预警机作战体系的研制方向。它的这种勤奋坚韧和豁达的精神深深感染着大家。病情稍有好转，王小谟就又返回热火朝天的实验现场。忙碌中惊喜传来，主治医生打来电话，告诉他已经完全康复了。

2012年度国家最高科学技术奖得主（王小谟）：我的目标是干到80岁，脑袋要糊涂了，就别干了，现在还没糊涂。因此，还想在预警机和雷达事业上，能够为我们赶上国际先进水平，做到国际领先再贡献一些力量。

主持人（文静）：在癌症治愈之后，王小谟院士又马上回到了自己的工作岗位上。其实同事们对于他的这种魄力、这种坚持，可以说一点儿都不意外。在同事眼中，王小谟就是这样一个自强、敬业、不向困难低头的实干家。

中国电科38所原副总工程师（匡永胜）：我觉得他有这个胆子，不是说一点把握都没有，就是敢干，而且实干。那个时候他就是亲自和我们一起加班加点，晚上都是搞到一两点钟。他能出点子的，有很多东西都是在实验的过程当中他提出来的一些东西。

旁白：中国电科38所原副所长张德骞大概是跟王小谟共事时间最长的同事了。从认识到接触，到一起工作，有近40年。在他看来，只要跟王院士合作，总能成功。

中国电科38所原副所长（张德骞）：我跟他从38所做第一个产品、第二个产品，到第三个产品，每一个产品最后都是成功的，所以以后到北京，我们信心就比较足了。只要有他在，我们一般都比较放心、安心。和他在一起合作共事，不论中途怎么样，是成功还是受挫折，最后都能成功，所以有一种眷恋感。就是和他在一起做事情，总是能成功。

主持人（文静）：刚才，我们在这个片子里也看到，提到了在2006年的时候，其实是在王院士生病住院的两个星期之前，预警机就已经试飞了。当时这个试飞的结果怎么样，王院士？因为我听说美国智库当时有一个评价特别高，说已经超出了他们的这个E2C和E3C预警机的水平，那就代表着这是最先进的了。

2012年度国家最高科学技术奖得主（王小谟）：对，应该是这样。就是我们，包括我们获奖的时候，评价也是这样的。我们认为，我们这个装备比他们现在世界主流的装备E3A要好，全面要好。但是我们没有讲这个整个技术水平领先。我们讲装备比他们领先，因为他搞的比我们早，我们搞的晚一些。

主持人（文静）：那对于您来讲，当时看到美国智库的这个评价，是不是有一种扬眉吐气的感觉？你看当时他们卡着我们的脖子啊，那么看不起人。

2012年度国家最高科学技术奖得主（王小谟）：是，是这样。我们当时搞的时候也是憋着这口气。就是，你不是说我们搞不出来嘛，我们就要搞出来看看。我估计他们鼻子都气歪了，我跟你讲。他们认为我们这也不行，那也不行。包括我们跟那个国家合作的时候，他也认为我们好多东西做不了，其实很多东西我们自己也能做。

主持人（文静）：那当时知道这个评价以后，对于你们来讲，肯定这是一个非常大的一种肯定，就知道我们的确是有这个能力，而且我们的确能做出来，这是一种特别让你们振奋的东西。那当时那种兴奋，或者说是你们更期望得到一种什么样的认可对于你们来说是最主要的？因为您刚才也提到了，项目在研制的初期，是与国家的支持、政策的支持是分不开的，那发展到这个阶段呢？

2012年度国家最高科学技术奖得主（王小谟）：发展到这个阶段呢，就是如果我们的使用部门说我们好，我们是最高兴的。别人说好、说坏，和我们关系不大。就是我们拿到部队，部队说"你这个好"时，我们就高兴了。

主持人（文静）：那您现在下一步的工作方向是不是也有一些推进，新的方向出现了？

2012年度国家最高科学技术奖得主（王小谟）：没错，这是肯定的。因为我们是搞电磁的，我们电磁发展得非常快，就是每隔两三年就换一个周期。另外，我们是跟敌人在对抗的，这个道高一尺，魔高一丈。我们做出这个最先进，他们肯定要想出很多办法来对付我们，那我们现在就不能掉以轻心，我们做这个好的东西就行了。那我们就想，后面他会采取什么招，我们就用什么招对付他。这样的话，在这个斗争中，我们希望总在前面，那我们就掌握主动了。（主持人：现代的这个战争就是一种电子战争，就是一种信息化的战争。）对。（主持人：所以你们必须在这个方向上继续往前走。）是这样的。

主持人（文静）：我们今天说到科学人生，我还想特别问一些您平常业余生活的事。因为我从您这个面部表情揣测，王院士是一个特别快乐的人。我不知道您平常……因为我们知道科研工作都是一个很寂寞，甚至很枯燥的这样一个过程。那在整个工作过程里头，您是靠什么来调节自己的。我听到一个消息，我不知道是真是假。我听说王院士在大学的时候加入过京剧社吧，应该是叫……（王小谟：叫京剧社。）还入过摩托队。（王小谟：对对对。）您现在还骑摩托吗？（王小谟：我现在开车，不骑摩托。）那个时候骑的是什么摩托？

2012年度国家最高科学技术奖得主（王小谟）：叫加瓦车。（主持人：您看我都不知道加瓦车，加瓦车是……）捷克，捷克的那种。（主持人：一种老式的摩托？）还是比较新式的。

主持人（文静）：您到多大的时候就不再骑摩托了？

2012年度国家最高科学技术奖得主（王小谟）：那就是一参加工作就没条件了。在学校有摩托队，有几辆车给我们学生，去训练啊什么的。一参加工作就不行了。参加工作了，对我还是有用啊。因为我们搞雷达，有很多车辆啊。当时我们找不着司机了，就自己偷偷摸摸地开一开。那会儿也没驾照，现在正规了。

主持人（文静）：反正有点技术，反正自己也大着胆子去尝试一下。这事会受到工作的一定限制。但是京剧的爱好不用受限制啊。

2012年度国家最高科学技术奖得主（王小谟）：京剧是不受限制。京剧呢，现在看的时间少了。在那个工作最紧张的时候啊，没时间去调节。稍微空闲一些呢，还是喜欢看。（主持人：您喜欢看哪个派？）喜欢梅派。（主持人：您喜欢梅派。我最熟悉的其实也是梅派。您是可以算到票友级别吗？）算不到吧，可能。（主持人：我听到您的嗓音特别好听，您是不是也会经常吊两嗓子，唱一唱？）不会了，我早就不再唱了。因为早期啊，小孩的那个时候，嗓子好，所以可以唱。年纪一大了，以后我就改成拉胡琴了。（主持人：还会拉胡琴？）拉胡琴啊。（主持人：您这嗓子当时在大学的时候唱什么？唱哪种角？）我们演过那个《三不愿意》，不知道吧。（主持人：还真不知道这个《三不愿意》。还有什么，就是我们耳熟能详的曲目，您演过吗？比如说《贵妃醉酒》啊？）没有，没有。那是京剧里面难度比较大的。

主持人（文静）：您愿意给我们唱两嗓子，让我们感受一下科学家的业余生活吗？

2012年度国家最高科学技术奖得主（王小谟）：现在这个嗓子已经五音不全了。

主持人（文静）：我想一定是您客气。因为我们在科学家身上感受到了这样一种共性，就是干什么都特别认真，而且干什么都很优秀。今天我们从王院士身上也学到了很多，分享到了很多。特别要感谢您今天能够在媒体最集中地对您进行采访的时候，能在这个时候来到我们的演播室，让我们对您进行采访，非常感谢。同时也要祝贺您，非常由衷地祝贺您获得这样一个奖项，也知道您接下来一定会有更大的动力去继续投入到您的科研工作当中，期待着您有更好的成绩，谢谢！

2012年度国家最高科学技术奖得主（王小谟）：谢谢！

【央视科教频道《影响》】采访北理工杰出校友，国家最高科技奖得主王小谟

来源：央视科教频道《影响》 日期：2013年1月22日

导引：2012年度国家最高科学技术奖已经揭晓，科教频道第一时间邀请两位获奖者。爆炸力学专家郑哲敏（郑哲敏：科学上只有第一，没有第二。）、雷达专家王小谟（王小谟：要做预警机，得先看看中国人怎么做。）与观众分享他们的智慧，分享他们的人生。科教频道特别节目《影响》，敬请关注。

主持人（曲向东）：观众朋友，大家好。这里是《影响》——对话2012年度国家最高科学技术奖获奖者，特别节目的现场。我是主持人曲向东。

主持人（许可）：大家好，我是许可。

主持人（曲向东）：到今年，一共有22位科学家获得了国家最高科学技术奖。这其中有许多人，我和许可以前也都采访过。

主持人（许可）：没错。

主持人（曲向东）：我想跟大家一样，我一直怀着一个问题，就是为什么是他们，而不是别人，能够获得这样一个崇高的奖项。其实我想，他们身上都有一些共同点，比如对科学的强烈的热爱；为了实现目标，能够坚持不懈；同时还能够超越自我，为了自己的梦想能够奋斗一生。

主持人（许可）：这些老人、这些智者，他们是我们这个时代真正的英雄，他们身上有太多值得我们感动、值得我们学习的东西。我们中央电视台科教频道从一开始就关注国家最高科学技术奖的颁奖。每一年颁奖的当晚，我们都会把两位最高科学技术奖获得者请到我们演播现场，来分享他们的智慧、他们的人生、他们的光荣。今天，其中一位获奖者，非常巧，我也是在四年前，一个很偶然的机会，我在安徽的合肥采访过他。当时他大病初愈，说话挺慢的，走路也有些慢。但是谈起他倾注了毕生精力的雷达和预警机事业，他那种神采奕奕给我留下了非常深刻的印象。那么接下来呢，我们先通过一个短片，简单地了解一下这位获奖者。

旁白：提起现代战争，人们最先想起的往往是如火如荼的空战场景。很少有人知道，在呼啸而过的飞机和导弹背后，有一种被誉为"空中帅府"的特种飞机，扮演者千里眼和指挥官的角色，它被称作预警机。自从20世纪40年代诞生以来，作为现代空中作战体系的核心，预警机一直是各个军事强国着力发展的重点，已成为信息化条件下联合作战必不可

少的核心装备之一。有外国军事专家曾这样评价，一个国家如果有较好的预警机，即使战机数量只有对手的一半，也一样可以赢得战争。拥有属于我们自己的预警机，是中国空军的迫切需要，是领土、领空、领海安全的有力保障，也是雷达专家王小谟20多年来努力实现的梦想。王小谟担任顾问设计研发的空警2000，是目前世界上看得最远、功能最多、系统集成最复杂的机载信息化武器装备。在它横空出世后，美国政府智囊团詹姆斯敦基金会发表评论，中国采用相控阵雷达的预警机比美国的E3C整整领先了一代。继空警2000之后，轻型预警机空警200和出口型预警机也陆续问世，中国预警机体系逐渐形成。而为了这个体系进一步发展，领先世界，2012年度国家最高科学技术奖获得者——74岁的王小谟仍在不断构思，运筹帷幄。

主持人（曲向东）：好，我们请上我们今天第一位解读嘉宾。我来介绍一下，他是中国电子科技集团公司电科院副院长、空警2000的总设计师——陆军。欢迎陆军先生。那接下来就由陆军来给我们解读空军的事情。说起这个空中预警机，我相信所有的人，第一个想到的就是钓鱼岛，有关系吗？

中国电子科技集团公司电科院副院长（陆军）：其实大家都知道，我们国家960万平方公里，那是讲的国土，其实我们国家还有300万平方公里的海洋。而且随着我们国家改革开放、全球交流，海外利益越来越大。所以首先是这个300万平方公里的海洋利益，你能不能守得住海洋安全。所以，大家也知道，茫茫大海，地面雷达它不可能布到海面上去。那么，当飞机在低空飞出去之后，一般来说，海岸边上的这点雷达，也就能看个100公里。这个预警机的重要性就在这个地方。

主持人（曲向东）：也就是我们很早就意识到这个问题，要发展空中预警机。

中国电子科技集团公司电科院副院长（陆军）：是，所以，从咱们国家来说，我们国家空军梦寐以求。尤其是大家可以看到，就是我前面这架，是我们国家第一型的预警机。对于军队来说，这是关键核心装备。就是人家有一句话，刚才里面也说了，有预警机，你叫现代空军；没有预警机，假如只是一点战斗机的话，那个你是属于20世纪第二次世界大战时期的水平，你不是现代的空军水平。

主持人（曲向东）：您能不能给我们讲一个明确的战例。

中国电子科技集团公司电科院副院长（陆军）：2011年，我记得十大国际新闻里面最大的一个就是利比亚战争。北约一兵一卒都没出去，全是空中打击。打击了3个月，最后的情况大家知道，卡扎菲先生被人家堵在地下下水道里面去了。那么为什么能这样，应该说，他也有飞机，也不差。它的战斗机跟那个幻影-2000，跟什么（相比）都不差。他也有导弹，他为什么不行？（主持人：就是缺一个预警机。）因为北约所有的进攻，在天上有5架预警机。24小时、3个月，就是这样。为什么呢？预警机，就是空中帅府、空中指挥所，指挥了所有的攻击。

主持人（曲向东）：所以，我想我们也能够真切地理解到，在当今这样一个政治军事环境下，我们王小谟院士的空中预警机，以这个为核心的这样一些技术，能够获得国家最高科学技术奖。

中国电子科技集团公司电科院副院长（陆军）：大家也看到，我们王院士实际上得最高科技奖有两大（原因）。一个，在地面雷达方面，我们王院士首先做得非常好，地面雷达大家可以看到。另一个，就是咱们的预警机，这对我们国家空军，乃至对全军现代化，都是非常有利的。

主持人（曲向东）：谢谢陆军给我们解读空军的问题。谢谢，很好。很多人都讲，王小谟院士是预警机之父，但是他非常谦虚，他说他只是一个雷达方面的专家。但是我们也知道，其实刚才陆军先生给我们解读的从地面雷达到空中雷达，王院士其实都做出了非常卓越的贡献。所以接下来，我们也来看一看第二个短片。

旁白：国产预警机的问世并非偶然，它与我国跻身世界前列的雷达电子技术和不断提升的工业水平有着密切的关系。雷达，这个1935年诞生在英国的探测器，长期以来，一直是一个国家电子工业发展水平的标志。在预警机出现之前，正是各种各样的军用雷达在守望着我们国家的领空。而王小谟主持设计了两部雷达：三坐标雷达和中低空兼顾雷达，这改变了中国地面防空雷达的历史。1969年，王小谟和八九百名同事来到了贵州都匀的大山深处，建立起了当时的电子工业部第38研究所。在这个近乎与世隔绝的地方，研制雷达。

中国电科38所原总体部主任（庞同庆）：因为我们都匀这个（地方）那时候比较不发达。民航很少，基本上没有多少民航。我们又在山沟沟里面，雷达搞出来，看不到飞机。所以我们野外试验，是相当苦的。转战七八个地方，那时候试验。出去的时候，都是半年、一年。在这样的压力下，他义无反顾，敢想敢干，敢于挑重担。

旁白：经过十几年的艰难摸索，王小谟他们自主研制了中国第一部能够同时测量目标的距离、高度、方位的三坐标雷达。一朝问世，轰动全国，三坐标雷达家族由此成为我国国土防空网的主干力量。1985年，王小谟由于三坐标雷达项目，荣获国家科技进步一等奖。而此时，他又把目光投向了一片新的雷达盲区。1986年5月，德国青年鲁斯特驾驶轻型飞机低空飞越，突破当时全世界最强大的苏联地面雷达防空网，在莫斯科红场上降落，这个消息震惊了全世界。低空防御成为世界各国防务专家最关注的焦点。仅仅用了一年，王小谟就领导团队研制出了中国第一部中低空兼顾雷达。它不仅给王小谟带来了又一个国家科技进步一等奖，也给38所带来了走出大山的机会。1988年，王小谟带领全所搬出大山，到安徽合肥翻开了崭新的一页。在今天的中国电子科技集团公司38所，王小谟主持设计的第一部三坐标雷达的模型被制作成标志性的雕塑。在那之后研制出来的所有新型雷达上，都延续了这部雷达承载的使命和精神。

主持人（曲向东）：好，我们欢迎我们今天第二位解读嘉宾。他就是中国电子科技集团公司总工程师、38所所长、中国工程院院士吴曼青先生。欢迎您吴先生，谢谢！其实刚才这个片子里有一段话，我觉得非常有意思，而且我觉得印象非常深刻，就是他说当地没有什么民航，其实就是没有什么飞机。（吴曼青：对。）那实际上这就带来一个很有意思的问题，就是为什么在这样一个我们想起来不可能诞生专门用来检测飞机的雷达的地方，我们却诞生出了国际最优秀的雷达。我想这一定会跟王小谟院士的这种领军人物的一些特点有关。

中国电科集团总工程师（吴曼青）：王院士当时在那么一个艰苦的条件下，在山沟里面一待就待了23年，我觉得是一种追求、一种激情，最终是体现了不为外界所困惑的这种淡定。从王院士身上其实我们可以看到，它的思维非常超前，眼光也非常敏锐。为了保持这支队伍，能够毅然决然把38所从贵州搬迁到了合肥。

主持人（曲向东）：当时在三线搬迁出来的厂里头、研究所里头，它应该算是第一批。

中国电科集团总工程师（吴曼青）：38所是国务院三线办批准向外搬迁的第一个研究机构，所以那个文件是一号文。

主持人（曲向东）：这个我觉得确实说明他当时的眼光。

中国电科集团总工程师（吴曼青）：我记得很清楚，当时国家给38所是2 000万。实际上38所的王院士还自筹了5 000万资金，在1988年。（主持人：怎么筹的这个钱？）当时是利用雷达出口，就是刚才那部低空雷达。我们王院士就做了一份广告，参加了一次国际的防务展，结果引起了外国人的兴趣，当时就提出要采购这部雷达。实际上我们所当时什么（实物）也没有，除了一张纸的广告。〔主持人：什么（实物）也没有，他就敢卖？〕这就体现了王院士身上的自信和自强。这部雷达6个月以后（主持人：就有了？）就研制出了样机，并且参加了美国和这个国家的联合军演，综合性能排名第二，电子对抗性能排名第一。这就是超前的眼光。其实在目光超前上面，还有一件可能大家感兴趣的事情。就是我很难想象，1988年搬到合肥的时候，我们建的职工宿舍里面有热水、有暖气。

主持人（曲向东）：当时给你们的宿舍里头安装了热水、暖气。在当时，我觉得一定要考虑1988年那个背景，在南方的城市，会不会招致一些非议，你们这个标准搞得太高了。

中国电科集团总工程师（吴曼青）：我听我们王院士说过，他曾经写过很多检讨。反正最后就复制了，放到自己的抽屉里面，谁要我就给你一份。（主持人：哦，是吗……）第二个就是，我觉得王院士能大胆使用人才。我1990年从国防科技大学毕业以后，王院士一看我是做雷达信号处理的，就说："这个国防重点项目，你就当总设计师吧。"

主持人（曲向东）：您当时是刚……（吴曼青：毕业。）研究生毕业？（吴曼青：对。）多大年纪？

中国电科集团总工程师（吴曼青）：我是1965年的，所以25岁。

主持人（曲向东）：25岁，让您做一个大项目的总设计师？（吴曼青：对。）您是什么心情啊？

中国电科集团总工程师（吴曼青）：现在想想，可能当时腿都有点发抖。因为这个项目我印象中是大概1 000万。

主持人（曲向东）：这也是王院士使用人才的一个办法吗？直接就逼着您上去，让您去干？

中国电科集团总工程师（吴曼青）：对，我觉得这是非常了不起的事。

主持人（曲向东）：但这种事有没有失手的时候？

中国电科集团总工程师（吴曼青）：到目前为止没有。（主持人：没有失手的时候？）因为当时实际上陆军院长承担的一个项目比我的项目还大，因为他来得比我早一点。

主持人（曲向东）：我觉得我已经等不及地想见到王院士。因为您刚刚说到的没有失手，我觉得这种大胆地使用人才、这种破格的程度，的确可以堪称大刀阔斧。但是我相信，所有的尝试、所有的努力，一定会有失手的时候、一定会有成本的、一定会有它的代价。所以我想接下来的问题，我们也希望王院士能够给我们一个很好的答案。当然在这之前，我们先看一看国家最高科技奖的评审委员会对王院士获奖这件事是怎么看的。

主持人（许可）：下面我为大家宣读2012年度国家最高科学技术奖评审委员会为王小谟院士的评审词。王小谟院士是我国著名的雷达专家，现代预警机事业的开拓者和奠基人。多年来他致力于雷达技术研究与工程应用工作，为国产雷达赢得了世界声誉。他谋划和推进了我国预警机事业的发展，为我国首型预警机的研制成功做出了重要的贡献。提出预警机代际划分概念，以及我国下一代预警机应具备的主要能力和技术特征，为我国预警机的长远发展提供了重要依据。在广泛推荐的基础上，经评审委员会评审和现场考察，国家科学技术奖励委员会审定和科技部审核，国务院批准并报请国家主席签署，授予王小谟院士2012年度国家最高科学技术奖。

旁白：他曾用两部雷达，改写中国地面防空雷达的历史，他是我国国产预警机自主研制的幕后英雄。登高望远的眼光，永无止境地超越，2012年度国家最高科学技术奖获得者——雷达专家王小谟。

主持人（许可）：让我们用最热烈的掌声请出2012年度国家最高科学技术奖获得者，王小谟院士，掌声有请。

2012年度国家最高科学技术奖获得者（王小谟）：（对献花小朋友）哟，你好，好好学习。

主持人（曲向东）：小朋友手握得非常好啊。来，王院士，您这边坐。欢迎王院士。刚才吴所长讲，您的后任吴所长讲，说您在大胆使用、破格使用人才上，从来没有失手过，您觉得失手过吗？

2012年度国家最高科学技术奖获得者（王小谟）：这个，记录上没有。

主持人（曲向东）：记录上没有。您知不知道别人给您的外号？您一定知道，他们叫您"魔鬼"。（王小谟：有过。）为什么他们叫您"魔鬼"？

2012年度国家最高科学技术奖获得者（王小谟）：可能是我点子比较多吧，我们一起的人都这么叫。（主持人：魔鬼的点子多？）魔鬼嘛，鬼点子嘛。（主持人：鬼点子。）可能我的名字里面又有一个"谟"，把这两个事一连起来，他们就叫开了。也是个亲切的叫法。

（主持人：不是因为您厉害？）不是我厉害。（主持人：您觉得您不厉害？）我有时候会厉害的。（主持人：什么时候会厉害？）不顺利的时候，在攻关的时候攻不下来，像我们搞雷达，搞的最紧张的时候，找不出毛病来，谁都不敢说话，多一句话都不敢说，就看着你的脸色。（主持人：看着您的脸色？）这个时候是，人家可能很害怕的。怕就是点到谁，谁倒霉，反正是这样。

主持人（曲向东）：我们今天做这个节目之前，也采访了一些您的同事，看看大家对您怎么评价，是不是真的害怕您。

中国电科38所原天馈部主任（张祖稷）：他和大家还是打成一片。平时他还给我们理发，我都亲自被他理过。一开始认为理发很神秘，所以他也是胆子很大，拿着推子就推。但是推过两个之后，他就会推了，最后我们好多人都让他推过头发。

中国电科38所原副总工程师（匡永胜）：它的思路一个是比较前卫，他看得比较深、看得比较（远）。他就敢做，刚开始出来一些东西，他就敢做。他在自己家里也是一样的，他的电视机——第一个电视机是他自己做的，不是买的，是他自己做的一个电视机。

中国电科38所原研究员级高工（王盛举）：我认为他有一股毅力。说干事情，一干就要干到底。有一线希望，花100倍、1 000倍、10 000倍的努力，才能把事情办成。所以，说明他有这个决心。

中国电科38所原副所长（张德骞）：他是一个精明强干的人，是一个很好的领导者、组织者和实施者，三个方面都属于强者。和他在一起做事情，总是能成功。

主持人（曲向东）：王院士，我觉得这是一个很高的评价，跟您在一起做事情，总是能成功。这个跟刚才吴院士的评价一样，没有失手的时候。不过，我明白为什么您不失手了，因为刚才那个，说您给他推头的那位先生泄露了天机。成功的那个人之前，一定有俩失败的。是不是做科研也有这样一个过程，一定要有一些尝试、探索、挫折、失败？

2012年度国家最高科学技术奖获得者（王小谟）：那肯定有了。（主持人：给我讲讲您的失败吧。）讲讲失败？（主持人：对。）就是我们做第一个雷达，做了7年，拿到北京来试飞。我们自认为非常好，要庆功什么的。最后下来结论，说你们这东西不合格，指标没有达到要求。当时我们就傻了，我们在山沟里干了这么多年，第一个产品如果不行，我们全所……不是我一个人的问题，整个所就完蛋了，那时候急得不得了。最后说再给你们一次机会。我们回来以后就找了12条毛病。（主持人：12条毛病？）去给它搞，觉得还挺好。后来到了武汉，就正式试飞了。一试飞以后，就时好时坏，但找不出毛病来，这时候是最难过的时候，刚才我讲的最严肃的就是这种时候。因为一个雷达是好几百人搞的，谁就怕我多看他一眼。多看他一眼，毛病就在他那儿了，他马上就说，这不是我的毛病。那个也说，千方百计地证明都不是他的毛病。那时候真成魔鬼了。谁的毛病都不是，是谁的毛病，那是我的毛病。我是总设计师，我找不出毛病来。这个时候真是跳江的心都有了，在长江旁边怎么办？（主持人：幸亏没跳江。）弄不成就跳。后来一个偶然的机会，发现毛病了，发现我们有12

路接收机，相互干扰。找到这个毛病，一下好得不得了，后面就全顺了。

旁边：在王小谟的身上，总有一些令人迷惑，也让人着迷的地方。你知道他是雷达电子领域的军工专家，却未必知道他从小醉迷京剧，而且演过丑角；你能看到他因为车祸的影响，至今颠簸的步态，却未必见识过他自己开车时风驰电掣的速度。很多曾与他共事多年的人，说起王小谟生活中的不拘小节，总会面带微笑；但提到他层出不穷的点子、敢想敢干的风格，却又都由衷佩服。作为一个系统工程的领导者，对他所在的团队来说，王小谟是靠得住的主心骨。

主持人（曲向东）：所以这个系统工程最重要的还不仅仅是您自己对科技上的判断，也来自于您对人的判断。

2012年度国家最高科学技术奖获得者（王小谟）：它有两条：第一条，你要设计一个好的产品，你一定要有一个好的构思，好的、新的想法。（主持人：所以您认为……）这是你的点子，你的点子想好了，你也构思好了，你要做它，你一个人做不了，得找那么多人，一个团队，系统工程。百人千人来做，你让每一个人都能够理会你所想的跟他想的一致，他心服口服地按照你这个办法去做。还有一点，就是你要谦虚一点。就我当总设计师，其实我设计了很多点子，都是新的。报奖、报成果的时候我就让。虽然是我出的注意，让他做的，但是我说是你的成绩，他很高兴啊。当然他们没有一个得大奖的，我得大奖了。

主持人（曲向东）：这绝对是一个高招。一方面说服，另外一方面给他们完成任务之后应该有的那个荣誉和地位。

2012年度国家最高科学技术奖获得者（王小谟）：对。因为这个叫什么……一熟了以后，这个桃子自然就会掉下来。没有熟的时候，你硬想去摘，你摘下来也不能吃啊。

主持人（曲向东）：我觉得刚才吴院士说您那个词是很对的，就是"淡定"。要很淡定地等着那个桃子，在大家的努力之下，它自然地成熟，不要急于去摘它。（王小谟：对，是这样。）但他说的另外一个故事我同样感兴趣，就是您的抽屉里总是锁着很多检讨的复件，谁来了交给谁一份，那都是什么检讨？

2012年度国家最高科学技术奖获得者（王小谟）：那个检讨多了。就是我们盖那个研究所的时候，我们在安徽第一个装了暖气。（主持人：写检讨了？）要写检讨。（主持人：怎么检讨的？）怎么检讨啊？那就说不该装嘛。还有，我们还要演双簧嘛。我当所长嘛，还有副所长，我说你来扛这个事。（主持人：嗬，闹了半天，您不光让他们拿奖，还让他们帮您扛事。）他对领导说，这个事是我弄的，他不知道啊。我说我不知道啊，回去好好处分他。

主持人（曲向东）：你这个副所长怎么就那么愿意给你扛事呢？

2012年度国家最高科学技术奖获得者（王小谟）：因为大家为了一个目标，这点是很清楚的，更快地把这个建设好。我们在贵州待了那么多年，一到冬天，就这个时候，就不能干活了，冬眠了。贵州非常冷，手伸不出来。如果有了暖气的话，他就看看书，能多做点工作，那个效益远远要大于你烧一点暖气的效益。所以我们到了那儿以后，我就下决心一定先把暖气装上。那么果然效果很好，也有副产品。很吸引人才，那时候都出名了，38所有暖气，都往那儿跑。

主持人（曲向东）：前面两位解读嘉宾都谈到了您超前的眼光，以至超前到了自己能先做一个电视机看着，别人谁都没电视机的时候，您先做一个电视机。这个超前的眼光哪儿来的。

2012年度国家最高科学技术奖获得者（王小谟）：可能从小就养成了这样的性格吧，就喜欢新东西。我从初中的时候就开始装收音机，那装到后面的话，装电视机那是水到渠成的事。（主持人：装雷达、装预警机也都是水到渠成的事？）那就是后来的事，越做越大。

主持人（曲向东）：但是我突然想起了前面一个事，就是吴院士给我留的一个问题，我还想追问下去，那5 000万怎么来的？当时您在没有任何研制样机的情况，您做了广告，到国外拿了订单，实际上您是一个很有市场眼光的人，您是在市场当中找自己的未来。

2012年度国家最高科学技术奖获得者（王小谟）：就是我们把世界上的低空雷达都看过了。我们就能想出来我要比它哪儿高。没有高一招，别人干吗买你的。那我们就想，他们都是低空雷达，只是看低空的看不到高空，看高空的看不到低空。我们做的这个，低的也能看，高的也能看，叫高低空兼顾。

主持人（曲向东）：所以您不是简单地学习它，而是说研究了它之后，马上就想到我怎么超越它。

2012年度国家最高科学技术奖获得者（王小谟）：就是你任何事情都得有个卖点。（主持人：还是市场思维。）有个卖点。（主持人：没错。我觉得这个时候，突然之间，我发现我在尝试着用一个所谓的科学家思维或者工程师的思维思考，而您是在完全用一个市场思维思考。）按时髦的话，就是要有需求，你要按照需求去开发你的产品，才能……（主持人：但是当时有人跟您说我要一个既能看低空又能看高空的雷达吗？）没有，没有。（主持人：所以是您创造了一种需求。）这就是我们的水平，就表现在这儿了。他们就认为你做那个干什么，我没有看见人家做过，没有过先例。我说没先例，我们做一下，试试人家要不要。结果一做，以后好得不得了，现在都这么做了。

主持人（曲向东）：我觉得不应该仅仅给您一个最高科技奖，还应该给您一个市场观察奖或者是商业奖项，您觉得对吗？

2012年度国家最高科学技术奖获得者（王小谟）：应该有这个，你像那苹果，那个乔布斯，他是不是也应该得这个最高奖，他不是就出了一个点子嘛。他出了一个点子，卖出去那么多苹果，其实你看看也没什么东西。

旁白：2009年10月1日，在国庆60周年的阅兵仪式上，我国自主研发的空中预警机，空警2000、空警200首次亮相，率先飞过天安门广场的上空，王小谟20多年的梦想终于实现了。

主持人（曲向东）：那个时候您是在什么地方？

2012年度国家最高科学技术奖获得者（王小谟）：我在观礼台。

主持人（曲向东）：在天安门观礼台上，看着您的预警机飞过去的时候，什么心情？

2012年度国家最高科学技术奖获得者（王小谟）：那非常激动的。第一，我跟旁边的人说，这是我们搞的。第二个，可能也泪汪汪的，激动得很。

主持人（曲向东）：这可以说是您终生追求的一件事情。（王小谟：是这样的。）真的让我们做出来的东西能够站在世界的前沿。

2012年度国家最高科学技术奖获得者（王小谟）：对。对这个预警机，我们一开始也是有目标的，开始也是仿制的，就是现在世界上用得最多的预警机，也是现在最时髦的，美国人叫E3，我们是对着那个干的。（主持人：那是最好的，你们就瞄着最好的来。）对，瞄着最好的来，因此我们起步水平比较高。那么做出的东西肯定就比它好。

主持人（曲向东）：能不能给我们浅显地讲一下好在哪儿？

2012年度国家最高科学技术奖获得者（王小谟）：好在哪儿？就是现在你拿了一个大哥大，我拿了一个智能手机，哪个好？你那个大哥大是20世纪90年代的水平吧，我现在的是2010年的水平，那肯定是我的要比你的好，好了两代了。但是我们的预警机是比美国人要好一代。

主持人（曲向东）：我们的空警2000，目前处于什么样的国际水平上？

2012年度国家最高科学技术奖获得者（王小谟）：我们应该是二代半吧。

主持人（曲向东）：二代半？下一个目标就是三代？（王小谟：下个目标。）世界其他国家也在瞄着三代走吗？

2012年度国家最高科学技术奖获得者（王小谟）：现在不清楚。现在就是已经失去目标了，就是国际上失去参照的目标了，因为我们已经走到世界先进水平了吧。我记得去年，还是前年，我们到俄罗斯去看航展，有一个台子，是预警机。我挺好奇，我就去看。我就看了看，他们就把我认出来了，他们说你还看什么，你们比我们好多了。

主持人（曲向东）：我想这是您追求的目标，就是真正能让外国人看我们的脸色，在这个预警机的问题上。

2012年度国家最高科学技术奖获得者（王小谟）：现在我们追求的目标就是要真正的国际领先。什么叫国际领先，就是你领导潮流。就是人家要做预警机了，先看看中国人是怎么做的。中国人这么做的，我们应该这么做，这个叫国际领先。

主持人（曲向东）：您觉得我们现在做到了吗？

2012年度国家最高科学技术奖获得者（王小谟）：我们现在还没有做到。

主持人（曲向东）：我突然想起您刚才说的那个词叫"失去目标"。这个失去目标的状态有点儿像一个京剧，您说您喜欢京剧，我就想起有一个京剧叫《三岔口》吧。（王小谟：

《三岔口》，摸黑打架那个。）摸黑打架那个，就是谁也看不到谁，但实际上彼此都在寻找对手，想要制敌于死地。

2012年度国家最高科学技术奖获得者（王小谟）：摸黑打架那个，但是还能摸着一下，两个人打打打，一下碰到他手了，碰到这一下，他就要看看，来判断他到底是在哪儿？这个人什么样？那现在，虽然不知道他们在干什么，但是，你从很多渠道可以知道，比如他在研究这个技术，这个技术是不是能用在预警机上。那你要研究他呀。

主持人（曲向东）：所以这就像偶尔地碰了一下。（王小谟：有可能的。）通过这个碰触，你也要来推测和判断。（王小谟：也要来推测。）他的动作做到什么程度了。

2012年度国家最高科学技术奖获得者（王小谟）：对。科技竞争就是这样。有可能你好一下，我好一下，那我跟你平起平坐，在雷达、预警机上，我们可以这样讲。那么我就希望你比我落后一代，那不就好了嘛，以后你看着我，等你新东西出来了，我更新的东西又出了。（主持人：这就是《三岔口》，彼此较劲的结果。）我们的目标就是这个目标。

主持人（曲向东）：对。好，谢谢您。其实说到《三岔口》京剧，我突然想起来您的一个特长，就是拉二胡。您能不能给我们也来展示一下您的二胡技艺，来一段二胡。来一个京剧过门怎么样？（王小谟院士现场二胡表演）太好了，谢谢。谢谢王院士，谢谢您。

主持人（许可）：我真的发现好奇心是一种特别特别重要的品质。我相信在座的很多人都会有这种同感，不论是对于科学家来说，还是对主持人来说。因为刚才曲向东一直是刨根问底的，其实我想他就是想问一个问题，就是最高科学技术奖获得者们，他们应该拥有什么样共同的或者比较相似的品质呢。我想我们今天在座的有一位嘉宾，他可能特别有发言权。他就是国家科学技术奖励工作办公室的主任——邹大挺先生。接下来我们就掌声有请邹主任，有请。

国家科学技术奖励工作办公室的主任（邹大挺）：刚才的访谈，让我们清晰地看到了两位获奖人传奇而扎实的生活轨迹、奋斗和奉献的人生经历。我与大家一样，深深地为他们那实事求是、崇尚理性、勇于探索、追求真理的科学精神所感动，更为他们脚踏实地、甘于寂寞、淡泊名利、无私奉献的意志品质所折服。党的十八大吹响了创新驱动的号角。科技创新作为提高社会生产力和综合国力的战略支撑，已经摆在了国家发展全局的核心位置。希望千千万万的科技工作者向他们学习，不断开拓创新、团结拼搏，为实现全面建成小康社会的宏伟目标再创辉煌。谢谢大家。

主持人（许可）：今天我们在这个现场有幸聆听了两位科学家人生的故事。你一直在探究他们为什么会有今天的成就。你知道我今天最感动的时刻是什么时刻吗？

主持人（曲向东）：什么时刻？

主持人（许可）：就是当我们这个舞台缓缓地从后面旋转过来的时候，我看到，两位老人，他们步履已经不太矫健了，从那个舞台上缓缓走下来，那一刻，我真的有热泪盈眶的感觉。我在想，我们今天这个夜晚灯火辉煌，但是科学家们这一路走过来，陪伴他们更多的可能是寂寞、艰苦，甚至是清贫。但是几十年来，他们坚守自己的梦想、坚守自己的事业，对科学永存敬畏之心。

主持人（曲向东）：对。其实我想，这也不仅仅是他们今天的意义，他们更多的意义还在于未来。我们今天的主题叫做《影响》，我想这个影响并不仅仅是科学技术对我们生活的影响，更多的是这些科学大师他们积极的人生，对我们年轻人、对我们未来的影响、对我们人格的影响。我相信在这个影响之下，会有更多的人用这样一种积极向上的能量去面对未来。

主持人（许可）：好，感谢您关注我们今天的特别节目影响，谢谢大家，再见。

【北青网】国家最高科技奖获得者返回母校北理工

来源：北青网－北京青年报　日期：2013年4月7日

原文链接：http://bjyouth.ynet.com/3.1/1304/07/7931716.html

2012年国家最高科学技术奖获得者王小谟近日返回母校北京理工大学，与2 000多名师生代表交流求学心得。中国工程院院士王小谟1956年进入北理工无线电专业学习，有"中国预警机之父"之称的他，从事科研50余年，是国防科技创新的领军人物。这是他获奖后首次走进首都高校与青年学子面对面。

王小谟在大学时代还是学校京剧团的团长、校摩托车队的队员，后来他谈起两项爱好时感觉受益颇多，"当时遇到最难的事就是组织人，大学时代的社团生活锻炼了我的领导能力。"

"您眼中的大学生是什么样的""青年人该怎么面对生活中的困难""大学生应该具有什么样的素质",在访谈环节,学子们向他提出了自己在求学过程中的疑问和困惑。王小谟谈到,大学生的目标感应该很强,不应该浮躁。

（作者：于静）

【凤凰卫视】北理工校友南开大学校长龚克
《我的大学梦》

来源：凤凰卫视　日期：2013年6月18日

记者：我想问您，我了解到您是77级考生，然后听到恢复高考这个消息的时候，您当时的心情是什么样的？您当时在做什么？是什么样的缘由使您走进高考这个考场的？给我们分享一下。

南开大学校长（龚克）：当时大概到了1977年的夏天的时候，大概9月份左右，十一前的时候传出一些消息，说是可能要恢复高考。但是当时想的要恢复高考，没有想到是当年要恢复，因为已经过了当年（时间）。但是那一年呢，就是每年推荐那个工农兵学员，就是过去从1970年推荐工农兵学员。一般都是在冬天的时候推荐工农兵学员，春天定下来，夏天他们去上学。76级的推荐因为打倒"四人帮"就比较晚。

南开大学校长（龚克）：我记得是过了十一不久，那时候每天早上7：30都听那个叫做，各地人民广播电台的那个，就是《新闻和报纸摘要》。大概早上6：30的时候是第一套，7：00是第二套，播那个东西。就宣布中共中央国务院决定今年恢复高等学校的招生考试。那个心情，用两个字形容就是"振奋"。

南开大学校长（龚克）：邓小平复出呢是到了1977年的夏天，复出以后做的第一件事，就是恢复高考。但是到了恢复高考的时候，"四五"都还没有平反。就是"四五"，我们当时到天安门纪念总理的那个，那件事情，定性为"反革命事件"，还抓了很多人，这个追究了很多人。所以当时觉得，打倒"四人帮"以后，很多我们期待的变化没有能够及时出现，但是恢复高考，觉得变化要来了。

南开大学校长（龚克）：1972年、1973年的时候，我们就办了很多文化的夜校，给我们这些青年工人补文化知识。因为1966年"文化大革命"的时候我是小学四年级毕业，刚进入五年级，所以我们实际上就是小学那四年的水平。到了1967年回学校，当时停课闹革命，

1967年我们回学校军训。1968年说是复课闹革命，复课闹革命也是闹革命，因为没怎么正式上过课。这个学校清理阶级队伍啊什么的，我们就到农村去，一待待好几个月，所以到1970年中学毕业的时候，我们没有学过什么中学的课程。那个底子就是小学四年级，所以到了工厂做工人的时候，我们很多知识是不够的。

南开大学校长（龚克）：当时应该是，是上百人的，参加了考试，那年被录取的是个位数。

南开大学校长（龚克）：如果没记错，第一考的是政治。这政治是我当时来说不大怕的一个东西，但是也不知道它要考什么东西。来了以后呢，就发这么一卷纸。就没想到考卷是这样的，一拉出来一个长卷，像画轴似的，往外卷着答那个题，当时至少北京是这样的。而且这个考场很冷，如果没记错的话，当时都是戴着手套。因为那时候没有像现在有暖气，好像玻璃都还有破的地方，很冷，肯定是穿着棉大衣的。当时如果能照下来，应该是戴着栽绒的帽子，穿着棉大衣，戴着手套，这么做卷子。别的东西都不让带，除了准考证、笔，大概是什么都不让带。去那以后，监考的老师在那走来走去，这架势也是多少年没见过的。

南开大学校长（龚克）：就实际上那年我是考了，我们400分是满分，我是考了324分还是325分，这个已经是考得相当不错了的一个分数。当时自己也不是特别清楚。我当时最不会的就是化学，我一点都不会化学，自己学的时候一点儿都不会。所以我化学当时背了背分子式，如果有分的话，可能也就是几分，超不过10分了，但是我的物理数学当时还可以。那个理化的卷子我得了50多分，我相信40分以上都是物理的，如果那个要算百分的话，就80分以上了。所以当时一方面也还有点信心，另外一方面呢，也跟现在（不一样），因为我毕竟是有工作的人，而且在当时来看，我工作是不错的那种。也不是说考不上就要怎么样，考不上就考不上了，也没有像现在这么，好像考不上就没路走了那样的感觉，也还不至于。所以当时一方面是有自信，敢去考，而且当时我真觉得考上的可能性还是蛮大的。

南开大学校长（龚克）：其实我当时第一个想考的是清华，我的父母都是清华的毕业生。那时候的清华没有像现在大家想得那么邪乎。那时候像哈工大，现在的北理工，当时我们叫京工、北航啊，都是一批比较好的学校。清华呢，当时有一个特殊的情况是什么呢，就是清华的无线电系当时在绵阳，无线电系整体到了绵阳分校，这个当时存在着一个问题就是无线电系能不能回清华的问题。因为当时邓小平作为总长有一个命令，以绵阳分校为基础组建中国人民解放军电子对抗学院，就使得这个无线电系就回不了清华了。但是清华的领导，我父亲当时他们的同学同事，比如说吴佑寿院士，当时我们去问他，吴佑寿说我们是还乡，反正我们是一定要回清华的。但是我心里有点忐忑，这个清华不会没有无线电系，但是清华如果丢了老无线电系，重新组建一个无线电系，就未必有那么强了，所以这是当时的一个考虑。还有一个考虑可能就是，报完清华以后要到绵阳去上学。说实在，当时有点私心，那时候其实已经有女朋友了，就不大想去绵阳了，所以就没报这个清华。那没报清华报哪呢，我是这个1973年的时候呢，报这个工农兵学员的时候，因为当时我们有3年工龄，报工农兵学员文化考核的时候，当时我是报了，长沙工学院这是第一志愿，就原来的哈军工，北工是第二志愿，南工是第三志愿。当时的想法就是，我是军工厂的，因为当时工农兵学员要回原单位工作的，所以我们要回厂里，我们很想上长工，现在的国防科技大学。那是当时我的第一志愿，而且我的籍贯是湖南，对湖南有特殊的情感。

南开大学校长（龚克）：考大学的时候呢，开始我们家觉得我要考大学。我记得当时就让我妹妹早点回家，多做点家务事什么的，就保证哥哥考大学。完了我妹妹说那我也可以考大学啊，后来她想说她也可以考大学了，所以就我们俩一块考大学。一块考大学呢，当时从复习角度来讲呢，总觉得我应该是希望更大一些，所以就一直等着消息。我记得是一个星期天，突然说我妹妹龚明榜上有名了，要到那个公布看榜的地方，就像那个大字报一样写着。说她的这个名字有了，就马上打听我的有没有。但是我们那个考场的还没公布出来。当时这心情很忐忑，就是要不要去看，看了，要是没有怎么办。一会儿就很多人挤，在那儿看，所以我当时真的就没去看。

南开大学校长（龚克）：真是改变了国家面貌，就是这一代青年人的命运实际上是国家的命运。这一代青年人如果滞留在初中、高中，像我们小学这个水平上，尽管我们在工作的岗位上想非常努力、想做好，但是我们的这种知识的局限性，根本不可能实现，说实现四个"现代化"。当时青年工人，就是我们这样的人，这么可能呢。

南开大学校长（龚克）：这个我想对后面整个改革开放是非常重要的，我理解也是个政治实验，如果这件事不得民心，恐怕后面一系列的改变也不可能做出来了。但是这件事儿，大得人心。也就是说，你真正按老百姓愿望做事，不一定按最高指示做事，它是符合历史潮流的事情。

南开大学校长（龚克）：知识是要探索的，在这个领域里头，学者的主动性、主体性是特别强的。它不是在行政机关里的某一个层次，它就是在学术领域，探索这个领域，这个是不同于行政机关，不同于军队，也不同于企业的。

南开大学校长（龚克）：但是大学的根本任务不是要完成行政职能，大学的根本任务是要培养优秀的人，所以大学最重要的是教员和学生。所谓大学去学生，去行政化，我的理解是忽视了学生和教员的作用。

南开大学校长（龚克）：一般来说，越一流的大学、越好的大学，学生的作用越大一些。大体上是这样，也不是所有的都这样，尽管有很多差别。在这个问题上，包括世界上最好的大学，他们的教授委员会的作用大体上是相似的，他们学生起作用的差异非常大。

南开大学校长（龚克）：其实，通过微信平台来让大家来参与这个校务管理，是我们一个模式上的探索吧，其实到目前为止，我们已经进行了两次这样的提案征集活动，到最后的反馈结果。比如我们有一个例子，是我们最近的一次校长接待日的提案统计的结果。我们这个微信公用平台完全由我们的同学们在4月份的时候自发地把它组建起来。从4月1号上线到现在，微信公用平台的粉丝、南开大学的粉丝应该有18 000多个。我们目前的微信公用平台共有两部分构成：一部分是日常的运营和维护；一部分是我们的技术开发，也就是相当于它的功能设置。那在你左手边呢，可以看到这是我们的运营团队，他们负责平常的图文编辑、消息推送，包括语音的编辑这样一部分工作。而右边的这支，我们的技术团队则负责它的功能开发，比方说图书馆、自习室，以及天气、空调这样的查询功能开发由他们来完成。

南开大学校长（龚克）：所以南开有一个特定的制度设计，这是我们在探索的。总的来说，我们希望南开学生的参与度再大一点，南开的民主程度要高一点，这是我们南开的传统。我们20年代说闹学潮，闹到了张伯苓在香山开会，研究学校的改进。其中有一个非常重要的就是师生携手，共同参与。从那以后，南开内部基本没闹过大的学潮。这是南开当年作为一个成功的大学，它在制度上就是南开的一个传统。今天，我想我们的南开应该在高校里边，在中国的高校里边，甚至在世界的高校里边，希望我们的学生参与民主管理，在行使他的知情权、表达权、参与权、监督权上能做得更好一点。我们现在在一点点地推进这件事情。

南开大学校长（龚克）：现在如果从统计数据来看，将近1 000万人，900多万人考试，最终录取了600多万人，应该说是不难了。跟那个77级1 000万人考试，还是600万人考试，录取20几万人，这个比例恐怕是极大的改观了。但是，你要是问家长、问考生，他会觉得很难，压力仍然很大，为什么呢？因为他们希望享受一种相对优质的高等教育资源。当时77级开放给我们的那些高等教育资源，是在我们中国高等教育发端，刚到，在那个时候，不到一个世纪，80来年的历史。特别是50年代以后发展的，当时的高等教育资源是比较整齐的，就像刚才我说的，清华、北大是好学校，但是北理工、北航、北师大也是很好的学校。北京的机械学院、电力学院也很好，轻工学院也是很好的学校，它当时的差距并没有那么大。但是1977年能向大家招生的那些院校，今天都是"985""211"的院校。

南开大学校长（龚克）：现在招生虽然扩到了600多万人，但是我们"211"的学校，也就是说一百来所比较好的学校，据我所知，招大概50万人。现在我有900万人考试，要想让50万人考上的话，其实这个比率比1977年、1978年的时候改变了多少呢？也没有改变太多吧。又或者说我们现在一本的录取率有多高呢，是8.5%，高的年份大概到10%，去年是8.5%。8.5%的比例就很难了，你怎么能说不难呢？就是说，为什么现在国家的统计数字跟考生、跟家长、跟中学的感受是不一样的。

南开大学校长（龚克）：绝大多数都是想上一本的。相对比较好一点的教育资源，我们现在的供给相对不足，这个情况是社会上需要充分关注的。我们现在有很多问题，高考改革难，什么都难，但这么紧张的供需关系，怎么能不难？对高考出卷，有人说高考把很多东西都引导错了。但是高考压力在哪呢？我们去问高考出卷老师的时候，他们说要有区分度，他们要用这四张卷纸把1 000万人给区别开，使得高校可以录取。如果区别不开的话，大家都是620分，出现好几百万人，你怎么录取，就没法录取。所以一定要区分开。所以它严格的区分度，势必把很多的关注点，在高考复习时引导到细节。而这种区分度并不是教育规矩的要求，是一种供需关系的要求。像这个，应该说现在在中国，要享受优等的高等教育资源，仍然是比较难的。

南开大学校长（龚克）：大学梦是一个什么梦，我觉得现在的一个误区，就是大学梦变成了文凭梦，这个我觉得是要防止的。就现在而言，很多上大学的目的就是为了上大学，就是为了拿一个文凭，这一点和我们那代高考人不同。特别是和我们当时已经有了工作，像我在798厂这样的工厂工作，拿着41.71元，那时候是比较高的了；像我妹妹在新华印刷厂，而且在彩印车间，那是厂里大家都想去的那个高级的车间。你要把它放弃，去参加高考，高考完了，最后你可能还是回工厂工作，但是你可能角色会变，你可能变工程师，变技术员，但是很可能做的还是这个事。我们那个时候的梦，在我来说啊，是知识梦，是学习梦。

南开大学校长（龚克）：可能由于我们现在的高考啊，中学搞得同学们太累。所以迈过高考这一关，松了一口气，歇一下的梦，松一口气的梦，这个有时候也是这个梦的一部分内容了。甚至于，据我所知，就有个老师说："你们现在苦一苦，高考过去了，你们就好了。"这恐怕也是一个误区。

南开大学校长（龚克）：不要以为舒舒服服地、轻轻松松地就可以实现自己的人生价值，就可以让自己的人生有意义，这是要做努力的。而大学只是给你提供了一个条件，文凭只是一个符号。有没有真本事，将来真到工作岗位上去，可能在就业的时候，你的文凭、你的名校、你的那些分数，可能起一定作用。真到工作岗位上，你们在凤凰卫视门户网站，还是要凭本事，是吧。他是北大来的，是南开来的，是哪一个师范院校来的，最后的发展，你还是要靠自己的真本事。至于在学校当时考了多少分，拿什么奖学金，其实在工作岗位上没什么用的。

南开大学校长（龚克）：《红楼梦》里说这个"古来将相在何方，芳冢一堆草末了"，那么多将相，现在我们说出来的有几个；那么多状元，我们能说出来的又有几个。但是有几个将相、有些状元我们是能说出来的，比如说王安石。王安石能够说的出来，不是因为他做了宰相，宋朝宰相多得很，他做宰相时间很短，因为他推行了当时的改革，因为他有文学上这些成就。所以这些东西一定是对社会的发展（有益），一定是做出来的，不在于你自己天资聪明，甚至不在于你一时有机会，做了什么样的高官，真正能为这个社会做事的那些人，是些有价值的人。像这些东西，应该在我们的大学梦里头，在我们的人生梦里头，要含着这样的内容。特别到了大学的时候，他已经是走入成年了，应该有这种意识了。

【央视新闻频道《新闻调查》】
"80后"航天人（北理工校友牟宇）

来源：央视新闻频道《新闻调查》　　日期：2013年6月18日

导引：他们是航天城里的"80后"。（记者：在载人航天领域，技术人员的平均年龄只有31岁。）（黄震：想出来一个像玩具一样的神舟九号，我在天上的时候该怎么摆弄它。）（吕新广：发射的时候，最后看着它轰轰上天，那种感觉非常好。）（冯昊：我就一直在默默地流泪。）30出头，他们就担任了飞船、火箭的设计总负责。（牟宇：这一块都是由我们来牵头。）（柳宁：天宫是离发射还有一个多月，它门就关了，就再也不开了。）（黄震：一屋科学家、一屋暴力狂。）"80后"航天人的成功，奥妙何在？（记者：作为年轻人，你们这个职位的晋升，大概有几条线可以走？　牟宇：一套路线，就是咱们的技术路线。　吕新广：如果是你被评为所里专家级的，拿的薪水啥的，可能比主任都高。　杨宏：可以根据每个人的特点，来选择自己的一个晋升和发展的空间。）

旁白：这是中国人越来越熟悉的电视画面——酒泉卫星发射现场。发射架上矗立着一次次变换名称，即将飞向太空的火箭和飞船，在静静等候着属于它们的，那个精确到分秒的时刻。远在1 700公里外的北京航天城，指挥中心的工程师们不时扫一眼大屏幕，同步倒计时的还有他们复杂的心情。

中国运载火箭技术研究院总体副主任设计师（牟宇）：一直就是紧盯着屏幕，没有任何的放松。

中国空间技术研究院总体副主任设计师（黄震）：每个人手心里肯定全都是汗，特别特别紧张。我觉得……真的不知道如何用言语来形容这个紧张的程度。

旁白：倒计时，这是人类探索太空每向前迈出一步都要举行的仪式。在发射这一刻，所有人的心情随腾空而起的火箭揪成一团。仅仅600秒之后，箭船分离的那一刻，强烈的成就感扑面而来。

北京航天自动控制研究所主任设计师（吕新广）：发射的那一刻，最后看着它轰轰上天，那种感觉非常好。

北京航天自动控制研究所副主任设计师（冯昊）：反正我看了那个火箭稳稳地飞起来的时候，我就一直在默默地流泪。

中国运载火箭技术研究院总体副主任设计师（牟宇）：那时候就觉得自己的付出是值得的。

记者（张晓楠）：在神舟九号和天宫一号的交会对接任务中，我注意到这样一组数据。在载人航天领域，技术人员的平均年龄只有31岁。那么这些年轻人，在这次交会对接任务中，主要担任什么样的工作呢？他们对中国航天事业会带来怎么样的改变？未来他们能否承担起把航天事业交到他们手中的重任呢？

旁白：许多人惊异于指挥大厅里这些青春的面孔。因为在记忆里，人们很容易把飞天和白发苍苍的老科学家的形象画上等号。事实上，目前我国航天系统已经形成"60后"唱主角、"70后"挑大梁、"80后"当中坚的模式。相比较而言，中国航天人比世界主要航天大国同行，平均年轻15岁左右。

航天科技集团空间技术研究院天宫一号技术负责人（杨宏）：我记得在国外航天团体来跟我们进行技术交流的时候，我觉得他们羡慕我们最多的是我们中国航天有一支年轻的设计师队伍，这个是真正的中国航天的希望之所在。

记者（张晓楠）：这里是中国运载火箭技术研究院，也被认为是中国航天的发祥地。钱学森老先生就是这里的第一任院长。中国现在有12种型号的运载火箭，其中10种型号都是在这里设计制造的。本次担任神九发射任务的改进型长2F火箭也是在这里设计生产的。

旁白：今年30岁的牟宇，就在这座大院里上班。1982年出生的他，有一个听起来让人肃然起敬的头衔——中国运载火箭技术研究院火箭总体副主任设计师。通俗地讲，就是负责火箭总体设计的二号人物。

记者（张晓楠）：你做的总体设计具体是做什么的？

中国运载火箭技术研究院总体副主任设计师（牟宇）：我就是提出电气系统的总体设计方案。整个火箭的所有电气系统的设计布局，包括那些方案的选择，这一块都是由我们来牵头。

旁白：也就是说，火箭内部所有带电的部分都由牟宇和他带领的团队来设计完成。从高中、大学，再到参加工作，牟宇的人生履历漂亮得让人羡慕。2000年，他考入北京理工大学飞行器设计专业，4年后以专业第一名的成绩保送本校直接攻读博士学位。毕业后，他从事改进型长2F运载火箭电气总体设计工作，并参与去年天宫一号和神舟八号的发射任务。

中国运载火箭技术研究院总体副主任设计师（牟宇）：大家可能都意识到，你从事的是一项关乎整个国家，就是航天的一种命运的行业。而且航天是论成败的，飞行失败对于航天工程来说是一个重大的挫折。

记者（张晓楠）：只有成功，或者失败，没有中间状态。（牟宇：对。）

旁白：今年34岁的吕新广和牟宇同在火箭设计系统内工作。2003年，他就在这所大院里读研究生，而今，它的职务是长2F运载火箭制导系统主任设计师。通俗来讲，控制火箭飞行的设计，吕新广要负全责。

记者（张晓楠）：你工作之后去过几次发射场？

北京航天自动控制研究所主任设计师（吕新广）：工作之后，神五、神六、然后神七、天宫一号、神舟八号的发射，都去了。

记者（张晓楠）：哪一次发射是你的这种研究成果在这个火箭里应用了？

北京航天自动控制研究所主任设计师（吕新广）：对我们制导系统来讲，我们更加重要的一项技术是迭代制导技术，这是在神舟八号里才用上的。

记者（张晓楠）：什么叫迭代制导技术？

北京航天自动控制研究所主任设计师（吕新广）：简单地说，就是上了天之后我要实时地去算。如果说我偏离得太多了，我都会从当前算出一条最优的弹道来。

旁白：30岁的牟宇和34岁的吕新广在火箭设计领域挑了大梁。而参加工作才两年，30岁的黄震就担任了火箭搭载的载人飞船总体副主任设计师，他是具有这个头衔最年轻的工程师。黄震的履历和牟宇极为相似，以优异的成绩从北大毕业，保送硕博连读。2010年毕业后，黄震加入中国航天事业，那年他28岁。刚刚参加工作，就相继进入神舟八号和神舟九号的任务团队，负责总体规划和方案设计。

中国空间技术研究院总体副主任设计师（黄震）：这个可以看一下，这就是航天员在发射和返回过程当中，他就是这个姿势。

记者（张晓楠）：当初为什么会想要选择总体的工作。

中国空间技术研究院总体副主任设计师（黄震）：可能总体的工作是一个承上启下的工作。我觉得是整个工作里面最有成就感的。

记者（张晓楠）：成就感来自于什么？

中国空间技术研究院总体副主任设计师（黄震）：你设计了一个东西，想了一个方案，想出来你有一个像玩具一样的神舟九号，我在天上的时候该怎么摆弄它，怎么回来。然后有一天它发射了，按你的想法一步一步地去实施，然后全国有上万人来配合，数亿人来观看，这种成就感我相信不是其他的工种可以比得了的。

旁白：1980年出生的柳宁，长着一张典型的理工男的脸。平头、偏瘦、戴着眼镜、喜欢穿运动服。2008年柳宁获得力学专业博士学位，现在32岁的他，头衔是天宫一号总体主任设计师。在本次任务中，是天宫一号技术组的负责人。

记者（张晓楠）：那么，现在你在这个室主要做的工作是什么内容？

中国空间技术研究院总体主任设计师（柳宁）：就是把整个天宫一号从一台台的设备、一个壳体给他拼装成一个整体，然后测试的一个过程。

旁白：牟宇、吕新广、黄震、柳宁、这些30岁上下的年轻人，带领着他们年轻的团队，合力参与了神舟九号的发射任务。此次发射因为载有3名宇航员，并与天宫一号进行首次载人交会对接任务而备受瞩目。这些"80后"如何带领年轻的团队将这一切变为现实？在执行发射任务前，他们经历了什么样的日日夜夜呢？

旁白：6月6日，距离神舟九号发射还有10天时间，牟宇参与这次发射设计的改进型长2F

火箭已经在5月初从这间厂房出发，运往酒泉卫星发射中心，进行在发射场的各项测试准备工作。

记者（张晓楠）：在这个车间主要是做什么？

中国运载火箭技术研究院总体副主任设计师（牟宇）：这个车间主要是做火箭的总装和测试。（记者：总装就是整个火箭的安装都是在这儿完成的？）对，就是把火箭的各个结构部件总装在一起，然后再把我们的仪器和电脑都连接到一起。测试就是把我们这些总装完成过后再整体进行一次火箭的电气系统的测试，然后确保我们火箭在进入发射场之前功能都是一切正常的。

记者（张晓楠）：在火箭的总装与测试车间，我们注意到，在地上有两条铁轨，那么这条铁轨是干什么用的呢？大家跟着我们的镜头往前看，在镜头前方看到一个这样的卷帘门，一共有两个。这两个卷帘门，火车是可以通过这个铁轨直接开进厂房的。当火箭完成了测试安装、总装之后，会通过天花板上的这块吊车，把火箭吊起来装到火车上，用这样的铁轨直接运往发射场。

旁白：北京北郊的航天城发射指挥中心一片忙碌的景象。再过9天，这里将是几亿双眼睛关注的焦点。作为总体调度的柳宁和黄震，从4月初开始就一直生活在这里。他们和其他部门配合，每天演练神九与天宫一号对接的各项任务以及在这个过程中可能遇到的各种紧急状态。

记者（张晓楠）：你们每天演练，我看工作环境也挺紧张，那么是在演练什么？

中国空间技术研究院总体主任设计师（柳宁）：演练首先是把正常任务的流程练一遍。但是正常流程只有一个，异常的现象我们现在有几百个。我们就要从几百个故障里面，挑出那些影响航天员飞行安全的故障，他怎么处理这个流程，真正任务中很小可能会发生，我们必须在地面把这些重大的故障都要练过。这样真正发生的时候就不会很紧张。按照现有的流程走下去，就能保证航天员安全回来。

旁白：在今天的这场演练中，黄震的代号是长城。他头戴耳麦，眼睛紧盯着电脑屏幕，手里拿着今天的任务书。他不时通过话筒发出指令，并回应其他部门的呼叫。大屏幕上模拟着330公里外太空中交会对接的各种可能性。即便是一场演练，我们也能从中真切感受到紧张的气氛。

记者（张晓楠）：可不可以具体描述一下你这个工作每天都包含哪些重要的部分？

中国空间技术研究院总体副主任设计师（黄震）：大家知道马上要发射神舟九号了。但是它什么时候发射？发射上天之后每天都干什么？然后我是用什么样的方法，和天宫一号进行对接？对接完成之后，我有什么事情可以做的？什么时候进行返回操作？把这些东西按照我们的条件一点点理清楚，这是我最主要的工作。

旁白：黄震说，因为分工不同的原因，他需要在北京航天城发射指挥中心坐镇后方。因此包括神八和天宫一号等最近几次发射他都很遗憾，没能到现场去亲眼看见点火的时刻。

记者（张晓楠）：像最接近的比方说一两天的时候，那个时候你们要做什么？

中国空间技术研究院总体副主任设计师（黄震）：按照神八经验属于冥想。（记者：冥想什么？）那个时候，该做的工作都已经做完了，该记得东西都已经记熟了，然后那个时候应该是休息，然后把最紧急、最重要、最关心的问题在脑子里像放电影一样再过几遍，这样才能保证在执行任务的时候，可以圆满地完成我们这次的飞控任务。

旁白：在执行任务期间，柳宁和黄震的手机不允许关机，活动半径必须保证十分钟内可以赶到指挥大厅。在这段时间里，他们的生活和工作几乎合二为一，无法区分，加班就更是这些年轻人的家常便饭。

记者（张晓楠）：加班是常态？

中国空间技术研究院总体主任设计师（柳宁）：对，加班很正常。（记者：休过吗，年假？）没有，我们绝大部分人都没休过。一般春节还能休两三天吧。

北京航天自动控制研究所副主任设计师（冯昊）：说我们是白加黑，用5加2形容我们。到最后的时候都有晕倒的迹象，特别累，确实是特别累。

旁白：黄震的爱人原本是风景园林设计师，但丈夫工作实在太忙，工作地点又非常偏僻，于是她放弃工作，搬到郊区。由于附近没有类似的工作职位，黄震的爱人就一直待在家里。

中国空间技术研究院总体副主任设计师（黄震）：她说我的事业是我们两个人的。（记者：可是她现在不工作，自己待在家里，每天见到你，可能只能听到你的一句晚安？）对，是这样。她说每天最大的愿望就是盼着我回来。

记者（张晓楠）：那你想过以后要改变这种状态吗？

中国空间技术研究院总体副主任设计师（黄震）：想啊，每天想的就是这件事情。从软件上到设备上，到我们团队的整体实力大幅度提高之后，让中国的载人航天，再也不用加班。

旁白：上午的紧张演练暂时告一段落，午餐时间是一天中最轻松的时刻。这里是专供神九发射工作人员吃饭的餐厅。一桌子的年轻人让人感觉像是到了大学食堂。这是工程师们少有的八卦奇闻趣事的机会。

中国空间技术研究院总体副主任设计师（黄震）：我们当时最大的乐趣就是吃饭的时候聊天。（记者：看电视呢？）看电视的话，也是不同的人兴趣爱好不一样。我们主要是分成两大派：一派的人主要是看中央九台纪录片频道，另一个房间的人大家就喜欢看动作电影、足球，还有游戏电子竞技这样的频道。

记者（张晓楠）：就是一个屋的人相对静一点，一个屋的人相对闹腾一点。

中国空间技术研究院总体副主任设计师（黄震）：就是说一屋科学家、一屋暴力狂。

记者（张晓楠）：你属于哪一个？

中国空间技术研究院总体副主任设计师（黄震）：我既然用这种词眼来修饰他们，当然是属于科学家一类的。

旁白：这个仿真实验室是吕新广除办公室以外的第二战场。从神七到神九的制导系统实验，都是在这里完成的。

记者（张晓楠）：那像这个设备它是测什么的？

北京航天自动控制研究所主任设计师（吕新广）：这是一个模拟火箭姿态的一个设备。上面装的是我们的一些传感器，它能够模拟到火箭的一些动作，就是通过这里面的一些设备。（记者：就是通过这些传感器，把火箭在空中实际的动作传回给你们。）对，通过模拟的一些信息，我们用它来计算，就能算出来现在火箭是在一个什么样的位置、什么样的速度，就能够算出来。然后根据这个数据，我们就可以算下一步的制导。（记者：下一步的制导是什么概念呢？）就是根据现在是在什么位置，我们目标又是一个什么样的位置，算火箭下一步应该往哪个方向飞。

旁白：跟柳宁和黄震相比，吕新广的大部分现场实验工作已经在火箭运送到发射场之前完成了。从5月9日火箭运走之后，他有了更多的时间锻炼身体，也期望尽可能多地陪陪家人。

记者（张晓楠）问吕新广的儿子：你知道爸爸是做什么工作的吗？（吕新广的妻子：知道吗？ 吕新广的儿子：造火箭的。 吕新广的妻子：什么？大声说。 吕新广的儿子：造火箭的。）

记者（张晓楠）：这里是飞船试验区，从神五到神九，所有的总装测试的工作都是在这里完成。远处银白色的一层层铁架子，大家看到已经空了，之前神九就是在这里，完成总装和测试，然后运往发射场去择机发射。再往前，我们会来到目标飞行器的实验区，也就是大家熟悉的天宫一号，就是在这里完成总装和测试。那现在我们跟着镜头看，有两个银灰色的物体。其实这两个银灰色的物体跟我们现在在天上的天宫一号实际上长得是一模一样的。他们两个叫天宫一号的初样。什么叫初样呢，就是天宫一号在天上要完成的所有的动作的这种测试都需要在这儿先进行。每天工作人员会从这个舱门中钻进去，完成设备的安装和调试。简单地说，整个这个大的区域就是要完成飞船和天宫一号的总装和测试，确保对它们进行体检无误之后，送往发射场择机发射。

旁白：在测试期间，柳宁有三分之二的时间待在舱里，操纵检验航天员要使用的各种设备。去年10月，航天员们来到研制现场和他们交流时，柳宁亲自当陪练员，介绍天宫一号上的每一个细节。

中国空间技术研究院总体主任设计师（柳宁）：航天员用之前我们都要把它测一遍，就是亲身体验一下。（记者：都测什么了？）就比如说咱们家有一个空调，开关好不好，我们得试一下；那个飞船上有一个液晶显示器，有个屏幕，每个钮的功能我们都要试一下，比如说亮度，我从最亮调到最暗、从最暗调到最亮，是不是每一下的反应都是正确的；有一个键盘ABCD，这么多钮，每个钮按上去是不是有正确的反应。我们都要从头到尾试一遍。

旁白：柳宁的测试还远远不止这么简单。为了保证设备运行正常，增强航天员的使用舒适度，他去年在天宫一号发射前，设计了一个高难度的测试项目，并亲自试验。

中国空间技术研究院总体主任设计师（柳宁）：我们为了模拟在失重的情况下，因为人的四肢都是悬空的，然后模拟他开门的能力，我们自己设计了一个实验，就把人吊起来。这就相当于我自编自导自演的一个项目。（记者：是吗？拿什么吊的你？）拿个吊车，下面拴个手动的吊车，把我吊在中间。（记者：你也当演员？）对，就是弄了一个登山的那种保护带把自己吊起来，一只手把着门框，一只手攥钥匙开门。

旁白：在2008年刚参加工作时，柳宁刚好赶上神舟七号飞船发射。当时作为新人的他参与了神八初样的研制工作，后来他加入了天宫一号的研制团队。三年的朝夕相处，让柳宁对天宫一号充满了感情。

中国空间技术研究院总体主任设计师（柳宁）：就是关门的时候，有点失落的感觉。因为以前一直是在天宫里面，长期参加测试。但是天宫在离发射还有一个多月的时候，它门就关了，就再也不开了，就等在天上才开了。所以你相当于关了门，我们再也进不去了，就是说远离了这种感觉。

旁白：神舟九号发射前一周，这几位"80后"的航天人和他们年轻的团队，以接力的方式，等待接受发射检验的那一刻。他们精彩的人生，也随一次次发射跟中国航天事业的发展相遇相融，显然他们是幸运的。但是除了幸运，是什么铸就了他们的成功呢？

旁白：牟宇工作的这个大院，中国运载火箭技术研究院见证了中国航天事业发展艰难而辉煌的50年。1957年创立之初，这里地处偏远南郊，如今已经被日渐扩大的北京城区囊括其中。院子里现代化的新办公楼和50年代建成的主楼遥相呼应。就像这里新生代的主人给充满了历史感的大院带来了朝气和活力。

主持人（张晓楠）：那你觉得现在航天事业和八九十年代那会儿有什么大的变化？

中国运载火箭技术研究院总体副主任设计师（牟宇）：那变化还是比较大的。应该说八九十年代的时候，我们的很多人也曾迷茫过，也有很多人转到其他的行业里面去了，因为这个行业相对来说，可能有一句俗话叫"搞航天的不如卖茶叶蛋的"。当时也有收入待遇的问题。但是从90年代末到2000年以后，我们整个航天领域的待遇也相对有了大幅度的提升，所以说更多的人，年轻人也愿意投入到这个航天的工作中来。

旁白：中国航天之父钱学森是中国运载火箭技术研究院的第一任院长，如今他的塑像矗立在大门内侧，微笑着迎来送往这里的每一个人。20世纪下半叶，中国两弹一星的成功，创建了中华民族的辉煌伟业，但此后二三十年，我国航天探索日渐缓慢。直到20世纪90年代末，航天系统才重新复苏，吸收了大批高校毕业生，并直接在以航天型号为背景的课题中培养硕士生、博士生。在那个风起云涌的年代，柳宁、牟宇、黄震这些"80后"正在读中学，但他们内心渴望探索太空的种子已经悄悄萌芽。

中国空间技术研究院总体副主任设计师（黄震）：从小就是喜欢摆弄一些小东西，做些小机械、小玩具这些东西，就喜欢把一些东西拆拆装装，喜欢拆拆装装这种事情。

中国运载火箭技术研究院总体副主任设计师（牟宇）：做各种模型，就是军舰，还有汽车各种的模型，自己特别多地做这一块。就觉得还挺有兴趣，飞机模型什么的也都做。

中国空间技术研究院总体副主任设计师（黄震）：学了物理之后，等到学完第一年的时候不觉得有什么，再往后开始学什么四大力学、理论力学、热力学这些东西的时候，就觉得这好像不是我的理想。然后就开始去拉平自己的轨道，想找一个更偏工程的，就是想要做一个飞船。

中国空间技术研究院总体主任设计师（柳宁）：然后很逗的，当时我们开过一个班会，大家谈理想。我前边一个同学说我要当宇航员。当时我已经近视了，我说我反正当不了宇航员，我以后就搞航天的吧。（记者：就把你送上去。）对。不过那个同学现在在机场工作，也算部分地实现了梦想吧。

旁白：机遇有时会不期而至。1986年被称作世界航天史上的黑色灾难年。继1月28日发生了震惊世界的美国挑战者号航天飞机机毁人亡事件之后，紧接着一系列的事故让世界火箭发射市场几乎瘫痪。当世界上几乎所有的卫星厂家和用户都开始着急的时候，中国火箭迎来了历史性的发展机遇。

记者（张晓楠）：在中国运载火箭技术研究院里，有这样一片独特的银杏林。每一棵银杏树代表着一次运载火箭的发射。大家看到，在银杏树边上的石碑上，写着每一次发射的状态。这一枚是第五颗返回式遥感卫星，发射日期是1983年8月19日，发射结果是成功。所有成功的发射都用这种黄色字体表示。如果发射失败，就用蓝色字体表示。这些银杏树见证了中国运载火箭发射的历史。中国发射第一个50枚运载火箭用了近30年的时间，第二个50枚用了近10年的时间，而第三个50枚仅仅用了4年的时间。中国新一代的航天人，也就是在这种航天事业蓬勃发展的过程中，迅速成长起来的。

旁白：2000年前后，就在中国航空业突飞猛进发展的几年里，"80后"的新一代航天人在各自求学的道路上已经硕果累累。他们开始以更高远的视野和更成熟的心态，为立志加入航天事业摩拳擦掌，做足准备。

中国运载火箭技术研究院总体副主任设计师（牟宇）：当时也确实是比较优秀，然后在研究生期间做了很多相关的科研工作。

记者（张晓楠）：当时为什么那么棒，都能考第一，又保送？

中国运载火箭技术研究院总体副主任设计师（牟宇）：自己还是一直都是属于那种比较能够静得下心来读书的这种人。就是在研究生期间，还是比较有一些自己的小目标吧。

旁白：和牟宇一样，很多优秀的"80后"航天人在读研期间就跟随导师开始了某型号的科研任务，于是毕业之后，他们被争相录用，在各自领域迅速挑起大梁。牟宇对当时来大院面试的情景仍然记忆深刻。

中国运载火箭技术研究院总体副主任设计师（牟宇）：当时面试的时候有一个比较

深刻的地方，当我看到咱们办公室挂着哪些办公室的吊牌，然后能看到长征二号F、长征五号、长征七号，包括咱们的长征三号甲系列火箭，我就觉得这个应该是我要来工作的地方。

旁白：从东方红一号卫星到北斗导航卫星，从长2F到长3甲运载火箭，从神舟一号到神舟七号，飞速发展的中国航天事业给了年轻人施展才华的舞台，同时他们也幸运地得到了非同常规的职业发展机会。

记者（张晓楠）：我不知道像你们这个系统里面，作为年轻人，你们这个职位的晋升，大概有几条线可以走？

中国运载火箭技术研究院总体副主任设计师（牟宇）：主要是分为两条路线：一条路线就是咱们的技术路线，咱们走技术路线，当然从我们这个主管设计到副主任设计师，一直到我们的主任设计师，到我们的副总设计师，到我们的总设计师，这个整个是一个比较完整的技术链路。

记者（张晓楠）：另外一条线呢？

中国运载火箭技术研究院总体副主任设计师（牟宇）：另外一条线就是我们的总指挥的这个路线，那就是我们的一个行政管理路线。

航天科技集团空间技术研究院天宫一号技术负责人（杨宏）：这样的话，就是说，根据每个人的特点，我们给每个同志，给他定制一个事业的规划和前景。这样，可以根据每个人的特点，来选择自己的一个晋升和发展的空间。

旁白：这种不按行政职务论高下，只要技术过硬，能力够强，就会被提拔重用的技术路线模式，给那些擅长发展专业的工程师们，解决了后顾之忧。他们认为能在技术方面被肯定，要比走行政职务提拔这条路，来得更加纯粹。

北京航天自动控制研究所主任设计师（吕新广）：所里面做了一个人才规划，叫核心人才工程，可以把你定为核心级人才、专家级还有骨干级。最高的专家级，如果是你被评为所里专家级的，拿的薪水啥的，可能比主任都高。

记者（张晓楠）：也就是说，这条线是适合那些我不想做管理，我就想一辈子专注于我的技术的人，但是你们有这样的系统，给这些人也提供一定的这种无论是物质、精神上的支持和鼓励。

中国运载火箭技术研究院总体副主任设计师（牟宇）：对，我们的余梦伦院士就是一个非常典型的代表。他最高职务就做到了我们工程组的副组长、组长。他在技术上有非常深厚的技术功底。

旁白：我国著名火箭弹道设计专家余梦伦院士是年轻航天人的榜样。如今已经76岁高龄的余梦伦依然工作在科研一线。他从事实用弹道工程设计50多年，几乎没有做过比组长更高的行政职务。以他的名字命名的余梦伦班组，是我国第一个以中国科学院院士名字命名的高科技创新型班组，成员平均年龄不到30岁。

记者（张晓楠）：余院士，我看到关于您的这个经历的介绍和报道，感触非常深。您50多年的时间只做一件事情，就是弹道设计。（余梦伦：对。）您会不会感到烦？

中国科学院院士（余梦伦）：你一旦投入到这个工作里边，你为工作所付出的这个劳动而得到回报，像我们的卫星上天了，我们的这个火箭发射成功了，这时候，这个愉快的心情，无法用语言来表示。

记者（张晓楠）：您觉得中国现在这个航天事业，给年轻人提供的这种机会怎么样？

中国科学院院士（余梦伦）：应该是好的，百年难逢。但是我也跟年轻人说，航天有高潮，有低潮。你们在高潮时候进来，但是你要经得住低潮对你的磨炼。

旁白：在老专家们一对一的传帮带下，航天新人迅速成为主力军，30岁上下的年龄就已经做到主任、副主任设计师。

北京航天自动控制研究所主任设计师（吕新广）：我们现在航天系统的一些老专家，他们是非常可爱的一群人。（记者：可爱在哪？）很多事情，像我们想问些问题什么的，我们会主动地问其他人。但是他们不是，他们是直接就把你拉过来，问你还有什么问题，我跟你说一说这方面的，就是那种特别热情。而且会说得很细。

旁白：老一代的传帮带和为年轻人搭建的业务成长通道，让一批"80后"航天人迅速成长，挑起了重担。2011年，由于他的团队出色地完成神舟八号和天宫一号交会对接的任务，吕新广被授予"中国青年五四奖章"和"中国载人航天工程突出贡献者"奖章。

北京航天自动控制研究所主任设计师（吕新广）：像这种技术成果申报，都会比较倾向于我们一线的技术人员，另外，还有很多的荣誉也都会比较偏向于我们年轻人、年轻的设计师，所以精神方面的鼓励都挺多的。

旁白："80后"航天人挑起了大梁，让很多刚走出校门的新生力量摩拳擦掌，踌躇满志。今年25岁的尚腾刚刚毕业两个月，他从关注杨利伟开始，立志投身航天。入职的这段时间，年轻的尚腾一直处在兴奋当中。

北京航天自动控制研究所（尚腾）：能来这儿工作非常非常高兴，非常高兴。

记者（张晓楠）：来了两个多月，觉得那个兴奋程度和你之前想象得一样吗？

北京航天自动控制研究所（尚腾）：还要更好。（记者：还要更好啊？）对，比我想象的还要更好。这些年轻的工程师30多岁，他们都是这个领域的骨干，跟他们学了好多东西。而且他们都非常热爱这份工作，让我感觉真是来对了地方。

记者（张晓楠）：哪怕苦点累点都没事？

北京航天自动控制研究所（尚腾）：我感觉干自己喜欢的事不累。

旁白：中国西部的大漠绿洲，这里的每一次成功发射，我们都能想象年轻工程师们兴奋的脸和他们经历坚韧、磨砺、枯燥之后内心涌动的无比的幸福。

记者（张晓楠）：对你来说，这一次发射成功，意味着什么？

中国空间技术研究院总体副主任设计师（黄震）：意味着我对神九的任务规划和飞行

方案已经被事实验证了，它是正确的。意味着我掌握了这个交会对接任务规划和方案的系统性的一个分析的能力。也意味着我将开始做一个更复杂的方案，在神十或者神十一上去做验证。我相信中国发展航天也好，发展载人航天也好，本质上也是为了推动科技，推动整个基础工业的发展，这是一个无止境的过程。

旁白：如果从网上搜索"80后"的性格特点，这样的评价比比皆是：中心自我、随心所欲、好高骛远。但采访过后，这些"80后"工程师投射给我们的却是智慧、责任、成熟和奉献。这些年轻人原本稚嫩的肩膀担当起了令世人瞩目的重担。

中国运载火箭技术研究院总体副主任设计师（牟宇）：自己干了一辈子，希望自己能够对这个国家有那么一些贡献。

记者（张晓楠）：已经想好了要在这个领域里干一辈子？（牟宇：对。）很坚定啊。

中国空间技术研究院总体副主任设计师（黄震）：觉得这是我的工作，我就应该这么做。如果没有把他做好的话，可能没有资格去享受自己的生活。

记者（张晓楠）：可是我看到很多"80后"会提到说我认为工作和生活应该是平衡的，我认为如果一个工作它经常需要我加班的话，我会考虑换一个工作。

中国空间技术研究院总体副主任设计师（黄震）：相当认同这个观点，就是说工作和生活确实应该平衡，但是每个人的平衡点是不一样的。我认为工作平衡点是，我要求至少每天能回去跟家人说晚安。然后每个月是不是能放一天的假，和家人出去转一转，一块陪她去超市买点东西。

旁白：这些期望让黄震还不至于感到失落。真正让他惆怅的是从北大物理系毕业后，他的70%的同学或者选择外企，或者出国深造，而他也由于自己工作的性质原因，与这些同窗玩伴渐渐疏远。

记者（张晓楠）：聚的时候跟他们聊过吗？他们怎么看待你现在做的这份工作？（黄震：哎……）为什么叹气，有没有表达过对你的不理解，说你干吗要做这个？

中国空间技术研究院总体副主任设计师（黄震）：真正严肃地谈到这个问题的时候，他们又劝我，都说我做的工作是真正有意义的工作。虽然他们都是笑着这么说的。有时候也想，我们生活一辈子吧，除了享受这样的一个物质生活，赚很多钱之外，当临终的时候，想想这辈子做了什么的时候，总得有值得回忆的地方。我觉得对于我的人生来说，比如说我走遍了世界的每一个角落，尝遍了世界上所有的美食，我这辈子无怨无悔；要么就是说发射神舟九号、神舟八号的时候我在现场，中国的载人航天，从世界第三到世界第一，我是见证，我觉得这辈子就值了。

旁白：三十而立，这是人的一生中最绚烂的时光。这些航天新兵的事业才刚刚开始，就已经随一次次成功发射，绽放出夺目的光芒。这个年轻、智慧、心怀大业的群体正在用实力向未来的中国航天事业发起挑战。

记者（张晓楠）：一方面你们作为"80后"，已经开始挑大梁；另一方面是中国航天事业的发展对于各方面的技术要求越来越高。相对来说，你觉得你们作为这么年轻的一个群体，可以承载得了国家这么大的这样一个事业、这种前进变化发展吗？

中国运载火箭技术研究院总体副主任设计师（牟宇）：总的来说，我觉得还是有这个信心和能力来承担这个责任的。我觉得现在"80后"的人，已经到了这个社会需要"80后"的人来承担这个社会的一些责任的时候，而且也都步入了三十而立之年，大家其实从思想和心理年龄上，也应该达到一个要去接受挑战，面临自己职业生涯的一个关键点的地方。

【中国新闻网】波士顿遇难女生报道引反思媒体如何保护隐私

来源：中国新闻网　　日期：2013年4月18日

原文链接：http://www.chinanews.com/gn/2013/04-18/4743939.shtml

17日晚，一场小型追悼会在北京理工大学举行。那里是美国波士顿马拉松赛爆炸案遇难女学生的母校。与许多"千人悼念"或"万人祈福"不同，这场追悼会多少显得有些"静悄悄"。许多网民在追悼会结束后才从一条微博上得知消息，微博说："来参加的都是她生前的同学和好友。"

15日，波士顿马拉松赛遭遇爆炸，致3人死亡、176人受伤，中国公民一死一伤。爆炸案引起世界媒体高度关注。

波士顿大学17日在其官方网站公布了遇难的中国女生的姓名和照片，大批想要获取更多独家"猛料"的记者各显身手，搜索遇害女生的相关信息。她的家庭、中学、大学、生前好友和同学遭遇各家媒体轮番"轰炸"。

与此同时，遇难者家人一直保持沉默。据北京理工大学一名学生透露，遇难者父母不愿意女儿生前隐私被曝光。

遇难者生前的一位好友已不堪忍受各路记者的"骚扰"，在其微博上贴出了媒体约访私信的截图，并写道："如果大家也收到一些媒体的联系想获取消息，最好不要跟他们说什么，家人可能不想被打扰。当然这些媒体也没什么恶意。"

媒体虽然没什么恶意，但一些做法可能会令遇难者家属间接受到伤害。

海外媒体评论说，一位在波士顿爆炸案中身亡的中国公民引发了民众争论，原因在于中国媒体不顾遇难者家属的意愿，将这位女性遇难者的名字、身份和照片等背景信息曝光。

中国新闻网　首页 → 新闻中心 → 国内新闻　　　　字号：大 中 小

波士顿遇难女生报道引反思 媒体如何保护隐私

2013年04月18日 21:38 来源：新华网　参与互动(0)　　　　　0

　　17日晚，一场小型追悼会在北京理工大学举行。那里是美国波士顿马拉松赛爆炸案遇难女学生的母校。与许多"千人悼念"或"万人祈福"不同，这场追悼会多少显得有些"静悄悄"。许多网民在追悼会结束后才从一条微博上得知消息，微博说："来参加的都是她生前的同学和好友。"

　　15日，波士顿马拉松赛遭遇爆炸，致3人死亡、176人受伤，中国公民一死一伤。爆炸案引起世界媒体高度关注。

　　波士顿大学17日在其官方网站公布了遇难的中国女生的姓名和照片，大批想要获取更多独家"猛料"的记者各显身手搜索遇难女生相关信息。她的家庭、中学、大学、生前好友和同学遭遇各家媒体轮番"轰炸"。

　　与此同时，遇难者家人一直保持沉默。据北京理工大学一名学生透露，遇难者父母不愿意女儿生前隐私被曝光。

　　遇难者生前的一位好友已不堪忍受各路记者的"骚扰"，在其微博上贴出了媒体约访私信的截图，并写道："如果大家也收到一些媒体的联系想获取消息，最好不要跟他们说什么，家人可能不想被打扰。当然这些媒体也没什么恶意。"

　　媒体虽然没什么恶意，但一些做法可能会令遇难者家属间接受到伤害。

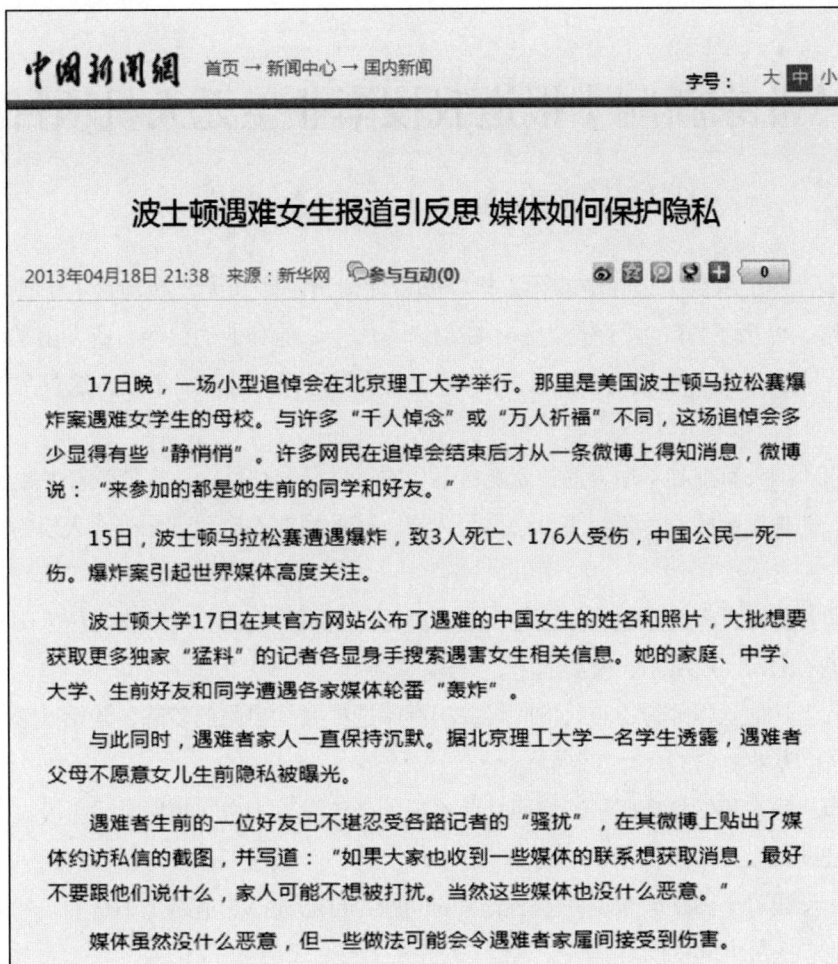

　　在中国社交媒体上，有人批评这种行为"缺乏人道主义精神"。更有甚者，一些人还试图从遇难者家人"不要公布死者姓名和信息"的请求做文章。网友"假装在纽约"在微博中写道："因为家属不愿死者被打扰，请求媒体不要公布死者姓名和消息，于是就有许多人毫无根据地揣测死者是官二代，这家人有不可告人的秘密。"

　　"消费"新闻人物的类似事件近些年来屡有出现：莫言获得诺贝尔文学奖后，故居即刻成为旅游热点，连后院的胡萝卜都被游客拔光；"雷政富不雅视频"女主角赵红霞照片被曝光后，家人生活受到严重影响，她恳请媒体别牵涉其幼子。

　　从当事人家人和朋友的角度出发，媒体一次又一次的报道，可能会唤起他们不愿触及的痛苦，进而再次受到心理创伤。媒体该如何面对虽不悖职业道德，但有关人文情怀保护"隐私"的诉求？

（作者：苑苏文）

【北京新闻】报道我校毕业生无人机项目

来源：北京新闻　日期：2013年6月20日

主持人：一个源自于小时候的无人机梦想，促使田刚印义无反顾地踏上了探索无人机研制的道路。经历了7年的不懈努力、不断创新，如今，他和他的伙伴，研发出了世界首架电控共轴无人直升机。在别人看来，田刚印的梦想实现了，但田刚印说，这只是他梦想的一个开始。

田刚印：国外有那种不用人遥控就能自己飞的，觉得很神秘，一直梦想着去做无人机。

旁白：他是田刚印，因为一直梦想做无人机，毕业后在一家代理国外无人机的公司担任工程师。

田刚印：反正天天能跟这些东西打交道，就已经是很开心的一件事情。后来国外对中国这款无人机的出口，限制了，就禁运了。

旁白：当其他工程师纷纷转行的时候，田刚印选择继续自己的梦想，开始试着做资金需要少，和自己专业对口的飞行控制器。

田刚印：后来我们就离职了，离职之前本来就半年没发工资，离职之后更没有经济来源了，几乎是没有钱买零件。

旁白：没钱对于田刚印来说并不是最大的问题，自己选择的道路是不是一条死胡同，才是萦绕在他心头最大的疑问。

田刚印：我们做的是国内没有的东西，就像趟水过河似的，你不知道下一步究竟是多深，很迷茫，就是究竟将来能不能做成。

旁白：面对不确定的未来，田刚印和他的搭档满意选择了坚守梦想。一个从买房子的钱里节省了4万元，一个从给女朋友结婚的聘礼中节省了4万元，开始了他们的探索之旅。

田刚印：我们就低价买了一些航模，就试我们的控制行不行。好像是2007年，我们就在北清路那块，北清路那个时候还是块荒地。我们去的时候是带着蛇皮袋子，就已经做好它出意外的准备了。在有大风的天气它飞得很稳，它下来，我们就感觉成了。

旁白：几个月后，这个安装在飞机上的盒子——飞行控制器卖出了近30万元。这也成了他们人生中的第一桶金。

田刚印：有了资金之后，我们干的第一件事就是把公司给注册了。在学校旁边租了一个九平方米还是几平方米的一个办公室。我们一直做飞控，做得很好，卖得也很好。控制我们也琢磨得很深，那时候做得好了，就不再思考飞机的事儿了。

旁白：就在田刚印的无人机之梦慢慢远去，开始专心致志地制作飞行控制系统的时候，一件小事，把田刚印的心又重新拉了回来。

田刚印：我们卖了很多飞控之后，有一些摔飞机的、坠机的这种情况。所有的问题都是可以避免的问题，而且不是飞控的问题。那时候资金也允许我们做无人机了。那时候就是梦想做一款（无人机），几乎把所有好的指标都体现在这架飞机上。

旁白：再决定继续无人机的梦想后，公司的管理层意见出现了分歧。制作飞行控制系统，已有丰厚的利润，没有必要去冒险。很多研究院都没有做出来，我们有必要去碰壁吗？一个个疑问被抛了出来。

田刚印：我们最终达成了一个一致的意见，就是做（无人）直升机，做国内领先的（无人）直升机，做国际领先的（无人）直升机，而且就是做没有别人专利限制的（无人）直升机。

旁白：为了做无人机，他们的公司搬到了新办公区。没有华丽的装饰、没有专用办公室，就连管理层也只有工位。2012年年底，他们成功研发出了世界上首架电控共轴无人机。今年5月，还在试飞阶段的飞机已经收获了第一笔千万元订单，而意向订单已经排到了明年。

田刚印：对研发来说，我跟他们经常说，这东西出来了，从我们心里面就已经淘汰了。出来了，我们就要淘汰它，要不然，别人就把我们淘汰了。我们就希望飞机智商越来越高，它越来越能代替人去完成一些人想完成的事情。另外一个，就是让它更安全，当人工智能到一定程度的时候，肯定可以实现。

旁白：田刚印的梦想实现了，但他说其实这只是他梦想的一个开始。

【北京日报】多家媒体报道北理工年轻毕业生研发世界领先无人机

来源：新华网、北京日报、千龙网　日期：2013年5月29日

相关链接：http://news.xinhuanet.com/tech/2013-05/29/c_124778573.htm

http://beijing.qianlong.com/3825/2013/05/29/7044@8709797.htm

http://net.qianlong.com/51164/2013/05/29/6845@8711065.htm

原标题：两个年轻人研发世界领先无人直升机

2007年冬天的一个上午，海淀北清路当时的一片荒地上，把自己"捣鼓"出的电子控制盒装进一架大航模里，田刚印和满意的第一架无人机颤颤巍巍地飞了起来……当时，走出北理工校园刚2年的两个大男孩谁也没想到，几个月后，这个"盒子"卖出的近30万元成了他们人

生中名副其实的"第一桶金",而6年之后,他们更在无人直升机领域成为响当当的人物。

去年年底,这两个年轻人创办的北京中航智科技公司研发出了世界上首架电控共轴无人直升机。本月,还在试飞阶段的飞机已经收获第一笔千万元订单,而意向订单已经排到了明年。

前天上午,位于南六环的一间还略显简陋的厂房里,田刚印领着四五个小伙儿,正对一台样机进行测试。把飞机固定在试机台上,飞机启动后就绕着机械臂不停转圈,同时还伴随着高度、飞行角度的不时变化。田刚印告诉记者,这一次他们要连续试飞6个小时,而在这期间,三台电脑一刻不停地检测着飞机的温度、振动频率等各项数据,"不仅是电脑,我们也得时刻盯着飞机,这时候恨不得一个人能长上几双眼睛!"

这样的试飞在研发过程中再普遍不过,从最初的2分钟、10分钟,到最长连续飞行六七个小时,整个研发过程下来,这样一架样机的飞行时间需要达到2 000个小时。

从机头到机尾,这台无人直升机只有1.5米长,重量却有290公斤。目前国际上这种重量的无人直升机通常在5.5米长,这大大增加了对起飞条件的限制。"这就是我们自主研发的新机型,一方面用两个轴来带动4片扇叶转动,另一方面发挥我们在控制系统上的传统优势。"田刚印告诉记者,目前国际上无人直升机通常是单旋翼带尾桨式的设计,简单说,飞机尾巴总是要长出一大段。

能够实现在小于5乘5平方米的空间范围内自由起落、速度达到同等量级无人机的4~5倍、负重也能达到原先的2倍，一项项"翻番"的数据让这架无人机还在研发时就收到了不少"橄榄枝"。

而就在2年前，田刚印他们还只是一帮只向飞机制造方提供电子控制系统的"编程员"。学的是飞行器设计与管理专业，田刚印在北理工的4年大学基本都泡在了航模协会，也在毕业后进入了一家日本无人直升机代理公司做了技术员。

平日里做着自己喜欢的工作，闲暇时去中关村电子城淘组件，回来自己"捣鼓"，虽然心痒痒着想做真正的控制器，毕业后的近2年田刚印都这样度过。情况却在2007年发生了变化，"公司半年发不出工资了，我和满意一合计，既然大家心里都放不下飞行控制器这块，为啥不自己做呢！"

就这样，把北理工里一间20平方米的"开间"当成办公室，偷偷把爸妈给的准备向女朋友提亲的12万元"截留"4万块钱当成第一笔创业基金，田刚印和小他一岁的满意就这样开始了创业。而也就是在这年年底，把第一个飞行控制器盒子卖给了中科院的一个项目组，哥俩摆脱了最初的"黑户"身份，拿着这笔近30万元的"第一桶金"注册了两个人的"袖珍公司"。

从最初的1.5公斤的大盒子，到只有手机大小的控制器，他们把控制器越做越小，生意在行业里却越做越大，越来越多的科研院所找到田刚印购买他们的飞行控制器。2009年年底，在已经有了40来个人的公司年会上，田刚印又提了个想法，"为什么不造我们自己独一无二的无人机！"

找材料、琢磨机械设计、研发新机型，这支年轻的团队又开始了新的征程，也在今年交出了一份满意的答卷。每天上班第一件事，就是打开电脑浏览谷歌新闻推送来的"无人直升机"相关新闻。尽管住在南五环，每星期仍花上一下午时间去中关村电子城淘淘新鲜的电阻器。

"每天琢磨点新东西，已经成了自个儿的生物钟。"谈着自己热爱的无人机，穿着白色T恤、蓝色牛仔裤的田刚印依然有着"大学新鲜人"般的激情。

（作者：张倩怡）

【财经网】北京理工大学校友、北汽新能源董事长林逸关于电动车产业化的讲话

来源：财经网　日期：2013年5月31日

原文链接：http://auto.caijing.com.cn/2013-05-31/112849469.html

2013新能源汽车创新高峰论坛5月30日在合肥举办，本次论坛主题为"寻求增量突破　推

进存量优化——新能源汽车市场化破冰之路"。约300位业内人士出席论坛并发表他们的真知灼见。

北汽新能源董事长林逸先生对于新能源汽车产业化也有几点体会和大家分享。

合肥市是全国新能源汽车试点城市最突出的城市之一，这里在新能源的乘用车、客车的产品研发、示范运营以及动力电池新能源产业的建设上都取得了很大的成绩。

北汽新能源董事长林逸

林逸表示，自己在北汽负责新能源的工作，对于北京市的新能源汽车的运营情况有些分享。

北京市有三个新能源的产业基地，一个是在北汽福田公司，那里生产商用车，最近有几千辆的新能源客车、出租车、环卫车在那里生产。还有长安，在北京成立了新能源的汽车生产基地，他们主要生产纯电动的轿车。还有2009年成立的北京汽车新能源汽车有限公司，在北京大兴买了两百多亩地，建成了北京市新能源汽车科技产业园的第一期，目前叫三公司，主要负责整车生产。此外下面还有两个投资公司：一个叫北京克莱德，是生产动力电池的，一个叫北汽大洋，生产动力电机以及整车控制器。目前这个园区里边有单班年产两万台套的规模，有两万平方米的总装车间，号称这是目前国内生产新能源汽车规模最大的整车生产车间。此外，动力电池盒电机也都实现了年产两万台的规模，科技部万钢部长带了几位领导去我们那儿检查工作的时候，赵司长对我们的评价是，国内产业链最完整的新能源汽车整车厂，一个院子里做整车，电动汽车的三大核心部件，电池、电机、电控都在那个园区实现了产业化。北京市有一个规划，在园区南边一公里的地方，新增2平方公里，3 000亩土地，建设北京新能源汽车科技产业的二期，这个刚刚得到国家发改委的批准。

北汽新能源的主要产品是新能源的乘用车，目前上公告的有三个类型的车，一个E150EV，目前北京市有750辆出租车做示范运营，其中有几百辆是我们的E150。我们还有一款交叉型车，目前有几十辆在北京市的三个物流公司做城市物流运用。刚刚开发了一款中高端的纯电动轿车，这个已经有订单，马上就要进中南海和国家机关，这个今后是准备主打公路和高端个人购车，五月底就能拿到国家公告，很快就会投放市场。我们这款传统车是今年的5月11号正式上市的，上市的名字叫绅宝。北京市有一个规划，今年准备继续投入5 000辆新能源汽车，其中2 000辆私人用车，2 000辆出租车，1 000辆公交车和其他的物流车、公用车。刚刚领导也讲过，北京市也是全国新能源汽车示范优秀城市之一，所以我们也愿意和合肥共同取长补短，共同推进中国新能源汽车的产业化进程。

我本人最近十几年一直从事新能源汽车的研发和生产工作，我在"十五"期间在北京理工大学做纯电动客车的研发，所以那个时候我承担科技部"865"的'十五'项目，那时候我是运动员，其中全国第一个上公告的纯电动客车，就是北理工和安凯一起完成的。那时候我是运动员，在"十一五"期间我是科技部节能新能源汽车重大专项咨询专家组的专家，跟着组长全国到处检查，所以我在"十一五"期间应该说是新能源汽车的裁判员。2009年开始在北汽负责筹建新能源汽车公司领导电动汽车的产业化，可以说这几年我叫教练员。所以在新能源汽车的领域内，我还是有一些体会。

今天讲三点体会和大家分享。

第一，汽车的电动化是交通机动化的发展方向。给大家讲一个例子，我在春节前有幸参加了CCTV2的对话节目，是国内的几位，和美国的教授通过网络视频对话。这位教授写了一本书叫《第三次工业革命》，是美国2011年出版的，中国的中信科技出版社是2012年翻译了这本书，我认为这本书对全世界的影响很大，所以在这里和大家谈谈体会。这个（丽芙金）教授认为，第一次工业革命是蒸汽机的革命，第二次工业革命是内燃机和电力，进一步加快了社会的发展，但是也给人类社会带来了很多的负面问题，如环境污染问题、能源危机问题。他认为20世纪末到本世纪的中后期，这100年时间，应该是第三次工业革命的进展时期。他的主要特征有五大支撑，就是叫可再生能源、分布式发电、智能电网以及氢的存储和利用，就是电动汽车。我们归纳这五大支撑，我觉得可以有这样的两点结论：

一是人类社会在不断地进步，追求提升生产力的同时，一定要关注环境，由原来的以化石能量转变为风能、电能、沼气能为主的可再生能源，使得人类做到可持续发展。

495

二是把这五大支撑归纳起来，我认为是两流：一是人员的产生和流动，二是人和物的流动。所以，我认为，如果把新能源汽车纳入到第三次工业革命的这个进程中来看的话，我认为它是一个必然，我过去是搞电动汽车技术的，往往从技术上，特别是在技术路线上去跟人家讨论"到底是哪条技术路线"。如果我们从人类技术发展的角度讲，电动汽车是人类交通的必然，如果要做到可持续发展，就要从原来的以化石原料为主，转变到以风能、电能为主，风能电能最好用的交通工具就是电动汽车。所以前几年十大汽车集团搞了一个叫黄山峰会，也有这样的共识，汽车的电动化是汽车工业发展的主要战略趋向。

第二，中国电动汽车在世界汽车行业中的地位在逐渐上升。当年万钢在提出"十五"电动汽车重大专项的时候，针对电动汽车提出了三个战略意义，第一是节省石油燃料的消耗；第二是减少环境的污染；第三是提升中国汽车在全世界的战略地位。他当时分析，认为在传统能源领域内，中国汽车工业落后于世界20年，如果在新能源汽车领域看，中国的电动汽车落后国外5年。他认为，如果国家加大这方面的投入，我们一定会提升中国汽车工业在世界上的地位。关于这个观点一直有争论，有的汽车行业专家提出来，传统车落后20年，新能源汽车落后5年，而新能源车是在传统车的基础上发展起来的，中国汽车岂不是落后了25年，我认为这是仁者见仁，智者见智。我本人认为，中国这十年电动汽车的快速发展，已经在全国各个领域下打下了节能减排的烙印，起到了非常大的影响，对提升中国汽车工业的地位有很大的作用。

再给大家举个例子，我在两个月前参加了中德汽车标准对接会，德国的交通部带着奔驰、宝马和大众三个公司，中国带着上汽、北汽等四个企业在天津，在这个会上，德国的宝马和大众都把最新的电动车拿来，北汽的车也在一起，在座所有专家去开。我最后的结论，中国电动汽车的电动状况和德国也差不多，所以我在北京市的一次内部会上，有人提出来国内公开招标，你别说国内公开招标，全世界公开招标也就是这样的水平，我们碰到的困难和问题，国外的汽车企业也都一样会碰到。在这个会上，三个德国公司的专家非常关注中国电动汽车标准的发展，甚至逐字逐句地跟中国专家讨论。我尽管以前在两个高校工作，在企业工作只有七八年的时间，但是我一直参加行业的活动。我认为，这三个公司是全世界最顶尖的汽车公司，愿意同平台，心平气和地跟中国专家进行交流为数不多，这说明什么，说明他们看中中国汽车的发展。所以我认为，"十五"期间所定的目标在现在看来确实有很大的进步。

第三，电动汽车的产业化要靠不断的创新来推动。再给大家举个例子，去年年底的时候，在一汽召开了一次专题研讨会，也是中国工程院的院长周济先生做的报告，我在会上也有一个发言，我在那个会上提出来，我说中国电动汽车的产业化是等不来的，是干出来的，周济院长当时表示，"说你说得很对"，他非常赞同。那我在这里把这个观点和大家分享一下，传统车的发展已经很成熟，在每个新产品下线的时候，都要经过大量的实验考核，我去过奔驰，奔驰在下线的时候，他们说："我们的所有实验车加起来，能够围着地球跑几千圈。"他有上千辆的车参与实验，最后才能够推向市场，因为比较成熟，有这样严格的规范，所以奔驰车的品质世界公认。但是中国的电动汽车我认为没有这样的基础，也没有这样的时间，所以我个人认为，电动汽车要做充分的技术准备，要做严谨的研发验证，但是更重要的是产业化的创新推进，这个产业化的推进，我认为包括产品技术的提升，包括运营模式的探讨，也包括充电设施的建设，等等。只有这三者有机地结合，才能使电动汽车的产业化快步向前推进。所以我的观点是：电动汽车的产业化不能等。在这里，我也要迎合国家关于其他战略性新型产业的规划，国家把新能源汽车列为七大战略新兴产业之一非常正确，所谓战略性新兴产业，一定是具有方向性的、代表性的，同时是有技术不确定性的。那对于技术不确定性的产品，我们只有靠实践、靠创新，才能够克服电动汽车产业化的难点。

（作者：王明霞）

【环球时报】韩揭中国航天强国秘诀：10万"80后"大军远超美日

来源：环球时报-环球网　日期：2013年6月14日

原文链接：http://mil.huanqiu.com/paper/2013-06/4025234.html

【环球时报综合报道】韩国《中央日报》6月13日文章，原题：航天强国背后的10万"80后"大军 用来发射神舟十号载人飞船的长征2号F火箭，担任其电气总体设计师的是年仅31岁的"80后"，他叫牟宇，目前担任中国运载火箭技术研究院总体副主任设计师，该研究院由中国航天之父钱学森创立。2000年，18岁的牟宇考入北京理工大学飞行器设计专业，2007年博士毕业便在中国运载火箭技术研究院工作。目前，在该院工作的研究员中，像牟宇一样的"80后"年轻人约有1.7万名，占研究员总人数的80%。

而天宫一号的设计单位里，中国空间技术研究院的总体主任设计师柳宁也是一个"80后"，今年33岁的他是天宫一号空间实验室的总体设计师。2008年，柳宁获得清华大学力学专业博士学位，毕业后便被学校推荐参与"神舟"项目。一直以来，中国政府鼓励各大学推荐优秀毕业生加入航天研究员的行列。目前，在中国空间技术研究院攻读硕士、博士课程的1 000名研究员中，900人是"80后"。

如此庞大的年轻人才储备和不断流入，正是中国航天事业自1999年以来连续10次成功发射航天飞船的秘诀。这些年轻人也是引领中国未来航天事业发展的主力军。中科院院士、航天飞行力学与火箭弹道设计专家余梦伦称："中国成为航天强国的秘诀是新鲜血液的不断输入和国家的关心与扶持。"

确实，在15万中国航天领域研究员中，10万人属于"80后"，这些人的平均年龄为31~33岁，比世界主要航天大国的同行平均年轻15岁。据悉，美国宇航局研究员的平均年龄为42岁，而欧洲和日本的科研人员年龄更大。

此外，对航天人的有效管理也是中国发展为航天大国的原因之一。以1956年中国航天飞行空气动力技术研究院的建立为开端，截至2009年，中国共成立16家航空航天研究院及下属的数百个研究所。进入21世纪，这些航天研究院相继被两家国有公司——中国航天科技集团和中国航天科工集团收编。专家认为，此举意在让这两大巨头开展良性竞争，激励他们从国外学习先进技术，并与国际市场接轨，进而打开航天产品的海外市场。

（作者：崔炯奎 金惠真 译）

【湖南日报】"平波桥路"背后的故事

——记湖南天雁机械有限责任公司总经理王一棣

来源：湖南日报　日期：2013年7月1日

原文链接：http://epaper.voc.com.cn/hnrb/html/2013-07-01/content_685988.htm?div=-1

【故事】

这是一条平凡的路，连接着湖南天雁机械有限责任公司研发楼和实验中心。它名为"平波桥路"。

这又是一条不平凡的路。它是从"天雁"老、中、青三代核心研发人员的名字各取一字组合而成的。

这3个人是胡辽平、徐晓波、邓茅桥。

路延伸着，延伸着一个一个的故事——代代相传重视科技创新的故事。"天雁"高飞。因为它有一只"领头雁"——王一棣。6月17日，记者来到位于衡阳市石鼓区的这家军工企业，了解王一棣如何带领"天雁"翱翔天空。

23年前，这位理科大学生走进了"天雁"，靠着严谨作风与创新精神，一步一步成了总经理。

作为我国最早研发发动机增压器的专业厂家，"天雁"20世纪80年代就取得了一系列重要科技成果，一直引领我国发动机增压技术的发展。

增压器是提高发动机功率的重要部件。大家知道，车辆拉力的大小来自发动机。以往的车辆，发动机是使用纯自然吸气方式燃烧油料，是一次性燃烧，油的燃烧率一般在80%左右，20%的油随着尾气被排到空气中，既影响了拉力，又浪费了汽油，还污染环境。在发动机上配装增压器，让油实现二次燃烧，不仅可以使油燃烧干净，减少尾气污染，还可提供发动机的功率，增大车辆拉力。

"天雁"最初研发的是用于装甲车、货车等军用和大型运输工具上的柴油发动机增压器。从20世纪末开始，他们把研发重点转向民用产品。军用都是大型机械，而民用以小型为主，这在技术上需要一系列重大突破。

1990年8月，王一棣从北京理工大学毕业，被分配到当时名为"5617厂"的"天雁"，专门从事增压器的研究和设计。脑子活、能吃苦、做事认真的王一棣，很快在同行中崭露头角，并逐渐成为企业产品研发的技术骨干。1998年，王一棣担任发动机增压器新产品开发部部长。

企业进市场，新产品是关键。作为新产品开发部负责人，王一棣重任在肩。他克服重重困难，带领研发人员开展了一系列艰苦攻关。历经几年心血，实现了三个技术上的超越：旁通放气阀增压技术实现国产化，打破外资企业垄断，填补国内民族品牌的空白；将产品推向市场，实现特种产品向民品的转化；实现产品结构升级，即由重型商用车增压器向轻型车谱系拓展，使公司产品的覆盖面显著提升。鉴于王一棣的突出贡献，2002年，公司作出决定，奖励他一套房子。这在当时的衡阳，颇为轰动。

2007年12月，王一棣升任公司总经理。上任伊始，他更加重视科技创新，推出"一篮子"鼓励科技创新的举措。将公司产值的5%，投入到科研活动中。还推出诸多激励机制，引来胡辽平博士等多名技术领军人才。

"天行健，雁凌云。"一大批科技创新成果相继问世，尤其值得一提的是，2011年，他们研发出了我国第一台拥有自主知识产权的汽油发动机增压器。该产品的研发成功，标志着我国正式可以研制我们自己的环保汽油发动机，外国少数企业垄断该技术的局面已被打破。2012年，该技术获得省科技进步二等奖。目前，该产品已进入小批量生产阶段，在一汽、玉柴等数十家发动机厂家逐步应用。

为激励科研人员，在王一棣的倡导下，公司又一次开出重奖：给予胡辽平博士等3位科研人员每人奖励一台轿车。同时，为表彰科技人员为公司出的重要贡献，王一棣又组织所有研发人员自愿捐款，别出心裁修起了"平波桥路"。这条路成了激励创新精神的象征。

【成就】

王一棣一直致力于发动机增压及相关技术的研究，先后主持了公司近100项增压器、气门研发与攻关项目。先后获得省部级科技奖8项、专利4项。是国防科技工业有突出贡献的中青年专家、中国兵器装备集团公司科技带头人、享受国务院特殊津贴专家。

【感言】

打破国外企业的技术和价格垄断，依靠原始创新。这是民族工业的核心竞争力。在科研领域，要允许科技人员失败，只有在叠加的失败中，才能积累成功。

（作者：姚学文 赵成新）

【MBA中国网】北理工MBA校友会召开
2013年常务理事会会议

来源：MBA中国网　　日期：2013年7月3日

原文链接：http://www.mbachina.com/html/sxyxw/201307/72367.html

6月23日，北京理工大学MBA校友会2013年常务理事会第二次工作会议在国际交流中心隆重举行，北京理工大学副校长杨宾、管理与经济学院分党委书记李金林、院长助理肖淑芳、MBA教育中心主任周毕文、EMBA教育中心主任冉伦、副主任吴水龙，MBA校友会会长李晓鹏等30余位MBA/EMBA校友理事齐聚一堂，共襄盛举。

杨宾副校长向各位校友所取得的成绩表示肯定，对MBA校友会李晓鹏会长调任中国投资公司监事长并成为北理MBA第一个正部级领导表示了祝贺。接着介绍了近些年学校在人才培养、科学研究、社会服务等方面所取得的成就。他强调，学校取得今天的成绩和地位，和校友们的杰出贡献息息相关，一大批在各行各业为国民经济建设、国防建设和社会发展做出积极贡献的校友为母校赢得了荣誉。

管理与经济学院分党委书记李金林对校友的到来表示热烈欢迎，对94级MBA杰出校友孙希有在百忙之中出席2013届MBA学生的毕业典礼并演讲表示衷心的感谢。

北京理工大学MBA校友会会长94级MBA李晓鹏对校友会上半年的工作表示肯定，希望今后继续发挥好校友、学校、学院之间的纽带作用，促进发展，增进感情，并对自己目前的新岗位做了介绍。

北京理工大学MBA校友会副会长、秘书长、94MBA赵琦回顾了2013年上半年校友会各项工作，并做下半年工作计划报告。赵秘书长介绍了MBA校友会组织结构、各俱乐部活动情况，表示将在今年继续推进各届MBA毕业生校友理事成员甄选，配合学校、学院完成企业导师、面试考官选聘，校友峰会与论坛等各项工作。

最后大家就北理工MBA教育20周年庆典筹备方案进行了研讨。

【北京日报】北理工校友："80后"IT男 "鲜果切"年入千万元

来源：北京日报　日期：2013年7月29日

原文链接：http://bjrb.bjd.com.cn/html/2013-07-29/content_94212.htm

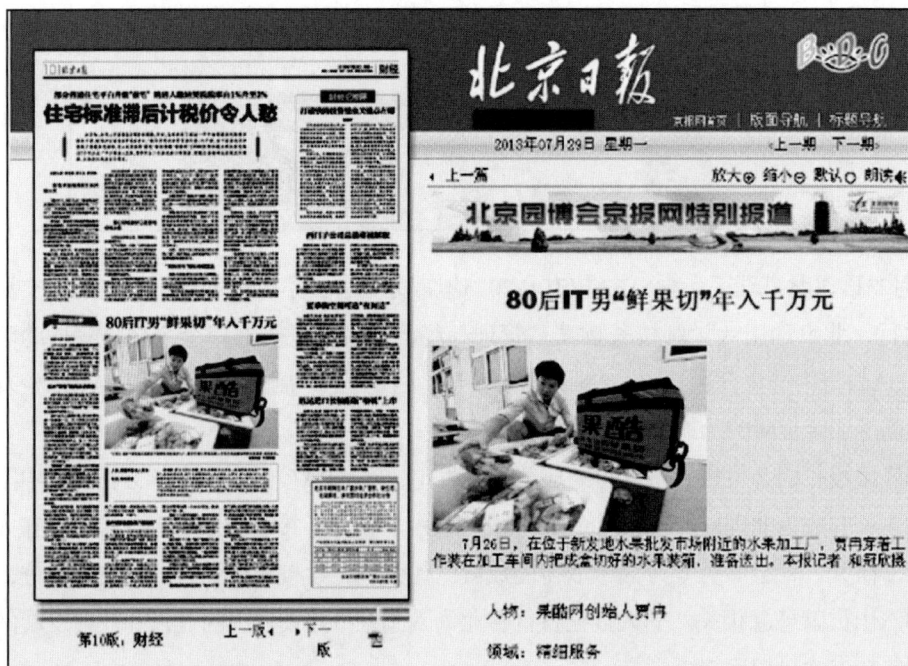

人物：果酷网创始人贾冉

领域：精细服务

创业经：拿出10万元积蓄，贾冉在朝阳区双井的一栋居民楼里卖起了"鲜果切"。在他的账本里，每个月房租2 500元，办公设备、工作台、加工设备2万元，每个星期批发水果3 000元，4名配送员每人每月工资3 500元，加工员工每月工资3 000元。低成本创业的"鲜果切"，却因精细化服务打开了一片天地。1 000元、300万元、1 000万元，这是果酷网成立三年来每年的收入。不久前，"几何倍数"成长的果酷网获得了第四笔融资，金额达200万元。如今，每天有20吨"鲜果切"果盒走进腾讯、新浪、百度等公司的办公大楼。

（本报记者　张倩怡）上午10点多，在挨着新发地市场的一间一百来平方米的加工车间里，工人们挑拣、去皮、切块，一盒盒哈密瓜、葡萄、蜜桃组装成的水果切片盒在生产线上包装完成。两个小时后，贾冉开着一辆旧金杯面包车，把430盒"鲜果切"送到了大麦网位于东直门的办公楼里。自己谈下的项目，第一次送货亲力亲为。这个习惯从贾冉创业那天起从未改变。

试水"零售"耗完启动资金

贾冉本科、研究生读的都是信息工程专业，毕业后先后进入BEA、IBM、淘宝做软件工程师，今年"三十而立"的贾冉却一直认为自己是个"非典型IT男"，"总想做点接地气的事儿"。

在IT公司上班的时候，贾冉对着电脑一待就是一天，早上带来公司的苹果，往往是晚上原封不动地带回了家。而这在同事间也是常见事儿。"恨不得眼睛里全是编码，谁顾得上去洗水果。"不少同事甚至会选择中午跑去距离公司5分钟路程的星巴克，买上一杯不到十块水果切片的"水果杯"。有着从大学时就试着在同学间卖电脑的"生意直觉"，贾冉发觉这是个不错的商机，"如果把洗好、切好的水果送到上班族面前，一定受欢迎。"

"鲜果切"，源自20世纪50年代的美国，满足消费者的即食需求，目前在美国每年有着800亿美元的市场规模。2010年7月，同样一个炎热夏天，趁着水果价格处在一年中的底部，在距离双井地铁站10来分钟路程的一处6层居民楼里，贾冉的"鲜果切"生意开张了。

把水果切了卖，这看似简单的生意，在贾冉看来却只能用"难熬"两个字来形容。

网站页面不好看，每天编程到凌晨两三点钟；宣传不到位，天天顶着烈日在地铁口散发传单，但访问量却总是上不去；订单位置各不一样，两个合伙人和两个配送师傅一天忙到歇不住脚，投诉的电话还是一直不断；库房、加工车间都在位于顶层的这栋公寓里，每个周末得爬上十几趟楼梯，把批发回来的五六百斤水果背上楼……

个人客户口味"众口难调"，品牌没有说服力，物流成本高昂，公司平均每天支出1 500元，却只能收获1 000元。创业半年后，公司账面上不到1 000元，贾冉最初拿出创业的10万元所剩无几。

2010年的一天，贾冉无意间走进双井附近的一家汽车4S店，店内等候区桌子上摆放着一盒五颜六色的糖果。"既然会用糖果招待客人，那也不会拒绝水果。不少企业的员工午餐里就少不了水果，与其吃一整个梨，大家更乐意吃水果拼盘。"一次次碰壁、一次次尝试后，1万元、一个月每天100份果盒，这家汽车4S店成为贾冉的第一个客户。

实行预销售原材料"零消耗"

"做面向个人的生鲜电商行不通。"几经思索，贾冉决定转向企业客户，带着自己的"鲜果切"果盒，贾冉和他的团队开始在周边商圈撒网，金融机构、互联网公司、服务机构都是他们的目标，"我们寻找那些重视员工福利的企业。"

带上一整袋的"鲜果切"，贾冉在百度大楼的招待前台一待就是三个小时。没有熟悉的人脉，他选择从前台接待员开始"攻关"。"尝尝我们的水果，今天上午刚加工完成。"尽管面对的只是普通接待员工，贾冉仍是把来龙去脉、优势亮点一一介绍。对他来说，拿到公共事务处的一个办公电话，就是迈出了第一步。

经过十几通电话周折，每天带着五六公斤重的水果从双井赶到北五环，2011年1月在百度大楼一间明亮的办公室里，贾冉从百度采购部门一位负责人的手里，拿下了面对互联网企业的第一份订单。

圈子里有了口碑，"窗口"慢慢打开。腾讯、优酷、搜狐，一家家叫得出名的企业加入客户名单，可问题随之也来了，由于企业客户通常将价格压得很低，一盒3块钱的水果切块，只能赚上两三毛钱。如何减少水果损耗，摆在了贾冉面前。

不像其他商品，水果对保质期有着严格的要求，隔了夜的草莓、葡萄就要被处理掉；每一箱橘子里发现两个烂橘子，就意味着一天两吨橘子中要扔掉两大箱橘子。

重视数据收集的互联网"老本行"帮助了贾冉。在他的工作电脑里，有着一个要等运行5分钟才能完全打开的庞大数据文件，里面记录着三年多来的每一笔生意、每一个水果价格、每一次客户反馈。

在数据库基础上，一次次编码、一次次改程序，前后经过了一年时间的反复调试，贾冉在网站上线了自己研发的后台管理系统。

如今，从客户下单到搭配水果、订单生成，全部由系统自动完成，6个小时内便可送到顾客桌上。而且，贾冉的加工车间里，除了10来位流水线上的加工工人外，并没有传统厂子里的采购、出纳职位。"我们是先拿订单，再去拿水果，加工、出货。"贾冉说，除了加工过程中的必然程序，他的食品加工厂实现了水果的"零消耗"。

去年年底，果酷网年收入超过1 000万元，如今，每天有20吨果盒被送往腾讯、新浪、百度等公司的办公大楼。

附

贾冉，1983年出生，北京人，软件工程专业硕士研究生，果酷网创始人兼CEO。2001年进入北京理工大学信息工程系，2005年考入清华大学软件工程系读研究生，2011年在淘宝公司做研发，年薪30万，2012年6月正式辞职卖水果。

（作者：张倩怡）

【江苏海门港新区网】原亚的光荣与梦想

——北理工校友张华创业之路

来源：江苏海门港新区网　日期：2013年6月13日

原文链接：http://hmgxq.haimen.gov.cn/view.asp?keyno=2366

在中国，无数民营科技型企业在草莽之径行进，时显时灭，一时花开。但在市场风云的潮起潮落之间，总有一些品牌或产品能够脚踏实地，持之以恒，始终焕发着强劲的生命力。

从2008年在苏州租赁厂房创建原亚科技，到如今荣归故里，在生他养他的海门港新区拥有自己的办公室、工厂、实验室，原亚董事长张华感慨万千。这个年轻的科技企业家通过5年的努力，在直驱马达、精密运动平台及系统设备集成等领域取得巨大突破，创新成果不断，让公司的产品技术走在了国际前沿。

作为新世纪的中国民营企业，原亚科技很具有标本意义，一个人或一个企业不是孤立的，其能够迸发出的光芒，其实就是折射出这个时代的光芒。

张华2002年毕业于北京理工大学宇航学院机电一体化专业。大学毕业设计是非接触激光扫描仪，是集光学、机械、电气于一体的设备，目前看来，依旧是非常先进的设计课题研究。最后一年基本就是在实验室、图书馆度过。所有的细节都必须考虑到。在毕业答辩结束后，才知道这一课题本是研究生的课题，且是应分给三人去做的课题。所以，完成这个课题，做得非常艰苦，查阅的资料是同班同学的五六倍。

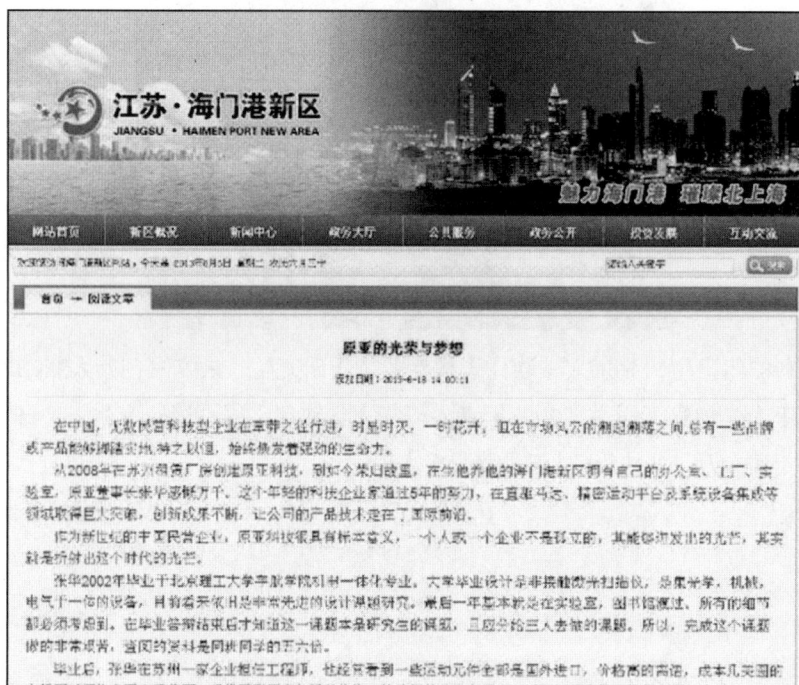

毕业后，张华在苏州一家企业担任工程师，他经常看到一些运动元件全部是国外进口，价格高得离谱，成本几美元的电机可以买给中国上千美元，经常看到国产的设备价格，被国外价格占了80%以上，国内做一堆的东西，比不上一个小元件。更有甚者，一些国人在香港买办操纵国外产品中国价格，中国大陆购买的价格是欧洲价格的5倍以上，等等。他每每如鲠在喉，打破垄断，创建自己品牌，拼抢国际一流就成了原亚的宗旨。2008年，他辞去了工作，创办了原亚，目的就是做出自己国家的品牌。

原亚在2010年设计的新款直线电机，成功地通过欧洲测试，成为世界第三、亚洲第一家拥有该技术的公司。同年公司在超精密运动平台上也取得了快速发展，半导体设备行业中的激光晶圆切割设备，国内占有超过70%。

在海门港新区落地后，针对当地很多电动工具企业研制了3款自动化专用设备，以代替人力劳动，可提高生产效率数倍！

原亚近期有几个重大的举措。

（1）将设计并制造国内第一条全自动直线电机产线，按照设计，月产量可达10 000片以上，按照规划，在3年内将成为直线电机、特种电机的世界生产基地！

（2）重点发展精密运动平台业务。

（3）重点发展自动化业务，力争尽快打造为本地电动工具厂家提供自动化设备的基地；

（4）重点发展激光加工项目，力争近期内成为该类产品的世界生产基地。

党中央提出自主创新的发展战略，增强自主创新能力成为建设创新型国家、调整产业结构、转变增长方式的中心环节。创新是我国面向未来的重大战略，是企业发展的永恒主题！年轻的张华董事长为事业一如既往地奔忙着，在不断刷新生命定位的过程中，领军团队稳健前行，纵深发展！

【首都政法综治网】北理工校友赵凤桐任北京市委政法委书记

来源：首都政法综治网　　日期：2013年8月7日

原文链接：http：//www.bj148.org/tp/ldtj/201308/t20130807_348061.html

北京市委政法委书记　赵凤桐

赵凤桐，北京市委常委、政法委书记。

男，汉族，辽宁辽阳人，1954年12月出生，1973年2月参加工作，1974年10月加入中国共产党，研究生文化程度，工学硕士学位，高级经济师。

曾任北京工业学院化工系办公室副主任、系副主任、党总支副书记，北京市新技术产业开发试验区办公室副主任、试验区工委副书记、办公室常务副主任、实验区工委书记，北京市海淀区委常委、北京实创高科技发展总公司党委书记、总经理，北京市平谷县委书记，北京市新技术产业开发实验区管委会主任，北京市中关村科技园区管委会主任，北京市昌平县①委副书记、代县长，北京市昌平区委副书记、区长、区委书记，北京市副市长、市政府党组成员、北京市昌平区委书记，北京市副市长、市政府党组成员。

2009年11月至2011年2月，任中共北京市委常委兼中关村科技园区管理委员会党组书记、中共海淀区委书记；

2011年2月，中共北京市委常委、市委教育工委书记、海淀区委书记、中关村科技园区管理委员会党组书记；

2012年5月，任中共北京市委常委兼中关村科技园区管理委员会党组书记。

2012年7月，任中共北京市委常委、秘书长、第十届全国人大代表。

【盐城晚报】十年磨剑追逐美丽青春梦

来源：盐城晚报　　日期：2013年8月22日

原文链接：http://paper.ycnews.cn/ycwb/html/2013-08/22/content_111420.htm?div=-1

今年8月，刘孟哲出版发行了自己的第二张音乐专辑《美丽春天》，作为青年歌手与主持人，如今的刘孟哲可谓是中国文艺界一颗冉冉升起的新星。然而他作为文化传媒公司老板

---

① 昌平县：现为昌平区。

这一角色却鲜为人知。

刘孟哲的北京红色春天文化有限公司创办并良性运转了两年。8月20日下午，本报记者专访了刘孟哲，通过记录他的成长经历，为读者朋友呈现一个真实立体的青年榜样。刘孟哲的奋斗历程、个人梦想、青春故事，或许能为准备就业或创业的毕业生们带来一些经验和启示。

中学：独立办报还拉赞助

刘孟哲的父母都是普通的乡村教师，他们在孩子的品格养成方面要求十分严格，但在刘孟哲学习和生活方面却又特别民主，这使得刘孟哲在小学时就与众不同。

小学一年级起，刘孟哲就坚持早上五点半和父母一同起床洗漱，然后进行晨读。在那个当时物资还匮乏的小村庄，他的父母不仅为他订阅了多种报纸、杂志，还为他找来很多中外文学名著，甚至包括了一册《大学语文》课本。当其他小伙伴带着字典上学时，父母给刘孟哲准备的是两本厚厚的《辞海》。刘孟哲笑着说："那时的阅读可能不求甚解，但阅读的美妙、书中的知识，对我性格和思维方式的培养，有着不可忽略的影响。"

刘孟哲初中就读于滨海县原樊集乡玉龙中学，谈到初中时的学习生活，刘孟哲坦言："当时的条件真的特别艰苦，因为是离家住校，我岁数也偏小，自己蒸饭、料理自己的生活，的确是个不小的考验。"当时刘孟哲给知名杂志——《理科考试研究》投了物理和化学方面的稿件。编辑董俊道教授得知他还是一名学生后，杂志特别开设了"中学生绿地"专栏。"我算是第一个吃螃蟹的人！此后就有很多学生向这个专栏投稿了。"

刘孟哲高中就读于滨海县八滩中学，那是一所历史悠久的知名中学。刘孟哲在高二时独立创办了一份名为《紫丁香》的文学报纸，为了筹措经费，他跑遍了校门口的所有大街，与每一家商铺谈判，希望他们出资赞助他的报纸。结果是镇上所有的运动鞋销售商都出了赞助。

"而我给他们的回报是在报纸的第三版刊登他们的广告。现在我还保留着当年的样报呢，一晃11年都过去了！"刘孟哲笑称自己的创业之路竟然已经走了11年。

大学：自食其力中获得成长，烈日下走街串巷卖冰箱

2006年，刘孟哲就读北京理工大学。大一入学后不久，刘孟哲在报纸上看到一则招兼职的广告，在交纳了50元的中介费后，他得到了一份做电话销售的工作，每完成一份销售，可获得7元钱的报酬。连续两个周末的兼职，刘孟哲完成了70份销售，为了犒劳自己，他破例吃了一碗5元钱的牛肉面。一周后，当刘孟哲兴致勃勃地去兼职公司领取薪水时，发现那家公司早已人去楼空；他找到中介所讨要说法时，工作人员把他赶出了大门。

第一次做兼职就上当受骗，着实狠狠地打击了刘孟哲，且不说没领到应得的酬劳，单单是50元的中介费和出去工作产生的餐饮交通开支，就花去了刘孟哲月生活费的1/4，为此他也在宿舍里偷偷地掉过眼泪。

后来刘孟哲做过很多类型的兼职工作：电冰箱销售员、夏令营老师、报刊校对、银行信用卡推介……考上大学后，刘孟哲意识到家里的经济压力很大，所以他希望能自己养活自己。

"那段时间真的很辛苦，我仔细掂量着每一毛钱，在外面兼职时经常饿肚子。"刘孟哲说，如果现在的他能回到过去，他一定会请那烈日下饿得头晕却依然在走街串巷推销电冰箱的孩子好好吃一顿饭。

陪考偶然走上文艺之路

2006年年底，一名女同学要去参加一场大型晚会的主持人选拔面试，并请班长刘孟哲陪她一起去。在一群紧张应试的年轻人中，衣着简朴、神色轻松的刘孟哲引起了导演的注意，虽然当时刘孟哲的普通话不太好，但导演组还是力邀他加入。

"开始我还不想去，因为我觉得耽误了学习和勤工俭学的时间，不过后来导演说，这是有报酬的，我觉得这起码比大热天上街推销冰箱好。"刘孟哲说，他把所有的台词都标上了汉语拼音，在短短的一周时间内便能准确无误地诵读了。

那场晚会是在奥运排球体育馆举办的，台下有至少五六千名观众，当刘孟哲走到体育馆的舞台中间，念出第一句台词时，听到自己的声音在整个场馆里回荡，那一刻的感觉真是无比美好！

因为有过大型晚会的主持经历，加上刘孟哲刻苦努力钻研，很快著名歌唱家谭晶、吕薇，表演艺术家六小龄童，历史学家蒙曼等文艺界人士，陆续向刘孟哲抛来了橄榄枝，邀请他参加各种活动。频繁的主持活动，让他拥有了比较可观的收入，不但生活费、学费不愁了，还能给家里一些补贴。

"和名人名家的工作交往，让我看到了他们的优秀闪光点，也令我的成长速度更快些！"刘孟哲如是说。

创业：艺人变身文化公司老板

毕业后，刘孟哲到原卫生部主管的《中国食品质量报》社短暂实习，然后又加盟中国农业电影电视中心《乡村大世界》栏目组，担任该栏目的外景主持。2011年年初，刘孟哲用有限的实习收入成立了自己的个人工作室，主攻音乐创作、制作及演唱。

2011年刘孟哲EP《异乡人》发行；2012年刘孟哲首张音乐专辑《校庆那天》出版发行；2013年8月，刘孟哲第二张音乐专辑《美丽春天》出版。刘孟哲用他的坚持和刻苦，用一份份作品来记录和见证他的努力和成长。如今的刘孟哲可谓是中国文艺界一颗冉冉升起的新星。他笑称："我之所以能心无旁骛地在文艺道路上一直走下去，《盐城晚报》的功劳很大，晚报对我关注得非常早，我总觉得家乡媒体一直关注我，如果我做不出点模样，很丢人。"

2012年年初，他与另一位朋友一起创立了北京红色春天文化有限公司，公司不仅承担了刘孟哲本人唱片制作、策划等事宜，还承接了不少北京地区的大型文艺演出、商业活动的策划、营销、推广，同时与新浪合作制作视频类节目等。

"起初，妈妈并不同意我走文艺这条路，觉得这条路太艰难。"刘孟哲说，他后来悄然在北京买了房子并装修，再把父母"骗"来北京过年，最后给他们看了这个"惊喜"，母亲才放心让他去走自己选择的道路。

对于自己的工作和事业，刘孟哲坦言："勤于学习、善于思考是立足社会的力量源泉；了解自己、知晓外界是取得成绩的重要因素。无论在哪个领域就业和创业，都应该兼备过人的魄力和细腻的心思。"

对于刚步入社会和即将步入社会寻求就业和创业机会的学弟学妹们，刘孟哲真诚建言："人生从来不是一帆风顺的，有坎坷悲伤，也有快乐惊喜。要想在就业和创业过程中不断前行、不断攀登，一定要有健康的体魄和良好的心态，从点滴细节做起，扎实地做好每一件事，从而达到厚积薄发！另外，进入社会后，面对更为复杂宽泛的社会关系和人际关系，有着良好的情商也是极为重要的！"

（作者：徐群群）

【人民日报】"80后""玩"出新型无人机

来源：人民日报　日期：2013年8月26日

原文链接：http://edu.people.com.cn/n/2013/0826/c1053-22691762.html

无人驾驶飞机因其不载人、体积小、造价低、使用方便等明显优势，成为发达国家竞相追逐的新宠，并在军事、民用领域大显身手。

由于起步晚，加上国外的技术封锁，目前我国自主研制达到世界领先水平的民用无人机尚不多见。

今年5月中旬举行的第十六届中关村科博会上，一架名为TD220的无人直升机一亮相，便在国内外同行中引发轰动。TD220为世界首台电控共轴无人直升机，机身长度只有1.5米，空机重量仅为140公斤，任务载荷100公斤，最大飞行速度为每小时100公里，续航时间5小时，升限4 000米。它能在小于5乘5平方米的空间范围内自由起落，其载荷、速度为同等量级无人机的2倍。

试验结果表明，具备自主飞行、导航精准、结构紧凑、操作简单等独特优势的TD220，可广泛应用于抗震救灾、电力巡线、农药喷洒、森林防火、航拍测绘、海洋监管等领域。

更为难得的是，TD220拥有自主知识产权，出口完全不受限制。目前，该无人机已经订出了7架，每台售价1 400万元左右。

创造这一奇迹的，是一家名不见经传的民营小公司——北京中航智科技有限公司，而该公司的创办者，是两名本科毕业的"80后"小伙子——田刚印和满意。

既然心里放不下，为啥不自己做呢

哥俩凑8万元创业，研制出国内领先的无人机飞行控制器。

中航智的新址，位于北京亦庄开发区的软件数字园内的三层楼上。数百平方米的办公室内几乎没有任何装修，也看不到激动人心的标语；左侧是一排小会议室，中间是公司领导和管理层共用的办公平台，右侧是有些凌乱的研发平台。

公司董事长田刚印身材瘦小，穿一条短裤，用的手机又老又旧。在小会议室坐下后，他直奔主题，向记者讲起他们的飞机梦。

2001年，对飞机充满兴趣的田刚印不顾家人反对，考入北京理工大学飞行器设计与工程专业。大学4年，他把大部分时间花在了鼓捣无人机上，并制作出第一个无人机的大脑——飞行控制器。大学毕业后，田刚印一边工作，一边利用业余时间继续研究飞控器。两年后，这家公司发不出工资，他就和同样处于"失业"状态的大学校友满意合计："既然大家心里都放不下飞控器，为啥不自己做呢？"

于是，他们租用了北理工一间20平方米的房子作为办公室，研制更小、更好用的新型飞控器。田刚印从爸妈给自己准备的结婚费用中截留了4万元，满意也从买房的钱中拿出4万元，作为创业基金。

"当时面临两个困难：一是经验不足，二是资金紧张。"田刚印说，第二条不容许走太多弯路，迫使他们把可能碰到的问题都要考虑到，反复论证之后再买便宜的仪器尝试。"现在回想起来，这段经历获益匪浅——我们把每个细节都做了很全面的挖掘和梳理，每一步都走得很踏实，尽量花小钱办大事。"

2007年年底，他们把飞控器做到了香烟盒大小。经专业评估，这个飞控器达到国内领先水准。他们把它以近30万元的价格卖给了中科院某研究所，获得了创业的"第一桶金"。

哥俩用这笔钱注册成立了北京拓云海智能设备技术有限公司，后改名中航智。之后，他们研制的飞控器名气不胫而走，很快占了国内无人直升机市场的半壁江山。

打印出来的国外专利资料，装了满满三个大纸箱子。

避开国际专利，研制出全新的无人直升机

2009年，正当飞控器生意兴隆之时，田刚印有了新想法：转做无人机机体。

"我们的飞控器是国内领先的，如果无人机的机体好，飞几千个小时都没问题。"田刚印告诉记者，但一些无人机飞了200多个小时就出事故。"我粗略统计了一下，因为飞控器出的事故几乎为零，这说明无人机机体不过关。"

当时国内的民用无人机以进口、仿制为主。"我们商量了一下，决定自己设计全新的无人机。"研制之前，他们把国际上所有样式的无人机都研究了一遍，光是打印出来的专利资料，就装了满满三个大纸箱子。

"无人机的研制历史已经有百年，国外把该申请的专利都申请了，想绕开的可能性微乎其微。传统的无人机几乎都是一个旋翼加一个尾桨，我们只能另辟蹊径，做没有尾翼、一个轴上装两个旋翼的共轴无人机。"

后来，他们兴奋地发现，俄罗斯的KA系列就是共轴无人机，具有抗风性强、体型较小等优点，而且其所申请的专利主要集中在机械上。

"俄罗斯无人机的缺点，是零件太多、机械过于复杂。飞机行业有个说法：一个零件你想不出问题，唯一的方法就是不用它。而我们的优势刚好是电子飞控器，如果把机械的东西用电子方式代替，既减少了零件数量，也减少了专利碰撞。"

经过无数次实验，他们终于在2012年做出第一台电子共轴无人直升机。它比俄罗斯KA系列的零件减少了一半多，可靠性也因此提高了一倍。

做出来之后还要试飞。"未经试飞的无人机也可以卖出好价钱，但如果就这么卖了，在使用过程中说不定还会出问题，所以一定要试飞。"

但无人机试飞太"烧钱"：如果一天试飞10个小时，光油钱就得5 000多元，而新机型至少要试飞200天。

"后来我们穷得不行了，就找到北京市政府求助。"田刚印说，北京市政府和民营基金雪中送炭，给他们股权投资5 000多万元。

天上一轮才捧出，人间万姓仰头看——还在试飞阶段的新型无人机，就获得了7架订单。

如果什么都束手束脚的，就发挥不出创造性

一个公司两种制度，研发"零规矩"，生产"零容忍"。

作为一家高精尖技术公司，管理应该是既严格又严密。但在中智航的研发平台，记者看到了令人惊诧的一幕：一名小伙子居然趴在桌子上睡觉。

看到记者疑惑的表情，田刚印笑了："我们研发部就是这样的，对30多名员工是'零规矩'的'散养'。"

"研发其实是没有任何约束、完全自由的思考，而思考是没有时间、地点限制的，许多人在公共汽车、马桶、床上都在琢磨飞机的事儿。"他说，"所以研发部门的管理比较松散，没有严格的上下班规定——如果有人上班睡觉，肯定是晚上工作熬夜了。"

"如果因为太散漫、搞砸了怎么办？"

"搞砸了很正常啊。"田刚印说，我们搞砸的事比成功的事要多得多。"但我不会批评他们，因为在创新中失败是家常便饭，失败10次，只要成功1次就行。如果什么都束手束脚的，大家就没创造力了。"

管理这样松散，技术泄密怎么办？

"我们不怕。"他说，无人机的技术变化日新月异，所以我们每天都在琢磨新东西。"我们有这个自信：如果连自己人都竞争不过的话，还怎么和对手竞争？"

相比之下，生产部门就没这么"快活"了。田刚印告诉记者，生产部门管理非常严格，绝对是"零容忍"，没有任何情理可以讲。"如果你生产上出了问题，谁的责任谁负责，该罚款罚款，该开除开除。"

虽然很忙很辛苦，但大家都很乐呵。

开公司不是为了赚钱，研制无人机纯粹因为喜欢

按理说，管理一个100多人的公司不是一件轻松事，但从田刚印的言谈举止中，记者感觉不到丝毫压力。

"你们累不累？"

"研发无穷无尽，生产排得满满的，怎么可能不累？"田刚印说，除了日常工作，还要在双休日试飞，一干就是10多个小时，回到家里疲惫不堪。"但周一大家都照常上班，没有谁抱怨。"

"大家工作积极性为什么这么高？"

"因为真心喜欢啊。对我们来说，做飞机就像打篮球、谈恋爱一样，挡都挡不住。"田刚印告诉记者，他和满意最开始做的时候就没想到要赚钱，就是因为对无人机感兴趣。"现在我们也一样，招聘的新员工都是飞机发烧友。许多员工到公司好几个月了，还不知道工资卡里有多少钱。"

"因为大家不看重钱，干的又是自己喜欢的事，所以心里很轻松。"田刚印说。

"我结婚时没买房子，现在还是租房子住。一些朋友问：你有钱了为什么不买房子？我说：我赚钱不是为买房子。"

说到这里，他有些激动，"其实很多东西不是年轻人应该得到的，包括房子——你凭什么刚工作几年就要买房子啊？很多人活得不轻松，就是把钱、把物质看得太重了。"

说到公司的未来，田刚印说："我们没有太具体的发展规划，就想着把无人机做得更智能、更安全。"

"目前我们的无人机还需要人为干预，要对它下达命令、告诉它怎么做；将来只给它下达任务就行，怎么做它自己决定。"他解释说，"更安全，就是争取零事故。比如将来可以坐我们的无人机上下班、短途旅行——你只要提前设计好程序，它就能把你安全送达目的地。"

"这美好的梦想能否实现？"

"按照我们对无人机的理解，这些应该都能变成现实，只是需要时间。"田刚印说。

（作者：赵永新　张之豪）

【河北新闻网】校园追梦人李明亚：我想在科研领域创造新的突破

来源：河北新闻网　　日期：2013年9月9日

原文链接：http://edu.hebnews.cn/zt/2013/2013-09/09/content_3471194.htm

校园追梦人李明亚：我想在科研领域创造新的突破

2013-09-09 15:48:39　来源：河北新闻网

李明亚，1993年至2000年在北京理工大学完成本科至硕士阶段学习，2000年在清华大学攻读博士学位，2004年博士毕业后，在秦皇岛市人才政策的感召下，放弃了留在北上广的诸多工作机会，带着自己的科研梦来到东北大学秦皇岛分校，从事科学研究和教学工作。2007年聘为东北大学硕士生导师，2010年聘为东北大学教授，2013年4月聘任为东北秦皇岛分校教务处处长。

校园追梦人李明亚

李明亚，1993年至2000年在北京理工大学完成本科至硕士阶段学习，2000年在清华大学攻读博士学位，2004年博士毕业后，在秦皇岛市人才政策的感召下，放弃了留在北上广的诸多工作机会，带着自己的科研梦来到东北大学秦皇岛分校，从事科学研究和教学工作。2007年聘为东北大学硕士生导师，2010年聘为东北大学教授，2013年4月聘任为东北秦皇岛分校教务处处长。

脚踏实地教书育人

"忌空谈，务实干"，既是他的人生格言，也是他的工作写照。因为科学研究来不得半点轻浮，而教书育人更要脚踏实地。在他丰硕学术成果的背后，是一串串坚实的脚印。高温超导材料是他的主要研究方向。

他曾先后参加了国家"863"重大项目——"Bi系高温超导线材的实用化及其大规模生产技术的开发"等多项课题的研究工作。参研的2项成果项目分别获得2004年度北京市科学技术奖一等奖、2006年度国家科学技术进步奖二等奖。目前，作为课题负责人主持"863项目"1项，作为项目负责人主持了教育部/财政部基本科研业务费项目2项，曾承担河北省科学技术研究与发展指导计划项目1项和企业委托课题2项。近年来发表学术论文60余篇，其中37篇被SCI检索，44篇被EI检索；4项发明专利获得了国家知识产权局的授权；此外，有3项发明专利已进入公开阶段。

进行科研工作时，他会经年累月不分昼夜地在实验室度过，为了获得理想的实验数据而孜孜探索，不知疲倦。用他的话讲，科学实验虽然别人看起来辛苦枯燥，然而一旦真正投入忘我地工作，就会感到科学世界令人屏息的美。

梦想在科研领域有所突破

对于材料专业的教学工作，他始终怀着一种最纯朴的热情投入进去。来到学校之初，东北大学秦皇岛分校既没有材料专业也没有相关方向的学生，作为骨干教师，他参与了材料科学与工程系的创建，材料科学与工程、材料成型及控制工程、冶金工程、功能材料等4个本科专业的建设和实验室的管理工作，先后承担了本科生必修课《材料科学基础》《金属学及热处理》《热处理原理》等课程的教学任务，受到学生的一致好评。为了帮助学生取得更好的实验效果，他不但手把手指导，而且经常自掏经费购买更多的材料让学生大胆实验。有时外校专家一句"你们培养的本科生动手能力达到硕士生的水平"，就会让他满足很久。

由于他在工作中的务实钻研，社会和学校给了很高的荣誉和评价，先后荣获"秦皇岛市第六届青年科技奖""秦皇岛市优秀教师""第二届秦皇岛青年五四奖章"等荣誉称号。2011年，作为副主编撰写的《材料科学基础》在北京大学出版社出版，被多所高校选定为教材；参编的《计算机在材料科学与工程中的应用》获兵工高校优秀教材一等奖。现任秦皇岛市博士专家联谊会会员，中国金属学会高级会员。

　　在他关于梦想的描述里，河北省美丽的海滨城市秦皇岛市，是他事业梦想顺利起航的良港。他希望通过自己的科学研究和育人工作，在高温超导材料等方面取得领先世界的突破，并言传身教出更多的有志向的青年学子，推动地方经济建设和社会文明发展。

【北京日报】首都民营企业家与 "中国梦" （摘编）

来源：北京日报　日期：2013年8月28日

原文链接：http://bjrb.bjd.com.cn/html/2013-08/28/content_103288.htm

　　今年，中央统战部、全国工商联以"民营企业家与中国梦"为主题，在非公有制经济人士中开展理想信念教育实践活动，以增强非公有制经济人士对中国特色社会主义的信念、对党和政府的信任以及对企业发展的信心，为促进非公有制经济健康发展和非公有制经济人士健康成长，为实现"中国梦"凝聚智慧和力量。

　　近年来，北京市委、市政府高度重视非公有制经济发展，出台了《关于鼓励和引导民间投资健康发展的若干意见》等一系列促进民营企业发展的政策措施，成立民营企业金融支持中心，组建民间投资基金，支持中小企业公共服务体系建设，营造了良好的发展环境，激发了包括民营企业在内的各类市场主体投资、创业的活力。首都非公有制经济人士响应党和政府的号召，积极进取，开拓创新，涌现出一大批优秀非公有制经济代表人士，非公有制企业在增加财税收入、促进就业、推动科技进步、扶危济困、改善民生上发挥了重要作用，为首都经济社会发展做出了积极贡献。

"中国梦"是民族梦，是每个中国人的梦，也是民营企业家的梦。在首都经济社会发展的历程中，非公有制经济人士以"爱国、敬业、诚信、守法、贡献"的胸怀和抱负，用"中国梦"引领个人成长和企业发展，以智慧和行动诠释了个人梦、企业梦和"中国梦"。在此，我们选编了首都部分非公有制经济人士关于"中国梦"的精彩演讲，以飨读者。

筑梦"中复" 别样人生

北京中复电讯设备有限责任公司董事长　邸武淳

中复电讯的第一家门店在安定门桥的西南角，每次路过这里，我总会想起当年和员工们在这个原来小小的门店里造出一道"电话机长城"轰动京城的情景。现在，中复电讯有100多个分店遍布京城的繁华商业地段，成为北京最大的手机零售企业。"下海"22年，蓦然回首，不禁感叹，我当初梦想成为一名技术管理者，谁知阴差阳错开启了另一段精彩纷呈的征程。

1978年，20岁的我考上北京理工大学自动控制系，梦想着成为一名报效国家的技术管理者。为了更接近自己的理想，后来我还考取了中国科学院研究生。然而，突如其来的家庭变故让我不得不中断学业，从理想中的技术管理者转为现实中的教书先生。为了生计，我去了年轻人眼中的"淘金圣地"中关村。1991年，我从组装PC机开始走上经商之路，创办了自己的公司。1993年，公司正式命名为"中复电讯"，主营业务定位为通信器材销售，20年不曾动摇和改变。

1992年，我孤注一掷拿出全部家底，从程控交换机的销售中赚取了创业后的"第一桶金"。此后，从固定电话到"大哥大"，再到如今的智能手机，通信器材领域每向前一步，我都力求在市场上抢占先机。记得数字移动电话刚面市时，一台售价高达一万多元，堪称"暴利"，但我没有被高利润冲昏头脑，打出了7 912.5元的售价，在业界惊起千层浪。很快，我们的数字移动电话月销售量就达到了1.5万部。这批消费者中有很多至今还是中复电讯的忠实顾客，很令我自豪和欣慰。

如今的中复电讯，早已不是我个人追逐财富名利的舞台，而是2 000多名员工共同追逐梦想的舞台。如何让企业保持健康平稳发展，吸纳更多社会人士就业，让员工不断增加收入，提高个人素质，在民营企业也能争取到人生出彩、梦想成真的机会，这些是我现阶段最重要，也是最实际的目标。

我曾在一首小诗中这样写道："中复是一个梦，一个世代相传的梦……中复，中华复兴；中复，民族昌盛！"为了这个"中复梦"，我和我的员工努力了22年。今年，新一届中央领导集体提出了实现"中国梦"的宏伟目标，令我深感振奋。未来的路，中复人要把"中复梦"融汇到"中国梦"之中，全力以赴继续前行。"'中国梦'归根到底是人民的梦。"如果所有国人的美好梦想都能够实现，"中国梦"也必将实现。

【经济观察报】韩东：拿着天平做麻辣

来源：经济观察报　日期：2013年9月2日

原文链接：http://www.eeo.com.cn/2011/0902/210496.shtml

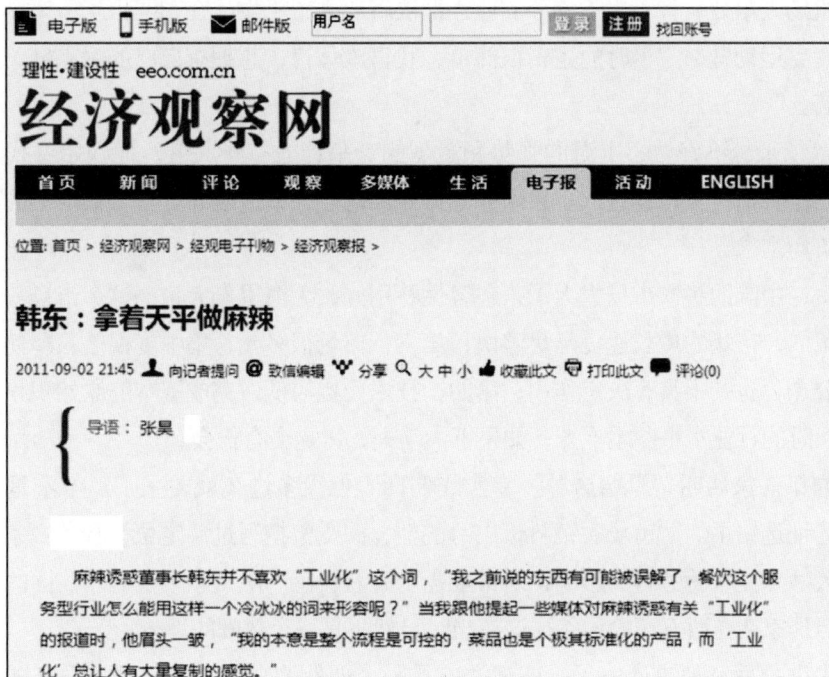

导语

麻辣诱惑董事长韩东并不喜欢"工业化"这个词，"我之前说的东西有可能被误解了，餐饮这个服务型行业怎么能用这样一个冷冰冰的词来形容呢？"当我跟他提起一些媒体对麻辣诱惑有关"工业化"的报道时，他眉头一皱，"我的本意是整个流程是可控的，菜品也是极其标准化的产品，而'工业化'总让人有大量复制的感觉。"

但实际上"工业化"这个词在餐饮行业里，触及率颇高。魏蔚在担任俏江南总裁期间，提出的"四化"管理改革思路就有工业化这一项；而麦当劳、赛百味等洋快餐更是美国大工业时代的一个象征。

工业化之于餐饮业，更多的是一种传统服务业在资本环境下的生存状态。它需要通过标准化使自己的商业模式能迅速地复制和扩张，从而实现所谓的价值最大化。因此，但凡以上市为目标的餐饮企业，标准化都是一条必经的路径。从最早的"红灯笼"到如今的俏江南，中式餐饮的一次次折戟似乎隐喻着什么。

这也许是韩东对"工业化"不感冒的真实原因，"我们为什么不能放慢一点呢？我当然可以满世界找加盟，一家挣300万的加盟费，但那还是我想做的麻辣诱惑吗？"

定位

时间定格在2001年，在此之前，韩东的履历中丝毫找不到任何与餐饮有关联的线索。他曾是一名跳远运动员，在北京理工大学学的是市场营销，而1995年大学毕业后的第一份工作是在首都机场人事处。骨子里不安分的他，很快就辞去了工作，在东四租了一家小门面卖阿迪达斯、耐克运动鞋。"当时的逻辑很简单，我喜欢体育，想拥有自己的耐克鞋，所以就开了这么家店。"

但生意越来越不好做，上游的强势和激烈的竞争让他有些厌倦，他开始寻找新的落脚点。就是在这种情况下，他进入了餐饮业。如今回想起来，这个当时看似很冒失的决定也的确契合了市场需求。

"第一，中国的餐饮市场太大了，包容性特别好，大海里养大鱼，这个市场一定是能养大鱼的；第二，市场的增长速度已足够快；第三，市场很多元，集中度很差，即使像百盛这样的跨国公司，也并不具有决定作用；第四，技术门槛较低，完成资本的原始积累容易；最后一点，当时的行业水平参差不齐，如果下大功夫，肯定会有机会。"

他开的第一家店叫"厚德居"，专卖炸酱面，但没多过久就关张了。"不是定位有问题，而是选址选错了。"市场营销科班出身的他，深受曾撰写过《定位》和《22条商规》的美国营销大师杰克·特劳特的影响，对市场需求有着敏感的触角。"我对炸酱面的定位是大众便餐，但那家店在西五环的鲁谷，这在当时显然不是一个热闹的地方。"

一次失败之后，他更谨慎了。麻辣诱惑是一个偶然的念头，"我喜欢吃麻辣，周围也有一大堆同好，而当时北京并没有太多这样的餐馆。即使有，也是按地域划分的，比如四川菜、湖南菜等。我一直在琢磨，如果只做麻辣，能不能做到极致。"

他为此做了大量的准备，"四川人把辣椒叫海椒，但它其实是沿着丝绸之路传入中国的，所以，中国大部分内陆省市是吃辣的""辣椒里某一种物质和咖啡因结构相似，人吃了会上瘾，但它又富含维生素，绝对是个好东西"……他的调研样本就是周围的这群朋友，虽然量不够大，但足以覆盖各种类型的消费需求，"我的调研并不只是简单的问卷，而是很深入的访问。"

如今常被媒体津津乐道的企业定位，实际上并没有那么刻意，"甚至'麻辣诱惑'这个名字都是随口得的，我只是觉得麻辣对我太有诱惑力了。"曾经有一家媒体想把麻辣诱惑评为年度十佳定位企业，却被韩东婉拒了，"我总觉得，所谓的'定位'，应该是像特劳特那样有一整套策略，但我们的一切决策都是基于消费者的真实需求。"

他很推崇"7-11"和星巴克，甚至专门到我国台湾参观过当地的"7-11"。"服务行业拥有基本的六个要素：产品、环境、便利性、情感的沟通、服务和价格。其实我追求的就是一种平衡，绝对不能有短板，也没必要有太长的板，这反而是一种稀缺性。"

"'7-11'的一些服务看似不起眼，但它总会在最合适的时机给你提供最合适的产品。不外乎有三种关系：人和产品、人和环境、人和人，星巴克和'7-11'其实都摆脱了冰冷的前两种关系，它们对人性的宣扬是其真正的核心竞争力。"

于是，你很难看到麻辣诱惑复制别家的服务，它总是从一些难以觉察的细节上满足消费者。比如，在三里屯的店里，因为女性消费者较多，所以整个店面设计就偏重女性视角。弧形的椅子、绒面的布以及各种奇形怪状的圆灯。从君太百货开的第四家店起，麻辣诱惑就一直延续红黑色调的店面设计，但针对不同的商圈，都会有一些细微的差别。

"我并没有明确的竞争对手，这也让我的定位逻辑很简单，怎么让消费者更满意，我们就怎么定位。"谈起定位，韩东总是显得很随意。但实际上，为了洞悉消费习惯，他甚至经常"微服私访"，观察别人的用餐习惯，最后剩下的菜品和分量，然后开会讨论，推断是否有改进的空间。就这样，他从早忙到晚，事必躬亲。

标准化

外界把一大堆概念套在麻辣诱惑身上，"城市概念菜""麻辣新风尚"……他们认为之所以能迅速在京城有十多家分店，而且家家爆满，就是因为麻辣诱惑的定位打到了它想要的那一部分城市年轻白领。

但在韩东看来，一开始走的标准化路线才应该是取胜之道，"一个很简单的例子，如今的水煮鱼跟几年前的还是一个味，这个误差率是能用百分点来计算的。"

麦当劳的创始人雷·克洛克曾说过："连锁店只有标准统一，而且持之以恒地坚持每一个细节都标准化执行，才能保证成功。"为此，麦当劳的每块牛肉饼从加工一开始就要经过40多道质量检查关，只要有一项不符合规定标准，就不能出售给顾客。这其中既包括产品质量，比如必须挑选精瘦肉、牛肉由83%的肩肉和17%的上等五花肉制成、脂肪含量不得超过19%、绞碎后一律按规定做成直径为98.5毫米、厚为5.65毫米、重为47.32克的肉饼，也包括制作工艺，"煎汉堡包时必须翻动，切勿抛转"。

星巴克的服务也基本如此，从咖啡豆收集、采购、运输，到烘焙、制成咖啡，整个流程环环相扣。每一粒咖啡豆约有1 200种成分，星巴克能将不同的成分调和起来，而且制作过程精确到秒。即使是以服务见长的海底捞，对产品的标准把控也极其严格，北京所有分店的菜品都来自于海底捞设在大兴西红门的物流中心，这里有一整套清洗、检验、冷库设备。每天下午从协议农户收购来的蔬菜会先经过专业品控检验进入冷库，第二天早晨这些蔬菜会经过第二步检验进入全自动化的清洗机床、甩干机，并在装箱前经过第三道检验。

韩东早就意识到了这一点。麻辣诱惑的核心就是辣椒和花椒，他在这上边花费的精力也最多。"辣椒有那么多种，二金条、子弹头、美国一号，每一种都适合不同的菜品，而且不同地区的辣椒口味差别很大，这都需要我们去琢磨。"

麻辣诱惑有一个专门的质量监察部，他们的工作就是监督从原材料到成品的整个过程。"我们会去找最好的选材料产地，然后跟当地的农户签协议，而且很频繁地抽查质量。这是一个很浩大的工程，因为产地实在太多，监控难度极高。"还有一些原材料，比如泡酱还需要在当地发酵，"我们跟重庆的合作，在当地有一个2米高的大缸，一次能装1 000多斤酱。但这中间很讲究，包括用什么面粉、什么辣椒，怎样的发酵条件，我们都得去管。"

紧接着就是菜品制作。在麻辣诱惑成立之初，韩东就设立了一个中央厨房，最核心的炒料和料汁配置，都在这里制作，然后再配送各门店。这就保证了菜品的高度标准性，"杀鱼、炸鱼、炸辣椒，这里面都有严格的标准。拿水煮鱼这一道菜来说，就有30多个监测点，从杀鱼的过程到炸鱼的油温，很多细节性的东西。"韩东对菜品的配比要求非常严，"该是多长多重，就一定是那样，否则就会影响菜品质量。"比如，用于某道菜的猪脚定的长度就是16~18厘米，"超过这个范围，就很难保证蒸煮的质量。"

但麻辣诱惑并不算大的采购规模，再加上供货商都是麦德龙、联合利华、雀巢这样的世界级企业，很有可能拉升运营成本。"其实这是个很难解决的问题，我们的方式就是尽量保持产品的精确。从开始到现在，我们70%的菜品都没变过，而且菜品种类也并不多。我不主张变，因为事实证明，顾客常点的也就是这些。"通过缩小采购范围来间接地提升单品的采购规模，这很经济，而且管控方便。

韩东对新菜品极其谨慎，"一般设计一个菜品，都至少要几个月，甚至是半年。比如消费者吃鱼时想要一种脆的感觉，我们就得实验炸鱼的温度。拿个温度计放在油锅里，一遍一遍试。190℃，好，以后就按这个来。"而市场部会组织多轮内部评测和外部评测，"满分是10分，但至少得有100个外部评测达到8分，我们才会考虑上这个产品。"

所以说，麻辣诱惑的一整套流程才是其精髓所在，"这么说吧，你即使挖我几个大厨，都做不出我们的味道，因为它根本没有产品的源头。"

正因为这样，麻辣诱惑一直受到资本方的青睐，"跟我谈的风投其实很多，但我并不急，因为我怕资本的逐利性会让我们失去自己的灵魂。我不可能按照他们的要求去疯狂扩张，开加盟店，现在这种节奏其实挺好。"

标准化是打造一个餐饮品牌的必经之路，但由于中餐的特殊性，显然实现的难度会很大。"工序比那些洋快餐多得多，在既定的采购规模下，物流和供应链的整合很困难。"而韩东的信心则来自于现在的市场反应、合作伙伴的评价以及竞争对手的仿冒。

"2008年，我跟联合利华有个项目合作，也是做辣的产品。我把我这些东西跟他们一说，他们很激动，不停地说这可不是中国的生意，而是全球的生意。的确如此，新加坡、美国、泰国……只要有华人的地方，都有了麻辣诱惑的山寨店，我们现在正跟他们在打官司呢。"

（作者：张昊）

【北京青年报】小麦公社创业基地落户北理工

来源：北京青年报　日期：2013年10月24日

原文链接：http://epaper.ynet.com/html/2013-10/24/content_18486.htm?div=-1

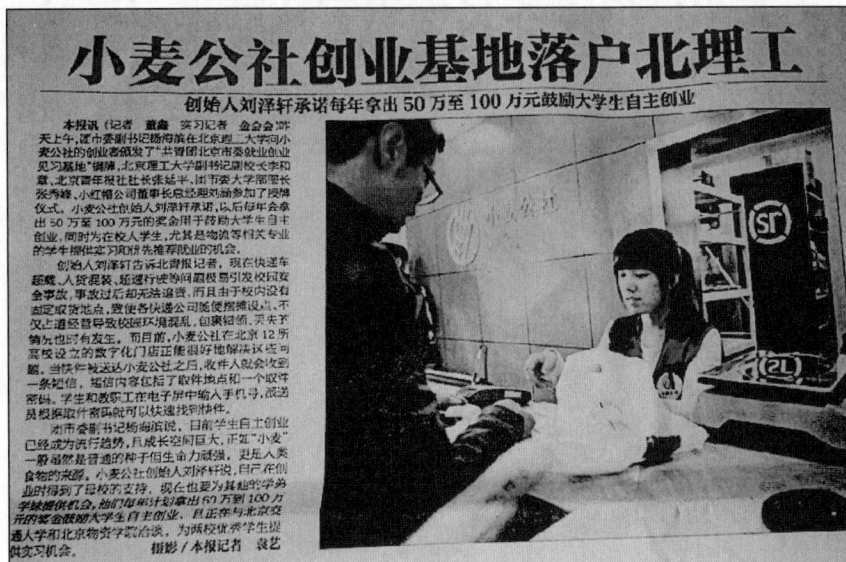

　　（记者　董鑫　实习记者　金会会）23日上午，团市委副书记杨海滨在北京理工大学向小麦公社的创业者颁发了"共青团北京市委就业创业见习基地"铜牌，北京理工大学副书记副校长李和章、北京青年报社社长张延平、团市委大学部部长张秀峰、小红帽公司董事长总经理刘涵参加了授牌仪式。小麦公社创始人刘泽轩承诺，以后每年会拿出50万至100万元的奖金用于鼓励大学生自主创业，同时为在校大学生，尤其是物流等相关专业的学生提供实习和优先推荐就业的机会。

　　创始人刘泽轩告诉北青报记者，现在快递车超载、人货混装、超速行驶等问题极易引发校园安全事故，事故过后却无法追责，而且由于校内没有固定取货地点，致使各快递公司随便摆摊设点、不仅占道经营导致校园环境混乱，包裹错领、丢失的情况也时有发生。而目前，小麦公社在北京12所高校设立的数字化门店正能很好地解决这些问题。当快件被送达小麦公社之后，收件人就会收到一条短信，短信内容包括了取件地点和一个取件密码。学生和教职工在电子屏中输入手机号，派送员根据取件密码就可以快速找到快件。

　　团市委副书记杨海滨说，目前学生自主创业已经成为流行趋势，且成长空间巨大，正如"小麦"一般，虽然是普通的种子，但生命力顽强，更是人类食物的来源。小麦公社创始人刘泽轩说，自己在创业时得到了母校的支持，现在也要为其他的学弟学妹提供机会，他们每年计划拿出50万到100万元的奖金鼓励大学生自主创业，且正在与北京交通大学和北京物资学院洽谈，为两校优秀学生提供实习机会。

（作者：董鑫 金会会）

【光明日报】北京校企合作促进会成立

来源：光明日报　日期：2013年11月6日

原文链接：http://epaper.gmw.cn/gmrb/html/2013-11/06/nw.D110000gmrb_

20131106_5-14.htm?div=-1

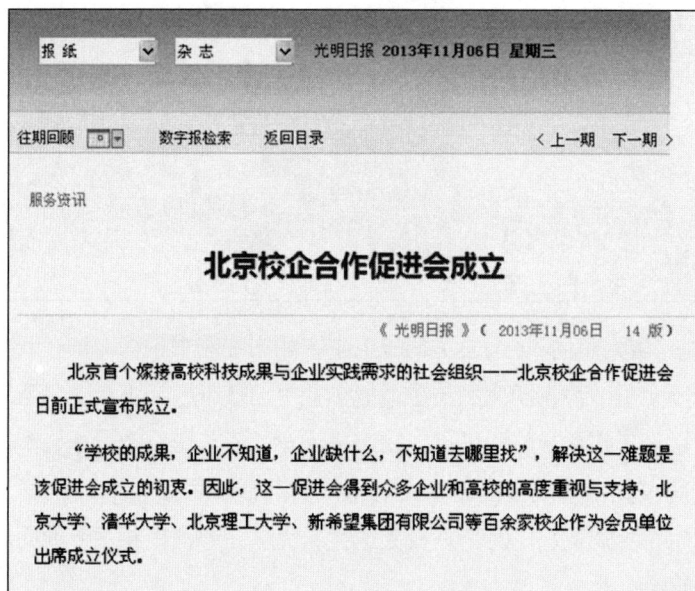

北京首个嫁接高校科技成果与企业实践需求的社会组织——北京校企合作促进会日前正式宣布成立。

"学校的成果，企业不知道，企业缺什么，不知道去哪里找"，解决这一难题是该促进会成立的初衷。因此，这一促进会得到众多企业和高校的高度重视与支持，北京大学、清华大学、北京理工大学、新希望集团有限公司等百余家校企作为会员单位出席成立仪式。

北京校企合作促进会常务副会长、北京良乡高校园区管委会主任蔡本睿介绍："促进会旨在探索突破校企合作的瓶颈，发挥桥梁和纽带作用，搭建科技服务和技术咨询平台，促进科技成果的产业化和市场化，推动校企资源共享，联合开展技术攻关和研发工作，促进高层次人才的培养模式创新，并开展协调创新，使校企能够共同承担国家重大科研项目。促进会还将构建专利池技术库，形成中国的新硅谷。"

据了解，在筹备过程中，这一平台对校企合作的促进作用就初步显现。韩建集团和北京建筑大学表示出合作意向，共同培养高层次人才；北京仁和酒业希望和北京工商大学食品学院合作，依托该学院酿造专业的科学优势，提升酿造技术，也已达成合作意向。此外，由北京理工大学出技术，北京市房山区一位私营企业家出资金和厂房组建的北京晶冠泰克科技有限公司已经成立，该公司的技术队伍以高校的科研人员为核心。

（作者：晓文）

【人民画报】北京校企合作促进会在北京成立

来源：人民画报　日期：2013年11月25日

原文链接：http：//www.chinapictorial.com.cn/ch/se/txt/2013-11/12/content_577553.htm

10月26日，北京校企合作促进会第一次会员大会暨成立大会在北京隆重举行。百余家会员发起单位及多家新闻媒体参加了大会，人民画报社作为副会长单位列席其中。

北京校企合作促进会是由北京市房山区良乡高教园区管理委员会联合北京地区的部分高等院校、研究院所及企业自愿发起成立，经北京市民政局核准登记的非营利性社会团体。北京校企合作促进会将发挥桥梁纽带作用，整合校企资源，拓展校企合作渠道，共建共享校企、校地合作平台；开展人才培养、技术咨询、联合开发或委托研发、联合申报、技术转移、成果转化、教育慈善等工作，坚持"以服务为基础、以合作为导向、以共赢为目标"，促进北京地区校企政的交流与合作，促进科技成果转化，为首都经济社会发展发挥积极作用。

在成立大会上，第十二届全国人民代表大会常务委员会常委、中国科学技术协会副主席、北京校企合作促进会名誉会长冯长根，中共北京市房山区委副书记、政法委书记曾赞荣，北京市房山区区委常委、组织部长孙强，原北京理工大学党委书记、现任北京理工大学对外联络委员会主任、北京校企合作促进会会长焦文俊，中国工程院院士、北京工商大学副校长孙宝国，共同按下启动按钮。这标志着北京校企合作促进会正式成立。

焦文俊会长在讲话中说，校企合作促进会的成立，将有力地促进高校和企业的创新发展，有效地整合高校和企业的产学研合作创新资源，为进一步完善区域技术创新体系，更好地发挥科技创新在经济发展方式转变中的支撑引领作用，提供新思路、新对策。名誉会长冯长根也作了重要讲话。北京市房山区良乡高教园区管理委员会常务副主任、北京校企合作促进会常务副会长蔡本睿同志宣读了《北京校企合作促进会第一次会员大会决议》。

在北京校企合作促进会第一次会员大会上，全体会员审议通过了《北京校企合作促进会章程（草案）》《北京校企合作促进会第一次会员大会选举办法（草案）》，票决通过了《北京校企合作促进会会费标准与管理办法（草案）》，召开了第一届理事会会议和第一届监事会会议，分别成功选举出第一届理事会会长、常务副会长、副会长、秘书长及第一届监事会监事长，同时聘请了北京校企合作促进会名誉会长、顾问及专家委员会主任、副主任。

【中工网】赵静波：爱和技术较劲的女总工

来源：中工网　日期：2013年11月25日

原文链接：http://character.workercn.cn/359/201311/25/131125074827025.shtml

■ 攻坚不怕难　她主动请缨突破技术瓶颈
■ 创新有闯劲　她所接项目获得多项专利
■ 带队重团结　她无私授技注重培养新人
■ 她就是北京华德液压工业集团公司液压研究所总工、北京市劳动模范赵静波

赵静波（右二）在和同事一起研究新方案

在液压技术研究这个少有女性从事的行业中，20多年来，赵静波以一名基层科技工作者的责任感和使命感，在平凡的技术岗位上默默奉献着。开发"液压系统原理图计算机自动生成"软件，研制开发磨合清洗台……工作中，赵静波先后组织技术人员攻克难关、研发项目，共完成包括国家级项目及其他项目120多项。她用自己的实际行动，诠释着"认真做事、踏实做人"的准则。因为成绩突出，1998年9月她荣获"北京市优秀青年知识分子"称号；2000年5月荣获"北京市劳动模范"；2003年被授予北京市总工会"经济技术创新标兵"……在平凡的工作岗位上，赵静波做出了不平凡的事迹，也不断实现人生的自我价值。

善攻坚：突破程序设计瓶颈

1983年至1990年，赵静波在北京理工大学自控系流体传动与控制专业，先后完成了本科和硕士研究生的学习。也是在1990年，她将要面临着毕业分配。

在赵静波毕业的那个年代，学习理工科的女孩子并不多，像她这样拥有硕士学历的理工科女生更是少之又少。这样的优势，让很多同学羡慕，并且认为赵静波一定会选择一个条件优越的工作。

然而和同学们料想的不同，赵静波选择到华德液压集团的前身——北京液压工业公司计算机室工作。对于这样的选择，赵静波给出的理由很简单，"自己是国家培养出来的，学成之后也应该为国家、为国企多做点事。"

"作为一名总工，就要认认真真做事、踏踏实实做人"这句话是赵静波给自己定的工作准则，在实际工作中，她也时刻坚守着这个准则。技术难度大，任务繁多……工作中，赵静波常常会面对很多困难，但她却从没有退缩过。

描、校、晒……提到当时液压行业的产品设计程序，熟悉的人往往会这样定义：程序枯燥繁杂，产品设计完全靠人工完成，费时又费力，还容易出差错，只要有一处改动，整套图纸就要重画。但赵静波没有被困难吓住，而是主动提出进行"液压系统原理图计算机自动生成"软件开发研究，业余时间她全部用来编程。

克服重重困难，经过不懈的努力，"液压系统原理图计算机自动生成"软件终于开发成功。软件的成功，不仅大大提高了设计人员的工作效率，也为企业创造了一定的经济效益和社会效益。

一次，领导又把一项时间紧、难度大、技术含量高的研制开发项目交给赵静波，接到任务后的她立刻和课题组的人员投入到紧张的研制中。她利用工作之余，来到图书馆查找资料、整理数据。不久后项目开发成功，不仅达到国际领先水平，还被评为国家级新产品。

赵静波总是时刻以一名科技工作者的责任感，鼓舞自己和周围的同事。她在技术上严格把关，圆满地完成了各项任务。作为研究所的质量管理者代表，她狠抓项目质量管理及技术管理工作。2002年她任管理者代表时，通过ISO9001质量体系认证。之后每年在复审认证工作中，均全部顺利通过。

有闯劲：多项课题获得专利

"脚踏实地做好基层科研工作；坚持科技创新，支持企业体制机制深化改革；坚持以人为本，调动科技人员的积极性；坚持不懈地探索工作方法，提高产品科技含量，满足不同领域用户的需求。"赵静波说。

工作中的赵静波有着一股子闯劲儿，近十几年来，她与技术人员一道不断开发研制新的项目，开拓新的领域，为研究所承接了一个个新的课题，特别是技术含量高、难度大的项目。她知难而进，亲自主抓技术研发，组织技术骨干进行攻关。

她在主抓项目设计、新产品研发工作中能够积极主动带领全所技术干部自主创新、开拓市场，不断为用户研发新产品、新项目，并保质保量按时间完成任务。为了争取更多的项目，在时间紧、任务重的情况下，她和团队经常是加班加点，甚至连续奋战几天几夜，参与项目投标工作，多次研究讨论设计方案。

自赵静波担任研究所总工程师以来，她先后组织技术人员攻克难关、研发项目，共完成包括国家级项目及其他项目120多项。

2002年，赵静波和技术人员一同完成国家科技攻关项目"提升极限电业比例集成系统产业化技术开发"。该项目解决了长行程平台的位置测试、速度测试及液压提升机械测试平台技术方案的关键技术。通过工艺研究、改进工艺解决了加工难题。在液压电梯等提升机械的电液比例控制集成系统基础和共性技术、批量制造工艺、市场配套等方面实现创新。

2006年，所内研制开发的磨合清洗台，是用于被试件在制造试验过程的磨合清洗的专用设备。该设备要求定位精度高、压力及速度无级可调，利用PLC、工控机、触摸屏、人机界面HMI等先进控制技术，将液压伺服系统和电气自动化控制结合，通过位移传感器进行闭环控制，大大提高了清洗台的综合性能指标和自动化水平。她与几位技术人员研制的"带机械锁液压油缸"项目于2006年获得了国家实用新型专利。

1998年9月荣获"北京市优秀青年知识分子"称号；2000年5月荣获"北京市劳动模范"；2003年被授予北京市总工会"经济技术创新标兵"……在平凡的工作岗位上，赵静波做着不平凡的事迹，也在不断实现着人生的自我价值。

讲团结：带队伍重培养新人

作为一名"战斗"在科研一线二十几年的老科技工作者，赵静波深深地体会到一点：在技术开发工作中要想攻克难题、取得成功，离不开一个和谐的工作团队，团队的建设对于顺利完成任务意义重大。

意识到团队建设的重要性，赵静波在实际工作中也不断地注重着团队建设，特别是科技队伍的建设。她很关心、爱护青年技术干部。经常与他们交心、谈心。

在技术人员培养上，赵静波也下足功夫，常常选派人员进行专业技术培训，每次的指导她都格外耐心。对于新到岗的年轻人，赵静波更是用心培养。

赵静波不仅将自己所掌握的理论知识和一线实践经验传授给他们，还以自己的亲身经历，教育年轻人树立"立足国企、奉献国企、钻研技术、成长成才"的信念。以自身的模范作用从言行、思想、道德等各个方面影响、教育着周围的每一名技术人员。

在项目管理、协调工作中，赵静波充分发挥组织能力、沟通能力和管理能力。她做好技术人员思想工作，充分发挥示范作用，使他们能够各展其能，各尽其才，发挥自身优势，确保各项工作顺利进行。

她履行着一名总工程师的职责，为员工创造了一个和谐的工作环境。在她的带领下，一个过硬的技术团队承受住了来自各层面的严峻考验，从项目的设计施工到顺利完成交付用户使用，均得到了对方的充分肯定。

（作者：盛丽）

【大连理工大学新闻网】原北理工校长王越院士：从大工走出的雷达骨干

来源：大连理工大学新闻网　　日期：2013年12月16日

原文链接：http://news.dlut.edu.cn/article/2013/1216/52270.shtml

原标题：【走进校友】王越院士：从大工走出的雷达骨干

人物档案

　　王越，我校电讯系50级学生，原北京理工大学校长，雷达与通信系统专家，1932年4月生，江苏丹阳人，1991年当选为中国科学院学部委员（今称院士），1994年当选为中国工程院院士。

"刀光剑影"的现代武器，支持现代化的高科技之战，是他不断努力捕捉的动态目标。每当经他之手问世的火控雷达导引着火炮、导弹呼啸着击中目标，展国威军威之际，更有欣慰和一丝自豪，他就是王越，我校电讯系50级学生、中国科学院院士、中国工程院院士、原北京理工大学校长。

国耻激发出来的强国梦

王越是我校50级学生。1950年，王越在报考学校的时候只选择了一个学校、一个专业——大连工学院①电讯系。他的这次选择与国家同呼吸、共命运，也决定了他将为国家雷达通讯事业的发展不懈努力。

"我的名字与那悲惨的年代有关"。1932年，王越出生于江苏丹阳，那是"九一八"国耻日的第二年。他的父亲是位进步、开明的知识分子，由于痛恨日本侵略者，有感于苦难年代的漫长，就给儿子取名王越，希望儿子早日越过这段灾难的年代，同时也是激励儿子超越自我，多做一些利国利民的事情。

抗战爆发后，王越全家搬进天津的英国租界。出入租界一定要向日本兵鞠躬，这亡国的耻辱，深深地刻在了他的心里。在上小学、初中的那段时间，处于日本侵略阶段的中国人民过着亡国奴的生活，老百姓水深火热，1942年，缺乏钢铁的日本开始搜集铜毛笔笔套、锅等用于制作炸弹和弹壳，要求老百姓上缴家里能炼制炮弹的器物。

其实，日本当时在东南亚的战争已经节节败退，为了屏蔽战争失败的信息，日本人把老百姓家里的收音机短波段都贴上了封条，以达到封闭远处盟国及中国信息的目的。恰巧的是王越父亲同事的收音机封条贴歪了，王越父亲便通过同事的收音机收听到关于战争的一些信息。得知日本在东南亚地带节节败退的消息，王越父亲便把这好消息告诉了王越。上初中二年级的王越在"压迫"下产生希望，当时便产生对无线电波的浓厚兴趣。"当时觉得无线电很伟大"，王越一颗爱国心得到了进一步的激发。

青少年时期，王越便利用课余时间学习无线电知识。高中搬到上海读书，王越依然保持着对无线电的兴趣。1950年，大学开始分片招生。当得知大连工学院是全国第一家开设电讯系专业的学校，王越毫不犹豫地选择报考大连工学院。"大连工学院电讯系在上海只招收21个学生，我只报考了一个学校、一个志愿，就是当时的大连工学院电讯系，名列第七名"，王越回想当时的情景说。

1950年，被录取的学生信息刊登在报纸上，同学相互传递信息。乘上北上的火车，走了六天，王越便从上海来到大连，开始了在大连工学院求学的经历。

回想起往事，王越轻松地说："我喜欢这个专业，我就奔着这个专业来的。"其实，国之耻激发了王越内心的那颗爱国心和强国梦，也让他毫不犹豫地选择了这条求学路。

---

① 大连工学院：现为大连理工大学。

成就归于"优胜劣汰"的淘汰机制

虽然当时学校办学艰苦，但大连工学院的老师们却有一种不服输的较真劲。王大珩教授、毕德显教授等一批优秀的教师在艰苦的教学环境身传言教，让王越收获颇丰。

王大珩教授当时作为应用物理系的主任，亲自上课，要求非常高。"当时用精密天平实验，不准用手捏天平砝码，碰一点都不行，因手上的汗渍附在砝码上会改变毫克砝码的精确度。学生急的时候用手拿了，王大珩老师坚决不客气地把他们请出了教室。" 对于考试不认真的学生，王大珩老师也毫不客气，会直接在试卷上写"凑答数 骗老师 不给分"。王大珩教授的言传身教让王越懂得要以严谨的态度对待科学实验。

作为王越重要的老师，毕德显教授的修养和德行在无形中影响了王越。作为毕德显教授的课代表，王越记得很清楚，毕德显教授在上电磁学的时候思路清晰，深入浅出，让学生听起来没什么困难。而实际上，毕德显教授已经把基本规律讲得很透彻。"回来一翻讲义，二三十页都过去了，这就是他讲课的本事。"王越深有感触地说。

王越清楚地记得，在讲静电磁学的时候，毕德显教授讲课结束后留下了三个题目，下午三节自习都过了两节，学生还是没能做出来。作为课代表，王越心里很是着急，去找毕德显教授。但毕德显教授并没有直接告诉王越答案，而是让王越给他提供物理定理，第一次提供，毕先生说"不好用，另提！"。实际上这是一种"别开生面"的辅导，20分钟后，毕德显教授用讲过的原理解出了全部习题。

1952年，随着院系的调整，王越到解放军军事通信工程学院学习雷达技术。

王越把今天自己的成就归结为大学激烈的优胜劣汰竞争的结果。全班入学时有52人，毕业时仅剩25人，一半人被淘汰。"政治审查不合格、没有参加考试或者考试有一门没及格，这些都会被淘汰。"，王越说，几年下来，一多半的学生被淘汰。那时候的学生学习热情非常高，王越回忆说，周末连电影都不看，害怕耽误学习。"考试回答得不到位，老师一下子就能听得出来。当时考试是5分制口试，基本规律或者概念错误成绩就会被定为2分（不及格），而不及格就要被淘汰。"作为全班的佼佼者，王越顺利地通过了一次次的筛选、淘汰关，并每每以思维敏捷而受到教师的关注。毕业后，王越成为解放军的一名中尉，分配到军工厂工作，开始了他献身国防科技事业的漫漫生涯。

国产雷达守卫祖国天空

作为我国著名的雷达系统专家，王越曾先后任301系统总体设计师、201系统主管设计师、306系统总设计师和行政指挥……我国国产第一代岸炮雷达、第一部全晶体管化炮瞄雷达，都是以他为主设计的。为此，他先后荣获全国科学大会奖、部级科技进步特等奖、国家科技进步一等奖以及兵器工业功勋奖等。

王越在山沟里当了13年某研究所所长，他注重研究所的整体化建设和科技水平的发展。

他的奇思妙想使该所由只能研制单一型号产品的纯科研单位，逐步发展成可同时担负多型号多项目及产品的研制任务，指令性项目与其他任务形式相结合，军品民品科研生产、开发与经营齐头并进的新型科研单位。

或许是从那个任人宰割的耻辱年代走来，王越便有着勾践一般卧薪尝胆的大志。"自力更生，奋发图强，以我为主。"他说，"在高科技领域，要想获得尖端技术，即使有钱人家也不一定卖给你，还得要靠我们自己干。"在领导某项重要国防项目时，他力排众议，提出了走功能研制道路的指导思想，反对一味跟随国外的设计。他的这一思想和行动，得到了国防科工委领导的首肯并起到良好效果。对待工作，王越有一句口头禅："越想得到的，越得不到；越不想得到的，却悄悄地来"。他参加工作不久，厂里有一项产品设计改进任务没有一个人愿意接，这是块硬骨头，王越却偏偏接了下来。他穿着皮衣几次到大冰箱里观察实验情况，实验室整夜灯火通明，厂长怕累坏了大家，每天专门送来一桶红烧肉。那时三年自然灾害刚刚好转，这种金贵的食物实在是难得。任务最终提前完成，接着他又带着一支队伍到东北的基地进行实验，一干就是4个月。

天上飞着的国产战鹰首次装上了国产的火控雷达，那就是王越的功劳，王越因此当选为全国青联四届二次大会代表。

为了研制、开发新产品，提高产品的质量和性能，他常常通宵达旦地苦思冥想，设计方案。一些重要军工项目常常折腾他思考整整几个月，人影消瘦，这更增加了成功后的喜悦。

1993年，王越担任了北京理工大学校长，当时提出通过20年到30年的努力把北京理工大学基本建成具有军民结合特色，以工为主，工、理、管、文协调发展的社会主义新型大学，并要在教育质量、科学研究和管理等方面达到或接近世界同类学校的先进水平。自己多年来坚持为本科生、研究生上专业基础课。曾经执掌一所高水平的大学，王越认为学校要以人才培养为根本任务，而大学生要承担起中华民族复兴的重任，要思考将自己的命运和国家、民族的命运紧密结合起来，而目标不只是为了找份工作。王越是这么想的，也是这么做的。

（作者：龙海波　李明智）

【中国军网】北理工学生江楠将梦想实践于北海舰队某部勤务船中队

来源：中国军网　　日期：2013年12月24日

原文链接：http://www.chinamil.com.cn/jfjbmap/content/2013-12/24/content_61887.htm

原标题： 心中有梦想　脚下有行动

马济军、黄亮报道：12月下旬，笔者在北海舰队某部勤务船中队采访时，一面密密麻麻写有60多名战士心愿的"梦想墙"吸引了笔者的目光。"有梦想、有奋斗、有成功"的主题词分外醒目。"梦想墙"的四周，布满了官兵们亲手制作的"歼-15""武直-10""驱逐舰"等剪纸模型。中队教导员何巍告诉笔者，设立"梦想墙"的目的，就是为了更好地引导官兵自觉将个人梦想融入强军实践中，激发大家学习工作训练的热情。

"我的梦想是让《一专多能育英计划》推广到全大队，并顺利通过业务部门的审核。"已有26年军龄的二级军士长纪振平，是中队最老的兵。两年前，他参与制订并实施了中队一专多能人才育英计划，让中队机电专业兵由独立值更逐步向全能化转变。如今，他的梦想是让全大队的机电兵梦圆"一专多能"。

"我眼下最大的梦想，就是想让重病中的嫂子早日康复。"卫生员胡欣在"梦想墙"上留下的心愿，一直牵动着中队每名官兵的心。中队靶档队帆缆班长王伟的妻子在怀孕期间突患妊娠滋养细胞疾病，欠下了高达10万余元的医疗费。胡欣的"梦想"犹如一份无形的倡议书，大家纷纷热心为她捐款治病。

心中有梦想，脚下有行动。中队北监10船报务兵江楠，入伍前是北京理工大学英语系的高才生，大二时曾成为一名光荣的奥运志愿者。江楠觉得，他可以利用自己的特长为战友们辅导功课，帮助战友实现梦想。小江将这一想法一晒出，立即得到热烈回应。此后，每周五晚上，中队学习室内座无虚席。

（作者：马济军 黄亮）

【中国青年报】北理工"体教结合"之路再临考验

来源：中国青年报-中青在线　日期：2013年4月10日

原文链接：http://zqb.cyol.com/html/2013-04/10/nw.D110000zgqnb_20130410_7-04.htm

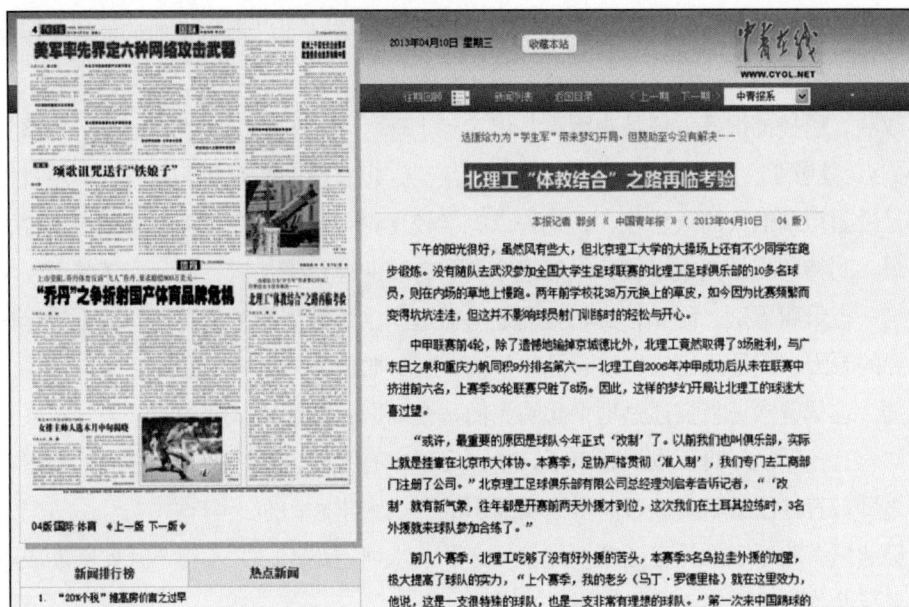

下午的阳光很好，虽然风有些大，但北京理工大学的大操场上还有不少同学在跑步锻炼。没有随队去武汉参加全国大学生足球联赛的北理工足球俱乐部的10多名球员，则在内场的草地上慢跑。两年前学校花38万元换上的草皮，如今因为比赛频繁而变得坑坑洼洼，但这并不影响球员射门训练时的轻松与开心。

中甲联赛前4轮，除了遗憾地输掉京城德比外，北理工竟然取得了3场胜利，与广东日之泉和重庆力帆同积9分排名第六——北理工自2006年冲甲成功后从未在联赛中挤进前六名，上赛季30轮联赛只胜了8场。因此，这样的梦幻开局让北理工的球迷大喜过望。

"或许，最重要的原因是球队今年正式'改制'了。以前我们也叫俱乐部，实际上就是挂靠在北京市大体协。本赛季，足协严格贯彻'准入制'，我们专门去工商部门注册了公司。"北京理工足球俱乐部有限公司总经理刘启孝告诉记者，"'改制'就有新气象，往年都是开赛前两天外援才到位，这次我们在土耳其拉练时，3名外援就来球队参加合练了。"

前几个赛季，北理工吃够了没有好外援的苦头，本赛季3名乌拉圭外援的加盟，极大地提高了球队的实力，"上个赛季，我的老乡（马丁·罗德里格）就在这里效力，他说，这是一支很特殊的球队，也是一支非常有理想的球队。"第一次来中国踢球的纳沙里奥对这支球队的未来充满信心，"以前，这支球队一直在为保级努力，这个赛季，我们决心帮助球队争取最好的成绩。"

"今年我们有几个主力队员毕业了，按说球队的实力会略有下降。但改制以后，外援和内援的引进确实给力。"北理工主教练袁微告诉记者。

不过，自信心的提升，部分得益于3名职业球员的"内援支持"——两名原重庆力帆的梯队球员毛遂自荐，另有一名湖南湘涛的球员在注册期截止前火线加盟——尽管俱乐部得到职业球员的帮助是大势所趋，但"学生军"的"学生"特色，已不再是他们征战中甲联赛的唯一标志。

"改制、引援都很好，成绩也漂亮，但实际上球队今年的赞助还没有解决，以前打一个赛季400万元就够了，现在可能需要800万元。其实，也有赞助商对我们感兴趣，不过提出的条件都是希望得到很大的人事权力，这一点，学校无论如何都不会答应。"刘启孝说，"我们球队最大的特色就是扎根学校，虽然这个赛季有职业球员来加盟，但我们还是要以学生为主体，这一点毋庸置疑。比如，去年我们还考虑过把主场搬到海淀体育场，后来放弃这个计划最主要的原因，就是我们代表校园足球，就一定要把赛场放在学校里。"

老帅金志扬曾向记者描述过他很想看到的一个场面：低级别联赛中有一半球队来自大学校园，"只有校园足球真正发展起来了，中国足球才有收获，否则还是老样子。"但在北理工冲甲之后，有过乙级联赛决赛阶段比赛经历的三峡大学和山东大学均"功亏一篑"，至今为止，仍然只有北理工独行在这条"体教结合"的坎坷道路上，并不得不开始借助职业球员的力量来帮助球队摆脱年年身陷保级圈的尴尬。

因此，尽管北理工在中甲联赛积分榜上挤进中游，但这并不是"体教结合"的胜利。相反，这家新"学生军"俱乐部所面临的，还是漫长的赛季以及多线作战的考验，而这很有可能让他们在联赛中段遇到真正的挫折。

"上赛季开局还可以，但参加大学生联赛以后，队员的体能有点跟不上了，联赛一度6轮不胜，又是到最后才完成保级任务。"刘启孝说，"今年，我们除了参加中甲联赛和全国大学生联赛，还有足协杯的比赛，至少是三线作战，如果拿了全国（大学生）冠军，还要去打世界大学生运动会，就算是真正的职业队也要发愁。"

不愿放弃"职业"又不能放弃"专业"的北理工俱乐部，7个赛季的努力正在逐渐得到回报，但代价之大也不得不令人深思。

（作者：郭剑）

【央视体育新闻】北理工夹缝中的体教结合坚持下去就有希望

来源：央视《体育新闻》 日期：2013年8月21日

主持人：中国大运男足用自己的温度给正经历低谷的中国足球带来了阳光，更让人感到欣慰的是，北理工模式不仅培养了能立足中甲的学生军，更展现了体育回归教育，特别是足球对青少年的帮助和力量。

旁白：提到北理工，人们总是习惯性地想到中甲。因为这支成立于2000年的学生军在2006年年底冲进中甲之后，已经在中国足球的第二级别联赛中生存了整整七年。尽管每个赛季都会为保级疲于奔命，但是没有哪支职业球队敢轻视他们。这支学生军面对的不仅仅是中甲、足协杯、大运联赛等多线作战的密集赛程，更有挂科两门就退队的严苛学习要求。大多数球员就是在这种严苛的要求下做到了考试成绩和足球生涯两不误。在这次参加大运会的男足队员中，北理工的15名球员中有7名研究生，而整个北理工球队中有一半人辅修了双学位。北理工，真无愧于是中国学历最高的足球队。然而作为校园足球的一面旗帜，北理工也还面临着许许多多的困难，资金不足、生源欠缺、训练比赛和学习冲突，等等。但是他们都坚持了下来，为的就是向社会传递一个信号——踢足球也能上大学，上大学也能踢足球。一直推崇体教结合的北理工总教练金志扬就表示，坚持校园足球，才是中国足球的希望。

北理工男足总教练（金志扬）：虽然我们训练时间短，我们在身体素质、体能、技术上都不如职业运动员，但是他们的团队精神，他们对团队的理解、对教练战术的理解，相对要好一点。这跟种树一样，种完树，它要长成材，它要有一定时间。从儿童抓起，不是今天抓，明天就见效，我们现在都是功利色彩比较浓。中国足球的出路，在青少年。青少年是根，联赛是本。

【北京青年报】贝纳多帽子戏法
北理工跃居第三

来源：北京青年报-北青网　　日期：2013年4月22日

原文链接：http://bjyouth.ynet.com/3.1/1304/22/7966094.html

帽子戏法！恐怕谁也没能想到北理工外援贝纳多昨天下午能有这样的神奇表演。凭借着贝纳多的三个进球，北理工主场3∶0完胜湖南湘涛，跃升中甲积分榜第三，这更加出人意料。

昨天主场对湖南湘涛之前，北理工赛场同样进行了默哀，除了为雅安地震，之前在波士顿爆炸案中不幸去世的吕令子也是北理工校友。比赛开始之后，外援贝纳多迅速成为主角，在上半场45分钟内，他就上演了帽子戏法。中甲开赛6轮，北理工令人惊讶地取得了5胜1负的佳绩，由于本轮河南建业被哈尔滨毅腾逼平，拿到15个积分的北理工距离联赛领头羊建业也仅仅只有1分的差距。往年一直在为保级苦苦拼争的学生军，在改制成功之后的第一个赛季能有这样的佳绩，可喜可贺。

（作者：张巍）

【媒体理工】多家媒体报道北京理工大学力夺大学生足球联赛冠军

来源：新华网、新浪体育、网易体育　　日期：2013年4月24日

相关链接：http://news.xinhuanet.com/sports/2013-04/24/c_124627465.htm

http://sports.sina.com.cn/b/2013-04-24/20236536311.shtml

http://sports.163.com/13/0424/20/8T8JQJA700051C8L.html

新华网北京4月24日体育专电（记者郑道锦）2012/13赛季特步中国大学生足球联赛（简称CUFL）超级组全国总决赛24日在北京理工大学落幕，东道主北理工队在一场势均力敌的较量中以2∶1小胜上届冠军河海大学队，在夺冠的同时，也获得了代表中国参加世界大学生运动会的资格。

在这场总决赛开始前，双方球员为四川芦山地震灾区祈福，为遇难者默哀1分钟，现场

看台上的同学们也纷纷为芦山加油。本场比赛是一场"龙虎斗"，尽管北理工很久以来独步大学生足球联赛，可谓一支"无敌舰队"，但上届冠军河海大学的实力也同样很强，开赛后两队基本可以均势相抗。

北理工在主场观众的助威声中率先打开局面，第10分钟时胡明接韩光徽前场左肋分球突入禁区左脚射入球门上角，而韩光徽又在20分钟后接胡明投桃报李的助攻形成单刀球破门为北理工扩大领先优势。河海大学则由杨啸在上半场结束前接低平传中倒地抢点扳回一球，但下半场客队的努力未能带来进球，最终败北。

北理工足球队在获胜后获得了参加今年7月在俄罗斯喀山举行的世界大学生运动会的资格，中国大学生体育协会将以他们为班底组建中国大学生足球队，参加大运会。北理工的精神领袖和老帅金志扬在决赛前曾表示出对参加世界大运会的渴望和豪情，希望能代表中国取得好成绩。

本场比赛前还进行了一场由中国明星队对中国足球记者联队的精彩垫场义赛，双方球员在出场时也共同打出为芦山灾区慰问打气的横幅。此后，由高峰、孙楠、黄健翔、邢傲伟、陈楚生、阿丘、李响等体育和文娱明星组成的明星队最终以2：1击败了由前国安前锋南方为主帅、中央电视台体育频道主持人贺炜领衔的足球记者联队。24日上午，中国足记联队还正式获得特步的赞助，双方未来将携手参与更多青少年校园足球等公益活动。

【中国体育报】试一下"半职业化"如何？

——从北理工男足和香港手球队说起

来源：中国体育报　日期：2013年5月21日

原文链接：http://read.sportpaper.cn/zgtyb/html/2013-05/21/content_281982.htm

业余的香港男子手球队全运会预赛击败安徽队杀入决赛，让我想起香港自行车选手黄金宝2001年全运会夺冠的故事。

黄金宝当年赛后接受采访时说，"我不是全职的……"他港式普通话的"全职"被心急的内地记者听成"拳击"。于是，"黄金宝还练过拳击"的"天大乌龙"一时间传遍大江南北。不少纳闷这两个项目根本就风马牛不相及的人，直到被"更正"后才知道黄金宝的真正意思是，"我只是业余（自行车）运动员"……

职业化并非一定是最高水平的，但一个完整的职业化链条需要有高水平的比赛——联赛，联赛能卖票，吸引投资、电视转播和广告，最后的收益能付给运动员和工作人员工资。

实际上，除了足球、篮球这两个最普及、全世界很多国家都有职业化的项目外，像网球、拳击、游泳、冰球、橄榄球、自行车、排球、乒乓球、羽毛球等不太普及的项目，不是只有世界性的"联赛"，就是只在几个国家开展的比较好。甚至连最高水平的田径运动员，名义上也是业余的——商业比赛太少。严格地说，全世界职业运动员一共也没多少人。

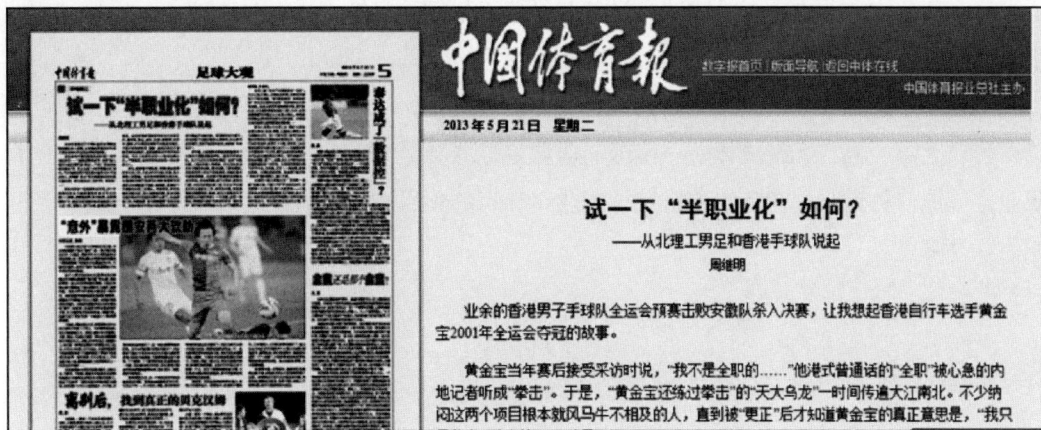

所以，像香港手球队和（早期）黄金宝那样有正式工作，只在业余时间训练、比赛，是大多数人更普遍、更合理的体育和生活方式。内地相似的例子是清华大学体育老师李庆培养出的短跑高手胡凯、张培萌，及参加中甲联赛的北理工足球队。有效率高、针对性强的训练方法，加上热爱和天赋，业余训练也能出高水平运动员的例子太多了。比起那些工作、兴趣热爱"鱼与熊掌兼得"的业余选手，某些在低水平职业化阶段挣扎的项目，或无须全天训练比赛，却顶着职业化帽子，运动员除了训练比赛什么都没学、什么都不会的项目，其实不如回归业余，或试试"半职业化"。

多年前，上海国际足球邀请赛邀请的一支爱尔兰顶级联赛冠军队，就是个半职业队。队中几名主力是职业球员，"全职"训练比赛，工资比其他人高得多。非主力队员则只在下班后来训练，周末比赛，工资比较低。英超是世界上职业化程度最高、训练比赛水平最高的联赛，但英格兰第4级职业联赛也是半职业。没电视转播，卖不出很多、很贵的门票，无法付给球员高工资，为什么不让球员同时去做别的工作、学别的本领，有发展前途的瞄着英冠、英超，没太大发展的为不踢球后生计做好准备？一个联赛，甚至一项事业，都需要先做好合理和科学的"顶层设计"，而不是先稀里糊涂上马，出了问题再去擦屁股、补裤裆。

北理工就一直处于比较尴尬的"定位"。名义上是大学队，应属业余性质，但参加的却是中甲职业联赛，每年都要参加"体育场容量""职业俱乐部营业执照"等多项职业化标准考核。队员大学四年读完都要毕业，留不住队员，主力最多再留校读硕士博士几年，甚至拿着高薪的外援名义上也是大学生。学校没经费修全那种带标准看台的体育场，若靠冠名吸引投资，又受到管理权的限制……

曾有人坚持认为北理工球队应"降格"去参加全国大学生（业余）联赛，从基础上提高大学生联赛的水平，但一手把北理工队带出来的前北京国安队主教练金志扬却认为，北理工可以打得更好，甚至升上中超，但北理工以目前形式存在的最大意义在于——为踢球的青少年提供另一个方向：既可以成为职业球员，也可以成为最优秀的大学生，而不是踢不了职业足球就"废了"。此前，名义上的职业运动员遭遇退役后一无所长、生活穷困潦倒的例子并不少见，艾冬梅、才力……没比赛、没商业价值，只靠政府拨点钱，换块牌子就号称"职业化"属自欺欺人、误人子弟。

本赛季中超正显现出向"亚洲第一联赛"发展之势，中超中甲扩军也势在必行，但世界第一人口大国、第二大经济体——中国的职业足球联赛最终需要几个级别？多少个队？体育职业化应走何种道路？在有的项目实行职业化，有的项目回归业余化之前，不妨先从"半职业化"过渡之。

（作者：周继明）

【北京日报】大学生健儿月底出征大运会

来源：北京日报　日期：2013年6月26日

原文链接：http://bjrb.bjd.com.cn/html/2013-06/26/content_84860.htm

（实习生　马伶）第27届世界大学生夏季运动会将于今年7月6日至17日在俄罗斯喀山举行，届时将有来自170多个国家和地区的13 500多名运动员、教练员和官员参加。中国大学生体育协会日前已选拔组成497人的中国大学生体育代表团，此代表团将参加本届世界大运会的21个大项的比赛，各运动队将从6月29日开始陆续前往喀山。

本届大运会共设27个大项，其中必选项目13项，包括田径、游泳、跳水、水球、篮球、排球、足球、体操、艺术体操、乒乓球、网球、击剑及柔道；自选项目14项，包括羽毛球、射击、沙滩排球、腰带式摔跤、摔跤、拳击、皮划艇、曲棍球、赛艇、七人制橄榄球、桑搏、花样游泳、国际象棋及举重。

本次中国代表团拟派出27名田径运动员，其中包括深圳大运会男子跳远冠军苏雄峰（华中科技大学），田径队日前已开始在北京体育大学集训。射击是中国的传统优势项目，中国代表团将派出奥运冠军易思玲（清华大学）、世界冠军李佩景（清华大学）等名将。跳水队中，罗玉通（中山大学）、火亮（中国人民大学）等奥运冠军也在列。以北京理工大学男足为基础组建的男子足球队和以北京中医药大学为班底组建的女子足球队将分别在主教练金志扬和高林的指导下力争好成绩。

（作者：马伶）

【北京体育频道《天天体育》】目标喀山，北理工前进

来源：北京体育频道《天天体育》 日期：2013年5月2日

　　主持人：我们一起来看看全国大学生足球联赛的消息。在今天下午结束的全国大学生足球联赛超级组总决赛当中，主场作战的北京理工大学队2∶1力克上届冠军河海大学队，获得了今年7月代表中国参加在俄罗斯喀山举行的世界大学生运动会的机会。

　　旁白：一场大学生足球比赛，哪怕是到了最后的决赛时刻，居然会吸引到这么多媒体的关注，这在中国足球的历史上尚属首次。可是在仔细观察之后，我们发现，现场的绝大多数媒体记者将关注焦点投向了决赛之前的垫场赛。比赛双方是中国明星足球队和中国足球记者联队。当然，垫场赛的目的达到了，整个北理工体育场笼罩在一片欢腾的氛围中。与此同时，在北理工的球员休息室里，主教练袁微正在紧锣密鼓地布置着，夺得冠军是他们的唯一目标。作为上届冠军，河海大学队的实力在大学生联赛中可谓是首屈一指，队中的绝大多数球员都曾在江苏顺天队的各级梯队中得到过锻炼，更有几名队员是在打完了全运会比赛之后，赶到北理工来参加今天这场总决赛的。不过北理工队有针对性的安排让他们在比赛中游刃有余。胡鸣在禁区前沿接到队友的传球之后深入禁区，抢在防守队员封锁之前劲射破门，主场作战的北理工队率先取得进球。20分钟之后胡鸣投桃报李，助攻韩光徽低射破门，北理工队扩大了领先优势。或许是进球来得如此容易，使得北理工球员稍有松懈，河海大学生队在上半场即将结束的时候扳回一球。易地再战，尽管河海大学队增大了反击的力度，但是最有威胁的进攻却全部来自于北理工。横梁和立柱先后将皮球拒之门外，而获得单刀的崔博宇却鬼使神差地将球打在了门将的身上。

北京理工大学队队员（崔博宇）：拿球之前还说呢，这球挺好的，怎么也进了。到跟前没踢进去，太可惜了。

旁白：最终北理工队以2：1力克对手，夺得今年的中国大学生足球联赛超级组的全国总冠军，同时球队也获得了参加喀山大运会的机会。

北京理工大学队队员（胡鸣）：两年前是因为个人的伤病错过了那次比赛，这次也带着一股劲，一定要在世界赛场上展示一下自己。

北京理工大学队队员（崔博宇）：我前年确实没参加，感到特别遗憾吧。今年有机会了，自己确实特别想踢进比赛，而且在场上真是特别拼，就为了进世界大学生运动会。

北京理工大学队队员（卢斌）：我感到非常自豪，可以说跟参加珠海联赛，还有国内的其他比赛不一样吧。关键在于，它代表的是中国，我们代表中国人。出去参加比赛的首要任务，还是为中国争光吧。

北京理工大学队主教练（袁微）：能够在这么紧凑的赛程下，最后把这个总冠军拿到手，能够留在我们北京理工大学，对于结局我们还是很满意的。

旁白：虽然夺得了大学生联赛的冠军，但是北理工足球前进的脚步并没有停止。在结束了双线作战的魔鬼赛程之后，北理工队还将会经历中甲联赛的磨炼。目标喀山，北理工在前进。

【网易体育】全力以赴：中国大学生足球队出征喀山大运会

来源：网易体育　日期：2013年7月3日

原文链接：http://sports.163.com/13/0703/17/92SI3FVT00051C8L.html

北理工的精神领袖金志扬曾经表示："我们一定要代表中国，去参加世界大学生足球的比赛，用我们的拼搏，把中国的国旗插到俄罗斯去！"主教练袁微表示一定要全力以赴打好比赛，全队上下也都是跃跃欲试。

　　7月2日午夜，参加第27届世界大学生运动会的中国大学生足球队，乘机飞往俄罗斯喀山，参加将于7月6日至17日举行的世界大学生运动会。

全力以赴：中国大学生足球队出征喀山大运会

2013-07-03 17:27:22 来源：网易体育　有3人参与　分享到 ▼

　　北理工的精神领袖金志扬曾经表示："我们一定要代表中国，去参加世界大学生足球的比赛，用我们的拼搏，把中国的国旗插到俄罗斯去！"。主教练袁微表示一定要全力以赴打好比赛，全队上下也都是跃跃欲试。

　　7月2日午夜，参加第27届世界大学生运动会的中国大学生足球队，乘机飞往俄罗斯喀山，参加将于7月6日至17日举行的世界大学生运动会。

　　共有20名大学生球员随队出征，这些球员都是从2012-2013特步中国大学生足球联赛赛场上挑选出来的，以资深足球教练金志扬为首的专家调研小组，曾经多次亲临特步大学生足球联赛的赛场，考察和挑选优秀球员。2012-2013赛季，北京理工大学足球队以骄人战绩勇夺全国总决赛（超级组）的冠军，中国大学生体育协会就以北京理工大学足球队为班底组建本次出征团队。另外河海大学教练员汤波入选教练组，金志扬则出任总教练。

　　共有20名大学生球员随队出征，这些球员都是从2012—2013年特步中国大学生足球联赛赛场上挑选出来的，以资深足球教练金志扬为首的专家调研小组，曾经多次亲临特步大学生足球联赛的赛场，考察和挑选优秀球员。2012—2013赛季，北京理工大学足球队以骄人战绩勇夺全国总决赛（超级组）的冠军，中国大学生体育协会就以北京理工大学足球队为班底组建本次出征团队。另外河海大学教练员汤波入选教练组，金志扬则出任总教练。中国大学生足球队出征喀山大运会的20名球员名单如下表所示。

中国大学生足球队出征喀山大运地20名球员名单

序	姓名	学校	序	姓名	学校
1	卢斌	北京理工大学	8	崔博宇	北京理工大学
2	李匡伦	北京理工大学	9	静轩	北京理工大学
3	张淼	北京理工大学	10	郭子印	北京理工大学
4	韩光徽	北京理工大学	11	王伟	北京理工大学
5	王超	北京理工大学	12	李梁	北京理工大学
6	崔梦旭	北京理工大学	13	燕翔山	北京理工大学
7	胡明	北京理工大学	14	刘力嘉	北京理工大学

续表

序	姓名	学校	序	姓名	学校
15	李勋	延边大学	18	李左权	同济大学
16	刘皎	河海大学	19	千昌杰	北京航空航天大学
17	严啸	河海大学	20	何子超	北京理工大学

在第26届深圳世界大学生运动会上，中国大学生足球队也是以北理工为班底组建的，在四分之一决赛中，中国2：3负于日本，遗憾无缘四强，但范志强扳平比分的进球，以及博士生杨阳中场带球连过三人后的远射破门，一度让球迷们看到了获胜的希望，虽然最终告负对手，但大学生们的拼搏精神还是受到了球迷们的肯定，最终中国代表队获得了第七名的好成绩。在喀山大运会上，中国队与俄罗斯、墨西哥和爱尔兰同为A组，在小组赛中将直接与东道主俄罗斯相遇。喀山大运会足球分组情况如下表所示。

喀山大运会足球分组情况

A组	俄罗斯	B组	日本
	中国		乌拉圭
	墨西哥		乌克兰
	爱尔兰		土耳其
C组	英国	D组	巴西
	意大利		加拿大
	马来西亚		法国
	阿尔及利亚		秘鲁

北理工的精神领袖金志扬曾经表示："我们一定要代表中国，去参加世界大学生足球的比赛，用我们的拼搏，把中国的国旗插到俄罗斯去！"主教练袁微表示一定要全力以赴打好比赛，全队上下也都是跃跃欲试。

关注中国大学生足球联赛的球迷们，衷心祝愿从联赛中脱颖而出的各位"国脚"们，继续发扬顽强拼搏、永不言弃的战斗精神，在世界赛场上赛出水平，赛出风采！同时，我们期待中国大学生足球队在喀山大运会的赛场上再创佳绩，为国争光！

【央视体育频道】足球之夜：大运男足

来源：央视体育频道　日期：2013年8月22日

导引：这里是正在直播的《足球之夜》。稍后请继续收看夜聚焦，回望喀山。

主持人：欢迎各位继续收看《足球之夜》。在我身边的大屏幕上，大家看到的这张图片是中国大学生体育代表团参加喀山大运会的图片。那么注意看一下，在这张图片中，高举着中国国旗，作为旗手出场的这名运动员来自中国大学生足球队。而在这次比赛当中，他们也有过击败巴西的光辉战绩。

中国大运男足主教练（袁微）：这是我第四次参加世界大学生运动会。

中国大运男足队长（卢斌）：这是我第二次参加，第一次是2011年，在深圳。

中国大运男足队员（胡明）：这是我第一次参加世界大学生运动会。

中国大运男足队员（韩光徽）：这是我第二次参加世界大学生运动会，第一次是在我大学三年级的时候。

中国大运男足总教练（金志扬）：第四次，这也是我来（北京）理工大学的十周年。

中国大运男足队长（卢斌）：2011年我第一次参加大运会，是在中国，在深圳。这回代表中国去俄罗斯参加世界大学生运动会。

中国大运男足队员（韩光徽）：草坪在深圳大运会上都是天然草。毕竟是天气的原因，俄罗斯的草坪都是人造草。

中国大运男足主教练（袁微）：我觉着这是我第一次作为主教练，参加世界大学生运动会。

中国大运男足总教练（金志扬）：我觉得整体实力，比以前要高。

中国大运男足队员（胡明）：当然感觉不一样了，那次是看，是坐在观众席上，给之前的队友加油，这次是场上亲身参与进来，能够真正为国争光，这是一种荣誉。

旁白：以北理工足球队为班底的大运男足，刚刚从喀山大运会归来，就立刻投入到了训练当中。正巧一批新入队的孩子们在这一天前来报到，这也有机会让他们分享一下大师哥们的大运会经历。

中国大运男足队长（卢斌）：让我感触最深、印象最深的就是我当旗手吧。因为据我了解，男足从来没有当过大运旗手的，在各个大型的代表中国的比赛当中，没有说男足队员当旗手的。当时我感到的，首先一点是非常的惊讶，就是感觉我能当旗手，也是没想到的吧。当时想想，我觉得可能也是对我们这支大运男足的一种鼓励。因为在中国足球目前处于低谷的这种状况下，让我这个大运男足队长，来担任旗手，我觉得是给目前的中国足球传递一种正的能量。到大运赛场之后，作为旗手，我去领了中国的五星红旗。进入赛场之前，我能看到其他的运动员入场。中国代表团是第31个入场，我看到前面的代表团的旗手都是一样的动作，每一个旗手都有一个旗托，基本上各国代表团旗手都是把旗子插在那个旗托里面，这样走过赛场的。当时我的第一感受就是，那样太平庸了，作为一个中国人，我一定要把五星红旗飘扬在世界的赛场上。当时我进入赛场，一喊China的时候，引导员就让我们进场，我第一个进去，把旗子从旗托里面拔了出来，双手高举过头顶。我当时的想法就是我一定要把五星红旗飘扬在世界的赛场上。当时这个旗子确实很沉，因为它的杆是实心的，所以说你要挥动这个旗子，其实是很累的，肩膀是很累的。但是我觉得我有这份责任，因为，我代表中国，我是中国队的队长，我觉得我有这份责任让五星红旗飘扬在世界赛场上。

旁白：在6场比赛当中，让大运男足队员们印象最为深刻的无疑是战胜"世界足球王国"巴西队的比赛。赛前舆论都一边倒地倾向巴西人可以轻松地战胜对手，但是小伙子们的表现却让所有人大吃一惊。

中国大运男足队员（胡明）：当时对巴西，大家都憋着一股劲。虽然对手实力很强，之前小组赛是跟法国和加拿大同积5分，算小分被淘汰出局，才跟我们踢，但是大家都没有惧怕。

中国大运男足队长（卢斌）：准备活动的时候，大家都非常认真，非常卖力。在我印象当中，巴西队是提前十分钟，也就还有十分钟，在快比赛的时候，才进入到训练场。我觉得他们当时的那种状态，是那种表现很随意的状态，他们觉得只要稍微活动活动，就能赢下中国大运男足。

中国大运男足总教练（金志扬）：我跟队员讲，国家队输0：8，并不等于你们就得输0：8.我们中国足球处于这种低潮当中，你们绝不能给中国人，给中国足球再抹黑了。能不能通过这场比赛，提高点中国足球的脸面？

中国大运男足主教练（袁微）：虽然在开局就先丢了一球，但反而让这帮队员放开了手脚，按照我们赛前的部署一步一步去打。

中国大运男足队员（胡明）：根据各个队员的习惯，我们都做好了充分的准备。包括开场之后先丢球，我们都做好心理准备了。当时我们没有惧怕，按照我们自己的套路，打边，这是巴西薄弱的环节。

中国大运男足总教练（金志扬）：他的两个边后卫助攻特别厉害，技术又特别好，又讲究这种（打法），所以他的边线就是我们攻击的一个最重要的薄弱环节。我们的两边相对有一定速度，有一定的突破能力。咱们就说我们吃了一顿饺子，对方正在睡觉，那可就碰上了。这四个球进得让他也没话说。

中国大运男足队员（韩光徽）：这个就是我在进球之后，找到一个摄像头，这是之前我预想的，能在这场进球的话，我就想对着一个摄影师，好像是一个新闻记者。这个照片是我在网上找到的，这意思就是我右手指着左胸前的国旗，我自己有带意义的庆祝动作。现在到哪里去都说在中国踢足球的影响不是特别好，但是我不相信这个观点，这个庆祝动作就是说，中国也有出色的运动员。

旁白：战胜巴西队之后，中国大运男足赢得了许多人的瞩目，而这其中就有来自俄罗斯当地的中国留学生。

中国大运男足队长（卢斌）：这个小姑娘在圣彼得堡留学。她应该是东北人，说的是东北话。她当时去莫斯科看她姐姐，她姐姐在俄罗斯市中心开一家商店。她到了之后，因为我们大家一起进商店看工艺品，进去之后，她就第一个问我们你们是什么项目的，是不是参加大运会的。我说是，我们是男足的。她说你们就是男足的，你们就是那个赢巴西队的那个男足吗？我说对，就是我们。这是她发的一个微博。她说："终于在店里迎来大运男足队员，能够亲眼见到这群4：1大胜巴西队的帅哥们，让我无比激动。其中有个跟我说话的，比较爱合影的，合影什么的也特别痛快。我就把店里我最喜欢的套娃，买下来送给他。刚才上网一查，他就是我曾经在新闻上看到的北理工卢斌，我简直激动坏了，竟然把套娃送给了队长，Oh Yeah。"她从来不看足球，因为在俄罗斯我们跟巴西那场比赛有转播，她无意间看到的这场比赛，看到这场比赛之后，她觉得，可能因为我们中国男足能赢巴西吧，她非常激动、非常骄傲。她跟我说，她从来没看过足球，但是自从看了大运男足赢了巴西之后，她从此爱上了足球。

旁白：在战胜巴西队之后，还发生了另外一个小的故事。

中国大运男足队长（卢斌）：因为晚上比赛嘛，十点多了已经，我们赶紧去吃饭。在吃饭的时候又碰上巴西队了，他主动说过来要和我交换纪念品。我觉得可能当时我也没想到，为什么没想到呢，我觉得巴西队从来不会说跟中国队交换比赛的纪念品的。可能说东西不是特别的珍贵，但是可以说就是因为巴西男足对我们大运男足那种拼搏精神很欣赏，我觉得不在于胜负吧，可能对于我们中国大学生的这种拼搏精神，他们给予了肯定吧，这也是我们可以引以为豪的一件事情。

旁白：结束了喀山的大运会，北理工男足的小伙子们又重新投入到中甲联赛的比赛当中。这里的赛场没有太多的学生氛围，而是职业足球的交锋与碰撞。这支以学生军为班底的球队希望让大家看到校园足球带给职业联赛的影响。

中国大运男足总教练（金志扬）：我觉得承认也好，不承认也好，校园足球在未来就是中国足球的根基，这一点我们必须明确。抓青少年，我们说青少年是根，联赛国家队是本，抓好根，带动本，本能够促进根的发展。

中国大运男足主教练（袁微）：我可以告诉他们足球会给他们带来很多快乐，那么足球会让他们变得更加坚强，足球能让他们学到更多东西。来到校园去踢足球呢，他们不仅能踢足球，还能去学习。

中国大运男足队长（卢斌）：在类似于体育特长生的这种环境当中成长出来的孩子，我觉得要比在职业队单一地、只是专门踢足球的这种环境中成长出来的孩子，在以后要成长得快一些。

中国大运男足队员（韩光徽）：（朝鲜语翻译）我是北京理工大学的朝鲜族足球运动员韩光徽。我衷心希望能够有更多的少数民族学生在校园里踢球。

中国大运男足队员（胡明）：我希望更多喜欢足球的青少年，还有家长们，放心地让孩子加入到我们这个足球与教育结合的模式当中来。

旁白：北理工足球队只是千千万万校园足球队当中的一支球队，他们真心希望的是中国的足球可以在校园里变得流行起来。

【新浪体育】大运会小组赛中国男足2：2
顽强战平爱尔兰

来源：新浪体育　日期：2013年7月9日

原文链接：http://sports.sina.com.cn/c/2013-07-09/02556661220.shtml

新浪体育讯　北京时间7月9日凌晨，第27届喀山世界大学生夏季运动会男子足球比赛进入小组赛第2轮争夺赛。以北京理工大学为班底组建的中国队在0：2落后的情况下，凭借韩光徽和崔博宇的进球，以2：2顽强战平爱尔兰队。中国队末轮挑战东道主俄罗斯队，唯有取胜才能出线。

本次比赛中国队被分在A组，同组的对手还有东道主俄罗斯队、墨西哥队和爱尔兰队。为了备战大运会，北理工特意向足协申请推迟了近两轮中甲联赛的比赛。首场比赛，中国队对阵南美劲旅墨西哥队，在首发的11人中，卢斌、刘力嘉、韩光徽等8人来自北理工俱乐部，最终中国队首战0：0战平强敌墨西哥队。

今晚中国队迎战的对手爱尔兰队，他们在首轮比赛中2：1战胜东道主俄罗斯队。比赛开场仅仅两分钟，中国队后场出现失误，爱尔兰队偷袭得手，由乔纳森轻松破门取得领先。第14分钟，对方球员巴里恶意犯规吃到本场比赛第一张黄牌。第26分钟，张淼犯规同样染黄。第43分钟，中国队后防盯人不紧，爱尔兰队再次利用中国队失误由姆利根·安德鲁打入一球，中国队0：2落后。困境面前中国队的小伙子们并没有放弃，第45分钟，7号韩光徽大禁区外凌空抽射，打出一记世界波，为中国队扳回一分。

经过中场调整后，中国队在下半场继续保持高昂的斗志。下半场中国队连续做出调整，崔博宇登场替下张淼，李勋上场替下严啸。第70分钟，王超带伤上场换下何子超。第77分钟和第81分钟，卢斌和胡明接连染黄。第89分钟，崔博宇在禁区内混战中打入一球，中国队将比分顽强扳平。在同组另一场比赛中，俄罗斯2：0完胜墨西哥，这样，小组赛两轮战罢，爱尔兰队积4分排名第一，俄罗斯以3分、中国队2分排名第三，墨西哥以积1分垫底。最后一轮中国队将对阵东道主俄罗斯队，唯有取胜，才能获得出线权。

女足方面，以北京中医药大学女足为班底的中国队在前两场比赛中0：0战平爱尔兰队，2：6惨败墨西哥队，两战积1分，位列小组第三。10日凌晨，中国女足将迎战加拿大队，上届冠军中国队已不掌握出线主动权。

（作者：邰晓鹏）

【新华网】北理工模式系列稿之一：夹缝中的体教结合北理工模式

来源：新华网　　日期：2013年7月9日

原文链接：http://news.xinhuanet.com/sports/2013-07/09/c_124982664.htm

新华网喀山7月9日体育专电（记者姬烨　刘恺　刘越）在8日的喀山世界大运会男足小组赛第二轮中，在0：2落后的情况下，中国大运男足顽强地以2：2逼平爱尔兰队，在小组赛中先后战平墨西哥与爱尔兰。而在大运会开幕式上，足球队员卢斌更是成为中国代表团的旗手，这在之前实属罕见。

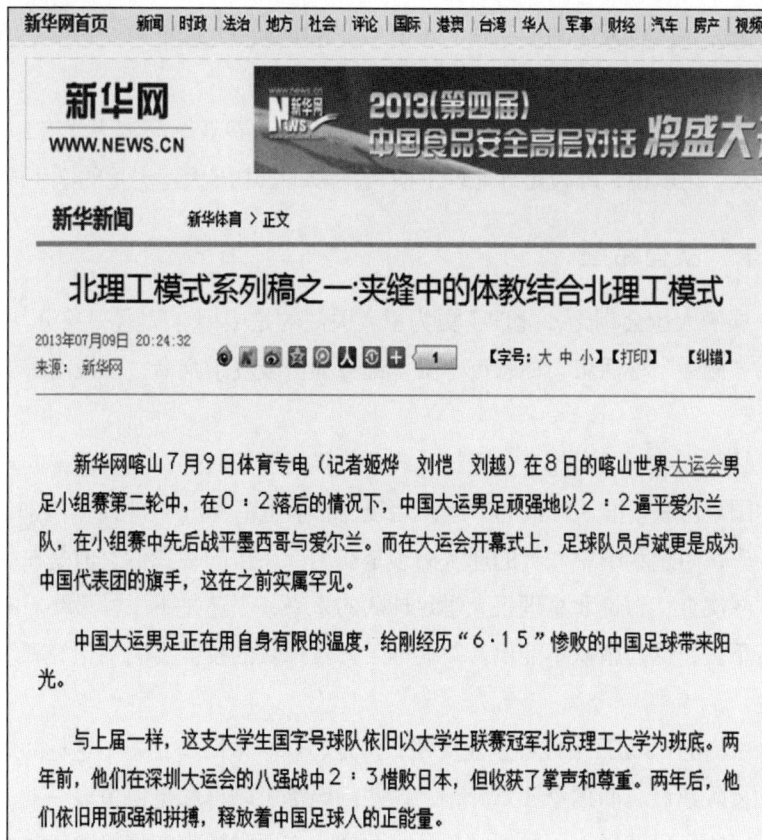

中国大运男足正在用自身有限的温度，给刚经历"6·15"惨败的中国足球带来阳光。

与上届一样，这支大学生国字号球队依旧以大学生联赛冠军北京理工大学为班底。两年前，他们在深圳大运会的八强战中2：3惜败日本，但收获了掌声和尊重。两年后，他们依旧用顽强和拼搏，释放着中国足球人的正能量。

在这背后，"学生军"要面对的，不仅是中甲、足协杯、大足联赛等多线作战的密集赛程，更有"挂科两门就退队"的严苛学习要求。作为体教结合的一次探索，他们有自己的坚韧，更有自己的困惑。

用学生军的纯粹打消质疑

提到北理工，人们总是习惯性地想到中甲，因为这支"学生军"在2006年年底冲入中甲之后，已经在中国足球的第二级别联赛中生存了整整7年。于是，人们自然会问，以北理工为班底的这支中国大运男足，究竟又有多少人在踢中甲呢？他们是纯粹的大学生吗？

中甲联赛中，根据足协要求，北理工已经改制为职业俱乐部，因此在本赛季引进了3名内援和4名外援，这7人是中甲北理工的主力，而主力外的其余4人，包括大运会旗手卢斌在内，现在都是北理工的在校生。

可以说，中甲的北理工和大运会的北理工，基本上是两拨人。比如，大运男足的主力前锋胡明以及对阵爱尔兰打入压哨扳平球的崔博宇，在中甲的北理工中，一个是第一替补，一个根本进不了名单。

在大运男足20人的大名单中，北理工占15人，大足联赛亚军河海大学有2人，延边、同济、北航各一人。可以说，高校足球北理工模式，保证了中国大运男足的学生成色。

"活下来"就有希望

与两年一届的大运会相比，北理工更为引人关注的是中甲球队这一身份。7年来，北理工一直在中甲"顽强"地活着，尽管每个赛季都会为保级疲于奔命，但没有哪支职业队敢轻视他们。

与资金短缺和训练学习比起来，更让北理工队员心里没底的，是俱乐部的转制问题。两年前，随着中国足协联赛准入标准的下达，北理工的学生军身份来到了十字路口。

"2013赛季，中超和中甲联赛的球队必须是在工商注册的，我们之前是在社团注册。学校为此开了很多次会，讨论北京理工大学足球队的未来，干还是不干？最终大家一致觉得还是要继续坚持下去，这面旗帜不能倒。"北理工分管球队的校党委副书记、副校长李和章对新华社记者说。

注册资金所需的1500万由校办企业支援，但是，球队依旧有许多不达标的地方，比如主场问题，比如梯队建设。而据李和章介绍，这些问题都可以再和足协争取一下，毕竟主场离开校园，学生军的身份就显得不那么纯粹了，而梯队方面学校也在积极和延边中学、回民中学等谈合作。

而用球队总教练、名帅金志扬的话说，北理工存在的意义，就是告诉人们：踢球也能上大学，上大学也能踢球，中国足球就该走这样的模式。

在北理工踢球，确实需要点儿精神

李和章说："某些专业队伍缺少一种体育精神，而我们拥有的最大财富就是体育精神。"

资金一直是北理工队发展的一大瓶颈。李和章说，的确有好多赞助商要和学校合办球队，但是他们要求占多数的股份。我们不想把球队完全交给企业来运作，这就失去学生军的意义了。对于股份的不让步，让北理工队的资金更加捉襟见肘。2013赛季开赛前，球队竟然还没有比赛服，还好，特步临时帮忙，让球队避免了没有球衣的尴尬。

北理工主教练袁微介绍说，球队一年的经费大概是800万~1 000万元，这些钱基本都用于球队客场的旅费和球员的吃住。而学生球员的补助与职业球员相比则少得可怜，一个月只有200~900元不等。他们没有钱、没有足够的训练时间、没有场地、没有队医，甚至没有比赛服，但就是靠着对足球的热爱坚持了下来。

"体"保证了，"教"也没落下

球队职业化改制，对学生队员的日常生活、学习和训练影响不会太大，但球队可以引进一些有实力的外援，而不是留学生，内援方面也开放了渠道。得益于此，北理工队在本赛季的中甲联赛13轮过后高居第六位，获得队史最佳开局。而在今年的全国大学生足球联赛中，北理工队也再次夺冠。

球队今年的赛程十分密集，李和章举例说，就在北理工球队在主场进行大足联赛决赛的同时，另外一支北理工球队正在湖南进行足协杯比赛，而那场比赛能够上场的球员只有14个人。几天后，北理工又迎来中甲联赛。而当队员好不容易迎来暑假时，他们又要来到喀山参加大运会。

在这段密集的赛程期间，学校也恰好处在考试阶段，队员的学习怎么办？队里年龄最大的张淼正在攻读研究生，他告诉记者，在踢球与学习的转换中间，队员早已适应了周末打比赛、周中补功课的学习流程，也习惯了在外地赶论文，从球场上下来立马复习的生活节奏。

张淼说，学校从没有变通考试标准，而且球队队规也规定：若球员一门不及格，就要停训学习；若两门不及格，就要退队。在这种"宽进严出"的理念下，队员们学习起来都很自觉。

入学的时候，为了方便管理，队员在本科阶段都被分配在管理与经济学院的国际经济与贸易系。如果非要说一点点照顾，那么就是这些队员们和普通的本科生相比，同样内容的课程要多读上1年，也就是要读5年的本科，这就是学校考虑到他们球员身份所给予的唯一照顾。

在校期间，上午四节课、下午两节课，队员跟其他同学一起，选课、上课；下午两节课后，校园里热闹起来，同学们纷纷开始自己的社团生活，队员也开始了每天的足球训练，风雨无阻。晚餐过后，球员们三五结伴赶去教室上晚自习。

辛苦换来了回报。在中国大运男足中，北理工15名球员中有7个研究生，而整个北理工队里有近一半的人辅修了双学位。北理工足球队，无愧中国学历最高的足球队。

校园足球才是根

不少专家都提出，青少年足球是根，联赛是本。金志扬认为，绝大多数的青少年都在学校中，所以校园足球才是根。

体教结合大讨论20年来，高校体育中能有光芒璀璨一刻的队伍并不太多，而像北理工这样涉足职业联赛的就更寥寥无几。但就像他们的总教练、名帅金志扬所说："之所以要坚持，就是要用好的成绩，用一直能够留在中甲的能力，告诉人们，中国足球就该走高校足球这样的模式。"

北理工正在用事实打消人们对学生踢球没前途的担忧。李和章说："学生军在球场上接受了竞争教育、团队教育和挫折教育。用人单位反馈说，这群孩子的吃苦精神和综合素质比普通大学生要好，企事业单位都愿意要，我从没发愁过他们的就业。"

然而，就算球技、学业两不误，毕业工作不用愁，但成长于青少年足球人口急剧萎缩期，北理工足球队还是面临着"人荒"。据袁微介绍，2007年、2008年，学校招收足球学生时还有上百人前来报名，而近几年报名的只有几十人，真正前来考试的就更少。

金志扬曾经大声疾呼：北理工太孤单了。可如今放眼高校足球，第二个"北理工"依旧难觅。

"我们当然希望大学里足球队越多越好，这需要教育部门加强对体育的重视，将小学、中学与大学相联结，形成一个完整的足球人才培养链。同时进一步规范和有针对地加大体优生的招生力度，只有热爱足球的孩子获得了更好的机会，才能真正增加中国的足球人口。"金志扬在谈到未来时说。

（作者：姬烨 刘恺 刘越）

【新民网】唯一一次大脑空白

——名帅金志扬的北理工情节

来源：新民网　日期：2013年7月9日

原文链接：http://sports.xinmin.cn/2013/07/09/20973546.html

新华网喀山7月8日体育专电（记者 姬烨）士为知己者死，这是金志扬的人生信条。

作为曾经的国安教头，以及辅佐米卢带领中国男足征战韩日世界杯的名帅，金志扬的执教履历可谓浓墨重彩。但在过去十年里，他却投身校园足球，执教北京理工大学足球队。

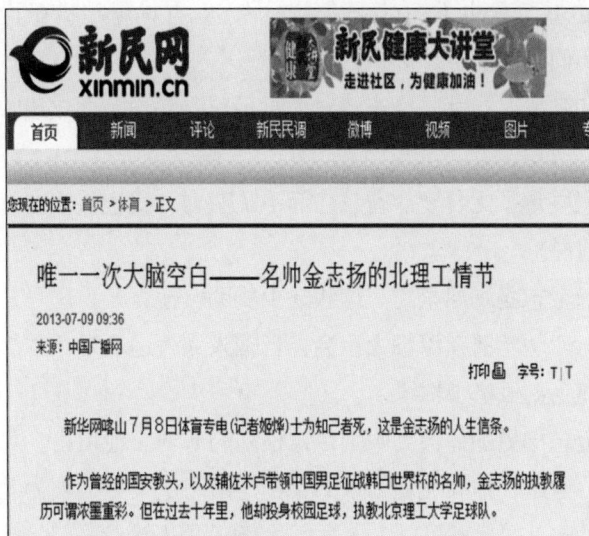

虽非联赛的顶级球队，但他却以此为傲，他说："我曾经得过结肠癌，北理工在我最难的时候帮了我，我也一定要为北理工尽一份力。"

如今，年近70岁的金志扬正在率领以北理工为班底的中国大运男足征战喀山世界大运会。回忆起他在北理工的这十年，老帅对于过去的一幕幕还记忆犹新。

金志扬率领的北理工足球队曾经4次代表中国参加世界大学生运动会，在中甲联赛，他们也一路磕磕绊绊"生存"了7年，在中国大学生足球联赛中，这支球队更是多次夺冠。而在他眼里，最为难忘的还是十年前的大邱世界大运会。

"指挥了那么多场比赛，让我大脑一片空白的就是北理工刚参加大运会的那场。"金志扬不无感慨地对新华社记者说。

2003年，在金志扬最困难的时刻，北理工邀请他执教，所有人事关系调入北理工，成为学校教授。上任伊始，金志扬就要带领以北理工为主体的中国大学生男足，出征世界大运会。

那届比赛，代表中国出战的北理工与加拿大、伊朗和乌拉圭队分在一个小组。在先后输给前两个对手之后，中国队要想出线，最后一场就必须净胜乌拉圭两球。"我记得在第二场失利之后，中国代表团都贴出通知，说男足被淘汰了。因为谁都不信，那时候的中国队能击败乌拉圭队。"金志扬说。

但金志扬骨子里就是有股倔劲儿，这位擅长赛前动员的老人也把这种不服输的劲头带给了学生军。果然，中国队在上半场以1∶0领先乌拉圭队。比赛最后5分钟，中国队抓住机会再入一球。若按这个比分终场，北理工就将出线。

最后3分钟，乌拉圭孤注一掷狂攻，就连门将也站到了中线，皮球基本就没离开过中国队的禁区。

金志扬说："在足球圈这50年，能让我大脑一片空白的，不知所措的，也就那场了。教练组全疯了，站在场边喊，我也不知道我喊什么呢，就看见球噌噌在我们门前飞，就是不进。终于哨声响了，我们熬过去了。"

从未有过的紧张和刺激，这就是金志扬对大学足球的评论。而这也映衬出老帅对于校园足球的满腔热情。

"大学生们的知识决定了比赛要靠智慧，而不是蛮力。我也认为，除去技能之外，足球更是心智的比拼。"他说。

为了帮助北理工，金志扬竭尽全力。球队缺少赞助，他就亲自出马，依靠多年来积累的人脉为球队解燃眉之急。两年前在深圳大运会，当国人为大运男足八强战惜败而叹息时，金志扬也大声疾呼：北理工太孤单了！

扎根校园足球，金志扬更加体会到中国足球根基的薄弱。他坦言，如今像北理工这样的高校足球队还是很少。但是，他和北理工依旧会把这条路走下去，因为北理工模式就是一个信号：上大学可以踢足球，踢足球可以上大学；体育好可以上大学，上大学可以体育好。

"这不仅关乎足球，更关乎青少年的体质。"金志扬说。

（作者：姬烨）

【新华网】名帅金志扬谈校园足球：孤单的北理工与"三脱离"的人才链

来源：新华网　日期：2013年7月10日

原文链接：http://news.xinhuanet.com/2013-07/10/c_116482839.htm

新华网喀山7月10日电（记者姬烨 王镜宇 王集旻）全身心扑在校园足球上的老帅金志扬曾经感叹，日本和韩国"至少有五六十所北理工，在中国，这样的学校太少了"。如今，又一次率领北理工征战喀山大运会，金志扬在接受新华社专访时坦言，北理工模式依然孤单，但还要继续坚持，因为传统足球人才培养的链条"三脱离"，无异于种树毁林。而相比于足球，老帅更加担忧中国青少年的体质。

一花独放没意思，摒弃"锦标"和功利

在本届大运会之前，金志扬曾3次带领北理工队参加世界大学生运动会，而北理工队在

中国足坛更是现象级，作为"学生军"在2006年冲到中甲之后，虽然连年苦苦保级，但依旧顽强地"活"到现在，在中国大学生联赛中他们更是战绩骄人，多次获得冠军。

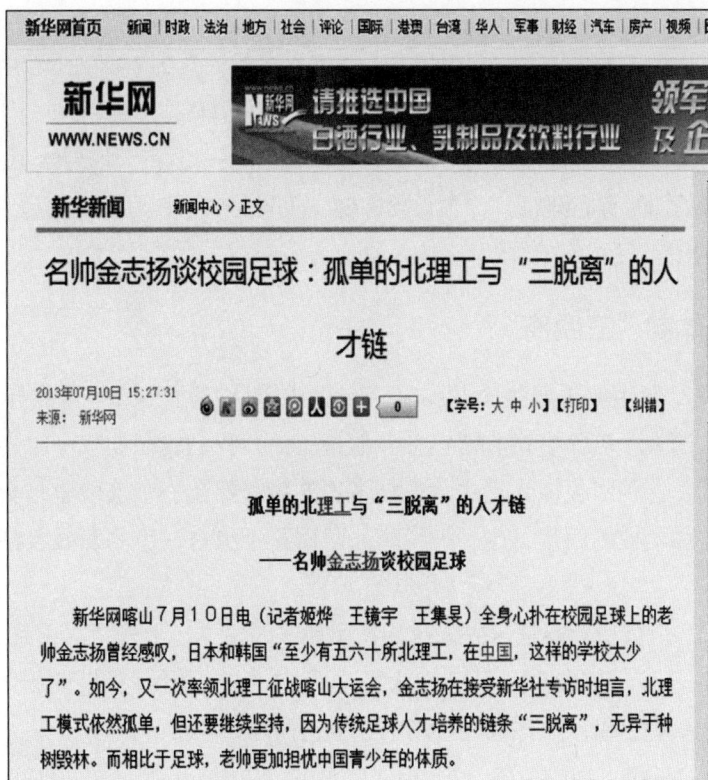

"坦白说，北理工确实高出其他大学生队，我们一花独放没什么意思。这条路能不能走到底很难说，"金志扬说，"但我们既然参加职业联赛，就不会轻易退出。不然谁知道北理工？我们要宣传，中国运动员的培养体制必须走学校这条路，而且这关乎学生的体质。"

在金志扬看来，作为学校体育的一个突破口，北理工模式就是要向社会传递一个信号。他说："秀才遇见兵，不赢说不清。如果你们赢球了，就能说明你们的观点：上大学可以踢足球，踢足球可以上大学；体育好可以上大学，上大学可以体育好"。

校园足球前路漫漫，金志扬也建议一定摒弃"锦标主义"和急功近利。"校园足球的成绩最好不要和利益挂钩，千万别以打比赛和夺冠军为目的。我们以前吃过很多亏，这样做的最终结果就是少数足球传统学校越来越强，而别的学校就不想组队了"。他说。

"我们总是急功近利，所以就出现不道德的东西，以大打小，改年龄，最后就是用金钱左右比赛。"金志扬说。

校园足球听校长的

中国足球不行，特别是青少年基础差，中国足协挨的骂最多。但金志扬不这么看，他认为，足协只是组织者和指导者，教育部门才是主导者。

"想让孩子踢足球？学校不听刘鹏（国家体育总局局长）的，也不听张剑（中国足协掌门人）的，而是听校长的。校长让踢，你才能踢，所以教育部应该起主导作用。"金志扬说。

青少年足球是根，联赛是本。金志扬认为，绝大多数的青少年都在学校中，所以校园足球才是根。而在这其中，大学足球是旗帜，中小学足球是基础。

金志扬还强调，学校足球不应以培养优秀运动员为唯一目标，而要推动足球运动的普及和发展，促进孩子们的身心健康。"无心插柳柳成荫啊，如果其他学校的足球水平真的发展了，人才自然也出来了"。

职业培训体制"三脱离"

曾经在国安、泰达俱乐部执教并随米卢带领中国队打进2002年世界杯决赛圈的金志扬，对于职业队的人才培养模式非常熟悉。他指出："我们的职业队一般分为一队、预备队、三队和四队，这种四级梯队模式，把10多岁的孩子圈在一个基地里，全力以赴练球，缺乏文化、家庭和学校的教育，这'三脱离'阻碍孩子更进一步的发展，甚至有可能使孩子畸形发展。"

"现在一家一个孩子，要是送去踢球，按照现在的模式，十三四岁送到国安四队，6年后才有机会升入一队，而四队到一队的淘汰率差不多90%，到不了一队的干什么去？有那种踢野球的，帮人家单位踢比赛，200元一场。"金志扬说。

他还指出："一个城市的球队，把这4级的100多名球员弄在一块，北京足球就靠这100人？这些人成天训练，不上学，实力必然比同龄的孩子强，这就导致没人愿意跟他们比，把包括学校在内的整个培养体系给破坏了。这就相当于种一棵树，毁一片林，而且这一棵树也不会茁壮成长。"

足球没上去不可怕，可怕的是全民体质

经过近10年对校园足球的专注，金志扬对于如今学生体质的普遍下降也十分担忧。他甚至直言："足球没上去不可怕，可怕的是作为我们民族未来的青少年的体质上不去。"

根据2010年国民体质监测结果，我国大学生身体素质继续缓慢下降。

"我们的应试教育体制，决定了很少有学校对体育重视。我们民族的未来，我们的中国梦，由谁去实现？我们身体体质下降，开个运动会能死人，练个开幕式晕倒好多，有的学校甚至取消中长跑。所以，跟这些相比，足球不算什么，更重要的是我们全民族的身体素质。"金志扬说。

（作者：姬烨 王镜宇 王集旻）

【中国体育报】边读书　边训练

——大学生运动员很快乐

来源：中国体育报　日期：2013年7月17日

原文链接：http://read.sportspress.cn/zgtyb/html/2013-07/17/content_286345.htm

曾几何时，在世界大运会赛场驰骋的中国运动员中，有很多人是"运动员学生"。如今，越来越多的运动项目在考虑运动员"成材"的同时，也开始关注他们的"育人"。于是，在喀山大运会上，人们看到了这么多的"学生运动员"。

"运动员学生"和"学生运动员"，变化的只是两个名词的顺序，但意义却截然不同。"学生运动员"的身份首先是学生，运动员只是其特长的一个延伸。一名"学生运动员"应该和普通学生有着一样的学习任务和职业规划，但运动员的特长却使他有着比常人更加丰富的人生经历和选择。

"我现在每天训练两个半小时，不过效果并不比在职业队整天训练差。"卢斌原来曾在天津泰达足球俱乐部梯队，2005年第十届全运会后，萌生了离开职业队梯队去大学念书的想法，正逢北理工队冲甲，他就来到了北理工，边读书边踢球。"踢专业最大的问题是封闭、隔离，每周只能回一次家，对社会上的事都不了解，不用动脑筋想问题。而在学校，除了能学习专业知识，还能接触到方方面面的人，这对踢球是非常有利的。"卢斌分析说。

卢斌将于明年研究生毕业，按他的计划，他将留校当老师，同时也可以继续足球梦。他说："我们球队的同学工作都好找。党员、英语四级、运动特长……这些我们都有，越来越多的企业重视通过足球来培育企业文化，所以大家的出路都不错。"

和北理工的许多球员一样，胡明来自人大附中，有高中基础的他在班里排名前十，是"高才生"。而在队里，他也是打中甲联赛的第一替补，没有任何职业梯队背景的他，能在职业联赛中踢上球，着实不易。他也没有放松对自己的要求，每天早晨的英语晨读依旧雷打不动，他每天晚上要去自习，周末也要选修双学位。"学校的考试周和比赛有时会冲突，在备战和复习的日子，我们基本都是上完课跑着去操场，训练完又赶快回去学习，"胡明说，"我希望可以继续读研究生，但成绩是一切的前提。"

两年前，杨洋以江西省跑得最快的中学生被保送进北京大学，一直是北京市大学生田径比赛100米冠军的不二人选。已经拿下英语四级的杨洋近期目标是通过英语六级。对记者"训练会不会给学习带来不利影响"的问题，他干脆地说："不会，我的成绩还不错，从来没有'挂'过科。"

进入大学后，杨洋选择了新闻专业，在记者面前，他也透露出对今后职业的向往："以后跑不动了，我或许会像您一样去当一名记者。"

（作者：张旭光）

【中国体育报】"金志扬总结"与总结金志扬

——写在中国大学生队466击败巴西之后

来源：中国体育报　日期：2013年7月16日

原文链接：http://read.sportpaper.cn/zgtyb/page/1/2013-07-16/07/18431373936363788.pdf

人脑是上帝最大的杰作，随时随地醒来睁眼就"开机"。不似我办公室里的电脑，开机需要3分钟，经整合后提高至最快还要34秒……

但即使拥有眨眼间即可链接无数、反应神速的人脑，加上我干了几十年体育记者，各项目烂熟于心的资历，刚看到"中国队4∶1逆转击败巴西"，我还是丈二和尚摸不着头脑。先看到足球比分，逆转4∶1击败巴西？有没有搞错？再看到"取得下届世界大学生运动会参赛资格"，我才恍然大悟，此乃曾被称为"小奥运会"、现已少有关注的世大运。

即便如此，4∶1击败巴西，还逆转，是否也如石破天惊？比起卡马乔率国足被巴西

0∶8、泰国二队1∶5破虐，是否仍有天壤之别？我在网上搜这支巴西队，它是正牌大学生、纯业余队，据巴西代表团团长介绍，巴西有天赋的球员十五六就踢职业了。

中国队实际上是金志扬所率、少了外援的北理工队，0∶0和2∶2战平墨西哥和爱尔兰、0∶2负于东道主俄罗斯小组，没出线，与巴西一战系9~13名排位赛。击败巴西后，中国队再以2∶0领先乌拉圭，后被扳平，点球大战以7∶8告负，最后将与意大利争第11名。

这听上去像北理工打欧美业余队，那么有什么值得总结的呢？

总结一下金志扬的赛前动员，他的"国家队输了0∶8，不等于我们就输0∶8，你们能不能给国家队找回脸面"这句话究竟给了队员多少正能量，总结一下他为什么总能在重要比赛打出血性，总结一下本场比赛与他多年"外战内行"是否一脉相承？若欧美大学生队全是业余球员，那上届深圳大学生运动会1/4决赛2∶1领先，最终2∶3输掉的那场跌宕起伏的比赛，对手日本队却基本是广州亚运会冠军原班人马，而亚运会孙卫率国奥小组赛0∶3负于日本，1/4决赛0∶3负于韩国。

总结一下是否中国足球一直缺乏总结？

最早认识金指（金志扬指导）是多年前BTV一起解说足总杯，当时他与"东北大帅"李应发刚从德甲"留学"仨月归来，赋闲在家。金指说过一件事我至今记忆犹新，"我写了份很长的总结，但交上去根本没人看……"

那会比"德国施大爷"来中国早很多，金志扬、李应发都还年轻，属中国足协培养的梯队级人物。金指在总结里都说了些什么，已不得而知，但从电视解说中他对英格兰足球激烈对抗中完成技术效率的推崇看，他早已意识到如今速度力量与技术平衡的世界潮流。除理论上的独到见解，解说中也能看出金指的绝佳口才和鼓动能力。

做球员没入选过国家队，金指1995年率北京队夺得甲A亚军，但他给人留下最深刻印象的还是几场"外战"——1995年工体北京国安2∶1击败阿森纳，3∶2击败巴西弗拉明戈

（曹限东一球、高洪波两球、罗马里奥、席尔瓦各一球）。在与刚夺得欧洲优胜者杯冠军阿森纳的战前动员中，金指以"三元里抗英"点燃队员激情，留下一段流传甚广的佳话。那些年的北京国安体现出中国足球的一种独特风格，高峰、谢峰两匹快马，高洪波超灵敏门前嗅觉，中场曹限东神机妙传……抢、快、活，攻防畅快淋漓。后谢峰被改造成屡屡后场出其不意突破下底的边后卫，最早也是金指妙招。及金指论资排辈到执掌国足的年龄，中国足球已是"世界名帅时代"。他只能带队打进十强赛，然后交班给米卢。近两届世大运的精彩战役，已是他的收山之作。

北理工与巴西、乌拉圭、意大利大学生队交手，远非电视解说所说的是与"世界足坛三强"过招，胜不足喜，但也远胜一听足球强国就先汗颜。当年世青赛国青0∶5输阿根廷，众人皆认为理所当然，但最后是韩国队淘汰了阿根廷。金指战前的鼓动一点不比施大爷的"豹子精神"差，排兵布阵也有很多智慧，中国足球不能开请洋帅之门，不分优劣地弃土帅之如弃弊履。

金志扬当年的"留德总结"被扔进了废纸篓，几十年来，中国足球也一直没有对他及苏永舜、高丰文、徐根宝……优秀本土教练所经历的经典战役做认真的总结。

人脑和电脑都有记忆，只有狗熊掰苞米才掰一穗，扔一穗，永远不会总结。

（作者：周继明）

【北京青年报】金志扬：10年学生军的困惑与希望

来源：北京青年报　日期：2013年7月22日

原文链接：http://bjyouth.ynet.com/3.1/1307/22/8153127.html

几天前，以北理工足球队为班底的中国大运男足结束喀山大运会征程返回北京。在两年前的深圳大运会中，同样是这群小伙子，他们的发挥令人眼前一亮，最终名列第七。这一次虽然只排名第十二，但是4∶1大胜巴西队一役，让长时间来只能低头的中国足球国字号终于扬眉吐气了一次。

征战归来，等待北理工的将是中甲联赛的魔鬼赛程。目前北理工在16支中甲队伍中排名第七，成绩比以往任何一年都好。"北理工模式"似乎初见效果，但是有关争议却始终相伴随。从2003年接手北理工开始，到去年年底退休担任顾问，这10年的感悟，让即将进入古稀之年的老帅金志扬对于外界的支持和不解最有发言权。

结缘：金指率队"走红"大邱大运会

2003年世界大学生运动会在韩国釜山举行，中国大运男足最终名列第七，成绩可以说相当不错。与往年不同的是，那一届赛事的中国男足并没有派出挂靠在某体院名下的国青或是国奥，而是以大学生联赛冠军北京理工大学足球队为班底，再临时征召了4名外校学生组成的纯学生球队。就是在那一年，金志扬成为北理工的一员。

2012-2013大学生足球联赛，北理工再次笑傲绿茵场（1／6张）

2002年世界杯结束后，我就彻底赋闲了，有几支球队想请我出山，我都婉拒了。凑巧北理工要参加世界大运会，教练是个大问题，希望体育总局这边能够支持一下，足协就让他们来找我。我一直对学校足球比较关注，而且年轻的时候由于踢球没有上成大学，心里一直有遗憾，所以没多想就答应了。说实话，我也挺荣幸的，毕竟这是第一次让学校球队去参加大运会，或许这预示着一种方向性的转折。

他们从没有经受过专业的训练，但是对我带过去的一套专业模式和训练思想接受起来完全没有问题。大学生就是大学生，理解能力强、学习能力强、接受能力强、执行力强，比赛能力也很强，训练效果很好，我讲一遍就行。

在大邱，我们先是输给了加拿大和伊朗，最后一场对乌拉圭。那时候团部的成绩板都写着"男足出局，小组未出线"，其实我们赢乌拉圭两球的话，还有希望。这是一个几乎不可能完成的任务，但是在所有人都不看好的情况下，最后我们做到了。那场胜利是我这辈子最激动的比赛，比国足进世界杯、国安拿足协杯冠军还激动。

大邱大运会载誉归来，北理工尝到了甜头，决定把这支学校男足好好搞下去，于是留下金志扬就成了不二之选。其实那时候金志扬并没有想过留在北理工，毕竟已经59岁了，再过一年就该退休了。关键时刻，北理工校方的一个举动让金志扬萌生了"士为知己者死"的冲动。

学校还想这支队伍能继续参加大运会，需要一个高水平的教练。他们知道那个时候我和国安有一点不愉快，于是直接把我调到学校。

接手之后，我其实对现在的"北理工模式"并没有特别成熟的概念，只是觉得肯定会有一番作为。在这里带队伍，你不用管吃管住叫起床，我制定好球队纪律和训练条例之后，学生们都能很自觉地遵守，而且执行起来都非常严格。这是我最想要的那种教练生活，没想到在北理工找到了。

令人意外的是，刚接手一个月，我就生了一场大病——癌症。学校对我真的很好，所有的费用都是他们负担的，我做人的信条就是"士为知己者死"，所以，我更要把这支球队带好。

意外：学生军闯进中甲赛场

在完成了大学生联赛的三连冠之后，北理工校队已然成了大学足坛中的独孤求败，然而2005年球队遭遇滑铁卢，只拿到了第三。此时金志扬向学校提出了一个建议，让球队试着参加职业联赛，希望能以此刺激球队。尽管当时北理工球队的各项条件都不符合职业联赛的参赛标准，但是也想尝试一下的中国足协最终为学生军进军职业足球开了绿灯。2006年，北理工参加乙级联赛并冲甲成功。

三连冠之后，金志扬觉得老拿冠军没什么意思了，于是就和学校商量能不能往上走走。正好赶上2005年的时候不少学生面临毕业，球队只拿了个第三，他当时就觉得队伍有些安于现状了，失去了向上的目标才会如此，没有动力和争冠的欲望才会如此。

球队和学校最后商定，尝试踢一下乙级联赛，一年估算下来的费用在50万~60万元。这笔钱主要是参赛的路费和食宿，要知道，那时候这帮孩子每个人一天才10元钱，就是让他们吃饭用的，后来学校同意拿出这笔经费。

"其实我们也没有想到能拿到最后的冠军，就是想锻炼锻炼，在北方赛区踢一踢意思意思就行了。足协肯定也没有想到，只是觉得我们这个模式可以探索一下。结果2006年，我们以大学生冠军的身份参加乙级联赛，在北方赛区拿了第一，最终进入决赛。"金志扬说。

最后的对手是火车头队，第一场1∶1，第二场球队先是1∶2落后，最后3分钟2∶2扳平，通过点球淘汰了对手。那会儿火车头的队员就问袁微："你们瞎拼什么？我们这有奖金的。"袁微就跟他们说："我们是为了我们的老师拼。"那场比赛一共去了20多个校领导和老师，天又热，但没白去。

作为一支可以说是纯业余的球队，北理工贸然闯入了职业球队的游戏场。这个圈子有着全新的游戏规则，其复杂程度远超过单纯的大学足球。而且就客观实力而言，北理工也应该排名最后。然而谁也没有想到的是，现在已经是这支学生军征战中甲的第七个年头了，多少支曾经豪情万丈扬言冲超的球队最后都解散了，这支最不被外界看好的球队却展现了顽强的生命力。

"谁都想把我们踢下去，我们自己的定位也很明确，每个赛季的目标就是保级。可为什么就是一直没下去呢？足坛反赌打黑之前，中甲赛场多混乱啊，有几家俱乐部是能够真正稳定下来的？你仔细看看，只有我们是最稳定的，没有那么多幺蛾子。"

"按理说，就水平而言，我们比职业队有差距。他们一天不干别的，就是训练，而我们，上午上课，下午只能在课后练2个小时，有的时候还因为课程不同，人不能到齐，就这样，还赢不了我们，这能说是我们的问题吗？那是谁的问题还不清楚吗？"

"我们踢职业联赛也不是为了冲超，压根儿就没有过这个想法，要是我们都冲超了，那就是对中国职业足球的亵渎。我们也没有说要一直留在这里，凭实力把我们踢下去啊。虽然磕磕绊绊，但是每年我们都能保级，这又说明了什么呢？除了那些场外的意外因素，也不能否认我们的训练确实有效果，这说明我们训练质量高，在赛场上的执行力也比一些职业球队要好。"

"其实不少学校也都想学我们的模式，不然他们为什么要参加乙级联赛？但是踢不上来，不是吗？所以说很多时候都是他们输了球在找话题，你总不能吃不着葡萄说葡萄酸吧！"

"北理工能走到今天，必须得承认我的作用，和其他高校球队交流的时候，他们都说要是也有一个像我这样的教练就好了。但我肯定不是唯一的那个人，只能说还有很多人才没有被挖掘出来。"金志扬说。

中国足协职业联赛有一套准入标准，北理工作为被照顾对象有很多条件都没有达标。在去年年底，他们终于通过向学校兄弟企业借款完成了准入标准的第一步——成立在工商局注册、能够自主经营的俱乐部，而不再是一个单纯的校园学生社团。即便如此，场地、梯队建设等方面以及很基本的职业俱乐部应具备的条件，对于北理工而言依旧是个难以解决的问题。不是没有企业愿意投资改善俱乐部的运营模式，但是为了保证球队的校园属性，校方都选择了说"不"，要寻找一个和自己理念相同的合作伙伴，实在太难了。

"其实都说我们不职业，有的时候我就会问他们：中国现在的职业联赛有几家俱乐部是真正职业的？人家职业联赛都是自负盈亏，通过俱乐部的经营保证运行。而咱们大部分都是国企在支撑俱乐部，那些都是纳税人的钱，我不职业，你们这算职业吗？现在是有恒大，但是恒大又有几个？"

"我们是缺钱，但基本上都是自筹资金，没花纳税人的钱。不是没有企业愿意投资我们，但是投资人得有回报啊。说实话，在我们这里，并没有特别大的回报，一是和中甲联赛本身关注度低有关，二是人家投了钱，却不能在俱乐部占据多数股份，也没有办法去实现他们的计划。"

"学校是不可能让这支球队离开校园的，学生军的本色不能发生变化，而且参加职业联赛也不是这支球队的初衷。只能说希望会有理解和支持我们理念的企业愿意帮助我们。"

差距：理想丰满　现实骨感

在最初的几年中，"北理工模式"的目标是什么并不明确，或者说在目标未明确的情况下，这一模式并未真正建立起来。随着时间的推移，目标终于清晰可见，那就是让更多的孩子回到球场，让他们知道上学和踢球是不矛盾的。而在此之前，外界的一个误解是"北理工模式"是为了往高水平联赛输送人才。

"哪种模式能够推动中国足球的发展？条条大路通罗马，我这条路绝不是主要的。我们只是为了推广足球、普及足球，让想踢球的人能摆脱不让踢球的束缚，因为足球带来的负面影响太多了。我们想要吸引孩子们，特别是大城市的孩子们回到球场，因为现在很多家长根本不可能送孩子上球场。就说北京，现在有几个踢球的？"

"这么多年来，青少年足球有质的变化吗？就那么一点足球人口，稍微好点的就都去踢职业了，但是职业的成材率有多高？现在我们每年都很难找到不错的苗子，如果能轻松找到的话，就证明中小学的基础打牢了，可现实恰恰相反。来我们这儿的基本上都是职业队不要、却踢得不错的，这是我没有想到的。这又说明什么呢？这不正好说明校园足球是可行的吗？踢球学习两不误，我们球队的毕业生都能找到不错的工作。"

"我们就是利用北理工的旗帜告诉大家，上大学可以踢球，踢球可以上大学，这个模式是为了解决足球人口的问题。硬要把发展中国足球的大旗让我一人扛起来，我没这个能力。我不是旗帜，我只是一个探索者，不管成功与否，哪怕粉身碎骨都不在乎啊，我这么大岁数害怕这个？"

今年是俱乐部转制后的第一个中甲赛季，球队成绩位居中游，与往年相比相当不错。但是细数一下场上球员，职业球员已经超过半数，不少主力也都有职业队梯队的背景，这与北理工模式的初衷相违背。本来是吸引学生回到球场，结果成了吸引球员回到校园，这也是金志扬完全没有想到的。可如果不这样，北理工很有可能降级，并因此失去他一直强调的话语权。

"你们记者为什么经常采访我？为什么经常报道北理工？是因为我们在中甲，而不是在大学生联赛。说我们是怪胎也好，畸形也罢，我们就在这儿立着呢，在这儿，你们就得关注我们。"

"职业球员回流不是我们想看到的，但是你不能求全责备，每一种模式在发展过程中肯定会有各种各样的问题。中国足球发展的最大问题就是急功近利，总想一步到位解决问题。10年来不少人都说，老金你这是幻想和梦想，我说这些想法有总比没有好。可惜10年来，基础的薄弱并没有引起足够的重视，大家仍旧只是关注中超和国家队，没有卧薪尝胆怎么可能一鸣惊人？"

"转成职业之后，北理工模式将何去何从，说实话，我也不知道，毕竟我也只是在探索而已。而且如果降级了，就很有可能回不来了，估计足协也会在这方面规定得更严。但既然我们已经站在这儿了，那就好好站着，我相信我们这星星之火是可以燎原的。"

困扰：校园足球基础太过薄弱

以北理工为班底的中国大运男足虽然在喀山只取得了第12名的成绩，与上届深圳大运会时相比排名低了不少，但是以胡明、崔博宇为代表的小伙子们表现得相当抢眼。而像他们这样出色的新一代北理工球员并不多，难以选拔到出色的新人一直以来都是北理工面临的大问题。

"我一直说如果有100所北理工，就需要1 000所像回民中学、八一中学这样的中学，再往下就是10 000所小学。如果真能这样的话，还愁什么人才的问题。你看人家日本，一所大学有4支球队，每个年级就有一支。老说青少年，青少年在哪儿呢？青少年99%都在学校。所以，你抓青少年，却不抓学校，这不等于白抓吗？青少年是根，你抓了根才能根深叶茂。你再看现在的职业队，有多少孩子能够真正踢出来？我们不能再为了一棵树毁了一片林了。"

校园足球不是说开展就可以开展的。不少学校都有球场，很多孩子也都喜欢踢球，但是合适教练的匮乏，严重制约着校园足球的开展。

"日本有6万多名教练员，全都是经过专业培训的。我们完全可以把部分大学老师和曾经参加过职业联赛的球员都培养一下，然后撒到学校里。北理工成功的经验就是球队拥有具备一定能力水平的教练。不是说大话，我在这里是我们球队走到现在的一个重要因素。中国有很多像我这样的人，但是没有被挖掘出来。韩国的职业球员中70%是大学生，日本的比例则在50%到60%之间，这都是体育和教育相结合的范本。我们也有类似的条件，为什么我们不能学习一下呢？条条大路通罗马，为什么不尝试一下呢？"

（作者：王子轩　肖赧）

【人民日报】体育与教育，中间缺座桥

来源：人民日报　日期：2013年11月15日

原文链接：http：//sports.people.com.cn/n/2013/1115/c14820-23547381.html

北京理工大学男足在中甲联赛中，已坚持了近10个赛季，其孤军奋战，与其说是努力证明自己的存在，不如说是希望在体育和教育之间搭起一座桥梁。要是能让更多的校长因此认识到体育的价值，他们的坚持就没有白费。

在中国足坛，北京理工大学男足是个"另类的存在"。说另类，是因为他们独一无二的

"学生军"身份，除了外援，剩下的球员都是北理工在校学生。在中甲联赛，这支"学历最高"的队伍已坚持了近10个赛季。说起这份坚持，老帅金志扬有句话："秀才遇到兵，不赢说不清。"有一年，他们和一支曾经叱咤中超的球队过招，结果赢了对手。对方的洋帅觉得很难理解："我们的球员一个月拿几万元的薪水，你们一个月最多拿800元钱，怎么我们还踢不赢？"

这是让金志扬每每提起都颇感自豪的故事。赢了，他希望能说清什么？说清学校也能培养出高水平的队伍，说明教育和体育能够融合并且相互促进。在他看来，北理工这些年的苦苦坚守，就是为了唤起人们对学校体育的关注和思考，进而对中国体育的发展模式有所触动，改善发展的基础，"有500支北理工男足，中国足球就有希望。"

遗憾的是，这么多年的坚守过后，北理工仍然形单影只。而学生军征战职业联赛的"错位"，也让这支球队面临的挑战比单纯踢球艰难得多。中甲联赛属于职业赛事，要求俱乐部必须在工商部门注册，以往在民政部门注册的北理工也得去"换个身份"，但球队和队员的实质并无变化，也很难进行市场化运作。这个赛季已经结束，下个赛季的赞助还没有着落，言及此，金志扬不由愁眉紧锁。当年他带出的球员，如今已经留校成为球队的主教练，坚守中的传承，老帅不愿就此中断。

这份错位的坚持，注定无法成为模式。长久以来，专业体育忽视文化教育，普通教育忽视基础体育的运行体系，已经造成了彼此间深深的阻隔。北理工孤军奋战，与其说是努力证明自己的存在，不如说是希望在体育和教育之间搭起一座桥梁。从专业体育到职业体育，再到学校体育，金志扬的经历让他的思考更为清晰。北理工队身在中甲，心在校园，"要是更多校长能认识到体育的价值，我们的坚持也没白费。"而眼下金志扬担心的，已不是"足球能不能拿冠军，而是青少年的体质还在下降。"

"秀才"和"兵"之间，有阻隔的鸿沟，老帅的感叹中，有着更深的焦虑和无奈。

附

北京理工大学足球俱乐部2014赛季招商启事

[北理足球 中甲劲旅]
诚邀合作 共襄盛举

北京理工大学足球俱乐部现就2014年中甲联赛球队冠名权、比赛服正、背面广告及场地广告等开始招商，诚邀各界企业、人士合作。

球队辉煌战绩：
1. 2003年起四次代表中国出征世界大学生运动会，两次获第7名；
2. 2007年起连续七年鏖战中甲，今年在中甲16支队伍中排名第9；
3. 2000年以来六次获得中国大学生足球联赛总冠军并首获三连冠；
4. 2007年、2012年两次获得全国大学生运动会足球比赛总冠军。

联系单位：北京理工大学足球俱乐部 联系人：段先生
电话：010-68912265 手机：13311368082

（作者：薛原）

【中国体育报】北理工牵手回民中学推动校足"一条龙"

金志扬：推动校足"一条龙"

来源：中国体育报 日期：2013年12月25日

原文链接：http://read.sportspress.cn/zgtyb/html/2013-12/25/content_297717.htm

在北京回民学校的足球办公室的三面墙上，都摆满了该校足球队历年参加国内外比赛的照片，其中的一面墙上更是堆放着这些年他们所获得的各种奖杯。日前，当中国大学生足球龙头、中甲联赛俱乐部与回民学校形成一条龙足球培训体系的北京理工大学足球队来到这里时，总教练金志扬、主教练袁微都对这所学校坚持多年的"体教结合育人才、探索足球真未来"的行动感触颇深。

北理工造访回民学校推广校园足球，这是北理工与回民学校为纪念"世界足球日"，并加深双方已开展超过4年的合作而举行的一次活动。2009年，北京理工大学与回民学校强强联合，优势互补，资源共享，在国内校园足球建设中创造了体教结合的新模式。经过多年的努力，现已形成幼儿、小学、初中、高中、大学一条龙培训体系。回民中学的小学、中学球队均在北京市中小学生足球联赛中获得过优异成绩；由其输送多名球员的北京理工大学在征战中甲联赛及世界大学生运动会中均有不俗表现。

最终，在当日的一场双方友谊赛中，拼尽全力的回民中学队以0∶2输给了老大哥。金志扬表示："今天我们来到这里，是对他们多年努力的回报，也是一次交流。我们此举是为了推动校园足球的发展，也是为了考察一些队员。双方进行的交流，促进了大学和中学之间足球培训的扩展。我们希望这样的学校越来越多。"

与此同时，针对北京学校足球至今只培养出杨昊一名优秀职业球员的事实，金志扬也道出了自己的忧虑："在西城区，像回民学校这样拥有标准足球场的中学，可能只有两个，整个北京也不多。我们想开展足球，最基本的条件是场地，可是北京呢？我在向领导汇报时也强调过，全国有3 000万大学生，超过了足球强国荷兰全国的人口。如果在学校里推广起来，这个力量势不可挡。作为实施体教结合的典型的北京理工大学，我们的目的不是让自己变成职业俱乐部，而是要把这种模式向全国各地推广。大学的推广，基础是中小学，中国足球的根就在于中小学。不推广校园足球，青少年足球就是空话。我们来到这，就是为了推广足球进入校园，而不是让回民学校培养多少优秀球员，是要让这种模式使我们的校园足球能够向中学拓展，中学向小学拓展。北京市如果有100个回民学校的足球发展起来，大学就不存在人员匮乏的现象，中国足球也不会存在这样的问题。道理很简单，但真正做到不容易。体育就是教育的一部分，二者不能分离。"

无论普及度还是球队成绩，北京的校园足球在全国都并非领先。对此，为回民学校提供足球教练团队的北京国奥越野俱乐部总教练、现任西城区足协副主席的蔡伟也与金志扬持有相同的观点。蔡伟认为："北京在校园足球上做得比较好的中学，目前只有3~4所。现在与我们的俱乐部合作的学校，在全市都居于领先水平，每年都是冠军。但这还是远远不够的。现在校园足球的普及还面临着诸多困难，我们现在能做的，只是建立更多这样一条龙的培养线。"

（作者：凯旋）

媒体2013 北理工

第六章　打造优势特色办学铸高校品牌，扩展课堂提升质量育理工英才

【北晨网】北京理工大学附中成立首个
大中小学联合协作体

来源：北晨网　日期：2013年5月23日

原文链接：http://www.morningpost.com.cn/jiaoyu/new/2013-05-23/450888.shtml

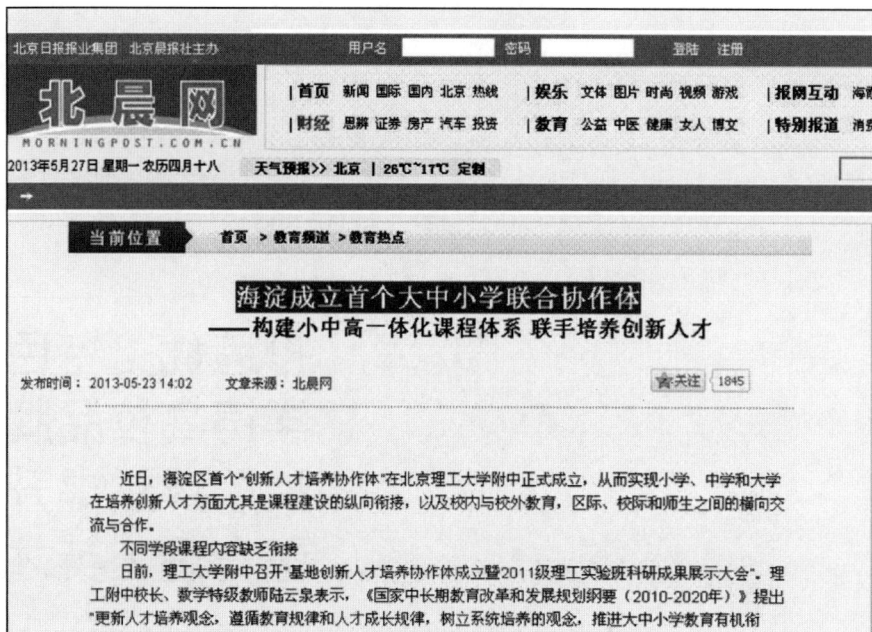

近日，海淀区首个"创新人才培养协作体"在北京理工大学附中正式成立，从而实现小学、中学和大学在培养创新人才方面尤其是课程建设方面的纵向衔接，以及校内与校外教育，区际、校际和师生之间的横向交流与合作。

不同学段课程内容缺乏衔接

日前，理工大学附中召开"基地创新人才培养协作体成立暨2011级理工实验班科研成果展示大会"。理工附中校长、数学特级教师陆云泉表示，《国家中长期教育改革和发展规划纲要（2010—2020年）》提出"更新人才培养观念，遵循教育规律和人才成长规律，树立系统培养的观念，推进大中小学教育有机衔接，创新人才培养模式"。学校作为基层教育单位，是构成国家教育体系的细胞组织，是实施教育改革的实践主体。

理工大学附中课程处副主任袁聪表示，针对学校普遍存在的现实问题，如低一级学段课程内容拓展不足，高一级学段的课程内容简单"下放"，各学段课程内容衔接不利，课程内容的广度和难度突变影响学生学习方式和能力的持续发展，不足以满足学生个体在培养内容深度、广度和进度方面的个性发展需要，等等，理工大学附中提出以课程建设为抓手，综合考虑与规划小学、中学和大学的课程，系统设计和设置课程，即实行一体化课程建设，从而促进育人模式的变革。陆云泉校长表示："在基础教育阶段，探索小学、初中和高中一体化课程建设与育人模式变革具有重要的现实意义。"

"人才培养协作体"实现纵向衔接

理工大学附中成立创新人才培养协作体，构建综合性课程体系，解决了目前不同学段课程内容及形式缺乏衔接的问题。"北京理工附中创新人才培养协作体"实现了小学、中学和大学在培养创新人才方面的纵向衔接，实现了校内与校外教育，区际、校际和师生之间的横向交流与合作。

陆云泉校长透露，在促进大学与中学衔接方面，理工附中与北京理工大学联合创办了"理工实验班"，开发了大学与中学过渡课程《大学先修课程》《课题研究课程》，并参加了"翱翔计划""后备人才培养计划"，构建强有力的导师团和师资队伍。此外，学生们还有机会参观大学实验室，并开展课题研究。同时，大学教授、院士也能来校开展讲座，与学生亲切交谈。

理工大学附中作为一所完全中学，在初中和高中的教育教学的很多方面都实现了课程资源、教师资源共享。学校各社团同时吸纳初、高中学生，不同学段具有相同爱好的学生共同学习，共享资源，共同成长。

此外，理工附中还与中关村三小、海淀实验小学、首师大附小等部分小学建立了合作关系，探索中小学课程衔接。陆云泉校长透露，结合学校的科技优势，理工附中支持北京理工大学附小开展"机器人特色项目"。另外，理工附中组织初中老师到部分小学听课，小学六年级学生到理工附中体验。在创新人才培养协作体成立大会上，中关村三小校长刘可钦作为协作体中的小学代表也谈了自己对创新人才培养的想法，在不同学段、不同学科和不同背景下的合作能最大限度地为学生的发展做努力。

构建小、中、高一体化课程体系

陆云泉校长表示，成立"人才培养协作体"以后，将进一步构建统一培养目标引领下的小、初、高一体化课程，形成小学与初中、初中与高中有效衔接的学科课程，同时，变革育人模式，打通小学、初中和高中学生的学习过程，研究跨学段资源整合，构建综合型资源平台，建立小、中、高协作育人的机制。

学校将进一步促进小、中、高一体化课程建设，按照课程类别，寻找小学和初中、初中和高中培养内容的衔接点，找到交叉点和复合点，构建过渡性课程以及系列课程，整合课程资源和课程内容，小学与初中、初中与高中教师合作开发课程，并且形成小学初中衔接课程，初高中衔接课程，人格养成系列课程，系列活动类课程等。

人才的培养是一项系统的工程，因此需要系统设计，整体规划，系统培养。陆云泉校长表示："我们希望基于曾经的经验，以一体化课程建设为抓手，促进育人模式变革，进一步推进跨学段联动育人这项工作，为深化课程改革，创新人才培养模式贡献力量。"

（作者：李小娟 王斌）

【媒体理工】中国新闻网、光明网相继报道 我校2013年校园开放日

来源：中国新闻网 光明网　日期：2013年4月20日

原文链接：http://www.chinanews.com/edu/2013/04-20/4749098.shtml

http://edu.gmw.cn/2013-04-19/content_7374951.htm

有着"红色工程师"摇篮之称的北京理工大学20日宣布，计划在澳门招收保送生10人。此外，今年新增西班牙语专业、武器系统与工程专业，欢迎海内外学子报考。

"相约北理工"2013校园开放日当天举行。这是这所以国防科工为特色的学校首次邀请媒体走进招生咨询现场，显示学校为吸引优秀生源所做的努力。

北京理工大学招生就业工作处处长李振键表示，欢迎我国澳门学子报考该校。该校也是中国工业和信息化部所属高校中唯一招收澳门保送生的高校。

新设西班牙语、武器系统与工程专业源于北理工是中国—西班牙大学联盟中方主席校，同时该校的武器系统与工程专业所属学科居全国第一，具备招生优势。

今年北京理工大学计划向全国招生3 760人，全面推行大类专业招生。学生经过一年通识课程和大类基础课程学习后，可根据自身能力及兴趣，确定主修专业。

在近来颇热的培养拔尖人才方面，该校集中各项优势设立了以著名教育家徐特立名字命名的徐特立英才班。该班以培养优秀博士为目标，65%的课程均聘请国内外相关领域顶尖学者授课。学校为该班每位学业合格的学生颁发自主创新基金和奖学金。学生有1年以上的海外学习经历。

该校还与中国科学院联合实施数学、物理和化学拔尖人才培养计划，由双方教授共同授课，实行双导师联合指导，学生可优先参加中科院免试硕士生或直博生的选拔。

北京理工大学是中国共产党创建的第一所理工科大学，创造了新中国第一台电视发射接收装置、第一枚二级固体高空探测火箭、第一部低空探测雷达、第一辆轻型坦克等多项纪录。

（作者：马海燕）

【中国大学网】北京理工大学2013年在京招278人，热点专业计划增加

来源：中国大学网　日期：2013年4月19日

原文链接：http://edu.gmw.cn/2013-04/19/content_7374951.htm

从5月12日起，北京市高考生将进行高考志愿填报。北京理工大学是一所以理工为主、工理管文协调发展的全国重点大学，是全国首批设立研究生院、首批进入"211工程"、第十所进入"985工程"建设行列的高校。今年学校在京招生政策受到考生家长的广泛关注。近日，北京理工大学招办主任张东就学校今年招生计划、专业设置、录取政策、新增特色专业及实验

班等高招信息，有针对性地提出报考建议，帮助考生及家长科学合理地填报高考志愿。

北京理工大学2013年在京招278人 热点专业计划增加

2013-04-19 13:55:03 来源：中国大学网 查看评论

北京理工大学2013年在京招278人 热点专业计划增加

中国大学网讯从5月12日起，北京市高考生将进行高考志愿填报。北京理工大学是一所理工为主、工理管文协调发展的全国重点大学，是全国首批设立研究院，首批进入"211工程"，第十所进入"985工程"建设行列的高校。今年学校在京招生政策受到考生家长的广泛关注。近日，北京理工大学招办主任张东就学校今年招生计划、专业设置、录取政策、新增特色专业及实验班等高招信息，有针对性地提出报考建议，帮助考生及家长科学合理地填报高考志愿。

今年北理工在京招收本科生278人，其中理工类244人，文史类26人，艺术类8人，最终以教育部批准计划为准。北京考生非常关注的该校优势突出的车辆工程、电子信息类、机械工程、自动化、国贸、经济等热点专业增加了计划数，其计划数超过北京计划数的70%。此外，今年该校还新增了西班牙语专业和武器系统与工程专业。两专业从2013年起推行大类专业招生。

北理工徐特立英才班及数理化菁英班今年在京投放招生计划。徐特立英才班采用3X年的动态学制，实行"淘汰+补入"动态考核创新培养模式，第3学期时被淘汰或自愿放弃的学生可在全校选专业。此外，2013年学校分别与中国科学院应用数学研究所、物理所、半导体所、空间中心和化学所，结合双方的优势科研和师资力量签订协同育人协议，设立数学、物理和化学菁英班。

该校录取时不设专业志愿级差。如北京考生填满5个专业志愿且不重复，被该校录取的高考实考成绩排名在全市理科前1500名的考生，将满足第一专业志愿；排名在全市理科前2500名的考生，满足其5个专业志愿之一；被该校录取的高考实考成绩排名在全市文科前600名的考生，将满足第一专业志愿；排名在全市文科前1200名的考生，满足其5个专业志愿之一。根据往年经验，理科超过一本线110分可报考，文科超过40分可报考该校。理科全市排名前3400名，文科全市排名前2000名可报考该校。

北京理工大学校园开放日举行时间为4月20日上午8：30至下午14：00。

今年北理工在京招收本科生278人，其中理工类244人、文史类26人、艺术类8人，最终以教育部批准计划为准。北京考生非常关注的该校优势突出的车辆工程、电子信息类、机械工程、自动化、国贸、经济等热点专业增加了计划数，其计划数超过北京计划数的70%。此外，今年该校还新增了西班牙语专业和武器系统与工程专业。两专业从2013年起推行大类专业招生。

北理工徐特立英才班及数理化菁英班今年在京投放招生计划。徐特立英才班采用"3+X"年的动态学制，实行"淘汰+补入"动态考核创新培养模式，第3学期时被淘汰或自愿放弃的学生可在全校选专业。此外，2013年学校分别与中国科学院应用数学研究所、物理所、半导体所、空间中心和化学所，结合双方的优势科研和师资力量签订协同育人协议，设立数学、物理和化学菁英班。

该校录取时不设专业志愿级差。如北京考生填满5个专业志愿且不重复，被该校录取的高考实考成绩排名在全市理科前1 500名的考生，将满足第一专业志愿；排名在全市理科前

2 500名的考生，满足其5个专业志愿之一；被该校录取的高考实考成绩排名在全市文科前600名的考生，将满足第一专业志愿；排名在全市文科前1 200名的考生，满足其5个专业志愿之一。根据往年经验，理科超过一本线110分可报考，文科超过40分可报考该校。理科全市排名前3 400名，文科全市排名前2 000名可报考该校。

【光明网】北京理工大学2013高招：
专业志愿满足率超九成

来源：光明网 日期：2013年4月22日

原文链接：http://edu.gmw.cn/2013-04/22/content_7393171.htm

光明网 >教育频道> 招生

北京理工大学2013高招：专业志愿满足率超九成

2013-04-22 10:03:25 来源：光明网教育 查看评论

光明网教育讯 据光明日报报道，2013年北京理工大学计划全国招生3760人，其中北京为278人。

新设徐特立英才班——今年北京理工大学以培养具备国际竞争力的新一代科技领军人才为目标，初设徐特立英才班。徐特立英才班采用3+X的创新培养模式，实行"淘汰+补入"动态考核创新培养模式，第3学期时被淘汰或自愿放弃的学生可在全校选专业。该班65%课程均聘请国内外相关领域顶尖学者授课。学业合格的学生在学期间将有累计1年以上在海外高水平大学公派留学实践或联合培养的学习经历。

新增两个专业和三个菁英班——新增西班牙语专业（北理工是中国—西班牙大学联盟中方主席校）和武器系统与工程专业（该专业所属学科北理工全国排名第一）。并新设数学、物理和化学菁英班。菁英班与中国科学院应用数学研究所、物理所、半导体所、空间中心和化学所协同育人，双方教授共同授课，实行双导师联合指导，并优先参加中科院免试硕士生或直博生的选拔。

光明网教育讯 2013年北京理工大学计划全国招生3 760人，其中北京为278人。

新设徐特立英才班——今年北京理工大学以培养具备国际竞争力的新一代科技领军人才为目标，初设徐特立英才班。徐特立英才班采用"3+X"的创新培养模式，实行"淘汰+补入"动态考核创新培养模式，第3学期时被淘汰或自愿放弃的学生可在全校选专业。该班65%课程均聘请国内外相关领域顶尖学者授课。学业合格的学生在学期间将有累计1年以上在海外高水平大学公派留学实践或联合培养的学习经历。

新增两个专业和三个菁英班——西班牙语专业（北理工是中国—西班牙大学联盟中方主席校）和武器系统与工程专业（该专业所属学科北理工全国排名第一），并新设数学、物理和化学菁英班。菁英班与中国科学院应用数学研究所、物理所、半导体所、空间中心和化学所协同育人，双方教授共同授课，实行双导师联合指导，并优先参加中科院免试硕士生或直博生的选拔。

专业志愿不设级差——近3年来，被北理工录取考生的专业志愿满足率达90%以上。今年起学校进一步推行大类专业招生，学生报名时只报大类，不报具体专业，经过一年通识课程和大类基础课程学习后，可根据自己的能力及兴趣爱好，确定专业方向及主修专业。学习成绩前10%的同学还有自主选换专业的机会。

首次给出北京考生选专业排名——北京考生近期将开始填报志愿，北京理工大学首先公布了北京市招生政策，如北京考生填满5个专业志愿且不重复，成绩排名在全市理科前1 500名的考生，将满足第一专业志愿；前2 500名的考生，满足其5个专业志愿之一。文科则为前600名满足第一专业志愿，前1 200名的考生，满足其5个专业志愿之一。

【北京考试报】高招访谈：北京理工大学今年仍不设专业级差

来源：北京考试报　日期：2013年5月2日

原文链接：http://bjksb.bjeea.edu.cn/html/ksb/gaozhaozhuanban/2013/0501/48077.html

北京理工大学是全国首批设立研究生院，首批进入"211工程"，第十所进入"985工程"建设行列的全国重点大学。本报记者就有关今年学校招生政策、人才培养方式等考生关注问题采访了学校招办主任李振键。

记者：学校今年在京计划招收多少人？

李振键：今年我校计划在京招生278人，其中文科26人、理科239人、艺术类8人、国防生5人。最终计划以北京教育考试院公布的招生计划为准。

记者：今年学校在京招生政策主要有哪些变化？

李振键：今年我校全面推行大类专业招生，学生入校后，按照"厚基础、宽口径"的培养模式，在加强通识教育和大类基础课程学习的同时，进一步加强对专业的认识和了解，一年之后再根据学生的兴趣、爱好，在大类专业所覆盖的范围内确定专业方向。

今年我校根据学科专业优势新增两个本科专业：一是西班牙语专业，借助北京理工大学是中国—西班牙大学联盟中方主席校的优势；二是武器系统与工程专业，借助北京理工大学该专业所属的兵器科学与技术学科全国排名第一的优势。

高招访谈：北京理工大学今年仍不设专业级差

http://www.huaue.com 2013年5月2日 来源：北京考试报

北京理工大学是全国首批设立研究生院，首批进入"211工程"，第十所进入"985工程"建设行列的全国重点大学。本报记者就有关今年学校招生政策、人才培养方式等考生关注问题采访了学校招办主任李振键。

记者：学校今年在京计划招收多少人？

李振键：今年我校计划在京招生278人，其中文科26人、理科239人、艺术类8人、国防生5人。最终计划以北京教育考试院公布的招生计划为准。

记者：今年学校在京招生政策主要有哪些变化？

李振键：今年我校全面推行大类专业招生，学生入校后，按照"厚基础、宽口径"的培养模式，在加强通识教育和大类基础课程学习的同时，进一步加强对专业的认识和了解，一年之后再根据学生的兴趣、爱好，在大类专业所覆盖的范围内确定专业方向。

记者：请简单介绍一下拔尖创新人才培养情况。

李振键：北京理工大学是教育部首批"拔尖创新人才培养实验区"建设高校之一，同时也是首批进入教育部"卓越工程师教育培养计划"的高校之一。

北京理工大学以培养具备国际竞争力的新一代科技领军人才为目标，集中各项优势办学资源，于2013年设立了徐特立英才班。该班以培养优秀博士为目标，采用"3+X"年的动态学制，在学期间实行"淘汰+补入"动态考核创新培养模式，第3学期时被淘汰或自愿放弃的学生可在全校范围内选择专业。学校为每位学业合格的学生设立了自主创新基金和奖学金。该班65%课程聘请国内外相关领域顶尖学者授课。学业合格的学生在学期间有累计1年以上在海外高水平大学公派留学实践或联合培养的学习经历。

2013年北京理工大学与中国科学院强强联合，结合双方的优势科研和师资力量签订了协同育人协议，共同设立了数学、物理和化学三个菁英班。菁英班学生由我校与中科院双方专家、教授共同授课，实行双导师联合指导，并优先参加中国科学院免试硕士生或直博

媒体2013
北理工

生的选拔。

记者：今年学校是否预留二志愿招生名额？

李振键：我校不预留第二志愿招生计划，请考生谨慎填报。

记者：现在有不少学校录取时设置了专业级差，北理工今年在这方面有调整吗？考生历年志愿满足率如何？

李振键：我校在考生报考专业顺序当中不设级差，分数优先，鼓励高分考生报考我校。多年教学实践经验表明，让考生按照自己的兴趣填报专业志愿，有利于激发其学习热情。近3年被我校录取的考生专业志愿满足率达90%以上。为满足高分考生的专业要求，今年北京考生填满5个专业志愿且不重复，被学校录取高考实考成绩排名在全市理科前1 500名、全市文科前600名的，学校将满足其第一专业志愿；排名在全市理科前2 500名、全市文科前1 200名的，满足其5个专业志愿之一。

记者：考生报考北理工，如何享受加分政策？

李振键：我校对符合国家政策，享受加分、降分政策的考生，按省、自治区、直辖市招办的规定进行加分、降分提档，照顾分不能累计，取最高一项，不超过20分。在高考成绩总分相当的情况下，优先录取政策照顾加分考生。

记者：录取时，学校对考生单科成绩、身体状况有无特殊要求？

李振键：我校在京招生对单科成绩无特殊要求。体检专业限报要求按教育部、卫生部、中国残疾人联合会和北京理工大学有关规定执行。色弱、色盲考生，不能准确识别红、黄、绿、蓝、紫中任何一种颜色的导线、按键、信号灯、几何图形者，以及不能准确在显示器上识别红、黄、绿、蓝、紫各种颜色中任何一种颜色的数码、字母者，报考专业受一定限制。

记者：您对考生填报志愿有何提醒和建议？

李振键：建议考生填报专业志愿时以兴趣爱好为参考。入学后，学生有机会调整专业，并辅修第二专业，切忌随波逐流，选择所谓的"热门专业"。

（作者：邓菡）

【央视国际频道】关于我校就业指导的相关报道（译文）

来源：央视国际频道　日期：2013年5月29日

主持人：欢迎回来，下面是本次节目的第二部分。今年夏天，近700万的高校应届毕业生将加入就业大军，比去年多了大约20万，但就业市场上的岗位数量却减少了15%。面对就业压力，大学生们都在努力使自己变得更加优秀，扎实的专业知识能够帮助他们赢在起跑线上。本台记者唐博就职业规划如何帮助大学生们确定目标进行了采访。

旁白：董一鸣正探寻着自己未来的职业规划，她是北京理工大学的一名大二学生。董一鸣的专业是生物技术，但她认为研究生物科学并不是自己的兴趣所在。

北京理工大学学生（董一鸣）：我对自己的了解还不够全面。我有感兴趣的领域，但是缺乏准确的理解。我不知道我将来要做什么，我迷茫了。离毕业只有两年了，我需要有人帮忙指导。

旁白：因此，与其他同学一样，她决定获取一些职业规划方面的指导。这个职业规划指导课程开始于去年三月份，目前已有近200名学生。这个课程旨在帮助大学生进行自我认识，指导他们去探索象牙塔外的世界，并确定未来职业发展的方向。

北京理工大学学生（董一鸣）：通过一个学期的学习，我对自己的性格和兴趣有了更深的了解。现在我觉得自己更适合社会工作，我也确实喜欢和人打交道。

旁白：大部分中国学生在大学入学前就要决定所学专业，但他们所选择的并不一定是最适合自己的，有些学生入学后才发现自己不适合所学专业，因此往往就会感觉很迷茫。

记者（唐博）：在我身后，同学们在相互交流他们在职业规划课程上的收获，但他们仍然很不确定毕业后该从事何种工作，有些大学生希望从事的工作甚至与专业无关。这不禁使我们思考，应该如何引导大学生选定工作的具体领域呢？

旁白：胡雪娜是职业规划指导课程的5名教师之一。她并不直接告诉同学们该做什么，而是指导他们重新进行自我评估。

北京理工大学教师（胡雪娜）：我们不会去劝孩子选择某一方向，而是教他们如何适应本专业的学习，并且帮助他们对自己的学习计划进行修正，从而使他们能够充分利用大学时光。

旁白：为了更详细地阐释这一教学方法，胡雪娜老师对我们进行了一个测试。

北京理工大学教师（胡雪娜）：比如说今天你面对300人做了一个演讲，这个演讲很成功，然后你激情飞扬，你把你的意见也传达给了同学们。那么这样的演讲结束之后，你的感受是什么？你是觉得能量很充沛、很兴奋，还是觉得有些疲惫，需要回家休息一下？

记者（唐博）：我会感觉到精神饱满，非常兴奋。

北京理工大学教师（胡雪娜）：比如说你现在看到了一座山在你面前，那一般情况下，你看山的时候，你是更关注山上的树木，还是更关注山的层峦叠嶂的这个感觉，那种整体的意境？

记者（唐博）：我会关注山的整体感觉，那种层峦叠嶂的感觉。

北京理工大学教师（胡雪娜）：比如说我现在交给你一个任务，然后告诉你这个任务星期五要完成，那你现在对这个任务的态度会是，先制订一个计划，从星期一开始做，尽快把它做完，还是你会一直把它拖到星期五？

记者（唐博）：我会马上制订一个计划，然后一步一步地按计划来完成。

旁白：测试结果显示，我喜欢与他人互动，从大局出发，并且做事情会按照计划。测试能帮助人来了解自己，然后由自己决定该做出何种改变。

北京理工大学教师（胡雪娜）：比如说你的专业是化学，但却希望从事人力资源，那我们建议你继续认真学习化学，同时再发展自身的其他能力，那么你毕业时就能拥有比他人更多的技能。

旁白：胡雪娜老师还强调，对于确实没有可能调专业的学生来说，他们没必要气馁和失望。毕业后的选择机会是很多的，重要的是如何面对问题和调整自己，从而充分利用大学时光，为未来做好准备。至于董一鸣，她正努力权衡好自己的兴趣和学习任务，我们也祝愿她能够探寻到最适合自己的道路。中央电视台记者唐博，北京报道。

【中国经济网《经济日报》】关于北京理工大学解决就业难问题的报道

来源：中国经济网—《经济日报》　　日期：2013年5月30日

原文链接：http://www.ce.cn/xwzx/kj/201305/30/t20130530_914498.shtml

　　"最难就业年"无疑是当下的热词。"最难"到底难在哪里？社会各方该如何破解"最难"问题？记者近日采访了部分高校和有关部门，希望找到答案。

　　"从学校举办的宣讲会和招聘会来看，今年就业形势呈现出两个下降趋势：一是招聘单位自身质量有所下降，二是岗位需求数量下降了10%。从签约情况看，和去年5月同期比，大概下降了4%。"中央民族大学就业工作处处长周浩表示。今年高校毕业生就业难，难在今年毕业生人数的上升，毕业生达699万，创历史新高；难在经济增速放缓、就业总量持续增加和结构性矛盾突出等因素。

　　与去年高校毕业生相对较高的就业率相比，目前各地的低签约率能够在多大程度上反映出大学生就业难？

　　"北京市目前签约率较低有地域原因。"北京理工大学招生就业工作处副处长林骥佳对记者表示，每年的五六月份是大学生集中签约高峰期，"其中一个重要原因是北京市户口审批有一个过程，在户口不能确定之前，很多学生无法签订三方协议。此外，由于选择考博或出国留学要在6月份左右才能确定，这部分人群也暂时无法在目前的就业率里体现出来。以北京理工大学为例，截至5月，今年有42%的本科生选择在国内升学，加之选择出国留学的人数，共计应有六成左右，这部分群体是不需要找工作的。"

　　而北京市人社局的调查显示，目前北京对高校毕业生的需求偏向两个极端，大量集中在高端发展领域和城乡基层公共服务领域。

　　"就业选择难同样是就业难。这一新形势也反映出大学生正在从即时就业向质量就业转变。如果大学生肯放低姿态，面对更多的是选择问题而不是有无问题。"周浩说。

　　林骥佳认为，大学生对就业有高期望不是坏事，这是社会前进的原动力。作为校方来说，学校应当客观理性地结合大学生实际情况进行分析，合理调节大学生的就业期望。"就业包括即时就业、充分就业和满意就业3个层次，即时就业是最低目标，满意就业才是核心目标。"

　　在很多毕业生还在奔走求职时，北京理工大学化学工程专业的杨金艳却很轻松。她去年12月份参加了广西区党委组织部的选调生考试，不久前获得河池市环保局的接收函。杨金艳坦言，选择到基层去工作这条路，得益于学校和广西区党委组织部联合召开的座谈会。"今年化学工程专业的岗位需求有所下降，能找到这样一份工作，我觉得很满意。"在政策鼓励支持下，每年都会有一批应届毕业生被"三支一扶""西部计划""大学生村官计划"等吸引，志愿服务西部、服务基层。而根据《2013年中国大学生村官发展报告》，目前有23万名大学生村官分布在全国三分之一以上的农村，加上流转出岗的部分，总规模达到36万人。

　　面对目前的就业难题，各地各部门正以更加坚定的决心、更加扎实的工作和更加有力的举措，全力以赴做好今年高校毕业生就业工作。今年5月，国务院办公厅下发《关于做好2013年全国普通高等学校毕业生就业工作的通知》，着重从促进高校毕业生就业公平，推动高等教育适应经济社会发展需要，帮扶离校未就业、就业困难毕业生就业等方面做出具体要求。

面对中小企业用人需求下降的现实，一些地方政府为促进应届生就业推出了优惠政策。为有效放大小微企业对毕业生的吸纳能力，江苏省对小微企业新招用高校毕业生给予培训补贴和社会保险补贴。

针对部分高校毕业生"有业不就"和"无业可就"的情况，各高校也在积极探索有效途径促进高校毕业生顺利就业。北京理工大学为毕业生举行了大中型招聘会18场、小型招聘会302场，针对就业困难专业学生，还专门举办了文科专业和夏季毕业生专场招聘会；东北师范大学把以往的就业指导"套餐"改成了"自助餐"，学校邀请校内外专家开展个性化的职业指导；中央民族大学则把就业指导课程纳入到本科教学中，让学生从入学到毕业能形成一套完整的就业指导……

教育部相关负责人日前表示，高校毕业生离校时间日益临近，各地教育部门要主动加强与人社、财政等部门协调，积极争取支持，在经费、项目、政策等方面力争有新的突破，有条件的地方要设立高校毕业生就业工作专项经费，加强保底就业服务，完善企业吸纳毕业生的扶持政策，努力推动工作创新，发挥政策优势。

链接

中国残联：多渠道促进残疾人大学生就业

本报北京5月29日讯　记者　吴佳佳

从中国残联获悉：为更好地促进残疾人大学生就业，中国残联已下发通知，要求各地多渠道促进高校残疾人毕业生就业。

据介绍，目前全国平均每年约有8 000名残疾大学生毕业，这些残疾大学生面临着就业难的问题。为此，中国残联在下发的《关于做好2013年高校残疾人毕业生就业工作的通知》中要求，将高校残疾人毕业生作为残疾人按比例就业的重点对象，协调当地政府有关部门，推动达不到按比例安排残疾人就业的党政机关、事业单位和国有企业确定一些岗位，优先招录高校残疾人毕业生；加强与政府有关部门协调，开发各类公益性岗位安排高校残疾人毕业生；乡镇、街道残联和社区残疾人专职委员岗位优先录用高校残疾人毕业生。

通知还要求强化高校残疾人毕业生就业服务和就业援助。各地残疾人就业服务机构要为残疾毕业生收集并及时提供就业岗位信息，供他们参考和选择；根据每个人的实际情况，积极向用人单位推荐；要将享受城乡居民最低生活保障的高校残疾人毕业生作为帮扶重点，帮助其落实一次性求职补贴。

黑龙江：鼓励毕业生到基层就业

本报哈尔滨5月29日电记者倪伟龄报道：针对今年全国出现的史上最难高校毕业生就业季，黑龙江省教育厅、省人力资源和社会保障厅日前联合发出通知，鼓励和支持高校毕业生到城乡基层和中小企业就业。

2013年黑龙江省普通大中专学校毕业生人数预计将达25.3万余人，安置应届大学毕业生就业工作进入关键时期。2013年，黑龙江省高校毕业生就业工作的目标任务是确保实现应届高校毕业生初次就业率和年终就业率不低于全国平均水平，实现就业人数持续增加，鼓励更多应届毕业生到城乡基层、中小企业、中西部地区、艰苦边远地区就业和自主创业。

黑龙江省要通过做好"农村教师特岗计划""西部计划""三支一扶计划""农业技术推广服务特设岗位计划""到村任职"和"选调生"等项目，安排好大学毕业生的就业工作。凡去往艰苦边远地区、国家扶贫开发工作重点县、中小微企业就业和自主创业的毕业生，要在转正定级、工资福利、社会保障、户档管理和税费减免等方面给予充分保障。

（作者：韩秉志）

【光明日报】北理工副校长赵显利：自主招生寻找特长和创新潜质

来源：光明日报　日期：2013年3月20日

原文链接：http://edu.gmw.cn/2013-03/20/content_7056967.htm

2013年高校自主招生正在进行中，被称为"华约""北约"以及"卓越联盟"的国内高校自主招生考试于16日在全国各地城市同时开考。经过几年的探索，各校的招生思路都在改革变化中逐渐走上自己的轨道。各个"联盟"终究会形成什么样的招生特点？各校究竟要招什么样的人？《光明日报》记者为此专访北京理工大学分管招生工作的副校长赵显利，与读者共同探究。

记者：2013自主招生考试正在进行中，今年跟往年相比，总体上有什么新变化和新特点？

赵显利：高校自主选拔录取改革试点工作是高校考试招生制度的有机组成部分，是我国高校招生多元录取的重要方式之一。近年来，人才选拔综合评价体系在不断完善，别的学校我不好说，与往年相比，北理工的变化主要有这样几个。

招什么样的人进一步明确，即招收具有学科特长和创新潜质的优秀高中生。

自主选拔录取笔试内容有较大改革。不再对考生高中所学科目进行全面的知识性测试，而是重点突出对考生在特长学科上的思维能力和科学探究能力的考查。2013年"卓越大学联盟"将理工类和文史类笔试的考试科目分别由去年的五门和三门缩减至两门，主要考查考生学科特长基础，并且为了方便考生参加测试，"卓越人学联盟"在全国绝大部分省会城市和主要城市设置考点，考生可就近选择考点参加学科基础测试。今年的笔试分为两个科目：理工类学生选择学科基础测试一，涵盖数学和物理知识，着重考查学生的思维能力、逻辑能力、计算能力、探究能力等；文史类学生选择学科基础测试二，涵盖数学和语文知识，着重考查学生的思辨能力、写作能力、思维判断能力等。两个类别测试满分都是200分。

今年来自中西部省份的考生占所有考生的比例进一步增加。在确定准考名单时兼顾生源质量与区域合理分布，向在学科专业方面表现突出的申请考生、向扎实推进素质教育的地区或中学以及农村地区中学的申请考生适当倾斜。

记者：这几年，"北约""华约"和"卓越联盟"渐渐有形成格局的意味，往年各个联盟考试时间都有错开，今年都在同一天考试，这意味着什么？

赵显利："卓越大学联盟"笔试与"北约""华约"在一天，这样的考试安排，一方面是以人为本，减轻考生备考的压力，减少考生巡回考试的麻烦，切实地为考生和家长减负；另一方面，也是希望广大考生根据自身兴趣爱好、学科特长，精心选择报考学校，在一定程度上减少了考生报考的盲目性。

记者：几乎每年自主招生考试都会有一些关于具体考题的讨论，今年是"西游记有多少个妖怪"。其实考题无所谓诡异，只是体现高校招生评价思路和取向。北理工的招生理念是什么？要选拔什么样的人？招生中具体用什么方法考查他们？

赵显利：在选拔上，以面试为主着重考查学生的素质和能力，笔试科目主要考查考生学科特长基础，考查的是最能反映学生逻辑思维、创新能力及培养潜质等的相关内容。

为了深入甄别考生的学科特长和创新潜质，充分发挥学科专家的作用，不断探索完善科学、有效、规范的面试考核方式，增强专家与考生面试交流互动环节。北理工让包括两院院士、长江学者、国家杰出青年基金获得者、国家教学名师等知名顶尖学者来精心选才。在综合面试中，对于理工类学生着重考查学生的逻辑思维和运用相关学科知识分析问题、解决问题的能力。对于文史类学生着重考查学生在团队竞争的情况下，如何既注重团队表现又展示自我的能力。

记者：经过这几年，自主招生积累了很多经验，您觉得在当下的自主招生中，有什么情况是必须引起注意或者亟须改变的？往后自主招生会出现什么样的趋势？

赵显利：从近十年自主选拔录取招生的改革来看，自主招生已为高校选拔了一批又一批优秀人才和特殊人才，总体上是积极的，实施步骤是谨慎的。当前需要引起注意的是，社会上有些人对自主招生有些误解，以为自主招生就是为了选拔"偏才怪才"，这样的认识是片面的，容易对基础教育产生误导，自主招生同样欢迎"全才"。今后，各高校要积极探索建立符合高校自身培养目标和要求的创新人才选拔标准，完善高考、试点高校考核和普通高中学业水平考试、综合素质评价等多位一体的高校人才选拔综合评价体系，选拔具有学科特长和创新潜质的人才。

北京理工大学将结合近些年来自主选拔录取的经验，在学校特色优势明显、考生及家长认可度高的专业上，针对在自主选拔过程中发现的具有突出创新潜质和符合专业专长特点的学生，制定单独的培养方案，着重强化导师亲自指导和实践创新能力的培养。

记者：自主招生的各个联盟现在看来逐步稳定，您觉得往后会有什么样的发展趋势？

赵显利：联盟不仅仅是各高校招生考试环节的一个合作，也可以说是在这个基础上，高校之间深度合作的一个方式。

北京理工大学、重庆大学、大连理工大学、东南大学、哈尔滨工业大学、华南理工大学、天津大学、同济大学、西北工业大学9所"985工程"高校于2010年签署了《卓越人才培养合作框架协议》，2011年进行了首次"卓越人才培养合作高校2011年联合自主选拔录取学业能力测试"。卓越大学联盟是以人才培养为中心，共同探索卓越人才培养规律与模式，开展招生改革、本科生和研究生交流与联合培养、国际合作和交流、产学研合作等全方位和深层次的交流与合作。

由于"卓越大学联盟"9所高校工科特色鲜明，有着相同的人才培养目标和相似的人才培养理念，且都是教育部开展卓越工程师培养计划的高校，所以9校近三年来不断在广度和深度上加大合作和互动力度。联盟内逐步形成了9校间研究生、教务、招生、科技、国际合作、信息中心、图书等关联部门联席工作会议制度。进入"卓越大学联盟"合作高校的学生，还可以在大学期间共享"卓越大学联盟"9校在人才培养、科学研究、国内外交流、图书信息等优质资源。

附

四大自主招生联盟

■ "北约"联盟（11校）

北京大学

香港大学

北京航空航天大学

北京师范大学

华中科技大学

武汉大学

中山大学

厦门大学

山东大学

四川大学

兰州大学

■ "华约"联盟（7校）

清华大学

上海交通大学

中国科学技术大学

南京大学

浙江大学

西安交通大学

中国人民大学

■ "卓越"联盟（9校）

天津大学

北京理工大学

大连理工大学

东南大学

哈尔滨工业大学

华南理工大学

西北工业大学

重庆大学

同济大学

■ "北京高科"联盟（11校）

北京邮电大学

北京交通大学

北京林业大学

北京化工大学

北京科技大学

哈尔滨工程大学

西安电子科技大学

中国地质大学（北京）

中国矿业大学（北京）

中国石油大学（北京）

华北电力大学

（作者：李玉兰）

【高考网】校园开放日：2013年北京理工大学 3+X英才班吸引家长关注

来源：高考网　　日期：2013年4月24日

原文链接：http://bjksb.bjeea.edu.cn/html/ksb/gaozhaozhuanban/2013/0424/47801.html

在北京理工大学4月20日的校园开放日活动中，学校公布了多项招生改革措施，其中以3+X为培养模式的徐特立英才班吸引了众多考生家长的关注。

为了贯通培养，这个以北理工老院长、人民教育家徐特立名字命名的英才班设立在研究生院进行管理，打破了本科生和研究生的管理界限，有利于学校整合资源，从研究生培养的角度来培育真正的拔尖创新人才。

"这个班第二年选专业时该选哪个啊？""我们家孩子数学还行，理综稍微弱一些，报这个班合适吗？"面对家长一个又一个的问题，负责介绍徐特立英才班情况的研究生院老师郝洪涛始终面带微笑地回答："您得让孩子自己选择啊！""可是孩子自己没想法。"有些家长摇摇头说。"孩子都有想法，我们老师和孩子聊过，他们都不止一个想法。就是有时候家长总是替他们选择，孩子只能不发表意见啦！"

徐特立英才班是北理工今年首开的特色班，该班采用3+X学制，实行"淘汰+补入"动态考核创新培养模式，第3学期时被淘汰或自愿放弃的学生可在全校选专业。所谓"X"，可以等于1，就是本科毕业；可以等于3，就是研究生毕业；可以等于5，就是博士毕业。学校无论从资金、师资还是留学机会等方面，都给予这个项目更多的支持，希望学生在第三年时能选择继续深造，成为学科内领军人才。

据介绍，徐特立班的出发点就是以学生为本，充分尊重学生的自主选择。这个班是培养以继续读研为目的的学生，但是否选择读研，要看孩子的兴趣所在和从事科研的毅力等。

（作者：刘婧）

【中国教育报】2013年北京高招观察：育人质量决定招生吸引力

来源：中国教育报　日期：2013年5月14日

原文链接：http://www.jyb.cn/gk/gkrdzt/gaokao2013/tt/201305/t20130514_537627.html

翻开2013年北京各高校的招生简章，没有开设新专业或者没有调整人才培养模式的高校很少。招办主任们在推介学校招生计划的时候，也将主要精力用于介绍学校的实验班、国际班和大类招生、导师制等人才培养模式的新调整。清华大学招办主任于涵说，在这些招生现象的背后，是高校适应社会对大学培养质量的要求，主动或被动做出的调整。高校的内涵决定了育人的质量，成为影响高校招生吸引力的关键。

瞄准拔尖创新人才培养　高校实验班启动升级

近年来，回应"钱学森之问"，高校拔尖创新人才培养步入快车道。2013年，北京各高校开设的各类实验班延续了去年快速增加的趋势，部分高校的实验班还启动了培养方案升级。

清华大学今年两个新增专业中，就有一个"医学实验班"。北京师范大学今年纳入招生计划的实验班已经达到11个。北京航空航天大学今年在华罗庚班、中法卓越工程师培养实验班和高等工程学院实验班的基础上，又增加了社会科学实验班。北京理工大学今年新设立了"徐特立英才班"和数学、物理、化学菁英班。首都经济贸易大学启动了"拔尖创新人才培养试验点、国际化人才培养创新试验点、卓越人才培养创新试验点"等人才培养模式改革，覆盖了全校22个专业。

2013年北京高招观察：育人质量决定招生吸引力

www.jyb.cn 2013年05月14日 作者：施剑松 来源：中国教育新闻网—中国教育报

翻开2013年北京各高校的招生简章，没有开设新专业或者没有调整人才培养模式的高校很少。招办主任们在推介学校招生计划的时候，也将主要精力用于介绍学校的实验班、国际班和大类招生、导师制等人才培养模式的新调整。清华大学招办主任于涵说，在这些招生现象的背后，是高校适应社会对大学培养质量的要求，主动或被动做出的调整。高校的内涵决定了育人的质量，成为影响高校招生吸引力的关键。

本报记者 施剑松

瞄准拔尖创新人才培养 高校实验班启动升级

近年来，回应"钱学森之问"，高校拔尖创新人才培养步入快车道。2013年，北京各高校开设的各类实验班延续了去年快速增加的趋势，部分高校的实验班还启动了培养方案升级。

清华大学今年两个新增专业中，就有一个"医学实验班"。北京师范大学今年纳入招生计划的实验班已经达到11个。北京航空航天大学今年在华罗庚班、中法卓越工程师培养实验班和高等工程学院实验班基础上，又增加了社会科学实验班。北京理工大学今年新设立了"徐特立英才班"和数学、物理、化学菁英班。首都经济贸易大学启动了"拔尖创新人才培养试验点、国际化人才培养创新试验点、卓越人才培养创新试验点"等人才培养模式改革，覆盖了全校22个专业。

解读大学实验班的培养计划，不少高校在学制和培养计划方面有所创新。例如，清华医学实验班的重点是培养未来的医学科学家，在国内率先开创了"3+2+3"的新的八年制培养医学科学家的项目。"3+2+3"学制是3年在清华的基础学业，2年到海外顶级医学科学院和医学研究机构进行科研训练，最后3年在国内的顶级临床医院进行临床实习。8年后学生被授予医学博士学位。将来学生既可以去做顶级的临床医生，也可以走医学科学家的方向。

北京理工大学"徐特立英才班"采用3+X年的创新培养模式，实行"淘汰+补入"动态考核创新培养模式，第3学期时被淘汰或自愿放弃的学生可在全校选专业。学校为每位学业合格的学生都设立了自主创新基金和奖学金。在学期间将有累计1年以上在海外高水平大学公派留学实

解读大学实验班的培养计划，不少高校在学制和培养计划方面有所创新。例如，清华医学实验班的重点是培养未来的医学科学家，在国内率先开创了"3+2+3"的新的八年制培养医学科学家的项目。"3+2+3"学制是3年在清华的基础学业，2年到海外顶级医学科学院和医学研究机构进行科研训练，最后3年在国内的顶级临床医院进行临床实习。8年后学生被授予医学博士学位。将来学生既可以去做顶级的临床医生，也可以走医学科学家的方向。

北京理工大学"徐特立英才班"采用3+X的创新培养模式，实行"淘汰+补入"动态考核创新培养模式，第3学期时被淘汰或自愿放弃的学生可在全校选专业。学校为每位学业合

格的学生都设立了自主创新基金和奖学金。在学期间将有累计1年以上在海外高水平大学公派留学实践或联合培养的学习经历。

高校联合培养或高校与研究所联合培养项目成为今年北京高校实验班的热点。中国传媒大学、北京电影学院和北京师范大学实施的"动漫高端人才三校联合培养试验计划"，采取学生入校后二次遴选的方式组建实验班。实验班学生可以分享三校优质教育资源。北京航空航天大学今年设立的"通信基础科学实验班"，依托学校师资和"信息光子学与光通信国家重点实验室"研究平台，并聘请国内外著名专家指导、授课，实施小班制、导师制和个性化培养，让学生提前参与国家高水平研究项目。

应对国际化人才需求　高校国际化由点及面

随着中国日渐融入国际舞台，社会对能适应国际化竞争的人才需求不断增长。高校人才培养的国际化合作也在走向成熟，人才培养国际化的模式不断丰富，获益学生比例逐渐提高。

中外合作培养国际班，是近年来高校人才培养国际化的主要形式。今年北京高校国际班数量仍在增加。清华大学今年新增了两个国际班，分别是法学国际班和环境工程国际班。北京林业大学今年开始和加拿大不列颠哥伦比亚大学（以下简称UBC大学）联合实施生物技术、木材科学与工程专业本科教育项目。北京师范大学今年新开设了涉外法律人才培养模式实验班。北京农学院与澳大利亚伊迪斯科文大学合作的办学项目"农业资源与环境（环境管理）"专业今年也纳入了北京市招生计划。

在林林总总的高校国际班中，出现了一个值得注意的新动向。一些高水平大学主动承担国际化培养费用，大大减轻了家长的负担。对于清华大学今年新增的两个国际班，学校承诺培养计划包括中外名师双语授课和海外留学的项目，出国交流的费用由学校负担。例如，清华大学环境工程国际班每位学生可获得学院提供的20万元人民币的出国交流奖学金，专门用于支持环境国际班的学生国际交流、联合培养和实习实践的活动。

除了直接设立国际班，北京部分高校还将学校国际化科研活动与人才培养结合起来。北京航空航天大学发挥学校科研实力优势，2013年可启动的全额奖学金国际交换学习项目有31项，其中仅国家留学基金委的优秀本科生国际交流项目就达17项。

事实上，在国际通行的评价高校国际化程度的指标中，本科生出国率是一个优先的指标。以往，同在国内招生的香港高校这一指标远远高于国内高校平均水平。但近年来随着国内高校不断丰富国际化合作途径，清华、北大等国内高校在这一指标上与香港高校已不存在差距，甚至在少数重点专业超过了香港高校的水平。

就业压力影响考生志愿　理性评价专业含金量

2013年全国高校毕业生数量达到699万，再创历史新高。全国高校毕业生就业形势严峻。以北京为例，截至4月底，高校毕业生签约率不足3成。部分高校专业"毕业即失业"的现实让考生和家长在选择高考志愿时更加谨慎。

在北京航空航天大学今年的招生咨询会上，记者发现，一些家长将"985""211"等指标作为选择高校的先决条件。而升学率、就业率等指标更是高校招生老师面对大多数家长咨询的必答题。

首都医科大学招办主任张华说，考生和家长对高校和专业应理性评价，不能用统一指标衡量所有高校。例如，医学类高校临床实力是评价学校的重要指标。在北京30所三甲医院中，有16所是首都医科大学的附属医院。如果家长了解这一点，就会清楚地定位首都医科大学在同类高校中的地位。

清华大学招办主任于涵说，建议考生和家长结合社会人才需求趋势和学校的培养计划设计综合考察专业就业前景。今年清华大学建筑学院新设了城乡规划专业。在未来30年中，城镇化将成为国家发展的重要战略而且处在重要实施阶段，对于建筑学特别是城乡规划专业的高端人才需求在未来30年是非常大的。清华增设城乡规划专业面向本科生招生正是瞄准了这一社会需求。

不同高校的相同专业，由于培养计划设计不同，最终的育人质量也会出现差异。于涵介绍说，同样是外文专业，清华的外文实验班英语课程是按照英语国家一流大学的专业课程设置和培养目标来安排的，所以实际上学生在清华学习英语和在欧美英语国家学习英语的课程和培养方式是一致的。同时，清华在人文学院为这些学生提供很多平台课，安排专门的导师辅导，并保证这个实验班的学生在本科期间百分之百可以在海外名校注册学习一年。交流学校包括牛津、剑桥、哈佛、耶鲁等英美名校。为此，清华大学为每位学生提供了25万元人民币的海外研修学习奖学金。

除专门设计的专业培养项目之外，记者发现，不少高校将大类招生、小班化培养和导师制在校内的覆盖面扩大。北京大学、清华大学、中国人民大学、北京师范大学和复旦大学等一流高校，均已将这些育人模式在全校更多专业范围内进行推广，进一步提升了学校整体育人环境的含金量。

于涵说，随着中国经济社会发展水平的提高，高等教育已经进入资源高注入的阶段。这既是社会对高校育人质量的需求，也是高校自身发展的需要。能否适应社会需求，把握教育规律，打造内涵丰富、品质优良的育人体系是当前高校面对的首要问题，也决定了高校能否招到适合的生源。

（作者：施剑松）

【人民网】北理工社区青年志愿者李家妹：
生活平凡，梦想可以不平凡

来源：人民网　日期：2013年4月26日

原文链接：http://theory.people.com.cn/n/2013/0426/c148980-21292014.html

为深化中国梦的宣传教育，凝聚起全社会的共识和力量，4月26日上午，"中国梦网上系列谈"举办第一场活动，活动邀请5位城市社区干部群众进行网上座谈，畅谈自己心中的中国梦，并与网友进行在线交流。北京华夏中青家政服务有限公司团支部书记、丰台区方庄紫芳园南里社区青年志愿者、北京市百姓宣讲员李家妹谈到，她虽然家境贫寒，但是来京8年，努力做好家政服务工作，一步步实现了大学梦、入党梦，正努力实现自己的志愿服务之梦。

李家妹回忆过往时谈到，她的家在云南大理，小时候家里很穷。为了生计，多病的妈妈带着她和年幼的妹妹上街卖过菜，还捡过废品。妈妈不识字，但她经常对子女说："你们一定要好好念书，有了文化，才不会受穷。"因此她从小就梦想着一定要上大学！曾经她也是县一中的优等生，像所有学生一样，也梦想着考上名牌大学，然后再找到一份理想的工作，让家里的人过上幸福的生活。可是父亲生病下岗，家里失去了主要的经济来源，这一场突如其来的变故让她的梦想破灭。

李家妹谈到，为了家庭，不满18岁的她在2005年来到北京，接受了家政服务上岗培训，之后被分配到客户家。可是怎么也没有想到，就在上岗前一天，她把钱和月票都弄丢了。身边没有亲人，兜里也没有钱，大街上人来人往，她觉得自己特别无助，一边走一边哭，特别想回家。可是一想到家，一想到爸妈，她觉得父母比自己还不容易，最后就告诉自己，还是咬牙坚持一下，等挣到钱她就可以回家了。就这样，她到了客户家，主要工作是带一个两岁多的孩子，做饭和做家务。孩子还小，夜里还得把尿，那会儿她也是一个大孩子，没办法，就只有通过定闹钟来叫醒自己，有的时候在客户家里拖着地板，她一边干活一边掉眼泪，心想：要是在学校，这会儿她正上课呢！她想上学，想妈妈。

李家妹，女，汉族，26岁，云南人，中共党员

她谈到，就在准备打退堂鼓的时候，是客户的鼓励和信任给了她坚持下去的勇气。那时候刚来北京，她什么也不会，微波炉也没有见过，但是客户也没有埋怨她什么，孩子的爸爸教她做菜，孩子的妈妈领她去吃北京小吃，吃完还特地给她打包多带上一份。渐渐地，她开始喜欢上这一份工作，虽然它很平凡、很琐碎，但是她能通过自己的努力，去帮助别人解决困难，在这个岗位上，她同样可以播种梦想，收获更多的精彩。

李家妹谈到，她的想法渐渐从挣钱养家变成了要在这个岗位上实现自己的人生价值。她开始努力地学习各种技能。2007年年底，华夏中青总部和中央电视台7频道《阳光大道》栏目共同举办了家政员技能比赛，她获得了云南组冠军和全国赛季军。通过这次比赛，她认识到：只要愿意学习和奋斗，无论在哪个岗位上，你都能闯出一片属于自己的天地。

她谈到，在工作慢慢顺利之后，她心里还想着上大学。在公司领导的支持下，她回到公司做钟点工，一边工作，一边准备参加成人高考。公交车成了她的课堂和食堂，一上车，她一边啃馒头，一边看书。2009年春天，她收到了北京理工大学继续教育学院的通知书。那一瞬间，她哭了，在告别校园4年之后，她终于又有书念了，也要上大学了，梦想成真了。后来，公司总部把她调到办公室做管理工作，负责给新来的姐妹们做培训，还当上了公司的团支部书记。去年10月25日，李家妹光荣地加入了中国共产党。

李家妹谈到，在事业学业双丰收的同时，自己感恩的心情越来越强烈。她加入了青年志愿者服务行列，只要有时间，就和姐妹们一起到社区为孤寡老人免费做家政服务，擦擦玻璃，扫扫地，聊聊天，去年还参加了北京市学习宣传贯彻党的十八大精神百姓宣讲团，成为一名百姓宣讲员。在宣讲中，有这样一段话让她感触很深：生活在我们伟大祖国和伟大时代的中国人民，共同享有人生出彩的机会，共同享有梦想成真的机会，共同享有同祖国和时代一起成长与进步的机会。

最后，李家妹讲，来北京快8年了，她从一个边远山区的小女孩成为北京理工大学的在读生，从一个家政服务明星成为"北京市劳动模范"。这些荣誉让她更加坚信，生活平凡，梦想可以不平凡。只要我们肯为梦想持之以恒地付出，最终一定能圆梦。最后，她也希望那些怀揣梦想的人，勇敢地走出来，努力工作、努力学习，在平凡的岗位上成就不平凡的梦想，为实现我们共同的中国梦而奋斗。

（作者：万鹏）

【北京考试报】打工妹梦圆北理工

来源：北京考试报　日期：2013年8月10日

原文链接：http://bjksb.bjeea.cn/uploads/softnew/81-130809153643.Pdf

"学子阳光"项目助贫困学子圆大学梦

（记者　邱乾谋）北京青少年发展基金会、希望工程北京捐助中心日前正式启动"学子阳光助莘莘学子梦想起航"公益活动，为家境困难的大学新生提供每人每学年4 000元的资助。

本活动采取"1+1"结对捐助的方式面向社会募集捐款。所有捐款不收取任何管理费用。捐赠者可通过北京青少年发展基金会、希望工程北京捐助中心"1+1"结对资助网络平台选择受助学生，捐献爱心，也可以选择现场捐款、银行转账和邮局汇款的形式捐赠。

除北京地区外，还有来自安徽、宁夏、广西、江西、云南等10个省市的受助学生。这些学生均是被北京一本院校录取的家庭经济困难的大学新生。

截至2012年年底，共有11 320名家庭经济困难的大学生得到了该项目的帮助。

附

打工妹梦圆北理工

她生在农村，却在北京找到了属于自己的天地；她怀揣梦想，愿为社会贡献自己的力量；她认真生活，懂得用文化知识为梦想铸造阶梯；她平凡如常，但自强不息的经历告诉你，打工妹也可以圆梦名校。这就是李家妹，一个看似邻家小阿妹，内心却无比强大的女孩儿。

打工妹梦圆北理工

本报记者 刘婧

她生在农村，却在北京找到了属于自己的天地；她心怀梦想，愿为社会贡献自己的力量；她认真生活，懂得用文化知识为梦想铸造阶梯；但自强不息的经历告诉你，打工妹也可以圆梦名校。这就是李家妹，一个看似邻家小阿妹，内心却无比强大的女孩儿。

梦想被家境搁浅

李家妹从小生活在云南农村，家境贫寒。妈妈上山砍柴摔断了腰，从此干不了活；爸爸多年前被查出贫血，被迫内退，每月150元的失业补助成了这个家庭的唯一一收入。"外边一下雨，我们家屋里就到处漏水。"家妹回忆说。父母的医疗费、家庭的生活费、妹妹的抚养费，都落在了家妹的肩上。虽然成绩优秀，多次被评为三好学生，但为了这个家庭，正在上高中的她，看到县妇联的招工启事后，毅然踏上了去北京从事家政服务的列车。家妹同样不想

继续念书？她从小就梦想着考上名牌大学，找一份理想的工作，但家庭的现状让这个梦搁浅。

那一年，她还不满18岁，在短暂的家政服务上岗培训之后，就被分配到客户家。可是就在上岗前一天，她把钱和月票都弄丢了。身边没有亲人，兜里也没有钱，大街上人来人往，她一边走一边抹眼泪，特别想回家。但一想到爸爸妈妈，她就不再流泪了，告诉自己等挣到钱就可以回家了。于是她走进了客户家，领了自己的工作任务：带一个两岁的孩子，做饭和做家务。孩子还小，夜里总得把尿，她也只是一个大孩子，没有任何经验，就你喂闹钟来叫醒自己，有时她边干活边擦泪，心想：要是在学校，她这会儿正上课呢。她想上学，想妈妈。

梦想靠努力实现

就这样，家妹开始了她的家政之路，一干就是3年。2007年底，在中央电视台第7频道《阳光大道》栏目的家政员技能比赛当中，李家妹用自己扎实的专业技能与实践经验，获得了云南组的冠军和全国赛的季军。工作终于稳定下来，并有了一定成绩，但是李家

李家妹

妹并不满足，她还惦记着自己的大学梦。学业荒废了3年，工作也还在继续，但是对大学的向往，让一切阻挡都微不足道。

家妹向公司申请做钟点工，时间倒是自由的，但需要跑的地方多了。这家需要做卫生，那家需要做饭，另一家需要遛狗，再一家需要看孩子。家妹不在客户家里就在路上。"回想起来，那段时间全北京城到处跑，每天在公交车上一边吃饼一边看书，有时专心到钱包被偷都不知道。"累了一天的她，晚上回去别不上休息，公司灯灭了，她就去走廊看书。"一定要考上大学！"家妹时常这样告诫自己。2008年8月，李家妹参加了成人高考，最终收到了北京理工大学继续教育学院的通知书，圆了自己盼望已久的大学梦。但上大学一点都不比考大学简单。

学校晚上6点半上课，从公司蒲家园到学校需要一个多小时，她一下班就得往这边赶。"学校放暑假，她晚上就去打工。

梦想是为了全家

"我跟妹妹说，我趟过的地板比你走过的路都多。"家妹从妹妹初中就开始供她上学，其实这几年她过得真的不容易。有一次为了赶时间，手被地铁车门夹了一道大口子，她就带着胶皮手套干活，但戴着手套手不上劲，只能摘下手套，磨破了就痛痛把活干完；有一次通勤时被狗咬了，打了三针狂犬疫苗。这还不算，有时候还会惹误会。有一次客户少了100块钱，怀疑是她拿的，这让她心中的委屈无处倾诉。

那时，她每月除留下100元外，所有的钱都寄回家。"有时也觉得自己很难，但想到爸爸妈妈，就觉得自己应该坚持下去。"家妹说，供妹妹上大学已经不是她自己的梦想，而是全家人的梦想。

在北京8年，这个来自边远山区的家政服务员已成为北京理工大学的学生。这让她更加坚信，生活平凡，梦想可以不平凡。只要肯为梦想持之以恒地付出，最终一定能圆梦。

梦想被家境搁浅

李家妹从小生活在云南农村，家境贫寒。妈妈上山砍柴摔断了腰，从此干不了活；爸爸多年前被查出贫血，被迫内退，每月150元的失业补助成了这个家庭的唯一收入。"外边一下雨，我们家屋里就到处漏水。"家妹回忆说。父母的医疗费、家庭的生活费和妹妹的抚养费，都落在了家妹的肩上。虽然成绩优秀，多次被评为三好学生，但为了这个家庭，正在上高中的她，看到县妇联的招工启事后，毅然踏上了去北京从事家政服务的列车。家妹何尝不想继续念书？她从小就梦想着考上名牌大学，找一份理想的工作，但家庭的现状让这个梦搁浅。

那一年，她还不满18岁，在短暂的家政服务上岗培训之后，就被分配到客户家。可是就在上岗前一天，她把钱和月票都弄丢了。身边没有亲人，兜里也没有钱，大街上人来人往，她一边走一边抹眼泪，特别想回家。但一想到爸爸妈妈，她就不再流泪了，告诉自己等挣到钱就可以回家了。于是她走进了客户家，领了自己的工作任务：带一个两岁多的孩子，做饭和做家务。孩子还小，夜里还得把尿，她也只是一个大孩子，没有任何经验，就依靠闹钟来叫醒自己，有时她边干活边掉泪，心想：要是在学校，这会儿正上课呢。她想上学，想妈妈。

梦想靠努力实现

就这样，家妹开始了她的家政之路，一干就是3年。2007年年底，在中央电视台第7频道《阳光大道》栏目的家政员技能比赛节目中，李家妹用自己扎实的专业技能与实践经验，获得了云南组的冠军和全国赛的季军。工作终于稳定下来，并有了一定成绩，但是李家妹并不满足，她还惦记着自己的大学梦。学业荒废了3年，工作也还在继续，但是对大学的向往，让一切阻挡她的力量显得微不足道。

家妹向公司申请做钟点工，时间倒是自由了，但需要跑的地方多了。这家需要做卫生，那家需要做午饭，另一家需要遛狗，再一家需要看孩子。家妹不在客户家里就在路上。"回想起来，那段时间全北京城到处跑，每天在公交车上一边吃饼一边看书，有时专心到钱包被偷都不知道。"累了一天的她，晚上回去顾不上休息，公司宿舍熄灯了，她就去走廊看书。"一定要考上大学！"家妹时常这样告诫自己。2008年8月，李家妹参加了成人高考，最终收到了北京理工大学继续教育学院的通知书，圆了自己盼望已久的大学梦。但上大学一点都不比考大学简单，"学校晚上6点半上课，从公司潘家园到学校需要一个多小时，我一下班就得往这边赶。"学校放暑假，她晚上就去打零工。

梦想是为了全家

"我跟妹妹说，我擦过的地板比你走过的路都多。"家妹从妹妹初中就开始供她上学，其实这几年她过得真的不容易。有一次为了赶时间，手被地铁车门刮了一道大口子，她就带着胶皮手套干活，但戴着手套用不上劲，只能摘下手套，强忍着疼痛把活干完；有一次遛狗时被狗咬了，打了三针狂犬疫苗。这还不算，有时候还会被误会。有一次客户少了100元钱，怀疑是她拿的，这让她心中的委屈无处倾诉。

那时，她每月除留下100元外，所有的钱都寄回家。"有时也觉得自己很难，但想到爸爸妈妈，就觉得自己应该坚持下去。"家妹说，供妹妹上大学已经不是她自己的梦想，而是全家人的梦想了。

在北京8年，这个来自边远山区的家政服务员已成为北京理工大学的学生。这让她更加坚信，生活平凡，梦想可以不平凡。只要肯为梦想持之以恒地付出，最终一定能圆梦。

（作者：刘婧）

【科学新闻】当收费遭遇"冷门"

来源：科学新闻　日期：2013年10月23日

原文链接：http：//www.science-weekly.cn/skhtmlnews/2013/10/2215.html

2014年，中国的研究生教育将结束公费模式，进入自费时代。

从国际经验看，对研究生收取学费是普遍做法，也更顺应国家发展。但是在市场经济中，研究生收费无疑会促进学生选择就业前景光明、薪水更丰厚的专业。冷门学科将更冷的局面，似乎显得顺理成章。

面对研究生收费，冷门学科该何去何从，这次变革究竟是挑战，还是危机？

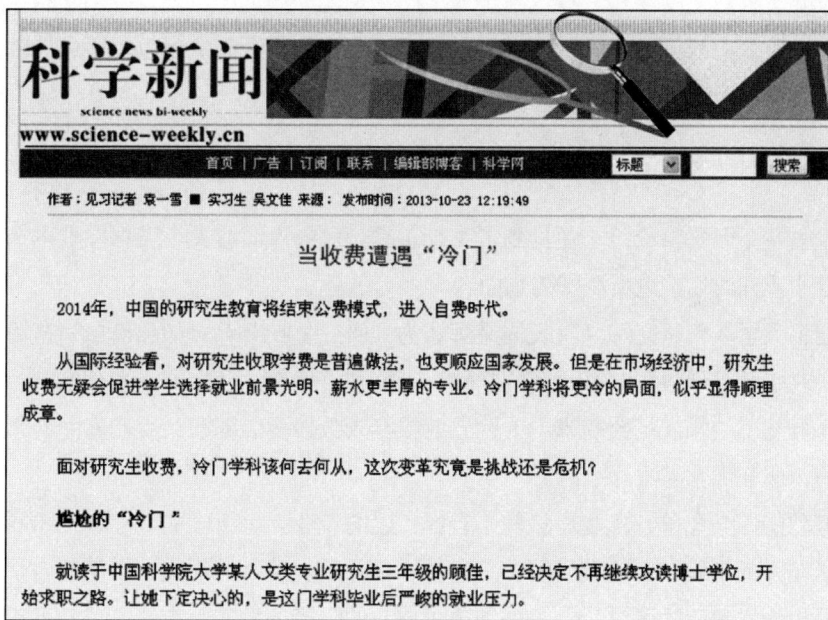

尴尬的"冷门"

就读于中国科学院大学某人文类专业研究生三年级的顾佳，已经决定不再继续攻读博士学位，开始求职之路。让她下定决心的，是这门学科毕业后严峻的就业压力。

"我现在所学的专业，在公务员岗位中没有相关职位，事业单位也很少有相关招聘。虽然企业对专业要求没那么严格，但是如果选择与专业不相关的工作，总感觉这些年研究生读得不甘心。"顾佳说。

工作不好找，顾佳的师兄师姐们有的就干脆选择了暂时逃避——读博。但是顾佳的理解是，即便读到博士，依然面临出来找工作的问题，而且起点高了，选择范围更窄。权衡利弊，顾佳放弃了博士头衔，希望通过工作脱离专业带来的压力。

现就读的专业，并不是顾佳当初所选的第一专业，而是服从调剂后的无奈选择。可是即便是她当初所报的第一志愿——历史，依然是冷门专业，毕业后工作仍然难找。

朱敏在北京大学科技传播中心读研究生二年级。系里本来设立了400～1 200元不等的补助，不过为了平均分配，决定每人每月提供800元。800元对于一个在北京生活又没有其他经济来源的学生来说，有些捉襟见肘。所以，他不得不在课外时间寻找兼职，补贴生活。

在别人为自己的未来打算时，苏田田就显得从容得多，中国农业大学为她提供了直接读博的机会。植物营养专业尽管也算是冷门，但是她预计在读博期间，每个月可以领到3 000～4 000元的补助，足够支撑她的日常所需。

不过，苏田田说，如果不是赶上了免费读博的机会，那么是否要继续深造也是未知数。毕竟读到博士，岁数一大把，总不能一直靠家里接济。

面对研究生收费，顾佳和朱敏也同样为冷门专业捏了一把汗，毕竟冷门学科导师的项目经费本就不充足，尤其是有些项目还没法支出学生的津贴，经济负担直接落到导师身上。但是缺少项目支撑，导师们也无计可施。

重新洗牌引危机

研究生收费，似乎将冷门专业推到了生存还是灭亡的风口浪尖。在很多业内人士眼中，这些冷门专业或许面临着重新洗牌的局面。

北京理工大学教育研究院副院长周文辉认为，研究生收费有可能会造成一些冷门专业招生的困难。对于基础学科和国家亟需的学科，国家和培养单位会采取一系列的支持措施；而对于一些学科基础较弱、社会需求不大而导致报名人数较少的陈旧、冷门专业，就该让市场机制起作用，逐渐优胜劣汰。

面对激烈的专业竞争，顾佳显然并不看好自己的专业。她所学的专业，在本科阶段已经被大多数学校并入了偏应用的大学科中。这种"合并同类项"的形式，虽然符合优胜劣汰的规律，但是也给本专业的研究生找工作制造了不小的阻碍。她甚至有些羡慕其他应用或技术类专业的同学了："导师做的项目紧跟潮流，头上顶着不那么冷门专业的光环。都一样是做研究，还好找工作，何乐而不为呢？"

研究生收费带来的不只是专业之争，对于"非名校"也是一次考验。

所谓的"名校"，集中了较多的国家投入和优势的办学资源，一旦收费制度的主动性交还给高校，名牌学校在建立奖助学金体系和优化研究生培养机制上也会做出积极回应。

与之对应的，普通高校用奖助学金覆盖研究生教育的能力有限，提供的资助机会和力度在一定程度上受到影响。

危机也是契机

这场危机也让人看到了冷门专业蓬勃的生机。

华东师范大学研究生王国柱，选择读研的方向就是冷门专业——中共党史。对于自己的选择，王国柱并不后悔，甚至还有些庆幸。因为这个专业为王国柱和他的师兄师姐们打通了留在上海的捷径。

正是因为专业比较冷门，就读人数少，所以几乎每个学生一毕业就能找到中意的工作岗位。王国柱也不例外，他已经为自己的就业展开了规划。党校，是他毕业后的第一选择。

而对于自本科开始就报考冷门专业的学生来说，在专业的选择之初就已经为自己定下了以后的学业"红线"。这条红线的发展趋向与是否收费的关联并不那么密切。

"现如今就业压力如此之大，更别提本来就业就困难的一些学科，如果将来想继续从事相关工作，考研本就是我们的必经之道，有些同学从进大学就开始筹备考研。既然选择了较冷门的学科，这些计划并不会因为收费制度而有太大的改变。"一位农学院植物营养学的备考生如是说。

另外一条生机就是国家的奖补措施，如近期推出的国家奖学金，硕士最高奖励可达20 000元，而博士甚至能达到30 000元。这远远超过研究生一年的费用。

除了国家的奖励，学校也相应地给学生们提供了奖学金和专业补助。厦门大学物理与机电工程学院的一位教授表示，学院实行全面收费后，将实行奖学金全覆盖，奖学金直接冲抵学费。在全面收费前，对于部分非公费学生，国家已有相应拨款，其奖学金分为一、二、三等，一等奖学金冲抵学费后月余千元，二等奖学金差不多相当于学费，而三等奖学金冲抵学费每月缺数百元。对于较弱势的物理学科，学院规定补齐奖学金与学费差额，由系里统一规划发放。另外，每月还有学院和导师发放一定的补助。学生不需要为学费和生活费担忧。

（作者：袁一雪 吴文佳）

【参考消息】华尔街日报：英语在中国
逐渐失去光环？

来源：参考消息　日期：2013年11月8日

原文链接：http://china.cankaoxiaoxi.com/2013/1108/298555.shtml

参考消息网11月8日报道　美国媒体称，近来中国就长期以来是否过度重视英语教学掀起了一场大讨论，专家们说，这场争论可能会掀起对中国人为何学英语、如何学英语的反思。

美国《华尔街日报》网站11月7日报道指出，玛丽娜·王（音）曾在杭州一家英资企业工作，那时她每天都会用到英语。后来她辞职回老家湖北，在一家中资银行找了份新工作，在这里她几乎用不到英语。

报道称，虽然玛丽娜在大学里主修英语，但她并不怀念说英语。她说，新工作的收入更稳定，而且现在住的地方离父母很近；新工作不需要用英语，因为主要与中国客户打交道。而她的经历说明了一个问题。

报道指出，虽然估算值存在差异，但《中国日报》称，2010年中国学英语的人多达4亿。根据市场数据供应商北京中智林信息技术有限公司的数据，2011年英语培训市场的规模达到463亿元人民币。

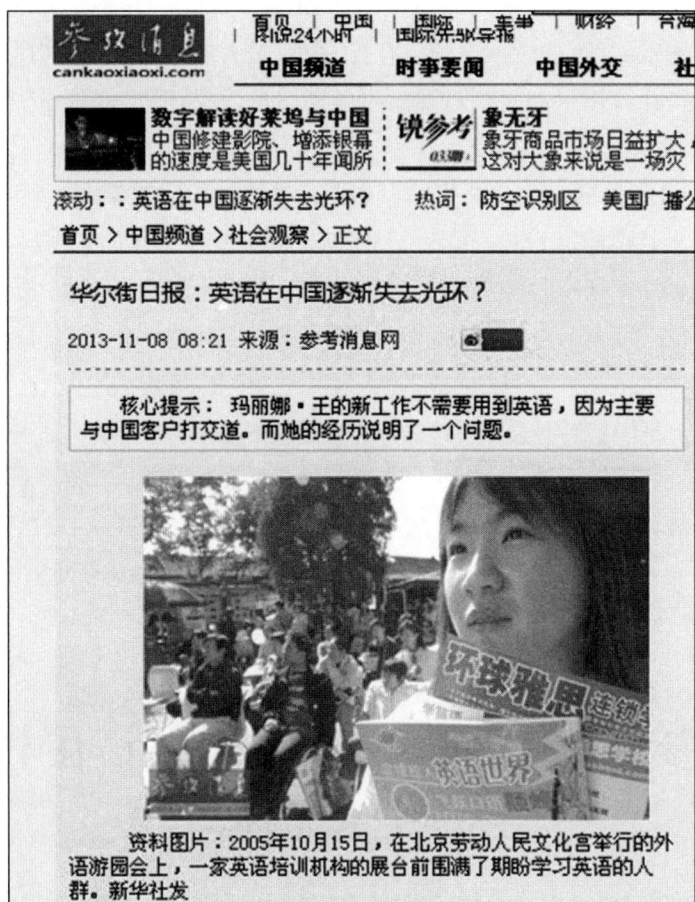

资料图片：2005年10月15日，在北京劳动人民文化宫举行的外语游园会上，一家英语培训机构的展台前围满了期盼学习英语的人群。新华社发

报道称，随着中国经济日趋成熟，消费者阶层日益壮大，本土公司崛起，许多像玛丽娜·王这样的人看到了新的不需要英语能力的工作机会。与此同时，一些批评人士指出，学校过度重视英语教学造成了国内年轻人汉语水平的下降。

驻中国香港的教育顾问戴维·格拉多尔说，中国也许将对英语教学进行改革。他表示，过去，中国人学习英语的主要动力是为了通过国家考试，将来这一动力可能会减弱，但为了提升英语沟通能力而去学习的需求可能会增强。

报道指出，2013年早些时候，包括北京理工大学在内的一些大学取消了部分理工科专业自主招生考试中的英语笔试。此外，北京教育部门10月份宣布了有关降低高考英语分值的决定。山东、江苏等一些省份也在酝酿高考改革。

报道称，教育部前发言人王旭明近日呼吁取消小学英语课，增加国学教育。

据报道，一家报纸10月初评论说，中国的"英语热"是到了冷一冷的时候了。该报说，现在是到了给这股热泼点冷水的时候了，扭转这种过分强调英语教育、英语学习越来越低龄化的趋势。

【北京晚报】如何看待中高考降低英语分值？

来源：北京晚报　　日期：2013年11月6日

英国瑞丁大学校长："没人会拒绝最为国际化的语言。"

原文链接：http://bjwb.bjd.com.cn/html/2013-11/06/content_123135.htm

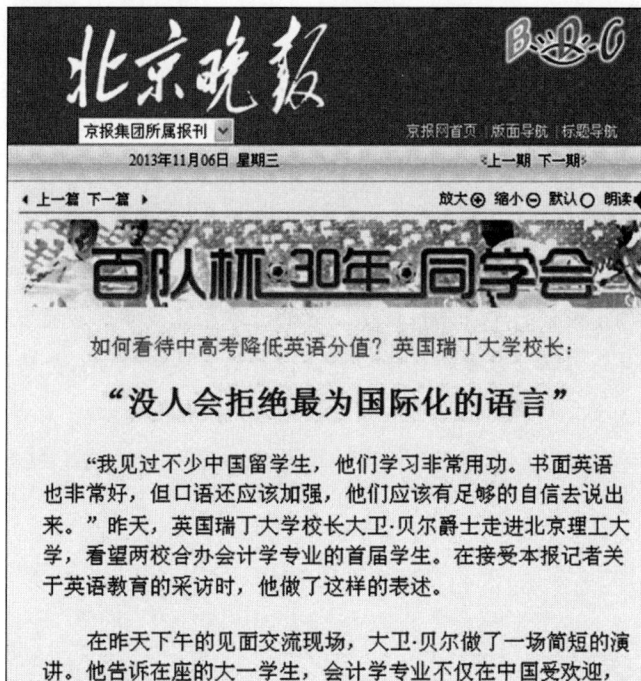

"我见过不少中国留学生，他们学习非常用功。书面英语也非常好，但口语还应该加强，他们应该有足够的自信去说出来。"昨天，英国瑞丁大学校长大卫·贝尔爵士走进北京理工大学，看望两校合办会计学专业的首届学生。在接受本报记者关于英语教育的采访时，他做了这样的表述。

在昨天下午的见面交流现场，大卫·贝尔做了一场简短的演讲。他告诉在座的大一学生，会计学专业不仅在中国受欢迎，在英国和其他发达国家也非常受欢迎，所以选择读这个专业就意味着选择了在全球范围内获得自己喜欢的工作。他也指出，作为两校合办的专业，学生们在学习时也面临着很大挑战，特别是全英文的教学环境。

在接受本报记者采访时，大卫·贝尔表示，今年在瑞丁大学留学的中国学生有650人，他们学习非常用功，成绩也非常出色，"如果他们还有什么需要提高的话，我想就是英语，他们需要有足够的自信把英语说出来。"大卫·贝尔介绍，为了帮助中国留学生提高自己的英语口语表达能力，瑞丁大学还设立了专门的中国学生学联会，组织各种和非中国学生交流的活动。

不久前，北京市教委就中、高考改革方案面向社会征求意见。按照该方案，从2016年起，本市中、高考科目分值将有所变化，其中英语将降至100分。不少人认为，此变化会大大削减学生学习英语的积极性，甚至带来留学热潮的降温。对此，大卫·贝尔认为，教育部门调整考试科目的分值有其自身的考虑，但在国际化浪潮席卷全球的今天，没有人会去拒绝一门最为国际化的语言，"同样也没有人会拒绝去'开门看世界'的机会。"

背景

与北理工合办会计学专业

英国瑞丁大学的前身是牛津大学于1892年建立的基督学院延伸学院。该校的亨利商学院是世界上仅有的57所获得国际高等商学院学会、欧洲质量发展认证系统和工商管理硕士协会三重认证的商学院之一。

对于北京理工大学与该校合办的会计学专业，学生经过四年学习毕业时可同时获得北京理工大学和英国瑞丁大学的学士学位证书。此外，学生完成学业后还可获得英国特许公认会计师协会和英格兰与苏格兰注册会计师协会认证资格考试课程部分免考的资格。记者了解到，该专业纳入北京理工大学统招，明年有望在北京投放招生计划。

（作者：张航）

【中国电子报】"黄埔一期"打造两化深度融合高级人才

——全国两化深度融合干部培训班侧记

来源：中国电子报 日期：2013年11月8日

原文链接：http://epaper.cena.com.cn/content/2013-11/08/content_84497.htm

这是金风送爽丹桂飘香的季节，也是收获的季节。在京城最美的秋季，全国两化深度融合干部培训班于11月4—8日在北京理工大学举办。本次培训班由工业和信息化部信息化推进司主办，来自各省（区、市）工业和信息化主管部门相关领导干部、企事业单位相关负责同志济济一堂，重回"学生时代"。

两化融合的"黄埔一期"

这次培训整合了最优秀的两化融合名师资源，为今后全方位多层次地开展工作奠定良好的基础。

"这次的培训是两化融合领域第一次高层干部培训，希望通过这次培训整合集成全国最优秀的两化融合专家名师资源，也希望通过这次培训打造出一些精品课程，为我们今后全方位多层次地开展工作奠定良好的基础。"工业和信息化部信息化推进司副司长董宝青在开班仪式上这样说。而本次培训班也被业界誉为两化深度融合领域的"黄埔一期"，其重要性和意义可见一斑。

工业和信息化部人事教育司处长朱峰表示，要实现《两化深度融合行动计划》的目标，就必须有一支高素质、高水平的两化融合复合型人才队伍作为基础，并在这支队伍的带领下，整合各方资源，加强沟通协调，形成推进合力。"从这个角度上讲，本次培训班意义重大。"朱峰强调。

众所周知，工业和信息化部自成立以来，按照中央关于走中国特色新型工业化道路的战略部署，一直把推进两化融合作为立部之本，在总结前几年工作实践及经验的基础上，今年工业和信息化部又出台了《两化深度融合行动计划》，提出到2018年，信息化条件下的企业竞争能力普遍增强，信息技术应用和商业模式创新有力促进产业结构调整升级，工业发展质量和效益全面提升，全国两化融合发展水平指数达到82的工作目标。加强两化融合人才培养、开展高级两化融合人才培训是行动计划的重要组成部分，也是推动两化深度融合的有力保障。

"此次培训班的举办是国家在提高两化深度融合各级管理干部业务和管理水平方面的一次重大培训活动。参加培训的同志，身上的担子很重。"北京理工大学纪委书记、两化融合发展研究院院长杨蜀康表示，"信息化与工业化深度融合是党中央的重大战略决策，人才队伍建设是两化深度融合的重要保障。北京理工大学两化融合发展研究院在培训工作实践和调研中发现，众多大型企业和管理部门，一方面需要通过制定一系列引进高层次两化融合人才的措施，借助引进一批能够突破关键技术、熟悉关键管理流程、带动本单位实现两化深度融合的两化融合领军人才和团队，解决两化融合推进中的发展瓶颈；另一方面，需要紧密遵循两化融合人才的成长规律，坚持两化融合人才必须坚持系统性理论和案例学习，并坚持在'干中学'的理念，理论联系实际，在实践中培养两化融合管理和技术人才。"

搭建高水平教育平台

课程安排既有理论层面的高度，又有实践的经验；既考虑到两化融合的广度，又兼顾了深度。

记者感受到，本次培训班在工业和信息化部信息化推进司和北京理工大学的精心准备下，呈现出四大特点。

一是授课老师层次高。工业和信息化部副部长杨学山亲自上阵为学员授课，信息化推进司、规划司、军民结合推进司的领导，以及国家安全生产监督管理总局、中国电子学会、中航集团、航天科技、中石油、海尔集团等单位的领导，还有北航、北京工商大学等大学的专家学者，以及地方推进两化融合典型示范单位的领导和同志们也都为学员悉心授课。

二是课程安排全面。为了举办这次培训，信息化推进司把与两化融合密切相关的各项工作进行了认真梳理，从国家信息化方针路线、两化融合总体概论、行业和企业两化融合推进、区域两化融合推动、两化融合促进美丽工业即节能减排和安全生产、两化融合促进生产性服务业发展及两化融合保障措施7大版块进行培训，既有理论层面的高度，又有实践的经验，既考虑到两化融合的广度，又兼顾了深度。

三是参加培训的人员层级高。全国副省级以上工业和信息化主管部门的厅处级干部、各地大中型企业的高级管理人员，各行业协会和各中央企业的相关负责人都参加了此次培训。

四是培训的形式多种多样。此次培训特别注重实效，改变过去传统的单向授课模式，采取了专家授课、讲学互动、典型案例分析及经验交流等多种生动活泼的形式，让学员进行全方位、多层面的学习交流。各位学员踊跃交流、积极研讨切磋，从而实现教学相长、学学相长。

记者发现，本次培训班的大多数学员来自各级政府推进两化融合主管单位。其实，政府作为两化融合工作的政策制定者和引导者，对两化融合相关工作的深入推进和开展起着至关重要的作用。政府相关人员应从战略和组织等层面准确定位两化深度融合方向，对两化融合发展趋势有深入的思考，对信息化实现进程有战略性设计，对信息化与工业化的未来发展有前瞻性和准确的分析；此外，应对两化融合具体实施过程中的相关技术领域及技术有一定程度的了解，对工业生产的整体运行过程有基本的认识，具备相关的信息技术与工业领域知识，从而能准确、高效地领导和推动地方两化融合工作的开展。

"我院会同工信部信息化推进司结合培训对象的特点，对培训课程和各项安排进行了精心的研究与组织，打破学科壁垒，充分举全社会之力，聘请国内高水平专家，搭建'官、产、学、研、用'两化深度融合高水平教育平台，力争使大家通过培训能更好地适应形势的要求，更好地担当起推动两化深度融合的领军重任。"杨蜀康表示。

相关链接

本次培训班共设计了9个板块18门课程：国家宏观顶层路线设计板块（1门课程）、两化融合政策与方法概论板块（4门课程）、行业与企业推进两化融合实践与分享板块（4门课程）、区域推进两化融合实践与体会板块（3门课程）、两化融合促进美丽工业发展（或称工业绿色发展）板块（2门课程）、军民融合与两化融合板块（1门课程）、两化融合促进生产性服务业发展板块（2门课程）、两化融合保障措施板块（1门课程）和工业控制系统信息安全管理板块（作为自学课程）。

（作者：徐恒）

【解放军报】北京理工大学第六届
国防生文化节活动

来源：解放军报　　日期：2013年11月25日

原文链接：http：//www.chinamil.com.cn/jfjbmap/content/2013-11/25/content_58831.htm

　　11月21日，总参驻北京理工大学选培办围绕国防安全话题，组织国防生开展辩论赛。这是该校第六届国防生文化节的重要活动，旨在激励国防生投身国防事业。

　　自今年10月份以来，我校国防生热情参与选培办组织的第六届国防生文化节活动，期间有深秋歌赛、"奋进杯"篮球赛、辩论赛、"我的强军梦"主题征文比赛以及联欢晚会。通过文化节活动，学校不仅发现和培养了很多文体骨干，同时也用这种喜闻乐见的形式弘扬了时代和军队的主旋律。

　　《解放军报》，创刊于1956年1月1日，是中央军委机关报，是党在军队的喉舌，由中国人民解放军总政治部主办。军报的读者对象包括全军和武警部队官兵、预备役部队的民兵、军工战线、党政机关、大中院校、图书资料室，以及所有关心国防建设的人们。

（作者：尤静）

【科技日报】科技教育走进小学课堂

来源：科技日报　日期：2013年11月28日

原文链接：http://digitalpaper.stdaily.com/

将新闻进行到底

"学校一贯重视科技教育，努力培养学生的科学精神和创新能力。"北京理工大学附属小学副校长王越人近日接受采访时表示，长期以来，学校把加强科技教育、提高学生科学素养作为学校教育的重要内容来抓，以培养学生的科学思想、科学精神、科学方法和科学能力，以创办学校科技教育特色为目标，将爱科学、学科学和用科学的科技口号变为学生的日常行为，充分利用各种科普教育阵地与渠道，全员参与，大力推进学校科技教育工作。

学生走进实验室

潜移默化，强化科技文化环境

具体谈到如何培养学生的创新能力时，王越人强调说："用科学的理念指导学校创新教育，在内涵丰富的科技实践活动中提升教职员工的教育理念，增强教师教学方法的科学性，是提升科技教育质量的关键。"

"学校全体教师的科学素养一直在不断提升。在课堂教学中坚持渗透科技教育、培养学生的科学素养已经成为教师的自觉行动。"她说，语文、数学教师会指导学生开展讨论和研究，英语教师常常会利用有趣的英语视听激发学生学习英语的兴趣，组建科普趣味英语社团，从电影画面、动画片中捕捉科技信息，锻炼学生的英语口语能力。

"我们的班主任会积极召开以科技为主题的班会，比如《灭无情火，做有心人》《科技就在我身边》《低碳生活从节纸开始》等。现在，老师们常常会探寻科学的教育方法，利用自己的专长为学生们普及知识，组建社团，开展科技教育活动。"她说。

王越人告诉记者，多年来，学校的科学课教师，一直坚持探究性的科学教学，并在工作中一丝不苟，要求每一个学生的每一次实验报告单都认真保留。信息技术课教师能够把握信息技术发展，把新的信息技术知识纳入课堂教学内容，让学生体会科技的飞速发展和进步。美术教师则将数码绘画和电脑制作作为学生课余活动的内容。紧跟科学技术的发展，将科技新知引入学科教学，激发学生学习科学的兴趣，学生学得快，学得有兴趣。与此同时，校园环境建设也非常重视科技氛围。科学教室门外的墙上，图文并茂的"以科学家的名字命名的计量单位"，是科学教师的创意；从"火星探测"到"生命科技"，记载了学校师生在智能机器人活动中的成长足迹；青少年网络文明公约，则是在信息课学习的同时教给孩子要遵纪守法和注重网络安全，校园的环境布置，无处不渗透着科学理念。

学生走进实验室

实践拓展，让学生多元成长

目前，北理工附小人均30本图书，它们全部存放在学校的教室和开放式书吧中，图书则由学生志愿者管理。"学生志愿者不仅在图书管理过程中发挥了最大作用，而且这种形式培养了全体学生爱护公物的精神，培养了小志愿者的公益精神。"王越人特别强调说，"我们希望学生能尽早参与到一些实践活动中，从而激发学生的实践兴趣，鼓励学生从实践和亲身感受中学习。"

据她介绍，学校坚持每年进行全校参加的"大师讲科普"系列讲座活动。几年来，学校先后举办了"揭秘奥运烟火""数字表演与数字仿真""动漫与新媒体""王牌枪械创新发明使用的故事"。通过讲座，学生不仅了解了相关的科学知识，而且被科学家的创新精神、钻研精神、敬业精神所感动。 "我也要像教授一样有永不放弃的精神，做一个有用的人。数字仿真需要有耐心和十分认真的人，我也渴望拥有这神奇的科学技术，所以从现在起，我必须培养自己认真的好习惯。"有学生在听完报告后这样写道。

王越人还告诉记者，为了让学生从小就能在实践活动中培养科学素养，学校每年都会积极组织学生参加社会科学普及宣传活动，组织学生参加北京国际风能展，参观大学实验室，参加首都高校科技环保周活动，坚持开展校内科技比赛。学校每学期举办一次全校学生参与的假期小发明、小制作展评，学生参与率100%，作品的科技含量、制作质量不断提高。假期小制作早已成为学校的常规假期作业，成了孩子们的一件乐事。学校坚持每年开展科技小报、科技板报等评比活动，积极组织学生参加市区及全国各项科技竞赛，为学生搭建大显身手、展示自己的舞台。学生每年均参与智能机器人、计算机、单片机等十多项比赛，并取得了优异成绩。仅2011年6月至2013年11月，学校共获得国际级奖6项、国家级奖项、市级奖27项。

"自2004年开始，学校在4—6年级开设了'智能机器人'课。"王越人说，充满智慧与乐趣的课堂，让孩子们接触最前沿的科学知识。学生们不仅知道了电机、齿轮、机械臂、双角梁、电脑编程等多方面的知识，而且培养了学生的探究精神，增强了学生的动手能力和合作意识。 经过8年的实践，学校的智能机器人校本课程已经成为学校科技教育的亮点，不仅使学生受益，教师成长，而且得到了社会的认可。2004年至今，机器人项目多次获奖，其中FLL项目连续8年获得北京市第一名，连续十年取得参加全国机器人比赛的资格，2010年、2011年获得全国冠军，并四次获得国际FLL机器人世锦赛五项金奖。2012年学校赴美国参加世界机器人冠军赛，获FLL项目场地比赛冠军。

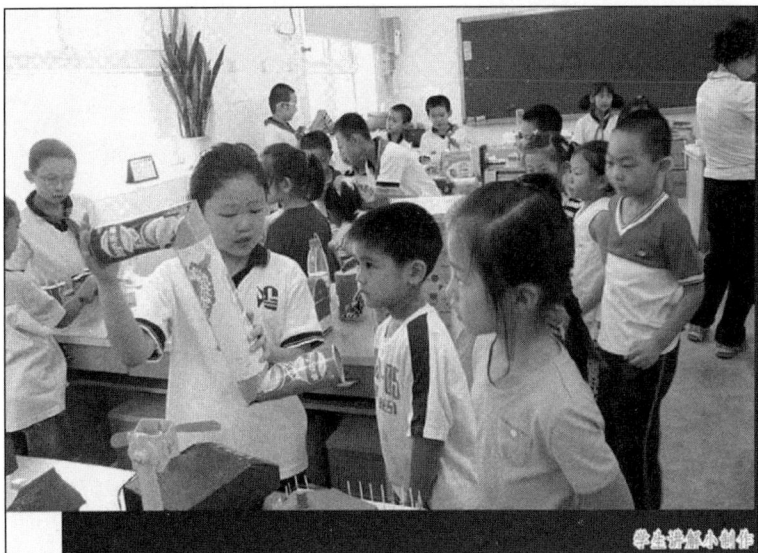

学生讲解小制作

加大投入，硕果累累成绩显著

自2006年以来，为了更好地开展研究性学习活动，提高学生进行科学研究的兴趣，北理工附小成立了科技创新课题研究兴趣小组，至今已经坚持活动了七年。

"在专家和辅导老师的指导下，课题研究小组的同学们学习了如何选择课题和制定研究方案，学习了调查研究、数据统计分析等研究方法，学习了如何规范撰写论文、论文答辩等系列知识，初步感知了课题研究的全过程。"王越人介绍说，目前，学校每年召开"理工附小少年科技创新论坛答辩会"，邀请专家现场对学生论文进行点评与指导。同学们所选的课题涉及生活的方方面面：《关于多功能组合式课本的小发明》《残茶的利用》《会思考的红绿灯》《鸡蛋清粘贴小实验》《由鸳鸯火锅红汤先沸腾所想到的汤粥黏稠度与沸点的关系研究》……学生养成了爱思考、肯钻研的科学精神。自2006年以来，学生撰写的研究论文共160多篇，获得北京市级奖项25篇，获全国奖3篇。

据她介绍，为给科技教育提供有力保障，学校科技教育经费主要用于教师的科技培训、高校专家对学生的辅导、科技课题经费、科技项目获奖的奖励等。"目前，我们针对科技工作制定了一套完善的管理制度和奖励制度，激发了教师参与科技工作的热情，越来越多的教师加入到科技工作的队伍中，学校的科技活动也取得了显著的成绩。科技教育的价值，在学生的健康成长、教师的专业化发展中得到了最充分的体现。"

王越人认为，学校的科技教育活动，激发了学生学科学的兴趣，使学生具备了一定的科学素养，养成了良好的学习习惯，获得终身学习的兴趣和能力。"同时，我们还很注重科技教育活动过程中学生的情感体验与价值观的形成。为了不断地激发学生的兴趣与热情，我们始终坚持在升旗仪式上为获奖同学颁奖，坚持每年出一本光荣册，作为六一礼物送给全校同学，请学生和家长一起体验成功的喜悦。"她说。

（作者：杨靖）

【北京考试报】我们在这儿等你

——研究生入学考试现场确认探访

来源：北京考试报　日期：2013年11月13日

原文链接：http://bjksb.bjeea.cn/uploads/softnew/81-131112171906.Pdf

记者走进北京理工大学研究生教学楼时，研究生入学考试现场确认刚刚开始15分钟，考生已经排了一个长廊的队伍。记者随着这条"长龙"缓缓向前移动，听见一名男生对他的同伴说："我不想确认了，这段时间又是找工作又是考公务员，再复习来不及了。"但他还是被同伴拽了进去，不情愿地递出自己的相关资料。当他走到一位老师面前时，老师顺手拂掉了他衣服上的一片树叶，说："小伙子，北方工业大学的？大老远过来，不容易啊！考我们学院，明年我就在这儿等你！"男生先是愣了一下，随后坚定地点了点头。原来，这是机械与车辆学院负责招生工作的任老师。他利用双休日来到学校，不只是为了帮研究生院的忙，还想"亲自看看明年即将入学的孩子"。任老师告诉记者，很多学院管招生的老师都来了。他说："每年都有'临阵脱逃'的，我们也不是要求每个同学必须来确认，但想好了走这条路的同学，我们一定会在北理工等着你！"

（作者：刘婧）

【科技日报】北理工科普宣讲团撒播科学种子

来源：科技日报　日期：2013年12月17日

原文链接：http://digitalpaper.stdaily.com/
http_www.kjrb.com/kjrb/html/2013-12/17/
content_238683.htm

北京理工大学确认现场，"同学，把脸露出来——好，笑一个，OK！"这样亲切的几句话之后，摄像环节就完成了。

我在北理工等你

记者走进北京理工大学研究生教学楼时，现场确认刚刚开始15分钟，考生已经排了一个长廊的队伍。记者随着这条"长龙"缓缓向前移动，听见一名男生对他的同伴说："我不想确认了，这段时间又是找工作又是考公务员，再复习来不及了。"但他还是被同伴拽了进去，不情愿地递出自己的相关资料。当他走到一位老师面前时，老师顺手拂掉了他衣服上的一片树叶，说："小伙子，北方工业大学的？大老远过来，不容易啊！考我们学院，明年我就在这儿等你！"男生先是愣了一下，随后坚定地点了点头。原来，这是机械与车辆学院负责招生工作的任老师。他利用双休日来到学校，不只是为了帮研究生院的忙，还想"亲自看看明年即将入学的孩子"。任老师告诉记者，很多学院管招生的老师都来了。"每年都有'临阵脱逃'的，我们也不是要求每个同学必须来确认，但想好了走这条路的同学，我们一定会在北理工等着你！"

我在北交大等你

下午，记者来到北京交通大学逸夫楼，仔细观察，只见除了几个研究生院重要负责人员外，工作人员都是"清一色"的年轻面孔，"请问你们是学生吗？""对，我们是在读硕士生。"研究生院负责人肖艳介绍，他们都是通过研究生"三助"政策申请到这份工作的。刚忙完手头工作的机电学院研二学生赵顺祥告诉记者，今年他第一次加入现场确认的工作，不过他这两年已经接了不少这样的"活儿"，也挣了不少零花钱。"研究生明年起全国实行'自费'吗？有些考生就怕上不起学了。其实在交大，无论是奖励体系，还是这样的'三助'机会都很多，不差钱！"赵顺祥风趣地说，"再困难，还有师妹呢！"

科技日报讯（记者　句艳华）有这样一群年轻人，他们常常埋头于实验室中，探索着科研领域的一个个难题，却又利用假期将足迹遍布于全国50余所中小学；有这样一个社团，历经七年的成长，完成近300场科普宣讲课程，累计行程十万多公里，将科学的种子播撒在15 000余名中小学生的心中。

北京理工大学科普宣讲团是一支由研究生组成的学生社团。自2006年成立始，科普宣讲团便走入到北京市各中小学进行科普宣讲，这些前沿、有趣的科普课程从进入到学校起就引起了热烈的反响，宣讲范围逐渐覆盖北京市二十多所中小学，形成了"科普校园行"品牌活动。2011起，宣讲团在学院支持下利用暑期在全国范围内的中小学展开科普宣讲，并有意识地将资源向贫困地区倾斜。至今青海、新疆、贵州、甘肃、山西等八个省份留下了宣讲团团员们的足迹，一大批贫困山区的孩子感受到了科技的魅力。宣讲活动也受到当地电视台和报纸的宣传和报道。随着"科普校园行"活动范围逐渐扩大，社团对科普人才的需求也越来越大，2011年宣讲团在学校的大力支持下，面向北京理工大学全体学生举办科普宣讲大赛。通过三届大赛的选拔，宣讲团吸纳了很多在大赛中脱颖而出的选手，来自不同学院的选手让宣讲题材变得精彩丰富，宣讲水平也更加专业。

科普之路任重道远，宣讲团将继续努力，将科普之路进行到底。

（作者：句艳华）

【新华每日电讯】理科生不需要语文课吗？

来源：新华每日电讯　日期：2013年12月23日

原文链接：http://202.84.17.54/content/20131213/Articel13001BB.htm

《大学语文》最早"沦陷"的阵地，便是各个高校的理工类专业。诚然，从专业角度来看，你学会写出一首美妙的诗，并不能帮助你发现一种新的基本粒子或者解开基因的密码。但是，理科生对语文的需求，是不是仅限于把学术论文写得更加规范？

北京大学中文系教授陈跃红指出，从"专业"的角度来看待大学教育，已经不能适应当代教育的需要了："随着高等教育的大众化、普及化，本科教育不再是直接就业的途径，而更多转向了对年轻一代人素质教育和基本能力的培养，从强调专业走向强调职业。专业和职业的差别是什么？专业是指一个人的知识结构，但在全球化时代，大多数学生的工作与所学专业并不对口，这是因为职业方向对专业的要求已不仅仅是一个学科，而是对学生懂得多个学科知识的要求。一个人一辈子不应该学一个专业，而应由多个专业构成个人的职业方向。"

除了未来发展，理工科学生从自身需求来讲，也需要语文课。在北京理工大学这样一所以理工类为主的高校中，"中文系"大概是最无足轻重的院系之一。不过，该校中文系的陈洁、刘晓蕾等老师开设的面向校内文科类专业学生的《大学语文》课程，却总能吸引不少理工科学生去旁听，而她们的课程多年来一直是北京理工大学选课人数最多、最受欢迎的课程之一。"在北理工，粗略估计，有近2~3成的理科生对文学比较感兴趣。"陈洁老师说，旁听她们课程的理工科学生往往是通过同学之间的口口相传了解的，旁听队伍慢慢也壮大起来的，"有些时候，不仅是出于对文学的热爱，有的学生在面对生活中的一些挫折时，他们也会向《大学语文》课程'寻求支持'；或者说，他们把语文课当作了心理课程来学习。"

"其实我一直喜欢跟这些理科学生聊天的。他们不是文科学得不好，而往往是理工科学得更好，才能来到这里，他们的文学素质其实不低。"陈洁说，她希望给这些孩子们带来的语文课能起到人格培养和人生教育的作用：包括陶冶情操、培养审美意识、鼓励学生追求人生意义和永恒价值等。

显然，学生对语文的需要并无文理之分。南京大学文学院教授丁帆建议，应该把人的生命与发展、需要与追求、自由与创造、人格与尊严等一系列世界先进的传统与现代人文精神作为大学语文教育恒定的价值内涵。